Die Rückkehr der Hakima

Das Buch

Man schreibt das Jahr 1224: Die junge Ymme, in Toledo zur Hakima ausgebildet, führt mit ihrem Ehemann Cornelius ein Hospital in Lübeck. Eines Tages taucht dort der todkranke Deutschordensritter Hermann von Salza auf und das Paar gerät in eine mörderische Fehde. Während Ymme noch den Ritter pflegt, ist Cornelius auf einmal spurlos verschwunden. Der Preis, den Ymme für sein Leben zahlen soll, ist hoch: Sie muss Jolanthe, die blutjunge Gemahlin Friedrichs II., in Palermo als Ärztin betreuen.
Der orientalische Hof in Sizilien ist von Intrigen überschattet. Unheimlich die Allgegenwart der Geheimpolizei, unerklärlich die Anschläge, die alle mit der neuen Hakima zu tun zu haben scheinen. Ymme weiß: Sie steht Jolanthe im Weg und auch das kaiserliche Töchterchen Bianca schwebt in Todesgefahr. Doch wer bedroht sie und warum?
Während Cornelius sich im Dienst des Dänenkönigs Waldemar bewährt, erwirbt sich Ymme unter der arabischen Bevölkerung Palermos einen guten Ruf. Und so zieht man sie zu Rate, als unter merkwürdigen Umständen eine Pockenepidemie ausbricht. Eine alte römische Schrift und ein päpstliches Siegel erhärten Ymmes Verdacht – und sie weiß nun, dass nicht nur des Kaisers kleine Tochter auf grausame Weise sterben soll ...

Die Autorin

Kari Köster-Lösche, geboren in Lübeck, hat als Tierärztin zahlreiche wissenschaftliche Bücher veröffentlicht, bevor sie mit ihren spannenden Romanen wie *Die Hakima* und *Die Heilerin von Alexandria* zur Bestsellerautorin avancierte.

Von Kari Köster-Lösche sind in unserem Hause bereits erschienen:

Das Blutgericht
Das Deichopfer
Die Hakima
Die Heilerin von Alexandria
Die Hexe von Tondern
Hexenmilch
Die Raubritterin (Trilogie Band 1)
Tod allen Reichen! (Trilogie Band 2)
Die Tochter der Raubritterin (Trilogie Band 3)
Die Wagenlenkerin

Kari Köster-Lösche

Die Rückkehr der Hakima

Roman

List Taschenbuch

Besuchen Sie uns im Internet:
www.list-taschenbuch.de

Umwelthinweis:
Dieses Buch wurde auf chlor- und säurefreiem Papier gedruckt.

List Verlag
List ist ein Verlag des Verlagshauses Ullstein Heyne List
GmbH & Co. KG.
1. Auflage Dezember 2003

Umschlagkonzept: HildenDesign, München – Stefan Hilden
Umschlaggestaltung: Hauptmann und Kampa Werbeagentur,
München – Zürich
Titelabbildung: Lucas Cranach d.Ä. »Die heilige Barbara auf der
Rasenbank«, Kunstmuseum Frauenfeld, © Artothek / Hans Hinz
Druck und Bindearbeiten: Clausen & Bosse, Leck
Printed in Germany
ISBN 3-548-60393-9

Inhalt

Prolog
Die Schwarze Bruderschaft

Die Höhle war finster, die Kleidung der sechs Männer schwarz wie auch ihre Handschuhe und die tütenförmigen Kapuzen, die nur einen Schlitz für die Augen freiließen.

»La Madonna della Ziz«, flüsterte einer und entzündete ein Licht, dessen Schein kaum den Rand des steinernen Altars erreichte, auf dem es stand. Er drehte sich zu den fünf anderen um, die sich im Halbkreis aufstellten, die Hände in den weiten Ärmeln ihrer Kutten verborgen. Nicht einmal er war jetzt in der Lage, die Männer, die er selbst ausgesucht hatte, zu identifizieren. »Wir tun es für Palermo, die Schöne.«

»Für die Madonna della Ziz, für Palermo«, wiederholten die anderen.

»Absolutes Schweigen, absoluter Gehorsam, Tod den fremden Herrschern!«

»Si si, capo!«

»Nun geht im Namen der Madonna della Ziz. Ihr erhaltet Nachricht vom Bruder zur rechten Hand sobald es notwendig wird.«

Der Anführer der Verschwörer entließ die Männer, wie er sie eingelassen hatte, einzeln und mit der Verpflichtung, sich nicht um denjenigen zu kümmern, der ihm mit einigem Abstand folgen würde.

Er hatte ein großes Ziel vor Augen, und nur er allein kannte es: Sizilien für immer unter den Schutz des Heiligen Vaters in Rom zu stellen. Siziliens Herrscher der letzten Jahrhunderte mussten jedem wahren Christen ein Gräuel sein: arabische Sultane und französische Normannen, die nicht besser waren. Der Allerschlimmste aber war der Staufer Friedrich II. in diesem Jahr des Herrn 1224.

Teil I

LÜBECK 1224–1225 N. CHR.

Der Maristan von Lübeck

1.

Die sizilianische Delegation

»Was ist nur heute in der Stadt los?« Ymme von Fischbach, in Lübeck noch immer unter ihrem Mädchennamen Ymme Emeken bekannt, sah beunruhigt von dem Krankenbett auf, in dem ein Schwerverwundeter lag, der ihr große Sorge machte. »Die frommen Bürger sollten jetzt in der Kirche sein.«

Cornelius von Fischbach, seit ihrer glücklichen Rückkehr aus Toledo mit Ymme verheiratet, fuhr gleichmütig fort, die Kerzen in dem großen Saal anzuzünden. Draußen dunkelte es, und ein Luftzug blies das Licht in seiner Hand aus. Der Ritter, der sich dem Dienst an den Kranken ebenso verpflichtet hatte wie Ymme, schirmte die Kerze mit dem Rücken ab und schlug erneut Feuer. »Es hängt vermutlich mit der Delegation aus Sizilien zusammen. Die Menschen bestaunen einen Mann, von dem sie wissen, dass er die Jagdleoparden und den Elefanten des Kaisers beim Namen nennen kann«, sagte er nach einer Weile. »Nicht, dass man es ihm ansehen würde. Er ist ein Deutschordensritter, allerdings der Höchstrangige.«

Ymme ließ sich von ihrer Helferin saubere Binden reichen. Sie schüttelte bestimmt den Kopf. »Es hört sich aber nicht nach Bewunderung an, sondern nach Kriegslärm, finde ich. Und was mich betrifft, so gehe ich einem Deutschordensritter, der mitsamt seinem Kaiser, der Ziehkind des schrecklichen Papstes Innozenz war und Pfaffenkönig genannt wurde, liebend gern aus dem Weg.«

»Still, Ymme, es ist nicht ungefährlich, so zu reden«, brummelte Cornelius.

»Wir sind hier, gottlob, nicht von Spitzeln umgeben«, entgegnete Ymme aufgebracht. »Ich bin dankbar, dass wir dänische Untertanen sind und einen handfesten Bauern zum Herrscher haben. Ich wette, dass König Waldemar, wenn er mit seinen Jagdfreunden zecht, über die seltsamen Sitten des Kaisers spottet.«

Der Ritter, der wie meistens beim Dienst im Lübecker Spital, dem er vorstand, die Tracht der Johanniter trug, drehte sich so abrupt um, dass sein schwarzer Mantel sich bauschte, und lauschte zum Fenster hin.

Die Helferin verließ eilig den Saal, den Arm voller blutiger Tücher; im Bett stöhnte leise der Kranke, und Ymme hätte auch gehen können, denn schließlich warteten noch mehr schwerkranke Männer und Frauen auf sie, aber sie blieb stehen und starrte auf den Rücken ihres Mannes. Eine unbestimmte Furcht ergriff sie, die sie in all den glücklichen Jahren, in denen sie ihr Spital nach dem Vorbild des Maristan von Toledo erfolgreich aufgebaut hatten, nicht gespürt hatte.

Aber jetzt war sie wieder gegenwärtig wie in den Zeiten, als sie von dem fanatischen Zisterziensermönch Berthold verfolgt worden war. Plötzlich stand ihr auch das Gemetzel der Kreuzfahrer im französischen Béziers wieder vor Augen. Ymme atmete tief durch. »Wirklich nur Gaffer?«, fragte sie mühsam.

»Nein, keine Gaffer«, antwortete der Ritter gepresst und sichtbar beunruhigt. »Im Gegenteil. Die Kaufleute der Stadt sind in höchster Aufregung; ich erkenne deinen Bruder. Einige Ritter aus der Umgebung sind auch dabei. Ich werde mich erkundigen, was los ist.«

»Sei vorsichtig, Cornelius«, sagte Ymme spontan und umfing ihren Mann mit liebevollen Blicken. »Kaiser Friedrich und alles, was mit ihm zu tun hat, machen mir Angst.«

Während Cornelius sich zu den Rittern begab, die inzwischen von einer wachsenden Volksmenge umringt waren, ging Ymme in den anderen großen Saal hinüber. Sie musterte voll Genugtuung die zehn Betten, die ordentlich ausgerichtet standen, einige durch Wandschirme abgetrennt.

Liebend gerne hätte sie mehrere kleine Räume gehabt, damit die Kranken mehr Ruhe bekamen, aber davon hatte sie die Lübecker Kaufleute nicht überzeugen können. Sie waren der Meinung, dass es schon übertriebener Luxus sei, wenn jeder Kranke ein eigenes Bett hatte und obendrein auf weißem Linnen liegen durfte. Auf weniger hatte sich wiederum Ymme nicht eingelassen, und da die Kaufmannschaft stolz darauf war, sich ein Spital mit einem Arzt leisten zu können, der in Toledo arabische Medizin studiert hatte, war dieser Kompromiss geschlossen worden.

Für die Pfeffersäcke war der einzige Haken dabei, dass der Arzt eine Frau war; sie vermieden es, darauf hinzuweisen, indem sie Ymmes toledanischen Namen verwendeten, den kaum jemand übersetzen konnte, und vom Spital der Hakima Iume de Lubicensis sprachen. Damit konnte sie leben. Ymme lächelte in sich hinein und trat zum ersten Bett.

»Nun, Taleke«, sagte sie. »Glaubst du mir jetzt, dass du wieder gesund wirst?«

Die alte Frau verzog ihr bräunliches Gesicht zu einem zahnlosen Lächeln. »Svantevit will nicht, dass ich schon sterbe«, flüsterte sie. »Ich weiß sehr wohl, dass er es war, der mir Euch schickte.«

»Taleke!«, sagte Ymme vorwurfsvoll, »sprich nicht so! Du gefährdest dich und mich mit deinem heidnischen Gerede.«

Taleke ließ ihre Augen durch den Saal wandern. Der gewitzte Ausdruck in ihrem Gesicht ließ keinen Zweifel daran, dass sie sich auf dem Weg der Besserung befand, ganz im Gegensatz zu ihrer Nachbarin, die dank eines Mohntrankes in tiefem Schlaf lag. »Wer sollte mich hören? Hier schleichen keine Mönche umher, bei denen einem sofort die Galle überfließt, wenn man ihnen nur in die heuchlerischen Gesichter sieht.«

»Jetzt ist es genug, Taleke«, sagte Ymme deutlich. »Du bekommst noch einen Apfel, und dann schläfst du. Eine letzte Nacht im Spital. Wir brauchen das Bett für Menschen, die wirklich krank sind ...«

Taleke lächelte verschmitzt. Ymme schüttelte leise den Kopf und wandte sich ab. Sofern sie es sich finanziell leisten konnten und gerade ein Bett frei war, bemühten sie sich, die Ärmeren aus der Bevölkerung über die Heilung ihrer Krankheit hinaus unauffällig aufzupäppeln. Aber jetzt musste Taleke, die offenbar der Meinung war, sie hätte Ärztin und Spitalleitung überlistet, gehen.

Ymme untersuchte gerade die Kranke im übernächsten Bett, als in der offenen Tür ein Mönch erschien. Sie musterte den Unbekannten verwundert, während er von ihr keine Notiz nahm, sondern sich umsah, als sei er ein Mitglied der alljährlichen Prüfungskommission der Pfeffersäcke.

Wenigstens war er kein Zisterzienser; aber vertrauenerweckend wirkte er trotzdem nicht. Er sah abgerissen aus, wie einer, der auf der Landstraße lebt. Unter der fleckigen braunen Kutte schauten nackte Zehen hervor. Die Kapuze hatte er sich so tief in die Stirn gezogen, dass von seinem Gesicht kaum mehr als der zerzauste Bart zu sehen war.

Ymme ging rasch auf ihn zu, um ihn am Betreten des Saales zu hindern. »Vielleicht kann ich Euch behilflich sein?«, fragte sie höflich. »Ich nehme an, Ihr sucht jemanden, Bruder, aber der Zutritt ist nicht jedermann gestattet. Hier liegen schwer kranke Menschen, die der Ruhe bedürfen.«

Der Mönch wandte sich Ymme abrupt zu. Über sein langes hohlwangiges Gesicht ging ein flüchtiges hochmütiges Lächeln. »Der Herr hat überall Zutritt. Bestreitet Ihr das, Tochter?«

»Wenn Ihr Euch mit dieser Bezeichnung meint, ja«, erwiderte Ymme ruhig. »Diesen Raum betreten nur Herren mit sauberen Füßen.«

Der Mönch bekreuzigte sich mit zitternden, schmutzig schwarzen Fingern. »Gilt das auch, wenn ein Kranker nach dem letzten Trost verlangt?«, fragte er mit mühsam gezügelter Erregung.

»Bestimmt nicht durch Euch«, sagte Ymme kühl. »Ihr seid einer der neuen Bettelbrüder, die keine Priester sind.«

Der Franziskaner schob die Kapuze vom Kopf und schürzte die Lippen. Erst jetzt nahm er Ymme richtig wahr, aber er schien sie für eine Dienstmagd zu halten. »*Armut und Demut: Nur so wirst du einen Schatz ins Himmelreich fahren.*«

Ymme straffte den Rücken und hob das Kinn. Sie war die Herrin dieses Hauses, sie hatte es geschaffen, und mit ihren immer noch blonden Haaren sah sie gut und respektabel aus.

»Ihr seid ein wenig dreist für eine Bürgerin, die in christlicher Demut im Spital barmherzige Werke verrichtet«, bemerkte er lauernd.

Ymme meinte, hinter sich ein vergnügtes Keckern aus dem ersten Bett zu hören. Am liebsten hätte sie Taleke mit ihren Blicken zum Schweigen gebracht, aber sie zog es vor, diesem Menschen nicht den Rücken zuzukehren.

»Der Heilige Vater hat unserer Bruderschaft übertragen, zum Kreuzzug aufzurufen, Tochter! Wir predigen in allen Ländern, in denen der Herr sein gottesfürchtiges Volk weiß.« Der Mönch sah Ymme mit gefurchten Augenbrauen an und drang Schritt für Schritt in das Krankenzimmer vor, zielstrebig wie ein Schlachtross, das nach erfolgreichem Kampf an die Krippe drängt.

Mit Gewalt konnte sie ihn nicht daran hindern. Sie stemmte die Hände in die Seiten und wartete ab, ob er wagen würde, sie beiseite zu stoßen.

Das hochmütige Gehabe des Franziskaners wich plötzlichem Misstrauen, und er blieb stehen. »Wer seid Ihr? Eine Kauffrau der Stadt? Eine Stifterin?«

»Ich bin die Ärztin dieses Hospitals«, antwortete Ymme ruhig. »Ich bin unter dem Namen Umm Iume de Lubicensis bekannt und erfreue mich eines guten Rufes hier in der

Stadt und in der Umgebung. Was man von Eurer Bruderschaft nicht so sehr behaupten kann. Mir drang kürzlich zu Ohren, dass der Heilige Vater sich gezwungen sah, die Franziskaner durch Dominikaner zu ersetzen, weil sie bei ihren Kreuzzugspredigten zu Unrecht Ablass erteilten.«

Der Mönch warf Ymme einen Blick zu, in dem mörderische Wut brannte. »Diese Unverschämtheit wird Euch noch Leid tun«, fauchte er, bevor er sich umdrehte und davonschlurfte.

Ymme starrte ihm verärgert nach, hauptsächlich über sich selbst, weil sie sich so hatte hinreißen lassen. Daran war vor allem die Erinnerung an die brutale Ermordung unzähliger Katharer und Katholiken in Béziers schuld – trotzdem hätte sie sich besser im Zaum halten sollen.

Ein unterdrücktes Gelächter hinter ihr ließ sie herumfahren.

»Dem habt Ihr es aber gegeben. Recht so«, krächzte Taleke und sabberte vor Vergnügen aus dem fast zahnlosen Mund. »Ich glaube gar, Ihr seid selbst eine Tochter von Svantevit.«

»Du redest Unsinn, Taleke«, sagte Ymme scharf. »Schlaf jetzt!« Sie streifte die übrigen Kranken mit einem prüfenden Blick und verließ dann den Saal. Sie empfand das dringende Bedürfnis, Cornelius von dem Vorfall zu berichten. Auseinandersetzungen mit Mönchen konnten lebensgefährlich sein, wie sie am eigenen Leib hinreichend erfahren hatte.

Cornelius stürmte gerade durch das große Tor des Anwesens, als Ymme auf die oberste Treppenstufe trat. Es war dunkel geworden, aber Fackeln erhellten den Durchgang zum Innenhof, und sie konnte seine angespannte Miene erkennen.

»Ymme, sie werden in einem Augenblick eintreffen!«, rief er, als er sie bemerkte. »Der Leiter der sizilianischen Delegation, Hermann von Salza, soll vergiftet worden sein, durch dänische Adelige, heißt es. Er liegt angeblich im Sterben, verlangt aber nach einem Arzt statt eines

Priesters. Und die Lübecker Kaufleute sind aufgebracht, als stünden sie kurz vor einem Aufruhr.«

Ymmes Handflächen wurden feucht, während sie die möglichen Folgen bedachte. Wenn der Abgesandte des Kaisers in ihrem Hospital starb, würde man zweifellos ihr die Schuld geben, schon um andere reinzuwaschen. Sie sah sich ein zweites Mal aus Lübeck fliehen, möglicherweise wieder aus einem brennenden Haus ...

Sie rief nach ihren Helferinnen, während sie zum kleinen Krankenzimmer für vornehme Gäste eilte, um sich zu überzeugen, dass es in Ordnung war.

Selbstverständlich war es in Ordnung, man brauchte nur noch das Licht anzuzünden. Der Knecht entfernte sich gerade, als vier südländisch aussehende Knappen hereindrängten, zwischen sich eine Lederdecke, auf der ein leichenblasser Mann lag. Seine Augen waren geschlossen, der Atem kaum wahrnehmbar.

»Was ist geschehen?«, fragte Ymme und griff nach dem Handgelenk des Kranken noch während ihn die Männer auf dem Bett zurechtschoben.

»Sie sind Sizilianer, sie verstehen Euch nicht«, antwortete eine frische, jugendliche Stimme, die die Knappen mit einigen fremd klingenden Worten hinausschickte.

Als Ymme sich umdrehte, verbeugte sich ein junger Mann vor ihr, der höchstens sechzehn Jahre zählen konnte. Er trug ein orientalisches, grün, scharlachrot und schwarz gestreiftes Seidengewand, aber sein kantiges Gesicht unter dem roten Barett wirkte durchaus abendländisch.

»Gestattet, dass ich Euch erkläre. Mein Name ist Nicolaus von Hohenburg, Valet im Dienste des Kaisers, derzeit mit der besonderen Aufgabe betraut, mich um die ritterlichen Pferde der Delegation zu kümmern.«

»So«, sagte Ymme, wenig interessiert an all dem, »und was ist nun mit dem Kranken? Hermann von Salza, wenn ich richtig verstanden habe.«

»Der Leiter unserer Abordnung, ganz richtig. Und zudem ein enger Vertrauter des Kaisers.« Der junge Mann machte ein ehrfürchtiges Gesicht und fuhr fort. »Man könnte fast ...«

»Später. Was ist ...«

»Oh, natürlich. Es geschah während der Verhandlungen um den dänischen König Waldemar. Die Dänen sind über seine Gefangennahme empört, die widerrechtlich ist, wie sie meinen. Nachdem sie mit dem Grafen von Schwerin zu keiner Einigung gelangten, erwarteten sie, dass der König nach Ankunft der kaiserlichen Delegation auf der Stelle freigelassen würde. Aber der Kaiser hat eigene Vorstellungen und lässt verhandeln. Mit anderen Worten: Er stellt Bedingungen. Das hat die Dänen so erbost, dass sie den Hochmeister während des Essens vergiftet haben.«

»Aha.« Ymme ließ sich auf einem Hocker nieder, streifte dem Kranken den Ordensmantel von den Schultern und öffnete das dünne, fein gegerbte Lederwams am Hals. Sie begann ihn zu untersuchen. »Sprecht ruhig weiter. Wie hat seine Krankheit begonnen? Gewiss wart Ihr beim Essen dabei.«

»Es ist keine Krankheit«, widersprach Nicolaus eigensinnig. »Es ist eine Vergiftung, deshalb hat niemand etwas bemerkt, bis der Hochmeister während des festlichen Mahls begann, Unsinn zu reden, mit Verlaub zu sagen. Und dabei holperte seine Zunge, als ob sie gelähmt wäre. Kurz danach fiel er vom Stuhl, und seitdem ist er ohne Bewusstsein.«

»Er hat sehr hohes Fieber«, murmelte Ymme gedankenverloren. »Das spricht nicht für eine Vergiftung.«

»Wir haben ihn zu Euch gebracht gegen den Rat der meisten in der Delegation, vor allem Frater Leonardo hält nichts von Frauen, die dem Herrn ins Handwerk pfuschen.«

Nein, natürlich nicht, dachte Ymme.

»Der Frater bot an, für ihn zu beten und an seinem Krankenbett zu wachen, aber die Lübecker Kaufleute sangen Euer Loblied, und selbst der Graf von Schwerin gab auf Befragen zu, dass Ihr als Ärztin einen guten Ruf genießt. Habt Ihr wirklich bei den Sarazenen gelernt? Und werdet Ihr den Hochmeister gesund machen?«

»Ich habe im Hospital von Toledo gelernt. Es sieht nicht besonders gut für Euren Delegationsleiter aus«, bemerkte Ymme nachdenklich und betrachtete missbilligend die außergewöhnlich prall gefüllten Adern, die sich am rechten Arm des Ordensritters bis zum Handrücken abzeichneten. Als sie die Hand umdrehte, entdeckte sie mitten in der Innenfläche eine Schwellung, die blaurot verfärbt war und sich als teigig erwies. »Seit wann hat er diese Verletzung?«

Nicolaus reckte sich, um Ymme über die Schulter zu sehen. »Oh, das«, sagte er sorglos, »der Hochmeister bat mich gestern, ihm beim Überziehen seines Handschuhs zu helfen, weil er seine Schildträger gerade mit Aufträgen fortgeschickt hatte. Da muss er wohl schon Kummer mit der Hand gehabt haben. Hat aber nichts zu bedeuten. Im Morgenland ziehen sich die Männer unentwegt Verletzungen an der Haut zu. Würmer, wisst Ihr ...?«

Ymme widersprach ihm nicht. Sie stand auf.

Der Edelknappe trat wohlerzogen zurück. »Soll ich diese Nacht bei unserem Herrn wachen?«, fragte er eifrig.

Ymme musste lächeln. »Lieb, dass Ihr Euch sorgt, aber das ist nun meine Aufgabe. Solltet Ihr Euch nicht lieber um die Pferde kümmern? Wenn Herr von Salza aufwacht, wird er wissen wollen, dass alles seinen gewohnten Gang geht ...«

Nicolaus' Gesicht nahm fast die Farbe seines scharlachroten Baretts an, und er blickte so betreten drein, dass Ymme, die schon in Gedanken die benötigten Heilmittel zusammenstellte, aufmerksam wurde.

Beim Anblick ihrer hochgezogenen Augenbrauen antwortete er freiwillig. »Der Lieblingshengst des Grafen ist vor drei Tagen gestorben. Wenn er aufwacht, wird er sich als Erstes daran erinnern ...«

»War es Eure Schuld? Hat Herr von Salza Euch Vorwürfe gemacht?«, fragte Ymme behutsam.

Nicolaus zögerte und schüttelte dann den Kopf. »Nein, so einer ist er nicht ... Aber dem Kaiser werde ich es gestehen müssen. Der Hengst war ein Geschenk des Sultans.

Und dann versetzt er mich zur Strafe womöglich zu den Jagdleoparden ...« Er schluckte trocken.

Unwillkürlich strich Ymme ihm tröstend über die Wange, wie es wahrscheinlich auch seine Mutter getan hätte. In diesem Augenblick war Nicolaus nicht der Edelknappe des Kaisers mit Vorrechten, um die ihn viele beneidet hätten, sondern ein furchtsamer Junge, der sich möglicherweise verantwortlich für den Tod des Hengstes fühlte. Oder der Angst vor den Leoparden hatte.

Und dann überraschte er Ymme.

Er ergriff ihre Hand, sank auf ein Knie und küsste sie, obwohl sie rissig und durchaus nicht die Hand einer Edeldame war, sondern nach scharfer Lauge zum Säubern roch. »Bitte macht Hermann von Salza mit Gottes Hilfe gesund«, flüsterte er. »Ich bitte Euch sehr.«

In der Nacht versank der todkranke Hochmeister in tiefe Bewusstlosigkeit. Seine Gesichtsfarbe wechselte von weiß zu rot, und sein Herz hämmerte. Ymme erneuerte immer wieder die Wadenwickel, aber das Fieber wollte nicht sinken. Trotz des dicken Verbandes mit Zwiebelmus, den sie ihm um die Hand gewickelt hatte, blieben die Adern des Arms prall gefüllt und pochten heftig. Fast ohne Hoffnung saß sie Stunde um Stunde neben ihm.

Sie war dankbar, als Cornelius mitten in der Nacht von seinem neuerlichen Erkundungsgang zurückkehrte. »Gottlob«, sagte sie, und er küsste sie leicht auf den Mund, bevor er sich zu ihr setzte.

»Noch keine Änderung?«

Ymme schüttelte den Kopf. »Allenfalls schlechter. Ich hoffe, sein Herz hält es aus.«

»Als Ordensritter ist er immerhin alles gewohnt, was die Welt zu bieten hat: Hitze, die einen Mann wie eine Dörrpflaume aussehen lässt, Kälte, die ihn zum Eisblock macht ...«

Ymme lächelte in sich hinein. »Ich weiß, Cornelius. Glutäugige Schönheiten, berauschende Düfte, Wein, der aus Brunnen fließt ...« Dann gab sie sich einen Ruck. »Was hast du in Erfahrung gebracht?«

Cornelius kaute auf den Lippen, ein sichtliches Zeichen von Besorgnis. »Ebenfalls nichts Gutes. Die Kaiserlichen sind der festen Überzeugung, dass Hermann von Salza vergiftet worden ist. Besonders der Graf von Schwerin tut sich mit Hetzreden gegen die Dänen hervor. Und die schäumen vor Wut über die Unterstellung.«

»Woher weißt du das denn?«

»Ich war im Hirschen, wo die dänischen Adeligen sich beraten. Und sich dabei hemmungslos betrinken. Einer ihrer Knechte ließ mich ein, als ich sagte, dass ich vom Hospital käme. Sie erhofften sich von mir die Nachricht, dass es dem Hochmeister schon besser geht ...« Cornelius lachte grimmig. »Sie haben ihn bestimmt nicht vergiftet. Sie fürchten ja nichts mehr, als dass er stirbt. Dann sind nämlich die Lösegeldverhandlungen für König Waldemar auf der Stelle beendet. Sie haben sogar Angst, dass er in dem Fall als Gefangener nach Sizilien verschleppt wird. Als Geisel, wie die Kaiserlichen sagen würden.«

»Kein Gift, von dem ich gelesen oder gehört habe, führt zu Karbunkeln und Fieber«, widersprach Ymme. »Cornelius, ich weiß, dass es eine Zumutung ist. Aber könntest du dich erkundigen, was mit dem Pferd des Hochmeisters war, bevor es starb? Der Valet, der sich um die Pferde der edlen Herren zu kümmern hat, liebt anscheinend Hermann von Salza von Herzen. Jedenfalls mehr als Pferde und Leoparden. Es hatte keinen Sinn, ihn weiter zu befragen. Aber es ist wichtig.«

Cornelius seufzte und stand auf. »Ich sehe schon, mein hochgelehrtes Weib verdächtigt ein Pferd, den Deutschordensritter vergiftet zu haben. Seinen eigenen Herrn! Pfui, wie treulos!«

Ymme schüttelte den Kopf. »Ach, du weißt doch, wie ich es meine. Hermann von Salza wird es nicht helfen, wenn wir die Ursache seiner Krankheit kennen, ich weiß, aber vielleicht den Dänen. Und das ist es doch wert ...«

»Und leider auch noch eilig! Und ich, der ich dachte, dass ich jetzt endlich meinen Pokal Wein trinken dürfte ... Der Besuch bei den Dänen hat mich durstig gemacht«, seufzte Cornelius. Er bückte sich, um Ymme zu umarmen. »Nicht nur auf Wein ...«

Ymme sah ihm nach, als er die Tür zum schwach erleuchteten Gang hinter sich leise schloss. Alle ihre gemeinsamen Wünsche hatten sich erfüllt – außer dem nach eigenen Kindern. Zwölf Jahre lebten sie jetzt schon nach ihrer Rückkehr aus Spanien in Lübeck, und Ymme hatte jede Hoffnung auf Kinder aufgegeben. Ausgerechnet sie, die auch Hebamme war. Vielleicht war es der Preis für die Kenntnisse, die ihr der Herr ermöglicht hatte. Das Hospital jedenfalls zog seinen Nutzen daraus. Es war für sie beide zum Inhalt ihres Lebens geworden, und Kinder hatten sie nunmehr viele ...

Ihr Blick ging wieder zurück zu Hermann von Salza. Er rang mit dem Tode und wäre nicht der erste vornehme Verstorbene im Hospital. Aber noch nie hatte sie einen Kranken betreut, dessen Tod solche politischen Verwicklungen nach sich ziehen konnte. Wenn man es zu Ende dachte, konnte darüber das dänische Königreich stürzen und dem deutschen Kaiserreich einverleibt werden.

Ymme fröstelte plötzlich. Wer wollte schon Untertan eines Herrschers sein, der sein Reich wie ein Sultan regierte? Lieber ein König, der wie ein Bauer zechte, als ein Sultan, der sein Besitztum an Menschenhälsen zählte.

2.
Verrat

Cornelius machte sich im Schutz der Nacht zur Burg von Lübeck auf, wo außer den Soldrittern in König Waldemars Diensten auch die Delegation aus Sizilien untergebracht war. Er hoffte, im Stall jemanden zu finden, der ihm Auskunft geben konnte.

Die angespannte Stille in der Stadt war nicht weniger alarmierend als Schlachtenlärm, und er bewegte sich vorsichtig wie eine Katze. Einen Augenblick blieb er stehen, um seinen Umhang mit dem leuchtenden weißen Kreuz herumzudrehen, und setzte dann seinen Weg im Schatten der Häuser fort. Zuweilen hatte er das Gefühl, dass ihm jemand auf den Fersen war.

Aber als er unvermittelt in einen Torbogen schlüpfte und lauschte, war alles ruhig. Wahrscheinlich gaukelte ihm sein Gespür für brenzlige Situationen, das er all die Jahre nicht benötigt hatte, eine Gefahr nur vor. Er lachte leise über sich selbst.

Völlig unbehelligt erreichte er die Burg. Im Schatten der Mauer legte er seinen Mantel wieder richtig herum an und trat zu dem kaiserlichen Wachtposten, den er kurz das Kreuz auf seinem Rücken sehen ließ. »Man verlangt nach mir. Einer der dänischen Ritter hat sich verletzt«, erklärte er.

Er wurde schweigend durchgelassen. Zuversichtlich ging er auf den Stall zu, der schwach erleuchtet war.

Die Geräusche von schlafenden Pferden waren Cornelius so vertraut wie früher. Mit einem Lächeln trat er über die Schwelle.

Ein Knecht mit dunkelhäutigem Gesicht sprang von einem Schemel auf. Über seinen Knien hatte eine Axt gelegen, die er nun drohend in der Hand hielt.

»Mein Name ist Cornelius von Fischbach«, erklärte der Ritter mit verwundert hochgezogenen Augenbrauen langsam und deutlich, weil er nicht wusste, ob der Mann Deutsch verstand. »Herrscht Krieg im Stall des Kaisers?«

»Was wollt Ihr?«, entgegnete der Knecht scharf. »Ihr seid keiner von den Unseren.« Er bediente sich eines Gemisches aus Italienisch und Deutsch und schien jeden Augenblick willens zu sein, mit der Axt auf Cornelius loszugehen.

»Ruhig, mein Sohn«, sagte Cornelius beschwichtigend und ließ ihn das Kreuz sehen. Angestrengt suchte er in seiner Erinnerung nach Brocken des italienischen Volgare. »Ich bin auch kein Däne, ich komme vom Hospital, wo euer Deutschherr liegt.«

»Ausgerechnet Johanniter! Ob das meinem Herrn wohl recht ist?«

»Ich habe in Ägypten und im Heiligen Land gekämpft wie dein Herr, und vermutlich wäre er dankbar, wenn er wüsste, dass sich ein Waffenbruder im Namen des Herrn um ihn bemüht. Abgesehen davon, dass die beste Hakima des Nordens es tut.«

»Habe schon davon gehört«, brummte der Knecht unentschlossen und stellte dann die Axt an die Wand. »Ist sie wirklich Sarazenin?«

»Nein, das ist sie nicht«, sagte Cornelius vorsichtig. »Aber sie hat die Heilkunde der Araber in Toledo studiert.«

»Ich habe nichts dagegen«, sagte der Italiener plötzlich freimütig. »Ich habe mir einmal in Lucera von einem Hakim einen Pfeil aus dem Oberschenkel ziehen lassen. Ist tadellos verheilt. Womit kann ich Euch helfen?«

Cornelius holte tief Luft. »Die Hakima benötigt eine Auskunft von dir. Könnte sein, dass die Heilung deines Herrn dann schnellere Fortschritte macht.«

Der Knecht grinste schief. »Nicht, dass ich Eure Schmeichelei glaube, aber wenigstens schlafe ich nicht ein, wenn Ihr mich unterhaltet. Worum geht's?«

»Es soll vor einigen Tagen ein Schlachtross hier im Stall gestorben sein.«

»Es war niemand schuld«, antwortete der Knecht wütend und trat dicht an Cornelius heran. »Wer das behauptet, lügt!«

»Beruhige dich! Darum geht es mir als Johanniter doch gar nicht.«

»Das ist wahr«, gab der Knecht reuig zu. »Braucht die Hakima vielleicht Pferdefett?«

»Nein, nein, nur die Auskunft.« Cornelius griff nach dem kleinen Beutel, den er unter seinem Umhang trug. »Es soll dein Schade nicht sein. Ist dir etwas an dem Hengst aufgefallen?«

»An dem Hengst gab es nichts, das nicht aufgefallen wäre«, sagte der Knecht bereitwillig und befingerte neugierig den lübschen Halbpfennig.

»Einen Humpen Bier oder den Kuss einer Dirne bekommst du dafür«, klärte Cornelius ihn lächelnd auf.

Der Knecht zwinkerte ihm zu. »So etwas von Euch, Bruder Ritter? Der Hengst blutete aus allen Löchern gleichzeitig, wie ich es noch nicht gesehen habe. Und die Haut war aufgequollen, als sei sie mit Wasser gefüllt. Wenn man draufdrückte, kam aber nichts heraus.«

»Hast du draufgedrückt?«, erkundigte Cornelius sich.

»Nein, nur der Deutschritter selber. Von uns wagte sich niemand an den Hengst heran. Hier hatte Satan seine Hand im Spiel, und dagegen ist nur ein so hoher Herr wie Hermann von Salza gefeit.«

Der Italiener begann ausschweifend vom grausigen Ende des Pferdes zu erzählen; so wortkarg er am Anfang gewesen war, konnte er jetzt kaum ein Ende finden.

»Wie seid ihr das Pferd denn losgeworden?« Cornelius unterbrach ihn schließlich. Er war halb erstaunt, halb belustigt.

»Mit Mistgabeln auf ein großes Brett gewälzt und dann ab damit in einen Brunnen«, erklärte der Knecht kurz und bündig und schüttelte sich.

»Ja, ob die Hakima damit etwas anfangen kann, weiß ich nicht, aber auf jeden Fall ist es die Auskunft, die sie wünschte. Ich danke dir«, sagte Cornelius freundlich.

Als er schon in der Stalltür stand, wurde er nochmals aufgehalten. »Herr Ritter«, sagte der Knecht zögernd. »Wir werden für unseren Herrn Hermann und für die Hakima beten und Kerzen anzünden. Frater Leonardo hat's verboten, aber jetzt, wo ich Euch kenne ...«

»Tut das, sie ist für jede Hilfe dankbar«, sagte Cornelius und entfernte sich mit einem Nicken. Als er das Burggelände hinter sich gelassen hatte, fragte er sich, wer zum Teufel dieser Bruder Leonardo sein mochte und warum ausgerechnet er keinen himmlischen Beistand für den Hochmeister wünschte. Oder hatte sich der Italiener nur unglücklich ausgedrückt?

Der Zustand des Deutschordensherrn hatte sich weiter verschlechtert. Sein Gesicht war inzwischen mehr grau als rot, trotzdem glühte er vor Hitze. Eigentlich hätte Ymme nach dem Priester der Kirche Zum Heiligen Geist schicken müssen, die am nächsten lag.

Aber die Letzte Ölung würde die Zeit in Anspruch nehmen, die sie für einen letzten Versuch benötigte. Schon auf dem Weg zur Tür, gestand sie sich ein, dass sie sich womöglich versündigte. Sie würde trotzdem handeln, wie sie es für richtig hielt.

»Ermgard!« rief sie in den langen Gang vor den Krankenzimmern. »Zwei Pferdedecken, Betttücher und zwei Kübel Wasser, schnell! Und die Küche soll Knoblauchmus vorbereiten! Bring Hindrik mit!«

Laufende Schritte bestätigten, dass ihre Befehle auf der Stelle ausgeführt wurden, indes sie selbst den Kranken von seiner restlichen Kleidung befreite. Als Ermgard und der Knecht Hindrik kamen, lag der Hochmeister nackt auf den Laken.

Ymme erklärte ihnen hastig, was sie vorhatte. Dann begannen sie mit Hilfe der zerrissenen Bettücher den Kranken mit kaltem Wasser abzureiben, jeden Zentimeter Haut immer und immer wieder.

Obwohl Ymme immer noch nicht recht klar war, ob ein Zusammenhang zwischen der übrigen Erkrankung und dem Karbunkel bestand, wäre ihr lieber gewesen, ihn offen zu wissen. Aber er war noch nicht reif. Wenn sie ihn jetzt öffnete, würden die Gifte aus dem Karbunkel den Körper überschwemmen, und dann wäre Hermann von Salza mit Sicherheit noch vor dem Morgengrauen tot.

Sie arbeiteten schweigend. Nur Hindriks Keuchen war zu hören, wenn er von Zeit zu Zeit den narbenübersäten Leib drehte, der zwar mager, aber durchtrainiert und keineswegs leicht war.

Endlich war Ymme zufrieden. Die Haut des Kranken glühte nicht mehr, und fast schien es, als ob er leichter atme. »Jetzt wickeln wir ihn fest in beide Decken«, befahl sie. »Ermgard geht wieder auf ihren Posten, und Hindrik räumt die Sachen fort und legt sich schlafen.«

»Ja, Herrin«, sagte Hinrik gehorsam.

»Soll ich das Knoblauchmus holen, Meisterin?«, fragte Ermgard.

»Nicht nötig, ich hole es selber. Du kannst dich auf deine Runde durch die Krankenzimmer machen.« Während ihre Helfer den Raum verließen, blieb Ymme noch einen Augenblick bei ihrem Patienten. Zweifellos befand er sich zwischen Leben und Tod.

Sie dachte an Cornelius. Wenn er nur endlich zurück wäre! Konnte es zwischen dem Tod eines Pferdes und der Krankheit seines Besitzers einen Zusammenhang geben? Der Gedanke, so unwahrscheinlich er auch war, ließ sie nicht los.

Sie ermahnte sich energisch, nicht noch tiefer in solchen Grübeleien zu versinken, und machte sich auf den Weg in die Hospitalküche. Von hinten sah sie Ermgard in einen der letzten Räume verschwinden. Soweit war also alles in Ordnung.

Die Küchenhilfe war offenbar wieder zu Bett gegangen, aber eine Holzschüssel mit dem wässrigen Mus stand bereit. Ymme atmete zufrieden den scharfen, würzigen Duft ein; sie hielten für Heilzwecke stets die Knoblauchzehen aus Alsen bereit, die als die besten galten.

Sie verließ den Küchentrakt und betrat wieder den leeren Gang vor den Krankenzimmern. Ermgard machte offenbar noch ihre Runde an den Krankenbetten. Sie konnte sehr selbständig arbeiten. Überhaupt war Ymme stolz auf all die Helfer, die sie inzwischen ausgebildet hatte. Man konnte durchaus sagen, dass in ihrem Haus alles wie am Schnürchen lief.

Mit einem Gefühl der Zufriedenheit betrat sie den Raum des Deutschritters, wo sie jäh stehen blieb. Am Krankenbett machte sich eine Gestalt zu schaffen. »Hindrik! Zu Hilfe!«, schrie sie aus Leibeskräften und versuchte, den Mann an seinem weiten Gewand vom Bett fortzuzerren.

»Nimm deine frevlerischen Hände von der Kutte des Herrn!«, herrschte er sie an und richtete sich auf.

Ymme erkannte mit Entsetzen den Franziskanermönch vom Vortag. In der Hand hielt er ein Messerchen mit krummer Schneide, und sie wusste nur zu gut, wozu er es benutzen wollte. »Raus hier! Was erlaubt Ihr Euch!«, fauchte sie.

»Die Behandlung des Kranken nach den Regeln der Kunst!«, gab er aufgebracht zurück. »Ich habe in Salerno die Aderlassschriften studiert und in Paris die *sectio rationis*. Und Ihr seid eine impertinente, unverschämte Person!«

»Aderlass! Das dachte ich mir«, versetzte Ymme bebend vor Zorn. »Nichts wäre geeigneter, den Kranken schneller zum Tode zu befördern als ein Aderlass.«

»Und der Karbunkel muss aufgeschnitten werden«, fuhr der Mönch fort, als ob sie für ihn Luft wäre.

Jetzt erst bemerkte Ymme, dass der nun leichenblasse Arm des Hochmeisters über den Rand des Bettes hing. Sie beruhigte sich, als sie sah, dass der Mönch noch nicht geschnitten hatte. Aber sie war zweifellos keinen Augenblick zu früh gekommen. »Das wäre die zweite Möglichkeit gewesen, ihn zu töten«, bemerkte sie erbittert und lauschte nach draußen. Cornelius oder Hindrik! Wenn nur einer von ihnen käme! Aber im Gang rührte sich nichts.

Der Mönch schob die Ärmel seiner Kutte bis an die Schultern hoch. »Fort mit dem Teufelszeug!«, befahl er mit einem Blick auf die Schüssel, die Ymme immer noch in ihrer bebenden Hand hielt, und ließ sich auf die Knie sinken. »Und schafft einen Priester herbei!«

»Im Gegenteil! Ich schaffe einen Mönch hinaus«, schrie Ymme und stülpte ihm wutentbrannt die Schüssel über die Tonsur. Bröckchen von weißlichem Knoblauch und Saft rannen durch die spärlichen Haare und Augenbrauen und tropften ihm auf die Schultern.

Sein Gebrüll war von bemerkenswerter Lautstärke. Er ließ das Skalpell fallen und rieb sich mit einem Kuttenärmel die Augen.

Nur zu, dachte Ymme zufrieden. Desto länger bist du außer Gefecht gesetzt. Gottlob hörte sie im Gang hastige Schritte von beiden Seiten.

Als Erste trat die alte Frau Taleke ein, die ganz gewiss jetzt am wenigsten zu gebrauchen war. »Sieh an«, sagte sie und spitzte genüsslich die Lippen. »Ich habe mir doch gedacht, dass Ihr Euch auf weiteres Handwerk versteht als nur die Heilkunde. Das Verdreschen von Mönchen ist ein besonders befriedigender Beruf, findet Ihr das auch, Frau Hakima?«

»Mein Gott, Taleke, bitte geh«, zischte Ymme. »Sei so gut und suche Hindrik.«

»Schon da, Herrin.« Hindrik tauchte in der Tür auf. Beim Anblick des Mönches bekreuzigte er sich. »Eure Frisur, Bruder ...«, hob er bedächtig an. »Und Euer Gesicht. Ihr solltet so nicht Christenmenschen unter die Augen treten, man könnte meinen, Ihr wärt vom Teufel besessen.«

Ymme warf Hindrik einen scharfen Blick zu. Sie wusste nicht genau, ob ihr biederer Helfer es ernst meinte oder ob er wirklich zu solchem Spott imstande war. Der Franziskaner schien es anzunehmen; er sprang heulend auf und versuchte, das Zimmer zu verlassen. Aber er stieß gegen das Bett, drehte sich um sich selbst und fand den Ausgang nicht.

»Wascht Euch die Augen mit Wasser aus, aber reibt nicht zu sehr«, riet Ymme, mäßig freundlich, und schob ihn zur Tür. »Am Ende des Ganges findet Ihr einen Kübel. Übrigens ist es sehr einsichtig von Euch, das Skalpell hierzulassen. Schon unser großer Heiliger Vater, Innozenz III., hat auf dem vierten Laterankonzil den Klerikern die manuelle Heilkunde verboten.«

Der Mönch tappte hinaus. Sein dumpfes Stöhnen verlor sich im Gang, begleitet von Talekes gluckerndem Lachen, die sich offenbar selbst davon überzeugen wollte, dass er den Ausgang fand. Ymme lauschte ihnen nach, von bösen Ahnungen geplagt. Sie konnte nur hoffen, dass der Erzbischof von Lübeck nicht allzu viel von Franziskanern hielt. Dann wandte sie sich wieder dem Krankenbett zu.

Ferner Lärm schreckte Cornelius aus dem Grübeln auf. Laufende Schritte in der Nähe von Sankt Jacob entfernten sich in Richtung Markt. Der Ritter raffte seinen Mantel zusammen und setzte ihnen nach.

Als er die Schrangen hinter sich gelassen hatte, ahnte er, was los war. Die Dänen im Hirschen!

In der Mitte des Marktplatzes war die dunkle Masse von Pferdeleibern zu erkennen; von Knechten in Gruppen am Zügel gehalten, traten sie unruhig auf der Stelle. Cornelius' Blick wanderte zum Hirschen hinüber. Das Wirtshaus wurde ganz offensichtlich von Lübecker Bürgern belagert. Er hörte einzelne wütende Rufe. »Sie sind Dänen im dänischen Königreich! Der Graf von Schwerin hat ihnen freies Geleit zugesichert! Gebt sie frei!«

Also waren die Kaiserlichen gekommen, um die dänischen Adeligen widerrechtlich gefangen zu nehmen. Er hatte gefürchtet, dass es mit dem Verdacht eines Anschlags auf den Leiter der kaiserlichen Abordnung nicht sein Bewenden haben würde. Wenn doch nur Ymme da wäre, um ihnen die Idee von der Vergiftung auszureden! Aber es war zu spät, sie zu holen.

Entschlossen legte Cornelius die letzten Schritte zum Wirtshaus zurück und erreichte es gerade in dem Augenblick, als der Mann, der der Graf von Schwerin sein musste, über die Schwelle trat. Die wütenden Rufe steigerten sich zu einem Höllenlärm, als er die Treppe herabstieg, gefolgt von seinen eigenen Leuten sowie den Rittern und Knechten der sizilianischen Delegation, die die betrunkenen Dänen die Stufen hinunterstießen.

Cornelius wartete, bis der Menge der Atem ausgegangen war, dann trat er dem Grafen in den Weg. »Einen Augenblick, Herr Graf«, sagte er mit lauter Stimme. »Mein Name ist Cornelius von Fischbach, Vorsteher des Hospitals und den Johannitern zugehörig. Es handelt sich offensichtlich um ein Missverständnis: Der Hochmeister wurde nicht vergiftet, die Dänen sind unschuldig. Ihr habt kein Recht, sie gefangen zu nehmen.«

Der Graf betrachtete ihn wie ein lästiges Insekt. Schließlich ließ er sich mit auffallend heller Stimme zu einer Äußerung herab. »Weder ich noch mein Kaiser sind der Meinung, dass sich Ritter des Johanniterordens zu Angelegenheiten der Deutschherren äußern sollten.«

Cornelius straffte die Schultern und sah sich kurz um. In seiner Nähe standen Kaufleute mit samtenen Baretten, einer von ihnen trug die goldene Kette des Ratsherrn um den Hals. Ihre Mienen signalisierten Zustimmung, aber auch Bedenken. »Und weder ich noch andere Lübecker Bürger sind der Meinung, dass wir Übergriffe des Grafen von Schwerin auf dänische Untertanen dulden sollten. Seit dem Jahr 1214 ist ganz Schleswig Besitztum des dänischen Königs Waldemar. Und untersteht nicht dem deutschen Kaiser. Ich mache Euch nochmals darauf aufmerksam, dass Ihr widerrechtlich handelt!«

Brüllendes Gelächter erhob sich unter den Kaiserlichen; der Graf lächelte nur kalt. »Am besten kommt Ihr mit uns, Ritter ... wie war noch Euer Name?«, sagte er schließlich und wandte sich zum Gehen. »Wir werden uns Eurer Angelegenheit zuwenden, sobald wir Zeit haben.«

Eine Hand fiel derb auf Cornelius' Schulter, und als er sich umwandte, blickte er in das bärtige Gesicht eines älteren Knappen. »Kommt Ihr freiwillig mit?«, fragte er, »oder muss ich Euch in Fesseln legen?«

Als Ymme am Morgen entdeckte, dass Cornelius in der Nacht nicht zurückgekehrt war, schlug ihre Besorgnis in Angst um. Hindrik, den sie aussandte, um nach ihm zu suchen, wusste nur zu berichten, dass die dänischen Adeligen gefangen genommen und in der Burg festgesetzt worden waren.

»Glaubst du, dass Cornelius bei ihnen ist?«, fragte Ymme aufgebracht.

»Kann schon sein. So wie man den Herrn Ritter kennt, hat er wahrscheinlich versucht, den Dänen zu helfen«, murmelte Hindrik.

»So oder so«, sagte Ymme entschlossen. »Er muss dort sein. Und ich muss hin! Du wirst Ermgard helfen. Sie weiß, was zu tun ist. Taleke verlässt heute das Hospital. Sollte sie ..., ich meine, sollte sie ...«

»Ganz recht. Wenn sie nicht gehen will, stellen wir sie zum Rübenputzen an. Das macht sie nicht gern. Seid ohne Sorge, Herrin. Mit dem Weib werden wir schon fertig.«

Ymme lächelte ihn dankbar an und holte dann ihren Umhang. Die Sonne war noch kaum über die Kirchturmspitze von Sankt Marien hinausgekommen, als sie ihren Gang zur Burg antrat.

Unterwegs dachte sie darüber nach, wie sie ihr Anliegen vortragen sollte. Vermutlich war der derzeit wichtigste Mann auf der Burg der Graf von Schwerin, über den sie bislang noch kein einziges gutes Wort gehört hatte. Gegen ihn hatte sie sich zu wappnen; aber sie war schließlich schon mit anderen Situationen und Männern fertig geworden. Sie überquerte gerade den menschenleeren Burghof, als sie von hinten angerufen wurde.

»Meisterin Ymme! Wie geht es unserem Hochmeister?«

»Unverändert schlecht«, antwortete Ymme ehrlich und wandte sich dem Valet des Kaisers zu. »Tut mir Leid, es sagen zu müssen: Er ringt mit dem Tod.«

»Und dann seid Ihr hier?« Nicolaus' Bestürzung war kaum zu übersehen, und er ballte die Fäuste, dass Ymme Angst bekam, er würde auf sie losgehen.

»Was soll ich denn machen!«, rief sie aufgebracht. »Ich hatte meinen Mann Cornelius gebeten, auf der Burg nach einer Spur zu suchen, die mir möglicherweise bei der Behandlung des Hochmeisters helfen kann, und seitdem ist er verschwunden. Das Einzige, was mir einfällt, ist, den Grafen von Schwerin zu fragen ...«

Der junge Mann schnitt ihr mit einer Handbewegung das Wort ab. »Wenn's nur das ist«, sagte er, »dann kommt mit.«

Ymme konnte kaum Schritt halten, als er den Wohnturm umrundete, dicht an der Mauer entlang, so dass man sie von oben nicht sehen konnte, wie sie trotz ihrer Aufregung bemerkte.

»Sie haben ihn von den Dänen getrennt. Die Dänen sitzen in den Verliesen.« Nicolaus blieb vor einer gewöhnlichen Stalltür stehen und schob den Riegel nach oben. »Euer Mann hat mit ihnen verglichen eine Luxuskemenate.«

»Oh«, sagte Ymme und sog naserümpfend die Luft ein, die ihr entgegenschlug. »Hier hat früher die Sau des Hauses genächtigt.«

»Genau«, sagte Nicolaus und lud sie mit einem Grinsen ein, in den halbdunklen Raum zu treten.

Cornelius saß auf einem steinernen Trog und sah Ymme ungläubig entgegen. Dann lagen sie sich in den Armen.

»Nun ist es genug«, murmelte Nicolaus verlegen. »Vielleicht solltet Ihr ein Ende finden, bevor wir alle drei ertappt werden. Ich für meinen Teil würde zum Futterknecht für Jagdleoparden degradiert werden, wenn nicht zu ihrem Futter.«

»Danke, Nicolaus, danke«, sagte Ymme überwältigt.

»Auch die Dankbarkeit verschieben wir besser. Und ich muss bei Euch bleiben, um die Tür zu bewachen ...«

»Wie Ihr wollt.« Ymme sah Cornelius forschend an. Er war nicht verletzt, eher schien Ärger an ihm zu nagen. Das konnte warten. »Cornelius, hast du etwas erfahren?«

»Eine Menge. Hermann von Salza hat keine Feinde. Er ist anscheinend bei den meisten Menschen beliebt, was auf Gegenseitigkeit beruht. Aber er liebt auch Tiere: In den letzten drei Tagen sorgte er sich vor allem um sein Pferd, er war stundenlang im Stall, sagte der Stallknecht. Sein Hengst hätte eine Krankheit gehabt, die Hermann von Salza schon im Heiligen Land gesehen hat.«

Ymme hob ruckartig den Kopf und starrte ihn gespannt an.

»Was ist?«, fragte er irritiert.

»Was für eine? Erzähle weiter!«

»Das Blut, das dem Hengst aus den Nüstern und aus dem After lief, sah aus wie flüssiges Pech, und seine Augen waren blutunterlaufen.«

Ymme atmete tief ein. Da war es. Auf eine solche oder ähnliche Erklärung hatte sie gehofft. »Er hat das Blut womöglich angefasst?«

»Er hat den Finger hineingetaucht.«

»Nicht nur das«, sagte Nicolaus von der Tür her und schüttelte sich. »Er hat es zwischen den Handflächen verrieben, daran gerochen und sogar geleckt.«

»Das muss er bei einem Arzt im Orient gelernt haben«, sagte Ymme wider Willen lächelnd. »Nur, dass es ihm in diesem Fall die Krankheit eingetragen hat. Ich kenne sie, glaube ich. In Toledo kam sie mehrmals bei Arbeitern in der Abdeckerei vor. Milzfäulnis hat al-Walid sie genannt ...«

»Was Ihr alles wisst«, sagte Nicolaus bewundernd. »Allmählich verstehe ich, dass sie Euch empfahlen. Bruder Leonardo hätte nur einen Aderlass gemacht. Er hat sich mächtig geärgert, dass Hermann von Salza nicht ihm anvertraut wurde.«

Ymme nickte, mit den Gedanken ganz woanders. »Cornelius, ich werde jetzt gleich zum Grafen von Schwerin gehen und ihn zu überzeugen versuchen, dass die Dänen mit der Krankheit des Hochmeisters nichts zu tun haben. Ich hoffe, er lässt dich sofort frei.«

»Der Graf wird Euch nicht vorlassen«, bemerkte Nicolaus bedauernd. »Frauen kann er nicht leiden, und auf ihr Wort gibt er sowieso nichts.«

Ymme hielt erschrocken den Atem an. »Dann muss ich sofort zurück, ich kann den Hochmeister nicht so lange allein lassen. Wie ist es mit Euch? Würde er Euch vorlassen?«

Nicolaus nickte düster. »Liebend gern ...«

»Aber?«

»Ich gehe ihm aus dem Weg ...«, antwortete Nicolaus zögernd.

»Er stellt Euch also nach. Nein, dann kann ich es von Euch nicht verlangen.« Ymme nahm Cornelius bei beiden Händen. »Ich hoffe, es geschieht dir nichts«, sagte sie weich. »Ich werde den Rat der Stadt alarmieren. Ich wüsste nicht, was ich sonst tun könnte.«

»Hermann von Salza heilen«, sagte Nicolaus hoffnungsvoll. »Er ist der Einzige, dem sich der Graf von Schwerin beugen muss.«

Ymme schüttelte beklommen den Kopf, bis es ihr gelungen war, sich die Kehle freizuräuspern. »Die Arbeiter der Abdeckerei sind ausnahmslos gestorben. Für diese Krankheit gibt es kein Heilmittel.«

Der Valet sank mit verzweifeltem Gesicht auf den schmutzigen Boden des Schweinestalls und begann laut zu beten.

Cornelius sah Ymme mit versteinerter Miene nach, als sie hinaus ins Freie trat.

3.
Das Komplott

Die Gewissheit, dass der Hochmeister sterben würde, erfüllte Ymme mit Entsetzen. Hinzu kam, dass ein Mann wie der Graf von Schwerin wahrscheinlich versuchen würde, ihr die Schuld daran zu geben. Und wenn sie erst einmal Gegenstand einer Untersuchung war, würde auch herauskommen, dass sie exkommuniziert war, ein Geheimnis, das sie bisher vor den Lübeckern hatte verbergen können.

Sie war so in Gedanken, dass sie vor dem Hospital um ein Haar mit einem Mann in brauner Kutte zusammengestoßen wäre, der gerade den Tordurchgang betreten wollte. »Ihr schon wieder!«, sagte sie abweisend. »Ich dachte, Ihr hättet verstanden, dass Ihr hier nicht erwünscht seid.«

Der Franziskaner lächelte. Zwischen den schmalen, grauvioletten Lippen konnte Ymme die schadhaften Zähne mit dem gelben Belag sehen.

»Ihr werdet mich kaum hindern können«, sagte er und hielt mit Ymme Schritt.

»Ich brauche nur meinen Ehemann, den Leiter dieses Hauses zu bitten, die Stadtwache zu holen.« Ymme ließ sich nicht mehr provozieren und handelte stattdessen mit kühler Überlegung. Sie hoffte sehr, dass ihre energische Drohung überzeugend klang.

»Das wäre ein Missgriff, meine Tochter. Der Graf von Schwerin fackelt nicht lange mit Feinden des Kaiserreichs. Ihr solltet es gemerkt haben.«

Ymme blieb abrupt stehen. »Wer seid Ihr eigentlich?«, fragte sie alarmiert.

»Ich bin Frater Leonardo, Medicus des Deutschordensherrn, der ein Freund unseres Kaisers ist, und der gesamten Delegation.«

Ymme starrte ihn mit offenem Mund an. Dieser Stümper wollte ein studierter Arzt sein? Dann kam ihr jäh zu Bewusstsein, was der Valet erzählt und was bis eben für sie keinerlei Bedeutung gehabt hatte. »Ihr seid also Bruder Leonardo«, murmelte sie unbeholfen.

»Richtig. Lasst uns also zu Hermann von Salza gehen und gemeinsam feststellen, wie viel Leben in ihm ist. Ich hoffe, Ihr seid klug genug gewesen, für Priester zu sorgen, die an seinem Bett beten. Immerhin muss man in Betracht ziehen, dass Hermann von Salza jeden Augenblick vor das Angesicht des Herrn gerufen werden könnte.«

Mit diesem widerwärtigen Mann wollte Ymme sich ganz bestimmt nicht austauschen über das, was dem todkranken Mann Not tat. Insbesondere, weil er bereits tot sein konnte. So ganz konnte sie sich des Eindrucks nicht erwehren, dass Bruder Leonardo damit sehr einverstanden gewesen wäre. Sie raffte ihren Mantel zusammen, stieg die Treppenstufen hinauf und wünschte sich weit fort von diesen Männern aus dem Süden, die eine ganze Stadt innerhalb kürzester Zeit in Aufruhr und Schrecken versetzten und sogar vor einem Hospital nicht Halt machten.

Was in seinen Augen weiß hätte sein sollen, schimmerte gleichzeitig blau und dunkelrot. Aber Hermann von Salza sah ihnen entgegen, wenn er auch noch etwas benommen wirkte.

Ymmes Blick wanderte hinüber zu Ermgard, die es fertig brachte, breit zu lächeln, obwohl sie genauso überrascht schien wie Ymme selbst.

»Er ist gerade eben aufgewacht«, sagte Ermgard leise. »Als hätte er gewusst, dass Ihr kommt, Meisterin Ymme.«

»Er kennt meinen Schritt«, behauptete Leonardo und drängte sich vor Ermgard in das Blickfeld des Hochmeisters. »Dem Herrn sei Dank«, fuhr er vernehmlich fort. »Sein weiser Ratschluss ist es, dass Ihr unter uns Menschen weiterhin segensreich wirken sollt, den Heiden ein nie nachlassender Schrecken, ein Brillant des Ruhms in der Krone unseres verehrten Herrn Kaisers, unserem Herrn im Himmel zum täglichen Lob. Willkommen zurück von der Schwelle des Todes, Hermann von Salza.«

Ymme zuckte zusammen, auf solch einen schmeichlerischen Wortschwall war sie nicht vorbereitet.

Der Kranke sagte nichts. Noch war er damit beschäftigt, zu sich zu kommen. Aber er war in der Lage, dem Mönch zuzuhören.

»Gegen meinen ausdrücklichen Willen hat man Euch hierher geschafft, edler Herr, aber da selbst der Graf von Schwerin dafür sprach, stand ich fast allein mit meiner Meinung. Es ist wie ein Wunder, dass Ihr gesundet, obwohl Ihr im Hause einer Ungläubigen liegt.«

Ymme stockte der Atem. Nun war es heraus: Er wusste, dass sie exkommuniziert war. Der Blick des Kranken schweifte für einen winzigen Augenblick zu ihr herüber.

»Auch wenn sie nicht wie eine Ungläubige aussieht, Herr«, fuhr Bruder Leonardo eifrig fort, »ist sie eine. Sie hat es selbst gesagt. Ihr Name ist Umm Iume de Lubicensis. Und wer wüsste besser als Ihr, dass nur Sarazeninnen sich Umm nennen?«

Nein, er ahnte nichts. Ymme atmete auf, zumal sie glaubte, im Gesicht des Ritters einen Schimmer von Interesse erkannt zu haben, soweit man das von einem Menschen sagen konnte, der einige Stunden zuvor noch mit dem Tode gerungen hatte. »Ich wurde in Toledo zur Ärztin ausgebildet, zur Hakima Iume«, sagte sie einfach. »Die Frauen, deren Hebamme ich war, nannten mich Umm.«

Der Hochmeister schloss die Augen.

Frater Leonardo sank auf die Knie und verbarg sein Gesicht in den Händen. »Wir befinden uns im Zeitalter des Antichrist!«, rief er klagend aus. »Wer hätte vor einem Jahrzehnt daran denken mögen, dass die Ungläubigen den kalten Norden erobern, bevor die Heerscharen Christi es tun!«

»Nun haltet aber inne, Bruder Leonardo! In Lübeck gibt es seit einem Jahrhundert keine Heiden mehr, seine Bewohner sind so gläubig wie die von Köln oder Rom!«

Täuschte sie sich, oder ging der Anflug eines Lächelns über das Gesicht des Kranken? Jedenfalls brachte die Erkenntnis, dass sie sich nicht verteidigen musste, Ymmes Gedanken wieder zu ihrer eigentlichen Aufgabe zurück. »Ermgard, wann hast du zuletzt den Verband gewechselt?«, erkundigte sie sich.

»Als die Sonne aus dem Fenster gewandert war. Es wird Zeit, ihn zu erneuern. Ich werde das Mus holen.« Ermgard stand auf. »Kann ich Euch mit Bruder Leonardo wirklich allein lassen?«, fragte sie respektvoll, schon auf der Schwelle.

»Ich denke, Bruder Leonardo wird jetzt gehen wollen. Er hat sich nun davon überzeugt, dass es mit Herrn Hermann von Salza aufwärts geht«, sagte Ymme entschlossen.

»Ja.« Die Zustimmung des Ritters kam krächzend, aber eindeutig.

Frater Leonardo verzog sein Gesicht und warf einen bösen Seitenblick auf Ymme. Aber offenbar fand er keine Ausrede und folgte schließlich Ermgard, die hinter ihm die Tür nachdrücklich schloss.

Ymme setzte sich neben den Kranken und schob ihm ein Trinkröhrchen zwischen die Lippen. Mit wieder geschlossenen Augen sog er bedächtig. Es dauerte lange, bis der Becher mit Kamillentee zur Hälfte geleert war. Aber wer hätte am Vortag daran zu denken gewagt?

Als Ermgard mit dem Mus kam, nahmen sie sich der Hand des Ritters an. Der Karbunkel war aufgegangen. Das Gemisch aus Knoblauch und wässrigem Blut musste abgewaschen werden, bevor Ymme den Wundkrater genau betrachten konnte. Er wirkte unscheinbar, aber trotzdem bestand kein Zweifel, dass der Kranke in dem Augenblick ins Leben zurückgekehrt war, als der Karbunkel aufgegangen war.

»Weißt du was«, sagte Ymme leise, um den Hochmeister nicht aufzuwecken, zu Ermgard, »ich glaube, dass die Krankheit mit dem Karbunkel begonnen hat, der nicht, wie der Valet meinte, eine Verletzung war, wie die Ritter sie im Morgenland gewohnt sind. An diese Art Verletzung gewöhnt man sich nicht, denn im Allgemeinen stirbt man daran. Er hat sie sich durch das Blut seines Pferdes zugezogen.«

»Wie das?«, Hermann von Salza schlug die Augen auf. Trotz der Verfärbung erkannte Ymme, dass er sie neugierig betrachtete. »Durst«, murmelte er.

»Ja, gewiss. Ihr habt viel Blut verloren, Ihr müsst sehr, sehr viel trinken.« Ymme schob ihm das Rohr wieder zwischen die Lippen.

»Ich habe kein Blut verloren«, widersprach er, als der Becher leer war.

»Doch, nach innen«, widersprach Ymme. »Ihr habt es besser überstanden als Euer Hengst. Ich glaube, dass Ihr am Leben geblieben seid, weil Ihr nicht auch noch Husten hattet. Die Arbeiter der Abdeckerei in Toledo hatten meistens Husten, und dann trat der Tod besonders schnell ein. Die Krankheit hieß dort Milzfäulnis ... Ich will Euch nicht langweilen«, endete sie rasch, als sie merkte, dass sie schon zu viel gesagt hatte. Am Ende würde er noch merken, dass sie anatomische Studien betrieben hatte.

»Milzfäulnis, also. Ich habe in Jerusalem einmal eine Kuh auf der Straße liegen sehen. Genau wie bei meinem Pferd lief das Blut aus allen Körperöffnungen ...«

»Eben«, sagte Ymme eifrig. »Bei Euch ist es glücklicherweise nur in die Augen getreten. Die Krankheit hat Euch wohl in ihrer leichtesten Form erfasst ...«

»Dem Herrn sei Dank«, warf Ermgard mechanisch ein, während sie Ymme den Mustopf hinhielt.

»Ja, Ihm auch«, stimmte der Graf zu.

Ymme runzelte die Augenbrauen. Hermann von Salza war ein kluger Mann. Sie nahm sich vor, vorsichtig zu sein.

»Frater Leonardo mag Euch nicht, Hakima Iume. Hat er außer allgemeiner Eifersucht einen speziellen Grund?«

Also nicht nur klug, sondern scharfsinnig, obwohl noch deutlich geschwächt von der Krankheit. Ymme seufzte unhörbar. »Er hat einen Grund. Ich habe ihm eine Schale mit Knoblauchmus über den Kopf gestülpt«, gab sie zu. »Um ihn daran zu hindern, Euch umzubringen.«

Hermann von Salza rümpfte die Nase. »Mit seinem krummen Messerchen etwa? Er schlägt damit zu wie ein Uhu bei Nacht, wenn man ihn nicht aufhält. Das ist mir auch schon aufgefallen.«

Ymme lächelte unwillkürlich. »Ihr zeigt wenig Respekt vor Eurem Arzt.«

»Der Herr bewahre mich vor solchen Ärzten! Er hat sich unserer Delegation angeschlossen, um gefahrlos über die Alpen zu gelangen, wie er sagte ...« Hermann von Salza schwieg erschöpft.

»Er hat behauptet, Euer Arzt zu sein«, sagte Ymme betroffen und empfand eine unerklärliche Beunruhigung. »Und er hat sich damit den Zugang zu Euch erzwungen, nachdem wir ihn anfänglich aus dem Hospital geworfen hatten. Er drohte sogar mit dem Grafen von Schwerin ...«

»Was hat Euch veranlasst, ihn hinauszuwerfen?«

»Eine Bemerkung, die er machte.«

»Würdet Ihr sie mir mitteilen wollen?«, fragte der Hochmeister höflich.

Nein, das wollte sie nicht. Allerdings schien ihr Patient nicht zu den Menschen zu gehören, die sich von einer Sache abbringen ließen. »Es war die *sectio rationis*«, gab Ymme zu und fühlte, wie ihr das Blut zu Kopfe stieg. Es war ein besonders heikles Thema. »Wenn Bruder Leonardo sich damit brüstet, nur über Anatomie gelesen zu haben, statt sie an Tieren zu studieren, weiß ich, dass er zu den Männern gehört, über die man in Toledo die Nase rümpfte. Als abendländische Stümper haben sie die Mönche bezeichnet, die fast ohne Kenntnisse Krankheiten mit pulverisierten Schlangen, Mäusekot und allerlei Dreck behandeln ...«

»Ihr seid sehr offen«, bemerkte Hermann von Salza nachdenklich.

»Ihr habt es herausgefordert.«

Der Deutschordensritter lächelte plötzlich. »Ich weiß gerne, mit wem ich es zu tun habe. Und vergesst nicht, ich bin des Öfteren im Heiligen Land gewesen. Außerdem stehe ich im Dienst des Kaisers. Er schätzt das Gute aus beiden Welten.«

Aha, dachte Ymme verblüfft. Offenbar hatte der Kaiser auch gute Seiten. Sie erhob sich, stellte fest, dass der Krug mit Tee beinahe geleert war und nahm ihn an sich. »Ihr müsst jetzt ruhen, Herr, Ihr habt viel aufzuholen.« Unvermittelt setzte sie hinzu: »Wundert Euch nicht über Geräusche vor der Tür. Ich werde Hindrik Wache halten lassen.«

»Wolltet Ihr damit sagen, dass er schnarchen wird?«

Ymme warf ihm über die Schulter ein Lächeln zu. Anscheinend waren alle Männer, die im Morgenland gekämpft hatten, unverwüstlich.

Ymme wusste auch nicht genau, warum ihr der Einfall mit der Wache gerade jetzt gekommen war. Vielleicht war es das Gefühl, dass es Männer gab, die mit dem Tod Hermanns von Salza sehr einverstanden gewesen wären. Allerdings nicht auf dänischer Seite.

Kaum saß Hindrik mit grimmiger Miene und bewaffnet mit einem Knüppel vor der Tür des Hochmeisters, suchte Ymme nach einem der anderen Knechte, um ihn mit der frohen Botschaft zur Burg zu schicken. »Aber du sagst es nur dem jungen Edelknappen, dem Nicolaus von Hohenburg«, schärfte sie ihm ein. »Und er möchte bitte sofort ins Hospital kommen.«

Der Knecht kam sehr bald in Begleitung des Valets zurück, und Ymme fiel ein Stein vom Herzen. Sie winkte ihm, ihr zu folgen, und brachte ihn wortlos in den kleinen Innenhof des Hospitals, in dem es jetzt am Abend spürbar kühl war, weil die Sonne ihn nicht mehr erreichte.

Ymme setzte sich auf eine steinerne Bank. »Hermann von Salza ist auf dem Wege der Besserung«, verkündete sie mit gedämpfter Stimme. »Ich bin in Sorge, dass seine Genesung auf deutscher Seite nicht überall Jubel hervorruft.«

Nicolaus sah sie überrascht an. Dann setzte er sich neben sie. »Ihr habt Recht«, sagte er leise. »Aber wie kommt Ihr darauf?«

»Seit meinem Gespräch mit dem Hochmeister weiß ich, dass Bruder Leonardo nicht im geringsten berechtigt war, ihn zu behandeln. Ich kann es nicht beweisen, aber wäre es nicht denkbar, dass der Mönch den Aderlass, mit dem er gerade beginnen wollte, als wir ihn erwischten, zu weit getrieben hätte? Es war eine ideale Situation für jemanden, der den Hochmeister tot sehen wollte. Sein Tod hätte leicht als Grund für den endgültigen Bruch zwischen dem Kaiser und König Waldemar herhalten können. Nebenbei gesagt: Mir hätte man die Schuld aufgehalst.«

»Bruder Leonardo wird des Öfteren zum Grafen von Schwerin gerufen. Es heißt, sie beten zusammen.«

Ymme zuckte die Schultern. »Das wisst Ihr besser als ich. Ich habe mich jedenfalls entschlossen, Hindrik vor der Tür des Hochmeisters wachen zu lassen. Er hat den Befehl, außer den Leuten des Hospitals niemanden hineinzulassen. Aber ich wollte Euch bitten, ihn abzulösen. Hindrik muss auch mal schlafen.«

»Das geht in Ordnung. Ich übernehme am besten die Nächte und Euer Hindrik die Tage.« Nicolaus sah Ymme so begeistert an, dass sie lächeln musste. »Man wird mich nicht vermissen, und der Graf von Schwerin hat mir nichts zu befehlen.«

Sie verstand. Es war leichter, als Ymme gedacht hatte. »Noch eines«, sagte sie wieder ernst. »Die Dänen und mein Ehemann Cornelius. Darüber konnte ich mit dem Hochmeister nicht auch noch sprechen, es war ohnehin fast zu viel für ihn. Wir gerieten nämlich in eine Diskussion über Milzfäulnis. Er war sehr interessiert. Die Dänen und Cornelius müssen jetzt freigelassen werden! Könnt Ihr Euch darum kümmern?«

»Ja, natürlich«, versprach Nicolaus beruhigend. »Ich spreche morgen mit Hermann von Salza, sobald er aufwacht, und nehme dann seinen schriftlichen Befehl mit auf die Burg. Ihr müsst mir nur mit Schreibmaterial aushelfen. Ich habe lediglich meinen ›Herzspalter‹ dabei.« Er klopfte auf das Schwert im Gehänge.

Ymmes Blick blieb für einen Augenblick daran hängen. Ein schauriger Name, passend für einen feurigen jungen Mann im kaiserlichen Dienst. Aber sie war ihm unendlich dankbar. Er löste ihre Schwierigkeiten auf wunderbare Weise. Sie sprang auf.

Nicolaus ergriff Ymme am Handgelenk und sah ihr eindringlich ins Gesicht. »Meisterin Hakima, sprecht mit niemandem darüber, dass Ihr einen Mordanschlag auf Hermann von Salza vermutet. Er ist für den Kaiser der wichtigste Berater, ein großer Diplomat und unentbehrlich. Natürlich hat er Neider. Und ein Außenstehender, der zwischen die Mühlsteine gerät, wird ganz leicht zerrieben.«

»Das hört sich ja an, als ob Ihr eher an ein Komplott denkt, als an einzelne Neider«, sagte Ymme hellhörig. »Wusstet Ihr vor der Erkrankung des Hochmeisters schon davon?«

Der Valet schüttelte den Kopf. »Ich hätte ihn dann nie unbewacht hier im Hospital gelassen. Nein, die Gefolgsleute des Grafen von Schwerin trinken in diesen Stunden der Muße mehr als für sie gut ist, und wenn man sich unter sie mischt, erfährt man üble Dinge.«

»Ich hoffe, Hermann von Salza ist bald wieder auf den Beinen«, wünschte Ymme aus vollem Herzen. »Kommt, junger Ritter, wir gehen jetzt zu ihm.«

Sie gingen den kurzen Umgang entlang, der dem Kreuzgang eines Klosters ähnelte, bis sie zu der Tür kamen, die in den Flügel der Kranken führte. Hindrik sah ihnen entgegen und berichtete, dass alles ruhig geblieben sei.

Als sie in das Zimmer hineinblickte, schlief Hermann von Salza. Sein Atem ging in gleichmäßigen Zügen. Kein Zweifel, er befand sich auf dem Wege der Besserung. Ymme schickte Hindrik ins Bett; als Nicolaus von Hohenburg seinen Platz eingenommen hatte, wusste sie, dass wenigstens hier im Hospital alles in Ordnung war.

Endlich eine Nacht, in der sie einigermaßen ruhig würde schlafen können. Wenn alles gut ging, würde Cornelius bald wieder neben ihr liegen. Zuversichtlich stieg Ymme nach oben in ihre kleine Wohnung, in der sie mit Cornelius lebte, und legte sich sofort zu Bett.

Der Hahn ist tot, der Hahn ist tot!
Il ne dira plus coco di, coco da.

Ymme flog am ganzen Körper, und ihr Herz schlug bis zum Hals. Sie setzte sich im Bett auf. Seit vielen Jahren hatte sie nicht an dieses Lied gedacht, das im Kampf der Katharer gegen die übermächtige römische Kirche sowohl als Signal als auch zur Warnung gedient hatte. Plötzlich wurden alte Ängste wieder wach. Sie lauschte mit geschlossenen Augen. Das Lied musste sie sich eingebildet haben; im Hospital kannte es keiner außer Cornelius.

Aber aus dem unteren Stockwerk kamen Schreie, vermutlich aus dem Gang vor den Krankenräumen. Noch während Ymme sich hastig die Kleidung überstreifte, fragte sie sich, was um Himmels willen geschehen sein mochte. Nur kein Feuer! Herr im Himmel, kein Brand!

Auf dem Weg nach unten registrierte sie, dass die Kerzen in den Wandhaltern erloschen waren; aber sie konnte sich hier blind bewegen. Dann spürte sie flatternde Gewänder. »Ermgard, bist du es?«

Nebeneinander hasteten sie den Gang hinunter. Rauch war nicht in der Luft, dagegen klirrten Waffen. »Halt!«, schrie Ymme.

Vor dem Krankenzimmer des Hochmeisters stolperte Ymme und schlug hin. Ihre Hand griff in eine Blutlache.

»Hol Licht, Ermgard. Schnell! Hier liegt ein Verwundeter.«

Während Ermgard sich mit klappernden Schuhen entfernte, trat einer der Kranken mit einer Kerze in den Flur. »Etwas passiert«, flüsterte seine ängstliche Stimme.

Ymme nickte nur, ihr Hals war wie zugeschnürt. Auf den Fliesen lag Nicolaus von Hohenburg in seinem Blut. Es war nicht zu erkennen, ob er noch lebte.

Bestimmt hatte der Anschlag Hermann von Salza gegolten, nach dem sie jetzt sofort schauen musste, dachte Ymme, während sie am Handgelenk des jungen Mannes nach dem Puls tastete.

In diesem Augenblick schlug die Tür neben ihr auf, und der Hochmeister erschien in Beinlingen und mit nacktem Oberkörper. Mager, blass und unrasiert hielt er sich an der Türlaibung fest und schien sofort zu begreifen, was geschehen war. »Lebt Nicolaus?«, fragte er.

»Ja«, sagte Ymme erleichtert.

»Ich verdanke ihm mein Leben. Wenn Ihr Recht habt, war es bereits der zweite Anschlag.«

»Ja«, sagte Ymme wieder.

»Und Ihr habt es geahnt.«

»Ja.«

»Bei aller Eintönigkeit, ich hoffe Ihr beantwortet die nächste Frage ebenfalls mit ja. Könnt Ihr Nicolaus gesund machen?«

Der Ordensritter zeigte alle Anzeichen von Ungeduld. Ymme sah zu ihm hoch. »Das kann ich erst sagen, wenn ich ihn richtig untersucht habe.«

»Wollt Ihr ein Bett in mein Zimmer stellen?«, schlug Hermann von Salza vor. »Ich könnte ein Auge auf ihn haben, und gleichzeitig wäre Nicolaus eine Art Schutzschild gegen weitere Anschläge für mich. So würde er es jedenfalls sehen, das weiß ich.«

»Meint Ihr das ernst?«, fragte Ymme.

Der Deutschritter nickte nachdrücklich.

»Dann wüsste ich kein besseres Mittel, um seine Heilung zu unterstützen«, stellte Ymme fest. »Andernfalls würde er seine Verwundung als Niederlage betrachten, was sich ebenso schlimm auswirken könnte wie der Hieb, den er abbekommen hat. Er ist schnell zu begeistern, und ich vermute, dass er genau so schnell schwermütig werden könnte. Und Ihr seid sehr feinfühlig, wenn Ihr mir die Bemerkung erlaubt.«

In diesem Augenblick eilte Hindrik mit einem der leichten Notbetten herbei, die bei Platzmangel überall aufgeschlagen werden konnten. Ein junges Mädchen folgte ihm mit Bettzeug und zum Schluss Ermgard mit einer Waschschüssel und Verbandmaterial.

»Eine solche Organisation kenne ich nur aus der kaiserlichen Falknerei«, murmelte Hermann von Salza verwundert und machte Platz, damit Hindrik das Zimmer betreten konnte.

»Oh, hier weiß jeder, was zu tun ist«, sagte Ymme leichthin und rieb sich die Hände an einem vom Ermgards Tüchern sauber. »Ihr wolltet damit sicherlich nicht andeuten, dass die Falken des Kaisers in Betten schlafen.«

»Nein, aber sollte jemals ein Falke andeuten, dass er ein Bett haben möchte, würde er es bekommen. Der Kaiser erfüllt ihnen alle Wünsche.«

»Trotzdem fragt es sich, ob sie nicht ohne Bett und ohne Kaiser glücklicher wären«, meinte Ymme, während sie ihre Helfer beim Umlagern des ohnmächtigen Edelknappen in das schmale Bett überwachte, das inzwischen mit fleckenlosem Linnen bezogen worden war.

Dazu äußerte sich der Deutschritter nicht. Er zog sich auf sein Bett zurück, um nicht im Wege zu sein. »Mein armer Nicolaus von Hohenburg«, sagte er mitleidig.

Ein scharfes Messer hatte dessen Oberschenkelmuskulatur gespalten. Aus einem Aderstumpf pulsierte hellrotes Blut. Die Ader ließ sich mit den Fingern zudrücken, aber als Ymme nachließ, schoss das Blut heraus wie vorher. »Ich muss nähen«, sagte sie zu Ermgard, die sofort loslief, um alles Erforderliche zu holen.

Zum Glück hatte Nicolaus das Bewusstsein noch nicht wiedererlangt, als Ymme die Nähte setzte, erst am blutenden Aderstumpf, dann zwei, um eine durchtrennte Sehnenplatte zusammenzufügen, und schließlich zum Verschließen der Haut, wofür sechzehn Knoten nötig waren. Als aber die Blutgerinnsel abgeputzt waren, sah die Wunde sehr ordentlich aus. Sie nickte Ermgard zu, die ihr assistiert hatte, und diese räumte das gewachste Tuch und die blutigen Leinenstreifen vom Bett.

»Ich habe noch nie eine Frau so etwas machen sehen.« In der Stimme des Deutschordensritters hinter Ymmes Rücken lag ungläubiges Staunen. »Ich dachte, dazu bedürfe es der Nervenstärke von Männern und muslimischer oder jüdischer Geschicklichkeit.«

»Warum sollten muslimische oder jüdische Finger geschickter sein als christliche?«, erkundigte sich Ymme kühl. »Und was die Nervenstärke angeht: Ich denke, manche Frau beweist unter der Geburt mehr davon als ein Ritter in der Schlacht.«

»Richtig. Hebamme seid Ihr ja auch noch!« Hermann von Salza ließ jetzt rückhaltlose Bewunderung erkennen, was Ymme schnell wieder versöhnte.

»Zu Eurer Frage. Ich bin ziemlich sicher, dass Nicolaus wieder gesund wird. Es sei denn, die Messerschneide wäre in Gift getaucht gewesen. Wer sind eigentlich Eure Feinde?«

Hermann von Salza antwortete nicht. Tief in Gedanken, schien er sich darüber selbst nicht schlüssig zu sein. Zutiefst beunruhigt verließ Ymme das Zimmer. Offenbar gab es nicht nur eine Möglichkeit.

Am Morgen war der Valet aus der Ohnmacht erwacht. Nun schlief er etwas unruhig und fieberte unbedeutend. Natürlich gab es weder einen ausgefertigten Befehl, die Gefangenen freizulassen, noch war Nicolaus in der Lage gewesen, zur Burg zu gehen.

Ymme musste selbst mit Hermann von Salza sprechen.

Sie fand ihn auf dem Bett sitzend vor. Er las in dem Brevier, das sich in seiner Kleidung befunden hatte. »Ich störe ungern, aber ich muss mit Euch sprechen, Herr«, sagte sie bestimmt.

Er legte das Buch beiseite und wies einladend auf den Hocker.

»Es geht um die Dänen, die alle auf einen Streich gefangen genommen wurden, nachdem sich das Gerücht verbreitete, sie hätten Euch vergiftet.«

Der Hochmeister nickte. »Der Graf von Schwerin weiß die Gunst der Stunde zu nutzen. Das hat er schon bewiesen, als er König Waldemar als Geisel nahm.«

»Aber es war widerrechtlich«, widersprach Ymme. »Die dänischen Adeligen sind dem deutschen Kaiser nicht untertan, sie haben sich aus eigenem Antrieb zu einer Delegation zusammengeschlossen, die die Lösegeldbedingungen für den König aushandeln wollte. Es war zwischen beiden Seiten abgemacht, dass kriegerische Handlungen unterbleiben.«

»Mit der Annahme eines Anschlags auf meine Person waren solche Abmachungen hinfällig ...«

»Die Annahme war falsch, Herr Ritter, Ihr wisst es ...« Ymme brach verunsichert ab. Vielleicht hatte sie ihn nicht richtig verstanden. »Jetzt muss ganz schnell der Rechtszustand wiederhergestellt werden«, setzte sie erneut an. »Abgesehen davon, dass schon die Gefangennahme des Königs in seinem eigenen Königreich unrechtmäßig war.«

Hermann von Salza lächelte unbestimmt und ließ seinen Blick zur Fensteröffnung schweifen, in der die schon ziemlich hoch stehende Frühjahrssonne stand.

Ymme ballte die Fäuste vor Ungeduld, aber sie wagte nicht, ihn zu stören. Schließlich war Cornelius noch gar nicht zur Sprache gekommen.

»Der Kaiser wurde in Schwaben, der Heimat seiner Familie, immer *das Kind von Pülle* genannt«, sagte der Deutschritter unvermittelt. »Die Schwaben liebten ihn von der ersten Stunde an, in der er sich in Deutschland zeigte, unter anderem, weil er eine ebenso harte Jugend hatte, wie die meisten von ihnen. Zeitweise lebte er als Straßenkind in Palermos Gassen. Manchmal ernährte er sich von Abfällen ...«

»Und das bedeutet?«, fragte Ymme mühsam beherrscht.

»Wer gelernt hat, nach Brot zu greifen, wenn es sich ihm bietet, weil es am nächsten Tag sehr wahrscheinlich keines gibt, wird keinen Vorteil verschenken, in dessen Besitz er gekommen ist, sei es durch Zufall oder auf anderem Weg.«

Der Hochmeister beendete seine besinnliche Betrachtung des wolkenlosen Himmels und wandte sich wieder Ymme zu. Er schien zu merken, dass sie nicht verstand, worauf er hinauswollte. »Mit anderen Worten«, erläuterte er, »der Kaiser sieht nie einen Grund, Gefälligkeiten ohne Gegenleistung zu verschenken. Die Dänen müssen sich freikaufen.«

»Unterstützt Ihr den Kaiser bei diesem Unrecht?«, fragte Ymme zornig.

Wieder lächelte Hermann von Salza. »Seid dankbar, dass Ihr es nur mit mir zu tun habt«, sagte er mahnend. »Der Kaiser kann nie im Unrecht sein. Er ist das Gesetz. In seinem Namen werde ich das Lösegeld für die dänischen Gefolgsleute festlegen: die Verpflichtung, in voller Rüstung, bewaffnet, mit Kampfross und Reservepferd sowie einem berittenen Knecht an der Befreiung Jerusalems teilzunehmen.«

»Eigentlich«, sagte Ymme eisig, »passte Eure angebliche Vergiftung also sehr gut in Eure Pläne. Für die Dänen ist es, wie mir jetzt klar wird, völlig unerheblich, ob Ihr lebt oder nicht. Der Kaiser wird König Waldemar und den Adeligen auf jeden Fall das Kreuz aufzwingen.«

»Bedenkt, was Ihr sagt, Hakima!«, Hermann von Salzas Ton war schneidend. »Die Befreiung Jerusalems ist eine Herzensangelegenheit der gesamten Christenheit. Die dänischen Adeligen kommen billig davon, wenn der Kaiser sie um Christi willen laufen lässt, ohne persönlichen Vorteil aus ihrer Gefangenschaft zu schlagen.«

Ymme kniff die Augen zusammen und presste die Hände auf die Ohren, um in ihrem Kopf nicht immerfort die Todesschreie der Menschen hören zu müssen. *Der*

Hahn ist tot, der Hahn ist tot ... Im Kreuzzug von Südfrankreich waren die Einwohner auf Befehl des Papstes, damals noch Innozenz, zu Tausenden hingemetzelt worden. Sie wusste, was es hieß, auf der anderen Seite zu stehen. Sie kämpfte gegen den Drang an, sich Luft zu machen.

»Fehlt Euch etwas?«, fragte der Hochmeister konsterniert.

Sie ließ die Hände in den Schoß sinken. »Ganz und gar nicht! Ich dachte lediglich an die Menschen, die bei der Befreiung Jerusalems sterben werden. Frauen, Kinder ... Ich frage mich schon lange, ob Christus das gewollt hat. Glauben kann ich es nicht!« Mit einiger Mühe gelang es ihr, nicht allzu höhnisch zu klingen.

Ein verkniffener Zug um Hermann von Salzas Mundwinkel sagte nur allzu deutlich, dass er hierüber mit Ymme nicht diskutieren würde.

Ihr war es recht. Sie sprach auch nicht gern über das, was sie gesehen hatte. »Es betrifft mich auch persönlich«, nahm sie den Gesprächsfaden wieder auf. »Bedauerlicherweise ist mein Ehemann zusammen mit den Dänen in den Gewahrsam des Grafen von Schwerin geraten, als er versuchte, ihnen Gerechtigkeit zu verschaffen. Aber ein Däne ist er nicht, sondern ein deutscher Adeliger aus dem Hessischen. Ich bitte Euch, sorgt dafür, dass wenigstens er freigelassen wird ...«

»Er dient dem etwas dubiosen Orden der Johanniter, nicht wahr?«, erkundigte sich Hermann von Salza. »Man hat mir ziemlich seltsame Dinge über sein bewegtes Leben erzählt. Ich würde ihn gerne freilassen, wenn ich könnte – die Deutschordensritter stehen sich zwar nicht gerade gut mit den Johannitern, wirklich verfeindet aber sind sie nur mit den Tempelrittern –, das müsst Ihr mir glauben. Aber Euer Ehemann ist nicht Gefangener des Kaisers, sondern des Grafen von Schwerin. Auf ihn besitze ich nicht den geringsten Einfluss.«

Es dauerte einen Augenblick, bis Ymme sich über die Konsequenzen klar wurde. »Dann ist er ja in einer noch schlimmeren Situation als die Dänen«, rief sie voller Entsetzen aus. »Die dürfen wenigstens nach Jerusalem! Aber mein Mann? Der Graf kann ihn jahrelang einkerkern, wenn er will, nur um die Lübecker Kaufleute zu ärgern, beispielsweise ...«

»So verhält es sich wohl«, meinte der Hochmeister gleichmütig.

Ymme sprang auf. »Mehr habt Ihr dazu nicht zu sagen? Mein Ehemann ist Teil dieses Hospitals, genau wie ich selber! Und ...«

»Und ein wenig Dankbarkeit stünde mir gut an, wollt Ihr mir bedeuten?«

»Da Ihr es für Recht befindet, wenn der Kaiser Gefälligkeiten einfordert, müsst Ihr mir das gleiche Recht zugestehen«, erwiderte Ymme erbittert.

»Nein. Keineswegs. Niemand kann sich mit dem Kaiser des Abendlandes vergleichen. Er ist der Beherrscher der christlichen Welt. Man merkt, dass Ihr die Bedeutung des Kaisertums gar nicht ermessen könnt«, sagte Hermann von Salza kopfschüttelnd. »Na ja, woher auch? Ich werde Euch einen Brief für den Grafen von Schwerin mitgeben mit einer Empfehlung bezüglich Eures Ehemanns. Ist Euch damit gedient?«

Es war besser als nichts. Ymme nickte verzweifelt. »Ich lasse Euch Schreibmaterial bringen«, sagte sie dumpf. »Bitte beeilt Euch.«

Kurz vor Mittag wurde Ymme zu Hermann von Salza gerufen. Gottlob, dachte sie erleichtert, als sie das Schreiben zusammengerollt und fertig gesiegelt in seiner Hand sah. Tinte, Feder und Siegellack standen ordentlich auf dem Hocker aufgereiht.

»Nun liegt es bei Euch, Umm Iume«, sagte er freundlich und mit den Gedanken sichtlich abwesend, als er ihr die Botschaft übergab. »Ich habe für Euren Mann getan, was ich kann. Ich habe mein Petschaft nicht hier, aber irgendjemand auf der Burg wird bezeugen können, dass dies meine Handschrift ist.«

»Ich werde mich später dankbar erweisen«, sagte Ymme, gespannt wie eine Feder. »Jetzt muss ich mich beeilen, wie Ihr verstehen werdet. Wenn Ihr möchtet, geht in den Garten, er liegt geschützt, und es ist warm, wenn die Sonne scheint.« Ohne auf seine Antwort zu warten, verließ sie eilig das Zimmer.

Im Tordurchgang fiel Ymme die Anrede ein, die der Deutschritter verwendet hatte. Warum diese und warum jetzt? Er hätte sie Hakima nennen können, wenn er in ihr die arabische Wissenschaft ehren wollte, oder andernfalls Meisterin. Umm Iume, als sei sie eine Muslimin ... Das schuf Distanz.

Sehr merkwürdig. Ihr Schritt verlangsamte sich. Bei aller Eile, irgendetwas warnte Ymme, das Schreiben ungeprüft abzuliefern.

Sie kehrte um und ging nach oben in ihre Wohnung, verriegelte die Tür, warf sich auf die Bank unterhalb des Fensters und begann vorsichtig, das Siegel abzulösen. Endlich konnte sie das Schreiben entrollen und lesen.

Werter Graf von Schwerin,
wie mir zu Ohren kam, hat ein Zufall Euch den Ritter der Johanniter, Cornelius von Fischbach, den Leiter des hiesigen Hospitals, in die Hände gespielt. Seine Frau dauert mich persönlich, aber aus Gründen, die ich hier nicht ausführen kann, wäre es mir lieb, wenn Ihr den Ritter weiterhin in Gewahrsam halten würdet. Ich wünsche jedoch, dass er ehrenvoll behandelt wird. Gegeben zu Lübeck und so weiter.

Hermann von Salza

Ymme war vollkommen fassungslos, und die Schrift vor ihren Augen verschwamm. Hatte der Kaiser so wenig Kreuzfahrer, dass er zu solchen Winkelzügen greifen musste? Aber letzten Endes waren im Augenblick die Gründe unerheblich. Sie musste einen anderen Weg finden, um Cornelius zu befreien.

Ihr Bruder Volrad? Er war Kaufmann wie ihr verstorbener Vater und Mitglied des Stadtrates. Die Ratsherren von Lübeck waren die eigentlichen Herren der Stadt. Ymme ließ das Schreiben in den Schoß sinken und dachte nach.

Nein, es ging nicht. Die Kaufleute würden sich vor allem darüber empören, dass sie widerrechtlich ein versiegeltes Schreiben geöffnet hatte und damit des Beistands des Rates nicht würdig sei ... Ymme konnte sich die Ausflüchte genau ausmalen, mit denen die Kaufleute einer Parteinahme aus dem Weg gehen würden. Von ihnen war keine Hilfe zu erwarten.

Sorgfältig rollte sie das Schreiben zusammen und ließ Siegelwachs über das gebrochene Siegel tropfen. Sie würde es den unsicheren Händen des kranken Hochmeisters zuschreiben, sofern jemand aufmerksam wurde.

Es gab keine andere Möglichkeit als den Gang zur Burg.

Der Burghof war menschenleer. Aus irgendeinem Grund waren sogar die Wachen am Tor abgezogen. Eine verzweifelte Idee durchfuhr Ymme und veranlasste sie, auf der Stelle ihr Vorhaben zu ändern.

Mit gesenktem Kopf rannte sie bis zum Fuß des Wohnturms, umrundete ihn und sah vor sich den Stall liegen. Als sie den Riegel zurückschlug, ohne dass jemand sie von hinten anrief, glaubte sie schon fast, gewonnen zu haben.

Aber nur einige Schmeißfliegen schwirrten ihr entgegen. Cornelius war nicht im Schweinestall.

Es war eben ein Versuch, dachte sie trotzig und machte sich auf den Rückweg in den großen Hof. Noch bevor sie um den Turm gebogen war, hörte sie Lärm, Rufe und das Wiehern von Pferden.

Immer mehr Ritter und Knechte sammelten sich im Hof, während Ymme sich umsah. Es war ein denkbar ungünstiger Moment, um mit dem Grafen zu sprechen. Trotzdem, versuchen musste sie es.

Sie bahnte sich den Weg zu dem auffallend langen Ritter, der zweifellos der Anführer war. Scherze über ihre Anwesenheit wurden gewechselt, Pfiffe erklangen, und schließlich wurde der Graf aufmerksam und sah sich um.

Als er sie entdeckt hatte, verstummte das Aufbruchsgetöse, und die Ritter wichen zur Seite. Ymme sah einen Mann vor sich mit schütteren blonden Haaren und einer wulstigen, etwas aufgeworfenen Oberlippe. Er missfiel ihr vom ersten Moment an.

»Wer seid Ihr, und was wollt Ihr?«

Ymme erschrak. Seine helle Stimme rief in ihr Erinnerungen wach an Männer, die in frühester Jugend kastriert worden waren. Zuweilen entwickelten sie sich zu grausamen Erwachsenen. »Mein Name ist Ymme von Fischbach, Ehefrau des Cornelius von Fischbach«, begann sie gefasst. »Ich suche meinen Mann. Er soll hier sein.«

In diesem Augenblick drängte sich ein Stallknecht in geflicktem Wams zum Grafen durch und begann ihm ins Ohr zu flüstern. Der Graf von Schwerin runzelte die Stirn und stieß den Knecht von sich fort, als er mit der Botschaft zu Ende gekommen war.

»Von der Dreistigkeit Eures Ehemannes haben wir schon eine Kostprobe erhalten«, murrte der Graf. »Ihr steht ihm in nichts nach, höre ich eben. Wolltet Ihr mir meinen Gefangenen stehlen?«

Es hatte keinen Sinn zu leugnen. »Das würde wohl jede Ehefrau getan haben«, antwortete Ymme ruhig. »Schließlich gibt es kein Vergehen, dessen Ihr ihn anklagen könnt, und bis ins dänische Königreich reicht Eure Machtbefugnis nicht.«

»Ihr seht ja, wohin sie reicht«, erwiderte er lachend. »Und haben die vollgefressenen Ratsherren von Lübeck sich auch nur mit einem Wort für die Dänen verwandt? Oder für Euren Mann? Mir scheint, sie sind ganz froh, wenn ich die Dänen aus Lübeck verjage. Schließlich hat der Kaiser Schleswig und Lübeck nur aus Gründen der taktischen Klugheit an den Dänen abgetreten. Es wird allmählich Zeit, beides aus den gleichen Gründen zurückzuholen.«

»Auch wenn Lübeck dem Kaiser gehörte, hätte mein Mann kein Unrecht begangen«, wandte Ymme ein.

»Da irrt Ihr aber ganz gewaltig, Frau«, raunzte der Graf unhöflich. »Er hat sich gegen den Willen des Kaisers aufgelehnt. Das ist Hochverrat. Darauf steht Hängen, Ritter hin oder her.«

Ymmes Knie wurden weich. Sie griff nach einem Steigbügel, um sich aufrecht zu halten. Der Graf von Schwerin beobachtete sie lauernd. Unter seinem hämischen Grinsen brach Ymme der Schweiß aus. Allmählich wurde ihr klar, dass nur noch das Schreiben des Hochmeisters Cornelius' Leben retten konnte. Sie griff in ihren Ärmel, zog die Rolle heraus und hielt sie dem Grafen bittend entgegen. Die wenigen Schritte zu gehen wagte sie nicht. Sie zitterte am ganzen Leib.

Es gab auch Ritter unter des Grafen Leuten, die weniger brutal waren. Ymme fühlte sich plötzlich am Ellenbogen gestützt, und das ziemlich dunkle, freundliche Gesicht eines älteren Mannes schob sich in ihr Blickfeld.

»Alles in Ordnung, Ymme von Fischbach?«, fragte er höflich. »Gebt mir die Rolle. Ich bringe sie dem Grafen.«

»Was ist das?«, fragte der Graf und musterte die Botschaft mit argwöhnischer Miene.

»Hermann von Salza hat sich für meinen Mann verwendet«, sagte Ymme und biss die Backenzähne zusammen, um sich nicht versehentlich zu einer Äußerung über die hochmeisterliche Großzügigkeit hinreißen zu lassen.

»Tatsächlich? Seit wann sind ihm denn die Johanniter so lieb und wert?« Der Graf erbrach das Siegel, entrollte das Schreiben, las es und begann schallend zu lachen.

Seine Männer grinsten erheitert. Vermutlich war es für sie ein gutes Zeichen, wenn ihr Herr etwas zum Lachen fand. Ymme fand es widerlich.

Der Graf von Schwerin ließ das Schreiben achtlos fallen und schwang sich auf sein schwarzes Ross. Er trieb es die wenigen Schritte zu Ymme hin. Spöttisch musterte er sie eine Weile von oben herab. »Dem Ersuchen des Deutschherrn werden wir ausgesprochen gerne nachkommen«, sagte er. »Den Gestank des Schweinekobens hatten wir ihm erspart. Aber jetzt, wo wir wissen, zu welchen Unbedachtheiten Ihr selber imstande seid, werden wir Euren Cornelius zu den Dänen stecken. Und alle zusammen in die Verliese ganz tief unter der Burg, die seit des Sachsenheinrichs Tagen nicht mehr benutzt wurden.«

Er ritt an. Seine Männer ordneten sich lärmend hinter ihm. Als der Graf den Burghof bereits verlassen hatte, stand Ymme immer noch auf dem gleichen Fleck und sah den Rittern nach. Das Pergament rollte, getrieben von einer Windbö, mit kratzendem Geräusch auf dem abschüssigen Pflaster hinterher.

4.
Das Ultimatum

Ymme hatte zu Recht vermutet, dass die Lübecker Kaufmannschaft sich nicht mit dem Grafen von Schwerin anlegen würde, um Cornelius zu retten. Volrad Emeken, ihr Bruder, gab sich sehr viel Mühe, ihr die Fülle von Gründen begreiflich zu machen.

Durch das Wohlleben ein wenig dicklich geworden, saß er vor ihr in seinem Stuhl mit hoher Lehne, fingerte an der Kette, die ihn als Ratsherrn kennzeichnete – obwohl man es in seinem eigenen Hause vermutlich schon seit einigen Jahren wusste, dachte Ymme erbittert, während sie seinem Monolog lauschte.

»Ymme, liebes Schwesterchen«, sagte er schließlich, »so sehr sich der Rat von Lübeck auch geehrt fühlen mag, dass du mit deinem Ehemann ein Hospital aufgebaut und betreut hast, in dem fremdländische Medizinen verabreicht werden – es wird auch ohne gehen, so wie vor deiner Rückkehr nach Lübeck. Die Benediktiner haben in ihrem Kloster ausreichend Platz für Sieche.«

»Fremdländische Medizinen?«, unterbrach Ymme ihren Bruder hitzig. »Glaubst du wirklich, damit wäre es getan? Meinst du, man könnte einer beliebigen Person die Rezepturen überlassen, und davon würden die Kranken gesund werden? Die Mönche pflegen nur, sie heilen nicht! Die wollen ohnehin am liebsten, dass die Menschen unter ihren Augen sterben und dem Kloster Schenkungen vermachen ...«

Der Ratsherr hob seine Hand, um ihren Redefluss zu unterbrechen. An drei Fingern blinkten vier Ringe. »Ymme, an dieser Stelle nicht weiter. Unsere heidnische Urgroßmutter Hodica hätte so sprechen können, aber für dich ziemt sich das nicht. Versteh mich recht, ich will deine Verdienste nicht schmälern, aber der Rat der Stadt Lübeck lässt sich nicht von einer Frau drohen. Wenn du das Hospital aufgeben möchtest, tu es.«

Ymme sah ihren standesgemäß ausstaffierten Bruder ungläubig an. Er schämte sich seiner Urgroßmutter und war offenbar bereit, sich auch von seiner Schwester zu distanzieren, wenn sie sich nicht wohlgefällig verhielt.

»Den Stadtsäckel wird es von hohen Ausgaben entlasten, deshalb würden einige aus dem Kollegium die Kunde ausgesprochen zufrieden vernehmen«, fuhr Volrad behäbig fort. »Sie haben stets verlangt, dass ich dir ins Gewissen rede wegen der Armen, die ihr durchgefüttert habt. Das war nicht recht vom Hospital, das sehe auch ich so. Arme, die auf den eigenen Beinen stehen konnten, hättet ihr fortschicken und der Barmherzigkeit der Klosterbrüder überlassen müssen.«

»Wenn sie stehen konnten, haben sie für ihren Unterhalt gearbeitet«, fauchte Ymme und sprang auf. »Was seid ihr Ratsherren doch für ein frömmelndes Pack! Eure Barmherzigkeit ist so viel wert wie dein Gold vor Gottes Thron!«

Volrad umschloss die goldenen Kettenglieder fest mit der Hand. »Da ich hier als Bruder zur Schwester spreche und nicht als Ratsherr, habe ich deine unangemessene Beschimpfung nicht gehört. Ich will von dir jetzt nur noch wissen: Schließt du das Hospital oder nicht?«

»Nein«, schrie Ymme und ging. Die Zimmertür dieses vornehmen Ratsherrenhauses schmetterte sie hinter sich zu, dass die Balken erzitterten.

Nicolaus von Hohenburg hatte nur noch auf Ymmes Rückkehr gewartet, um sich von ihr zu verabschieden. Hinkend lief er im Gang auf und ab, als sie kam.

»Jetzt verlasst Ihr mich auch«, sagte Ymme melancholisch. »Ich wünsche Euch alles Gute. Trotz, oder vielmehr wegen des Beins.«

Nicolaus zuckte die Schultern und grinste verschmitzt. »Vielleicht nicht ganz so schlimm, wie man meinen möchte. Ich hoffe, der Kaiser erlaubt mir jetzt endlich, in den Kanzleidienst zu treten.«

»In den Kanzleidienst?« Ymme sah ihn verwundert an.

»Ja«, sagte Nicolaus verschämt. »Euch kann ich es ja sagen. Tiere sind mir unheimlich, weil sie nicht meine Sprache sprechen, und Pferde insbesondere sind mir zu groß. Ich habe zwar mit Anstand kämpfen gelernt, auf dem Erdboden und zu Fuß, aber noch lieber dichte und schreibe ich. Das war auch der Grund dafür, dass ich den Angreifer zu spät bemerkt habe ...«

»Ihr habt gedichtet, Nicolaus ...« Endlich konnte Ymme sich einige Ungereimtheiten erklären, vor allem, weshalb er sich hatte von dem vermummten Feind niederschlagen lassen. Und warum er so wenig darüber zu sagen gehabt hatte.

»Darf ich Euch eine Kanzone zum Abschied widmen?«

»Lieb von Euch, Nicolaus«, sagte Ymme überwältigt. »Aber lasst uns dafür in den Garten gehen. Rosen passen besser zu einem Abschiedslied als kahle Steinmauern.«

Im Innenhof dufteten die Kletterrosen in der frühsommerlichen Wärme, als Ymme sich auf die Steinbank setzte.

Nicolaus kniete vor ihr nieder, sah strahlend zu ihr auf und begann:

»Ach, alles was ich sah,
hat mich so sehr verdrossen,
dass ich an keinem Ort mehr Frieden find.
So quält und sehnt ich mich,
hab Ruh nie mehr genossen
und Spiel und Lachen mir verächtlich sind.
Wenn ich gedenk der Wohlgestalt, der zieren,

wähn ich aus Herz und Mut all Freude zu verlieren,
und nirgends wahrlich kann ich froh mehr sein
als stets nur bei der süßen Fraue mein.«

»Oh, Nicolaus«, begann Ymme und wusste nichts weiter zu sagen als: »Wunderschön. Ihr habt es selbst gedichtet?«

Der Valet schüttelte den Kopf, und seine blassen Wangen färbten sich. »Der Kaiser selbst war es. Ich habe die Kanzone nur übersetzt. In sizilianischer Sprache ist sie noch schöner, aber ich möchte doch, dass Ihr die Schönheit begreift.«

»Oh, das tue ich«, beteuerte Ymme überwältigt und ergriff den jungen Mann bei beiden Händen. »Ich danke Euch. Ich werde es nie vergessen.«

»Lebt wohl, Hakima Iume«, sagte Nicolaus, sprang auf und verbeugte sich, wie er es bei Hofe gelernt hatte.

Als er fort war, blieb Ymme noch eine Weile sitzen. So viele Dinge gingen ihr durch den Kopf. Für diesen kurzen Augenblick mussten auch einmal die Sorgen zurücktreten.

Während Hermann von Salza längst die Verhandlungen mit den Dänen wieder aufgenommen hatte und zu hören war, dass sie kurz vor dem Abschluss stünden, war Cornelius wie vom Erdboden verschwunden.

Ymme verrichtete ihre Arbeit im Hospital mit grimmiger Entschlossenheit. Jetzt, da sie wusste, dass die Kaufleute ihr Verschwinden sogar begrüßen würden, dachte sie gar nicht daran, das Haus zu schließen.

An dem Tag, als die Dänen aus der Gefangenschaft entlassen wurden und Lübeck unter großer Anteilnahme der Bevölkerung, jedenfalls der Handwerker und Tagelöhner, verließen, suchte Ymme Hermann von Salza auf.

Sie legte eine Schriftrolle vor ihn auf den Tisch. »Ich bitte Euch von Herzen, diesen Brief dem Kaiser zu übergeben«, sagte sie.

Der Deutschritter musterte die Rolle, dann Ymme. »Was ist das?«

»Ein Bittgesuch an den Kaiser«, sagte Ymme. »Die Bitte, dass der Kaiser in seinem Reich für Gerechtigkeit und Ordnung sorgen möge. Das Staatswesen kann nicht funktionieren, wenn die Fürsten tun, was sie wollen. Ein Graf von Schwerin mag einen König gefangen nehmen, aber nicht einen Gefolgsmann eines anderen Herrn.«

Hermann von Salza nickte. »Damit habt Ihr sogar Recht. Ich bin sicher, es wird sich alles zu einem guten Ende fügen. Ich nehme Euer Schreiben mit und werde es dem Kaiser vorlegen.«

Und für den Fall, dass er sie ein zweites Mal betrog, beförderte Nicolaus von Hohenburg eine Abschrift in seinem Gepäck. Aber Ymme hütete sich, dem Hochmeister dies zu erzählen.

»Wir reisen morgen«, erklärte Hermann von Salza unnötigerweise. »Wir werden uns in Eilmärschen südwärts bewegen. Durch meine Krankheit haben die Verhandlungen weitaus länger gedauert, als sie hätten sollen. Euch ist es zu verdanken, dass sie überhaupt zu einem vorläufigen Abschluss gebracht werden konnten. Der Graf von Schwerin ...« Er zögerte, weiterzusprechen.

Ymme wunderte sich. Er hatte sie gelehrt, vor ihm auf der Hut zu sein. Dankbarkeit von seiner Seite hatte sie jetzt nicht mehr erwartet.

»Der Graf von Schwerin sollte im Falle meines Ablebens mit den Dänen verhandeln, so war die klare Absprache. Ein Ergebnis hätte er selbstverständlich erzielt. Aber er hätte der dänischen Seite die Selbstachtung genommen; es wäre ihm gelungen, Waldemar und seinen Adel zu unversöhnlichen Feinden des Reichs zu machen. Das war nicht in des Kaisers Sinn. Deshalb hat er mich geschickt. Ich hoffe, Ihr versteht nun, Ymme von Lübeck, Hakima de Lubicensis et Toledo.« Hermann von Salza erhob sich und verneigte sich vor ihr.

Ymme starrte den Ordensritter sprachlos an. Während der wenigen Schritte, die er sie fürsorglich zur Tür begleitete, geriet ihr bisheriges Urteil über seine Person ins Wanken. Auf einmal die Vertraulichkeit, dieses Werben um

Verständnis, nachdem er sie zuvor so schändlich hintergangen hatte.

»Aufgrund dieser Eile«, fuhr er fort, »ist es nicht unmöglich, dass Ihr die Antwort des Kaisers noch in diesem Jahr erhaltet.«

Sie nickte. Trotz allem würde sie froh sein müssen, überhaupt eine Antwort zu erhalten. Das dänische Reich mochte für den Kaiser wichtig sein, Cornelius war es nicht. Sie ging, ohne sich Illusionen zu machen.

Der Sommer und der Frühherbst zogen an Ymme vorüber, ohne dass sie es wahrnahm. Ihre Sorge um Cornelius wuchs mit jedem Tag, aber die Kaufleute und der Stadtrat ließen sie nicht einmal mehr vor, wenn sie um eine Unterredung bat. An einem trüben Nachmittag kam ihr im düsteren Hospitalflur Nicolaus von Hohenburg entgegen.

Er grinste übermütig und riss sich sein grünes Barett vom Kopf. Nicolaus trug Jagdkleidung, jetzt erkannte sie es. Er sank auf ein Knie. »Verehrte Donna Iume«, rief er, »Euer Bote aus Apulien ist da.«

Ymme legte beide Hände vor das Gesicht und versuchte sich zu fassen. »Nicolaus«, sagte sie gedämpft. »Hat der Kaiser wirklich geantwortet?«

»Oh ja«, sagte der Valet und sprang auf. »Ihr genießt jetzt schon großes Ansehen bei unserem Herrn. Natürlich hat er geantwortet.«

Das war zwar alles etwas unverständlich, aber annehmbar. Ymme beschloss, mit Nicolaus unter vier Augen in ihrer Wohnung zu sprechen. »Hat es einen besonderen Grund, dass Ihr Jagdkleidung tragt?«, fragte sie auf der Treppe.

»Oh ja. Ich stehe im Dienst der Falknerei des Kaisers«, antwortete er hinter ihr.

»Ihr mögt doch Tiere nicht«, sagte Ymme, erstaunt über seine unangemessene Fröhlichkeit. »Habt Ihr Euch anders besonnen?«

»Keineswegs, Meisterin. Es ist nur vorübergehend. Ich soll im kommenden Frühjahr einen isländischen Jagdfalken in das sizilianische Königreich bringen. Meiner Ausbildung im Stall und in der Falknerei ist damit Genüge getan – der Kaiser hat selber schon festgestellt, dass ich besser mit der Schreibfeder als dem Federkrönchen eines Jagdvogels umgehen kann. Nach der Rückkehr erhalte ich den Ritterschlag, und dann wechsele ich hinüber in die Kanzlei.«

»Und doch schickt er Euch auf den weiten Weg in den Norden und vertraut Euch einen kostbaren isländischen Falken an?«

»Ihr habt schon Recht, Donna Iume«, plauderte er, während sie hören konnte, dass er das Bein immer noch nachzog, »aber ich trage die Verantwortung und nicht den Falken. Dafür gibt es die sachkundigen Burschen, die das Tierchen vom Norden bis hinunter nach Sizilien umsorgen. Und in erster Linie ging es ja um die Botschaft an Euch, die ich gerne überbringen wollte.«

»So ist das also«, sagte Ymme, schenkte ihm einen Pokal Wein ein und setzte sich ihm gegenüber. »Dann trinkt, während ich lese.«

»So einfach ist das nicht, Donna Iume«, sagte Nicolaus mit einem kurzen Lachen und behielt das Schreiben in der Hand. »Lasst mich zuerst erklären.«

Was soll es denn da zu erklären geben, dachte Ymme und musterte den jungen Mann aufmerksam.

»Der Kaiser wird im nächsten Jahr seine zweite Ehe eingehen«, begann der Valet umständlich. »Er heiratet Jolanthe von Jerusalem.«

»Nicolaus«, sagte Ymme entschlossen, »mir ist klar, dass für Euch diese Ereignisse am Hof des Kaisers wichtig sind, und ich werde mir geduldig alles anhören, was Ihr mir berichten möchtet. Aber lasst mich zuerst erfahren, was der Kaiser auf mein Gesuch geantwortet hat, ja? Ich bitte Euch.«

Nicolaus schüttelte den Kopf. »Ich bitte Euch. Hört mich an. Meine Reihenfolge ist die Richtige. Jolanthe also ist vierzehn Jahre alt und wird bei der Hochzeit fünfzehn sein. Der Kaiser würde sich glücklich schätzen, wenn

Ihr bereit wärt, seiner jungen Frau, der künftigen Kaiserin des Reiches, als Hebamme und Ärztin zur Seite zu stehen.« Er griff nach seinem Pokal und trank einen winzigen Schluck.

Ymme registrierte es stumm. Mit einem Mal begriff sie, dass der Valet sich trotz der Jagdkleidung auf einer diplomatischen Mission befand, einer ersten Bewährungsprobe, bevor er in die Kanzlei eintreten durfte. Sie selbst war sein Ziel, nicht der Falke.

»Hermann von Salza hat Euch dem Kaiser in glühenden Worten geschildert. Seine Erhabenheit hat die Überzeugung gewonnen, dass es niemand Besseren geben könnte als Euch, um Jolanthe im Kindbett beizustehen. Er gewährt Euch den Rang einer Kammerfrau. Sobald Jolanthe der Dienste einer Hebamme nicht mehr bedarf, seid Ihr frei, nach Lübeck zurückzukehren.«

»Seine ... Seine Erhabenheit erweist mir zu viel Ehre«, stammelte Ymme hilflos. »Allein: Es geht nicht!«

»Oh, es geht alles«, warf Nicolaus mit glänzenden Augen ein. »Was immer der Kaiser will, es geht.«

»Mag sein«, stimmte Ymme nachgiebig zu und versuchte sich zu fassen. »Aber ich will nicht. Ich will vom Kaiser nur Gerechtigkeit für meinen Ehemann. Wir sind Untertanen des dänischen Königs, und keine sizilianische Erhabenheit kann mich zu etwas zwingen.«

»Nein, das kann der Kaiser nicht«, sagte Nicolaus sanft, »aber er kann dafür sorgen, dass Ihr Euren gefangenen Ehemann im gleichen Augenblick zurückerhaltet, in dem Ihr Euch als Jolanthes Kammerfrau verpflichtet.«

Jäh begriff Ymme. Es war Hermann von Salzas Plan von Beginn an gewesen, sie nach Sizilien zu holen. Um sie gefügig zu machen, für alle Fälle gewissermaßen, hatte er dafür gesorgt, dass Cornelius im Gewahrsam des Grafen von Schwerin blieb. Sie brauchte gar nicht zu fragen, was mit ihm geschehen würde, wenn sie ablehnte. Sie lächelte leer. »Jetzt?« erkundigte sie sich.

»Jetzt«, bestätigte Nicolaus von Hohenburg.

»Zeigt mir den Vertrag.«

Der Valet erbrach vor ihren Augen das kaiserliche Siegel und entrollte das Schreiben. Es enthielt alles, was er gesagt hatte. Zu erwähnen vergessen hatte er lediglich das Angebot an Cornelius, Ymme als Troubadour an den Hof zu begleiten. Sobald sie entlassen wurde, durften sie zusammen zurückkehren.

»In Gottes Namen«, sagte Ymme und holte Feder und Tinte.

»In Gottes und des Kaisers Namen«, murmelte Nicolaus. Er wartete bis die Tinte getrocknet war, dann rollte er das Schreiben zusammen und ging zum offenen Fenster. Noch waren die Ochsenhäute nicht aufgezogen. Er beugte sich hinaus, steckte zwei Finger in den Mund und pfiff durchdringend.

Wenige Augenblicke später hörte Ymme auf der Treppe die vertrauten festen Schritte von Cornelius. Sie flog in seine Arme. Im Augenblick gab es nur Freude, Erleichterung und Dankbarkeit.

Die Vorbereitungen ihrer weiten Reise zogen sich über den Winter hin. »Wie mag Sizilien sein?«, fragte sich Ymme immer wieder, wenn ihr bewusst wurde, dass sie dieses oder jenes möglicherweise zum letzten Mal machte. Das Hospital war bereits an die Johanniter übergeben worden, deren Kloster nur klein war und kaum Platz für Arme und Kranke bot; ihre Hauptsorge war jetzt die Ausrüstung für die Reise.

»Ähnlich wie Spanien, mein Herz«, antwortete Cornelius und unterzog die Schneide seines Schwertes einer gründlichen Prüfung. »Du wirst dich wie zu Hause fühlen.«

»Na, ja.« Ymme lachte leise. »So sehr, wie es sich jetzt anhört, habe ich mich dort nicht zu Hause gefühlt. Dazu waren wir zu häufig in Gefahr. Auch jetzt ist mir nicht wohl dabei, mich freiwillig in ein Land zu begeben, in dem sich ein blutrünstiges Kreuzfahrerheer sammeln wird.«

»Pilger«, verbesserte Cornelius automatisch. »Gewöhne dich besser an die Bezeichnung bewaffnete Pilger. Es ist der Kreuzzug eines Kaisers, der erste überhaupt, der nicht von der Kurie ausgeht. Man könnte es übel vermerken, wenn du die Teilnehmer als blutrünstig bezeichnest. Die Elite des Abendlandes ist dazu aufgerufen.«

»Das ist sie bei jedem Kreuzzug. Aber gesehen haben wir hauptsächlich gierige Beutemacher.« Plötzlich gaben Ymmes Beine fast nach. Sie erreichte gerade noch den Stuhl am Tisch. »Cornelius, manchmal wird mir Angst und Bange. Stell dir vor, die junge Frau stirbt bei der Geburt des ersten Kindes. Lässt mir der Kaiser dann den Kopf abschlagen? Nicolaus hat mir so viel von der Pracht am Hof erzählt, die weit eher morgenländisch als abendländisch ist. Sie haben viele orientalische Sitten übernommen. Kamele, Eunuchen und Schwarze sind am Hof ganz normal, sagt er. Aber Frauen zählen weniger als ein Esel.«

»Ich werde dich Tag und Nacht beschützen. Sei ohne Sorge«, sagte Cornelius heiter.

»Ich glaube, du freust dich«, stellte Ymme halb fragend fest.

Cornelius nickte. »Lübeck ist mir zu eng geworden. Die Macht der Kaufleute – von denen dein Bruder noch einer der großzügigsten ist – schnürte mir allmählich die Luft ab. Und ich freue mich darauf, Sizilien wiederzusehen ...«

»Nicht nur dir schnürt Lübeck die Luft ab«, warf Ymme ein. Der Bittgang zu ihrem Bruder hatte auch ihr die Augen geöffnet. In Toledo hatte sie Menschen gefunden, die beinahe Freunde geworden waren, und so würde es auch in Palermo sein. Und niemand zwang sie, mit Hermann von Salza noch ein einziges Wort zu wechseln. Dieser Entschluss stimmte sie ein wenig zuversichtlicher.

»Weißt du was?«, sprach Cornelius weiter, ohne etwas von ihren Erwägungen zu ahnen, »ich werde Nicolaus von Hohenburg fragen, ob er mit mir üben möchte. Ich bin träge und fett geworden.«

Ymme sah ihn belustigt an und schüttelte den Kopf. »Oh nein, Cornelius, ich wüsste nicht, was an dir zu viel sein sollte. Aber ich bin froh, dass du es bist, der mich beschützt. Ohne dich wäre ich nicht gegangen. Um mich dazu zu zwingen, hätte der Kaiser mir schon hier den Kopf abschlagen lassen müssen.«

Cornelius ließ das blanke Schwert auf den Boden gleiten und streckte die Hände nach ihr aus.

Die Bäume trugen bereits volles Grün, als die Kaufleute eintrafen, mit denen sie reisen sollten, dazu einige schwerbewaffnete Ritter des Grafen von Schwerin, die sich zur Teilnahme am Kreuzzug verpflichtet hatten. Sie würden insgesamt etwa dreißig Personen sein, eine gute, wehrhafte Gruppe, die Räuber kaum zu fürchten brauchte.

Dies alles erzählte Cornelius seiner Frau, nachdem er ihre Pferde am Vortag der Abreise in den Stall der Burg gebracht hatte. Der Reiseleiter, ein junger Kaufmann, hatte darauf bestanden, ihre Reihenfolge vor der Abreise detailliert festzulegen. »Daran merkt man, dass er Erfahrung hat«, urteilte Cornelius zufrieden. »Er überlässt nichts dem Zufall.«

Dann kam der Abschied von Lübeck. Ymme und Cornelius hatten ihren Platz weit vorn in der Reisegruppe, entsprechend ihrem Ansehen. Jedermann wusste, dass hier die Kammerfrau der künftigen Kaiserin mit ihrem Ehemann reiste. Sie ritten unmittelbar hinter Nicolaus von Hohenburg mit zwei Falken, vier Knappen und zwei Vogelpflegern.

Der Kaufmann an der Spitze gab das Signal. Auf dem abschüssigen Burgberg drehte Ymme sich um. Der Zug war geordneter als der des Grafen von Schwerin und darum länger. Die bewaffneten Ritter, es mochten ungefähr zehn sein, waren so aufgeteilt worden, dass jeder Abschnitt der Karawane verteidigt werden konnte. Ymme begann allmählich Vertrauen in die Unternehmung zu fassen. Man konnte wohl sicher sein, dass der Kaiser für seine geliebten Falken die besten Reisebedingungen schuf, die für Geld zu bekommen waren. Ein Jagdfalke, der auch ein Bett beanspruchen durfte, wenn ihm danach war, war vielleicht der beste Schutz überhaupt.

Dann fiel Ymmes Blick auf den letzten Mann, eine lange dunkle Gestalt auf einem Maultier. Es lief ihr kalt über den Rücken. »Cornelius, dieser Bruder Leonardo ist auch schon wieder da«, flüsterte sie.

Als hätte er sie gehört, stieß er ein gespenstisches Geheul aus, das in einem Klageruf endete. »Wehe, wehe! Das Zeitalter des Sohnes geht dem Ende entgegen. Der Herr bewahre uns vor dem Antichrist!«

Wie auf Kommando fielen sämtliche Pferde der Karawane in Trab, es schien, als wollten Reiter und Tiere der Prophezeiung eines wahnsinnigen Mönches entfliehen. Aber schon kurze Zeit später hatte das Maultier von Frater Leonardo sie mit hart trippelnden Schritten eingeholt.

»Warum sucht er immer unsere Nähe?«, fragte Ymme argwöhnisch. »Hoffentlich will er nicht auch nach Palermo. Er hat etwas Unheimliches an sich.«

Teil II

SIZILIEN, 1225–1228 N. CHR.

Die drei Betrüger des Ibn Rushd

5.
Die Königin von Jerusalem

Jolanthe, seit ihrer Abreise aus Jerusalem vor wenigen Wochen gekrönte Königin ihrer Heimatstadt, starrte den Erzbischof an, ohne viel zu sehen. Über ihr dröhnten die Kirchenglocken des Doms von Brindisi, der Weihrauch erstickte sie fast, und der festliche Kopfputz drückte schmerzhaft auf ihre Stirn.

Eine Armlänge entfernt saß ihr künftiger Ehegemahl, in ihrem Rücken war der Kirchenraum bis auf den letzten Platz mit den wichtigsten Männern des Reiches besetzt, und trotzdem fühlte Jolanthe sich einsam wie nie im Leben.

Ihr Vater, der viele Jahre als Baille der Heiligen Stadt in ihrem Namen die Regentschaft ausgeübt und diese schwere Bürde von ihr fern gehalten hatte, hatte sie zu überzeugen gewusst, dass auf sie in Sizilien ein neues Leben warte. Jetzt bereute sie, auf alle Freundinnen verzichtet zu haben, außer auf Kusine Margarete, mit der sie sich obendrein nicht besonders verstand.

Oh, von ihr aus hätte der Vater sich gerne auf Lebenszeit König nennen dürfen, wenn sie dafür in Akkon hätte bleiben können! Jolanthe lächelte in sich hinein. Die Herren der Stadt, die einstmals als normannische Eroberer gekommen waren, führten ein bequemes Leben. Umsorgt von Sklavinnen und Eunuchen, hatten alle vornehmen Fa-

milien den orientalischen Luxus in vollen Zügen genossen, besonders die jungen, noch unverheirateten Mädchen. Ohne Pflichten, hatten sie ständig zusammengehockt, und ihre Schlafräume waren von endlosem Gelächter erfüllt.

Das war vorbei. Ihr Blick streifte den Mann auf der anderen Seite des Ganges. Sie war zwar mit ihm verlobt, aber sie kannte ihn nicht. Den Verlobungsring hatte in Akkon ein anderer Mann an ihren Finger gesteckt, ein hagerer Deutscher, ein Ritter im weißen Mantel, der sie wie ein Kind behandelte und den sie schon vor Ende der Zeremonie aus ganzem Herzen gehasst hatte.

Erst der Deutschordensritter und jetzt sein Kaiser, der auch Sohn eines Deutschen war. Beide dünkten sie Produkte des finsteren Nordens, der von Satan regiert wurde. Voll Furcht ballte sie ihre kleinen Hände zu Fäusten. Ihre Welt schwankte stärker als das Schiff, mit dem sie gekommen war.

Der Chor verstummte. Eine Bewegung des Kaisers ließ Jolanthe zusammenzucken. Die schütteren rötlich-gelben Haare und die blauen Augen waren das Einzige, was sie auf dem Weg von der Domtreppe zum Kirchenstuhl vom Herrscher der Welt wahrgenommen hatte; ohne den mit Adlern verzierten Mantel hätte er wie eine räudige ägyptische Katze ausgesehen. Er war aufgestanden und streckte ihr ungeduldig seine Hand entgegen.

Jolanthe erhob sich mürrisch und trat an seine Seite. Der Kaiser duftete nach unbekannten Essenzen. Sie hatte erwartet, dass er wie ein Franke stank. Als der Erzbischof ihre beiden Leben zusammenfügte, wusste sie, dass sie Federico trotzdem abscheulich fand.

Selten war es Ymme so schlecht gewesen, wie auf der Seereise von Pisa nach Palermo. Es war brütend heiß, obwohl der Sommer zu Ende ging, zumindest war er in Lübeck längst zu Ende; aber hier erfüllte die Sonne das Schiffsdeck mit einer Glut, die noch durch die Schuhe zu spüren war. Aus diesem Grund hielt sie sich bei Tage meistens unten auf ihrer Pritsche auf. Dies hatte zudem den Vorteil, dass sie nicht auf den Franziskaner traf, der sich hartnäckig anscheinend dort aufzuhalten wünschte, wo sie sich befand. Ihre Hoffnung, dass er mit Nicolaus von Hohenburg zum Kaiser reisen würde, hatte sich nicht erfüllt.

Der Valet hatte in Pisa ein anderes Schiff des Konvois bestiegen, um mit Falken, Falknern und Kreuzrittern Neapel anzulaufen. Sie selbst segelten mit einer unauffälligen Tartane unter pisanischer Flagge, die von waffenstarrenden Pisanern beschützt wurde.

Cornelius steckte seinen Kopf durch die Luke. »Komm hoch, Ymme«, rief er, Begeisterung in der Stimme. »Palermo ist schon zu sehen, und es ist auch nicht mehr so heiß!«

Mit einem Mal war Ymme ganz beklommen zumute. Sie nickte stumm und versuchte, sich trotz des schwankenden Schiffes ein wenig frisch zu machen. Aber es war ein recht aussichtsloses Unterfangen, da das Wasser kaum kälter war als der Schweiß, der ihr in Strömen zwischen den Brüsten und am Rücken entlanglief.

Als sie an Deck kam, machten die Bewaffneten Platz, und Cornelius reichte ihr seine Hand, um sie zu stützen. Beeindruckt sah Ymme sich um. Das Schiff hielt auf hohe, schroffe Berge zu. Vor ihnen lag, eingebettet in eine grüne, halbmondförmige Insel, die Stadt.

Cornelius zeigte über die wogende Wasserfläche, die im Augenblick keine Schaumkronen trug, in die weite Bucht hinein. »Sieh, auf dem Hügel liegt das eigentliche Palermo. Alles andere sind Stadtteile mit eigenem Namen. Wir werden den Hafen bei Anbruch der Dunkelheit erreichen, sagt der Admiral.« Er wechselte mit dem Mann am Ruder ein kumpelhaftes Grinsen.

»Jetzt besteht keine Gefahr mehr durch Seeräuber«, brummte der Pisaner zufrieden.

Ymme drehte sich um. Der Mann hatte schwarze Zähne, ein Tuch um die gebräunte Stirn geschlungen und sah selbst aus wie ein Seeräuber. Cornelius legte den Arm um ihre Schulter und zog sie an sich.

Der Seemann ließ sich mit Vergnügen taxieren. »Bei uns turteln in Eurem Alter nur noch die Tauben«, sagte er so langsam, dass Ymme ihn verstand.

Sie hatte sich trotz der Seekrankheit schon ein wenig an die Sprache der Männer gewöhnt, Lateinisch und Kastilisch waren hinreichend brauchbar, um sich mit ihnen zu verständigen. »Wir fangen eben später an«, antwortete sie auf Latein.

Er lachte schallend und deutete mit dem stoppeligen Kinn Richtung Küste.

Inzwischen waren bereits Einzelheiten zu erkennen: Kirchtürme und Minarette glänzten im Abendlicht, und außerhalb der gewaltigen Mauern und Festungsanlagen, die sich beiderseits der Hafeneinfahrt hinzogen, standen Mühlen im satten Grün der Flussniederungen. Die Sonne versank schon hinter einem Vorgebirge, als sie in dem nahezu runden Hafenbecken anlegten.

Kaum war das Schiff fest vertäut und eine Planke auf den Kai geschoben, kamen zwei Männer an Bord, die vom pisanischen Kapitän mit besonderer Höflichkeit empfangen wurden.

Die Kaufleute unter den Passagieren belagerten die Männer und hielten ihnen Listen der Waren unter die Nasen, die sie einzuführen gedachten. Sie wurden auf ein großes Gebäude hinter einer Palmenreihe hingewiesen, zu dem sie sich begeben sollten.

»Fóndaco«, wiederholte Ymme flüsternd. »Hörst du, Cornelius, sie sollen zum Fondak. Wie in Spanien.«

Cornelius ließ seine Augen nicht von den Kaufleuten und den kaiserlichen Beamten. Offenbar wechselten Münzen die Besitzer.

»Ob wir auch dort übernachten sollen?«

»Das glaube ich nicht«, meinte Cornelius. »Wir sind Gäste des Kaisers.«

»Vielleicht wäre es trotz allem nützlich, eine kleine persönliche Anerkennung bereitzuhalten«, flüsterte Ymme ihm ins Ohr, »damit sie uns ganz bestimmt nicht mit Kaufleuten oder Räubern verwechseln. Der Pisaner hat uns ja trotz seines Aussehens ungeschoren gelassen, aber wer weiß ...«

»Schon vorbereitet«, murmelte er beruhigend aus dem Mundwinkel.

Während die ersten Kaufleute ihr Gepäck bereits auf den Kai hievten, ein Letzter noch einen erbitterten Streit mit dem Beamten ausfocht, kam der andere zu ihnen. Cornelius und das Gepäck, das sichtlich keine Handelsware war, misstrauisch musternd, stellte er sich als Magister doanae vor. Cornelius reichte ihm ihren Passierschein.

Die Augen des Zöllners weiteten sich angesichts des kaiserlichen Adlers überrascht, und er warf einen kurzen respektvollen Blick auf Ymme, während er das Trinkgeld in seiner Tasche verschwinden ließ. Dann ging alles schnell und reibungslos. Auf seinen Pfiff hin sprangen vier Männer, die offenbar am Kai auf Aufträge gelauert hatten, über die Bordwand. Wunderbarerweise schafften sie es ohne Anweisung, die richtigen Gepäckstücke zu ergreifen und sie heil ans Ufer zu bringen. Ohne weitere Erkundigungen einzuholen, machten sie sich mit den Packsäcken auf den Schultern auf den Weg.

Ymme schaute ihnen besorgt hinterher.

»Keine Sorge, Dama, alles wird korrekt im Cassaro abgeliefert werden. Ihr zahlt keine Fondacatsgebühren, nichts. Ich habe genaue Anweisungen aus der königlichen Kanzlei erhalten.« Der Zollbeamte breitete die Hände aus und lachte beruhigend. »Seht Euren Cavaliere an, er nimmt es wie ein geborener Palermer.«

»In jedem Fall würde Mißtrauen zu nichts führen«, meinte Cornelius mit heiterem Gesicht und bot Ymme den Arm, um ihr auf die Pier zu helfen.

Der Zollbeamte bedeutete ihnen zu warten und stützte seine Ellenbogen auf die Reling. Wenige Augenblicke später trafen zwei Männer im Laufschritt ein und setzten einen Tragsessel vor ihnen ab.

»Sie erwarten uns anscheinend«, stellte Ymme dankbar und ein wenig erstaunt fest, während sie hineinkletterte. Dass sich außerdem der Franziskaner in Luft aufgelöst zu haben schien, war ein gutes Omen für den Beginn ihrer Tätigkeit in Palermo. Sie fühlte sich jetzt stark genug, es mit allem Neuen aufzunehmen.

Jolanthe, Gemahlin des Kaisers und Königs Friedrich II., brannte vor Zorn. Ihre Hochzeitsfeier konnte sich nicht messen mit der von Konstanze, der ersten Ehefrau des Kaisers. Wohlmeinende Stimmen hatten es ihr zugeflüstert, kaum dass der Kaiser aus dem Saal geschritten war, umgeben von Beratern und Freunden, aber ohne sie.

Mit ihr hatte er während der Stunden des Festmahls überhaupt nicht gesprochen, sich dagegen immer wieder über ihren Kopf hinweg mit Kusine Margarete verständigt. Ausgerechnet Margarete, die falsch war wie eine Gazelle und Haare wie Weizenstroh hatte. Und was heißt, verständigt? Alberne Scherze hatte seine Erhabenheit ihr zugerufen, und die dumme Kuh hatte anfänglich in gleicher Münze zurückgegeben, um allmählich in verliebtes Zwitschern überzugehen.

Während der Saal sich leerte, ließ Jolanthe sich jede Einzelheit ihrer öffentlichen Demütigung durch den Kopf gehen. Mehrmals warf sie ihre Rachepläne über den Haufen, bis sie endlich zufrieden war. »Margarete«, sagte sie laut, um ihr auf der Stelle den Kopf zu waschen; mochten die Gäste es ruhig hören, sie kannte sie sowieso nicht. »Margarete!«

»Du wirst wohl einige Zeit warten müssen, bis sie zurückkehrt, meine Tochter«, sagte hinter ihr die leise Stimme ihres Beichtvaters. »Gott vergebe ihr, aber ich fürchte, sie ist bereit, die Sünde des Ehebruchs auf sich zu nehmen.«

Jolanthe fuhr herum. »Woher wisst Ihr das, Pater?«

»Margarete hat eingewilligt, sich zu einem Lustschloss des Kaisers bringen zu lassen. Es liegt ganz in der Nähe ...«

»Und mein Ehemann?«

Der Pater, ein älterer Mann mit der faltigen, gebräunten Haut derer, die lange unter der Sonne des Morgenlan-

des gelebt haben, schob die Unterlippe vor und überlegte lange.

»Bitte sagt es mir, Pater«, flehte Jolanthe.

»Dein Ehemann hat gerade seinen Hengst kommen lassen und sich bis morgen verabschiedet.« Der Pater beugte sich herab und zischte seinen Zorn in Jolanthes Ohr hinein. »Er ist die Pestilenz des Abendlandes, eine Beleidigung des Herrn und seiner Kirche, wie alle Staufer. Möge der Herr die Kraft seiner Lenden versiegen lassen und die Familie mit Stumpf und Stiel ausrotten!« Mit gesenktem Haupt und gefalteten Händen entfernte er sich.

Er schien von einem Augenblick zum anderen so in sein Gebet vertieft, dass Jolanthe nicht wagte, ihn aufzuhalten. Aber sie war sich fast sicher, ihn richtig verstanden zu haben. Sie hatte einen Feind der Kirche geheiratet, und niemand hatte sich vorher die Mühe gemacht, es ihr mitzuteilen.

Sie stand auf, um ihren Vater zu suchen. Auch Johann von Brienne schien vom Erdboden verschluckt worden zu sein.

Der Königspalast lag auf dem höchsten Punkt der von Mauern umschlossenen Stadt. Eine schnurgerade Straße führte vom unteren Tor zu ihm hinauf. Ymme starrte wie betäubt von Hitze, Lärm und dem Gewühl der Menschen nach oben, während die beiden Träger sich im Laufschritt ihren Weg bahnten und immer wieder Gruppen von schwatzenden Männern, Eselkarren und streunenden Hunden ausweichen mussten. Es dämmerte, doch die Palermer kamen offenbar jetzt erst aus ihren Häusern.

Endlich lichtete sich der Strom von Menschen. Zwischen den keulenförmigen Stämmen von Palmen wurde die Sänfte so abrupt abgesetzt, dass Ymme in die Höhe hopste. »*Qua?*«, bellte der schwarzhaarige Mann an den vorderen Holmen, ohne sich auch nur zu seinen Kunden umzudrehen.

»Wohin?«, wiederholte Cornelius unschlüssig. »Nach oben. Zum Palasteingang.«

Der Palermer winkte so brüsk ab, dass Ymme umgehend den Tragsessel verließ. Die Münze, die Cornelius ihm gab, betrachtete er mit größtem Missfallen. Für seine Unhöflichkeit hatte er so viel Geld gar nicht verdient, fand Ymme und folgte Cornelius, der schon auf dem obersten Absatz der Treppe auf sie wartete.

Als sie ihn erreicht hatte, sah sie ein dunkles, kastenartiges Gebilde, flankiert von zwei düster wirkenden Wehrtürmen. Auch Cornelius musterte den Königspalast skeptisch.

Von einem Schwarzen mit blendend weißem Gebiß, aber ohne Kenntnis gängiger Sprachen, erhielten sie eine Wohnung im hinteren Teil des Palastes, der aus mehreren Gebäuden bestand, zugewiesen. Statt Cornelius' in fast vergessenem Volgare gestotterte Fragen zu beantworten, rollte der Eunuch mit den Augen und zog sich geräuschlos zurück. Notdürftig richteten sie sich für die Nacht ein. Erst am nächsten Morgen entdeckten sie den atemberaubenden Ausblick auf die Berge.

Der Kaiser und seine junge Ehefrau waren noch nicht eingetroffen, so viel konnten sie immerhin in Erfahrung bringen. Ymme fand den gegenwärtigen Zustand etwas unbehaglich. In diesem unübersichtlichen Palast, in dem gelegentlich ein schwarzer Sklave über den Gang schlenderte, gab es anscheinend niemanden, der ihr sagen konnte, was sie zu tun hatte.

Sie beschlossen abzuwarten. Am dritten Tag gelang es Cornelius, einen kleinen schwarzen Jungen zu bewegen, ihnen regelmäßig Mahlzeiten aus der Palastküche zu besorgen. Aber es war sehr kostspielig.

Am Sonntag nach ihrer Ankunft geriet der Palast in Bewegung. Schrille Fanfarenstöße im unteren Teil der Stadt kündigten die Ankunft des Hofstaates an. Ymme und Cornelius sahen von einem Fenster im dritten Stockwerk zu, während sich vor dem Palast ein Empfangskomitee formierte, das hauptsächlich aus den Männern der Palastwache bestand.

Die sarazenischen Reiter trafen zuerst ein, in ihrem Schutz folgten Kamele mit Sänften. »Dort sind die Frauen«, meinte Cornelius, dem das Leben im Orient ja nicht fremd war. »Auch dein Zögling ist darunter.«

»Zögling! Cornelius! Lass niemanden eine solch respektlose Rede hören«, mahnte Ymme. »Sie ist die Kaiserin.«

Er grinste. »Wir werden sehen. Orientalische Frauen sind anders als du.«

Immer mehr Menschen strömten hinzu, eine unabsehbare Menge versammelte sich unter den hohen Palmen vor der Vorderfront. Endlich ritt der Kaiser ein, auf einem hohen schwarzen Schlachtross, auf dem er seine Sarazenen mit den zierlichen arabischen Pferden deutlich überragte. Sein weiter blauer Mantel lag wie eine Schabracke über der Kruppe des Rappen, und zwei kleine dunkelhäutige Sklaven waren nötig, ihn zu halten, während sich der Rücken eines dritten Schwarzen dem kaiserlichen Fuß als Schemel darbot.

Ymme hatte nur Augen für die Sänften und fand nach kurzem Suchen die junge Frau, die Jolanthe sein musste, eine üppige Schönheit, die von weitem wie eine reife Frau wirkte. Und einsam. Die Scharen von Mädchen, die nach und nach aus den Sänften kletterten, hielten respektvoll Abstand zur künftigen Kaiserin. Endlich wurde sie von einem Schwarzen unter einem Schirm in den Palast geleitet. Der Kaiser hingegen war keinen Augenblick allein; Würdenträger in grellbunt gefärbten Gewändern umringten ihn, und selbst im Gehen nahm ein Schreiber mit einem tragbaren Schreibpult sein Diktat auf.

Als sämtliche Reittiere und allerlei merkwürdiges und Ymme völlig unbekanntes Getier in Käfigen und auf den Fäusten von Knappen oder Tierpflegern den Palast gemächlich umrundet hatten und außer Sicht geraten waren, stieß sie einen tiefen Seufzer aus. »Ich hätte nicht geglaubt, dass es so etwas gibt«, sagte sie. »Am besten haben mir die Kamele gefallen.«

Cornelius nickte. »Und trotzdem glaube ich, wir sollten uns auf den Weg machen. Wahrscheinlich erfahren wir jetzt endlich, was sie von uns erwarten.«

Nicolaus von Hohenburg kam ihnen auf der Treppe schon im Laufschritt entgegen. »Beeilt Euch«, rief er vorwurfsvoll. »Die Ansprache des Kaisers an die Palermer hat schon begonnen. Und Seine Erhabenheit nimmt es sehr übel, wenn man gegen das Protokoll verstößt!«

Ohne sich näher zu erklären, hetzte er den Weg wieder zurück, in der Erwartung, dass sie ihm ebenso schnell folgen konnten.

Im Saal drängten sich die Würdenträger des Hofstaates, viele von ihnen trugen griechische Gewänder und Bärte, einige auch arabische Tracht. Hermann von Salza im strahlend weißen Rittermantel stand mit deutlichen Anzeichen von Ungeduld neben einem Pagen mit wippendem grünem Federbusch, der die letzten Eintretenden überprüfte. Erleichtert ergriff er Ymme am Oberarm und zog sie zu sich heran. »Hat Euch niemand das Protokoll erläutert?«, raunte er ihr streng ins Ohr.

Sie schüttelte erschrocken den Kopf und lauschte nebenher einem Mann in schwarzer Amtstracht, deren breiter Saum purpurfarben war, ebenso wie das füllige Barett, dessen Stoff ihm bis in den Nacken fiel. Mit tragender Stimme hielt er einen Vortrag, ohne sonderlich auf die Rolle in seiner Hand blicken zu müssen.

»Der Logothet hält die Ansprache des Kaisers anlässlich seiner Ankunft in Palermo«, flüsterte Hermann von Salza, »danach seid gleich Ihr an der Reihe. Ich werde Euch vorstellen.«

Um Gottes willen, dachte Ymme nervös; ihre Kleidung war unscheinbar, und Schmuck hatte sie nicht angelegt, aus Gewohnheit stets im Hospitaldienst, obwohl bisher niemand sie in Anspruch genommen hatte. Sie folgte den skeptischen Blicken, mit denen der Hochmeister Cornelius musterte. Er trug das bei deutschen und dänischen Rittern übliche Kettenhemd; zwar war es ziemlich grobgliedrig, aber doch gut geputzt, und das Loch im Wams hatte sie gestern erst geflickt.

»Im Allgemeinen tragen an diesem Hof die Cavalieri gefältelte Mäntel und Seidenstrümpfe«, murmelte der Hochmeister, »aber jetzt muss es auch so gehen.«

Ymme rutschte das Herz in die Kniekehlen. Auf eine solch stürmische Entwicklung der Dinge war sie nicht vorbereitet gewesen. Vor Aufregung verstand sie kaum ein Wort von dem, was der Logothet erst auf Griechisch, dann auf Latein sprach. Sie fand eben noch Zeit, ihr Kleid zu glätten, bevor er seine Ansprache beendete.

Der Hochmeister trat den Gang vor den Thron an, Ymme fühlte sich von seiner Hand an ihrem Ellenbogen unerbittlich vorwärts geschoben. Hinter ihnen klirrte leise Cornelius' Schwertgehänge. Ymme wagte kaum aufzusehen, von allen Seiten bemerkte sie kritische Blicke und verstohlene Lacher.

Sie hatten schon den Thron erreicht, als sie endlich ihre Fassung wiedergefunden hatte. Und sie dort um ein Haar erneut verloren hätte. Ungläubig starrte sie dem gedrungenen rotblonden Mann mit dem Stirnreif in die blauen Augen.

»Die Proskynase!«, flüsterte Hermann von Salza ungeduldig. Seine Hand in ihrem Nacken zwang sie zu Boden, bis sie vor dem Herrscher lag, Cornelius neben sich, der die Hofetikette schneller begriffen hatte.

»Erhebt Euch, Dama Iume, Cavaliere Cornelius von Fischbach«, sagte Kaiser Friedrich streng. »Ihr seid von dieser Stunde an Mitglieder meines Hofstaates. Über Eure Pflichten lasst Euch in der Kanzlei aufklären.« Dann wandte er sich mit etwas freundlicherem Gesicht an seine junge Frau, die neben ihm saß. »Ich möchte Euch Eure Hebamme im Rang einer Kammerfrau vorstellen, Jolanthe, Dama Iume de Lubicensis.«

Ymme verrenkte sich den Kopf, um ihr ins Gesicht zu sehen. Jolanthe, die, wie sie wusste, von Seiten ihres Vaters normannischer Herkunft war, hatte schräg stehende Augen wie eine Nomadin aus den Steppen von Asia! Sie konnte es kaum fassen.

»Dama Iume de Lubicensis«, wiederholte der Kaiser mit Nachdruck.

Aber Jolanthe war nicht nur füllig, sondern auch ohne Erziehung. Wie ein eigensinniges Kleinkind schob sie die Unterlippe vor und betrachtete ihre auf und ab wippenden Füße, die in hellrosa Seidenschuhen steckten.

Oder hatte der Kaiser sie gemeint? Ymme zuckte unwillkürlich zusammen und senkte den Blick. Sie war gerade bei der Überlegung angelangt, dass möglicherweise auch eine Unterwerfung für die Gemahlin von ihr gefordert war, als der Kaiser sie erlöste.

»Ihr habt noch viel zu lernen, Dama. Ihr dürft Euch zurückziehen.«

In seinen Worten schwang ein ziemlich eindeutiger Tadel. Ymme kniff die Lippen zusammen, erhob sich mühsam und entfernte sich einige Schritte rückwärts, bevor sie sich umdrehte und aus dem Saal floh.

Im Gewimmel der Menschen vor den Saaltüren holte Cornelius Ymme ein. Sie sah ihn kläglich an, sie hatte das Gefühl, alles verpatzt zu haben. Er legte schützend seinen Arm um sie.

Gerade, als sie den Gang betraten, der zum Treppenhaus führte, schlüpfte Nicolaus von Hohenburg aus dem Saal und kam auf sie zu. »Das ist ja gerade noch mal gut gegangen«, sagte er leise, »aber Ihr müsst Euch den Sitten hier wirklich anpassen! Am Hof unseres Herrn hier in Palermo und auf den Schlössern in Apulien gibt es eine strenge Etikette. Hermann von Salza hat beim Kaiser für Euch ein Wort eingelegt, damit Ihr nicht bestraft werdet. Und was Hakima Iume betrifft, wird der Kaiser bei seiner Frau bestimmt selbst ein Machtwort sprechen.«

Ymme sah ihn wütend an. »Wir haben uns nichts zuschulden kommen lassen. Wir wurden in diese Situation gebracht, ohne dass irgendjemand es für nötig hielt, uns darauf vorzubereiten.«

Der Valet hörte Ymme höflich zu. »Das mag wohl sein«, sagte er ungerührt, »und wenn Ihr in Zukunft etwas nicht wißt, wendet Euch an die Kanzlei. Jetzt aber kommt mit in den Saal der hundert Blüten. Dama Iume hat Anspruch auf zwei Mädchen und einen Jungen und Cavaliere Cornelius auf einen Jungen.«

»Was heißt das?«, fragte Ymme erstaunt.

»Ihr müsst Diener haben; andernfalls würdet Ihr Euch jedes Ansehen verscherzen. Bezahlen müsst Ihr sie aus eigener Tasche.« Nicolaus winkte ihnen auffordernd, ihm in einen schmalen Gang zu folgen.

»Habt Ihr auch Diener?«, fragte Ymme ratlos.

»Als Valet habe ich Anspruch auf zwei Schildträger und drei Pferde«, antwortete Nicolaus mit leisem Lächeln, und dazu habe ich noch einen Jungen, der für meine persönlichen Bedürfnisse sorgt, Wäsche, Essen und Ähnliches.«

»Warum hat denn Cornelius ...?«

»Hier geht es nach unten«, sagte Nicolaus und betrat einen Turm, durch den sich eine Treppe offenbar von unten nach oben zog. Auf ausgetretenen Stufen stieg er hinab. »Cavaliere Cornelius wurde als Troubadour verpflichtet, nicht als Ritter. Im Allgemeinen steht der Kaiser fahrendem Volk skeptisch gegenüber, da ist ein Junge zur Bedienung schon eine große Gunst.«

Ymme begann zu lachen, aber in ihr Lachen mischte sich Bitterkeit. »Cornelius als Angehöriger des fahrenden Volkes? Das kann nicht Euer Ernst sein!«

»Seine Erhabenheit schätzt Templer und Johanniter sowie Männer, die sich diesen Orden verpflichtet fühlen, noch weniger. Wir haben uns deswegen für den Troubadour entschieden ...«

»Wir?« Ein bitterer Geschmack lag plötzlich auf Ymmes Zunge, und sie wusste, was er antworten würde. Der Ordensritter und der Valet hatten ein regelrechtes Komplott geschmiedet, um sie nach Palermo zu holen; sie konnte von Glück sagen, dass man sie nicht gewaltsam hergebracht hatte.

»Der Hochmeister und ich«, antwortete Nicolaus aufrichtig. Er schien keine Ahnung zu haben, welchen Sturm der Empörung er in Ymme ausgelöst hatte. »Er meinte,

Ihr würdet nicht bereit sein, Euren Mann für die paar Jahre zu verlassen.«

»Da hat er allerdings Recht gehabt!«, versetzte Ymme erbost. »In diesem Fall hättet Ihr mich in Fesseln herbringen müssen.«

»Wir haben auch das überlegt ...«

»Bei so viel Planung Eurerseits: Wer hat denn dafür gesorgt, dass wir in Unkenntnis über das Protokoll gelassen wurden?«, fragte Ymme scharf. Sie war so wütend, dass sie beinahe übersehen hätte, dass sich der Valet darüber ebenfalls gerade den Kopf zerbrach. Das Ergebnis seiner Überlegungen schien nicht besonders erheiternd zu sein.

Vor dem Saal der hundert Blüten wachten bewaffnete Sarazener. Noch hatte sich Ymme nicht an diese Soldaten gewöhnt, die so kriegerisch und fremd wirkten. Nicolaus wies sich mit einem Losungswort aus, worauf sie sofort die Flügeltüren öffneten.

Die Pracht machte Ymme ganz sprachlos. Der Fußboden bestand aus bunten Mosaiksteinen, die Geschichten erzählten, geschnitzte Hölzer bildeten die Raumdecke. Die hundert Blüten waren anscheinend die Mädchen, die in Gruppen verteilt saßen und stickten oder andere Handarbeiten ausführten. »Ist dies ein Harem?«, fragte sie unbedacht.

»Nein, nein.« Der Valet unterdrückte ein Grinsen, »wenn es so wäre, dürften weder Cavaliere Cornelius, noch ich hier herein. Nein, hier arbeiten Mädchen und Frauen, die sich auf das Sticken mit Seidengarn verstehen. Aber sie sind auch begehrt als Dienerinnen bei den Damen, die zum Hofstaat gehören. Sucht Euch hier zwei Mädchen aus. Ich will Euch gerne beraten.«

»Danke.« Ymme wich einer jungen Frau mit schnippisch-spöttischer Miene aus, die bei einer Gruppe von vier jungen Mädchen gestanden und, auf die Schultern ihrer Nachbarinnen gestützt, offenbar ausgiebig und amüsant mit ihnen getuschelt hatte. Mit einem langen Blick musterte sie abschätzig den Edelknappen, kräuselte bei Ymmes Anblick noch verächtlicher die Oberlippe und verließ den Saal mit schwingenden Hüften.

»Geht nur herum, Dama«, forderte Nicolaus sie leise auf.

Ymme machte sich zaghaft auf den Weg von Gruppe zu Gruppe. Das Schwatzen und Kichern verstummte; bräunliche oder olivfarbene Gesichter wandten sich ihr neugierig zu. Es war ganz offensichtlich, dass alle wussten, warum Ymme sie inspizierte. »Wie verständige ich mich mit ihnen?«, fragte sie ratlos.

»Oh, die meisten sprechen Griechisch und Sizilianisch, Deutsch nur zwei. Zu ihnen würde ich raten. Sie sitzen dort hinten.«

Ymmes Blick folgte seiner Handbewegung. Sie konnte es sich nicht erklären, aber die beiden jungen Frauen waren ihr unangenehm. Sie taxierten sie auf eine berechnende Art und Weise, die geradezu aufdringlich war. »Wenn es Euch nichts ausmacht«, sagte sie rasch, »würde ich gerne die ältere Frau dort in der Ecke und das Mädchen daneben für mich auswählen. Vorausgesetzt, sie sind einverstanden.«

»Sie werden nicht gefragt«, versetzte Nicolaus kühl. »Sie sind Mutter und Tochter und sprechen nur Griechisch, glaube ich.«

Er war verärgert, dass Ymme seinem Ratschlag nicht folgte, aber damit konnte sie leben. Sie machte sich auf den Weg zu ihnen.

Das junge Mädchen konnte nicht älter als fünfzehn oder sechzehn Jahre sein. Als sie ihre schwarzen Flechten zurückwarf, las Ymme in ihren Augen einen Schimmer von Neugier. Die Mutter war zurückhaltender, ließ das bunt bestickte Tuch auf ihren Schoß sinken und wartete mit gesenktem Kopf ab.

»Ich würde Euch gerne in meine Dienste nehmen«, sagte Ymme freundlich.

Nicolaus übersetzte Ymmes mit kastilischen und lateinischen Worten durchsetzte Bitte. Beide nickten und standen sofort auf. Im Hinausgehen hatte Ymme den Eindruck, dass der Valet sich mit den beiden deutschsprachigen Mädchen verstohlen verständigte. Konnte eine von ihnen seine heimliche Geliebte sein? Nun, es ging sie nichts an.

Angelina, die Mutter, und Stella, die Tochter, waren Sizilianerinnen aus dem östlichen Teil der Insel und sprachen, anders als Nicolaus behauptet hatte, eine Art Italienisch, das Ymme ganz gut verstehen konnte. Während sie ihre Arbeit in den fast leeren Räumen mit kritischem Kopfschütteln aufnahmen, wurde Ymme zum ersten Mal zu Jolanthe gerufen.

Gespannt folgte sie dem Schwarzen eine Treppe tiefer, wo die Gänge breit und hoch waren, im Unterschied zum obersten Stockwerk. Eine Flucht von Gemächern stand der Gemahlin des Kaisers offensichtlich für ihren persönlichen Bedarf zur Verfügung.

Der zweite Raum bildete den Wohnbereich. Ymme fühlte sich fast geblendet von all den goldenen Gesichtern mit Heiligenschein, die von den Wänden herabstrahlten. Bestickte deckenhohe Seidenvorhänge teilten den hinteren Teil des Saals in nicht einzusehende Nischen. Der Eunuch stieß Ymme mit einem Finger vorwärts, bis sie am Fußende eines marmornen Liegebettes angelangt war. Es hätte einer großen Familie Platz geboten. Jolanthe ruhte darauf in einer fast durchsichtigen Robe.

Die junge Gemahlin des Kaisers naschte gelangweilt rosa und giftgrün gefärbtes Konfekt von einem Kupfertablett und dachte gar nicht daran, Ymme zur Kenntnis zu nehmen. »Pfui Teufel!«, rief sie plötzlich aus und spuckte angeekelt eine halbzerkaute Praline aus.

Ymme verzog keine Miene. Der Dienst bei Jolanthe versprach anstrengend zu werden.

Der Eunuch wanderte mit schwingenden Armen um das Bett herum, betrachtete das klebrige Etwas auf dem dicken kostbaren Teppich und klatschte in die Hände. Während zwei kleine Jungen mit Tüchern und einem Eimer Wasser zur Tür hereinschossen, geruhte Jolanthe, Ymme zu bemerken.

Ihre vollen Lippen rundeten sich, und ihre schwarzen Augenbrauen zogen sich zusammen. Ymme sah sie abwartend an, unschlüssig, ob sie sich auf den bereitstehenden Hocker setzen durfte. Statt sie angemessen zu begrüßen, packte Jolanthe das Tablett und schleuderte es unbeherrscht in den Raum.

Das Tablett segelte durch die Luft, verfehlte Ymme um Haaresbreite und prallte auf den Eunuchen, der sich mit einem schrillen Schrei den Bauchansatz rieb. Er brachte es fertig, gleichzeitig seiner Herrin Ergebenheit zu signalisieren und Ymme mit einem zornigen Blick zu bedenken.

Jolanthe beachtete ihn nicht. Sie saß aufrecht und richtete ihren anklagenden Blick auf Ymme. »Ich will Euch nicht«, schrie sie. »Der Kaiser behandelt mich wie eine Feindin! Alles nimmt er mir weg, meine Freundinnen, meine Kusine, meine Herrschaft über Jerusalem, meinen Vater ...« Sie musste Luft holen.

»Das ist schlimm«, sagte Ymme sanft. »Ihr seid plötzlich sehr einsam geworden. Ich bin sicher, dass der Kaiser dies gar nicht beabsichtigt hat.«

Für einen Augenblick hatte Ymme Jolanthe den Wind aus den Segeln genommen. Sie wirkte unschlüssig, dann aber stürzten ihr die Tränen aus den Augen.

Gegen ihren Willen empfand Ymme Mitleid. Es gab zwar ein schlimmeres Schicksal, als Kaiserin zu werden, aber auf der anderen Seite wohl kaum ein Amt, das härter auf seiner Trägerin lastete. »Ich werde Euch helfen, wo immer ich es kann«, sagte sie spontan.

»Dafür werdet Ihr bezahlt! Ich werde Euch bestrafen, wenn Ihr es nicht tut«, stieß Jolanthe hervor. »Ihr seid von ihm geschickt worden, und Ihr steht auf seiner Seite. Deutsche! Aber seid sicher, dass ich gewitzt genug bin, um mich Eurer Aufsicht zu entziehen!«

»Ich bin weder Eunuch noch Dienerin«, entgegnete Ymme verblüfft. »Ich wurde gebeten, mich um Eure Gesundheit und die Eurer künftigen Kinder zu kümmern.«

Jolanthe schnaubte vor Verachtung. »Glaubt Ihr wirklich, das zu können? Eine Frau aus dem ketzerischen, zurückgebliebenen Frankenland? Oder bedient Ihr Euch Zaubermittel, die ich nicht kenne?«

Ymme schüttelte den Kopf. »Ich habe unendliche Mühe aufgewendet, um mir das Wissen des Morgenlandes anzueignen. Ich lernte sogar, Suren aus dem Koran zu zitieren, um studieren zu dürfen und zur Hakima ausgebildet zu werden.«

Die junge Frau starrte Ymme angewidert an und streckte ihr blitzschnell die zehn abgespreizten Finger entgegen. »Jungfrau Maria! Moro, hole Teresina! Sie soll mich frisch machen.«

Der Eunuch wandelte plattfüßig zur Tür, während Ymme ratlos schwieg. Welches Unheil versuchte Jolanthe abzuwehren? Die Kammerfrau aus dem zurückgebliebenen Abendland? Den Koran? Oder die Erkenntnis, dass eine Frau wie ein Mann studieren konnte?

»Hakima!« schnaubte Jolanthe, als der Schwarze außer Hörweite war. »Das ist ja widerwärtig! Reichen Eure Reize nicht einmal aus, um einen Mann des Nordens für Euch zu interessieren?«

Zum Glück erwartete sie keine Antwort, aber Ymme sah dennoch Moro erleichtert entgegen, als er mit einer Dienerin zurückkehrte. Diese trug ein Tablett mit Flaschen und Karaffen, deren Inhalt ölig hin und her schwappte, und brachte Ymme nicht mehr Aufmerksamkeit entgegen als einem streunenden Hund, obwohl sie einander schon im Saal der hundert Blüten begegnet waren. Dabei hätte Ymme zu gern gewusst, warum sie den Valet mit solcher Verachtung angesehen hatte.

Hinter Teresina tappte einer der Sklavenjungen her mit blütenweißen Handtüchern über dem Arm. Ymmes Blicke folgten ihnen, als sie sich vor dem Liegebett auf die Knie warfen. Die schwarze Haut des Jungen war von frischen hellroten Narben überzogen.

Während Ymme sich verstohlen umsah, schlenderte Jolanthe hinter den cremefarbigen Vorhang, der ihre Silhouette durchscheinen ließ. Sie ließ ihre Robe von den Schultern in die Hände von Teresina gleiten und stand, unerwartet für Ymme, völlig nackt da. Ihre vollen Brüste hoben sich deutlich von der Umgebung ab, während sie sich einen Moment streckte und dehnte, bevor sie zwei Stufen hinunterstieg und aus dem Blickfeld der Zuschauer verschwand.

Ymme verstand jäh, was die Bezeichnung Kammerfrau bedeutete. Das war kein Ehrentitel, sondern machte sie zu Jolanthes Dienerin. Auf einen solchen Titel konnte sie gerne verzichten. »Darf ich mich zurückziehen, Eure Erhabenheit?«

»Was fällt Euch ein? Ich habe Euch nicht entlassen, Dama Iume. Fang' an, Teresina.«

Leises Plätschern war zu hören, und ein Duft nach Zitronen durchzog den Raum. Der Eunuch hatte die Augen geschlossen, und auf seinem rundlichen Gesicht malte sich Verzückung.

Ymme sah sich suchend um. Überall im Raum waren Kissen verstreut. Auf Zehenspitzen schlich sie zur Wand hinüber und ließ sich auf einem nieder. Der kleine Sklave kauerte in ihrer Nähe, das Gesicht in den Armen versteckt.

Sie gab sich ihren eigenen Gedanken hin. Warum in aller Welt hatte Jolanthe nicht erst die Unterredung mit ihr zu Ende führen können? Gerne hätte sie erfahren, was von ihr erwartet wurde. Auf jeden Fall plante sie, sich als Erstes einen Grundstock an Heilmitteln zuzulegen. Sie war ganz sicher, dass es in Palermo einen Markt für Kräuter gab. Wo Araberinnen lebten, konnte man Pflanzen und Mineralien zur Herstellung von Kosmetika und Heilmitteln, was manchmal das Gleiche war, kaufen.

Ein Grunzen weckte Ymmes Aufmerksamkeit, und ihr Blick wanderte zu Moro hinüber. Auf seiner Stirn perlte Schweiß, und während sie darüber nachdachte, hörte sie das sausende Geräusch einer Peitsche, dann Stöhnen und einen Schmerzensschrei, der von Teresina stammte. Der Junge neben Ymme begann zu zittern. Plötzlich wusste sie, wer ihm die Wunden zugefügt hatte.

Ymme erhob sich leise. Moros brauner Rücken glänzte, als sie sich noch einmal umwandte. Unbemerkt erreichte sie die Tür und schlüpfte an dem Sarazenen vorbei, der wie ein Standbild vor der Tür wachte.

Hinter der nächsten Ecke lehnte Ymme sich an die Wand und atmete tief durch, bevor sie mit weichen Knien durch die Gänge zu ihrer eigenen Wohnung lief. Sie kannte nun ein Geheimnis der kaiserlichen Gemahlin, und dies konnte vermutlich außerordentlich gefährlich sein. Es bestand kein Zweifel daran, dass Jolanthe alles absichtlich so herbeigeführt hatte.

6.
Der Anschlag

Am nächsten Morgen wurde Ymme noch vor Sonnenaufgang von Stella geweckt. »Bitte kommt, Dama«, flüsterte sie, um Cornelius nicht zu stören. »Die Gemahlin hat Moro geschickt, um Euch zu holen.«

»So früh?« Schlaftrunken fragte Ymme sich, ob sie richtig gehört hatte. Das Wort Gemahlin hatte sehr verächtlich geklungen. Sie sprang aus dem Bett und begann sich anzukleiden.

Stella versuchte zu erraten, was Ymme benötigte, war aber nicht besonders geschickt darin, weil ihr die Kleidungsstücke fremd waren.

Im Nachbarraum lehnte Moro im Licht der Sonne an der Wand und stocherte mit einem Gerät aus Elfenbein zwischen den Zähnen. Seine dicken Lippen waren zurückgezogen, die Zähne weiß und kräftig wie die eines Pferdes. Es war offensichtlich, dass er dabei war, sie einer gründlichen Säuberung zu unterziehen.

»Wenn du bereit wärst, deine Morgentoilette zu unterbrechen, können wir gehen«, sagte Ymme ungeduldig. »Schließlich verlangt die Kaiserin nach mir. Ist etwas passiert?«

»Was soll passiert sein, Dama?«

Ymme schüttelte den Kopf und geduldete sich, bis Moro den Zahnstocher in einer tiefen Tasche verwahrt hatte und geruhte, aus der Wohnung zu schlendern. Er erbot sich nicht einmal, ihren Korb mit den Instrumenten zu tragen.

Noch lagen die Gänge des Palastes leer und ruhig, im Lustgarten und selbst in den Ställen unterhalb der Palastmauer regte sich nichts. Mit leiser Sehnsucht blickte Ymme auf den Gürtel von Zitrusbäumen vor den Bergen. Es musste dort jetzt wunderbar sein, bestimmt war die Luft frisch und kühl, im Gegensatz zum Palast.

In Sichtweite von Jolanthes Gemächern machte Moro Halt und steuerte einen kleinen Raum mit dürftiger Ausstattung an, in dessen Mitte Jolanthe stand. Ymme beugte verdutzt das Knie und registrierte nebenbei, dass die junge Frau geradezu widerwärtig unberührt ein wimmerndes Bündel zu ihren Füßen beobachtete.

Das Bündel war der schwarze Knabe, der in Jolanthes Dienst stand. Er hatte alles ausgebrochen, was sein Magen enthielt. Brocken von unverdautem Brot schwammen in gallegelbem Schaum und rötlicher Flüssigkeit.

»Warum spuckt er?«, wollte die kaiserliche Gemahlin mit einem hinterhältigen Lächeln wissen.

»Ich weiß es noch nicht«, sagte Ymme ehrlich und begann mit der Untersuchung.

Jolanthe kicherte, und Moro stimmte gluckernd ein.

Der Junge befand sich in einem bestürzend schlechten Zustand. Seine Haut war bereits erkaltet, und das Herz schlug langsam und in unregelmäßigen Abständen. Ymme drehte ihn behutsam auf die Seite. »Er liegt im Sterben. Warum wurde ich nicht früher geholt?«, fragte sie. »Ich hätte ihm möglicherweise noch helfen können. Jetzt ist es zu spät.«

»Ja, Moro. Warum hast du sie nicht früher geholt?«

Als Ymme aufsah, begegnete sie Jolanthes kalter Miene, in der ein Anflug von Genugtuung zu erkennen war.

»Die Dama Iume mitten in der Nacht wecken?«, fragte Moro, nur dem Anschein nach erschrocken.

Er scheute sich nicht, sich in Gegenwart seiner Herrin über Ymme lustig zu machen, das gab zu denken. Sie beschloss, ihre Arbeit schweigend zu verrichten.

»Ts, ts«, machte Jolanthe.

»Die Erhabenheit kann jederzeit einen anderen Jungen zum Säubern der Teppiche bekommen«, fuhr Moro mit schmeichlerischer Stimme fort. »Wenn es mir gestattet ist, meine Meinung zu äußern: Man hätte ihn sowieso zurückschicken müssen. Er hat es an Ehrfurcht vor Eurer Erhabenheit fehlen lassen.«

Der Junge stieß ein leises Seufzen aus, dann sank sein Kopf zur Seite. Er war tot. Seine Fäuste, die so verkrampft waren, dass Ymme die kreideweißen Nägel sehen konnte, erschlafften und öffneten sich.

»Das also ist die Heilkunst einer Frau, die Verse Satans aus einem Zauberbuch aufsagen kann«, versetzte Jolanthe spöttisch und rauschte aus dem Raum. Moro beeilte sich, ihr zu folgen.

Ihre Schritte verhallten auf dem Gang. Eine Tür wurde geöffnet und wieder geschlossen. Ymme saß in der Hocke, streichelte die Wange des kleinen Jungen, und dachte über Jolanthes Frisur nach. Jede einzelne Locke war mit Hilfe von Brennscheren und Nadeln an ihren Platz gezwungen worden. Eine solch perfekte Frisur hatte niemand, der aus dem Bett kam. Oder war sie noch gar nicht im Bett gewesen? Irgendetwas stimmte nicht mit dieser jungen Frau.

Aber das Rätsel Jolanthe hatte zu warten. Ymme beugte sich zu dem toten Jungen hinunter und schnupperte an seinem Mund. Es roch ein wenig säuerlich und auch bitter, und beides war völlig normal.

Trotzdem fischte sie den am wenigsten verdauten Brotbrocken aus der Pfütze von Erbrochenem und verwahrte ihn sorgfältig in einer hölzernen Schale mit Deckel, die sich stets in ihrem Korb befand.

Cornelius war angezogen und lief, die Hände auf dem Rücken, um einen runden Tisch herum, auf dem das Morgenmahl stand, das anzurichten sich Angelina widerstrebend bereit erklärt hatte. Im Gegensatz zu einem sizilianischen Magen benötigte ein Magen aus dem Norden vor Beginn der Arbeit eine Grundlage. Ymmes Blick fiel auf den bunt glasierten Krug mit Wasser, in dem eine Zitronenscheibe schwamm, daneben zwei Scheiben Brot und Orangen. Immerhin.

»Oh, du bist da«, sagte Cornelius erfreut und durchquerte den Raum, um Ymme die Wange zu küssen.

Ymme entzog sich ihm. »Nicht, Cornelius! Ich muss mich erst waschen.«

Er kam hinter ihr her in den kleinen gefliesten Raum, während sie sich aus dem gefüllten Vorratskrug bediente. »Irgendetwas Besonderes?«

Ymme seifte sich mit dem Schwamm bis über die Ellenbogen ein. »Ein kleiner Junge, der gestern noch putzmunter war, aber das Unglück hatte, sich den Unwillen von Jolanthes Eunuch Moro zuzuziehen, ist gerade gestorben. Er muss fürchterliche Krämpfe gehabt haben; der Fußboden schwamm von Galle.«

»In Palästen geht es oft zu wie bei Soldaten im Feldlager«, meinte Cornelius achselzuckend. »Parteienbildung, Streit und Intrigen. Das ist normal.«

»Hoffentlich hältst du es nicht für normal, dass dabei Menschen umkommen?«

»Ach, Ymme! Was denkst du denn von mir?«

»Ja, entschuldige«, sagte Ymme zerstreut. »Cornelius, ich habe einen Brotbrocken mitgebracht, den der Kleine nur kurz im Magen gehabt haben kann. Ich möchte ihn ungern an einen Hund verfüttern, aber ich möchte auch wissen, ob mein Verdacht richtig ist ...«

»Wäre dir eine Ratte recht?«, erkundigte Cornelius sich. »Ganz unten, wo die unterirdischen Gänge ihren Anfang nehmen, gibt es jede Menge.«

Ymme sah ihn unglücklich an. »Für die Katharer hat jedes Leben den gleichen Wert, so haben sie mich gelehrt ... Aber: Ja.«

»Ich werde eine Ratte finden, der ich den Fall erklären kann«, sagte Cornelius friedfertig.

Ymme öffnete vorsichtig die fest verschlossene Dose und hielt den Spalt an ihre Nase. »Nichts Auffälliges. Womöglich irre ich mich. Vielleicht wäre es besser, wenn du nicht hinuntergehst. Stell dir vor, es gäbe dort Brunnenschächte oder Ähnliches, und du fällst hinein.«

»Gibt es. Auch Ähnliches. Aber du bist nicht zum Aushalten, wenn du einer Sache nicht auf den Grund gehen kannst, weißt du das eigentlich?« Cornelius zog Ymme an sich und küsste sie entschlossen.

Sie konnte nicht einmal widersprechen, und als es ihr wieder einfiel, war er schon fort.

Cornelius nahm jeweils drei der flach ausgetretenen Stufen auf einmal. Diese stille Treppe zwischen einem älteren und einem neuen Palastteil war vorzüglich geeignet für seine Streifzüge durch den Palast. Der Kaiser, der nichts von dem fahrenden Volk hielt, zu dem er sich neuerdings zählen musste, benötigte Cornelius nicht.

Er hatte Zeit genug gehabt, sich umzusehen, wobei er im untersten Geschoss zufällig ein Türchen entdeckt hatte, das einst hinter einem heruntergekommenen Wandteppich verborgen gewesen war. Inzwischen bestand er nur noch aus Fetzen, wodurch Cornelius auf die Tür aufmerksam geworden war.

Die kurze Treppe hinter der Tür und ein großer Raum mit auffallend niedriger Decke waren von Abfall übersät gewesen. In der Mitte befand sich ein schadhafter Brunnenschacht, der tief unten Wasser enthielt, wie ein hineingeworfener Stein bewies. Noch interessanter aber war, dass am hinteren Ende des Raumes ein Gang seinen Anfang nahm, der schräg nach unten in tiefe Dunkelheit hinein abfiel. Ein kühler Luftzug war Cornelius entgegengekommen, und er hatte ein fernes Rauschen gehört.

Cornelius vergewisserte sich, dass er allein war, und schob das Türchen vorsichtig auf. Er nahm sich vor, den Gang, der möglicherweise aus dem Palast hinausführte, bei nächster Gelegenheit zu untersuchen.

Im schwachen Licht, das durch eine Öffnung unterhalb der Decke von außen hereinfiel, sah er die Ratten zwar nicht, aber er hörte ihr Rascheln und leises Fiepen. Er legte das Stück Brot auf einem großen Kalksteinblock, in den jemand eine Kuhle geschabt hatte, und zog sich lautlos zurück.

Als er in ihre Wohnung zurückkam, erbrach Ymme gerade unter den Blicken eines sarazenischen Wachsoldaten das Siegel eines Schreibens. Sie reichte es ihm.

Es war ein Befehl, der die Dama und den Cavaliere in die Kanzlei beorderte. In dieser Reihenfolge. Cornelius von Fischbach blickte starr auf die wenigen Worte und das Kanzleisiegel. Als Begleiter seiner Ehefrau besaß er so gut wie keinen eigenen Wert.

Es wurde Zeit, diesen Zustand zu ändern. Er musste die Laute hervorholen und seine Stimme ölen, damit er endlich Zugang zum inneren Kreis des Kaisers erhielt.

Der Bote marschierte schweigend voraus, während Ymme mit Cornelius einen amüsierten Blick wechselte. Offenbar war ein Kanzleibesuch eine hochoffizielle Angelegenheit.

Die Kanzlei belegte einen ganzen Trakt in einem Geschoss zu ebener Erde. Manche Türen waren geöffnet; in den Räumen standen mehrere Pulte, an denen Männer schrieben. Mit der Verwaltung des Königreiches war offenbar ein ganzes Heer von Personen beschäftigt. Ymme musste zugeben, dass sie beeindruckt war. Sie hatte sich bisher keine Gedanken darüber gemacht.

Der Mann, zu dem sie geführt wurden, war einer der Würdenträger des Hofes, worauf schon sein hellblau und rostbraun gestreiftes Seidengewand hindeutete. Seine Nase sprang vor wie ein Adlerschnabel, und sein Kinn zeigte trotz der scharfen Rasur dunkle Schatten.

»Ich bin Nicola della Vigna«, sagte er hochmütig, den Blick aus seinen dunkelbraunen Augen aufreizend knapp an seinen Besuchern vorbeigerichtet, »Justitiar des Großhofs. Ich werde Euch über Eure Pflichten aufklären, was im Allgemeinen wirklich nicht zu meiner Tätigkeit gehört, jedoch wurde ich von Seiner Erhabenheit darum gebeten. Aus gutem Grund, der Euch bekannt sein dürfte.«

Ymme nickte beiläufig.

Der Justitiar blähte leicht die Nasenflügel und fuhr noch einen Grad abweisender fort. »Dass am Hof unseres erhabenen Kaisers die Proskynase gebräuchlich ist, habt Ihr inzwischen erfahren, wie man mir berichtet hat. Über Eure Kleidung wurde offensichtlich noch nicht gesprochen. Sie hat dunkel zu sein, Dama, denn Ihr bekleidet den niedersten Rang der an den Hof Berufenen.«

Ymme ließ sich nicht verleiten, schuldhaft an sich hinunterzublicken, sondern starrte den Adlerschnabel trotzig an. Sie liebte helle Farben, und sie fand sie bei der Hitze angenehmer als dunkle Kleidung.

Nicola della Vigna hielt Ymmes Zustimmung für selbstverständlich. Mit einem Ruck wandte er sich ein wenig nach links, genug, um Cornelius zu signalisieren, dass jetzt er an der Reihe war. »Deutsche Ritterbekleidung ist am sizilianischen Hof nicht gebräuchlich, Cavaliere.«

»Ich habe es bereits bemerkt«, murmelte Cornelius säuerlich.

»Die sonntägliche Messe werdet Ihr bei seiner Eminenz, dem Erzbischof Berard von Palermo, hören, die übrigen Messen sowie Beichten sind Eurem Belieben anheim gestellt.«

Ymme stockte der Atem. Mit Vorschriften dieser Art hatte sie nicht gerechnet.

»Ihr habt Euch Tag und Nacht zur Verfügung zu halten. Sollte Euch noch etwas unklar sein, erkundigt Euch bei den Kanzlisten, am besten bei Notaio Girolamo Naso. Ich wünsche Euch einen schönen Tag. Dama. Cavaliere.«

»Einen Augenblick, Justitiar della Vigna! Man hat uns sämtliche für diesen Hof wichtigen Informationen vorenthalten, außer der, dass wir Dienstboten zu halten haben, die zu bezahlen sind. Wie hoch ist unsere eigene Entlohnung?« Ymme litt darunter, diese Frage stellen zu müssen, aber sie brauchte Klarheit.

Das erschütterte die Würde des Justitiars. Mehrmals fuhr seine Zunge wie bei einer Eidechse über seine blassen Lippen, ohne dass er einen Ton herausbrachte. Schließlich gelang ihm, gestützt auf die Pultecke, ein indigniertes

Flüstern. »Eine schamhafte Frau ist attraktiver als eine reiche. Geht zum Notaio.«

Mit hochgerecktem Kinn blinzelte er heftig, um sie zum Gehen zu bewegen. Da klar war, dass er kein einziges Wort über Geld verlieren würde, deutete Cornelius eine Verneigung an. »Nicola della Vigna«, sagte er in genau demselben unpersönlichen schwebenden Ton wie der Justitiar und ergriff Ymmes Hand.

An der Tür prallten sie mit einem der schwarz gekleideten unauffälligen Männer zusammen, die überall im Flur herumzulungern schienen. Der Mann schoss auf den Justitiar zu, zog dessen Hand an sich und küsste sie. »Ich bitte tausendmal um Vergebung, Euer Gnaden, wie konnte ich ahnen, dass Ihr gerade Besucher empfangt? Lasst mich wissen, dass Ihr mir verziehen habt, wenn ich später wiederkomme, um meinen Auftrag abzuholen.«

Obwohl der Justitiar keinerlei Reaktion erkennen ließ, machte sein Untergebener mit dankbarer Miene kehrt und ließ die Tür für Ymme und Cornelius offen stehen.

»Das reinste Tollhaus!«, stieß Ymme hervor, als sie außer Hörweite der Kanzlisten waren. »Lass uns zum Gewürz- und Kräuterbasar gehen. Dort wird es ein paar normale Leute geben. Erstens muss ich mir Heilmittel besorgen und zweitens überhaupt.«

»Beide Gründe sind wahrhaft überzeugend«, stimmte Cornelius zu, streifte das Kettenhemd über und bewaffnete sich mit seinem kurzen Schwert. »Aber auch ohne Gründe bin ich bereit. Die Etikette an diesem Hof ist ja unerträglich!«

Als sie zum Ausgehen fertig waren, erschien Angelina in der Tür, stemmte die Hände in die Seiten und schüttelte missbilligend den Kopf. »Ihr könnt so nicht gehen, Dama! Cavaliere! Was soll man von Euch denken?«

Ymme sah an sich hinunter. Dass ihre Kleidung als unpassend galt, wusste sie ja bereits. Aber um sich andere zu besorgen, musste sie in die Stadt.

»Was meinst du damit, Angelina?«, fragte Cornelius.

»Ihr braucht die Begleitung eines Mannes von der Palastwache. Und Dama Iume darf keinesfalls selbst den Korb tragen. Man hat ihr doch gesagt, dass sie auf einen Jungen Anspruch hat, genau wie Ihr, Cavaliere. Ich werde Euch für diesen Gang in die Stadt einen Schwarzen besorgen. Sie sind heute in aufrührerischer Stimmung, aber wenn ich etwas Geld hätte, würde es mir sicher gelingen, einen zu bestechen ...«

»Einen Wachmann brauchen wir nicht«, widersprach Cornelius entschieden. »Schließlich bin ich selbst bewaffnet.«

»Warum sind die Jungen in Aufruhrstimmung?«, fragte Ymme.

Angelina sah hinter sich, dann kam sie widerstrebend näher und stellte sich auf die Zehenspitzen, um Ymme ins Ohr zu flüstern. »Wegen des Kammerknaben, der heute Nacht gestorben ist.«

»Weißt du etwas darüber?« Unbewusst flüsterte auch Ymme.

»Nichts«, sagte Angelina schroff, um unmittelbar fortzufahren: »Was ist jetzt mit den Begleitern? Ohne sie werdet Ihr kein Ansehen auf dem Markt genießen. Und meine Tochter und ich werden verachtet werden.«

Ymme und Cornelius wechselten verständnislose Blicke, was Angelina mit einer ungeduldigen Geste quittierte. »Versteht doch! Wenn die Herrschaft angesehen ist, sind es auch ihre Diener. Teresina als Vertraute der Gemahlin genießt großes Ansehen. Sie kann sich jetzt alles erlauben.«

»Nein, wir brauchen keine Begleitung«, versetzte Ymme heftig. Sie dachte gar nicht daran, sich einen ständigen Beobachter aufdrängen zu lassen. Wenigstens außerhalb des Palastes wollte sie mit Cornelius reden, wie ihr ums Herz war.

»Du hörst es, Angelina«, sagte Cornelius. »Aber danke für deine Warnung.«

»Man wird Euch das Fünffache abfordern«, murrte Angelina ihnen nach, und es klang weniger wie eine Warnung als nach einer Hoffnung.

»Gott sei Dank«, seufzte Ymme, als sie den Palast verlassen hatten, ohne dass sich einer der Wächter an ihre Fersen geheftet hatte. Im Garten öffneten die Gärtner gerade die Schieber der Wasserrinnen und ließen Wasser in die Wurzelbereiche der Palmen strömen. Die Luft war frisch und kühl, und Ymme sog sie in tiefen Atemzügen ein.

»Ja«, stimmte Cornelius nachdenklich zu, »aber vielleicht ist es unklug, sich den Gebräuchen zu widersetzen. Angelina wünscht uns jetzt bestimmt kleine sizilianische Teufel an den Hals.«

»Ich kann nicht immer klug handeln!«

»Nein? Ich dachte«, sagte Cornelius lachend und zog Ymme an sich.

Ymme schob ihn von sich. »Das scheint ebenfalls nicht Brauch zu sein. Die Männer schauen alle her, Cornelius.«

»Sollen sie doch! Sie kennen keine blonden Frauen in hellen Kleidern, das wissen wir ja jetzt.« Cornelius verschränkte unbekümmert seine Finger mit ihren. Hand in Hand schlenderten sie den Gartenweg entlang bis zur Treppe in der Mauer, verfolgt von den ungläubigen, verstohlenen Blicken der Gärtner.

Sie fanden den Markt in der alten Stadt, vom Palast aus geradewegs bergab in Richtung Hafen und dann ein wenig rechts.

Der Suq-el-attarin erwies sich als ein Gewirr von Gassen zwischen niedrigen Häusern, verwinkelt und lärmend. Verkäufer sangen ihr Angebot in regelmäßigen Abständen, die meisten mit arabischen Worten, an die sich Ymme noch erinnerte. Auf diesem Kräutermarkt gab es auch Fleisch, Fisch und Gebäck.

Sie wanderte neugierig von Gewölbe zu Gewölbe, von Stand zu Stand, um sich einen Eindruck von dem Angebot zu verschaffen, während Cornelius sich der kleinen Jungen zu erwehren hatte, die ihn in eine der Schenken hineinzuziehen versuchten. Als er die Bengel endlich in die Flucht geschlagen hatte, hielt er sich dicht an ihrer Seite, die Hand auf dem Schwert.

»Ist etwas?«, fragte sie, ohne den Blick von den frischen Rosmarin- und Thymianzweigen zu wenden, die ein älterer Mann ihr lockend unter die Nase hielt.

»Ich hatte den Eindruck, wir würden verfolgt«, murmelte Cornelius. »Das gleiche Gefühl beschleicht mich manchmal im Palast. Ich wollte es dir nicht sagen, um dich nicht zu beunruhigen.«

»Basilikum benötigst du sicher auch, Herrin? Keine Pasta ohne Basilikum.«

»Ich will mit den Kräutern nicht kochen«, wehrte Ymme verlegen wegen ihrer Sprachschwierigkeiten ab, während sie erstaunt die Riesenpflanzen betrachtete, die ihr bis zum Knie reichten. »Ich möchte Heilmittel herstellen.« Mit Gesten bedeutete sie, dass sie von dem herrlichen Basilikum ein Blatt kosten wollte. »Eure Pflanzen sind viel größer als die in Toledo.«

Der Mann sah sie ungläubig an.

»Tulaytula«, bekräftigte Ymme einigermaßen verständnislos. »In Kastilien.«

Der Händler machte eine ihr unverständliche Geste. »Heilmittel! Sag das nicht laut, Herrin! Man weiß nie, wer mithört. Die Spitzel des Kaisers sind überall.«

Cornelius beugte sich zu Ymmes Ohr herab. »Ich komme gleich wieder«, raunte er und bahnte sich den Weg zu einem kleinen Platz, auf dem hinter Karren, Eseln und Marktständen ein Minarett in die Höhe ragte.

Ymme lächelte den Standbesitzer aufmunternd an. »Erklärst du mir, was es mit den Spitzeln des Kaisers auf sich hat? Ich bin noch nicht lange in Palermo.«

»Das musst du mir nicht sagen. Das weiß ich. Ich habe dich auch nur warnen wollen, weil der Cavaliere ganz ahnungslos war, als der Kerl sich hinter ihm vorbeidrängte. Ein *bonum vir* des Kaisers. Nimm dich vor solchen Schwarzkitteln in Acht!« Der Alte zischte vor Wut.

Ymme schrak zusammen. »Wer sind denn die ehrenwerten Männer?«, flüsterte sie.

»Die gehören zum Orden der Justitia als Spitzel für Federicos Richter. Aber sie sind genau so korrupt wie die *boni viri* unter König Wilhelm. Die Zeiten waren damals trotzdem erträglicher. Am besten lebte unsereiner unter *al-Mâlik al-mu'azzam al-mu'tazz bi-llâh*. Dem verehrungswürdigen König von Gottes Gnaden, Roger«, fügte er hinzu, als ihm einfiel, dass seine Kundin ihn wahrscheinlich nicht verstand.

Ymme betrachtete den Araber mit der bräunlichen Haut und dem langen gestreiften Gewand forschend. »Aber wovor soll ich mich in Acht nehmen?«

Der alte Kräuterverkäufer, der sich inzwischen in seiner Erinnerung an die Vergangenheit verloren hatte, lächelte vor sich hin. Es dauerte einen Moment, bis Ymmes Frage in sein Bewusstsein drang. »Sie spionieren jedem nach. Es hat keinen besonderen Grund. Unser Federico ist streng geworden mit uns Palermern. Aber wenn du laut von Heilmitteln sprichst, die du herstellen willst, erweckst du wirklich Argwohn, Herrin.«

»Warum?«

Der Alte tappte um den Schragen herum und stellte sich neben Ymme auf die Zehenspitzen. Ein Hauch von Minze stieg ihr in die Nase, als er ihr ins Ohr wisperte. »Unser König hat der Giftmischerei den Kampf angesagt. Recht hat er. Gift ist einfältig. Es gibt phantasievollere Methoden, sich an jemandem zu rächen, aber Frauen beherrschen sie nicht. Medizinen dürfen jetzt nur noch durch Apotheker hergestellt werden.«

»Für mich kann das keine Geltung haben«, sagte Ymme überzeugt. »Dein König hat mich als Ärztin in seinen Palast gerufen.«

»Wie du meinst«, sagte der Araber kurz und streckte die Hand aus. »Fünf *grana* für alles zusammen.«

In diesem Augenblick kehrte Cornelius mit nachdenklicher Miene zurück. Als Ymme alle Kräuter im Korb verstaut hatte, bahnte er ihr den Weg durch das dichter werdende Gewühl der einkaufenden Männer.

»Hast du etwas herausgefunden?«, fragte Ymme.

»Nicht genug, um wirklich etwas zu wissen.«

»Aber ich«, sagte Ymme. »Friedrich hat ein Spitzelsystem, mit dem er die gesamte Stadt überwachen lässt. Vermutlich sind es diese Schwarzkittel, die wir im Kanzleiflur gesehen haben. Der Händler hatte gehörigen Respekt vor ihnen. Und dummerweise mache ich mich anscheinend verdächtig, weil ich meine Heilmittel selbst herstelle. In Sizilien sind dafür Apotheker zuständig. Allerdings kann ich mir nicht vorstellen, dass die kaiserlichen Verfügungen wirklich für mich Gültigkeit haben sollten. Schließlich konnte der Kaiser mich nur mit Haut und Haar bekommen, will sagen, mit meinen eigenen Heilmitteln.«

»Sogar nur mit mir«, sagte Cornelius und presste für einen Moment die Lippen zusammen. »Komm, lass uns zum Hafen gehen. Ich brauche eine frische Brise.«

Ymme nickte und wich einem Mann aus, dem sie auf dem Weg zum Suq schon begegnet waren, wo er auf nasse Algen gebettete rote Fische ausgetragen hatte. Jetzt stand die Sonne höher, und in seinem Korb waren die Algen trocken und verschrumpelt. Gestank und Fliegen umgaben ihn.

Der Markt endete an einem breiten Tor in der inneren Stadtmauer. Kaiserliche Spione und Giftmischerinnen! In welchem Land sind wir nur gelandet, dachte Ymme und schauderte in dem düsteren Gewölbe zusammen.

Im Saqâlibah-Viertel zwischen der alten Stadt und dem Hafen interessierte sich kein Mensch für sie außer dem Händler, bei dem Cornelius zwei Schalen Sharbat erstand, und der auch nur, um ihnen einzuschärfen, die Schalen zurückzubringen.

Cornelius versprach alles, und sie wanderten zum Hafenbecken hinunter, um sich hinzusetzen. Ymme blickte gedankenverloren über die wirbelige Geschäftigkeit an Bord der Boote mit den dreieckigen Segeln, während sie das süße Getränk schlürfte. Plötzlich merkte sie, wie gut es schmeckte.

Cornelius war schnell fertig. »Ich komme gleich wieder«, rief er über die Schulter zurück, während er sich zu einem anderen fliegenden Händler aufmachte.

Ymme blieb sitzen und ließ ihren Blick über die festungsartigen Mauern am Ufer wandern, die das alte Sklavenviertel vom Wasser trennten und von mehreren schmalen Tordurchgängen durchbrochen waren. Auf der anderen Seite des Hafenbeckens ragten über die Mauer arabische Paläste empor, dazwischen waren Palmenwipfel und die ausladenden Kronen von Feigenbäumen zu erkennen.

Nach einer Weile kehrte Cornelius mit einer dick belegten Brotscheibe von den Ausmaßen eines Würdenträgerbaretts zurück.

Ymme betrachtete das fetttriefende Ding mit medizinischer Genauigkeit. »Sieht aus wie verschiedene Innereien.«

»Ich musste es einfach ausprobieren«, bekannte er und biss nur mit Schwierigkeiten hinein. »Milz, Herz und Niere von einem jungen Kalb. Alles mit Schmalz überbacken und mit Stutenkäse bestreut. Schmeckt herrlich. Willst du kosten?«

»Ein andermal«, lehnte Ymme ab. »Nicht nach einem Sharbat. Ich hoffe, der Geschmack von Jasminblüten in meinem Mund hält sich bis in den Palast, Kutteln wären mir jetzt zuwider.«

»Was den Palast angeht ...«, sagte Cornelius mit einem Blick auf den Stand der Sonne. »Wir müssen zurück und uns zur Verfügung halten. Aber ich bin froh, dass diese Stadt auch ihre guten Seiten hat. So satt war ich schon lange nicht mehr.«

Ymme nickte widerwillig. Eine Weile hatte sie den Hinweis des Justitiars auf die Verpflichtung zum Messbesuch verdrängen können. Der Anblick des Königspalastes brachte ihr sofort in Erinnerung, dass es eines ziemlichen Geschickes bedürfen würde, um auf Dauer ihre Exkommunikation zu verheimlichen. Ob die Menschen hier fromm waren, hatte sie noch nicht feststellen können. Aber das Protokoll des Kaisers war es bestimmt.

Am Abend machte Angelina ihre Ruppigkeit wieder gut. Sie servierte als ersten Gang eine Kichererbsensuppe mit Nudeln, die sie *attuppateddi* nannte, danach Melanzane, die mit einem scharfen Käse gefüllt und mit viel Basilikum abgeschmeckt waren.

»Na, Cavaliere?«, fragte Angelina ein wenig herrisch und blieb, die Fäuste in die Seiten gestemmt, an ihrem Tisch stehen.

»Habe noch nie etwas so Köstliches gegessen«, erklärte Ymme stellvertretend und bediente sich zum dritten Mal mit einer großen Eierfrucht.

»Das will ich meinen«, sagte Angelina. »Aber der Cavaliere! Warum sagt er nichts?«

»Es schmeckt herrlich«, stöhnte er, »aber ich schaffe einfach nicht mehr.«

Während Angelina sie hochzufrieden verließ, bemerkte Ymme ein wenig schadenfroh, dass Cornelius sich krampfhaft bemühte, nicht auf die Teller zu blicken. Vermutlich war ihm ziemlich schlecht.

Jolanthe fand das Leben in Sizilien unerträglich langweilig. Ihr Ehegemahl war ihr so fremd wie die bärtigen Eulen in der Menagerie, die sie manchmal besuchte, um etwas zum Lachen zu haben. Aber auf Dauer konnte kein Affe und kein Panther den Spaß mit den Freundinnen ersetzen, vor allem, wenn sie sich im Bad amüsiert hatten.

Nachdenklich wanderten ihre Augen zu dem Schwarzen, der wie eine ägyptische Statue neben der Tür stand. Er war groß, und hätte trotz seines runden Schädels ein schöner Mann sein können, wenn er etwas schlanker gewesen wäre. Sie fragte sich, ob er überhaupt wahrnahm, was um ihn herum vorging. Seine hellbraunen Pupillen zitterten ständig wie Dotter in einem aufgeschlagenen Ei.

Auf nackten Füßen und mit wiegenden Hüften begab sich Jolanthe in den benachbarten Raum, wo ihr hoher Metallspiegel stand. Ohne Eile probierte sie mehrere Posen aus, die sie für aufreizend hielt. Endlich entschloss sie sich zu einer besonders verwegenen. Sie drapierte ihren dünnen Schleier über ihrem ansehnlichen Busen derart, dass nur eben die Warzenhöfe verborgen waren, und kehrte zu ihrem Liegebett zurück, um Moro zu sich zu rufen.

Leise tappte er heran und wartete mit unterwürfiger Miene auf ihre Befehle. Dass sie ihn warten ließ, verwirrte ihn. Ihr gefiel es.

»Seit wann bist du kein Mann mehr?«, fragte sie plötzlich.

Moros Gesicht nahm eine braungraue Farbe an, die Jolanthe interessiert zur Kenntnis nahm. Sie hatte ihn offenbar an seinem empfindlichsten Punkt getroffen. »Nun?«

»Ich muss fünfzehn oder sechzehn Nilschwemmen gesehen haben ...«

»Du bist aus Ägypten? Dann haben dich also Sarazenen entmannt und verkauft?« Jolanthe stützte sich auf den Ellenbogen und ließ den Schleier etwas tiefer gleiten.

Der Sklave schloss die Augen und seiner Kehle entrang sich ein hasserfülltes Gurgeln. Jolanthe war sicher, dass sie herausfinden würde, an welchem Punkt sein Hass in Lust umschlagen würde. Gelassen wartete sie auf seine Antwort, die er am liebsten verweigert hätte.

»Sarazenen haben mich geraubt, ein Jude aus Djerba hat mich entmannt, und Christen haben mich an den Imberadour verkauft«, sagte Moro gequält. »Aber als Mann fühle ich mich trotzdem.«

»Lass sehen«, verlangte Jolanthe.

Der große Mann begann zu zittern.

»Du widersetzt dich?«, fragte Jolanthe in scharfem Ton.

Er grunzte eingeschüchtert, kam näher heran und hob seinen Schurz mit beiden Händen hoch, den Kopf in den Nacken gelegt.

Jolanthe betrachtete zufrieden seine gespannte Miene und griff ihm zwischen die Beine. Wo die Hoden hätten sein sollen, befand sich eine Art Höcker, eine Narbe wohl. »Und du empfindest nichts?«, forschte sie.

»Ich empfinde alles«, antwortete Moro dumpf, stemmte die Knie gegen die Bettkante und wartete zitternd darauf, dass sie ihn erlöste.

Jolanthe ließ ihre gepflegte Hand über seine Eichel gleiten. »Wenn du es möchtest«, flüsterte sie, »komm morgen nach dem Nachtgebet.«

»Jetzt«, flehte er mit beinahe kindlichem Wimmern.

»Vorher musst du einen Botengang für mich erledigen«, sagte Jolanthe beiläufig und roch an ihren Fingerspitzen. »Du musst mir Stierhoden vermischt mit dem Monatsblut von Frauen besorgen.«

Der Schwarze versuchte, sein Glied an Jolanthe zu reiben, aber sie rückte von ihm ab. »Versprichst du mir das?«

Moro ließ das Gewand sinken. »Ist das ein Heilmittel gegen Krankheit?«, fragte er resignierend.

»Ja, ein Heilmittel«, antwortete Jolanthe spöttisch lächelnd.

»Denn wenn die Spitzel des Kaisers mich erwischen, wie ich bei einer Giftmischerin Gift bestelle, bin ich ein toter Mann, Herrin.«

»Das bist du auch, wenn ich dem Justitiar des Großhofes erzähle, was du heute in meinem Gemach gemacht hast.«

Langsam veränderte sich der Ausdruck in Moros Gesicht. Mit einer Mischung aus Bestürzung und Angst starrte er Jolanthe an.

Sie nickte bedächtig. Eine angenehme Wärme durchflutete sie. So fühlte es sich also an, wenn man Macht über Leben und Tod eines anderen hatte.

7.
Der falsche Eunuch

»Lasst das, Dama Iume, und erhebt Euch.« Kaiser Friedrich saß an einem hoch mit Rollen und Folianten beladenen Tisch und grummelte vor sich hin, während Ymme Anstalten machte, sich vor ihm auf den Boden zu werfen. »Das ist die Etikette für den Saal. Hier brauchen wir das nicht.« Er hielt ihr den Ring zum Kuss hin, und Ymme kroch auf Knien gehorsam zu ihm.

Ymme, die ohne Cornelius zum Kaiser gerufen worden war und ihn zu ihrem Erstaunen ohne Hofstaat, ohne Berater und Eunuchen vorfand, erhob sich nach dem Kuss mit weichen Knien. Bei ihrer ersten Begegnung im großen Saal hatte sie den Eindruck gewonnen, dass er allen Menschen Angst einflößte.

Jetzt im Morgenlicht eines sonnigen Tages wirkte er ganz anders. Er war blond wie sie, hatte ein kantiges Gesicht, und als er seine stahlblauen Augen forschend auf sie richtete, fühlte sie sich nach Lübeck zurückversetzt. In seinem blauen Alltagsgewand hätte der Kaiser auch ein Kaufmann wie ihr Bruder sein können; nur trug er statt einer goldenen Ratskette auf der Brust einen in das Gewand eingewebten goldenen Streifen mit gestickten Adlern.

»Ihr erinnert mich an meine erste Frau, Kaiserin Konstanze. Sie war groß und so blond wie wir beide. Setzt

Euch, Dama. Wir wollen miteinander reden.« Mit dem Kinn deutete er auf eine blau geflieste Bank an der Wand, auf der ein dickes Seidenkissen lag. »Fühlt Ihr Euch wohl in Palermo?«, fragte er mit einer gewissen Neugier, als Ymme auf der Kante Platz genommen hatte.

»Eigentlich nicht, Eure Erhabenheit«, antwortete Ymme ehrlich. »Es ist alles sehr ungewohnt.«

Der Kaiser machte sich eine Notiz, aber Ymme bildete sich nicht ein, dass sie mit ihr zusammenhing. »Palermo lebt noch von seiner arabischen Vergangenheit. Wahrscheinlich stört Euch das.«

»Nein, überhaupt nicht! Das arabische Palermo erinnert mich an Toledo ...«, widersprach Ymme lebhaft und stockte dann. Reichlich spät fielen ihr plötzlich die Ermahnungen Hermanns von Salza ein. Einem Kaiser widerspricht man nicht, vor allem eine Frau nicht ...

Er lächelte sie offen an. »Sprecht nur. Wir sind unter uns.«

»Ich habe dem Arzt des Hospitals von Toledo, al-Walid, fast alle meine Kenntnisse zu verdanken«, sagte Ymme ehrlich. »Ich werde das nie leugnen, ebenso wenig, wie ich leugnen werde, dass die medizinische Wissenschaft der Araber der abendländischen haushoch überlegen ist. Verzeiht, Eure Erhabenheit ...«

Der Kaiser winkte ab und betätigte die Glocke. Ein älterer Mann mit gekrümmtem Rücken hastete aus einem Nebengemach herein, ließ sich dem Kaiser zu Füßen sinken und quälte sich wieder hoch, ohne die Schreibtafel und die Feder fallen zu lassen. Offenbar wurde er häufig gerufen, um plötzliche Einfälle seines Herrn zu notieren, denn er wartete mit schon tintenfeuchtem Federkiel.

»Erkundigt Euch, wie viel Salma Land ich in Gergent besitze und ob sich dort mehr Getreide anbauen lässt. Es scheint, dass in Nordafrika der Regen lange ausgeblieben ist, so dass sie die Ankäufe wahrscheinlich vergrößern müssen, um das nächste Jahr zu überstehen.«

Der Schreiber notierte schweigend.

»Und dann möchte ich wissen, ob der Gerfalke des Maltesers sich von der Mauser erholt hat. Wenn nicht, soll er auf der Stelle nach Apulien geschickt werden.«

»Sehr wohl, Eure Erhabenheit.« Der Schreiber kannte wohl die Gewohnheiten des Kaisers sehr genau. Er zog sich still und unauffällig wie eine Hausmaus zurück, ohne dass Ymme ein Zeichen für das Ende des Diktats bemerkt hätte.

Der Kaiser nahm den Gesprächsfaden sofort wieder auf. »Ihr meint also wirklich, wir könnten von den Arabern lernen? Den Feinden der Christenheit, die die Heilige Stadt besetzt halten und uns Christen den Zugang zum Grab Christi verwehren?«

Warum musste der Kaiser ihr ausgerechnet solche Fragen stellen? Sie war kein Kleriker und beherrschte nicht die Kunst, kluge, ausweichende Antworten zu geben. Ymme holte tief Luft. »Jawohl«, sagte sie standhaft. »So ist es. Mag die Kurie in Rom auch etwas anderes lehren.«

Friedrichs blaue Augen blitzten auf, als er leise lachte. »Habt Ihr jemals von Ibn Rushd gehört? Man nennt ihn auch Averroes.«

Ymme erschrak. »Ja, Eure Erhabenheit. Er lehrte in Al-Andalus. In Toledo gab es Gelehrte, die ihn übersetzten. Ibn Rushd hat sich viel auf Aristoteles, einen griechischen Philosophen, gestützt.«

»Den die Kurie ebenfalls ablehnt ...«, unterbrach Friedrich sie.

Ymme nickte. Sie hatte nun nicht mehr die Furcht, dass sie einer Prüfung unterzogen wurde, an deren Ende sie in Schimpf entlassen oder fortgejagt werden sollte. Sie entspannte sich und verschränkte die Hände um ein Knie.

»Es würde mich nicht mehr überraschen, wenn auch Avicenna Euch bekannt wäre, Dama Iume.«

»Die Werke Avicennas wurden in Toledo von einem Engländer namens Michael Scottus übersetzt. Wenn Ibn Sina mir unbekannt geblieben wäre, Eure Erhabenheit, würde mich in Toledo niemand Hakima genannt haben. Das könnt Ihr mir glauben!«

Seine Erhabenheit hatte zunehmend erheitert zugehört und brach schließlich in lautes Gelächter aus. Ymme merkte, dass sie sich im Ton vergriffen hatte.

»Ihr seid erfrischend anders«, sagte er, ohne sich näher zu erklären. »Avicenna hat Schriften von Aristoteles herausgegeben, die Michael Scottus unter dem Titel *Liber animalium* übersetzt hat. Ist sie Euch bekannt?«

Ymme schüttelte verwirrt den Kopf.

»Magister Scottus hätte ich gern an meinem Hof«, sagte er träumerisch. »Nun, wie dem auch sei. Was haltet Ihr von anatomischen Studien, Dama Iume? Sollte man sie aus Achtung vor der Schöpfung des Herrn verbieten? Oder gar vorschreiben? Ebenfalls aus Achtung vor der Schöpfung des Herrn.«

»Der Herr hat uns die Fähigkeit zum Erkennen und Lernen geschenkt. Hieße es nicht, Seine Schöpfung böswillig zu verschwenden, wenn wir Menschen sterben ließen, weil wir uns weigern zu erkennen oder unsere Erkenntnisse anzuwenden?«

»Verschwendung! Ja, das wäre Verschwendung«, sagte der Kaiser nachdrücklich. »Ich gebe Euch Recht. Wir werden also das Studium der Anatomie des menschlichen Körpers für Salerno vorschreiben.«

Ymme hörte ihm fasziniert zu.

»Die Studenten von Salerno sollen einmal jährlich einen Verbrecher sezieren.« Er versank von einem Augenblick zum anderen in ein dumpfes Brüten. Plötzlich hob er den Kopf und sah Ymme eindringlich an. »Salerno macht Uns Sorgen. Es genießt aus alten Zeiten noch einen guten Ruf, aber das ist auch alles. Ich berufe keinen meiner Leibärzte aus Salerno.«

Ymme nickte und wollte etwas sagen, aber dann ließ sie es bleiben.

»So sprecht endlich freimütig«, befahl er ungeduldig.

»In Toledo waren die fortschrittlichen Gelehrten sich einig, dass Veränderung die Triebkraft der Verbesserung ist, nicht die Bewahrung der alten, unvollkommenen Zustände.«

»Und das soll heißen?«

»Es heißt, dass Salerno von seiner berühmten Vergangenheit zehrt. Es kommt nichts hinzu, weil die alten Männer das Alte eifersüchtig bewachen und alles Neue abwehren.«

»Neues zuzulassen birgt immer eine Gefahr in sich.«

»Aber wenn man zu lange am Alten festhält, könnte es sein, dass man das Gute übersieht«, unterbrach Ymme ohne Bedenken den Kaiser. »Es ist besser, es auszuprobieren und dann zu verwerfen. Nichts kann die eigene Erfahrung ersetzen.«

»Ich sehe, Ihr haltet es bei der Heilkunde wie ich bei den Vögeln. Aristoteles hat sich in vielen Dingen geirrt, was Vögel betrifft, wahrscheinlich hatte er einen Teil seiner Kenntnisse vom Hörensagen. Das ist ein Fehler, den man vermeiden sollte.«

Ymme erschrak. Er kannte Aristoteles viel besser, als sie vermutet hatte. Er hatte sie in gewisser Weise doch einer Prüfung unterzogen. Sie war auf der Hut gewesen und hatte es trotzdem nicht bemerkt.

»Ich bin zufrieden mit Euch, Dama Iume«, sagte der Kaiser und wandte sich wieder seinen Büchern zu.

Sie war entlassen.

»Ach, Cornelius, der Kaiser ist ganz anders, als ich dachte«, schwärmte Ymme, als sie wieder in ihre Wohnung zurückgekehrt war. »Man kann gut mit ihm reden. Er wollte meine Meinung zu verschiedenen Dingen hören. Salerno macht ihm Kummer. Ich glaube, er will dort Veränderungen einführen, aber er ist noch unschlüssig, welche es sein könnten.«

»Wirklich?«, fragte Cornelius ungläubig. »Es heißt allgemein, er habe noch nie einer Frau Einfluss auf sich zugestanden. Er braucht Frauen wie Kater die Katzen, mehr nicht.«

»Pfui, Cornelius, wie kannst du so etwas sagen? Der Kaiser ist ein sehr charmanter Mann. Man kann ihn nicht mit einem Kater vergleichen.«

»Gut, dann eben mit zehn Katern«, schlug Cornelius nachgiebig vor und küsste Ymme leidenschaftlich. »Ich kann mich im Augenblick gut in die Katerseele des Kaisers einfühlen; das erinnert mich aber daran, dass ich vorher die Pflichten eines ritterlichen Katers im Gewölbe der Ratten wahrnehmen muss.«

Ymme machte sich von ihm los. »Ich komme mit.«

»Nein!«

»Doch, Cornelius.« Hatte sie nicht noch vor kurzem gegenüber dem Kaiser von den eigenen Erfahrungen gesprochen? Es kam gar nicht in Frage, sich allein auf die Beobachtungen ihres Mannes zu stützen. »Schließlich bin ich kein Aristoteles der Rattengewölbe«, setzte sie hinzu.

»Ein Aristoteles der Rattengewölbe! Was für eine Idee«, murmelte Cornelius säuerlich und konnte einen Anflug von Eifersucht vor Ymme nicht verbergen. »Stehst du jetzt unter dem persönlichen Schutz des Kaisers?«

»Davon hat er nichts gesagt«, antwortete Ymme. »Aber ich finde, es war gut, dass er mit mir gesprochen hat. Wegen der Herstellung der Arzneimittel habe ich jedenfalls keine Bedenken mehr.«

»Das ist allerdings wahr«, gab Cornelius versöhnt zu.

Während Ymme sich ein dunkles Kopftuch über die Haare legte und im Nacken festband, nagte trotzdem ein leiser Zweifel an ihr, ob Cornelius' Missstimmung wirklich verflogen war. Er hatte keinen Anlass an ihr, aber jeden Grund, am Kaiser zu zweifeln. Inzwischen hatte sich am Hof das Gerücht verbreitet, dass er seine Hochzeitsnacht mit der Kusine seiner Gemahlin verbracht hatte. Jolanthe hegte ihrem Ehemann gegenüber vermutlich großen Zorn, aber Ymme gegenüber hatte sie nie ein Wort darüber verloren, obwohl Ymme jetzt täglich bei ihr war. »Jolanthes Vertrauen habe ich nicht«, sagte sie unvermittelt.

»Vielleicht liegt es daran, dass du blond wie der Kaiser bist.«

Ymme fuhr herum. Tatsächlich, er war eifersüchtig. Dennoch war seine Bemerkung völlig richtig. Es wurde ihr jetzt erst klar. »Er hat mich mit Konstanze verglichen, der verstorbenen Kaiserin, stell dir vor.«

Cornelius' Miene verdüsterte sich. »Sie war auch blond. Und viel älter als er.«

»Dann habe ich ja die besten Voraussetzungen, um dem Kaiser zu gefallen«, versetzte Ymme verärgert. »Warum bist du so schlecht gelaunt?«

Cornelius antwortete nicht. Er überzeugte sich mit einem Blick, dass Ymme fertig war, und ging voraus.

Girolamo Naso, Notaio der königlichen Kanzlei zu Palermo, verstand es, die Vorgeladenen bereits mit seinen Blicken zu demütigen. Es war selbstverständlich, dass eine Dienerin wie Teresina ihm die Hand küsste, und besonders gefiel ihm, dass sie sich dafür so tief bücken musste. »Nun?«, fragte er.

»Ihre Erhabenheit hat sich ausgezeichnet eingelebt«, berichtete Teresina. »Sie ist eine Herrin, die nichts durchgehen lässt, mit Strafen ist sie schnell bei der Hand ...«

»Ihre Waffen sind die Nägel?«, vermutete Naso, nachdem er kurz die lange Schorfspur auf der Wange der Dienerin in Augenschein genommen hatte.

»Ja, auch. Ein Ochsenziemer gehört ebenfalls zu ihrem Repertoire. Dama Jolanthe schreibt im Übrigen sehr ausführlich an ihren Herrn Vater, breitet sich aus über jeden Ärger, der ihr zustößt, und das mit äußerst kräftigen Beschimpfungen. Der Schreiber, der ihr Diktat aufnahm, wagte beim ersten Mal zu fragen, ob er ihre Worte ein wenig abmildern dürfe.«

»Und? So sprich schon!«

Teresina schüttelte den Kopf. »Nein, er durfte nicht. Und da er wegen des Blutes, das er über dem Pergament vergoss, alles abschreiben musste, hat er es nie wieder versucht. Ihre Erhabenheit beschwerte sich bei ihrem Vater, dass niemand das Badewasser parfümieren kann, wie sie es gewohnt ist, dass das Essen ein Fraß für Schweine ist, dass Seine Eminenz, der Erzbischof, sie nicht beachtet und jede Begegnung mit ihm die reinste Beleidigung ist. Des

Weiteren macht sich Ihre Erhabenheit über die Kleidung Seiner Erhabenheit lustig, weil er versucht, den griechischen Heiligen in der Palastkapelle ähnlich zu sehen. Aber er wäre alles andere als ein Heiliger. Er wäre ...«

Nasos Hand schnellte vor und schlug Teresina auf den Mund. »Sag es mir leise!«

Die Frau beugte sich gehorsam zu ihm herab. Eine schwarze Haarsträhne kitzelte ihn am Kinn. Unmerklich sog er den süßlichen Duft ein, der ihn umwehte, während sie ihm ins Ohr flüsterte.

Als sie geendet hatte, presste der Notaio mit entsetzter Miene seine flache Hand auf das Herz.

Teresina beobachtete ihn mit beleidigter Miene. »Kann ich jetzt gehen, Notaio?«

Zuweilen dumm wie eine Melone, dachte er, wo es doch überall Ohren im Palast gibt. Als ihre klappernden Schritte auf dem Gang verhallt waren, eilte er in die entgegengesetzte Richtung und klopfte verhalten an Nicola della Vignas Tür. Auf Zehenspitzen betrat er den Raum, den der Jurist nur selten benutzte und der dennoch im Vergleich zu Nasos kargem Arbeitszimmer bequem und komfortabel ausgestattet war.

»Ist es genehm, mein wöchentlicher Bericht ..., Giudice«, flüsterte er.

Der Justitiar nickte kaum erkennbar.

Naso berichtete wortwörtlich, selbst Jolanthes unsäglichen Ausspruch. »*Affe*, sagte sie über Seine Erhabenheit«, hauchte er verschämt.«

Nicola della Vigna zeigte kein Erschrecken. »Nun ja«, sagte er ungerührt, »ich denke, es reicht aus, wenn wir Seiner Erhabenheit mitteilen, dass Ihrer Erhabenheit das Essen nicht schmeckt und dass sie mit ihrem Vater korrespondiert, wie es einer guten Tochter zukommt. Ein Segen, dass wir es nicht auch noch mit Kusinen und Freundinnen aus Jerusalem zu tun haben, die zu *beschützen* wären. Ich glaube, Teresina war eine gute Wahl.«

Naso verbeugte sich geschmeichelt, denn der Vorschlag stammte von ihm. »Es freut mich außerordentlich, zu Eurer Beliebtheit bei unserem Kaiser ein Quäntchen beitragen zu dürfen.«

Della Vigna verzog die schmalen Lippen. »Zu Eurer auch, denke ich.«

Naso zog sich so unauffällig zurück, wie er gekommen war. Ihr Wissen diente dem gegenseitigen Vorteil. Aber er würde immer einen Vorsprung behalten, dafür wollte er schon sorgen.

Im Gegensatz zu den bewohnbaren Stockwerken des Palastes war es in dem unter der Erde liegenden Kellergeschoss grabesstill. »Es scheint so, als wäre hier unten außer mir nie jemand«, sagte Cornelius gedämpft. »Allerdings muss der Abfall ja irgendwie in diesen Raum kommen.«

Ymme war nicht zum Schwatzen aufgelegt. Da war die Diskussion gewesen, die sie abgebrochen hatten, und außerdem drückte ihr die Stimmung dieses düsteren Ganges aufs Gemüt.

Cornelius schob die schmale Tür auf und verschwand ins Dunkle. Er streckte eine Hand nach ihr aus und half ihr hinunter. Schaudernd stieg Ymme über die Abfälle hinweg. Sie waren nur zum Teil angefressen worden, faulten und stanken. Offenbar konnten die Bewohner des Gewölbes es sich leisten, wählerisch zu sein.

In dem schwachen Licht, das von draußen hereinfiel, erkannte Ymme einen Brunnenrand. Mit den Augen folgte sie Cornelius, der sich neben einem niedrigen Stein bückte, der wie ein Trog geformt war. »Komm her«, sagte er und winkte ihr. »Du musst es selbst sehen.«

Genau. Deshalb war sie hier. Vorsichtig suchte sie sich ihren Weg durch den Unrat, hockte sich neben Cornelius nieder und betrachtete die Ratte, die schon steif war. Ymme schüttelte sich. So etwas hatte sie noch nie gesehen. Das Rückgrat der Ratte war durchgebogen wie eine gespannte Armbrust, und ihr Fell war bis zum Hals mit schmierigem grünlichem Kot beschmutzt. »Woher weißt du, dass es diese Ratte gewesen ist, die das Brot gefressen hat?«, erkundigte sie sich.

»Sonst ist keine da«, sagte Cornelius nüchtern. »Auf diesen Stein hatte ich das Brot gelegt. Es ist fort.«

Die Beweisführung war zwar nicht unanfechtbar, aber die Wahrscheinlichkeit sprach für sie. Ymme nickte. »Der kleine Junge lag genauso verkrampft wie die Ratte. Bestimmt war es ein Gift. Er erbrach es, weil die Dosis sehr hoch war. Die Ratte bekam viel weniger.«

»Woher weißt du denn, dass es sich um die gleiche Vergiftung handelt, wenn ein Mensch erbricht und eine Ratte in ihrem Kot liegt?«

»Durch den Krampf. Das Erbrechen und die Entleerung der Därme ist prinzipiell dasselbe; den Unterschied macht nur die Dosierung. Hätte die Ratte zwei Brotbrocken mit dem Gift gefressen, wäre sie schneller gestorben. Dann hätte das Rückgrat gar nicht so viel Zeit gehabt, sich durchzubiegen.« Ymmes Finger folgte dem Bogen der Wirbelsäule. »Möglicherweise wäre ich mir weniger sicher gewesen, wenn sie mehr Gift ...« Sie brach ab, weil Cornelius seine Hand auf ihren Unterarm legte und ihn warnend drückte. Erschrocken schielte sie zu ihm hinüber.

Er hatte seine Position nicht verändert, aber er kauerte neben ihr, die Muskeln aufs äußerste angespannt. Plötzlich schoss sein Blick nach oben, und er tat einen Sprung vorwärts wie eine Wildkatze.

Eine Luke in der Decke schloss sich mit einem Knall, und während Cornelius sich mit den Schulterblättern dagegenstemmte und keuchend versuchte, den von Feuchtigkeit schmierigen Deckel zu lüften, wurde dieser mit einem schabenden Geräusch verschlossen. Danach war alles still.

»Zu spät. Verriegelt.« Cornelius sank auf den viereckigen Stein. »Der Spitzel hat genügend von Gift zu hören bekommen, dass er uns anzeigen kann«, sagte er beunruhigt. »Aber wahrscheinlich versteht er ja kein Deutsch ...«

»Hast du irgendetwas erkennen können?«

Er schüttelte ärgerlich den Kopf. »Nur dunkle Augen zwischen schwarzen Tüchern und ein wenig weiße Haut.«

»Tücher wie bei Sarazeninnen?«, fragte Ymme aufmerksam.

»Weiß ich nicht. Wirklich, Ymme. Lass uns gehen; du hast erfahren, was du wolltest, und ich habe erfahren, woher die Abfälle kommen. Das ist genug für zwei wissbegierige Menschen an einem einzigen Tag.«

Ymme musste lächeln. Cornelius verstand immer, das Gute an einer Situation zu sehen. Mit Ausnahme, vielleicht, wenn es um den Kaiser ging.

»Nun, was hast du gehört?«, fragte Jolanthe scharf und betrachtete Moro, der vor ihr stand, ohne sein unstillbares Verlangen nach ihr verbergen zu können. Sie saß so gut wie nackt auf dem steinernen Rand ihrer Badewanne. Noch hatte er Spuren der weißen Tinktur im Gesicht, mit der er sich unkenntlich gemacht hatte. Sie ließ ihre Hand wie die Pranke eines Berglöwen vorschnellen und fuhr ihm mit den langen Nägeln durch das Gesicht. Die roten Risse verliehen ihm ein interessantes Aussehen. Wie Blut in Stutenmilch. »Sprich endlich!«

Der Schwarze erschauerte und erwachte aus seiner Erstarrung. Er wagte nicht, sein Gesicht zu betasten. »Sie haben das Wort mehrmals verwendet, das Eure Erhabenheit mir nannten. Gift. Außerdem haben sie eine tote Ratte untersucht.«

Jolanthe ließ sich in das parfümierte Wasser gleiten. »Sehr schön«, sagte sie. »Beim nächsten Mal wirst du einem der Comestabuli deinen Verdacht mitteilen. Aber wage nicht, dir eine taube Nuss auszusuchen. Mein Plan muss auf Anhieb funktionieren.«

Moro fiel vor der Wanne auf die Knie. Er verbarg seine breitflächige Nase hinter den Pranken, als ob er versuchen wollte, das Gurgeln in seiner Kehle zu unterdrücken. »Welches nächste Mal, Erhabenheit? Welchen Verdacht?«

»Das Erste geht dich nichts an.« Jolanthe versteckte ihre zufriedene Miene hinter dem Schaum, den sie spielerisch mit der Hand aufwirbelte. Als Moro seinen dunklen Blick fragend auf sie richtete, ließ sie sich um eine Handbreite nach oben treiben. Auf der Wasseroberfläche ringelten sich ihre dunklen Schamhaare.

Jolanthe beobachtete ihn genüsslich. Der Eunuch hielt den Atem an. »Den Verdacht, dass die Nordländerin eine Giftmischerin ist, natürlich.«

Moro verstand jäh und nickte mit bejammernswerter Miene.

»Außerdem bringst du die Frau, die Heilmittel herstellt, zu mir!« befahl Jolanthe. »Sie soll mir ihre schönste Alraunwurzel verkaufen.«

»Pellagra, die Triefäugige? Hier in den Palast?«, rief Moro aufs Höchste alarmiert. »Das geht nicht, Eure Erhabenheit! Sie gilt als die beste und gefährlichste Giftmischerin von Palermo. Es könnte sein, dass jemand sie erkennt. Bestimmt sogar!«

»Beruhige dich, mein großer schwarzer Ziegenbock«, murmelte Jolanthe, richtete sich auf und tastete mit ihrer fülligen, kleinen Hand unter seinem Gewand, bis sie fand, was sie suchte.

Als er die Augen schloss, sprach sie sanft wie eine Mutter, die ihr krankes Kind in den Schlaf wiegt, auf ihn ein. »Es ist ganz einfach. Wenn nach dem Abendgebet Ruhe in der Stadt einkehrt, holst du diese Pellagra ab. Gib dem Palastwächter am Tor zehn Grana, das reicht, und schmuggle sie in meine Gemächer. Vor Morgengrauen bringst du sie wieder zurück. Das ist alles.«

»Das ist alles«, wiederholte er tonlos und rührte sich nicht von der Stelle.

Jolanthe versetzte ihm einen Stoß, der ihn von dem Podest warf. Moro kam wieder zu sich. Er warf sich zur Proskynase auf den Bauch und zog sich rückwärts kriechend so hastig zur Tür zurück, dass er beinahe über sein Gewand gefallen wäre.

Angelina stand mit undurchdringlichem Gesichtsausdruck neben dem Bett und wartete, bis Ymme ganz wach war.

»Wieder die Kaiserin?«, fragte sie abwehrend. Plötzlich fiel ihr ein, wo sie war. Um Gottes willen! »Natürlich die Kaiserin! Selbstverständlich. Ich komme.«

»Nein«, sagte Angelina hart. »Die Schlampe, die das Kind erwartet!«

Ymme strich sich die Haare zurück und sah ihre Dienerin forschend an. Im Königreich Sizilien schien man viele Dinge so völlig anders zu sehen, als zu Hause in Lübeck. So mitleidlos, wie die Sonne brannte, waren auch die Menschen. Angelina hatte kein Verständnis für Ymme, die die Verpflichtung zu helfen als oberstes Gebot betrachtete.

Als sie das magere Mädchen vor der Spülküche gesehen hatte, deren fortgeschrittene Schwangerschaft angesichts ihres noch kindlichen Gesichts beinahe unglaublich erschien, hatte Ymme sich spontan erboten, ihr beizustehen, wenn es so weit sein sollte. Angelina war sehr zornig geworden, als Ymme sie angewiesen hatte, sie in diesem Fall auf der Stelle zu wecken. »Aus der Küche! Das sind doch alles Huren!«, hatte sie gefaucht und um ein Haar auf den Boden gespuckt.

Und jetzt war es also so weit.

Ein wenig verärgert trat Ymme den weiten Weg nach unten an. Mochte der Himmel wissen, wer der Bote gewesen war und warum er nicht auf sie gewartet hatte. Sie hätte zumindest eine Warnung erwartet, wenn Angelina ihre Befürchtungen teilte. Mit Frauen ihrer Art war es schwer zurechtzukommen.

Der Gang zur Treppe war durch blakende Fackeln nur notdürftig erhellt. Die Nachtgeräusche des Palastes waren gespenstisch. Käuzchen riefen, und Tauben gurrten im Schlaf.

Aus dem Treppenschacht drangen gezischte Worte von zwei Personen. Ymme trat hastig zurück und drückte sich an die Wand. Wahrscheinlich hatte jemand, der begütert genug war, die Wachen zu bestechen, nach einer käuflichen Frau geschickt. Sie hatte davon munkeln hören.

Die zwei schienen sich am Fuß der Treppe zu streiten. Vorsichtig lugte Ymme in den Schacht hinunter. Beleuchtet vom Licht der Fackel, blickte sie einer Frau direkt in die Augen.

Sie fuhr zurück und hielt den Atem an. Aber es geschah nichts. Die Frau schlug keinen Alarm, anscheinend war ihr daran gelegen, öffentliches Aufsehen zu vermeiden. Die ärgerliche Männerstimme entfernte sich endlich in den Gang, der zu Jolanthes Gemächern führte, und wurden schließlich von ihm verschluckt.

Die Besucherin war weit über das Alter einer Hure hinaus gewesen und außerdem viel zu hässlich. Was führte eine solche Frau um Mitternacht in den Palast? Und wer hatte sie hergeführt? Und was wollte sie bei Jolanthe? Ymme lachte leise. Sie hätte mit dem Kaiser wetten mögen, dass er keine Ahnung hatte, was in der Nacht in seinem Palast vorging.

Jolanthe musterte das Weib vom Kopf bis zu den Füßen, das Moro ihr schlotternd vor Furcht ins Zimmer geschoben hatte. Außer den vielen Runzeln und den hängenden Unterlidern war an ihr nichts Bemerkenswertes. »Du bist also Pellagra, die Giftmischerin«, stellte sie fest.

Die Frau starrte sie ausdruckslos an, erwischte trotz Jolanthes abwehrender Geste einen Ärmel und drückte die Lippen darauf. »Das bin ich auf keinen Fall, Gnadenreiche, Krone beider Sizilien«, murmelte sie. »Ich bin Pellagra, die Kräutersammlerin.«

»Das ist doch dasselbe«, sagte Jolanthe spöttisch.

»Nicht in Sizilien, Krone beider Sizilien! Das eine ist ein Gewerbe, das mich dürftig ernährt. Das andere wäre tödlich.«

»Papperlapapp! Ich brauche ein Gift, das schnell wirkt«, sagte Jolanthe, ohne sich für Einwände zu interessieren. »Und rein muss es sein. Ich habe aus Jerusalem ein Mittel mitgebracht, für das der Lieferant den Tod verdient hätte ...«

»Was wärt Ihr bereit auszugeben, Krone beider ...«

»Hör schon auf damit«, unterbrach Jolanthe sie unwirsch. »Ich habe kein eigenes Geld. Wie viel verlangst du? Moro wird es beschaffen.«

Pellagra streckte ihr abwehrend die knochigen Finger entgegen. »Kein weiterer Mitwisser!«, zischte sie misstrauisch. »Gebt etwas anderes.«

»Einen Edelstein, vielleicht?« Jolanthe schwebte bereitwillig zu ihrer Truhe hinüber und entnahm ihr ein Kästchen, dessen Elfenbeinintarsien dem kostbaren Inhalt entsprachen.

Als sie damit zu Pellagra zurückkehrte, lief der Frau ein Speichelfaden aus dem Mundwinkel, den sie vor Habgier nicht einmal bemerkte. Naserümpfend wählte Jolanthe einen Diamanten aus, den sie wegen seines blauen Schimmers sowieso nicht mochte, und ließ ihn in die Hand fallen, die Pellagra ihr unter die Nase hielt. Die gekrümmten Finger schlossen sich über dem Edelstein.

Beim Anblick der gewellten gelben Nägel schüttelte Jolanthe sich. »Gib mir jetzt die Alraune!«, befahl sie.

»Ihr werdet zufrieden sein, Krone beider Sizilien«, flüsterte Pellagra, hob ihre Röcke und löste das Band, mit dem sie die Wurzel an ihren Oberschenkel gebunden hatte.

Begierig betrachtete Jolanthe das Wurzelmännchen, das in einen ehemals roten Tuchfetzen gehüllt war, schnellte vor und riss es der Alten aus den Klauen, um sich mit ihm auf das Bett zurückzuziehen.

Die Alraune schien sie verschmitzt anzulächeln wegen ihres Sieges über die Alte. Jolanthe wiegte sie überglücklich in ihrem Schoß, bevor sie ihr das Kleidchen auszog und leise summend das Bad zurechtmachte.

Dann badete sie das Wurzelmännchen eigenhändig, obwohl es dafür der falsche Wochentag war, und spürte dabei, wie ihr zärtliches Gefühl für das Alräunchen mit jeder Handreichung in Windeseile wuchs. Anschließend zog sie ihm ein mit hauchfeinen Stichen bedecktes weißes Seidenmäntelchen an und betrachtete es stolz.

Die sorgfältige Behandlung gefiel dem Alräunchen, weder wehrte es sich noch heulte es. Jolanthe konnte jetzt sicher sein, dass sich alle ihre Wünsche erfüllen würden. Die Pellagra fiel ihr ein, und sie sah sich nach ihr um.

Das Weib war verschwunden, ohne dass sie sie entlassen hatte. Während Jolanthe einen ganzen Flakon Rosenöl im Raum verteilte, um den zurückgebliebenen Gestank zu vertreiben, malte sie sich bebend vor Zorn aus, wie sie die Giftmischerin für ihren Ungehorsam bestrafen würde.

Die Arme der jungen Frau bestanden nur aus Knochen, wie es schien, und der Bauch wölbte sich spitz vor. Bekümmert betrachtete Ymme sie; sie mochte etwa fünfzehn Jahre alt sein, zu jung und zu schlecht ernährt, um ein Kind zu bekommen. Im Lübecker Hospital hätte sie zu den Armen gehört, die sie entgegen den Vorschriften aufgepäppelt hätten. Im blakenden Licht wurde Ymme zu ihrem Erstaunen der tiefblauen, fast violetten Augen gewahr, die sich auf sie richteten, bevor sich die Augenlider wieder schlossen.

Bei der jungen Frau hatte ein jüngeres Mädchen ausgeharrt, höchstens dreizehn Jahre alt, wahrscheinlich die Schwester nach der Ähnlichkeit zu schließen und der Tatsache, dass sie ebenfalls blaue Augen hatte. Die Kleine griff vorsichtig nach ihrer Hand und küsste sie dankbar, als sie nicht zurückgestoßen wurde.

Ymme streichelte ihr flüchtig die Wange, bevor sie sich der Gebärenden zuwandte. Sie erkannte sofort, dass die Geburt sich lange hinziehen würde. Sie konnte sich Zeit lassen. Mit beruhigendem Lächeln setzte sie sich neben die karge Bettstatt, eine einfache Strohschüttung auf dem gestampften roten Fußboden, und umschloss die schlaffe kalte Hand der jungen Frau mit ihren Händen.

So etwas wie einen Gebärstuhl gab es im Palast wohl nicht. Auf jeden Fall war es zu spät, ihn zu besorgen. Es würde auch auf ebenem Boden gehen, aber wenigstens musste das Lager sauber sein. »Ich brauche eine Decke und weiße Tücher und frisches Stroh«, radebrechte Ymme in ihrem neuerworbenen Sizilianisch.

Nach einiger Zeit verstand die Kleine, was sie wollte, und lief zur Tür hinaus.

Die Wehen kamen noch in großen Abständen. Ymme hatte Zeit, sich umzusehen. Es schien sich um die Wohnung der beiden Mädchen zu handeln, denn sie sah einen Kamm neben einer flachen Schüssel mit Wasser. Ihr kam eine Idee. Sie holte Kamm und Schüssel und legte sie neben sich. »Komm«, sagte sie sanft und zog das Mädchen zum Sitzen an die Wand.

Dann begann sie ihr die Haare zu kämmen und erntete ein überraschtes Lächeln. Ymme holte tief Luft vor Erleichterung. Der erste Schritt war getan. Ohne Vertrauen zur Hebamme konnte keine Geburt bewältigt werden.

Als das jüngere Mädchen mit einem umfangreichen Bündel zurückkam, das von einer groben Decke verhüllt wurde, saß die Schwester ordentlich frisiert und mit geschminkten Lippen auf ihrem Lager.

Die Augen der Kleinen rundeten sich vor Erstaunen, und das Bündel rutschte ihr von der Schulter. Ein unverkennbarer Duft nach Pferd breitete sich im Raum aus.

Warum nicht, dachte Ymme. Eine Pferdedecke ist besser als eine, die von menschlichem Schweiß durchdrungen ist. Sie bedeutete dem Kind, was zu tun war.

Als einige Zeit später die junge Frau auf dem frischen Stroh lag, sie das alte Stroh beseitigt und die Ecke einigermaßen gefegt hatten, begann Ymme der Geburt zuversichtlich entgegenzusehen. Sie verlangte nach frischem, warmem Wasser und einer zusätzlichen Fackel. Die Kleine ging mit verschmitztem Grinsen auf die Suche, die Fackel stibitzte sie zweifellos irgendwo.

Am frühen Morgen, als der Gang vor dem Raum sich mit Menschen und Lärm zu füllen begann, wurde der Junge geboren, runzelig, aber ganz gesund, soweit Ymme zu erkennen vermochte. Es war das erste schwarze Kind, dem sie auf die Welt half.

Als Ymmes Blick auf ihre kleine Helferin fiel, die zu zittern begonnen hatte, ging ihr auf, dass diese Geburt möglicherweise unliebsame Schwierigkeiten nach sich ziehen würde. Sie hatte in Palermo noch keine Schwarzen gesehen. Der Vater des Kindes musste also im Palast zu suchen sein.

Es schien offensichtlich, dass einer der Eunuchen nicht vollständig entmannt war.

8.
Seine Erhabenheit, der Kaiser

Cornelius bestand am nächsten Morgen darauf, Ymme bei ihrem Besuch der Wöchnerin zu begleiten. Allein der Gedanke an die vom Wachpersonal nur unregelmäßig überprüften, düsteren Gänge, durch die Ymme in der Nacht allein gegangen war, erschreckte ihn.

»Ich hatte eine seltsame Begegnung mit einer Frau, die wie ein Nachtmahr aussah«, sagte Ymme und schüttelte sich unwillkürlich.

»Vielleicht hatte sie etwas zu verkaufen«, mutmaßte Cornelius. »Wenn nicht ihren Leib, dann Informationen, zum Beispiel ...«

»Mag sein. Bei Tage hätte man sie wahrscheinlich nicht in den Palast gelassen. Aber sie geht mich nichts an.«

In der Nähe der Küche kam ihnen der Duft von Hammel in einer Wolke von Kräutern entgegen, untermischt mit dem scharfen Geruch von Lorbeer und Fischen. Cornelius blähte die Nasenflügel und sah sich interessiert um, während Ymme die in das Gewölbe eingelassenen Bohlentüren abzählte und schließlich eine öffnete.

Das Strohlager war leer, und hinter der aufgestoßenen Tür hörten sie leises Schluchzen. Die kleine Schwester der Wöchnerin kauerte an der Wand, hatte ihren Kopf auf die Knie gelegt, schaukelte auf den Fersen hin und her und gab sich ihrem tiefen Schmerz hin.

Ymme hockte sich neben sie und fasste sie sanft bei den Schultern. »Warum hast du mich nicht geholt, als es deiner Schwester schlecht ging? Oder einen Küchenjungen geschickt?«

Das Mädchen sah Ymme mit riesengroßen Augen an. Dann ergoss sich aus ihrem Mund ein Schwall von Worten, dem Ymme nur mühsam folgen konnte. Es dauerte eine Weile, bis sie verstand, dass die Wöchnerin nicht gestorben war, zumindest nicht an den Folgen der Geburt.

Die Palastwachen hatten sie und das Kind abgeholt. Danach zeigte das Kind mit zitterndem Zeigefinger in die dunkelste Ecke des Raums. Ymme brauchte einen Augenblick um zu erkennen, dass dort ein abgeschnittener Hundekopf lag. Die blutleere Zunge hing ihm aus den Maul, das Weiße in den Augen war eingefallen und von krabbelnden Käfern bedeckt.

Ymme kämpfte mit Mühe gegen ihren Ekel an und blickte zu Cornelius hoch. »Was bedeutet das?«

»Soviel ich weiß, ist es eine Drohung«, antwortete Cornelius gepresst. »Jemand verlangt, dass sie über das, was passiert ist, schweigt.«

»Woraus sich klar ergibt, dass etwas passiert ist«, stellte Ymme nüchtern fest.

Cornelius nickte mit zusammengepressten Lippen. »Die Kleine hat Angst. Sie vermutet, dass ihre Schwester beseitigt worden ist.«

»Wie sahen die Palastwächter aus?« Ymme kniete neben das Mädchen, ohne sie loszulassen.

Sie zuckte mit den Schultern. »Wie alle Sarazenen eben.«

»Nicht schwarz?«

»Oh nein. Araber. Aber den einen von ihnen, den mit den schrägen Augen, habe ich schon mit dem Eunuchen der Königin sprechen sehen. Dem Fetten.« Die Kleine sprang auf und stolzierte mit vorgestrecktem Bauch durch das Gelass.

»Mit Moro?«, erkundigte sich Ymme erstaunt.

Sie nickte.

»Es besteht die Möglichkeit«, sagte Cornelius nachdenklich und auf Deutsch, »dass höher gestellte Personen in diese Angelegenheit verwickelt sind. Die Frau des Kaisers und ihr Eunuch. Ich glaube, dass das Mädchen in Gefahr ist. Irgendwann wird man auch sie verschwinden lassen.«

»Wir könnten sie zu uns nehmen«, schlug Ymme nach einem Blick auf das magere Geschöpf vor, das für den Moment seine Sorgen vergessen hatte. »Sie scheint mir ganz gewitzt zu sein, und sie isst nicht viel.«

»Du musst mich nicht überreden«, sagte Cornelius. »Frag sie einfach.«

Mit dem Gespür eines kleinen Hundes für Leckerbissen schien das Mädchen zu ahnen, worum es ging. Ihre Augen leuchteten auf, als Ymme ihr erklärte, dass sie ihre Helferin werden dürfe.

»Weißt du noch etwas über Moro und den Sarazenen?«

Sie nickte. »Moro war vor einigen Tagen hier unten, obwohl er sich sonst nie in der Küche sehen lässt.«

»Wann war das?«, fragte Cornelius aufmerksam. »Und wo war er genau?«

»Ich zeige es Euch, Cavaliere«, sagte sie eifrig. »Kommt mit!«

Die üblichen Küchengeräusche, das Klappern von Kupfertöpfen, ein Gemisch aus dunklen und hellen Frauenstimmen und dem Plätschern von Wasser kam weiter hinten aus dem Gang. Niemand war zu sehen, als das Mädchen eine Tür aufdrückte.

Der Raum war leer bis auf einige Schüsseln mit Essensresten. In der Mitte des Bodens befand sich eine Klappe aus schweren Bohlen. Cornelius schloss die Tür, entriegelte die Klappe und zog sie am Ring auf. Gedankenvoll starrte er in die Tiefe.

»Was ist?«, fragte Ymme beunruhigt und warf einen Blick aus der schmalen Fensteröffnung nach draußen, um festzustellen, dass sie sich am äußersten Ende des Palastes befanden. Im Hintergrund ragten die Berge auf, und direkt vor ihr stand ein hoher alter Feigenbaum. Es wäre ein idyllisches Bild gewesen, hätten an seinen Ästen nicht kopfüber zwei Menschen gehangen. Ihr verschlug es die Sprache.

»Ich dachte es mir fast«, antwortete Cornelius bedächtig. »Wir befinden uns im Turm über dem Raum mit den Abfällen.«

Ymme versuchte krampfhaft, sich auf die Abfälle zu konzentrieren. »Ja. Dann könnte es ja sein ...«

»Ja, aber sprich den Namen nicht aus. Der Schwarze könnte sehr wohl hier gewesen sein, als wir die Ratte untersuchten.«

Ymme schüttelte ungläubig den Kopf. »Der Lauscher war hellhäutig.«

Cornelius grübelte vor sich hin, als Ymme ihn resolut zum Fenster zog und nach draußen zeigte. »Sieh mal.«

»Da hängen Männer«, stellte er sachlich fest. »Wahrscheinlich ein Experiment des Kaisers. Er ist dafür bekannt, Untersuchungen anzustellen. Aber jetzt hör mir bei meinen Überlegungen doch einmal zu ...«

»Gesù Maria!«, schrie Angelina entsetzt, als Ymme, gefolgt von dem Mädchen mit schmutzigem Gesicht und zerrissenem Kleid, durch die Tür trat. Cornelius war noch unten im Turm geblieben. »Lasst sie draußen warten, Dama! Eine Sarazenin kommt mir nicht in die Wohnung!«

Angelinas scharfe Ablehnung traf Ymme unvorbereitet. Sie legte die Hand auf die Schulter des Mädchens. »Angelina«, sagte sie entschlossen, »diese junge Frau steht ab heute unter dem Schutz von Cavaliere Cornelius und mir. Sie wird in Zukunft meinen Korb tragen.«

Angelina schien in ihrem Inneren eine ganze Kaskade von Flüchen auszustoßen. All diese Aufregung für ein so kleines Mädchen dachte Ymme kopfschüttelnd. »Wie heißt du eigentlich?«

»Constanza«, antwortete sie und lächelte verschämt.

Angelina zischte wie eine Schlange und vollführte eine Reihe verschiedener Gebärden. Im Gegensatz zu Ymme verstand Constanza sie sehr gut. Aber nach einem Seitenblick auf Ymmes hochgezogene Augenbrauen verzichtete sie auf eine Antwort.

»Du hast wohl einen der normannischen Dreckskerle zum Vater!«, erkundigte Angelina sich provokant.

So viel Häme ertrug Constanza nicht. Sie stemmte die Arme in die Seiten. »Jawohl! Einen normannischen Vater habe ich und eine arabische Mutter! Was kümmert es dich, Angelina? Ich habe von dir schon gehört! Dein Herz soll so hart wie ein Olivenkern sein, sagt man.«

So erklärten sich die blauen Augen als Erbe des Vaters, während das schmale Gesicht und die olivfarbene Haut von der Mutter herrührten. »Constanza muss baden und braucht Kleider«, erklärte Ymme knapp. »Und, ja, Angelina, sie wird heute unser eigenes Waschbecken benutzen. Mehr gibt es dazu nicht zu sagen.«

Mit ihrem Mitleid hatte sie wahrscheinlich Feindschaft in die Hausgemeinschaft getragen – aber es war nicht zu ändern. Außerdem konnte sie nicht dulden, dass Angelina hier die Herrschaft ausübte.

Sobald Ymme sicher war, dass Angelina ihren Anordnungen Folge leisten würde, machte sie sich auf den Weg in den Garten. Sie musste unbedingt in Erfahrung bringen, was es mit den aufgehängten Männern auf sich hatte. Schließlich war der Palastgarten keine Richtstätte.

Am Fuß der Palastmauer blieb sie stehen und spähte, die Hand über den Augen, zum Feigenbaum hinüber. In seinem Schatten saß an einem winzigen Tisch ein dunkel gekleideter Mann, der die Hängenden beobachtete und sich gelegentlich Notizen machte. Er blickte demonstrativ an ihr vorbei, als Ymme auf ihn zueilte.

»Was geht denn hier vor sich?«, fragte sie atemlos und klammerte sich an eine der Luftwurzeln, um das Zittern ihrer Hände zu verbergen.

»Was Ihr seht, Dama«, antwortete er uninteressiert und ruckte mit seinem Strohseilstuhl ein wenig herum.

Was sie sah, war ein Mann in arabischer Kleidung, mit sehr dunklen kurz geschnittenen lockigen Haaren. Als der

Wind ihn sacht drehte, blickte sie ihm in die braunen Augen. Er lebte. Der zweite Mann war ein Hüne, dessen lange blonde Haare beinahe den Boden berührten. Sein Wams und die weiten Hosen erinnerten an die Tracht der Seeleute zu Hause.

»Wofür werden die Männer bestraft? Müssen Sie noch lange so hängen?«

Der Schreiber schürzte die Lippen. Seine Feder kratzte ausgiebig auf dem Papyrus. Ymme wartete noch einen Augenblick, bis sie davon überzeugt war, dass er ihr keine Auskunft geben würde. Verstört kehrte sie in die Wohnung zurück.

Schon an der Tür hörte sie Angelinas zeternde Stimme. »Sie ist zu freundlich zu unnützen Geschöpfen wie dir, um wirklich eine vornehme Dama zu sein. Also mach dir keine Hoffnung, du könntest mit ihrer Hilfe etwas Besseres werden! Und bilde dir auch nicht ein, dass ich dir irgendetwas durchgehen lasse!«

»Wer auf andere hofft, in dessen Topf kocht es niemals«, antwortete Constanza und rettete sich offenbar mit einem Sprung vor Angelinas Hand.

»Werd nicht unverschämt!«, schimpfte Angelina.

Es gab bessere Tage, stellte Ymme deprimiert fest.

Am Abend war in einem der kleineren, intimen Säle des Palastes eine illustre Gesellschaft geladen, die als privat galt, wie der kleine Kammerknabe Ymme versichert hatte, der ihr die Einladung überbrachte. Cornelius gehörte nicht zu den Gästen, sondern war als Troubadour bestellt.

Um Himmels willen, dachte Ymme und sah ihn bedrückt an. Er war gerade erst zurückgekommen und wirkte erhitzt. Sie hätte sich nie darauf einlassen sollen, nach Sizilien zu gehen. Aber hatte sie eine Wahl gehabt?

»Es ist schon in Ordnung, mein Herz«, sagte Cornelius grimmig und nahm die Laute zur Hand, um sie zu stimmen. »Als dein Ehemann wäre ich nie eingeladen worden. Ich bin ja dankbar, dass ich endlich gerufen werde. Es wird Zeit, dass ich mich für meinen König nützlich mache.«

»Hast du etwas herausgefunden? Dort unten, meine ich.«

»Wenig. Sie sind alle sehr schweigsam. Nur der Stallbursche, der die Maultiere und Esel des Palastes versorgt, war ein wenig mehr zum Schwatzen aufgelegt. Bevor der Hofstaat nach Palermo zurückkehrte, hat er gelegentlich Moro mit einer hübschen jungen Frau im Garten gesehen. Moro kennt er, von der Frau weiß er nur, dass sie in der Küche beschäftigt ist.«

»Es wäre also sehr wohl möglich, dass Moro eine Beziehung zu Constanzas Schwester hatte. Aber seitdem er zum obersten Eunuchen der Gemahlin aufgestiegen ist, konnte er sich das nicht mehr leisten ...« Ymme fand ihre Schlussfolgerung sehr vernünftig und logisch, aber Cornelius wiegte den Kopf.

»Nicht zu voreilig, Ymme. Es kann auch ganz anders gewesen sein. Die Sizilianer sind heißblütig. Womöglich wurde die junge Frau entführt und lebt jetzt irgendwo in Palermo als glückliche Ehefrau ...«

»Äußerst märchenhaft, Cornelius. Immerhin besser als alle anderen Möglichkeiten.«

»Genau«, sagte Cornelius und legte die Laute so heftig aus der Hand, dass die Saiten klirrten. Er wirkte selbst nicht sonderlich überzeugt.

Wenigstens besaß Ymme inzwischen angemessene Kleidung, in der sie sich zu Jolanthe begab, um diese als Gesellschafterin und Kammerfrau zu begleiten.

»Was wollt Ihr denn schon hier?«, fragte Jolanthe schnippisch, während sie von Teresina frisiert wurde und nur die Augen wandern lassen konnte. »Mich überwachen?«

»Eure Erhabenheit geleiten«, erklärte Ymme und verkniff sich die Bemerkung, dass sie gern darauf verzichtet hätte. »Seine Erhabenheit, der Kaiser, und die Seigneurs warten sicherlich schon.«

»Hört auf, mich zu belehren«, warf Jolanthe schlecht gelaunt ein.

Ymme sah wortlos zu, wie eine Locke nach der anderen festgesteckt wurde. Teresina blieb geduldig und verstand es geschickt auszuweichen, wenn Jolanthe nach ihr schlug, weil ihr irgendetwas nicht passte.

Eingehüllt in eine schwere Duftwolke von Moschus, erklärte sich Jolanthe endlich bereit zu gehen. Sie mussten um Stunden zu spät sein, und Ymme machte sich Gedanken, wie der Kaiser es aufnehmen würde. Es war schließlich eine Auszeichnung, dass er Jolanthe überhaupt zu der Gesellschaft gebeten hatte. Er führte, soweit sie gehört hatte, keinen Hof, wie es im Abendland sonst üblich war. Anders als dort pflegte die Ehefrau des Gastgebers hier keine wesentliche Rolle zu spielen.

Aber vielleicht wollte der Kaiser jetzt anders verfahren. Vor Nervosität ballte Ymme die Fäuste, während Jolanthe im Gang gemächlich von Fenster zu Fenster schlenderte und sich außerordentlich für die Aussicht auf Palermo und seine Vorstädte zu interessieren schien. Von der Seite wirkte Jolanthe wie ein unreifes Kind, das trotzig versucht, für den größtmöglichen Ärger zu sorgen.

Womöglich beabsichtigte Friedrich, seine Frau an diesem Abend in die Rolle einer Kaiserin des Abendlandes einzuführen. Vielleicht sollte es der Abend werden, der über Jolanthes Zukunft entscheiden konnte. Aber sie war dabei, alles zu zerstören.

»Wie langweilig es sein wird!«, platzte Jolanthe mit plötzlicher Gehässigkeit heraus. »Geht Ihr allein hin, Dama, Ihr passt im Alter besser zu den Greisen, die dort versammelt sind, um den Kaiser anzuhimmeln. Mein Ehemann wird sowieso kaum merken, ob ich da bin oder nicht.«

Ymme betrachtete erschrocken ihre neuerworbenen arabischen Schuhe, bis sie eine diplomatische Antwort formuliert hatte. »Niemand kann Eure Aufgabe übernehmen, Eure Erhabenheit. Ihr repräsentiert zusammen mit dem König das Königreich Sizilien ...«

Jolanthes Unterlippe zitterte. »Mir würde es reichen, das Königreich Jerusalem zu repräsentieren«, versetzte sie schroff. »Aber das hat er mir weggenommen.«

Das war es also! Ymme hielt den Atem an und überlegte, wie sie die Situation retten konnte.

Plötzlich setzte sich Jolanthe in Bewegung. Gott sei Dank ist sie wenigstens unberechenbar, dachte Ymme und schritt hinter ihr her.

Als die Flügeltüren von den schwarzen Pagen aufgestoßen wurden, zeigte es sich, dass man auf sie gewartet hatte. Gemessenen Schrittes begab sich der Kaiser zu seiner Ehefrau, reichte ihr seinen Arm und wandte sich dann mit ihr zusammen der im Saal versammelten Gesellschaft zu. »Seigneurs«, sagte er feierlich, »Ihre Erhabenheit, meine Gemahlin Jolanthe.« Danach schritten sie zu den Ehrenplätzen in der Mitte eines langen Tisches.

Ymme sah ihm bewundernd nach. Friedrich II. war an diesem Abend sehr symbolisch in den Farben gewandet, die im Königreich vertreten waren: Rot für alle, die sich als Sizilianer bezeichneten, Grün für die Araber, Blau für die Griechen, dazu der goldene kaiserliche Saum, der alles einschloss.

Sie sah sich suchend um und entdeckte Nicolaus von Hohenburg, der sich winkend zu ihr hindurchdrängte, während alle anderen Gäste schon zu ihren Plätzen strebten. Cornelius, der offenbar bereits gesungen hatte, blieb im Schatten der Fensternische sitzen und zupfte leise an den Saiten seiner Laute. Was Symbole anging, hatte er sich dem Kaiser angepasst; seine Kleidung war so dunkel, dass nicht auszumachen war, ob sie schwarz oder blau war, und Ymme meinte für einen kurzen Moment, wieder den Schwarzen Ritter aus der Provence vor sich zu sehen. Hoffentlich fasste der Kaiser es nicht als Provokation auf ...

»Kommt, Dama, wir sitzen am unteren Ende«, murmelte Nicolaus und schob Ymme unauffällig vor sich her. »Wo wart Ihr nur so lange? Seine Erhabenheit ist wütend.«

»Wenn Seine Erhabenheit einem Kind das Spielzeug fortnimmt, muss er damit rechnen, dass es mault«, flüsterte Ymme in das Ohr ihres Begleiters.

Nicolaus sah überrascht auf sie herab. »Ihr meint das Heilige Land? Eure Direktheit ist hierzulande ungewohnt«, sagte er. »Aber Ihr habt schon Recht. Vielleicht hat mein Herr darauf vertraut, dass Kinder eines Spielzeugs schnell überdrüssig werden.«

»Ein Königreich ist kein Holzpferdchen«, gelang es Ymme noch eben zu erwidern, bevor eine Fanfare zur Aufmerksamkeit rief.

Die Saaltüren sprangen auf im gleichen Augenblick, als die Lichter in den Wandhalterungen gelöscht wurden. Ein Gepard betrat den Raum, so leichtfüßig, als sei er auf der Jagd. Dabei zog er einen an allen vier Ecken von Kerzen erleuchteten Wagen, auf dem Affen standen, jeder mit einer dampfenden Schüssel in den Händen.

Der Anblick war überwältigend. Unter dem ohrenbetäubenden Beifall der Gäste wurden die dressierten Tiere von je einem Wärter schnell und geschickt hinausgeführt, während die schwarzen Sklaven die Verteilung der Schüsseln auf dem Tisch übernahmen.

»Willkommen, Dama meines Königreiches, willkommen Seigneurs und Cavalieri«, ließ sich der Kaiser vernehmen und nahm einen Schluck aus einem von Edelsteinen blitzenden Pokal.

Auch Ymme tat einen Schluck, obwohl sie offensichtlich nicht gemeint war. Sie fragte sich allmählich, warum sie überhaupt eingeladen worden war. Vermutlich aus dem gleichen Grund wie Cornelius: als Dienerin. Die Heilerin aus dem Norden und ihr Troubadour, garantiert nicht verschnitten und darum teurer als Paare auf dem Sklavenmarkt. Vor Ärger nahm Ymme einen zweiten Schluck, als sie durch das Geraune darauf aufmerksam wurde, dass am Platz des königlichen Paares etwas vorging.

Offensichtlich erwartete Friedrich eine Erwiderung seines Grußes durch Jolanthe. Er sah sie ermunternd an.

Jolanthe erhob mit leisem Trotz den funkelnden Pokal. »Willkommen, Dama, willkommen Seigneurs und Cavalieri«, wiederholte sie und trank der Gesellschaft zu.

Ymme, unversehens in die Aufmerksamkeit ihrer schmunzelnden Nachbarn gerückt, errötete. Der Kaiser ließ keine Reaktion auf den Missgriff seiner Frau erkennen. Ungerührt wandte er sich Hermann von Salza zu und begann mit ihm ein leises Zwiegespräch.

»Habt Ihr eine besondere Strafe verdient, dass Ihr hier neben mir sitzen müsst?«, fragte Ymme provozierend.

Nicolaus grinste. Über den Becherrand hinweg flüsterte er ihr zu: »Im Gegenteil. Es ist eine Ehre für mich. Ohne Euch dürfte ich hier gar nicht sitzen. Die Valets aus den niederen Diensten haben kaum je Zutritt zu den Gesellschaften im kleinen Kreis.«

Ymme starrte ihn stumm an. Sie war also für keinen der Cavaliere eine passende Tischdame gewesen. Bedächtig nickte sie, obwohl sie am liebsten aufgesprungen und fortgelaufen wäre. Es wurde still. Mit Tränen der Wut in den Augen blickte Ymme zum Platz des kaiserlichen Ehepaars.

Federico hob gerade seinen Pokal in die Höhe und betrachtete den rosa schimmernden Wein im Licht der tausend Kerzen, bevor er gefühlvoll zu deklamieren begann:

»Palmen der beiden Seen von Palermo,
ihr könnt euch am ständigen Nass
des Regens satt trinken!
Möget ihr ein glückliches Dasein genießen,
und jeden Wunsch erlangen,
und alle Feindseligkeiten mögen ruhen!«

Wunderschön, fand Ymme und war wie gebannt. Der Kaiser seufzte leise, als hätte er einen unerfüllbaren Wunsch ausgesprochen.

»Die Schönheit der Lieder von al-Iltrabânischî ist unerreichbar«, sagte leise Hermann von Salza. »Es fragt sich, ob jemals ein Dichter Palermo wieder so wunderbar wird besingen können.«

»Es fragt sich auch, ob Palermo so schön bleiben wird, dass jemand den Wunsch hat, es zu besingen«, versetzte Friedrich und wandte sich dann seiner Frau zu. »Könnt Ihr uns auch mit ein paar schönen Zeilen erfreuen«, fragte er freundlich. »Akkon hat seinen Reiz, und gewiß wird dort ebenfalls gedichtet ...«

»Ich werde keine Zeile unserer Erzfeinde zitieren«, schleuderte Jolanthe ihm voll Verachtung entgegen. »Mein Beichtvater würde nicht einmal erlaubt haben, dass ich diesen Schund lese!«

Betretenes Schweigen erfüllte den Saal.

»Euer Vater vermutlich auch nicht«, versetzte Friedrich mit gleichgültiger Höflichkeit. »Ich hörte, er hat sich nach Rom zurückgezogen, um seine Wunden zu lecken. Betätigt er sich möglicherweise auch als Speichellecker der Kurie?«

Jolanthe sah ihn hasserfüllt an. »Er hatte sich vor unserer Hochzeit ausbedungen, bis an sein Lebensende Regent von Jerusalem zu bleiben. Er ist der Regent, nicht Ihr. Er will sich des Beistandes der Kurie versichern, bevor er Euch in aller Form auf sein Recht aufmerksam macht.«

Der Kaiser streifte seine Frau mit einem knappen Blick, bevor er sich entschuldigend lächelnd wieder seinen Gästen zuwandte. »Lassen wir die Politik des Tages«, sagte er. »In der sanften Luft der Nacht und bei einem milden Wein ist nicht ihr Ort. Ich räume ein, dass eine Wortspielerei mich zum Angriff verführte ...«

»Ich bin sicher, dass der Heilige Vater Honorius meinem Vater Recht gibt«, beharrte Jolanthe.

Um Himmels willen, dachte Ymme, sie setzt ihre Zukunft aufs Spiel, wenn niemand sie bremst ... »Darf ich etwas zitieren, Eure Erhabenheit? Gewissermaßen stellvertretend für Ihre Erhabenheit?«, warf sie unter Herzklopfen ein und besann sich auf einen Text, den Cornelius ihr vor kurzer Zeit vorgelesen und aus dem Stegreif übersetzt hatte.

Die blauen Augen des Kaisers richteten sich auf sie. Er lächelte überrascht und nickte.

»Lass den alten goldenen Wein in die Runde gehen,
und trinke von morgens bis abends,
Trink zum Klang der Laute und der des Ma'bads würdigen Lieder.
Es gibt kein frohes Leben, außer im Schatten des geliebten Siziliens ...«

Ein dissonanter Laute unterbrach Ymme. Sie drehte sich verwundert um. Cornelius' rotblonde Augenbrauen waren zu einem dicken Strich zusammengezogen. Unvermittelt begann er *Der Hahn ist tot, der Hahn ist tot,* zu zupfen.

Ymme stockte der Atem. Nur dieses Lied nicht! Es bedeutete Gefahr, wenn sie auch gegenwärtig nicht wusste, welche.

»Troubadour«, sagte der Kaiser scharf, »wann es Zeit ist, an meiner Tafel jemandem Einhalt zu gebieten, bestimme ich allein! Und wie kommt Ihr dazu, ausgerechnet das Ketzerlied aus dem Languedoc an meinem Hof zu spielen?«

Es wurde totenstill im Raum. Was hast du nur getan, Cornelius, dachte Ymme verstört. Seine Warnung kehrte sich gegen ihn selbst.

»Gab es da nicht den Schwarzen Ritter, der den Aufstand gegen den Heiligen Vater Innozenz und die Nordfranzosen schürte?«

Eine leise gestellte Frage, aber Ymme wagte nicht, sich nach dem Fragenden umzusehen. Zu viel Interesse hätte möglicherweise jemanden auf die Idee gebracht, dass sie über den Schwarzen Ritter Bescheid wusste. Dabei hatte sie gehofft, dass er längst vergessen sei.

»In der Tat, die Bemerkung scheint nicht unangebracht«, murmelte der Kaiser nachdenklich.

Cornelius trat aus der Deckung der Nische heraus. Das Licht einer Wandkerze ließ den tiefblauen Seidenstoff seines Wamses silbrig schimmern. »Eure Erhabenheit, die einfache Melodie dieses Liedes haftet jedem Musikanten auf ewig im Gedächtnis, der sie einmal gehört hat. Es tut mir Leid, wenn sie Eure Ohren beleidigt hat, gemeint hatte ich allerdings nur meine Frau.«

Der Kaiser schien beschwichtigt. »Es gibt keinen Grund, Eure Frau mitten im Vortrag eines Gedichtes zu unterbrechen. Noch dazu, da es von 'Abd ar-Rahmân stammt, den ich sehr verehre. Übersetzt habe ich ihn allerdings noch nie gehört.« Abrupt wandte er sich Ymme zu. »Bitte, sprecht zu Ende, Dama.«

Ymme spürte ein Rinnsal von Angstschweiß zwischen den Schulterblättern. Cornelius, der mit arabischer Dichtkunst gut vertraut war, hatte befürchtet, dass sich Friedrich beleidigt fühlen würde, weil im Gedicht ein anderer Herrscher gemeint war. Das fürchtete sie nicht. Sie hatte nur noch Angst um Cornelius. »Es endet folgendermaßen:

> Es gibt kein frohes Leben, außer im Schatten des geliebten Siziliens,
> Unter einer Dynastie, die die kaiserlichen Dynastien der Könige übertrifft.«

Die Zuhörer applaudierten begeistert, der Kaiser lächelte Ymme hingerissen an.

Ymme dankte nach allen Seiten und versuchte zu überspielen, wie unbehaglich ihr zumute war. Vor sich sah sie die tödlich beleidigte Miene von Jolanthe. In ihrem Rücken spürte sie das tiefe Schweigen ihres abgekanzelten Ehemannes.

Am nächsten Morgen wurde Ymme außergewöhnlich früh geweckt. Der Kaiser, von dem bekannt war, dass er sehr diszipliniert und lange zu arbeiten pflegte, ließ sie rufen.

Cornelius war wach, aber er drehte sich nicht einmal zu ihr um, als sie ging. Der erbitterte Streit, den sie nach dem Abendessen wegen des Vorfalls gehabt hatten, war noch nicht ausgefochten.

Ymme eilte durch die Gänge, trotz allem neugierig und gespannt.

»Setzt Euch bitte, Dama Iume«, sagte der Kaiser und bedeutete ihr, es ohne jegliche Hofetikette zu tun. Er wirkte rastlos, beschäftigt mit einem Problem, das ihm große Sorgen zu bereiten schien. Die Lichter an den Wänden brannten, obwohl es bereits heller Tag war; vermutlich hatte er einen Teil der Nacht an seinem Schreibtisch verbracht.

»Mit meiner jungen Frau ist es wie bei manchen jungen Stuten«, setzte der Kaiser entschlossen an. »Sie verweigert sich mir.«

Ymme zuckte zusammen. Ein sehr ungewöhnliches Gesprächsthema, wenn man bedachte, wer er war. Und wer sie war. Sie versuchte auszuweichen. »Ihre Erhabenheit ist noch sehr jung.«

»Ihre Erhabenheit ist eine dumme Gans«, versetzte der Kaiser brüsk. »Orientalische Stuten werden früher rossig als die schwerfälligen Pferde des Nordens. In Jerusalem hätte Jolanthe längst zwei Kinder, die sie mit rosa Pralinen fett füttern würde. Tatsache ist, dass sie nicht will. Und ich bin kultiviert genug, sie nicht zu überfallen.«

»Sie muss selbst wollen«, sagte Ymme zustimmend.

Friedrich nickte. »Man hat mir schon geraten, Jolanthe einen der Liebestränke einzuflößen, die man in Palermo an jeder Ecke erstehen kann. Aber ich hasse diese Giftmischerinnen! Ich glaube nicht an die gute Wirkung ihrer Tränke, nur an die tödliche. Ich werde gegen diese Frauen Gesetze erlassen, sobald ich dafür Zeit finde.«

Ymme hielt den Atem an, als ihr die Frau auf der Treppe einfiel. Vielleicht war sie eine Giftmischerin, von der Jolanthe sich helfen ließ, um Widerstand gegen ihren Ehemann zu leisten.

»Was ist?«, fragte der Kaiser mit leichtem Misstrauen. »Hattet Ihr daran gedacht, Euch einer dieser Frauen zu bedienen? Das schlagt Euch aus dem Kopf.«

»Ich verstehe nicht, Eure Erhabenheit«, sagte Ymme verwirrt. »Ich hatte noch nie mit einer Giftmischerin zu tun.«

»Das ist gut. Dann seht zu, dass es so bleibt, Dama Iume, und geht an die Arbeit. Ihr habt nur wenige Tage

Zeit. Danach reise ich ab. Jolanthe und Ihr bleibt hier.«

Ymme merkte selbst, dass sie den Kaiser anstarrte wie das Kaninchen die Schlange. Ihr Hals war mit einem Mal ganz trocken.

Er lächelte flüchtig. »Nun geht«, sagte er mit plötzlicher Milde. »Ich bin sicher, Ihr werdet diese krankhafte Weigerung Jolanthes, mein Lager zu teilen, heilen können, wenn Ihr Euch nur Mühe gebt. Über die Strafen für die Vernachlässigung Eurer Pflichten wollen wir noch nicht sprechen.«

Nein, dachte Ymme mit zusammengebissenen Zähnen, aber es ist ganz natürlich, dass ich bestraft werde, wenn Eure Erhabenheit es nicht schaffen, Ihre Erhabenheit in das kaiserlich eheliche Bett zu zerren. Vielleicht auch durch Aufhängen an den Füßen. Oder ist das zu unschicklich? Werden Frauen an den Händen aufgehängt?

Sie zog sich rückwärts aus dem Arbeitszimmer zurück, ohne dass der Kaiser es auch nur bemerkte.

9.
Die Giftmischerin

Ymme stieg über Constanza hinweg, die auf der Schwelle zum Schlafzimmer schlief, und weckte Cornelius unbarmherzig.

»Was ist?«, murmelte er schlaftrunken. »Schüttele mich nicht so. Troubadoure werden unter diesem Kaiser nie so geliebt sein wie in der Provence, aber vielleicht hat er ja doch ein wenig Erbarmen, wenn seine Hakima ihren Sänger misshandelt.«

»Cornelius«, rief Ymme und unterdrückte gewaltsam einen Schluchzer. »Der Kaiser wird mich bestrafen, wenn es mir nicht gelingt, ihm Jolanthe ins Bett zu legen.«

»Glaube ich nicht. Er hält von dir mehr als von ihr.«

Ymme schüttelte über diese kindische Eifersucht den Kopf. »Wahrscheinlich werde ich aufgehängt wie die Männer da unten«, sagte sie düster.

»Wohl kaum«, sagte Cornelius und schwang seine Beine aus dem Bett. »Die werden nicht bestraft, die befinden sich in einem Experiment. Ich sagte es dir doch schon.«

Ymme vergaß für einen Moment ihre Sorgen und starrte ihn fragend an.

»Der Kaiser will wissen, ob ein kleiner Mann eher stirbt als ein großer, wenn man ihn an den Füßen aufhängt«, führte Cornelius bereitwillig aus. »Der Sarazene ist zwei

Kopf kürzer als der Engländer. Möglicherweise zerdrückt ihm das Blut das Gehirn früher.«

»Dann muss ich ja hoffen, dass er sich nicht dafür interessiert, wie schnell es bei einer mittelgroßen Lübeckerin geschieht.«

Cornelius kratzte sich die Bartstoppeln. »Ich vermute, du bist ihm zu teuer für ein solches Experiment. Er gilt als knauserig bei seinem Hofstaat, wovon auch wir ein Lied singen können. Was ist mit Jolanthe?«

Endlich. Erleichtert setzte Ymme sich neben ihn. »Sie verweigert sich dem Kaiser, was er als eine Art Krankheit ansieht. Aus seiner Sicht ist es ganz selbstverständlich, dass ich sie gesund mache.«

»Jolanthe ist ein vom Leben verwöhntes Weib! Von einem Luxusleben ins andere gekommen.«

»Aber als Ware«, verbesserte Ymme. »Ich bezweifle, dass der Kaiser sie ohne den Titel geheiratet hätte. Sie sind so völlig verschieden. Sie kann ihm nicht genügen, und ich glaube, er hat gestern Abend gemerkt, dass es hoffnungslos ist. Man kann sie nicht erziehen.«

»Du musst es ja wissen«, sagte Cornelius ausdruckslos. »Eine deutsche Hebamme, die arabische Lyrik zitieren kann, hat ihm in seiner Sammlung von afrikanischen Eunuchen und indischen Aras mit Federkrönchen bestimmt gefehlt. Du bekommst sicher öfter noch Gelegenheit, deine Kunststücke vorzuführen.«

»Cornelius! Du bist ungerecht! Dabei ist sie nicht ohne Begierden«, fuhr Ymme fort, ohne sich auf seinen unsinnigen Groll einzulassen. »Manchmal habe ich den Verdacht, dass sie sich ihrem Eunuchen an den Hals werfen könnte.«

Cornelius fuhr in die Höhe und legte den Finger auf den Mund. »Nicht hier im Palast«, flüsterte er ihr ins Ohr.

Ymme hob entsetzt die Augenbrauen.

Im Schutz ihres Körpers machte er ein Zeichen Richtung Tür.

»Haben wir einen Spion im eigenen Haushalt?«, flüsterte sie.

»Ich fürchte es«, murmelte er.

Ymme nickte. »Jasminblüten müssten einen wohlschmeckenden Tee ergeben«, sagte sie laut. »Ich will sehen, ob ich sie auf dem Markt kaufen kann. Und etwas Baldrian dazu. Er hat beruhigende Wirkung. Sie verliert immer dann die Fassung, wenn er durchblicken lässt, dass ihm die römische Kurie nicht sonderlich viel bedeutet.«

»Damit allein willst du es schaffen?«

»Ich weiß nichts anderes.« Ymme stieß einen tiefen Seufzer aus. »Jolanthe ist sehr beeinflussbar. Und ich verlasse mich auf die Ratschläge von Soran. Er hat für die meisten Jolanthes dieser Welt ein Rezept. Heute übers Jahr werde ich vielleicht wissen, ob er Recht hatte.«

Mit Constanza zusammen fühlte sich Ymme wesentlich unauffälliger als mit ihrem hochgewachsenen Ehemann im Kettenhemd, und so standen die Chancen gut, dass sie den Spitzeln des Kaisers nicht sofort ins Auge fallen würde.

Überdies wählte Constanza den Weg durch die Nebenstraßen von Palermo, die wahrscheinlich weniger gut bewacht, dafür aber viel kurzweiliger waren als die lange Prachtstraße des Cassaro. Hier standen Kirchen neben Moscheen, in Ställen wieherten Maultiere und Esel, und Hühner flatterten über die Gassen. Constanza war in diesem Teil der Stadt mit aller Welt bekannt, und wenn sie stehen blieb, spürte Ymme die zurückhaltende, aber wohlwollende Neugier der Bewohner.

Unversehens standen sie am Anfang des Suq. Wie bei ihrem ersten Einkauf waren hauptsächlich Männer unterwegs, die zur Begrüßung die Hände ineinander verschlangen und sich gegenseitig auf die Wangen küssten, aber diesmal war es voller, und es stank nicht nach vergammeltem Fisch. Constanza verhüllte das Gesicht vorschriftsmäßig mit ihrem dünnen Schleier.

Ein Teller mit zwei schwarzen runden Mohnkapseln fiel Ymme in die Augen, daneben lagen eine Hand voll Röhrchen aus Schilf, die an beiden Enden verschlossen waren.

Etwas Besseres gegen Durchfall und Schmerzen gab es nicht, sie kannte das Mittel aus Spanien. Sie verständigte sich mit dem Händler über den Preis von zwei Röhrchen.

»Der Herr im Himmel beschütze uns vor den Giften der Ungläubigen!«

Hier Deutsch zu hören, erweckte Neugier, auch wenn die Männerstimme impertinent genug geklungen hatte, um sie zu ignorieren. Ymme drehte sich um und musterte fassungslos den Mönch in der braunen Kutte. »Ihr schon wieder, Bruder Leonardo«, brachte sie schließlich hervor. »Ihr wisst sehr wohl, dass ich Übung darin habe, Heilmittel herzustellen!«

»In diesem Land betrachtet man solche Kenntnisse mit Argwohn!« Der Franziskaner grinste hinterhältig und ließ sich von den Passanten in der Mitte des Ganges vorwärtsstoßen.

Ymme biss sich voll Wut auf die Lippen. Mindestens einen Kopf größer als die meisten, konnte sie inmitten der weißen Kopfbedeckungen der Männer und der schwarzen Kopftücher der wenigen Frauen noch lange seinen krausen Haarkranz erkennen, in dessen Mitte die Tonsur gelblich schimmerte.

»Wer war das?«, fragte Constanza naserümpfend. »Einer von dieser neuen Sekte des römischen Imams?«

»So ungefähr«, antwortete Ymme zerstreut und stellte fest, dass ihr die Hände zitterten. Widerlicher Kerl! Man hätte meinen können, dass er ihr nachstellte, um sie bei Fehlern zu ertappen! Vorsorglich bog sie in eine Nebengasse ein, in der die Läden noch kleiner und die Gewölbe niedriger waren. Hierher würde er nicht kommen.

Sie berührte die Blätter einer eingetopften Zitronenmelisse, die gerade begossen worden und noch tropfnass war.

Der Kräuterhändler nickte herablassend. »Wie viel soll ich abschneiden, Dama? Ihr wisst, dass Ihr sie sofort verwenden müsst? Wenn Ihr sie täglich benötigt, kommt morgen wieder.«

»Ich weiß es«, sagte Ymme lächelnd. »Habt Ihr auch Baldrianwurzel?«

»Oh, für eine Kranke«, stellte der Mann um einiges respektvoller fest und grub eine fleischige Wurzel aus einem mit feuchter Erde gefüllten Korb aus. Er rieb sie zärtlich zwischen den Handflächen, um die Erdkrumen zu entfernen. »Sie ist so hart, Dama, wie Euer Ehemann in seinen besten Zeiten. Das macht zwei Tarí.«

»Zwei Grana, meinst du wohl!«, zischte Constanza empört. »Willst du die Dama betrügen, die Hakima der Kaiserin?«

»Beim Blut der Madonna! Ich und betrügen?« Der Händler legte schwungvoll eine Hand auf sein Herz, ein wenig unter dem Ausschnitt seines Hemdes, aus dem ganze Büschel schwarzer Haare hervorlugten. »Es ist die beste Ware von Palermo! Hier, die geheimnisvollen Düfte der schwarzen Erde der Madonie! Und meine Zitronenmelisse ist die Königin unter den Melissen Palermos!« Er hielt Ymme die Wurzel unter die Nase.

»Schneid nicht so auf, Totó«, keifte jemand hinter Ymme. »Das alles ist kein Grund, der Dama nicht einmal mehr die Augen zum Weinen zu lassen.«

Ymme drehte sich erstaunt um. Zu ihrem Schrecken erkannte sie die Frau, die sie nachts im Palast gesehen hatte. Sie war einen Kopf kleiner als Ymme, und als ihre Augen an der krummen Nase vorbei Ymme fixierten, erinnerte sie an ein kleines gieriges Raubvögelchen. Aber immerhin war sie dem Händler in den Arm gefallen. »Ich danke Euch«, sagte Ymme höflich.

»Man hilft sich gegenseitig, nicht wahr?« Die Alte kicherte hinter ihrer flachen Hand, vermutlich um die Zahnstummel zu verdecken, und Ymme wandte sich wieder dem Händler zu.

»Fünfzehn Grana also«, verlangte dieser.

Er würde wohl nicht weiter heruntergehen, und Ymme hatte das Feilschen sowieso satt. Sie bezahlte schweigend.

»Morgen, wenn Gott will, wird es besser«, sagte der Händler hochzufrieden.

Zu Ymmes Erstaunen schloss sich die Alte ihnen an, als sie weitergingen. Ymme spürte ihre Hand von Zeit zu Zeit auf der Hüfte, und es gelang ihr nicht einmal, sie abzuschütteln, als sie das Tempo beschleunigte. Constanza zupfte beharrlich an ihrem Gewand. Ymme fühlte sich regelrecht bedrängt von den Frauen an ihren Fersen.

Plötzlich warf Constanza sich ihr an den Hals. »Das ist die Giftmischerin Pellagra«, hauchte sie Ymme ins Ohr. »Ihr dürft nicht mit ihr zusammen gesehen werden! Wir müssen sie abhängen!«

Ymme reichte Constanza die Hand und begann zu laufen.

»Wartet!«, kreischte Pellagra hinter ihnen her.

Das Letzte, das Ymme von ihr sah, bevor sie abbogen, war der knochige Finger der Alten, der hoch über ihrem Kopf in ihre Richtung wies und dann in der Menge verschwand, offenbar weil jemand sie umstieß.

Constanza kämpfte sich durch den Strom der Passanten, sprang über Warenkörbe hinweg und tauchte unter Sonnensegeln hindurch. Mehrmals schlüpfte sie durch Torbögen in die sarazenischen Sackgassen, die Ymme auch aus Toledo kannte, aber wie durch ein Wunder fand sie stets einen Durchgang zur nächsten größeren Straße.

Keuchend folgte Ymme ihr ein abschüssiges Gässchen entlang und durch eine unbewachte Pforte in der Stadtmauer. Dahinter fanden sie sich in einer anderen Stadt wieder. Ymme fühlte sich sofort an die Juderia von Toledo erinnert. Sie ging am Flussufer in ärmliche Hütten aus gelben Bruchsteinen, Schwemmholz und Schilfwänden über.

»Dies ist die Giudeca«, erklärte Constanza verächtlich. »Kein Grund, sich hier umzusehen. Wir müssen ohnehin weiter.«

Endlich, nachdem sie das Elendsviertel durchquert und durch ein weiteres Tor das alte Palastviertel der Araber betreten hatten, blieb Ymme mitten auf einem kleinen Platz unter Bäumen stehen. »Ich kann nicht mehr«, keuchte sie. »Was ist eigentlich los? Warum rennst du so? Die Alte kann uns doch bis hierher nicht gefolgt sein.«

Constanza musterte eine hohes Gebäude ohne Fenster auf der anderen Straßenseite. »Nein, die Pellagra würde bestimmt auch nicht hierher in die Khâlisah kommen, wo es keine Märkte gibt. Aber der Spitzel, dem sie ein Zeichen gab, der ist hinter uns her. Kommt, Dama, wir müssen hier weg. Dies war in früheren Zeiten das Gefängnis des Sultans. Aber die Leichen sind ganz neu. Sie hängen hier zur Abschreckung, und ich habe keine Lust, eine von ihnen abzulösen.«

Stumm vor Schreck blickte Ymme durch das Tor auf zwei Galgen in der Mitte des Hofes und einen Schandpfahl in einer Ecke, an dem ein Mann in zerrissener Kleidung angekettet auf dem Boden lag.

»Das plätschernde Wasser soll das Stöhnen überdecken«, erklärte Constanza eifrig und setzte sich wieder in Bewegung.

Die Brunnen waren wirklich das einzig Angenehme an dem ganzen Anwesen. Ymme wandte schaudernd den Blick ab und eilte hinter dem Mädchen her, das auf einen Lichtflecken in der Stadtmauer jenseits des Parks zusteuerte.

Welch ein Anblick! Ymme trat beinahe geblendet aus dem dunklen Tordurchgang auf einen Streifen Sand, auf den die Wellen des Meeres anrollten. Zwischen der Mauer und dem Meer wuchsen Tamarisken und Palmen. Ein steinerner Lustpavillon, der noch aus des Sultans Zeiten zu stammen schien, sprach trotz seiner verfallenden Mauern und dem herangewehten umherliegenden Abfall von friedlichen, schönen Zeiten.

Constanza saß schon im schütteren Gras, als Ymme anlangte und sich neben sie fallen ließ. Nur einen Augenblick lang gestattete sie sich, den Anblick des Meeres zu genießen. »Wer ist diese Pellagra?«, fragte sie, als sie wieder zu Atem gekommen war.

»Die bekannteste Giftmischerin von Palermo«, antwortete Constanza. »Wer mit ihr zusammen gesehen wird, gerät leicht in den Verdacht, ihr Mittelchen abzukaufen.«

»Ich kenne Pellagra doch gar nicht. Warum hat sie versucht, mir zu helfen?« Ymme ahnte bereits, dass es die falsche Frage war, während sie auf die Antwort wartete. Sie griff nach einer Herzmuschel und wischte den Sand ab. »Solche haben wir zu Hause auch«, sagte sie wehmütig. »Warum sagst du nichts?«

Constanza hörte auf, ihre Unterlippe zu kneten und begann statt dessen, Figuren in den Sand zu malen. »Ich überlege, wer seinen Schnabel an Euch zu wetzen versucht, Herrin.«

»Wie bitte?«

»Wer könnte damit Geld verdienen wollen, Euch an Friedrichs Spitzel zu verraten?«

»Meinst du wirklich?«, fragte Ymme betroffen. »Ich weiß es nicht. Ich habe meines Wissens niemanden beleidigt oder verärgert.«

»Damit hat es nichts zu tun«, widersprach Constanza und versuchte vergeblich, ihr schelmisches Lachen zu unterdrücken, um Ymme nicht zu beleidigen. »Ihr seid fremd hier, und jemand will Euch ausplündern, ganz einfach.«

»Ganz einfach«, wiederholte Ymme tonlos. Als ihr eine Brise den Gestank aus den Zuckersiedereien am Fluss in die Nase wehte, wünschte sie sich plötzlich, sie säße an der schäumenden graugrünen Ostsee statt am öligen Wasser vor Sizilien.

»Wir müssen gehen«, sagte Constanza und stand auf. »Sie werden die Khâlisah bald durchkämmt haben und dann auch hierher kommen.«

»Du meinst, sie verfolgen uns immer noch?«, fragte Ymme entsetzt.

»Natürlich«, antwortete Constanza überzeugt. »Was denkt Ihr denn? Sie sind wie Jagdhunde, gut dressiert. Aber nicht immer die schlauesten.«

Sie übernahm die Führung, trottete zwei Schritte voraus, mit gesenktem Kopf und dem Korb in der Hand, wie eine gelangweilte Sklavin. Aber Ymme hatte sich inzwischen davon überzeugen können, dass Constanza solchen Situationen gewachsen war und sie ihr vertrauen konnte.

Die Mauer des Palastviertels endete vor dem runden Hafenbecken, wo dichter Verkehr aus Eselskarren und Lastenträgern herrschte. Constanza lotste Ymme über den Fischmarkt und durch ein schmales Tor in das Viertel der Sklaven, das bei den Arabern *Harat as-Saqâlibah* und bei allen anderen *degli Schiavani* hieß, bis sie wieder in die alte Stadt kamen.

»Schnell!«, fauchte Constanza, während Ymme noch auf den Palasthügel starrte, der schon beträchtlich näher gerückt war.

Die Jagd ging wieder los, obwohl Ymme nicht wusste, vor wem sie jetzt davonliefen. Wieder schlug Constanza Haken in die alten Darbs, überquerte die lärmende Marktstraße und zog sie endlich über ein paar Trümmer hinweg hinunter in einen Garten.

Zwischen Oliven, Palmen, Agaven und Efeu befanden sie sich plötzlich an einem Ort der Stille, die nur vom Plätschern des Wassers in einer mit Steinen ausgelegten Rinne durchbrochen wurde. Ymme empfand unwillkürlich Andacht.

Sie kletterte dem Mädchen in einer Art Turm nach, bis sie oben am Rande eines Kreuzgangs ankamen. Inmitten des winzigen Innenhofes befand sich ein Brunnen, dessen kuppelförmiges Dach von einer knorrigen Schlingpflanze mit orangefarbenen Blüten bedeckt war. Und rot leuchteten die Kuppeln auf dem Dach des Gebäudes, das Ymme über einem uralten Feigenbaum aufragen sah. Sie zog fragend die Augenbrauen in die Höhe.

Constanza machte ein wehmütiges Gesicht. »Früher war es eine Moschee«, flüsterte sie. »Heute heißt das Kloster San Giovanni degli Eremiti. Es gibt hier nur wenig Mönche, aber wir müssen uns trotzdem vor ihnen in Acht nehmen. Merkt Euch den Weg zum Palast, er ist nicht weit, und Ihr könntet ihn vielleicht noch einmal benötigen.«

Sie huschte gebückt durch den Kreuzgang, robbte an einer Lücke in der Mauer über die Steine und war nicht mehr zu sehen. »Kommt«, flüsterte Constanza von unten. »Keine Angst.«

Ymme sah sie unter sich auf einem schmalen Absatz stehen, ließ sich selber abwärts rutschen und landete auf hartem Boden. Constanza schlüpfte zwischen zwei Mauern hindurch, nahm Ymme an die Hand und tappte einen Gang entlang, in dem das Licht abnahm, bis sie sich schließlich im Stockfinstern befanden.

Endlich zeigte ein grauer Schimmer vor ihnen Tageslicht an. Constanza kletterte auf einer Leiter, der einige Sprossen fehlten, nach oben und verschwand schließlich hinter grünem Blattwerk. »Die Luft ist rein, Ihr könnt hochkkommen, Dama«, hallte es zu Ymme herunter.

Als Ymme sich oben aus dem Gebüsch befreit hatte, stand sie im Palastgarten.

»Jetzt seid Ihr nicht mehr in Gefahr, Dama«, sagte Constanza zufrieden.

Sie lächelten sich an.

Als seien sie gerade von einem gewöhnlichen Spaziergang aus der Stadt gekommen, nahm Constanza Ymme den Korb ab und schlug einen der Gartenwege zum Palast ein.

Ymme wurde zunehmend nachdenklicher. Im Schatten einer ausladenden Palme blieb sie stehen »Wenn jemand an mir Geld zu verdienen versucht, weiß er, wer ich bin. Und dann war doch die ganze Flucht sinnlos, Constanza. Oder glaubst du, dass ich im Palast sicher bin?«

»Oh nein! Es ist noch nicht entschieden, wer der Auftraggeber ist«, meinte Constanza überzeugt. »Der kann im Palast leben, oder in den Rîbats am Meeresstrand. Aber so ist Euch erst einmal erspart geblieben, Euch von den Spitzeln freikaufen zu müssen. Heute solltet Ihr entkommen, glaubt mir, Dama! Bei uns sagt man: Wenn Gott einen Plan gefasst hat, führt er ihn auch aus.«

»Ich kenne den Koranvers aus Toledo«, sagte Ymme lächelnd.

Constanza sah sie überrascht an. »Ja, ich habe schon gemerkt, dass Ihr ein Mensch seid, Dama.«

Ymme fand nur ganz kurz Zeit, Cornelius über die Verfolgungsjagd zu berichten, und er flüsterte ihr zu, dass er inzwischen herausbekommen habe, was mit Constanzas Schwester und dem Kind passiert war.

»Bitte, kommt jetzt«, quengelte Moro ungeduldig.

Jolanthe saß auf der mit Mosaiksteinen belegten Bank am Fenster und schaute mit starrem Blick auf Palermos Kirchturmspitzen und Klöster. Von Zeit zu Zeit schlug sie das Kreuz. »Was fällt Euch ein, Euch ohne meine Erlaubnis zu entfernen!«, schnaubte sie ohne sich umzuwenden, als sie Ymme eintreten hörte.

»Ich glaubte nicht, dass ich eine Erlaubnis benötige«, antwortete Ymme fest, als ihr einfiel, dass sie an ein Protokoll gebunden war, auch ohne eine Sklavin zu sein. Sie ging für einen sehr kurzen Moment in die Knie. »Ich habe mich von der Kanzlei informieren lassen, welche Pflichten und Rechte ich habe. Zu meinen Rechten gehört das Erstehen von Kräutern auf dem Suq nach freiem Ermessen.«

»Und zu Euren Pflichten, mich zu informieren, welche dies sind und wozu Ihr sie benötigt«, versetzte Jolanthe giftig. »Und wehe Euch, wenn sie für anderes als meine Gesundheit gekauft wurden!«

»Durchaus nicht, Eure Erhabenheit«, erwiderte Ymme. »Ich habe frische Zitronenmelisse besorgt. Daraus lässt sich ein schmackhafter Tee bereiten.«

»Pah! Glaubt Ihr, ich wüsste das nicht«, sagte Jolanthe verächtlich. »Ich will ihn nicht, ich habe gerade Mandelmilch und Konfekt bestellt.«

»Zitronenmelisse hilft, Wünsche zu erfüllen«, sagte Ymme ruhig.

»Wünsche?« Jolanthe drehte sich zu ihr um, sichtbare Neugier in den Augen. »Zaubert Ihr auch, Dama de Lubicense?«

»Nein, Eure Erhabenheit, nicht ich erfülle die Wünsche. Ich errate sie nur und helfe, sie zu verwirklichen.«

Jolanthe blieb eine Weile stumm, während sich auf ihren fülligen Zügen, die auch durch Schminkkunst nicht schmaler wurden, widersprüchliche Gefühle spiegelten. »Glaubt Ihr denn, ich hätte solche Wünsche?«, fragte sie endlich.

»Doch, ganz bestimmt«, sagte Ymme überzeugt. »Ihr habt nicht ohne Grund eingewilligt, einen Kaiser zu heiraten, der Herrscher über die Hälfte der Welt ist.«

Jolanthe ballte die Fäuste. »Das einzige Ergebnis meiner Heirat war, dass ich Jerusalem verloren habe, obwohl ich die rechtmäßig gekrönte Königin der Stadt bin. Nicht einmal einen Mann habe ich in meinem Dienst, der für mein Recht eintreten könnte. Ich habe mir deshalb die beste Alraune besorgt, die zu haben war, aber noch hat sie ihre Wirkung nicht entfaltet.«

»Ich glaube nicht, dass eine Alraune in diesem Fall helfen kann. Aber Ihr habt es selbst in der Hand, an Friedrichs Seite zu stehen«, fuhr Ymme fort, »als Kaiserin des Römischen Reiches Deutscher Nation, Königin der beiden Sizilien und Königin der Heiligen Stadt Jerusalem: Sind diese Titel nicht Eure geheimen Wünsche? Die Könige der ganzen Welt werden zu Euren Füßen liegen, wenn Ihr sie erst tragt.«

Jolanthe starrte Ymme an. Hoffnung und Misstrauen wechselten auf ihrem Gesicht.

Ymme hoffte, dass sie nicht zu stark übertrieben hatte. Aber es gab nur diesen einen Weg, um Jolanthes und Friedrichs Wünsche unter einen Hut zu bringen.

Plötzlich runzelte Jolanthe die Stirn. Ihre Lippen wölbten sich missmutig.

»Eure Kusine, die Seiner Erhabenheit für eine Nacht als Mätresse zu Diensten war, wird sich zu Tode ärgern«, fuhr Ymme fort, bevor Jolanthe ihren Einwand geltend machen konnte. Sie war darauf gefasst, der in Jolanthes Reichweite stehenden Kupferkanne auszuweichen.

Aber Jolanthes Züge hellten sich auf. »Das stimmt«, pflichtete sie bei. »Nur: Wer soll den Kaiser überreden, dass er mich anerkennt? Wenn mir nicht einmal das Alräunchen hilft ... Wollt Ihr es mal sehen?«

Ymme hatte keine Wahl, obwohl es sie Überwindung kostete. »Gern. In meiner Heimat gibt es sie nicht, es tauchen dort nur Fälschungen auf. Eine echte Mandragora habe ich noch nie gesehen.«

»Ich wusste, dass Ihr aus einem zurückgebliebenen, bedauernswerten Land kommt, Dama«, sagte Jolanthe ungewöhnlich mitfühlend. Dann rutschte sie von der Bank und zeigte auf einen mit Brokatstoff überzogenen Schemel. »Setzt Euch dahin.«

Beklommen betrachtete Ymme die verschrumpelte Wurzel im Seidenkleid, die Jolanthe ihr mit der gleichen Andacht in den Schoß legte, wie sie eine Reliquie behandelt haben würde.

»Ich bade sie jeden Freitag«, erzählte Jolanthe treuherzig. »Geschrien hat sie nie. Geholfen aber auch nicht. Vielleicht erwartet sie mehr von mir. Nur weiß ich nicht, was ...«

»Es könnte sein«, sagte Ymme behutsam, »dass sie über einen Kaiser keine Macht hat. Wer weiß schon alles über Alraunen?«

»Glaubt Ihr das?«, fragte Jolanthe betroffen. Plötzlich entriss sie Ymme die Wurzel und schleuderte sie wutentbrannt in Richtung auf die Fensteröffnung. Ohne anzustoßen, segelte sie durch die im unteren Teil des hölzernen Fensterladens geöffnete Klappe hinaus in den Garten.

Jolanthe sah ihr verblüfft nach, rannte dann zu ihrem breiten Bett hinüber, warf sich der Länge nach auf die Seidendecke und stützte den Kopf in beide Hände. »Jetzt erzählt mir, was zu tun ist! Und wagt nicht, etwas auszulassen!«

Nur die engsten Vertrauten des Kaisers waren anwesend. Es war einer der Abende, an denen es kein Protokoll gab, und es hieß, dass zuweilen sogar Tanzmädchen die handverlesene Runde erfreuten. An diesem Abend gab es zur Belustigung keine Tanzmädchen, sondern den Troubadour Cornelius.

Er saß an der Wand auf einem dicken Kissen und wartete auf die Aufforderung zum Spielen, was ihm Gelegenheit gab, die Gäste unauffällig zu beobachten. In der großen Gesellschaft, an der auch die Gemahlinnen zugegen gewesen waren, war Politik natürlich nicht zur Sprache gekommen. Hier aber hoffte er auf aufschlussreiche Informationen.

Scheinbar gedankenverloren zupfte er an den Saiten. Auf keinen Fall würde er sich noch einmal gestatten, derart die Beherrschung zu verlieren wie zuletzt, als Ymme das arabische Gedicht vorgetragen hatte. Ohnehin wunderte er sich, dass der Kaiser es ihm nicht nachtrug.

Die Gäste saßen in lockerer Verteilung auf bequemen Scherenstühlen neben kupfernen Tabletts, auf denen Karaffen mit unterschiedlichen Weinen bereitstanden.

Neben dem Kaiser befand sich auf einem Tablett ein nicht beendetes Schachspiel. Er konnte auch witzig und liebenswürdig sein und verstand es, Menschen für sich einzunehmen, wie Cornelius im Laufe des Abends festgestellt hatte. »Seid Ihr froh, Nicolaus, dass Ihr endlich die Vogelfedern mit der Schreibfeder tauschen durftet?«, hörte er Friedrich fragen.

»Von Herzen, Eure Erhabenheit, aber ich würde mich freuen, beides verbinden zu dürfen. Ich würde Euch gerne als Schreiber für Euer Vogelbuch dienen!« Der Valet glühte vor Diensteifer, und Friedrich betrachtete ihn mit einem Schmunzeln.

»Keine schlechte Idee«, meinte er. »Vielleicht komme ich darauf zurück.«

»Beherrscht Ihr auch solche Künste, Cavaliere Cornelius? Oder lernen Ritter in den Burgen Deutschlands ausschließlich den Turnierkampf zur eigenen Unterhaltung und das Lautespielen zur Unterhaltung der Damen?«

Cornelius brachte die Saiten mit der flachen Hand zum Verstummen und fasste den spitzzüngigen Erzbischof ins Auge. Es war bemerkenswert, dass ein Priester wagte, einen vom Kaiser fast verachteten Musikanten in das Gespräch einzubeziehen. »Der ritterliche Kampf für den

Lehnsherrn und für unseren Herrn im Himmel ist die Pflicht der Ritter, Eminenz«, antwortete er unverbindlich.

»Ah, dann werdet Ihr Euch gewiss dem Kreuzzug Seiner Erhabenheit anschließen. Er hofft sehr auf große Kontingente aus Deutschland.«

In den Worten des Erzbischofs klang naive Neugier, aber Cornelius blieb vorsichtig. »Ich wurde an diesen Hof als Sänger verpflichtet«, stellte er richtig. »Außerdem ist Waldemar mein König.«

»Schön, dann werdet Ihr ganz sicher mit uns das Heilige Land erobern«, sagte der Erzbischof überzeugt. »Als ritterlicher Gefolgsmann des dänischen Königs. Ich hörte auch, dass Ihr zu den Johannitern gehört, von denen man in diesem Teil der Welt wenig hält.«

Cornelius machte eine unbestimmte Geste und ließ eine kleine leichtfüßige Melodie erklingen.

»Geht nicht zu scharf mit ihm ins Gericht, Berard«, versetzte der Kaiser. »Deutsche Männer muss man mit Freundlichkeit behandeln, dann sind sie treu wie Hunde, zumindest ihrem Herrn gegenüber.«

Sollte das eine Beleidigung sein? Ein schneller Blick belehrte Cornelius, dass der Kaiser ihn scharf beobachtete. Plötzlich hatte er das unangenehme Gefühl, dass seine Absichten durchschaut waren.

»Darüber hinaus«, fuhr Friedrich ironisch schmunzelnd fort, »haben Deutsche häufig einen Knoten in der Zunge. Mit sizilianischer Schnelligkeit können sie sich nicht messen.«

»Ist es nicht ein etwas stumpfsinniges Dasein, nur zu singen?«, spottete ein anderer. »Und was treibt Ihr nur mit Eurer Frau? Man munkelt, dass Ihr ungewöhnlich viel Zeit mit ihr verbringt. In Sizilien macht man seiner Frau Kinder und verbringt seine freie Zeit mit Freunden. Freunde habt Ihr nicht. Und Kinder?«

Cornelius schüttelte mühsam beherrscht den Kopf.

»Nun gebt etwas zum Besten«, befahl der Kaiser.

»Sehr wohl«, murmelte Cornelius und intonierte ein Liebeslied aus der Provence.

Man klatschte höflich Beifall. Nicola della Vigna, der Justitiar, kräuselte die Oberlippe, als ob er diese Musik abscheulich fände.

Der Kaiser wandte sich dem Spielbrett zu, das er eine Weile unschlüssig gemustert hatte. »Wer spielt die Partie gegen mich zu Ende?«, fragte er plötzlich. »Ihr, Hermann?«

Hermann von Salza hob abwehrend die Hände. »Ich ergebe mich freiwillig. Lasst mich laufen, mein Kaiser.«

Augenscheinlich wollte niemand mit Friedrich spielen. Dessen Blick fiel auf Cornelius. »Wie ist es?«, fragte er. »Ein Ritter bei den Johannitern, der in Spanien gelebt und in der Provence zu singen gelernt hat, spielt auch auf sarazenische Weise. Da wette ich meinen zweitbesten Jagdfalken.«

Der Kaiser war der Einzige in der Runde, der Cornelius nicht zu unterschätzen schien. Deswegen, und weil es ihm plötzlich in den Fingern juckte, nickte er und legte die Laute beiseite. Dann nahm er dem mächtigsten Mann der Welt gegenüber Platz, als sei auch dieser nur ein einfacher Ritter.

Der Kaiser beachtete Cornelius' Formlosigkeit nicht. Er zog den Wesir, kaum dass Cornelius saß.

Er spielte durchdacht und intelligent. Aber nach sechs Zügen war er am Ende. »Asch-Schah mat«, sagte Cornelius befriedigt und sah auf.

Die Gesichter der Übrigen wirkten betreten, als hätte Cornelius gegen die Etikette verstoßen. War es etwa üblich, den Kaiser gewinnen zu lassen? Nein, das konnte niemand von ihm verlangen. Er war ein ehrlicher Spieler. Cornelius stand auf und verneigte sich.

»Ja, geht nur, Cavaliere. Ich entlasse Euch für heute«, sagte der Kaiser tonlos und winkte ihm mit dem Handrücken.

Als Cornelius sich mit der Laute unter dem Arm zurückgezogen hatte, wurde ihm klar, dass er eine Chance verspielt hatte. In diese Runde würde man ihn nicht mehr vorlassen.

Am späten Abend wurde Ymme ein zweites Mal zu Jolanthe gerufen. Teresina legte gerade letzte Hand an Jolanthes Frisur an. Die junge Frau war auf orientalische Weise in einen cremefarbenen Kaftan und ebensolche Hosen gekleidet. Der natürliche Fall des Seidenstoffes schmeichelte ihren weichen Zügen und machte sie wahrhaft zu einer Prinzessin aus einem fernen Land.

Jolanthe kicherte, als sie an Ymmes Gesicht sah, dass ihr die Überraschung gelungen war.

»Wunderschön«, sagte Ymme begeistert und klatschte in die Hände. »Eurer Erhabenheit steht diese Kleidung viel besser als die abendländische.« In den bunt bestickten Stoffen byzantinischer Machart pflegte Jolanthe auszusehen wie ein wandelndes Altartuch, aber sie hütete sich, darauf hinzuweisen.

»Der Herr möge mir verzeihen«, sagte Jolanthe in einem Rückfall in die gewohnte Frömmigkeit, »aber wir Normanninnen in Akkon haben uns alle solche Kleidung beschafft und dann Harem gespielt. In einer befreundeten Familie gab es sogar einen echten Eunuchen.« Sie legte die Hand vor den Mund, um nicht hinauszuprusten.

»Bitte hüpft nicht andauernd hin und her, Herrin«, verlangte Teresina steif. »Ich kann Euch nicht frisieren, und Ihr werdet aussehen wie ein Besen.« Es war nicht zu verkennen, dass sie mit Jolanthes Kleidung nicht einverstanden war.

Ausnahmsweise reagierte Jolanthe nicht beleidigt, sondern zog ihre Dienerin lediglich kräftig an einer ihrer schwarzen Flechten.

Ihr Gemüt war begeisterungsfähig wie das eines Kindes. Gott sei Dank, dachte Ymme und verkrampfte die Hände hinter ihrem Rücken. Offensichtlich war sie selbst nervöser als die junge Frau. Es konnte so viel noch schief gehen.

Zwischen Frisieren und Schminken trank Jolanthe den Melissentee, den Ymme in Auftrag gegeben hatte. Teresina nebelte Jolanthe gerade in einer Wolke von Moschusduft ein, als der Kaiser das Gemach betrat. In den Händen hielt er eine mit glitzernden Edelsteinen reich verzierte Halskette.

»Mein zuckersüßer Schatz«, hörte Ymme, als sie gleichzeitig mit Teresina durch die Tür in den Vorraum schlüpfte. Moro hatte sich, wie es sich für einen Eunuchen gehörte, bereits unauffällig in Luft aufgelöst.

An diesem Abend war Ymme zum ersten Mal, seitdem sie im Dienst des Kaisers stand, richtig mit sich zufrieden. Dies konnte selbst der Gedanke an die rätselhafte Verfolgungsjagd nicht trüben.

Was allerdings Cornelius ihr zwischen den duftenden Oleanderhecken zu berichten hatte, brachte Ymme jäh zum Bewusstsein, dass sie von ungelösten Rätseln und Gefahren umgeben waren. Seit ihrer Ankunft waren nun schon drei Menschen im Palast gestorben.

Die Leichen der jungen Frau und ihres Kindes waren im Teich des Lustgartens gefunden worden. Allgemein war man der Meinung, dass sie sich mit dem Kind das Leben genommen hatte, so wie es eben manchmal nach Geburten vorkam.

»Glaubst du das?«, fragte Ymme.

»Nein, natürlich nicht. Du hast mit deinem Verdacht ins Schwarze getroffen, dass Moro der Vater des Kindes war. Der Palastwächter, den Moro bestochen hatte, sie für ihn zu beseitigen, hat es mir anvertraut. Und er behauptet, jeder einzelne von ihnen sei zu schlau, um nicht eine Leiche verschwinden lassen zu können.«

»Weiß Constanza es schon?«

Cornelius nickte. »Sie wusste es spätestens von dem Augenblick an, als der Palastwächter, den sie mit Moro zusammen gesehen hatte, in die Kammer kam, um die Schwester abzuholen. Der Eunuch ist dumm und trotzdem tückisch wie eine Natter.«

Ymme seufzte. »Ich glaube, ich muss Jolanthe warnen. Wahrscheinlich setze ich damit unser gerade etwas besser gewordenes Verhältnis aufs Spiel, aber stell dir vor, sie gäbe sich der Illusion hin, er sei vollständig entmannt!«

»Das kann dein Ernst nicht sein!«

»Doch, Cornelius«, beharrte Ymme. »Jolanthe ist kindisch und durchtrieben zugleich, und Moro ist immer gegenwärtig. Wenn sie es darauf anlegt, ihn bis zum Äußersten zu reizen, kann es irgendwann zu spät sein. Für sie beide.«

Ein Tier strich wie ein Vogel über sie hinweg. Ymme sah ihm nach. Fledermäuse gab es auch zu Hause in Lübeck.

Cornelius verschränkte seine Finger mit ihren, während sie gemächlich über den Fliesenweg zur Palastmauer schritten, an dessen Ende die Treppe hinunter in den Lustgarten führte. »Jeder Tag ist wie ein Tanz auf dem Seil, findest du nicht? Wir können nur verlieren, nichts gewinnen. Ich bin hier sowieso nur ein Gaukler, der geduldet wird, weil du nicht ohne deinen Gaukler gekommen wärst. An meinem Lied fand der Kaiser keinen Gefallen, und obendrein habe ich mir beim Schachspiel seinen Zorn zugezogen.«

Ein kühler, feuchter Hauch strich über Ymmes Gesicht, als sie die letzte Stufe hinter sich gelassen hatte. »Wurden die Leichen in diesem Teich gefunden?«, erkundigte sie sich ausweichend.

»Ja, in diesem«, sagte Cornelius düster. »Weil er am nächsten zum Palast liegt, behaupten sie, dass die junge Frau sich eben noch bis dahin hat schleppen können.«

»Dann möchte ich nicht dorthin. Lass uns zum Feigenbaum gehen und zwischen seinen Wurzeln sitzen. Der Herr gebe, dass Jolanthe fruchtbar wie ein Kaninchen ist. Und wenn ihr Kind geboren ist, gehen wir nach Hause. Egal, ob es schwarz oder blond ist.« Ymme spürte Cornelius' Lächeln mehr, als dass sie es sah.

Plötzlich wurden seine Schritte schneller und sein Handgriff fester. Die hüfthohen Erdwurzeln der Feigenbäume und ihre hängenden Luftwurzeln boten einen guten Schutz für Liebende ...

Zwei Tage später stieg Ymme gerade die Treppe nach oben, als der Kaiser herabstürmte, auf den Fersen einen Falkner mit einem Vogel auf dem Handschuh. Ymme sank tief in die Hocke und bemerkte aus dem Augenwinkel die grüne Kleidung des Kaisers, die ebenfalls auf einen Jagdausflug hindeutete.

»Ah, Dama Iume«, sagte er erfreut, und blieb neben ihr stehen, um ihr aufzuhelfen. »Eure Medizin tut meiner jungen Frau sehr gut. Ich bin glücklich, das feststellen zu dürfen.«

Ymme bedankte sich mit einem Lächeln.

»Nach meiner Rückkehr aus den Madonie-Bergen will ich mit Euch reden«, sagte der Kaiser bestimmt. »Ich lasse Euch holen.«

Ymme sank wieder in die Knie und blieb dort, bis die Schritte des Kaisers verhallt waren. Sie wusste nie, ob solche Privataudienzen Gutes oder Schlechtes bedeuteten, und sie spürte wieder diese unbestimmte Furcht, die sich nicht beschwichtigen lassen wollte.

10.
Die Kanzlei

Gleich nach seiner Rückkehr von der Jagd ließ der Kaiser Ymme rufen. Protokollgemäß sank sie zu Boden. Er streckte ihr die Hand entgegen, um ihr aufzuhelfen, und sie nahm sie, etwas überrascht und ohne Arg.

Der Kaiser führte Ymme zum Fenster. Irritiert ließ sie den Blick über Palermo schweifen, bis sie ihren Irrtum bemerkte. Er beabsichtigte keineswegs, ihr die Schönheit der Stadt vor Augen zu führen.

Sein fester Griff lockerte sich, und sein Daumen strich zärtlich über ihren Handrücken. »Ihr habt keine Kinder, Dama, nicht wahr?«, fragte er unvermittelt.

»Nein«, antwortete Ymme scheu. »Der Herr hat unsere Liebe nicht mit Kindern gesegnet.«

»Vielleicht ist Euer Ehemann nicht zeugungsfähig. Bei edlen Arabern kommt das auch vor.«

Seine Direktheit schockierte Ymme. Es dauerte einen Augenblick, bis sie erkannte, dass er von Pferden sprach. Cornelius war aber kein Hengst! Leider wusste sie nicht, wie sie ihm die Ungehörigkeit seines Vergleiches klar machen sollte, ohne ihn zu beleidigen.

Er achtete ohnehin nicht darauf. »Ich habe sieben oder acht Kinder, vielleicht noch mehr«, bekannte er lächelnd.

»Wie wunderbar«, stammelte Ymme.

Statt einer Antwort zog er sie in seine Arme und küsste

sie. In ihrem Schrecken wurde sie steif wie ein Stück Holz. Aber der Kaiser ließ sich nicht beirren, kostete Ymmes Lippen und rieb sanft ihren Nacken, bis sie sicher war, dass er nicht beabsichtigte, ihr Gewalt anzutun und sich entspannte.

»Bitte nicht«, flüsterte Ymme, als es ihr gelungen war, ihre Lippen von seinen zu lösen.

»Nein, aber denkt darüber nach, welches Angebot ich Euch gemacht habe, Dama ... Noch seid Ihr nicht zu alt.«

Ihre Knie gaben von selbst nach, als ihr aufging, wie der Kaiser es gemeint hatte. Dieses Mal half er ihr nicht auf, sondern ging zu seinem Schreibtisch hinüber, um ausgiebig nach einer bestimmten Rolle zu suchen. Ymme gelang es mit Mühe, sich zu fassen, während er das Schriftstück aufrollte und sich darin vertiefte.

»Hier steht, dass die Welt von den drei Betrügern Moses, Christus und Muhammad irregeführt worden ist. Was sagt Ihr dazu, Dama Iume?«

Ymme erschrak aufs Neue. Würde er denn nie aufhören, sie zu prüfen? Wenn sie nicht aufpasste, konnte sie sich jetzt auf der Stelle um Kopf und Kragen reden. »Wer das behauptet, würde in allen betroffenen Ländern zum Tode verurteilt werden«, antwortete sie tapfer. »Es gibt jedoch noch andere Länder. Dort würde man wahrscheinlich nichts gegen diesen Satz einzuwenden haben. Es ist eine Frage des Standortes, keine der absoluten Wahrheit.«

»Gut geantwortet. Es ist noch mehr, es ist auch eine Frage des Standpunktes. Der Heilige Vater würde der Aussage zu Muhammad zustimmen. Ich bezeichne Muhammad nicht als Betrüger. Und Ihr vermutlich auch nicht, Dama Iume?«

»Nein«, sagte sie fest.

»Falsch! Ihr werdet Euch außerhalb der Mauern dieses Palastes in solchen Fragen gefälligst an die Meinung der Kurie halten. Alles andere wäre Ketzerei und damit Hochverrat in meinen Augen.«

Ymme presste die Lippen zusammen und ließ sich auf die Knie sinken. Der Kaiser runzelte die Stirn und nickte widerwillig. »Verteidigt Euch, wenn Ihr glaubt, es zu müssen.«

»Eure Erhabenheit, ich verdanke meine Kenntnisse der Tatsache, dass der Prophet Muhammad das Wissen nicht auf muslimische Gläubige beschränkt sehen wollte. An den Medresen dürfen auch Andersgläubige studieren. Und ich selber bin das lebende Beispiel dafür, dass die Heilkunde nicht davon abhängig ist, ob jemand an den Sohn des Herrn oder an seinen Propheten glaubt.«

»Das steht nicht zur Diskussion«, sagte er abweisend. »Schließlich habe ich die Universität Neapel gegründet, wo die Juristerei von Männern studiert wird, die keine Kleriker sind. Nein, es geht allein darum, dass Ihr Euch in allen religiösen Fragen an die Auslegung der Kirche zu halten habt. Ich warne Euch nicht ohne Grund.«

Besser, sie sagte jetzt gar nichts mehr. Diese Wendung des Gesprächs versetzte Ymme in Angst und Schrecken. Irgendwann würde er sie so in die Ecke drängen, dass sie sich bezüglich ihrer Exkommunikation verriet.

Aber Barmherzigkeit gehörte nicht zu den Eigenschaften des Kaisers. Er ließ sie nicht gehen, sondern nahm vielmehr eine bequeme Position ein, aus der er sie im Licht betrachten konnte. »Was haltet Ihr von verfaulenden und stinkenden Abfällen? Sollte man sie in der Nähe von Menschen verfaulen und stinken lassen?«

Ymme zog die Augenbrauen hoch. Er verstand es stets, sie aufs Neue in Erstaunen zu versetzen. Aber auf diesem Feld fühlte sie sich wohler. »Nein, das sollte man nicht. Sie ziehen Ratten an. Und in der Nähe dieser schmutzigen Tiere treten stets Krankheiten auf.«

Der Kaiser stützte sein Kinn in die Hand und ließ seinen Blick wandern, bis dieser plötzlich wie ein Pfeil erneut auf sie zuschoss. »Oder ist es umgekehrt, Dama Iume, und die Krankheiten ziehen Ratten an?«

»Ich weiß es nicht. Aber ich bin nicht dafür, es auszuprobieren.«

Er lächelte mit mildem Spott. »Gefallen Euch meine Experimente nicht?«

»Nicht, wenn sie tödlich ausgehen.« Und nicht nur seine. Aber das behielt Ymme für sich.

»Ihr seid ehrlich, das gefällt mir. Die Männer waren ohnehin zum Tode verurteilt. Was ist nun mit den Abfällen? Haltet Ihr sie für gefährlich?«

»Sie sind gefährlich und sollten vergraben oder verbrannt werden. Und anfangen sollte man damit hier im Palast.«

»Wieso? Abfall wird auf meine Anordnung ins Meer geworfen.«

»Mag sein«, sagte Ymme nachgiebig, »aber ich kenne einen ganzen Keller voll mit stinkendem Unrat. Die Ratten schaffen es nicht einmal, alles aufzufressen. Die Abfälle stammen aus der Palastküche.«

»Ich dachte, ich wäre über alles informiert, was in meinem Haus vorgeht, Dama Iume, aber das wusste ich nicht.«

Seine Verärgerung war nicht zu überhören, aber sie überraschte Ymme etwas. Es gab ja wesentlich Schlimmeres als Abfall, das ihm verheimlicht wurde. »Ich glaube, ich wurde von Euren Spitzeln bereits verfolgt«, sagte sie, ohne lange darüber nachzudenken. »Zweifellos werden sie Eurer Erhabenheit gelegentlich melden, dass ich mich in den Gewölben umgesehen habe.«

Seine blauen Augen verschwanden nahezu hinter den zusammengezogenen Augenbrauen. »Ich habe keine Spitzel«, sagte er drohend. »Es handelt sich um ein Agentensystem, das sich bereits unter den Normannen bewährt hat und das ich ausgebaut habe. Die Männer sind absolut zuverlässig. Wenn sie Euch verfolgt haben, hatten sie einen Grund dafür.«

»Ja, Eure Erhabenheit. Wenn Ihr meint«, sagte Ymme resignierend und sank wieder zu Boden.

»Eure Widerspenstigkeit ist ungehörig.«

Ymme nickte zustimmend. Es war das Einzige, in dem sie sich heute einig waren.

»Es ist genug. Geht jetzt, Dama Iume.«

Gottlob. Sie begann sich zurückzuziehen und versuchte dabei keinen Patzer zu machen, der den Kaiser veranlassen konnte, sie zurückzurufen. Nach allem, was sie bisher über ihn gehört hatte, war die Aufmerksamkeit, die er ihr widmete, ungewöhnlich, und sie hätte gerne darauf verzichtet.

»Du hast ihm gesagt, dass der Keller voll Unrat ist?«, Cornelius sah Ymme grübelnd an.

»Ja.«

»Und wie hast du ihm erklärt, was du dort zu suchen hattest?«

»Noch gar nicht. Er verwirrt mich manchmal.« Erst hatte der Kaiser sie geküsst, ohne dass sie sich gewehrt hatte, dann sie mit religiösen Fragen in die Enge getrieben, und zuletzt hatte sie ihm ein völlig unnötiges Geständnis gemacht. Ymme errötete langsam. Cornelius hatte Recht. »Im Grunde ist es doch auch belanglos.«

»Das ist es nicht, Ymme.«

Angelina erschien in der Tür. Sie sah Cornelius an, bis er ihr ungeduldig zunickte. »Da ist ein Mann, Cavaliere, der Eure Frau zu sprechen wünscht.«

»Du kannst es mir direkt sagen, Angelina!« Was zu viel war, war zu viel. Aber es war nicht zu verkennen, dass sich das Verhältnis zwischen ihr und den Frauen mit jedem Tag verschlechterte.

Die Dienerin betrachtete den Boden zu ihren Füßen. »Soll ich ihn hereinholen?«

»Ja, natürlich.«

Ein unauffälliger kurzbeiniger Mann wieselte ins Zimmer. Ymme wusste sofort, dass er ihr nicht gefiel, vor allem nicht sein düsterer schwarzer Umhang. Cornelius bewegte sich beiläufig in Richtung auf die Truhe, auf der er sein Schwertgehänge und das kurze Messer abzulegen pflegte.

»Nicht nötig, Cavaliere«, sagte der Besucher mit kehliger Stimme. »Heute mache ich nur einen Besuch. In einer vertraulichen Angelegenheit, versteht sich.«

Ymme betrachtete sein dreieckiges Gesicht voll Abscheu. Ein berufsmäßiger Gauner, ein Mann, der ohne

Ritter zu sein die Waffenhand eines anderen im Blick behielt. Sie überlegte, ob sie Angelina zur Palastwache schicken sollte, um Hilfe zu erbitten.

»Was wollt Ihr?«, fragte Cornelius barsch.

»So ist es recht«, antwortete der Mann geschmeidig, »Ihr solltet in Zukunft auf Eure Frau aufpassen wie ein Palermer, dann wird ein weiterer Besuch nicht mehr nötig sein.«

Cornelius steckte das Messer in seinen Bund.

Der Fremde lächelte mild und fuhr mit der Hand blitzschnell in sein Wams. Plötzlich wirbelte ein blinkender Gegenstand im Bogen durch den Raum und senkte sich haarscharf neben Cornelius' Knie in die Truhe. »Ich wollte Euer Beinkleid schonen«, bemerkte er, »aber zweifelt nicht daran, dass ich eine Fliege im Flug spalten kann.«

»Spaltet Fliegen, wo Ihr wollt«, versetzte Cornelius grob und setzte sich auf die Truhe. »Bei mir nicht. Bei mir lasst Eure unverschämten Finger vom Stilett. Und jetzt nennt endlich Euren Namen und Euer Begehr, damit Ihr uns schnell von Eurer Gegenwart befreien könnt.«

»Sinibaldo Ferrara, Mitglied des Ordens der Gerechtigkeit. Ich komme im Auftrag der königlichen Kanzlei.«

Ymme starrte ihn ungläubig an. Ein Strolch war er, der sie zu verblüffen versuchte.

»Weist Euch aus«, verlangte Cornelius.

»Ich selbst bin der Ausweis, kein vernünftiger Mensch würde bestreiten, dass ich ein Comestabulo bin, Cavaliere Cornelius von Fischbach.« Er lächelte, aber das machte sein Fuchsgesicht nicht freundlicher.

Cornelius wurde nachdenklich.

Ferrara holte einen sehr dunkel eingefärbten, fast schwarzen gefalteten Bogen Pergament aus einer Innentasche. Er schlug ihn auf, brauchte aber nicht hineinzusehen. »Eure Frau, Cavaliere, ist wegen Giftmischerei angezeigt worden.«

»Giftmischerei!«, rief Ymme. »Das weist mir einmal nach! In meinem ganzen Leben habe ich noch kein Gift verwendet.«

»Ich brauche nichts nachzuweisen, wie ich schon sagte«, bemerkte Sinibaldo Ferrara ausdruckslos. »Wir Mitglieder des Ordens der Gerechtigkeit sind ehrenhafte Männer, unser Wort gilt. In diesem Fall kommt hinzu, dass eine Anzeige vorliegt.«

»Meine Frau hat aber Recht«, warf Cornelius ein. »Ihr werdet uns zwar nicht sagen wollen, wer sie angezeigt hat, aber wenn wir es wüssten, könnte sie sich leicht von dem Vorwurf reinwaschen.«

»Selbstverständlich sollt Ihr erfahren, wer sie angezeigt hat, Cavaliere, so entspricht es unseren Vorschriften«, erwiderte Sinibaldo höflich. »Es ist in diesem Büchlein verzeichnet, mitsamt dem Tag, an dem die Anzeige erfolgte. Das Büchlein gehört Eurer Frau, zur ständigen Mahnung gewissermaßen. Ich muss es mir lediglich ausborgen, falls eine weitere Anzeige erfolgt. Aber die Eintragung geht schnell und wird Eure Frau nicht sonderlich belästigen.«

Ymme sank auf die Wandbank. »Wer ist es?«, fragte sie mit zitternder Stimme. »Wer hat mich angezeigt?«

Erstmals wandte sich der Comestabulo direkt an sie. »Die Anzeige erfolgte durch Moro Lo Nigro, den Eunuchen der mit dem König verehelichten Jolanthe von Brienne, Tochter des ehemaligen Regenten von Jerusalem, Johann von Brienne.«

Titel über Titel. Ymme presste die Hände auf die Ohren. Was sollte dieses ganze Lügengebilde überhaupt? Sie einschüchtern?

Cornelius sprach, ohne dass sie ihn verstand. Als Sinibaldo Ferrara den Kopf schüttelte, ließ Ymme ihre Hände in den Schoß sinken. Es war besser, dem Kommenden ins Auge zu sehen.

»Noch nicht«, sagte er. »Es ist eine Warnung an Eure Frau. Sie darf sich, solange sie sich in den Diensten Seiner Erhabenheit befindet, keinesfalls mehr mit dem Mischen von Giften befassen. Für das Zusammenstellen von Medizinen ist allein der Apotheker von Palermo zuständig. Wie alle größeren Städte hat Palermo einen Apotheker.«

»Aber ich stelle meine Medizin immer selbst zusammen«, wandte Ymme ein. »Ich habe darin Erfahrung.«

»Das mag in Lubeca so sein, in beiden Sizilien ist es durch das Gesetz des Königs verboten. Die Kanzlei hat Euch davon unterrichtet, dass Ihr Euch nach dem Gesetz des Landes zu richten habt?«

Ymme hob hilflos die Hände und ließ sie wieder sinken. »Aber nur ich weiß, welche Zusammensetzung ich für meine Medizinen benötige«, murmelte sie.

Sinibaldo Ferrara lächelte überlegen auf Ymme herab. »Ich glaube nicht, dass jemand das Mischen von Medizinen besser beherrscht als der Apotheker von Palermo. Und selbst für eine Kaiserin würde eine Hebamme aus Sizilien ausreichen, glaubt mir. Ich denke, Seine Erhabenheit wird es auch bald einsehen.«

Er warf Ymme das Pergament in den Schoß, verneigte sich knapp und verschwand ohne ein weiteres Wort.

Sie blieben beide stumm sitzen, bis Ymme das Schweigen brach. »Ich will nach Hause.«

»Dieser Moro ist wirklich ein hinterhältiger Kerl«, sagte Ymme, als sie sich beruhigt hatte. »Zu welchem Zweck versucht er, mich einzuschüchtern? Bin ich ihm im Wege, oder ist es einfach der Neid, weil Jolanthe einem Ratschlag von mir gefolgt ist?«

»Keine Ahnung. Aber warum auch immer, Moro hat sich öffentlich zu deinem Feind erklärt, Ymme.« Cornelius betrachtete immer noch das Pergament mit der Anzeige. »Du darfst ihm keine Handhabe bieten. Denk an den Tod des kleinen Sklavenjungen.«

Sie sah ihn verdattert an. »Du meinst, ich soll Jolanthe nicht vor ihrem Eunuchen warnen?«

»Ja. Du darfst es nicht riskieren. Ich würde in ständiger Angst um dich leben, Ymme.« Cornelius verschloss ihren Mund mit einem innigen Kuss. Er spürte, dass sie allmählich nachgab. »Weißt du, mir ist es lieber, Jolanthe kommt mit einem Maurenkind nieder, als dass du um ihretwillen zu Schaden kommst. Sie ist nur ein Luder.«

»Ich will es mir überlegen.«

»Das genügt mir nicht.«

»Also gut, ich verspreche es. Wenn du mit deiner unsinnigen Eifersucht aufhörst!«

Cornelius nickte feierlich.

»Da wäre noch etwas«, sagte Ymme, »was ich ganz vergessen hatte. Ich sah den Franziskanermönch Leonardo auf dem Markt. Wie der Hölle entsprungen, stand er plötzlich hinter mir, gerade als ich Schlafmohn kaufte. Stell dir vor!«

»Dann hätten wir ja schon jede Menge Zeugen für deine notorische Neigung, Gifte zu mischen«, sagte Cornelius kopfschüttelnd. »Als hätten sich alle verschworen, dich dabei zu erwischen. Dabei ist er kein Sizilianer, eher Deutscher. Was hatte er im dänischen Königreich zu suchen? Und jetzt hier? Und immer in deiner Nähe. Das kann kein Zufall sein.«

»Aber?«

Cornelius betrachtete Ymme zweifelnd. »Ich würde mich gerne für einige Stunden an seine Fersen heften. Nur musst du mir versprechen, im Palast zu bleiben, sonst hätte ich keinen ruhigen Augenblick. Angelina oder Stella könnten dir doch Gesellschaft leisten.«

»Damit ich endlich sticken lerne? Nein, wirklich nicht, Cornelius«, protestierte Ymme. »Aber wenn es dich beruhigt, rufe ich Constanza. Sie ist sehr gewitzt. Und arabisch erzogen, das darf man nicht vergessen. Im Palermo von heute kann sie es getrost mit dem Kaiser aufnehmen. Sie wird mir helfen, die Palastintrigen lebend zu überstehen.«

Mit Umsicht bereitete sich Cornelius vor, bevor er außer Sicht der Wächter den Königspalast verließ. Die Palastintrigen, denen Ymme sich ausgesetzt sah, waren vorauszusehen gewesen, weil sie sich als Fremde gut als Opfer eignete. Sie konnte ihnen aus dem Weg gehen, wenn sie sich hütete, zu sehr Partei zu ergreifen.

Der Franziskaner beschäftigte ihn weit mehr. Ein Mönch, der nichts mit dem Königshof zu tun hatte und dennoch hartnäckig sowohl in Lübeck als auch in Palermo in der Nähe von Personen auftauchte, die selbst zum Hof gehörten, hatte ein anderes Gewicht. Beinahe drängte sich der Verdacht auf, dass er sich jetzt über Ymme Zugang zum Hof zu verschaffen suchte.

Cornelius durchquerte in zügigem Tempo die alte Stadt. Erst im Sklavenviertel begann er sich herumzutreiben wie viele andere auch. Er lauschte dem rhythmischen *hey, hey*, das aus einer Moschee drang und schneller wurde, bis es mit einem lang gezogenen *Allah* endete. Beim letzten *Gottes Segen!* schlenderte er weiter. Als er der Meinung war, mögliche Verfolger von seiner Harmlosigkeit überzeugt zu haben, setzte er sich in eine Taverne.

Am Nebentisch hatte sich eine lustige Runde von Seeleuten, Fuhrleuten und Bewohnern des Viertels versammelt, die Wein tranken und würfelten. Sie erkannten schnell, dass er trotz seiner Verkleidung mit weiter Hose und Weste kein Spitzel des Kaisers war. Ihren Spott ließ er an sich abprallen, und dann dauerte es nicht mehr lange, bis sie sich zu einer Runde Wein einladen ließen und Cornelius mitten unter ihnen saß.

»Wisst ihr noch, wie Federico im Hafen mit den anderen Jungen nach Münzen tauchte?«, fragte einer der Älteren und hielt seine zitternde flache Hand in Brusthöhe vor sich. »So klein war er noch, aber er schwamm schneller als sie alle.«

»Oh, deine Erinnerungen«, warf ein anderer abwertend hin. »Er würde dich trotzdem auspeitschen lassen, wenn du versuchst, einen Bajulo zu bestechen. Auch wenn du ihn als Kleinkind zur Pasta eingeladen hattest.«

»Seine comestabuli nehmen täglich mit jedem Finger mehr ein, als ich in meinem Leben mit der ganzen Hand«, murmelte der Alte störrisch. »Wer wüsste das besser als Federico? Er muss streng sein!«

Cornelius hörte still zu. Es schien, dass der Kaiser viele Anhänger in der Bevölkerung hatte, zumindest unter den Älteren, die ihn in seiner unbeaufsichtigten Jugend durchgefüttert hatten.

Angelegentlich ergab es sich, dass Cornelius das Gespräch auf die braunen Mönche bringen konnte. Eindeutige Gesten zeigten ihm, wie unbeliebt sie waren. »Schwätzer«, sagte sein Nebenmann böse und spuckte auf den Fußboden. »Herumtreiber.«

Nach einer Weile erfuhr Cornelius, dass sich manchmal einige von ihnen bei der Kirche Sant' Antonio Abate versammelten, die den Benediktinern gehörte, aber nicht mehr benutzt wurde.

Es war eine Geduldsprobe gewesen, die sich gelohnt hatte. Hätte Cornelius die Palermer direkt nach den Franziskanern gefragt, hätten sie vermutlich sogar bestritten, jemals etwas von den Mönchen gehört zu haben.

Die Kirche war so gebaut, wie die ersten Normannen sie bei den arabischen Bauhütten in Auftrag gegeben hatten. Zwei rote Kuppeln überragten den kastenartigen Bau, die dritte war bereits eingestürzt. Ein Feigenbaum hatte sich vor dem Eingang breit gemacht. Cornelius umrundete unauffällig das Gebäude, um zu überprüfen, dass er sich am richtigen Eingang befand, und begab sich dann zu einem der überall gegenwärtigen Röster, um eine gegrillte Eierfrucht zu erstehen.

Die große Scheibe Thunfisch, die er anschließend bestellte, schmeckte zwar besser und half ihm über eine längere Wartezeit hinweg, aber Mönche ließen sich immer noch nicht sehen.

Gemächlich schlenderte Cornelius davon, in Richtung auf den nahen Markt, dessen Geräusche bis hierher drangen. Gerade als er in eine kleine Gasse einbog, huschte eine gebeugte Gestalt mit weit ins Gesicht gezogener Kapuze um die Ecke und verschwand unter dem Feigenbaum.

Cornelius ging schneller, verirrte sich in den Gassen des Gerberviertels und fand endlich zu Sant' Antonio Abate zurück.

Seltsamerweise knarrte das Portal nicht, jemand musste die Angeln geölt haben. Unhörbar schob er es wieder zu und blickte sich um. Über sich sah er freien Himmel. Die

Steine der Kuppel und Teile der Seitenwand lagen auf einem großen Haufen. Gedämpftes Gemurmel drang bis zu ihm. Gebückt schlich er hinter die Steine, mied Taubendreck und Hundekot sowie die Stellen, die nach Urin stanken.

Dann spitzte er die Ohren. Zwei Männer waren zu hören, deren schnelles Italienisch sich vom Volgare Siziliens unterschied. Der Name Federico fiel mehrmals. Sie planten etwas, an dem auch der Heilige Vater Anteil hatte.

Etwas Flatterndes strich um Cornelius' Gesicht. Während er das Tier abwehrte, verlor er den dünnen Gesprächsfaden. Plötzlich glaubte er, den Namen Iume zu hören, was eigentlich unmöglich war. Er beugte sich weiter vor. Dann bückte er sich, um sein Messer aufzuheben, das ihm aus dem Bund gerutscht war. Als er sich aufrichtete, traf ein harter Gegenstand mit unglaublicher Wucht seinen Kopf.

Ymme lernte allmählich, dass der Kaiser aufs Genaueste durchführte, was er ankündigte. Er ließ den Keller durch eine Kolonne schwarzer Sklaven putzen, als ob er in Zukunft darin Feste abzuhalten wünschte. Sie fand es ganz in Ordnung, bis Angelina ihr, zischend wie eine aufgebrachte Gans, den Zorn der Männer und Frauen aus dem Küchentrakt übermittelte. Ab sofort hatten sie den Abfall weit jenseits der Gärten und Stallungen in den Oreto zu kippen, was eine Menge Mehrarbeit bedeutete.

Ymme gelang es erst, die Schimpftirade zu beenden, als ein Bote sie in die Kanzlei befahl. Trotzdem eilte sie mit unguten Gefühlen hinter dem Jungen her, der ihr eine der Türen aufstieß und dann kehrtmachte.

Als sie eingetreten war, fiel ihr Blick als Erstes auf einen Haufen blank geputzter weißer Knöchelchen, die auf einem Schreibpult aufgeschichtet waren.

»Erkennt Ihr sie wieder, Dama?«, fragte eine dünne Stimme hinter ihr.

Ymme drehte sich um und ließ ihren Blick abwärts wandern. Der Zwerg! Sie hatte schon von ihm gehört. Er war im Palast gefürchtet, weil er im Gegensatz zum Justitiar della Vigna stets in der Kanzlei in Palermo blieb, dort geradezu zu wohnen schien, Buch über alles und jedes bis hin zur Zahl der wöchentlich verzehrten Trauben führte, und doch seltsam unsichtbar war. »Nein, Herr Notar.«

Er musterte sie aus grünen, etwas vorstehenden Augen von bemerkenswerter Kälte. Obwohl er scharf rasiert war, hob sich ein dunkler Bartschatten von der olivfarbenen Haut ab. »Man hat sie in dem Gewölbekeller, der Euch gut bekannt sein dürfte, an der Stelle ausgegraben, die Moro Lo Nigro bezeichnet hat.«

»Ja, das glaube ich«, erwiderte Ymme erbittert. »Erst vergräbt er sie, und dann zeigt er mich an. Ich habe diese Knochen noch nie gesehen.«

Der Zwerg kletterte auf einen Hocker, der vor dem Pult stand, beugte sich über die Knochen, die er mit dem besonders langen Nagel seines linken kleinen Fingers wendete, und roch daran. »Rattenknochen«, stellte er sachkundig fest. »Möchtet Ihr Moro Lo Nigro anzeigen?«

»Ja«, sagte Ymme, verwirrt wegen seiner intimen Kenntnis von Knochen, aber dankbar über den aufgezeigten Weg. »Ja, das möchte ich. Wegen Verleumdung.«

»Selbstverständlich. Euer Beweis, Dama?« Der Notar tauchte die Feder ein und legte einen Bogen Papier bereit.

Ymme starrte erst ihn, dann den Papyrus an. Dokumente, die zur Aufbewahrung bestimmt waren, wurden auf Pergament geschrieben. Papier war für Quittungen und andere Mitteilungen, die bald weggeworfen wurden. Er wusste, dass ein Beweis unmöglich war. »Ich kann es nicht beweisen«, antwortete sie leise.

»Auch gut.« Versonnen lächelnd schob der Notar das Papier zur Seite. »Dann gebt mir Euer Heftchen.«

»Welches Heftchen?«, fragte Ymme verblüfft.

»Sinibaldo Ferrara hat es Euch überreicht, Dama. Meine Comestabuli sind sehr zuverlässig.«

»Wie sollte ich denn wissen, dass ich es mitbringen muss?«, fragte Ymme kleinlaut.

»Wenn Ihr zur Kanzlei befohlen werdet, Dama, könnt Ihr es getrost schon in Euer Beutelchen packen«, sagte der

Notar streng und entließ sie mit einem Wink, der dem des Kaisers nicht unähnlich war. »Schickt Angelina damit her.«

Oh Ymme, dachte Cornelius, ich, der ich versprochen habe, dich zu beschützen, verlasse dich in einem fremden Land. Nach einer Weile stellte er erleichtert fest, dass er nicht tot war, sondern auf kleinen Mosaiksteinen lag, die ihm in den Rücken stachen. Er spürte, dass er allein war. Die Mönche mussten ihn niedergeschlagen und anschließend die Kirche verlassen haben.

Ihm schwindelte, als er sich langsam an den Vorsprüngen des Gemäuers hochzog, aber schließlich fand er das Gleichgewicht wieder und schlich hinaus. Die Hitze traf ihn wie ein erneuter Hieb, und er blieb einen Augenblick unter der Feige stehen, um Luft zu holen.

Der Röster stand noch am gleichen Ort wie vorher. Er starrte Cornelius, der wie ein Schilfhalm schwankte, mit offenem Mund an. Dann wandte er sich ab, packte Gemüse und Fische hastig zusammen und schob den Karren fort.

Sein Verhalten verwirrte Cornelius, der seine Hose betrachtete, die schmutzig, aber sonst nicht auffällig war. Erst als ihm Blut in die Augen lief und er vorsichtig seinen gefühllosen Kopf betastete, entdeckte er, dass er seine Mütze verloren und eine klaffende Wunde davongetragen hatte.

Offenbar schien es in Palermo ratsam, Opfern von Gewalt aus dem Weg zu gehen.

»Wer muss auf wen aufpassen?«, fragte Ymme liebevoll, als sie Cornelius' Platzwunde säuberte.

»Dass ein Mönch so zuschlagen würde, hätte ich nicht gedacht«, murmelte Cornelius. »Sie planen anscheinend irgendetwas gegen den Kaiser. Ich vermute, sie werden dem Hofstaat nach Foggia folgen.«

»Das wird noch einige Wochen dauern«, erwiderte Ymme. »Es hat sich herumgesprochen, dass der Kaiser seine Pläne geändert hat.«

»Und warum? Weiß man das auch?«

Ymme zuckte die Schultern. »Es heißt, er sei noch mit der Aufzeichnung neuer Erkenntnisse beschäftigt. Aber Jolanthe ist anderer Meinung.«

»Du stehst wohl gut mit ihr in jüngster Zeit?« Cornelius zuckte zusammen, als Ymme seine Kopfschwarte mit einer Nadel durchstach.

»Sei nicht so wehleidig«, sagte sie streng, um sofort wieder zu dem Punkt zurückzukehren, der sie mit ausgesprochen gemischten Gefühlen erfüllte. »Nicht gut in dem Sinne, den du meinst. Sie ist eitel und hat das Bedürfnis, jemandem mitzuteilen, dass es ihr gelungen ist, den Kaiser für sich zu interessieren. Dieser Jemand bin im Augenblick ich.«

»Und?«, fragte Cornelius und versuchte, ihrer Nadel zu entgehen.

»Deswegen halte ich es für ausgeschlossen, dass sie mir den Zwerg Naso auf den Hals gehetzt hat. Es bleibt ein Rätsel, was ich Moro getan habe, dass er mich derart verfolgen lässt. Jetzt hat er der Kanzlei die Rattenknochen zugespielt. Es steht alles in meinem schwarzen Büchlein ...« Ymme durchstach zügig die zweite Kopfhautschwarte und zog die Wunde mit einem Ruck zusammen.

»Au!«, schrie Cornelius. »Du wirst also Jolanthe nicht mehr warnen?«

»Nein, ganz bestimmt nicht! Und was war mit den Mönchen?«

»Ich konnte nicht alles verstehen«, gab Cornelius verdrießlich zu. »Aber wenn Mönche sich in aller Heimlichkeit treffen, und es fällt der Name eines staufischen Kaisers, kann es nichts Gutes bedeuten. Nur bin ich leider nicht der Mann, dem Friedrich Gehör schenken würde. Und außerdem hat er ja seinen ausgezeichneten Spitzeldienst ...«

»Eben«, sagte Ymme laut, um Cornelius' Schmerzensschrei zu übertönen, den er bei ihrem letzten Stich zweifellos ausstoßen würde. »Du hast Recht, wir müssen uns aus allem heraushalten, das uns nichts angeht.«

Die darauffolgenden Wochen schlichen dahin, es regnete viel und wurde unangenehm feuchtkalt. Die Feier zu Christi Geburt ging vorüber. Der Kaiser war immer noch nicht abgereist. Eines Morgens wurde Cornelius in die Kanzlei befohlen.

Oh je, dachte Ymme bekümmert. Jetzt würde wahrscheinlich auch er ein Heftchen überreicht bekommen. Stunden später kehrte Cornelius zurück, aufgebracht, wie sie ihn selten erlebt hatte.

»Ich muss mit dem Hof nach Foggia«, platzte er nach einer Weile heraus.

»Was? Aber das ist gegen die Abmachung«, rief Ymme.

Cornelius schüttelte den Kopf. »Genau genommen nicht. Laut Vertrag bin ich nicht zu deinem Schutz, sondern zu seiner Unterhaltung hier.«

»Und wenn du dich weigerst? Was ist dann?« Ymme war erbittert angesichts der Vorstellung, dass sie möglicherweise Monate ohne ihn in diesem Palast verbringen musste, in Gesellschaft einiger Eunuchen. Und Jolanthes. Jolanthe hatte an Erfahrung gewonnen. Und das machte sie nicht angenehmer.

»Unmöglich«, antwortete Cornelius mit einem Seufzer. »Hochverrat. Alles ist Hochverrat, was seinen Vorstellungen widerspricht. Wir reisen in drei Tagen.«

Diese drei Tage waren erfüllt mit Hektik. Überall wurde gepackt. Gottlob auch in den Kanzleiräumen, wie Ymme bemerkte, als sie zufällig daran vorbeiging. Noch hatte sie keine Ahnung, wer dableiben würde, um Jolanthe zu bedienen. Wahrscheinlich eine verkleinerte, aber alles in allem vollständige Hofhaltung. Eunuchen, Dienerinnen, Sklaven, Palastwachen, Stickerinnen, Köche. Ein Hund, ein Falke und ein Notar. Aber kein Troubadour.

Am Morgen der Abreise war Ymme schrecklich beklommen zumute. Sie lauschte Cornelius' Schritten nach, die im Treppenhaus verklangen. Sie fühlte sich ganz leer. Hoffentlich sah sie ihn jemals wieder. Mit schleppenden Schritten machte sie sich auf zu den Gemächern der Gemahlin, die nach ihr verlangte.

Über Jolanthes Räumen lag tiefe Stille. Der Eunuch war nirgendwo zu sehen, und ebenso wenig hörte sie die Kammerknaben oder Teresina mit irgendjemandem flüstern. Es wäre schön, wenn sie alle nach Foggia gingen, dachte Ymme ohne große Hoffnung und fand sich trotzdem damit ab, dass sie Jolanthe nun öfter Gesellschaft zu leisten hatte.

Zusammen standen sie am Fenster und beobachteten, wie sich vor dem Palast der Hofstaat versammelte. Es ging ähnlich zu wie bei der Ankunft. Ein Gewimmel von Sänften, Kamelen, Leoparden, Vogelkäfigen, Falken, Würdenträgern und Schwarzen, die sich im Schneckentempo zu einer Art Zug formierten. Die Leibwache ritt hauptsächlich kastanienbraune Pferde, offenbar aus der apulischen Zucht, auf die der Kaiser so stolz war. Ymme suchte nach Cornelius, ohne ihn zu entdecken.

Vermutlich hielt er sich bei den Leuten von niedrigstem Rang auf. Sie ging zwei Fenster weiter und spähte senkrecht nach unten. Aber auch zwischen den Sarazenen, die mit den Geparden auf den Kruppen ihrer Pferde abmarschbereit warteten, befand er sich nicht.

Ein dumpfes Geräusch ließ Ymme herumfahren. Sie entdeckte, dass Jolanthe ohnmächtig am Boden lag.

Teil III

Die Katakomben

11.

Die Bastonade

Ymme presste den Rücken an die kühlende Wand und trat von einem Fuß auf den anderen. Wie so oft war sie ohne Grund gerufen worden und wartete jetzt darauf, ebenso unvermittelt wieder entlassen zu werden. Jolanthe war, seitdem sie sicher war, den Sohn des Kaisers zu tragen, unerträglich geworden. Sie ließ sich in jeder Hinsicht gehen, warf mit Gegenständen, schikanierte Teresina und die anderen Dienerinnen derart, dass Ymme mehr als einmal das Bedürfnis verspürte, einzugreifen und für Ausgleich zu sorgen.

Im Schlafgemach Jolanthes herrschte wirbelnde Geschäftigkeit. Nahezu alle Personen, die zu Jolanthes Hofstaat gehörten, waren anwesend.

Als die Morgentoilette kurz vor Mittag beendet und alle Dienerinnen hinausgeschickt worden waren, rauschte Jolanthe zu dem kupfernen Tablett, auf dem ihre jeweils neuesten Errungenschaften lagen, Geschenke von Personen, die sich einschmeicheln wollten, sowie Dinge, die sie selbst hatte kommen lassen.

Mit anklagender Miene hielt sie Ymme eine goldene Kette entgegen, jedes Glied dick wie ein Daumennagel. »Was soll das?«, klagte sie. »Wozu schickt er mir die? Er soll kommen und sich nach mir erkundigen. Schließlich habe ich Beschwerden, die er nie kennen gelernt hat!«

»Eure Erhabenheit hat keine größeren Beschwerden als andere Frauen, die ein Kind erwarten«, berichtigte Ymme milde. »Während die Aufgaben Seiner Erhabenheit die jedes lebenden Menschen übersteigen: die Rückeroberung der Heiligen Stadt.«

»Ich allein bin die Königin der Heiligen Stadt!«, schrie Jolanthe erbittert. »Ich bin die Mutter des künftigen rechtmäßigen Königs von Jerusalem! Aber von mir spricht niemand.« Sie ließ die Kette fallen und trampelte mit ihren Seidenschühchen darauf herum. Ihr Gesicht verzog sich vor Schmerz, aber sie hörte nicht auf.

Ymme bemühte sich, ihr Unbehagen zu verbergen. Es war einer Königin nicht würdig, sich so gehen zu lassen. Zum ersten Mal kam ihr der Gedanke, dass der Kaiser nie beabsichtigt haben könnte, Jolanthe einen Platz an seiner Seite einzuräumen, weil er ihre Schwächen kannte.

»Weg damit! Ich will es nicht mehr sehen.«

Eines der jungen Mädchen huschte gebückt herein, um die Herrin von dem Anblick der Anstoß erregenden Kette zu befreien.

Jolanthe klatschte in die Hände. »Ich will jetzt Musik hören!«

Vier schwarze Musiker drängten sich durch die Tür, sanken auf Polster an der Wand und begannen mit ernsten Gesichtern aufzuspielen. Ymme zog sich zurück, ohne um Erlaubnis zu ersuchen. Wenn Jolanthe so weitermachte, würde es irgendwann zu einer Katastrophe kommen.

Der Palast war so still, dass es beängstigend war, wie alle Tage seit dem Auszug des Hofstaates. Ymme erschrak, als eine leise Stimme sie zur Kanzlei befahl. Der barfüßige Kammerknabe wiederholte den Befehl, als sie ihn unschlüssig anblickte.

Sie hatte sich nichts zuschulden kommen lassen, aber es war besser, sich zu beeilen. Während sie nach unten lief, kam ihr der Gedanke, dass die Aufforderung möglicherweise mit dem kaiserlichen Boten zu tun hatte, der am Vormittag aus Foggia angekommen war. Vielleicht eine

Nachricht von Cornelius. Endlich. Sie fühlte sich sehr einsam ohne ihn.

Der Zwerg erwartete sie schon. Ymmes Hoffnung sank in sich zusammen, als sie die penible Ordnung im Raum sah ohne jeden Hinweis auf Postsäcke eines Nachrichtenreiters.

Der Notar schnalzte mit der Zunge und schüttelte betrübt den Kopf, während er die leere Platte seines Pultes nach einem nicht erkennbaren Gegenstand absuchte und schließlich sogar darunter nachsah. »Ich bin untröstlich, Dama, Euch schon wieder belästigen zu müssen ...«

Ymme nickte. Sie auch.

»Man könnte Angst um Euch bekommen, Dama«, begann er schließlich. »Ihr versteht die Spielregeln dieses Landes nicht. Man muss Euch helfen, um dem König zu Diensten zu sein.«

»Erklärt Euch bitte«, sagte Ymme würdevoll.

»Nicht so eilig«, erwiderte er. »Es ist wichtig, dass Ihr Eure Situation begreift, Dama.«

Ymmes Augenbrauen zogen sich von selbst zusammen.

Der Notar nickte bedeutungsschwer. »Ja, so ist es. Im Gegensatz zu unserer Sprache, die Ihr schnell gelernt habt, außerordentlich schnell, was ich Euch gar nicht zugetraut hatte, sind Euch unsere Sitten fremd geblieben. Und Euer Ehemann, dessen Aufgabe es wäre, Euch zu schützen – ist fort. Fort.«

»Hat jemand dafür gesorgt, dass er fort musste?«, fragte Ymme, der jäh diese Möglichkeit bewusst wurde. War es vielleicht gar nicht das Bedürfnis des Kaisers nach Cornelius' Musik gewesen, sondern hatte jemand, der nicht wollte, dass er in Palermo blieb, dafür gesorgt, dass Cornelius den Kaiser nach Foggia begleiten musste?

Naso lächelte leer und faltete seine kleinen Hände auf der dunkelbraunen Platte des Pultes.

»Hat ...«

»Oh ja. Unser Großhofjustitiar, Nicola della Vigna, hat Euren Mann sehr ins Herz geschlossen. Er war es, der ihn Seiner Erhabenheit, König Federico, empfahl. Ihm ist der Cavaliere zutiefst verpflichtet. Ich weiß nicht, ob der Cavaliere das verstanden hat; spätestens nach seiner Rückkehr wird er meine Offenheit honorieren, denke ich. Es wäre ein großer Fehler, die Bedeutung dieser Empfehlung zu ignorieren.«

Ymme sah den Notar zweifelnd an. Der Justitiar hatte sich bei Cornelius nicht erkundigt, ob er diese Art der Protektion überhaupt wollte. Aber der Zwerg erwartete von Cornelius einen Dank für die Information. Hatte er sie deshalb rufen lassen?

»Nicola della Vigna, der Freund Eures Ehemannes, ist ebenfalls nicht hier. Aber auch Ihr braucht Freunde, die Euch schützen können.«

Er kam allmählich zur Sache, wie Ymme jetzt verstand.

»Man bedenke, es geschähe ein Unglück bei der Niederkunft Ihrer Erhabenheit, Königin Jolanthe«, fuhr der Notar fort. Seine Augen funkelten, als könne er sich noch viel mehr Unglücksfälle vorstellen, für deren Abwehr sie Freunde benötigte. »Wie schnell kann es da zu Gerüchten und Missverständnissen kommen. Girolamo Naso hat ebenfalls einen Ruf im Orden der Justitia!« Der Zwerg klopfte sich stolz auf die Brust.

Zweifellos. Und er schien die Absicht zu haben, Ymme unter seine Fittiche zu nehmen. »Was meint Ihr mit Gerüchten und Missverständnissen?«, erkundigte sie sich argwöhnisch.

Seine Augen weiteten sich vor Verblüffung. »Oh, Dama, Ihr seid doch als Zierde der Gebärstuben von Lubeca hierher berufen worden. Ihr müsst am besten wissen, wie schnell ein Kindchen bei der Geburt zu Tode kommen kann, oder der Fall eintritt, dass ihm ein Buckel entsteht oder etwas anderes Entsetzliches widerfährt. Für all das würde man Euch verantwortlich machen. Und der Weg zum Galgen in der Kalsa ist nicht weit.« Unversehens trübte sich seine Miene, als ob er Ymme bereits auf dem Weg dorthin sähe.

Ymmes Herz tat einige unregelmäßige Sprünge. Sie musste auf der Stelle anfangen, Jolanthe zu überwachen.

Darauf, dass dem werdenden Leben Gefahr anderer Art als durch die Natur drohen könnte, war sie noch gar nicht gekommen, aber für seine Warnung hatte Naso vermutlich gute Gründe. Sie war ihm tatsächlich dankbar.

»Übrigens ...« Der Notar sprang von seinem Hocker herunter, eilte an ein Regal an der Wand, betrachtete die herabhängenden Etiketten und zog schließlich ein Schriftstück heraus, das er mit leisem Murmeln durchlas.

Sie verstand kein Wort. Aber es war auf Papyrus geschrieben. Dann konnte es nichts Gravierendes sein.

»Schlafmohn«, murmelte Naso. »Ich wusste, da war etwas. Ja, Ihr habt Euch Schlafmohn besorgt. Euch ist bekannt, dass das verboten ist.«

»Nein, davon weiß ich nichts«, widersprach Ymme kämpferisch. »Schlafmohn ist ein ausgezeichnetes Mittel, wenn man es richtig anwendet.«

»Und Ihr könnt das, Dama? Tatsächlich? Soviel ich weiß, wächst im kalten Lubeca kein Schlafmohn. Trotzdem, da ich Euch nun ein wenig besser kenne und entschlossen bin, Euch zu helfen ... Außerdem erfreut sich die Person, die Euch angezeigt hat, keines besonders guten Rufes ...«

»Aha! War es wieder Moro?«

»Nein, Moro war es nicht.« Naso bestieg wieder seinen Hocker und begann das Papier mit nachdenklicher Miene über einer brennenden Kerze hin und her zu schwenken.

Als vom Rand ein dünner Rauchfaden aufstieg und der Notar das Flämmchen ausblies, begriff Ymme. »Ich würde mich natürlich erkenntlich zeigen«, stieß sie fast gegen ihren Willen hervor.

»Das könnte helfen«, räumte Naso ein. »Man könnte die Person mit einigen Münzen zufriedenstellen. Sagen wir: mit zwanzig Augustalen.«

Ymme erschrak zutiefst. »Wer war es? Sagt mir zuerst das.«

»Pellagra, die Kräutersammlerin.«

»Pellagra? Ich habe so viel Geld nicht«, wandte Ymme verstört ein. »Außerdem sind die Augustalen dem Kaiser vorbehalten, soviel ich weiß.«

Naso nickte mitfühlend. »Wer hat schon zwanzig Augustalen?«, fragte er und stieß einen Seufzer aus. »Aber die Frau ist schlau, die kennt den Wert ihrer Mitteilung. Ich werde die Summe im Wert von zweiundzwanzig Tarí vorstrecken, und Ihr bleibt sie mir schuldig. Wenn Ihr nur Euren werten Namen unter das Dokument setzen wolltet, Dama ...« Er winkte Ymme zu sich und entrollte vor ihren Augen flink ein Stück Pergament, das er an den Ecken beschwerte.

Er hatte die Schuldverschreibung bereits vorbereitet. Ymme empfand ein unbestimmtes Gefühl der Beunruhigung, als sie das Schriftstück durchlas, aber das legte sich, als Naso die Anzeige vor ihren Augen verbrannte. Er warf die Reste in eine kupferne Schale, klopfte sich die Asche von den Händen und lächelte Ymme wohlwollend an.

Sie lächelte willenlos zurück, aber erleichtert, dass die Anzeige aus der Welt war. Sie unterschrieb.

Erst als sie mit weichen Knien im Flur stand, fiel ihr ein, dass der Notar ja jederzeit eine neue Anzeige schreiben konnte. Und überdies wirkte Pellagra nicht wie eine Frau, deren Gewohnheit es war, zweiundzwanzig Tarí für einen Dienst zu fordern. Und schon gar keine *Augustalen.*

Die Stille im Palast kam Ymme jetzt noch bedrückender vor. Sie beschloss, ihr zu entfliehen, ohne erst nach oben zu gehen, um Constanza zu holen.

Als sie draußen zwischen den Palmen stand, fühlte sie sich erleichtert. Einmal ohne Helfer, Aufsichtspersonen, Wächter, oder wie immer man sie bezeichnen sollte, unterwegs zu sein, würde erfrischend angenehm sein. Obwohl ihr der Schweiß, kurz nach dem Höchststand der Sonne, an den Schulterblättern entlanglief. Fast trotzig machte sie sich auf den Weg zum Markt. Es war kurz vor Marktschluss, aber einige Händler würden noch nicht zusammengeräumt haben.

Der Gewürzhändler, bei dem sie ihren allerersten Einkauf in Palermo getätigt hatte, grinste freundlich, als sie unter seine Markise trat. »Die Dama aus dem Palast«, begrüßte er sie. »Dein Tag werde glücklich.« Seine Hände deuteten den Selâm-Gruß an und verwiesen dann übergangslos auf die noch nassen frischen Kräuter.

»Leb tausend Jahre«, dankte Ymme höflich und nahm voller Genugtuung zur Kenntnis, dass sie seine Stimmung genau richtig getroffen hatte.

Plötzlich umwölkte sich sein Gesicht. Er beugte sich zu Ymme vor, um ihr ins Ohr zu flüstern. »Du und dein Ehemann ebenfalls. Hast du Nachricht von ihm und weißt, dass es dem Cavaliere gut geht?«

»Nein«, sagte Ymme tonlos und erkannte Bekümmerung in seinen nussbraunen Pupillen. »Überhaupt keine Nachricht. Warum?«

»Es gehen Gerüchte um. Ich will dich nicht beunruhigen, Dama«, murmelte er. »Es heißt, dass viele Männer am Hof in Foggia auf den Tod erkrankt seien; die ersten sollen bereits gestorben sein.«

»Davon weiß ich nichts«, sagte Ymme betroffen. »Aber ich bin sicher, die Kanzlei müsste darüber informiert sein. Ich komme gerade von dort. Man hätte mich bestimmt davon unterrichtet ...« Doch, ganz bestimmt sogar. Denn schließlich hätte eine solche Mitteilung, und wäre es nur der Verdacht gewesen, Cornelius könnte erkrankt sein, Nasos Warnung noch verstärkt.

»In diesem Fall vielleicht nicht, Dama.« Der Kräuterhändler schob die Unterlippe vor und wiegte seinen Kopf hin und her.

»He! Ciccu!«

Die Warnung des Händlers am Nachbarstand, der emsig damit beschäftigt war, die kleinen Melanzane, die ihren Namen Eierfrucht zu Recht trugen, zu einer Pyramide aufzuschichten, wäre in jeder Sprache verständlich gewesen.

Der Kräuterhändler warf den Kopf zurück.

»Wieso? Was ist denn los?«, fragte Ymme ratlos.

Der Händler sah sich verstohlen um, bevor er seinen Mund mit der erdigen Hand abschirmte. »Federico soll etwas ausprobiert haben. Schon als Kind stürzte er sich

Hals über Kopf in Abenteuer. Es geht angeblich um Pocken. Dass seine Männer sterben, hat er aber bestimmt nicht gewollt.«

Ymme wich mit einem Ruck zurück und starrte den Händler mit großen Augen an. Pocken waren eine furchtbare Erkrankung. Sie hatte sie nicht nur selbst in Toledo gesehen, sondern auch darüber gelesen. Ar-Razi hatte eine sehr ausführliche Abhandlung über Pocken und Masern geschrieben.

»Beunruhige dich nicht. Vielleicht ist der Cavaliere nicht dabei.« Der Mann legte eine Hand auf Ymmes Arm und drückte ihn vorsichtig.

Ein freundlicher Mann. Mitleid kannte man hier in Palermo sonst nicht. Ymme versuchte ein Lächeln und schüttelte schwach den Kopf. Wenn das Gerücht stimmte, war zweifellos auch Cornelius betroffen. Er war für den Kaiser nicht wichtiger als ein Eseltreiber. Und bei seiner Größe würde er sich als Vergleich zu einem sonnengedörrten kurzbeinigen Sizilianer bei dem Experiment bestens eignen. Mit Mühe überwand sie ihre Beklemmung. »Wer hat denn die Nachricht gebracht?«

»Die Männer eures Imam, die in braunen Kutten gehen, haben sie mitgebracht, sagt man.«

»Franziskanermönche?« Ymme runzelte die Stirn. Eine Erinnerung kam ihr in den Sinn und verflog wieder.

»Ja. Aber, Dama, nicht alles stimmt, was man hört. Palermer sind als rachedurstig bekannt. Womöglich will eine Familie der anderen Angst einjagen.«

»Gibt es denn Palermer unter den Franziskanern? Das war mir nicht bekannt«, murmelte Ymme.

Der Händler streckte statt einer Antwort alle zehn Finger von sich, einen unverständlichen Fluch auf den Lippen.

»Nicht? Aber dann kann es sich kaum um die Rache von Palermern handeln«, stellte Ymme unglücklich fest. Sie wäre weniger unruhig gewesen, wenn es sich nicht gerade um Franziskaner gehandelt hätte.

Dass er sich vielleicht geirrt hatte, wollte der Mann nicht zugeben. »Wer weiß, wer weiß«, sagte er vernehmlich und sah sich bedeutungsvoll zwischen seinen Pflanzen um. »Soll ich dir einen Korb leihen, Dama? Ich weiß, du bringst ihn zurück.«

»Ja, sehr gern«, antwortete Ymme und wählte zum Dank mehr Pflanzen, als sie eigentlich benötigte. Der Händler schnürte die Kräuter zu Büscheln zusammen, und sie sah sich vorsichtig um.

Am Nachbarstand prüfte ein Mann die Güte einer glattschaligen Eierfrucht, indem er sie in der Hand zerquetschte. Daraufhin entschied er sich für eine größere mit ansehnlichen Stachelblättern, die aussah wie eine Rosenknospe. War er vielleicht ein Spitzel?

Plötzlich sah Ymme den Eintrag in ihrem Büchlein schon vor sich: Verbreitung von beleidigenden Gerüchten über den König beider Sizilien. Das galt bestimmt als Hochverrat! Die Angst schnürte ihr auf einmal fast die Kehle zu.

Als sie den Korb aus geflochtenen Strohseilen in Händen hielt, schaffte sie es noch gerade, sich mit knappen Worten zu bedanken. Ihre verzweifelten Tränen verbarg sie in einem Busch von Nelken, der kräftig nach Pfeffer roch. Aber ausnahmsweise interessierten sie die unbekannten Eigenschaften von Nelken nicht.

Im Palast lief ihr Constanza bereits auf der Treppe über den Weg. »Wisst Ihr schon, dass wir umziehen, ins Jah'nat al-Ard«, schrie sie voll Begeisterung.

»Was ist das?«, fragte Ymme und blieb stehen.

»Das irdische Paradies. Es ist ein großer Park mit wilden Tieren und Bächen und Vogelkäfigen und Lustschlössern. Wir werden in Al-Azizah wohnen, das bei den Normannen die Zisa heißt.«

»Ach so! Ja, davon habe ich natürlich gehört«, sagte Ymme uninteressiert. »Gut, dass ich dich treffe. Komm mit in den Garten.«

Constanza nahm ihr schweigend den Korb aus der Hand, während sie zu dem Mauerabschnitt wanderten, von dem aus sie die roten Kuppeln von San Giovanni sehen konnten. Es lag ein gewisser Trost darin zu wissen, dass es den Fluchtweg noch gab.

»Hast du etwas über die Franziskaner gehört?«, fragte Ymme. »Gerüchte irgendwelcher Art?«

»Man redet in der Stadt von ihnen. Sie schwatzen viel, das stimmt«, sagte Constanza. »Einer von ihnen vergibt Sünden, wenn er Almosen erhält. *Um Gottes Barmherzigkeit, für den neuen Orden Christi*, ruft er, wenn er jemanden anbettelt. Wenn einer zögert, versäumt er nie, hinzuzufügen: *Nicht für den unheiligen Kreuzzug des Antichrist, so wahr mir Gott helfe.*«

»Und wer soll das sein?«, fragte Ymme zögernd.

»Der Imberadour natürlich!«

Ymme griff nach Constanzas Arm und versuchte sich zu erinnern, was Bruder Leonardo bei ihrem Aufbruch vor dem Stadttor von Lübeck gerufen hatte. Genau wusste sie es nicht mehr, aber es war eine Warnung vor dem Antichrist gewesen. »Glaubst du, dass diese Mönche mit Absicht Böses über den König sagen?«

»Bestimmt!«, antwortete Constanza überzeugt. »Gutes habe ich jedenfalls noch nie von ihnen gehört. Und es werden immer mehr.«

»Tatsächlich«, murmelte Ymme. War es denn möglich, dass der Orden der Franziskaner zu einem bestimmten Zweck Gerüchte in die Welt setzte? Um den Kaiser vor den Augen seiner Untertanen schlecht zu machen? Unter diesen Umständen war die Behauptung, dass er schuld an den Pocken sei, wahrscheinlich nur eines der besonders bösartigen. Bestimmt hielt Cornelius sich von den Kranken fern und war gar nicht in Gefahr.

»Alles in Ordnung?«, erkundigte sich Constanza besorgt. »Lasst uns in den Schatten eines Baumes gehen, Dama. Es ist unvernünftig, in der Sonne herumzustehen.«

Das bohrende Gefühl, dass sie irgendetwas übersehen hatte, ließ Ymme unbeweglich verharren. Dann wusste sie es plötzlich: Um mit Pocken zu experimentieren, wie der Händler gesagt hatte, musste man nämlich mehr über Pocken wissen als Ar-Razi. Aber auf dieser Welt gab es niemanden, der mehr wusste.

»Alles in Ordnung, Dama?«, wiederholte Constanza besorgt. »In dem Fall wäre es mir angenehm, wenn Ihr mich nicht umklammern würdet wie die Schlange die Tempeltänzerin.«

»Ja, gewiss«, antwortete Ymme, noch immer tief in Gedanken. »Was hast du gesagt? Wie die Schlange die ...?«

»Tempeltänzerin. Die kommen von weit jenseits des Meeres und der Wüsten. Die Zigeuner erzählen davon.« Constanza befreite ihren Arm und wies mit der Hand flüchtig in eine unbestimmbare Ferne.

Ymme nickte beiläufig. »Constanza, kannst du dich in Palermo nach den Franziskanern umhören?«

»Gewiss«, erwiderte das junge Mädchen. »Aber dazu müsste ich Euch über Stunden allein lassen. Wenn der Cavaliere Cornelius davon erfährt, zerfleischt er mich und wirft mich den Fischen im Bach vor.«

Ymme lächelte über das nette Wortspiel. »Ich weiß eine Lösung, mit der du nicht gegen seine Anweisung verstößt. Ich gehe mit dir.«

Constanza begann zu lachen und in die Hände zu klatschen. Ymme ließ sich von ihr anstecken.

»Wirklich als Sarazenin, Herrin?«

»Als Sarazenin«, bestätigte Ymme. »Was dachtest du denn? Die Schleier können auch sehr praktisch sein, finde ich. Man wird uns für Dienerinnen halten und überhaupt nicht beachten.«

»Das stimmt«, gab Constanza mit funkelnden Augen zu. Kleidung für Ymme aufzutreiben, war für sie kein Kunststück. Nachmittags, als es für Frauen die übliche Zeit war, den Hammâm zu besuchen, machten sie sich auf den Weg in die Stadt, von den Augen der verblüfften sarazenischen Wächter verfolgt, aber ohne angesprochen zu werden.

Sie schlüpften aus der Porta S. Agata und folgten der Stadtmauer im Bogen bis zum Platz von Sant' Antonio, wo der Röster stand, von dem Cornelius erzählt hatte. Ymme betrachtete im Vorbeigehen die gegrillten Melanzane. Man konnte ihnen nicht ansehen, dass sie langweilig schmeckten.

Constanza zog an Ymmes Hand. »Ihr müsst Euch wie eine Palermerin benehmen, damit Ihr nicht auffallt«, flüsterte sie. »Wir schauen nicht nach den Männern.«

»Es war nur die Eierfrucht«, murmelte Ymme kleinlaut.

»Keine Eier und keine Früchtchen!«, befahl Constanza streng, bevor sie in hemmungsloses Kichern ausbrach.

»Aus dem Weg, ihr Huren des Mohammedaners«, schnauzte hinter ihnen eine Männerstimme.

Ymme überlegte noch, wie sie reagieren sollte, während Constanza schlagfertig eine Antwort parat hatte: *»An-nâsir an-nasraniyya.«*

Bestimmt hatte sie Recht. Ymme stammelte wahllos einige dänische Worte, die sie mit arabischen Kehllauten versah, bis ihr noch eine Zeile aus dem Koran einfiel.

»Aus dem Weg, sage ich!« Eine Hand stieß grob gegen Ymmes Schulter.

Das gab ihr das Recht, sich umzudrehen, ohne gegen palermische Sitten zu verstoßen. Sie hatten Glück. Es war einer der Franziskaner, ein großer Kerl mit einem faltigen Kamelgesicht. Er wedelte mit seiner schmutzigen braunen Kutte und versuchte sie mit hochmütiger Miene von den quadratischen Platten, mit denen ein Teil des Platzes gepflastert war, zu scheuchen.

»Ungehobelter Mushrik!«, schimpfte Constanza, als sie beim Ausweichen stolperte und in einem Haufen Eselsdung landete.

Während der Franziskaner stehen blieb und Constanza mit zusammengezogenen Augenbrauen musterte, als ob er sich überlege, welche Strafe für sie angemessen wäre, holte Ymme ihre Hand aus den Falten des Gewandes hervor, um sich demonstrativ die Nase zuzuhalten. Gut, dass sie sich die Arme mit Walnusssud braun gefärbt hatte. Mal sehen, ob sie ihn reizen konnte. Aber nur ein verständnisloser Blick traf sie.

In diesem Augenblick schoss ein zweiter Mönch aus der Kirchentür heraus, stürzte auf den Langen zu und umarmte ihn stürmisch. »Bruder Jacopo!«, rief er ein ums andere Mal. »Schön, dass du endlich da bist! Wir haben dich mit Sehnsucht erwartet.«

»Mein Aufenthalt in Rom dauerte länger, als ich gedacht hatte«, berichtete Bruder Jacopo. »Der Erzbischof Hugo von Ostia – des Herrn Segen über ihn, möge sein Wohlwollen für unseren Orden ein langes Leben anhalten! – setzte uns seine Pläne auseinander, bis jedes Schaf unter den Brüdern sie verstanden hatte.«

»Nicht hier, Bruder Jacopo«, unterbrach ihn der andere hastig. »Palermo ist nicht Rom, musst du wissen. Aber zufällig sind in der Kirche einige Brüder versammelt, die deine Neuigkeiten bestimmt ebenfalls gerne hören möchten.«

»Wenn du die beiden verängstigten Vogelscheuchen da meinen solltest ...« Bruder Jacopos Kopf wies abfällig zu Ymme hinüber. »Die sprechen kein Latein und kein Italienisch. Nur die barbarische Sprache der Muselmanen.«

Hast du eine Ahnung, dachte Ymme, die inzwischen Constanza mütterlich in den Arm genommen hatte, was ihr Gelegenheit gab, der Unterhaltung der Mönche zu lauschen, um nur ja kein Wort zu verpassen.

Constanza spielte mit. Im richtigen Augenblick schniefte sie laut und stieß gekonnt einige Schluchzer hervor, woraufhin Ymme ihr unartikulierten Unsinn ins Ohr säuselte. Sie spürte, dass die Blicke der Männer auf ihnen ruhten.

Jacopo begann zu husten, tief aus der Brust heraus. Der Anfall weckte Ymmes Interesse, das war kein einfacher Katarrh, der Mann war ernsthaft krank.

»Seine Eminenz, der Erzbischof«, fuhr Jacopo wichtigtuerisch fort, nachdem er sich geräuspert und in den Straßenstaub gespuckt hatte, »hat Recht, wie nur einer, der die beiden Sizilien kennt. Ungläubige, wohin man sieht. Der Antichrist regiert sein Land in der Tat nicht anders als der Sultan von Bagdad! Sarazeninnen vor dem Portal von

Sant' Antonio Abate! Ihr Schamgefühl reicht nicht einmal aus, um einem Diener des Herrn aus den Augen zu gehen!«

»Das wirst du in Palermo noch öfter erleben«, sagte der andere Mönch. »Dies ist immer noch die Stadt der zwei Bücher ...«

»Muhammad! Buch! Ich nenne es Schrift des Satans!«, zischte Bruder Jacopo. Ein letzter Blick aus seinen glühenden Augen traf Ymme und Constanza, dann eilten die beiden Mönche Schulter an Schulter zum schräg gegenüberliegenden Portal der Kirche hinüber.

Ymme ließ ihren Blick nach oben wandern. Die Front der Kirche war mit einer steinernen Rosette geschmückt, und obwohl die Tür leise hinter den Mönchen zufiel, polterten sofort zwei Steine herab und blieben auf einem Schutthaufen liegen. An dieser Kirche war alles außer der Tür baufällig. Ein guter Treffpunkt für Männer, die irgendetwas Verruchtes ausheckten. »Und so was nennt sich Mönch!«, schimpfte sie.

»Böse Leute«, bemerkte Constanza zustimmend. »Und es gibt noch mehr von der Sorte. Deswegen verlassen immer mehr meiner Landsleute Sizilien.«

Ymme runzelte die Stirn. »Welche Landsleute? Du bist doch hier geboren. Und die anderen auch.«

Constanza zuckte die Schultern und dachte einen Augenblick nach. »Ja. Aber alle halten zu ihrer eigenen Gruppe, nicht einmal in Palermo mischen sie sich.«

»Dann wollen wir jetzt lieber gehen«, befand Ymme. »Dahinten kommt wieder ein Mönch. Einer von einem anderen Orden, die sich zwar auch nicht mischen ...«

»Wollen wir sie denn nicht belauschen?«, fragte Constanza enttäuscht. »Bestimmt kann man sich in dieser Kirche irgendwo verstecken.«

Ymme schüttelte den Kopf. »Zu gefährlich. Selbst Cornelius wurde niedergeschlagen, obwohl er gewandt und kräftig ist. Wir müssen uns einen anderen Weg ausdenken.« Sie glättete die Falten ihres Gewandes und machte sich auf den Weg. »Was ist? Kommst du, Constanza?«

»Bin schon da. Jetzt seid Ihr wieder der Dschanib. Und ich bin Euer Silâhî«, sagte Constanza fröhlich.

»Und das heißt?«

»*Dschanib* ist der Feldadjutant und *silâhi* der Knappe.«

»Du meine Güte«, sagte Ymme beeindruckt. »Irgendwie klingt es, als wolltest du in den Heiligen Krieg ziehen.«

»Oh, den kennt Ihr auch? Ihr seid wirklich eine Hakima!«, rief Constanza bewundernd aus.

»Gewiss. Nur misst man eine Ärztin nicht an militärischen Fähigkeiten«, widersprach Ymme und lachte leise. »Was bedeutete übrigens deine Beschimpfung, *an-nâsir* ...? An den Rest erinnere ich mich nicht.«

»Das war die reine Wahrheit, keine Beschimpfung.« Constanza lachte so sehr, dass sie sich an Ymme festhalten musste. »*An-nâsir an-nasraniyya* ist der Verteidiger des Christentums!«

Als ob Constanza allen weiteren Mönchen aus dem Weg gehen wollte, führte sie Ymme auf dem Rückweg an Darbs und Minaretten vorbei. »Aber sprecht nicht, Dama«, flüsterte sie warnend. »Die alten Männer würden bei Eurem Anblick wahrscheinlich vor Bewunderung dahinschmelzen und anschließend die Straßenköter auf Euch hetzen, weil Ihr Euch eingeschmuggelt habt.«

»Kein Wort«, beteuerte Ymme und blickte voll Erinnerungen an Toledo in die Innenhöfe, deren Tore geöffnet waren. Überall hingen Blumentöpfe, und sie hörte vereinzelt arabische Sätze, aber kaum jemand war zu sehen.

Sie kamen an einem öffentlichen Backofen vorbei, neben dem ein fliegender Zuckerbäcker seine Ware verkaufte, dann standen sie plötzlich in einer Durchgangsstraße, auf der sich Männer und hoch beladene Karren drängten. Auf der Straßenseite, die dem Anbinden von Lasttieren vorbehalten war, traten Esel und Maultiere auf der Stelle.

Plötzlich lief aus einer Gruppe von Frauen mit Kindern ein kleiner Junge direkt unter die Hinterhufe eines ausschlagenden Maultiers. Die Frauen schrien gellend.

»Nicht, Dama!«, rief Constanza, aber es war zu spät, Ymme aufzuhalten.

Sie riss sich den Schleier vom Kopf und zog inmitten der auseinander stiebenden Frauen das Kind aus dem Gefahrenbereich.

Es war bewusstlos. Ymme bettete seinen Kopf behutsam auf ihren Schleier und begann, ihn zu untersuchen. Hinter sich hörte sie Constanza mit etwas aufgeregter Stimme Erklärungen abgeben, die sie nicht verstand.

Der Junge, der vier oder fünf Jahre zählen mochte, wies außer dem halbkreisförmigen Abdruck eines Hufes oberhalb der linken Schläfe keine weiteren Verletzungen auf. Trotz der beginnenden Schwellung konnte Ymme feststellen, dass der Schädelknochen den Schlag unbeschadet überstanden hatte.

Sie drehte sich zu Constanza um, während eine der Frauen neben ihr auf die Knie fiel und laut zu klagen begann. »Constanza«, befahl Ymme, »sage ihr, dass ihr Sohn liegend nach Hause geschafft werden muss und mindestens drei Tage nicht aufstehen darf. Vielleicht wird er erbrechen. Und ich benötige auf der Stelle Wasser. So kalt wie möglich.«

Ihr entschlossener Ton wirkte. Constanza übersetzte folgsam, sauberes Wasser wurde herbeigeschafft, und die Mutter beruhigte sich ein wenig.

Ymme machte dem Jungen einen Verband aus ihrem Schleier. Als der Turban fertig war, schlug der Junge die Augen auf.

»Allâhu akbar!«, rief die Mutter erstaunt.

Die Frauen begannen durcheinander zu schwatzen, einige betrachteten Ymme neugierig.

»Ihr hättet es nicht tun sollen, Dama«, jammerte Constanza und trat nervös von einem Bein aufs andere. »Wer weiß, was jetzt passiert.«

Männer hatten in diesem geschlossenen Kreis von Frauen anscheinend nichts zu suchen, bis sich einer mit barschen Worten zu dem Jungen durchdrängte. Einen Moment fiel sein Blick auf Ymme, dann wandte er sich der

Mutter des Kindes zu, um sie anzubrüllen. Er schien ihr die Schuld am Unfall des Jungen zu geben.

Ymme zog erbost die Augenbrauen zusammen und holte tief Luft. Aber bevor sie ihm die Meinung sagen konnte, bückte der Araber sich und warf sich seinen Sohn über die Schulter.

»Nein!« protestierte Ymme scharf und ihre Hand klatschte auf seine Wange.

Das weiße Käppchen auf seinem Kopf verrutschte. Sein Unterkiefer sank herab, während er Ymme verblüfft ins Gesicht starrte.

Sie deutete unmissverständlich mit dem Zeigefinger auf den Boden. »Leg deinen Sohn sofort wieder hin! Vorsichtig. Ganz langsam! Wenn du das nicht tust, tötest du ihn.«

Mit verunsicherter Miene gehorchte er, richtete sich wieder auf und breitete fragend die Hände aus. Was nun?

»Nun wirst du ein breites Brett besorgen, eine Tür oder Ähnliches, und darauf werdet ihr ihn ... Wie heißt dein Sohn?«

»Abû l-Hasan Ibn al-Hallâl«, antwortete der Mann willig und mit einem gewissen Stolz.

»So, du bist also Essigmacher«, bemerkte Ymme nebenbei. »Ja, ihr werdet also Abû l-Hasan behutsam in dein Heim tragen. Er muss dort drei Tage flach auf dem Rücken liegen. Gebt ihm Wasser zu trinken, das ganz leicht mit Essig gesäuert ist, und wenn er essen möchte, Reis mit wenig gewürztem Lammfleisch. Tränkt den Turban immer wieder in kaltem Wasser. Das wäre alles. Und wenn ich dir noch einen persönlichen Rat geben darf: Möglicherweise kannst du es dir leisten, als Dank für die Errettung deines Sohnes der Madrasa oder der Bibliothek eine Spende zu überreichen.«

»Es wird alles geschehen, wie Du befiehlst, auch die Spende«, stammelte er und wandte sich dann an Constanza mit einer ungeduldigen, gezischten Frage.

»Hakima Iume de Toledo et Lubicensis, Dama am Hof des Imberadour Federico«, antwortete Constanza in einem Gemisch aus vier Sprachen, wobei es ihr mühelos gelang, würdig weit über ihre Jahre hinaus zu wirken.

Der Essigmacher war tief beeindruckt. Während von irgendwo herbeigeholt, ein breites Brett in den Kreis der Frauen gebracht wurde, vollführte er stumm den Selam.

Ymme ließ sich von Constanza helfen, den kleinen Abu l-Hâsan auf das Brett zu betten, streichelte ihm die Wange, grüßte knapp in die Runde und ging dann, Constanza auf den Fersen, ihrer Wege. Erst allmählich wurde ihr bewusst, dass das Ganze auch anders hätte ausgehen können.

»Allâhu akbar!«, sagte Constanza dankbar hinter ihr, und um ein Haar hätte Ymme vernehmlich mit eingestimmt.

Aber sie fühlte sich so unbehaglich in ihrer unvollständigen Verkleidung, dass sie jedes weitere Aufsehen vermeiden wollte, und nickte nur.

Am Palastportal trat ihnen einer der Sarazenen in den Weg. Die goldene Stickerei an den Kanten seines weißen Mantels wies ihn als den Leiter der im Palast verbliebenen Truppe aus. »Ihre Erhabenheit erwartet Euch auf der Stelle, Dama«, sagte er, nicht unhöflich, aber Ymme hörte den unmissverständlichen Befehl heraus.

Ymmes Magen zog sich zusammen. War irgendetwas? Dann fiel ihr ein, dass sie sich ohne Erlaubnis aus den Gemächern der jungen Herrscherin gestohlen hatte. Und seither war sie ununterbrochen auf den Beinen gewesen und hatte mit zu vielen Problemen zu tun gehabt, um an die verwöhnte eigensinnige Jolanthe zu denken. »Geh schon vor«, sagte sie leise zu Constanza und gab ihr einen nachdrücklichen Schubs, der sie aus der Reichweite des Soldaten brachte.

»Wir kümmern uns um sie.«

Hinter dem Leiter der Palastwache tauchte ein einfacher Soldat auf, auch er mit zwei beeindruckenden Krummdolchen bewaffnet. Er packte Constanza am Oberarm und führte sie auf dem Gartenweg fort. Seine Schritte knirschten auf dem Sand, Constanza stolperte neben ihm her, und das Letzte, was Ymme von ihr sah, war der bestürzte Blick, den sie ihr über die Schulter zuwarf.

Stumm vor Furcht folgte Ymme dem Palastwächter zu Jolanthes Gemächern. Als sie von einem der Knaben eingelassen worden war und in der Tür stand, setzte sich Jolanthe so heftig auf ihrem Bett auf, dass die Pralinen und Nüsse, denen sie in immer größeren Mengen zusprach, durch die Luft flogen und mit einem hässlichen Geräusch auf den Fliesen zerplatzten.

»Habe ich Euch endlich dabei ertappt, Dama«, schrie sie schrill, »dass Ihr Euch unerlaubt aus meinem Dienst entfernt! Ich hatte Euch nicht erlaubt zu gehen! Dafür werde ich Euch bestrafen!«

»Ihr habt Recht, Eure Erhabenheit. Ich habe mich entfernt, weil meine Anwesenheit Euch nicht beruhigen konnte. Eher im Gegenteil.«

Jolanthe schob die Unterlippe wie ein Kleinkind vor. »Ihr gebt es zu?«, fragte sie misstrauisch.

»Ich gebe es zu«, bestätigte Ymme. »Es geschah ja nicht ohne Grund. Ihr solltet Euch in Eurem Zustand nicht aufregen.«

»Eure Schuld, Dama.« Jolanthe war jetzt ganz kalt. »Geh in die Kanzlei!«

Erwartungsvolle Stille lag über dem Raum, als die leisen Schritte des Kammerknaben sich entfernt hatten. Jolanthe erhob sich schwerfällig aus dem Bett. Ihr durchsichtiges Gewand schwebte hinter ihr her wie große weiße Schmetterlingsflügel, als sie sich zum Fenster schob.

Das Licht des späten Nachmittags fiel auf Jolanthes Gesicht. Um die leicht geöffneten Lippen lag ein grausamer Zug. Und sie sah sehr zufrieden aus.

Ymme atmete ganz flach. Durfte die Kanzlei eine willkürliche Strafe verhängen? Oder gab es ein festes Strafmaß für ihren Fall?

Ohne dass Ymme die Tür hatte gehen hören, entdeckte sie plötzlich ein Barett, das durch die Luft schwebte. Girolamo Nasos dicker schwarzer Haarschopf berührte fast den Boden, als er sich verneigte. »Zu Diensten, Eure Erhabenheit«, murmelte er.

Ymme fiel ein Stein vom Herzen. Glücklicherweise der Notar, der sie zu schützen versprochen hatte.

»Sprecht, Naso!« Jolanthe wandte sich ihm gelangweilt zu.

Ymme zuckte zusammen, als Jolanthes ausladender Bauch im Gegenlicht sichtbar wurde. Jemand hätte sie daran hindern müssen, sich derart vor einem Mann zu entblößen. Allerdings war dieser jemand nicht sie.

»Ich habe den ganzen Nachmittag an dem von Euch vorgelegten Problem gearbeitet, Eure Erhabenheit«, sagte Naso geschmeidig und hob die Rolle in seiner Hand.

»Und zweifellos seid Ihr auf ähnliche Fälle gestoßen.« Jolanthe verschränkte die Hände unter dem Bauch und spazierte gemächlich auf und ab.

Der Notar heftete seine Augen auf den Teppich. »Auf keinen einzigen, Eure Erhabenheit. Es gibt keine Präzedenzfälle. Niemals wagte jemand, der im Dienst des königlichen Hofes stand, sich ohne Erlaubnis zu entfernen.«

Jolanthe wurde ungeduldig, Ymme erkannte die Anzeichen. Mit ihrer dicklichen kleinen Hand wedelte sie vor der Nase des Notars herum, ohne dass er zurückzuweichen wagte. »Also sagt schon, was verdient sie?«

Girolamo Naso verbeugte sich erneut bis zum Boden. »Ich weiß es nicht, Eure Erhabenheit«, flüsterte er.

Ymme erstarrte, als ihr Blick auf Jolanthes Gesicht fiel. Ein wenig aufgedunsen, aber geschminkt, wirkte sie wie ein Kröte, die im Begriff ist, sich über eine schmackhafte Fliege herzumachen.

»Dann entscheide ich. Die Dama bekommt die Bastonade. Zehn Peitschenhiebe. Es wird einige Wochen dauern, bis sie wieder in der Lage sein wird, nur den Palastgarten zu durchqueren.« Sie lachte leise wie über einen guten Witz.

Ymme hatte Mühe, sich aufrecht zu halten.

12.
Der Kopf des Kammerknaben

Nach einigen Tagen war Ymme wieder imstande, sich auf ihren dick umwickelten Füßen langsam durch die Palastflure zu quälen. Constanza ging es viel schlimmer. An die Zahl der Schläge konnte sie sich nicht erinnern. Ymme war berichtet worden, dass sie bewusstlos geworden war.

Wie es ihre Pflicht war, suchte Ymme als erstes Jolanthe auf. Die junge Frau lag auf ihrem breiten Liegebett, bohrte mit ihren langen Fingernägeln karminrote kandierte Früchte aus einem mit gelbem Marzipan überzogenen Kuchen, und beaufsichtigte die Mädchen und Frauen beim Packen.

Ymme sank zu Boden, indes Teresina eine Auswahl von Schmuck auf einem brokatbezogenen Kissen hereinbrachte.

Jolanthe warf einen gleichgültigen Blick darauf, um plötzlich ihren Sinn zu ändern. »Was habe ich gesagt, was du bringen sollst!«, schrie sie erregt. »Nur blaue Steine! Alle anderen bringen Unglück! Willst du, dass es ein Mädchen wird?« Um ihren Worten Nachdruck zu verleihen, fuhr sie Teresina mit den Nägeln durch das Gesicht.

Teresina war beherrschter, als Ymme es ihr zugetraut hätte. Blut trat aus den Striemen, aber ihre Miene zeigte keine Regung. Jolanthe verzog angeekelt ihre breite Nase und wandte sich ab, wobei ihr Blick auf Ymme fiel.

»Fort mit Euch, ich brauche Euch nicht! Haltet Euch morgen bereit. Ihr werdet auf einem Maultier neben uns reiten, damit Ihr zur Hand seid, wenn mir schlecht wird.« Sie kicherte ihr albernes Jungmädchenlachen und wedelte energisch mit dem Handrücken.

Ymme zog sich zurück und begann Kräuter und Instrumente zusammenzustellen, die sie mitnehmen wollte. Jolanthe ging es besser als den meisten Schwangeren. Obwohl die heißeste Jahreszeit angebrochen war, litt sie noch nicht einmal unter der Hitze, sie hielt es aber für ihr gutes Recht, unbeherrschter denn je zu sein.

Die Zisa. Ymme richtete ihren staunenden Blick auf das schlichte Gebäude, das allmählich aus dem Meer von Bäumen emporwuchs, nur ein wenig gestört von Jolanthes schrillem Lachen, das sich von Zeit zu Zeit aus ihrer Sänfte erhob.

Der äußere Ring von Orangen- und Olivenbäumen war offenbar bereits den Palermern zum Abernten überlassen worden, aber je mehr sie sich dem Lustschloss näherten, desto sichtbarer wurde die Arbeit der Gärtner, die Wege waren in Mustern geharkt und die Bewässerungsrinnen unter den Palmen noch feucht. Wasserflächen schimmerten durch das Grün hindurch, und am viereckigen Fischteich vor dem mittleren Portal des Schlosses waren zwei Jungen damit beschäftigt, Laub und Pinienzapfen aus dem Wasser zu fischen.

Während das Getöse des eintreffenden Hofstaates allmählich verebbte, stand Ymme im Garten, ohne sich an der Palastanlage satt sehen zu können. Der Fischteich wurde gespeist mit Wasser, das aus der Wand einer mosaikgeschmückten Halle floss und durch eine Rinne plätscherte, die mal schmaler, mal breiter war. Die Luft war frisch. Sie atmete tief durch. Es war so wunderschön hier.

»In Gottes Namen, unser Salsabil, der Paradiesbrunnen«, bemerkte eine Stimme hinter Ymme. »Aber glaubt nicht, dass Ihr hier im Paradies seid, Dama. Seid Ihr die Hakima Iume? Ich soll Euch holen.«

Sie drehte sich um und grüßte freundlich. Der Mann schien eine Art Aufseher zu sein.

Gesprächig war er nicht. Schweigend stieg er vor ihr her die Treppe hinauf bis in das oberste Stockwerk, wo Stella bereits angefangen hatte, die zwei ihnen zugewiesenen Räume wohnlich zu machen.

Ymme gab sich als Erstes dem herrlichen Luxus hin, sich mit einem tellergroßen Schwamm unter fließendem Wasser vom Staub und Schweiß der Reise zu säubern. Leise plätschernd floss das gebrauchte Wasser durch eine Rinne im Fußboden und verschwand im Loch einer Bodenfliese mitten im Raum.

Sie zog sich gerade frische Kleidung an, als Stella hereinkam.

»Heute Abend gibt es Spiedini, Dama«, verkündete sie mit wichtiger Miene. »Hackfleisch, Schafskäse und Wurst am Spieß. Uns zu Ehren wird der Verwalter zwei Schafe schlachten, und ich glaube, das haben wir mehr Euch als Ihrer Erhabenheit zu verdanken.«

»Mir?«, fragte Ymme verblüfft.

»Der Mann, der Euch heraufbrachte, ist Araber.« Aus Stellas Mund klang es zwar etwas verächtlich, aber es bereitete Ymme eine gewisse Genugtuung zu hören, dass ihr Ansehen um ein Weniges gestiegen war. Diese Entdeckung passte sehr wohl zu dem kleinen Paradies, das Zisa hieß.

Erst am nächsten Vormittag ließ Jolanthe Ymme zu sich rufen. »Was meint Ihr, werde ich nach der Geburt die Kleidung tragen können, die ich früher trug?«, erkundigte sie sich unvermittelt. Sie saß auf dem Boden, ihr kaftanartiges Gewand um sich herum ausgebreitet, und ließ spielerisch das Wasser durch ihre Finger gleiten, das auch hier im großen Saal durch eine Rinne im Boden strömte und die Luft kühlte.

Aufgrund ihrer Sucht nach Pralinen hatte sie mit Sicherheit beträchtlich zugenommen. »Nicht sofort, Eure Erhabenheit«, antwortete Ymme vorsichtig.

»Wenn der Kaiser an mir keinen Gefallen mehr findet, ist es Eure Schuld, Dama! Habt Ihr wenigstens alle Vorbereitungen für die Geburt getroffen?«

»Ja, Eure Erhabenheit. Trotzdem würde ich mit Eurer Erlaubnis gerne in den Garten gehen um zu sehen, welche Heilpflanzen es hier gibt. Vielleicht könnte einer der Gärtner ...«

»Keiner der Gärtner könnte«, unterbrach Jolanthe sie rüde. »Ihr bleibt hier in meiner Nähe! Nehmt Euch der Kinderkleidung an, wenn Ihr Euch langweilt.« Ihre Geste deutete vage auf die Truhen, die an den Wänden abgestellt waren.

Der große Saal war wohl kaum der passende Ort, um Wäsche für ein Neugeborenes aufzuheben. Um Jolanthe nicht zu reizen, sah Ymme nach und stellte fest, dass sie Recht gehabt hatte. Durch die geschnitzten Wände, die vor den Luftschächten aufgestellt waren, hörte sie die Stimmen der Dienerinnen und ging ihnen nach.

Teresina schnaubte bei Ymmes Frage verächtlich durch die Nase und erteilte einem der ihr unterstellten Mädchen den Auftrag, die Säuglingswäsche in den Saal zu bringen. Ausnahmsweise konnte Ymme ihr nur beipflichten. Die Mädchen beschäftigten sich seit Monaten mit nichts anderem.

Als sie in den Saal zurückgekehrt war, meldete der wachhabende Sarazene gerade respektvoll, dass ein Bote eingetroffen sei, der vom Vater der Erhabenheit komme. Er bringe auch Nachricht vom Imam in Rom.

Plötzlich war Ymme mit Jolanthes albernem Befehl sehr einverstanden. Jolanthes Vater hatte sich am Tag nach der Hochzeit seiner Tochter in den Schutz der Kurie begeben. Offenbar befand er sich also immer noch dort. Leise stahl sich Ymme in den Winkel zwischen der hohen mosaikverzierten Truhe und einem der Paravents, schickte das Mädchen, das ihr mit dem Korb voller Wäsche gefolgt war, wieder fort und nahm ihre Arbeit auf.

Dicht gefolgt von Moro, schlurfte Bruder Jacopo in den Gang vor den Fenstern und stieg mit finsterem Gesicht die zwei Stufen in den Saal herab, eingehüllt in eine Dunstwolke von Gerüchen. Ymme senkte den Kopf tief über die Windeln und begann sie fieberhaft zu sortieren, bis ihr einfiel, dass der Mönch ihr Gesicht ja gar nicht kannte. Ihr Herzschlag beruhigte sich wieder.

Jolanthe betrachtete den Mönch mit hochgezogenen Augenbrauen und erhob auch keine Einwände, als er linkisch einen Rundgang begann, um jede einzelne Nische des Raumes zu betrachten. Der Anblick eines fröhlich unbeschwerten Wandmosaiks, das ein Leben in paradiesischer Nacktheit darstellte, schien ihm besonders zu missfallen.

Er schlug das Kreuzzeichen und wandte sich Jolanthe zu, die immer noch neben dem Rinnsal saß, das ihm ebenfalls nicht zu gefallen schien. »Der Heilige Vater segnet Euch und versichert Euch seiner Anteilnahme. Er und der Kardinal Hugo von Ostia senden mich, um Euch Trost zu spenden und Mut zuzusprechen. Harrt aus und tut ein frommes Werk, indem Ihr Eurem Gemahl ein vorbildliches Beispiel für ein christliches Leben seid!«

Ymme musterte ihn mit gerunzelter Stirn. Glaubte er wirklich, dass eine Frau, die so sichtlich orientalischen Sitten frönte, überhaupt ernsthaft gläubig sein konnte? Aus Sicht der Kurie musste dieser ganze Palast wie heidnisches Teufelswerk erscheinen.

Er schien ihre aufmüpfigen Gedanken gespürt zu haben. Plötzlich musterte er Ymme mit misstrauischem Blick. »Ist sie eine Sarazenin? Schickt sie hinaus, Königin Jolanthe. Meine Botschaft ist nur für Eure Ohren bestimmt.«

In Jolanthe stritten sich widersprüchliche Gefühle, der Stolz, vor den Ohren Dritter als Königin angeredet zu werden sowie das Verlangen, einen Bericht aus Rom ohne Zeugen zu hören. Aber da war auch die Abneigung, von irgendjemandem eine Anweisung entgegenzunehmen. Ymme ahnte, wie sie sich entscheiden würde. Sie setzte eine bescheidene, etwas dümmliche Miene auf.

»Sie ist nur meine Hebamme, eine christliche Frau. Wie könnt Ihr etwas anderes von mir denken, Bruder Jacopo?

Sie weiß nichts von Rom. Gebt mir den Brief und sprecht unbesorgt.«

Der Mönch schüttelte den Kopf. »Einen Brief gibt es nicht. Ich musste die Botschaft auswendig lernen. Ich habe ein gutes Gedächtnis für Worte.«

Ymme legte einen Stapel Windeln auf ihre Knie und begann unter leisem Murmeln zu zählen.

Jacopo schien endgültig von ihrer Einfalt überzeugt und verlor jegliches Interesse an ihr. Einen Finger an die Nasenwurzel gelegt, sammelte er sich kurz, um die Botschaft vorzutragen. »Eurem Vater, Johann von Brienne, geht es gut. Er betrachtet sich trotz Eurer Heirat mit dem Antichrist weiterhin als Baille von Jerusalem und sorgt sich um die Heilige Stadt. Der Heilige Vater und der Kardinal stehen auf seiner Seite.«

Jolanthe hob die Hand zum Einspruch. »Sobald der Erbe des Königreiches Sizilien geboren ist und ich volljährig geworden bin, werde ich mich um Jerusalem kümmern. Ich werde Anspruch auf meinen ererbten Titel als Königin von Jerusalem erheben und, wenn das Heilige Land erobert ist, dorthin reisen! Bis dahin mag sich mein Vater Regent nennen. Sagt ihm das.«

»Ja«, sagte Jacopo verblüfft. »Darüber weiß ich nicht Bescheid. Ich bin nur das Pergament, das beschrieben wurde.«

»Nun gut«, befand Jolanthe gnädig. »Also weiter.«

»Euer Vater ist aufgebracht über das Verhalten Eures Ehemanns.«

»Ich auch«, stimmte Jolanthe von Herzen zu.

»Es gibt Absprachen zwischen dem Kardinal und Eurem Vater«, fuhr der Mönch fort, »für den Fall, dass sich die Beziehungen der Kurie zu Eurem Ehemann weiter verschlechtern sollten.«

»Wirklich?« Jolanthe erhob sich stöhnend und wanderte schwerfällig zu einem bequemen Polster hinüber. »Es wird bald so weit sein«, erklärte sie dem Mönch mit wichtiger Miene, aber Ymme sah auch, dass ihre Augen vor Neugier funkelten.

»Der Herr gebe, dass es ein Sohn wird, der frommer ist als sein Vater!« Der Mönch stieß die Worte hervor, die zweifellos nicht zu seiner Botschaft gehörten, ohne Rücksicht darauf, dass er der werdenden Mutter gegenüberstand.

Ymme hätte den Kerl aus dem Palast geworfen, aber Jolanthe hatte nichts dagegen einzuwenden.

»In der Kurie munkelt man allerdings, dass für einen Staufer jede Hoffnung vergebens ist ...«

Auf Jolanthes Lippen erschien ein kaltes Lächeln. »Ich werde ihn erziehen, deshalb wird er fromm werden. Sein Vater wird sich auf dem Kreuzzug befinden. Sein Urgroßvater starb auf einem Kreuzzug.«

Ymme schauderte es angesichts der Kälte, die Jolanthe ausstrahlte. Es hörte sich wahrhaftig an, als ob sie Friedrichs Tod ernsthaft in Erwägung zog, weil dessen Großvater Barbarossa auf dem Kreuzzug ertrunken war.

»Dieser von Kaiser Friedrich ausgerufene Kreuzzug, Königin, schwärt wie ein vergifteter Pfeil in der Brust der Kurie ...«, fuhr Jacopo emphatisch fort, bis seine Schwärmerei in einem Hustenanfall endete.

Brust der Kurie, dachte Ymme erheitert. Wo sich die wohl befinden mag?

Jacopo sah sich suchend um, fand keinen Ort für seinen Auswurf und spuckte ihn schließlich in die hohle Hand, die er an der Kutte abrieb. »Hört zu, Königin! Niemand außer der Kirche Roms darf zu einem Kreuzzug aufrufen, auch ein Kaiser nicht! Der Kardinal bittet Euch deshalb von Herzen, alles zu tun, was in Eurer Macht steht, um diesen kaiserlichen Kreuzzug zu verhindern!«

Jolanthe öffnete den Mund zu einem scharfen Tadel, der ihr im Halse stecken blieb, als ihr aufging, was er gesagt hatte. Auch Ymme verstand die Welt nicht mehr. Die Kurie konnte einen Kreuzzug *nicht* wollen?

»Euer Vater ist der Meinung, dass Ihr die letzte Rettung der Christenheit seid, dass nur Ihr auf friedlichem Wege den Kreuzzug eines Ketzers verhindern könnt.«

»Das mag wohl wahr sein«, gab Jolanthe geschmeichelt zu, »nur ist er nie da. Er hält sich meistens in Foggia auf.«

»Und bei seinen geliebten Teufelsanbetern in der Sarazenenstadt Lucera«, warf Jacopo ein. »Das alles ist der Kurie bekannt. Aber zur Taufe des Thronfolgers von Sizilien wird er kommen.«

»Wahrscheinlich. Ganz bestimmt sogar.« Jolanthes für gewöhnlich missmutige Miene hellte sich auf, als sei die nahe Rückkehr ihres Ehegemahls ihre eigene Entdeckung gewesen. »Teilt meinem Vater mit, dass ich alles Erdenkliche tun werde, um der Kurie zu dienen. Und ruft alle Heiligen an, Bruder Jacopo, dass sie mir zu Hilfe eilen.«

Der Mönch fiel auf die Knie und hielt das hölzerne Kruzifix in die Höhe, das an einem Band um seinen Hals hing. »So wahr mir Gott helfe, ich werde für Euch beten«, sagte er und küsste das Kreuz inbrünstig. »Und der Heilige Vater wird es ebenfalls tun. Verflucht soll er sein, der Antichrist!«

Den letzten Worten des Franziskaners folgte ein dumpfer Schlag, der Ymme aus ihrer angeregten Beschäftigung mit den Windeln erlöste. Sie sah auf. Der Mönch lag schwer atmend auf dem Boden.

Jolanthe klatschte träge in die Hände.

»Kümmere dich um den frommen Bruder«, sagte sie scharf zu Moro, der sich nur unwillig näherte und mit gerümpfter Nase auf die schäbige braune Kutte starrte.

Ein Gestank wie aus einer Fäkaliengrube erreichte auch Ymme. Der Mönch hatte die Kontrolle über seinen Darm verloren. Sie fragte sich, ob es sich wirklich nur um einen Anfall von frommer Ekstase handelte.

»Hat er sich vergessen?« Jolanthe beugte sich vor und forderte Moro durch eine Handbewegung auf, die Kutte zu lupfen.

Moro verschränkte die Hände auf dem Rücken und wich in kleinen Schritten zurück. Er schüttelte störrisch seinen feisten rasierten Kopf. »Zwingt mich dazu nicht, Herrin. Ein Muslim berührt kein Schwein ...«

Jolanthe ließ ihren Blick drohend auf ihm ruhen.

Plötzlich glitt er zu ihr hin, warf sich auf die Knie und streckte ihr seine Hände entgegen. »Herrin«, bettelte er, »diese Hände, in denen vor kurzer Zeit noch die wunderbarsten alabasterfarbenen Perlen dieser Welt lagen, dürfen nicht zu so niederen Diensten missbraucht werden! Das dürft Ihr Euch nicht antun, Herrin. Habt Erbarmen mit mir und mit Euch selbst!«

Was hatte denn nur dieser seltsame Vergleich zu bedeuten, der aus der arabischen Dichtung zu stammen schien? Dann erkannte Ymme trotz des Gegenlichtes, dass Jolanthe totenbleich geworden war.

Herr im Himmel! Ymme biss sich auf die Lippen, beugte sich erneut über die Säuglingswäsche und wünschte sich weit fort.

Das Klatschen einer Ohrfeige folgte, dann hörte Ymme am Rascheln von Jolanthes Gewand, dass diese sich durch den Raum bewegte, um an einer der Stellen, an der die Wand durchbrochen war, damit die kühlende Luft zirkulieren konnte, scharf an das Holz des Mushrabiyya zu klopfen. Moro brach in lautes Schluchzen aus und wankte in den Gang vor den Fenstern, durch den in diesem Augenblick Teresina hereinstürzte, gefolgt von den Kammerknaben.

»Der Mönch scheint erkrankt zu sein«, sagte Jolanthe, klirrend vor Abscheu. »Schafft ihn nach Palermo hinunter. Dama Iume, bei Eurem Leben, Ihr bleibt bei ihm und sorgt dafür, dass Bruder Jacopo den Königspalast erst verlässt, wenn er wieder auf eigenen Beinen stehen kann!«

Ymmes Hals war wie zugeschnürt, als sie auf den Boden sank. Erst als die Knaben, die schwer an der langbeinigen Gestalt des Mönchs zu schleppen hatten, außer Sicht waren, fand sie den Mut zum Widerspruch. »Es ist nicht angebracht, Euch jetzt allein zu lassen, Erhabenheit.«

»Ihr wollt damit wohl sagen, dass der Mönch Eurer Pflege nicht wert ist«, fuhr Jolanthe sie an. »Eine Lektion für Euren deutschen Hochmut wird Euch gut tun!«

»Warum nur willst du mit dem Mönch nichts zu tun haben?«, fragte Ymme ärgerlich. Eine ganze Woche hatte sie sich nach ihrer Rückkehr in den Königspalast Bruder Jacopo widmen müssen. Er war ein anspruchsvoller Kranker, und ihn zu pflegen war beinahe über ihre Kräfte gegangen.

»Ich bin eine fromme Frau«, entgegnete Angelina würdevoll. »Aber dieser neue Orden lebt nicht im Herrn. Diese Männer sind nichts anderes als verkleidete Ketzer!«

Ymme betrachtete sie nachdenklich. Die Franziskaner waren vor ihrer Anerkennung als römischer Orden als Ketzer angesehen worden. Sie konnte sich noch daran erinnern, dass sie in einem Atemzug mit den Anhängern von Arius oder Nestor genannt worden waren. Oder mit den Katharern.

Ihr Herz tat einen Sprung, als sie an ihren Winter in der Katharergemeinschaft zurückdachte. Nicht auszudenken, dass die fleißigen, von Herzen frommen Katharer, die so viele medizinische Kenntnisse besaßen, mit diesem gehässigen, schmutzigen Mönchspack über einen Kamm geschoren wurden. Außerdem waren sie zu Hunderten oder Tausenden ermordet worden. Die Mönche aber lebten und vermehrten sich wie Fliegen. »Der Heilige Vater hat sie aber anerkannt«, sagte sie provokativ.

Angelina schüttelte heftig den Kopf. »Ihr versteht nichts!«, fauchte sie. »Nichts, Dama! Diese Wandermönche predigen den Gläubigen, dass Seine Erhabenheit der Antichrist ist. Wenn seine Zeit um ist, müssen wir alle sterben. *Welt ist gewesen, dieselbe Welt wird nicht mehr sein!*«

Ymme sah sie verständnislos an. Angelina war so aufgebracht, dass von ihrer sonst zur Schau getragenen Würde nicht mehr viel übrig blieb. Ihre noch nicht aufgebundenen roten Haare ließen sie aussehen wie einen Straßenkater mit gesträubtem Fell.

Doch Angelina hatte ihrer rätselhaften Rede nichts hinzuzufügen, schwenkte nur die geschlossene Faust, aus der sie den Daumen und den kleinen Finger herausstreckte, das Zeichen des Gehörnten.

Ymme seufzte leise und machte sich auf den Weg zurück zu ihrem Patienten.

Noch war es früh am Morgen und der Palast nicht erwacht. Ymme stand im Gang an einem Fenster, das ihr den Ausblick auf die Zisa erlaubte. Die nachtfeuchte Luft strömte durch die Fensterbögen herein, und draußen sangen die Vögel. Aber was war das alles gegen das kleine Paradies der Zisa! Ymme schloss die Augen und versetzte sich in Gedanken dorthin zurück. Die Zeit hatte nicht ausgereicht, um das Lustschloss richtig kennen zu lernen, aber sie war lange genug dort gewesen, um große Sehnsucht danach zu empfinden.

»Dama!«

Der leise Ruf ließ Ymme aufschrecken und herumfahren. Wie ein Schatten huschte der Notar Naso dicht an der Wand auf sie zu. Was wollte der denn? Ymme hatte ihm nicht verziehen, dass er die Bastonade nicht verhindert hatte.

»Dama! Es spricht sich herum, dass nun bald mit der Niederkunft der Erhabenheit zu rechnen ist ...«

Ymme nickte widerwillig.

Er hielt die Hand über den Mund und flüsterte weiter, nachdem er sich vergewissert hatte, dass niemand sich in Sichtweite aufhielt. »Denkt an die Zeugen, Dama!«

Sie sah ihn offenbar so verständnislos an, dass er sich zu einer Erklärung veranlasst sah. »Bei einer königlichen Geburt müssen Zeugen zugegen sein, Ihr versteht ... Zum Schutz des Kindes, damit es später keine Gerüchte gibt, etwa, dass ein anderes untergeschoben wurde ... Zu Eurem eigenen Schutz auch.«

»Tatsächlich?« Ymme war betroffen und zugleich dankbar, dass er sie gewarnt hatte. »Und wer sollte das sein?«

»Die Palermer! Lasst die Erhabenheit auf einem der Plätze entbinden. Federicos Mutter hat es auch so gehalten. Und trotzdem gab es Gerüchte, er wäre der Sohn eines Schlachters!«

Ein Marktplatz! Ein widerlicher Gedanke! Womöglich würden Ratten an den Zehen des Kindes schnuppern. Ymme rümpfte die Nase.

Naso ließ sich von ihrem Widerwillen nicht beeindrucken. »Und denkt gelegentlich an die Augustalen! Es könnte sein, dass man ungeduldig wird.« Er vollführte mit den Händen eine der unverständlichen sizilianischen Gesten und war verschwunden.

Ymme sah ihm erbittert nach. Sie verstand sich nicht darauf, Geld zu beschaffen. Wo sollte sie es hernehmen? Ihr eigener Lohn reichte gerade für die Frauen und das Essen.

Erstmals war Ymme dankbar für die Auflage, jeden Sonntag die Messe in der Kathedrale besuchen zu müssen. Sie bot auch die Befreiung aus der Beengtheit des Palastes, die Möglichkeit, andere Gesichter sehen zu dürfen, das ganz normale Leben von Palermo. Freiheit für ein paar Stunden. Großzügig ging sie davon aus, dass der Besuch der Messe vom Hausarrest, den Jolanthe als zusätzliche Strafe verhängt hatte, nicht berührt wurde, aber ganz sicher war sie natürlich nicht.

Im Palasthof war alles still. Keine bereitstehende Sänfte wies darauf hin, dass eine von den Frauen der Würdenträger zur Kathedrale aufbrechen würde. Gut so. Zufrieden machte Ymme sich auf den kurzen Weg.

Erst als sie festlich gekleidete Menschen sah, die sich schon auf dem weiten Platz vor der Kathedrale drängten, schwankte sie für einen Augenblick. Wirkliche Freiheit wäre es, nicht zur Messe zu gehen und sich neben dem Lustpavillon vor der Kalsa in den Sand zu setzen und den Wellen zu lauschen. Aber sie wagte es nicht. Die Wahrscheinlichkeit, dass sie überwacht wurde, war groß, besonders an einem Tag, an dem der Erzbischof höchstpersönlich die Messe las.

Als Ymme die noch herumliegenden Trümmer der abgerissenen Moschee erreicht hatte, war sie bereits von Gläubigen eingekeilt. Eine Weile stand sie in den Wolken des Gestanks, der die Bedürfnisanstalt umgab. Im Gegensatz zur Bibliothek hatte man sie stehen lassen, offensichtlich aber sparte man sich die übliche gebührenpflichtige Säuberung durch einen Wärter. Vom Portal an wurde Ymme von einer Gruppe schwarz gekleideter Frauen bis vor die Absperrung im Hauptschiff getragen.

Die Messe mit ihren unendlich langen Wechselgesängen, mit dem Hinknien und Aufstehen, ließ sie über sich ergehen wie einen langen Gewitterregen. Verstohlen betrachtete sie die goldenen Einlegearbeiten und Mosaiken an den Wänden.

Als sie während des Segens aufsah, hatte sie das Gefühl, dem Erzbischof, der seinen Thron verlassen hatte, geradewegs in die aufmerksamen Augen zu blicken. Sie hatte ganz vergessen, dass sie zwischen den palermischen Frauen auffallen musste wie ein Kamillenstengel zwischen Oleanderblüten. Hoffentlich hatte der Erzbischof sie nicht schon länger beobachtet!

Sie war dankbar, als die Messe endlich vorüber war. Zu ihrem Entsetzen stand jedoch der Erzbischof mit seinen Priestern am Eingang der Kathedrale. Unmöglich konnte sie ungesehen an ihm vorbei nach draußen gelangen.

»Dama Iume, nicht wahr?«, erkundigte er sich, während sie in die Knie sank, um seinen Ring zu küssen. Sein eindringlicher Blick ruhte forschend auf ihr, aber nicht ohne Wohlwollen.

»Ja, Eminenz«, antwortete Ymme zögernd. Sie spürte, dass er sie nicht ohne Absicht angesprochen hatte.

»Seine Erhabenheit erwähnt Euch gelegentlich, Dama, wenn wir, wie es öfter vorkommt, in freundschaftlichem Gespräch zusammensitzen. Frauen sind nicht das übliche Thema eines Kaisers und eines Erzbischofs, wie Ihr verstehen werdet.«

Ymme blieb auf der Hut. »Nein, gewiss nicht«, pflichtete sie ihm bei.

»Ich will damit sagen, dass der König hohe Achtung vor Eurem Können hat, mit dem Ihr ihm mehrmals schon großen Dienst erwiesen habt.«

»Oh, das ist zu viel Ehre«, wehrte Ymme bescheiden ab. »Bisher habe ich immer noch nicht das tun können, wofür er mich nach Sizilien berief: ihm seinen Sohn in die Arme legen.«

Der Erzbischof lauschte mit wachsendem Befremden. Erst verwirrte es Ymme, dann wurde sie allmählich nervös, vor allem, als sich hinter ihr die Kirchgänger stauten. Aber Berard von Castacca hatte die Augen geschlossen und dachte gar nicht daran, sie zu entlassen.

»Der Hofstaat pflegt bei mir die Beichte abzulegen«, sagte er nach einer Weile, »aber ich bin sicher, Eure Stimme noch nie in meinem Beichtstuhl gehört zu haben.«

Ymme verschlug es vor Schreck zunächst die Sprache. »Ich habe mir einen Beichtvater eigener Wahl gesucht«, stammelte sie schließlich.

»Das steht Euch natürlich frei«, bemerkte der Erzbischof entgegenkommend. »Allein: Es ist im Kreis der Personen, denen der Kaiser sein besonderes Vertrauen schenkt, üblich, doch wenigstens an Ostern und zur Feier der Geburt Christi meinem Beichtstuhl, der auch der des Kaisers ist, die Ehre zu erweisen. Wie leicht könnte sonst der Eindruck entstehen, derjenige oder diejenige stünden in innerer Distanz zu allem, was dem Kaiser heilig ist.«

»In der Sprache des Hofes, Eminenz«, säuselte hinter Ymme eine Stimme, die verdächtig nach Girolamo Naso klang, »ist dies gleichbedeutend mit Hochverrat.«

Sie fuhr herum. Schwarz gekleidet von Kopf bis Fuß, aber mit grellfarbenen Streifen aus grüner Seide, die seine Stellung deutlich über die ihre erhoben, stand der Notar zwei Stufen höher, was ihn auf gleiche Augenhöhe mit ihr brachte, und lächelte verschlagen. Sicherlich galt das ihr, obwohl er den Erzbischof nicht aus den Augen ließ.

»Nun, nicht zwangsläufig, verehrter Notaio Naso«, widersprach der Geistliche höflich. »Es gibt gottlob viele Beichtväter in unserer Stadt, die auf der Seite des Königs stehen.«

Naso machte eine zustimmende, fast unterwürfige Geste. »Um Klarheit zu schaffen, wäre es doch ganz einfach,

Dama Iume würde seinen Namen nennen«, sagte er geschmeidig.

»Das wäre es«, stimmte Seine Eminenz zu und fuhr, an Ymme gewandt, fort, »aber ich bin sicher, dass Dama Iume bei der Wahl ihres Beichtvaters allenfalls aus Unkenntnis und nicht mit der Absicht des Hochverrats vorgegangen ist.«

»Ich bin gewohnt, unterschiedslos alle Priester als treue Diener der Kirche zu betrachten«, antwortete Ymme, während ihr Herz wie rasend schlug. »In Lübeck muss niemand den Namen seines Beichtvaters angeben, und das werde ich auch hier nicht tun.«

Der Erzbischof nahm Ymmes Abfuhr ohne sichtliche Gemütsbewegung entgegen. »Die Sitten sind nicht überall gleich, meine Tochter.«

Während er sich mit seinen Priestern in Bewegung setzte, rückte der Notar so dicht an Ymme heran, dass sie die dampfende Hitze seines gedrungenen Körpers spüren konnte.

»Jetzt habt Ihr Euch verdächtig gemacht«, zischte er ihr gehässig ins Ohr. »Ihr hättet allen Schwierigkeiten aus dem Weg gehen können, wenn Ihr meinem Rat gefolgt wärt und den Namen genannt hättet.« Er ging an ihr vorbei und schlug mit seinen hüpfenden Schritten den Weg zum Palast ein.

Ymme sah ihm nach. Ihr Herz beruhigte sich langsam. Was ging es den Notar an, welchen Beichtvater sie hatte? Allein seine Einmischung war impertinent. Trotzig wählte sie einen anderen Rückweg als er, obwohl er weiter war. Aber zum Nachdenken gut. Als sie, dem Bogen der Stadtmauer zur Porta Rota folgend, den Palast wieder vor sich sah, war ihr klar geworden, dass sie solchen Fragen in Zukunft geschickter begegnen musste.

Sie brauchte einen Beichtvater.

Bruder Jacopo saß auf der steinernen Bank am Fenster und schaute in den Garten, wo die Gärtner die Palmen und Zitronenbäume gerade großzügig mit Wasser versorgten. Gottlob, dachte Ymme. Er war auf. Dann würde sie wenigstens diese Verpflichtung bald los sein.

»Ein Paradies«, bemerkte er säuerlich, als er Ymme kommen hörte. »Aber ein heidnisches. Seid dankbar, dass Ihr im Dienst der frommen Jolanthe steht.«

Darauf hätte sie vieles antworten können. Aber Ymme hatte bisher ihm gegenüber wenig von sich preisgegeben. Auch jetzt nickte sie nur.

»Oder seid Ihr etwa eine Sklavin wie die Schwarzen, die ihre unkeusche Nacktheit zur Schau stellen?«, erkundigte sich der Mönch misstrauisch.

»So ähnlich«, murmelte Ymme sarkastisch. »Aber nie nackt.«

Jacopo blinzelte aufgeschreckt und starrte sie aufmerksam an. »Mir ist, als wäre ich Euch schon einmal begegnet«, meinte er. »In Palermo, nicht im Palast.«

Oh je, dachte Ymme. Noch einer, der sein Augenmerk auf sie richtete. Sie hütete sich, den Mann mit dem guten Gedächtnis zu belehren, dass es nicht in Palermo, sondern in der Saqâlibah gewesen war. »Ich darf den Palast nur verlassen, um zur Messe zu gehen«, widersprach sie wortkarg, während sie sich bückte, um die geleerten Krüge einzusammeln, in denen sich verschiedene Medizinen befunden hatten. Bruder Jacopo war ein anspruchsvoller Kranker.

»Das ist gut. Obwohl Eure Seele in dieser Stadt gleichwohl Schaden nehmen kann. Ungläubige, wohin man blickt. Im ganzen sizilischen Königreich ist es nicht anders, selbst in der Nähe von Rom. In Lucera die Ungläubigen, nahebei die Byzantiner, die kaum besser sind, und in Trani die Hebräer, die unseren Herrn verraten haben. Diesen Kaiser hat Satan selber geschickt!«

Sein Selbstgespräch hatte ihn in beruhigend weite Fernen getragen. Ymme fühlte sich wieder sicherer. »Da seid Ihr überall schon gewesen, Bruder Jacopo?«, fragte sie bewundernd.

»Ja, ja. Seine Eminenz Kardinal Hugo von Ostia sendet uns durch das ganze Abendland, damit wir das Wort des

Herrn verkünden.« Jacopos Augen unter den buschigen Augenbrauen leuchteten vor Freude. »Seine Eminenz lebt seinen Glauben mit ebenso glühendem Herzen wie wir armen Anhänger des heiligen Franziskus.«

Ymme nickte still. Sie zweifelte nicht mehr daran, dass die Franziskaner umherwanderten und mit glühendem Herzen bösartige Gerüchte über den Kaiser verbreiteten. Aber was bezweckten sie damit? Vielmehr, was bezweckte dieser Kardinal Hugo? Ganz bestimmt war er es, der die Mönche anstiftete, wenn nicht sogar zu seiner persönlichen Waffe schmiedete. Zu einer Art Heer.

Vor Schreck ließ sie einen Tonbecher fallen, der mit dumpfem Geräusch zerbrach. Die Scherben rutschten in alle Richtungen über die Fliesen. Verärgert begann Ymme ihnen nachzukriechen, um sie einzusammeln.

»Quält Euch irgendetwas, meine Tochter?«, fragte Bruder Jacopo. »Wollt Ihr Euch mir anvertrauen?«

Behüte! »Ich bin nur müde«, antwortete Ymme, heftig bemüht, nicht zu ablehnend zu klingen. »Außer Euch habe ich ein sehr krankes Mädchen zu betreuen. Ich freue mich, dass Ihr Euch so gut erholt habt, Bruder Jacopo.«

»Auch ich bin dem Herrn dankbar. Aber noch würde ich das Ende des Gartens nicht auf eigenen Beinen erreichen.«

Das sollte heißen, dass er nicht beabsichtigte, den Palast so bald zu verlassen. Ymme sah ihn forschend an. Wahrscheinlich konnte nur Jolanthe den Mönch hinausbefördern. Andererseits konnte keinem Anhänger Friedrichs daran gelegen sein, dass dieser Jacopo mit seiner Botschaft schnell nach Rom gelangte.

Bruder Jacopo ließ sich ihre intensive Musterung geschmeichelt gefallen. Dann nickte er, wie um sich selbst zu bestätigen. »Ja, ich muss Euch schon begegnet sein, ich bin ganz sicher.«

Ymme wurde der Boden unter den Füßen heiß. Zügig räumte sie das Geschirr in den Korb und verließ das Zimmer. Sie fragte sich, wie lange der Mönch es als Unterschlupf benutzen wollte. Und wozu? Hatte er hier in Palermo noch andere Aufträge des Heiligen Vaters zu erfüllen?

Unberechenbar in ihren Entschlüssen wie immer, kehrte Jolanthe plötzlich aus der Zisa zurück. Sie ließ Ymme sofort zu sich rufen, was diese dazu nutzte, das Gespräch gleich auf wesentliche Dinge zu lenken.

»Der Erzbischof von Palermo als Zeuge bei einer Geburt?«

Ymme nickte.

Jolanthe sah sie angewidert an, während sie an ihrem Handgelenk schnupperte, das sie gerade in Parfüm gebadet hatte. »Eine perverse Idee! Der Erzbischof ist ein Mann!«

»Niemand würde am Wort seiner Eminenz zweifeln«, beteuerte Ymme beharrlich. »Sofern er sich bereit erklärte, im Nebenzimmer zu warten, könnte man ihn unmittelbar nach der Geburt hereinrufen oder das Neugeborene zu ihm hinaustragen. Niemand würde dann wagen, die Rechtmäßigkeit des Kindes anzufechten, Eure Erhabenheit.«

»Es ist rechtmäßig! Was fällt Euch ein!«, zischte Jolanthe, und ihr sprühender Speichel flog bis zu Ymme. »Eure Idee ist absurd, Dama, eine Ausgeburt der Kälte, aus der Ihr kommt!«

Ymme widerstand dem Verlangen, den Speichel abzuwischen. »Ihr versteht nicht, Eure Erhabenheit«, sagte sie eindringlich. »Man hat mich darauf aufmerksam gemacht, dass solche Gerüchte in die Welt gesetzt werden, um Söhnen die Thronfolge streitig zu machen. Auch ein Notar sollte sich bereit halten, um die Geburt zu bestätigen. Alles dient dazu, um Eure Rechte und die Eures Kindes zu sichern!«

»Kein Notar!«, schrie Jolanthe, außer sich vor Wut. »Und seine Eminenz soll meinen Sohn taufen! Es kommt gar nicht in Frage, dass er mich wie eine werfende Eselin in meinem Blut liegen sieht!« Sie holte aus und drehte sich mit Schwung um die eigene Achse, bevor sie die Parfümphiole losließ und an die Wand schmetterte.

Um Haaresbreite verfehlte das Fläschchen Moro, der wie stets stumm auf die Befehle seiner Herrin wartete. Er riss erschrocken die Augen auf und drückte sich mit gespreizten Händen an die Wand.

Das Fläschchen wäre an seinem dicken Leib nur abgeprallt. Ymme wunderte sich, dass sein Gesicht grau war vor Furcht. Eunuchen!

Am nächsten Morgen wurde Ymme wiederum zu Jolanthe gerufen. »Es eilt!«, rief der Kammerknabe ein ums andere Mal und ruderte mit dem Arm, um Ymme anzutreiben.

Aber als Ymme schnaufend in Jolanthes Gemächern anlangte, hatte keineswegs die Geburt eingesetzt, sondern Jolanthe wanderte in höchster Erregung durch ihr Gemach.

Schnell träufelte Ymme Baldriantinktur in einen gläsernen Pokal und goss Wein darauf.

Jolanthe stürzte den Beruhigungstrank in einem Zug hinunter. »Moro ist fort«, sagte sie mit schriller Stimme. »Er ist nirgendwo zu finden.«

»Ah so«, machte Ymme verständnislos. Es war nicht Jolanthes Art, sich um jemanden zu sorgen, weder während noch vor der Schwangerschaft. Dass sie sich über Kleinigkeiten zunehmend erregte, war allerdings nicht zu übersehen. »Man wird ihn finden«, ergänzte sie tröstend.

»Scheußlicher Geschmack«, befand Jolanthe. »Dama, würdet Ihr Euch an der Suche beteiligen? Tut mir den Gefallen, dann beruhige ich mich schneller als durch Eure Mittelchen. Moro muss hier im Palast sein, der Befehlshaber der Palastwächter hat ihn in aller Frühe noch gesehen. Der Kammerknabe wird Euch begleiten.«

Es handelte sich also nicht um eine besorgte Bitte, sondern um einen Befehl. Ymme stellte das Arzneiglas mit Nachdruck auf einem Tisch ab, winkte dem vor Aufregung zappelnden Jungen und verließ wortlos das Gemach.

Sie verstand trotz allem Jolanthes Beunruhigung nicht. Der Eunuch würde von selbst auftauchen, wenn ihm einfiele, dass die Schläge der Bastonade sich mit der Zeitdauer seines Ausbleibens erhöhten. Dann erinnerte sie sich daran, dass er schon am Vortag vor Angst geschlottert hatte.

»Wohin, Dama?«, fragte der Junge tatendurstig.

»Was?« Ymme sah ihn überrascht an. »Ach, gehen wir zuerst nach unten«, schlug sie vor. Die privaten Gemächer des Kaisers kamen bestimmt nicht in Frage; die der Bediensteten würden diese schon selbst absuchen. Die Kanzlei? Vielleicht. Vielleicht hatte ja auch Moro zwanzig Augustalen zu zahlen.

»Im Garten suchen sie auch«, berichtete der Kammerknabe, der sich kurz über die Brüstung gelehnt hatte, um hinunterzuschauen. »Vielleicht ist er in den Teich gefallen.«

Ymme warf ihm einen leicht verärgerten Blick zu. Aber er wirkte so unschuldig; vom Tod der Frau und ihrem Säugling wusste er wahrscheinlich nichts.

Im Flur vor den Kanzleistuben standen zwei Wachleute und beratschlagten mit Girolamo Naso. Der Notar wedelte mit den Armen in alle Richtungen. Dort war also nichts. Auf dem Weg in den Küchentrakt hatte Ymme eine bessere Idee. Moro musste, bevor er sie wegen angeblicher Zauberei anzeigte, die Rattenknochen ja selbst vergraben haben. Möglicherweise bereitete er in diesem Gewölbekeller gerade einen neuen Schurkenstreich vor. Es wäre ihr eine Genugtuung, ihn dabei zu ertappen.

Sie winkte den Kammerknaben hinter sich her und lief voraus.

Die Tür zum Keller war geschlossen. Sie drückte sie neugierig und ein wenig beklommen auf. Dieses Mal schlug ihr kein Gestank entgegen, und der Boden war trocken und sauber. Aber neben dem Brunnenschacht lag Moro.

Moro trug einen grünen seidenen Mantel, der auf der Brust blutig rot war. Ymme sank neben ihm auf die Knie.

Da erst entdeckte sie, dass jemand ihm die Kehle durchgeschnitten hatte, das Messer lag halb unter seinem Hals begraben. Ymme presste die Hände auf das Brustbein des Eunuchen, dann suchte sie am Handgelenk nach dem Puls. Da war nichts mehr zu machen, er war tot.

Ein eigenartiges Geräusch ließ sie herumfahren. Entsetzt folgte ihr Blick dem Kopf des Kammerknaben, der auf sie zu rollte und vor ihren Knien liegen blieb. Zwischen den grünen Kanten seiner Brokatweste schoss aus dem Halsstumpf eine pulsierende Fontäne von Blut.

Und darüber näherte sich das schnauzbärtige Gesicht des Palastwächters mit der massigen Gestalt und den schräg gestellten Augen. Sein Anblick ließ sie stumm vor Furcht erstarren.

»Ihre Erhabenheit wird dankbar sein, dass man die barbarische Hebamme vor der Geburt des Thronfolgers überführen konnte«, zischte er in einem merkwürdigen Sizilianisch und wischte sein Krummschwert an Ymmes Übergewand ab.

13.
Die unerwünschte Tochter

Ymme wusste gar nicht, wie viele Stunden oder Tage sie im Verlies gesessen hatte, als Lärm und Aufregung vor der schweren Tür eine Veränderung der Dinge anzeigten.

Aber die Hoffnung, dass man gekommen war, um sie freizulassen, trog. Zwei Palastwächter packten Ymme brutal bei den Oberarmen und schleiften sie mehr oder minder in ihre eigene Wohnung, wo Angelina und Stella schon an der Tür bereitstanden.

»Wer mit Schlauköpfen zu tun hat, muss seine Augen offen halten«, sagte Angelina hochnäsig. Stella kräuselte nur stumm die Lippen.

Es schien Ymme so, als hätte sie sich mit ihrer Gefangenschaft obendrein die Verachtung ihrer eigenen Dienerinnen zugezogen. Fragen zu beantworten, weigerten sie sich, dagegen legten sie eine sonst unübliche Geschwindigkeit an den Tag. Angelina riss Ymme grob die verschmutzten Kleider vom Leib, scheuchte ihre Tochter umher, badete Ymme und trocknete sie flüchtig ab. Ihre Haut war unter der frischen Kleidung noch feucht, aber Ymme hatte keine Kraft zu widersprechen. Vor dem Baderaum hörte sie die beiden Wächter miteinander schwatzen. Es gab nicht die geringste Möglichkeit zur Flucht.

Dann wurde Ymme wieder den beiden Wächtern übergeben. »Was ist los?«, rief sie, inzwischen fast in Panik.

»Ihre Erhabenheit kommt nieder!«

Endlich begann Ymmes Kopf wieder richtig zu arbeiten. »Meine Medikamente«, keuchte sie. »Ich benötige alles, was ich vorbereitet habe. Constanza weiß Bescheid. Ich brauche sie außerdem als Helferin!«

Die Wächter verständigten sich mit unsicheren Blicken. »Hol diese Constanza«, befahl der eine Angelina schließlich, die ohne Protest gehorchte.

Kurz darauf erschien Constanza mit dem Korb in der Hand. Ihr Gesicht war noch von Krankheit gezeichnet und blass, aber sie war ordentlich ernährt und angemessen gekleidet. Ymme betrachtete sie erleichtert.

»Schön, dass du bei mir bist«, sagte sie leise, als sie kurze Zeit später durch den Flur getrieben wurden wie zwei Schafe zum Markt.

Constanza sah sich flüchtig um. »Ich muss mit der Hakima reden«, sagte sie vernehmlich. »Wenn bei der Geburt etwas schief geht, wird man wissen, wer es verschuldet hat. Und der Orden der Justitia fackelt nicht.«

Ymme verstand weniger die arabischen Worte als den drohenden Ton, aber sie schienen die Wächter zu beeindrucken. Die knappe Antwort des Soldaten klang maßvoll, und Constanza nickte zufrieden.

»Die Geburt soll schon vor Stunden angefangen haben«, berichtete sie. »Sie haben eine Hebamme aus Palermo geholt, aber die hat noch nichts zustande gebracht. Ich denke, sie haben jetzt alle Angst bekommen vor den harten Strafen des Imberadour ...«

Ymme nickte stumm. Ihre Kehle war wie zugeschnürt vor Elend. In ihrer Verfassung fühlte sie sich nicht gerade in der Lage, bei einer schwierigen Geburt geschickt zu arbeiten.

Constanzas Hand stahl sich auf Ymmes rot geschrubbtes Handgelenk. »Ihr schafft es, Hakima«, flüsterte sie. »Beim Bart des Propheten, Ihr schafft es mit Allahs Hilfe. Wer sonst?«

Ymme holte tief Luft und trat über die Schwelle zu Jolanthes Gemach.

Die verhutzelte alte Frau neben dem Gebärstuhl hätte eine Geburtshelferin in einem vergessenen Obotritendorf sein können. Ymme erkannte sofort, dass sie mit ihrer Weisheit am Ende war. Und Jolanthe hing schlaff im Stuhl, als hätte sie ihre Kräfte schon verausgabt.

Das konnte sie nicht zulassen. Ymme lächelte Jolanthe ermunternd an, während sie sich gleichzeitig einen Überblick über die Unordnung im Raum verschaffte. Nichts von dem, was sie sah, gefiel ihr.

Sie verlangte, die Schüsseln auszutauschen und frisches Wasser und saubere Leintücher zu bringen. Der verängstigte neue Eunuch war entbehrlich, hingegen fehlte ein respektabler Zeuge. »Hole Notaio Naso!« befahl sie dem Schwarzen, der sich erleichtert unter wiederholten Verbeugungen entfernte. Dann begann sie zusammen mit Constanza ihre Hilfsmittel auszupacken.

Die Untersuchung ergab nichts Gutes. Das Kind war sehr kräftig gebaut. »Es ist alles in Ordnung, Erhabenheit«, sagte Ymme, um Jolanthe Zuversicht einzuflößen. »Versucht Euch zu entspannen, so wie wir es geübt haben.«

Jolanthe ballte die Fäuste, als eine neue Wehe sie überfiel. Ymme sprach leise und beruhigend auf sie ein.

Allmählich zeigte ihre unerschütterliche Zuversicht Wirkung. Jolanthe gab ihren Widerstand auf und konzentrierte sich auf Ymmes Anweisungen. Jetzt war sie nur noch eine blutjunge Frau, die dankbar Ymmes sachkundige Hilfe annahm.

»Jetzt, Jolanthe, noch einmal mit aller Kraft pressen«, rief Ymme. »Es kommt, ich verspreche es, und dann ist alles gut.«

Jolanthe warf ihr einen wilden Blick zu und presste. Das Kind glitt in Ymmes Hände.

Während sie das Neugeborene auf der durch einen Vorhang abgetrennten, erhöhten Plattform neben dem Badebassin wusch, abtrocknete und in ein Tuch hüllte, begleitet von Schreien, die schon jetzt eigensinnig klangen, war Constanza eifrig um Jolanthe bemüht, half ihr in eine bequemere Lage und wartete dann, um die Nachgeburt mit einem sauberen Tuch aufzufangen.

»Geh mir aus dem Weg«, sagte Jolanthe scharf und spähte um das Mädchen herum zu Ymme hinüber. »Ist er gesund? Ist alles an ihm dran, was er haben muss, um ein Thronfolger zu sein?«

»Es ist ein Mädchen«, antwortete Ymme, liebevoll auf das Neugeborene blickend. Sie stieg die Stufe hinunter, um Jolanthe das Kind in den Arm zu legen.

Jolanthe presste die Arme an den Körper und ballte die Fäuste. Ymme erschrak, als sie begriff, dass Jolanthe ihre Tochter nicht annehmen wollte; ihr versteinertes Gesicht zeigte deutlich, dass Jolanthe ein Mädchen nie in Betracht gezogen hatte.

Im gleichen Augenblick fiel Ymme auf, dass der Eunuch mit dem Notar noch nicht zurückgekehrt war. Abgesehen von zwei völlig verstörten jungen Mädchen, die zu Jolanthes Bewunderinnen gehörten und neuerdings stets in ihrer Nähe anzutreffen waren, und dem alten Weib, das mit unbeteiligtem Gesicht an der Wand kauerte, waren sie und Constanza allein mit der Ehefrau des Kaisers. Und ihrer Tochter.

Ymmes Magen zog sich zusammen. »Eine von euch macht sich auf und sucht den Notar Naso!« befahl sie. »Und wagt nicht, ohne ihn zurückzukehren!«

Vielleicht hätte sie das nicht sagen sollen, überlegte sie. Was, wenn die Hofdame ebenfalls verschwand? Hoffentlich erkannte wenigstens Jolanthe die Brisanz der Situation nicht. Der Angstschweiß rann zwischen ihren Schulterblättern hinab. »Es ist eine wunderhübsche, gesunde Tochter«, sagte sie beschwörend. »Seht, Eure Erhabenheit, sie hat trotz der langen Geburt keine Schwellungen im Gesicht. Sie ist jetzt schon eine makellose Schönheit.«

»Was habt Ihr da oben hinter dem Vorhang gemacht, Dama?«, fragte Jolanthe drohend, die sich mit bewundernswerter Schnelligkeit erholte. Sie schlug Constanza, die inzwischen begonnen hatte, ihr behutsam die Oberschenkel zu waschen, ihren Handrücken ins Gesicht.

»Was meint Ihr, Erhabenheit?«, erwiderte Ymme beklommen. Ihr war soeben auch noch eingefallen, dass sie es am gebotenen Respekt hatte fehlen lassen: ein unentschuldbares Vergehen, die Herrscherin mit dem Vornamen anzusprechen.

»Wo ist mein Sohn? Wie ist es Euch gelungen, dort oben ein neugeborenes Mädchen zu verstecken? Wo habt Ihr es her?«

Ymme schluckte. Jolanthe stand am Rande eines hysterischen Anfalls. »Ich werde Euch einen Trank bereiten, der Euch schläfrig macht, Eure Erhabenheit«, sagte sie besänftigend. »Nach der schweren Geburt tut Euch Erholung not.«

»Ich nehme keinen Tropfen zu mir, bevor ich weiß, wie Ihr es angestellt habt«, schrie Jolanthe. Ihre bleichen Hände hatten sich um die Lehnen des Gebärstuhls gekrampft, und ihr Gesicht war grau wie abgestandene Molke. Sie machte Anstalten, sich zu erheben.

»Ihr dürft nicht aufstehen«, beschwor Ymme sie erschrocken, das Neugeborene im Arm. Sie überließ es Constanza, Jolanthe behutsam zurückzuhalten.

Jolanthe gab auf und begann zu weinen. Constanza wickelte sie behutsam in eine seidene Decke.

In diesem Augenblick kehrte die Hofdame mit dem Notar im Gefolge zurück. »Er wollte nicht. Er kam erst mit, als ich ihm sagte, das Kind sei schon da«, erklärte sie wichtigtuerisch abwechselnd in Jolanthes und in Ymmes Richtung.

»Er hätte die ganze Zeit hier sein sollen!«, keuchte Jolanthe, die an ihrer Erregung fast zu ersticken drohte. »Er soll nachsehen, was sich hinter dem Vorhang befindet und ein Protokoll darüber aufsetzen.«

Girolamo Naso mied Ymmes Blick, die immer noch versuchte, mit der überraschenden Wendung der Dinge fertig zu werden. Hatte Jolanthe jetzt sogar vergessen, dass sie es gewesen war, die einen rechtskundigen Zeugen abgelehnt hatte?

Der Notaio überzeugte sich flüchtig, wer anwesend war, dann stieg er hüpfend die Stufen zur Plattform hinauf, unter dem Arm sein Schreibzeug, und sah sich neugierig um. Durch den durchscheinenden Vorhang konnten sie verfolgen, wie er das Badebecken und die am Rand liegenden Tücher in Augenschein nahm. Zuweilen bückte er sich, um etwas zu untersuchen, und machte sich anschließend Notizen.

Schließlich kam er wieder herunter und verbeugte sich bis zum Boden vor Jolanthe.

»Nun sprecht«, forderte sie ungeduldig. »Was habt Ihr gesehen?«

»Ich, Erhabenheit, habe blutige Tücher gesehen«, antwortete der Notar leidenschaftslos. »Zwölf an der Zahl, kleine und große. Eine Menge, die in armen Familien für zwölf Neugeborene gereicht hätte. Eins von ihnen trägt nicht das kaiserliche Wappen und auch nicht das des Baille von Jerusalem.«

»Sondern?«

Girolamo Naso zuckte mit den Schultern. »Gar keins, Erhabenheit.«

»Das ist mein Tuch«, unterbrach Ymme den Dialog. »Meine Instrumente waren darin verpackt.«

»In einem bluttriefenden Tuch«, ergänzte Naso mit entschuldigendem Lächeln und machte erneut einen Bückling.

»Schön«, versetzte Jolanthe eiskalt. »Ihr werdet auf der Stelle ein Protokoll über Eure Beobachtungen anfertigen, Notaio. Fügt hinzu, dass die Hebamme Iume de Lubicensis dafür gesorgt hat, dass ich meinen Verdacht bezüglich der Anwesenheit eines anderen Kindes, meines leiblichen Sohnes, nicht überprüfen konnte, indem sie mich hinderte aufzustehen. Inzwischen ist es zu spät. Die Hebamme wird selbstverständlich dafür auch Sorge getragen haben, meinen Sohn unauffällig entfernen zu lassen.«

»Das ist alles Phantasie, Erfindung ...«, rief Ymme angsterfüllt, die fühlte, wie sich das Netz dieses ungeheuerlichen Vorwurfs gefährlich um sie zusammenzog.

»Sehr wohl. Es wird alles gemacht, wie Ihr befehlt, Erhabenheit«, sagte Girolamo Naso und zog sich rückwärts gehend und unter weiteren Bücklingen zur Tür zurück.

Constanza umarmte Ymme, als würde sie sich für alle Zeiten verabschieden, dann wurde Ymme in den Kerker zurückgebracht. Die kurze Zeit der Freiheit versank in der Vergangenheit, und bald schien es ihr, als ob sie sich die Geburt des königlichen Töchterchens in Wahrheit nur erträumt hatte.

Weiterhin erhielt sie ihr kärgliches Essen, ohne dass sich darüber hinaus jemand um sie kümmerte. Erst einige Zeit später, als es im Palast wieder lebhafter zuging und sie daraus schloss, dass der Kaiser mit dem Hofstaat zurückgekehrt sein musste, schöpfte sie Hoffnung. Jetzt mussten sie kommen und sie freilassen.

Aber statt dass sie offiziell abgeholt wurde, hörte sie vor der Zellentür verstohlene Geräusche. Ymme sprang auf und zog sich an die Wand zurück. Außer einem Schemel besaß sie keine Waffe. Aber sie war entschlossen, es den Meuchelmördern so schwer wie möglich zu machen.

Die Tür wurde ein Stück weit aufgeschoben. Cornelius sah herein, einen Finger über den Lippen. Dann war er heran, und Ymme fiel ihm in die Arme.

»Der kleine Notar hat mir verraten, wo du bist«, murmelte Cornelius Ymme ins Ohr, als sie zwischen den Küssen Luft holten. »Angelina und Stella behaupteten, nichts zu wissen.«

»Natürlich wissen sie es«, sagte Ymme erbittert. »Wie viel hast du Naso für die Auskunft bezahlen müssen?«

»Genug«, antwortete Cornelius knapp. »Und du wirst mir später erzählen, woher du weißt, dass man ihn bezahlen muss. Das ist jetzt unwichtig. Zuerst musst du hier raus. Ich werde mit dem Kaiser sprechen, und wenn ich mich mit dem Schwert zu ihm durchschlagen muss.«

Ymme trat einen Schritt zurück, um ihn zu betrachten. Hauptsache, er war da und bei bester Gesundheit. »Warum lässt du dich nicht einfach anmelden?«

»Keine Aussicht auf Erfolg. Der Kaiser sprüht vor Zorn über die unnütze Hebamme, die nicht in der Lage ist, die hysterischen Zustände seiner Frau zu beenden. Sie ist ganz außer sich vor Kummer um ihren verschwundenen Sohn. Im ganzen Palast spricht man darüber.«

»Aber das stimmt doch gar nicht! Sie hat eine Tochter geboren. Sie will es nur nicht einsehen.«

»Ich glaube dir natürlich«, sagte Cornelius. »Wem der Kaiser glaubt, weiß ich nicht.«

»Ihr«, erwiderte Ymme, »er kann sie schlecht zur Lügnerin stempeln ...« Sie versuchte für einen Augenblick die Bedrückung über ihr ungewisses Schicksal zu vergessen und strich Cornelius über die stoppelige Wange. Er hatte sich noch nicht einmal gewaschen, bevor er auf die Suche nach ihr gegangen war. »Wie ist es euch ergangen? Sind viele an den Pocken gestorben?«

»Pocken?«, fragte Cornelius erstaunt. »Was für Pocken?«

Unversehens durchschaute Ymme das Lügengebilde der Mönche. »Ihr hattet also überhaupt keine Pocken! Die Franziskaner haben das Gerücht in Palermo verbreitet und zugleich behauptet, der Kaiser sei schuld.«

»Cavaliere«, flüsterte es von der Tür her, und Ymme bemerkte erst jetzt den Mann von der Palastwache, der Cornelius die Tür geöffnet haben musste. »Die Liebe ist wie eine Gurke, fängt süß an und endet bitter. Du wirst deine Hakima schon herausbekommen, aber nicht wenn wir beide hier erwischt werden. Komm jetzt.«

Er hatte natürlich Recht. Cornelius umarmte Ymme und küßte sie innig, dann war er schon verschwunden, und nur der Geruch nach Pferd und Schweiß, der eine Weile in der Luft lag, bevor er sich verflüchtigte, bewies Ymme, dass sie nicht geträumt hatte.

Es war die erste Nacht in dieser Zelle, in der Ymme etwas Ruhe fand, weil sie Cornelius in der Nähe wusste. Aber das verhinderte nicht, dass sie immer wieder den Galgen in der Kalsa vor Augen hatte. Gegen Mittag wurde sie abgeholt und Angelina übergeben, die sie, weil Cornelius im Nebenraum war, weniger ruppig behandelte.

»Der Kaiser wartet schon«, rief er ungeduldig durch die Tür.

Aber Ymme wollte sich nicht beeilen. Sie machte sich schlaff und genoss das Wasser und den Schwamm auf ihrer Haut. Vielleicht war dies das letzte Bad ihres Lebens.

Leider konnte sie nicht ewig im Wasser treiben.

Als sie in den kaiserlichen Gemächern ankamen, lief Seine Erhabenheit durch das Arbeitszimmer wie ein Tiger in der Menagerie. Keiner seiner Berater war anwesend. Ymme sank voll Furcht zu Boden.

Der Kaiser drehte sich um und betrachtete sie zweifelnd. »Dama Iume, Ihr bereitet mir Kummer«, sagte er schließlich. »Warum gelingt es Euch nicht, meine Ehefrau zufrieden zu stellen? Es ist Eure Aufgabe, ihr als Hebamme zu dienen.«

Natürlich ist es nebensächlich, dass Jolanthe ein herzloses, verwöhntes Lebewesen ist, dachte Ymme. Sie biss die Backenzähne zusammen, um sich keine Kritik an Ihrer Erhabenheit entschlüpfen zu lassen. Sie würde ihre Verurteilung mit Würde entgegennehmen.

»Warum?«, wiederholte der Kaiser beharrlich.

»Ich vermute«, sagte Ymme mühsam, »es liegt daran, dass wir aus so unterschiedlichen Welten stammen.« Die irrwitzige Hoffnung, dass er sie nach Hause schicken könnte, sofern er nicht vorhatte, sie wegen Kindesunterschiebung hinrichten zu lassen, jagte ihr durch den Kopf.

»Mag sein. Deutschland ist anders als mein geliebtes Sizilien und Dänemark umso mehr«, murmelte Friedrich nachdenklich. »Aber Lübeck ist jetzt nicht mehr dänisch, sondern deutsch, und Ihr werdet Gelegenheit erhalten, Euch erneut zu bewähren. Ich brauche mehr eheliche Söhne. Die Welt ist gefährlich für uns Staufer.«

Ymme starrte ihn fassungslos an. Keine Bestrafung. Außerdem waren Cornelius und sie offenbar seit neuestem Untertanen des Kaisers. Ihre ursprüngliche Vereinbarung hatte damit keine Bedeutung mehr. Er konnte ihr jetzt befehlen, wenn er es auch höflicher ausgedrückt hatte. »Ich dachte ..., ich wollte ...«, stammelte sie verwirrt.

Der Kaiser wartete geduldig auf das Ende des Satzes. Als keines kam, schüttelte er bedächtig den Kopf. »Solange Jolanthe Euch benötigt, erinnert Ihr Euch jetzt wieder? Und natürlich benötigt sie Euch. Jetzt gleich. Sie ist außer sich, und nichts kann sie beruhigen. Mir scheint, ein langer Schlaf wäre das Beste für sie.«

»Aber das Kind«, sagte Ymme und knetete aufs Äußerste beunruhigt ihre Hände. »Ihre Erhabenheit erkennt ihr schönes Töchterchen nicht an.«

Friedrich machte eine wegwerfende Geste. »Ja, Bianca ist wirklich schön geraten. Bis hin zu dem Muttermal auf dem Pobäckchen.«

»Der Schmetterlingsflügel, ja.« Es war ein liebenswertes kleines Schönheitsmerkmal. Ymme begegnete unerwartet einem Lächeln des Kaisers, und sie lächelte zurück. »Er macht Bianca unverwechselbar, finde ich.«

»Eben. Genau wie ihre Mutter. An der gleichen Stelle«, fügte er hinzu. Der Kaiser straffte sich. Der kurze persönliche Moment war vorüber.

Ymme war völlig durcheinander. Der Mensch Friedrich hatte sich ihr für einen winzigen Augenblick zu erkennen gegeben. Und sie begriff ihr unermeßliches Glück. Auch ohne notarielle Beglaubigung war sie dem Henker entkommen.

»Dama, in den Kerker müsst Ihr nicht zurück, aber Ihr werdet weiterhin unter Hausarrest stehen. Ihr wurdet mit blutigen Händen neben dem Leichnam des Eunuchen Moro entdeckt, hat man mir berichtet. Ihr wart die einzige Person, die Grund hatte, ihn zu hassen. Die Curia hat den schriftlichen Befehl erhalten, die Sache umgehend aufzuklären.«

»Es war eine Falle«, sagte Ymme aufbrausend. »Man hat mich absichtlich in den Gewölbekeller gelockt, um mich dann neben Moro aufzufinden. Und der kleine Kammerknabe, der das hätte bezeugen können, wurde in meinem Beisein enthauptet.«

»Sizilianer sind listenreich«, bekräftigte der Kaiser unbeeindruckt. »Wer hat Euch in den Keller gelockt? Nun, das interessiert mich eigentlich nicht, dafür sind die Comestabuli zuständig.«

Ymme atmete auf. Wie hätte sie dem Kaiser sagen sollen, dass sie seine eigene Ehefrau in Verdacht hatte? Gleich darauf fiel ihr ein, dass es noch viel unmöglicher war, Jolanthe einem Comestabulo gegenüber zu belasten.

»Ihr dürft Euch zurückziehen. Kümmert Euch als Erstes um Jolanthe.«

»Ja, Eure Erhabenheit«, sagte Ymme beklommen, aber doch schon wieder mit ihren nächsten Schritten befasst. »Darf ich mich noch erkundigen, wie ich Messe und Beichte mit dem Hausarrest vereinbaren soll?«

»Messe und Beichte sind davon ausgenommen! Dass ich Euch nicht zur Messe der Würdenträger in der Palastkapelle zulassen kann, werdet Ihr verstehen.«

Der Kaiser winkte ungeduldig, und Ymme zog sich formvollendet zurück. Wenn er gewusst hätte, wie dankbar sie war, die Messe im Palast nicht besuchen zu müssen. Als exkommunizierte Frau eine solche Sünde unter den Augen des Kaisers zu begehen, wäre entsetzlich gewesen. Beim Gedanken daran brannten ihr schon die Wangen.

Draußen wartete Cornelius neben einem der Palastwächter. Er sah ihr angespannt entgegen.

»Ich bin gerettet. Der Kaiser weiß, dass Bianca seine Tochter ist, weil sie das gleiche Muttermal wie Jolanthe hat. Wenigstens die Anschuldigung, einen kaiserlichen Erben um die Ecke gebracht zu haben, habe ich vom Hals. Aber das ist auch alles«, sprudelte Ymme hervor. »Stell dir vor, wir dürfen noch nicht nach Lübeck zurück, unter anderem, weil wir jetzt deutsche Untertanen sind! Immerhin muss ich nicht wieder in den Kerker. Ich stehe nur unter Hausarrest in dieser Schlangengrube von Palast. Und ich muss dir so viel erzählen!«

»Schon gut«, beschwichtigte Cornelius sie mit einem Seitenblick auf den Wächter. »Lass uns in den Garten gehen.«

Diese Idee hatten auch schon andere gehabt. Als sie die Palasttreppe hinabstiegen, schlurfte eine Gestalt in brauner Kutte auf sie zu. Ymme sah ihm unangenehm berührt entgegen. Bruder Jacopo hatte sich offenbar auf Dauer im Palast mit seinen Wohltaten eingenistet. Mehr als seinen Namen konnte sie Cornelius nicht zuflüstern, bevor er in Hörweite kam.

»Gott zum Gruße«, sagte der Mönch fromm und musterte Cornelius mit neugierigen Blicken vom Kopf bis zu den Füßen.

»Geht es Euch wieder besser?«, fragte Ymme.

Jacopo wandte sich ihr zu. Schon wieder fixierte er Ymme mit diesem merkwürdigen Blick, vor dem sie am liebsten davongelaufen wäre. »Seid Ihr gesund, Bruder Jacopo?«, wiederholte sie ihre Frage.

»Jetzt weiß ich es!«, rief der Mönch triumphierend aus. »Ihr sprecht das Volgare wie Bruder Leonardo, der aus Deutschland gebürtig ist. Aber noch nie habe ich einen solchen Zungenschlag bei Sarazeninnen gehört.«

Ymmes Herz klopfte hart. »Ich habe leider keine Ahnung, wovon Ihr sprecht, Frater Jacopo«, versetzte sie kühl. »Ich weiß dagegen gut, dass Ihre Erhabenheit, Kaiserin Jolanthe, angeordnet hat, dass Ihr nach Eurer Genesung den Palast verlassen müsst.«

Jacopo lauschte andächtig mit halbgeschlossenen Augen. »Genau.« Er nickte bekräftigend. »Aber die andere, die war echt. Doch was treibt eine christliche Hebamme dazu, sich als Sarazenin verkleidet in Palermo herumzutreiben? Nur gottlose Neugierde? Oder seid Ihr gar heimlich zum satanischen Widersacher der Heiligen Mutter Kirche übergetreten?« Erfüllt von plötzlichem Misstrauen wich er einige Schritte zurück und musterte Ymme mit vorgestrecktem Hals.

»Macht Schluss mit diesem unsinnigen Geschwätz, Bruder«, warf Cornelius unwirsch ein. »Ymme ist meine christlich angetraute Ehefrau. Beantwortet endlich ihre Frage, damit wir von der Stelle kommen.«

Jacopo wurde unsicher. »Vielleicht ist es eine Verwechslung«, gab er zu. »Ich bin noch nicht ganz gesund, Cavaliere, und deshalb bin ich auch mit gutem Recht hier. Und was den Palast betrifft, so haben zwei Kammerknaben mein Zimmer bezogen. Ich schlafe jetzt in einem Verschlag dort hinten.« Sein Daumen wies über seinem Rücken irgendwo in das weitläufige Gelände des Palastgartens hinein.

»Dann ist ja alles geklärt. Der Herr sei mit Euch, Bruder.« Cornelius packte Ymme am Handgelenk und zog sie mit sich fort.

Ymme hätte sich trotz allem gerne noch nach den neuen Symptomen seiner Krankheit erkundigt, aber sie sah ein, dass Cornelius Recht hatte.

»In Foggia mussten sie die Bettelbrüder dreimal täglich hinausbefördern«, knurrte Cornelius, als sie neben einem plätschernden Bächlein standen. »Diese Franziskaner fallen wie Heuschreckenschwärme über die Menschheit her und verbreiten üble Gerüche.«

»Und üble Gerüchte.«

»Stimmt. Die auch.«

»Anscheinend werden sie vom Kardinal Hugo von Ostia ausgesandt«, berichtete Ymme. »Ich glaube, sie bereiten ein Komplott gegen den Kaiser vor.«

»Tatsächlich? Du warst also wirklich als Sarazenin unterwegs?«, fragte Cornelius erheitert.

Ymme nickte mit einem Kloß im Hals. »Und was auch immer Bruder Jacopo glaubt, könnte mich den Kopf kosten. Entweder nimmt er an, dass ich eine heimliche Muselmanin bin, oder er begreift, dass ich etwas von den Plänen mitbekommen habe, die die Kurie gegen den Kaiser schmiedet. In ihrem Mittelpunkt steht Kardinal Hugo, und Jolanthe ist auch darin eingebunden. Sie wollen mit ihrer Hilfe den Kreuzzug verhindern.«

Cornelius stieß einen überraschten Pfiff aus. »Deswegen die Gerüchte! Alles soll wohl darauf hinauslaufen, dass aus der Bevölkerung niemand das Kreuz nimmt. So ist das also.«

»Ich glaube, ja.« Doch, es passte alles.

»Aber es gibt keine Möglichkeit, den Kaiser zu warnen«, stellte Cornelius fest. »Seine Spitzel werden es auch nicht tun, die verdienen schließlich am meisten in diesem System von Abhängigkeiten. Girolamo Naso ließ mich mit zwei Tarí zur Ader.«

»Das war ja preiswert«, sagte Ymme. »Ich muss zwanzig Augustalen zahlen, damit die Giftmischerin Pellagra ihre Anzeige gegen mich zurückzieht, und einige davon behält er bestimmt selbst, wenn nicht sogar die meisten.«

»Er erpresst dich um zwanzig Augustalen?«, wiederholte Cornelius ungläubig.

»Pellagra tut es. Er hat meine Bastonade nicht verhindert«, meinte Ymme nachdenklich, »aber immerhin hat er mir klar gemacht, wie wichtig ein Zeuge bei der Geburt ist. Wer weiß, wie es für mich ohne das zufällige Muttermal ausgegangen wäre. Er ist alles in allem nicht so übel, glaube ich.«

Cornelius äußerte sich dazu nicht und schüttelte nur den Kopf. Dann zog er sie zu einer Steinbank im Schatten einer Palme. Den Palast im Rücken, blickten sie auf das üppige Grün, in das Palermo eingebettet war, auf die gelblichen kahlen und schroffen Berge und den stahlblauen Himmel darüber. In der Nähe arbeiteten zwei Gärtner, und in der Menagerie schrie ein Pfau.

Ymme seufzte. »Es ist wunderschön hier. Eine etwas trügerische Schönheit allerdings.«

»Das kann man wohl sagen! Und ich würde gerne darauf verzichten, wenn ich dafür nicht in ständiger Sorge um dich sein müsste«, versetzte Cornelius. »Nun erzähle mir alles. Wieso hat Jolanthe dich in das Verlies werfen lassen?«

Wenn er wüsste, welche Sorgen sie sich um ihn gemacht hatte! Sie lächelte leise. Dann begann sie mit ihrem Bericht.

Als sie geendet hatte, blieb Cornelius lange still. »Ich glaube, wir beide sind, ohne es zu wollen, mitten in eine

Schlacht zwischen dem Kaiser und dem Papst geraten. Sie wird tödlich werden, und nur einer kann gewinnen. Um uns schert sich keiner, wir müssen selber sehen, wie wir da mit heiler Haut herauskommen.«

Seinem Resümee gab es nichts hinzuzufügen.

Als Ymme und Cornelius zu ihrer Wohnung zurückkehrten, hörten sie schon im Gang die lauten Männerstimmen. Ymme begann zu laufen.

In der Mitte des vorderen Raumes stand Girolamo Naso auf einem Schemel. Seine Befehle, die in alle Richtungen gingen, wurden mit prompten und unterwürfigen Berichten aus den anderen beiden Räumen beantwortet. Ymme sah in den Baderaum hinein und erblickte einen Comestabulo, der den Wasserkrug leerte und anschließend die Hand hineinsteckte.

»Nichts, Notaio«, rief er.

»Euer Büchlein, Dama«, forderte der Zwerg und drehte sich zu ihr um.

»Wieso?«, fragte Ymme verblüfft.

»Ich habe es Euch schon mehrmals erklärt, meine ich«, sagte Naso, nicht einmal übermäßig unfreundlich. »Ihre Erhabenheit, Jolanthe von Jerusalem, erstattet gegen Euch Anzeige wegen Kindesraubs.«

Ymme lächelte ihn kühl an. Er war sich seiner Position sehr sicher. »Tatsächlich? Solltet Ihr Euch dieses Mal zu spät auf die richtige Seite geschlagen haben, Notaio? Seine Erhabenheit selbst hat einen untrüglichen Beweis dafür, dass die kleine Bianca die Tochter Ihrer Erhabenheit Jolanthe von Jerusalem ist. Was meint Ihr wohl, wen wird man verantwortlich machen, wenn Ihr jetzt noch auf der Anzeige beharrt? Eine Herrscherin, deren Gedanken vor Kummer über einen Sohn, den sie nicht bekommen hat, absonderliche Wege gehen? Läge es da nicht eher auf der Hand zu fragen, warum die einzige rechtskundige Person des Königspalastes ihr einen so falschen Rat gab?«

»In der Tat seid Ihr der Einzige, den man zur Rechenschaft ziehen wird, Girolamo Naso«, warf Cornelius ein, während er sein Schwertgehänge, das er seit seiner Rückkehr wieder ständig trug, abschnallte und deutlich kundtat, wie wenig er sich von der Wichtigtuerei des Notars beeindrucken ließ.

Es war nicht zu übersehen, dass der Zwerg Naso äußerst beunruhigt war. Er blinzelte heftig und wusste ausnahmsweise nichts zu erwidern. »Wer bin ich, dass ich die Verfügungen Ihrer Erhabenheit anzweifeln könnte?«, fragte er schließlich, weit weniger überlegen als sonst.

Cornelius nickte milde lächelnd. »In der Tat, wer seid Ihr, Notaio? Auf jeden Fall ein passender Sündenbock, wenn hier gegen die Interessen Seiner Erhabenheit gehandelt wird. Zieht Eure Männer zurück.«

Der Notar kletterte vom Hocker herunter, das Gesicht zu einer Grimasse verzerrt.

»Auf die zwanzig Augustalen braucht Ihr Euch übrigens keine Hoffnung mehr zu machen. Bezahlt die Pellagra selber.«

»Ich werde mich bei Ihrer Erhabenheit nach ihren derzeitigen Befehlen erkundigen«, murmelte Naso und marschierte mit seinen kurzen Trippelschritten zur Tür hinaus. Die schwarzen Mäntel verschwanden stillschweigend hinter ihm.

Ymme sank auf eine Truhe. »Dem Herrn sei Dank, dass er fort ist! Aber fertig ist er mit mir nicht. Er wird jetzt alles daransetzen zu beweisen, dass ich den Mord begangen habe. Und er hat sein Gesicht vor seinen Männern verloren. Ich glaube, das war überflüssig, Cornelius. Und unklug.«

Cornelius setzte sich neben sie und nahm ihre Hand. »Ich konnte nicht widerstehen. Und wie du schon sagtest, man kann nicht immer klug handeln.«

Am gleichen Tag, an dem Bruder Jacopo endlich den Palast verließ, wurde Ymme in die Kanzlei zu Nicola della Vigna bestellt.

»Die Untersuchungen wegen des Todes des Eunuchen Moro sind eingestellt worden. Euer Hausarrest, Dama lume, ist von dieser Stunde an aufgehoben«, verkündete der Justitiar, hochnäsiger denn je.

Ymme sah ihm erbittert ins Gesicht. Erwartete er jetzt etwa, dass sie ihn für den Vorzug, nicht gehängt worden zu sein, mit Augustalen bezahlte? »Wer hat Moro denn abgeschlachtet, wenn ich es nicht war?«, erkundigte sie sich trotzig.

»Es gibt keinen Mörder«, antwortete er, als ob es das Selbstverständlichste von der Welt sei.

»Ihr meint?«, fragte Ymme dumpf und fast unfähig, ihren Hohn zu verbergen, »er hat sich selbst die Kehle durchgeschnitten?«

»So wird es wohl gewesen sein. Das Messer hat man ja neben ihm gefunden.«

Ymme ballte die Fäuste. »Ihr als Justitiar des Großhofs, als Vorsitzender des Hofgerichts, oberster Richter des Kaisers und oberster Magistrato des Ordens der Gerechtigkeit – habe ich alle Ämter erwähnt? – habt die Stirn, die Untersuchung mit einer solchen Begründung zu beenden? Sie ist einfach lächerlich!«

»Niemandem ist in einer solchen Angelegenheit zum Lachen zumute«, erwiderte der Justitiar ernst, »und Ihr solltet auch nicht lachen, sondern dankbar sein.«

Ymme stieß voll Verachtung Luft durch die geschlossenen Lippen. »Moro fürchtete sich am Tag vor seinem Tod. Ich habe es deutlich gesehen.«

»Wo, Dama?«, fragte della Vigna mit trügerisch sanfter Stimme.

Sie merkte es, aber jetzt konnte nichts sie noch aufhalten. »In den Gemächern Ihrer Erhabenheit Jolanthe«, platzte sie heraus.

»Ihr wollt damit gewiss nicht sagen, dass sich der Eunuch fürchtete, von den zierlichen zarten Händen Ihrer Erhabenheit umgebracht zu werden, Dama?«

Durch Ymmes Kopf geisterte plötzlich ein aberwitziger Gedanke. Moro hatte Jolanthes Brüste mit seinen Händen liebkost. Jetzt erst ging ihr die Bedeutung dessen auf, was er an jenem Tag gesagt hatte. Vielleicht war es auch zu mehr als dem gekommen. Und nachdem er sich einmal vor Zeugen verplappert hatte, musste er zum Schweigen gebracht werden. Moro hatte sein Ende in dem Moment geahnt, als ihm der verhängnisvolle Satz über die Lippen gekommen war.

Ymme musste sich am Stehpult festhalten, damit ihre Beine nicht nachgaben. Sie spürte, wie ihr die Schweißperlen an den Schläfen herabrannen. Jolanthe hatte kaltblütig einen Mann umbringen lassen. Und sie selbst war Zeugin eines Bekenntnisses gewesen, das sie niemals hätte hören dürfen.

»Ist Euch nicht gut, Dama?«, erkundigte sich der Justitiar. In seiner Frage lag weniger die Besorgnis um sie als die Befürchtung, sie könnte sich in unziemlicher Weise gehen lassen.

»Doch, doch, Exzellenz Nicola della Vigna«, widersprach Ymme mühsam. »Es ist die Erleichterung, dass die Sache geklärt ist, die mir in die Knie gefahren ist.«

»Ja, wir dürfen uns alle glücklich schätzen«, stimmte er tonlos zu.

Irgendwie gelang es Ymme, die Kanzlei zu verlassen, ohne doch noch die Fassung zu verlieren.

14.
Der römische Würgegriff

Das Schnellschiff mit den Schlüsseln in der Flagge ließ die Palermer an der Cala zusammenströmen. Ymme und Cornelius wurden von dem Strom mitgerissen. Im Nu verbreitete sich die Nachricht von dem Tod des Heiligen Vaters Honorius sowie der Wahl des neuen Papstes in der Stadt. Die Mutmaßungen über den Namen des neuen Papstes schlugen hohe Wellen, als sie in den Palast zurückkehrten.

Am frühen Nachmittag dieses Märztages, der so ungewöhnlich heiß war, dass es abergläubischen Menschen wie eine Warnung vor kommendem Unglück schien, wurden zu einer Zeit, als die Arbeit hätte ruhen sollen, alle Würdenträger und Amtspersonen in die Palastkapelle gerufen. In gespannter Erwartung ging Ymme neben Cornelius die breite Treppe hinunter.

Still schoben sie sich zusammen mit vielen anderen in die Kapelle. Überwältigt von all dem Gold und Blau über ihr, starrte Ymme hinauf in die Kuppeln. Cornelius zog sie an eine Säule, neben der sie stehen blieben, während sich rings um sie der Kirchenraum füllte.

Dann betrat der Erzbischof in violettem Ornat die Kapelle, gefolgt vom Kaiser und seiner Gemahlin. Wo mochte der Kaiser sitzen? Ymme erschrak, als sie in ihrer Nähe den steinernen Thron entdeckte, auf dem er in steifer Haltung Platz nahm, während Jolanthe außerordentlich gelangweilt schien. Der Erzbischof hatte inzwischen die Kanzel erreicht, die weit und hoch über ihnen in den Raum ragte. Neben ihm stand der Logothet.

Es wurde still, als die Türen der Kapelle geschlossen worden waren. Der Duft von Weihrauch und Kerzenwachs füllte den Raum.

»Seine Erhabenheit Friedrich II., König beider Sizilien und von Jerusalem, Kaiser des Heiligen Römischen Reiches Deutscher Nation«, verkündete der Logothet, »bittet Seine Eminenz, den Erzbischof von Palermo, Berard von Castacca, zum Tod des Heiligen Vaters zu sprechen.«

»Unser geliebter Heiliger Vater Honorius ist nach kurzer schwerer Krankheit am achtzehnten Märztag dieses Jahres des Herrn 1227 gestorben«, begann der Erzbischof mit matter Stimme.

Ymme hatte plötzlich einen Kloß im Hals. Honorius war, anders als sein Vorgänger Innozenz III., ein milder und duldsamer Kirchenfürst gewesen. Aber würde sein Nachfolger es ebenfalls sein?

»Am Tag darauf ist Hugo von Segni, Kardinal von Ostia, zum neuen Oberhaupt der römischen Kirche gekrönt worden. In Fortführung des segensreichen Schaffens seiner Vorgänger hat er den Namen Gregor IX. angenommen.«

Ymme wechselte einen erschrockenen Blick mit Cornelius. Der Name Gregor verhieß nichts Gutes. Hatte nicht ein Gregor Heinrich IV. so tief gedemütigt, wie kein Papst jemals einen Kaiser vor ihm? Als sie sich wieder der Kanzel zuwandte, bemerkte sie aus dem Augenwinkel das wächserne Gesicht des Kaisers.

»Bei der Krönung«, fuhr der Erzbischof fort, »beschenkte unser Heiliger Vater das römische Volk mit beispielloser Großzügigkeit, um erneut und immer wieder den Sieg des Christentums vor der Welt zu demonstrieren.« Während des verhaltenen Händeklatschens, das seine Verkündung unterbrach, streichelte der Erzbischof gedankenverloren den Schnabel des Adlers, der die Buchstütze hielt.

Ymme fragte sich, was er mit beispielloser Großzügigkeit meinte.

»Die Gläubigen dürfen sich freuen, an den Feierlichkeiten Roms teilzuhaben, indem sie gebeten werden, einen Krönungspfennig zu spenden. Die Feier hat die Kasse des Heiligen Stuhls leider bis auf den Grund geleert.«

Das betretene Schweigen der Versammelten gestattete dem Erzbischof, seine Stimme zu senken. Überhaupt wirkte er bei weitem nicht so glücklich, wie er es nach einer erfolgreichen schnellen Papstwahl hätte sein sollen. »Nach seinem eigenen Verständnis tritt Gregor IX. in der Nachfolge von Innozenz III. an. Wie sein geistlicher Vorgänger hat er nach seiner Krönung verkünden lassen, er sei weniger als Gott, der Herr im Himmel, aber mehr als ein Mensch.«

Und mehr als Jesus Christus, dachte Ymme erschrocken und sah unwillkürlich zu seinem Bild in der Kuppel hinauf. Christus schien nichts gegen ihre Kritik zu haben, aber Cornelius griff nach ihrem Unterarm und drückte ihn mahnend.

»Der Heilige Vater, Gregor IX., sendet Sizilien seinen Segen und erwartet größere Demut gegenüber der Kurie, als sie bisweilen in den letzten Jahren zum Ausdruck gekommen ist.«

Tiefe Andacht bemächtigte sich der Gläubigen, als sie nach der Ansprache des Erzbischofs auf die Knie gesunken waren. Jolanthe kniete ebenfalls vor dem Thron, nur der Kaiser blieb sitzen, in Gedanken versunken, das Kinn auf die Hand gestützt.

Ymme, deren Blick auf ihn gerichtet blieb, schien es, als ob Hermann von Salza, der neben der erhöhten Plattform des Thrones kniete, mit sich rang, ob er seinen Kaiser darauf aufmerksam machen sollte, dass er den ersten Segen eines neuen Papstes wie jeder andere Christ des Abendlandes auf den Knien entgegenzunehmen habe.

Berard von Castacca ließ einen Augenblick verstreichen, dann erteilte er den Segen ohne die kaiserliche Anteilnahme.

»Ausgerechnet dieser schreckliche Hugo!«, sagte Ymme erbittert, die sich auch nach einem Spaziergang im Garten noch nicht von ihrem Schrecken erholt hatte. Sie blieb stehen und starrte über die Bäume hinweg. »Sieh mal, sogar die Berge tragen Trauer ... Seltsam.«

Die Bergspitzen waren in schwarze Wolken gehüllt, und die Nebelschwaden sanken so schnell an den schroffen Felswänden herab wie Segel, die im Hafen gefiert werden.

»Wundert mich nicht. Sizilien ahnt, was ihm unter einem Gregor blüht.«

Ymme lächelte. Sonst war Cornelius so nüchtern, er würde einer Insel nie Gefühle unterstellt haben. »Gerade er musste es werden! Seine Zöglinge, die Franziskanermönche, waren vorher mehr oder minder nur Boten, die hinter dem Rücken von Honorius agierten. Aber jetzt sind sie mit einem Schlag zur persönlichen Armee eines Papstes geworden ...«

»Vergiss die Dominikaner nicht, die Hunde Christi«, sagte Cornelius so düster, wie seine Stimmung war. »Die bellen nicht nur, die beißen auch. Hugo hat seine Bettelbrüder sehr klug aufgeteilt: auf der einen Seite ein Orden, in dem fanatische Laien die Drecksarbeit für die Kurie übernehmen – auf der anderen Seite ein Orden mit klugen, ehrgeizigen Priestern, die ihm jede Auslegung und Begründung liefern werden, die er braucht.«

»Er muss seit Jahren darauf hingearbeitet haben, Papst zu werden«, mutmaßte Ymme.

»Seine Eminenz, der Erzbischof von Palermo, kam in Rom an, als die Türen schon hinter den Kardinälen verschlossen worden waren, heißt es, obwohl er sich nach dem Bekanntwerden der Erkrankung von Honorius sofort eingeschifft hat.« Cornelius schaute sich um.

Ymme sah, dass sein Blick eine Weile an einem kraushaarigen und krummbeinigen Gärtner hängen blieb, den sie selbst schon gelegentlich in ihrer Nähe bemerkt hatte.

»Lass uns zu den Ställen gehen«, sagte er und fuhr erst auf der Treppe fort zu reden. »Verstehst du? Für die deutschen Kardinäle, die wenigstens zum Teil auf Friedrichs

Seite stehen, war es unmöglich, Rom vor der Wahl zu erreichen, und das war Absicht. Sie hätten Hugo nicht gewählt; wer, mit klarem Verstand, würde nach den Massakern in Frankreich schon einen leiblichen Verwandten von Innozenz zum Papst machen und riskieren, dass die eigenen Gläubigen durch Ketzerverfolgungen dezimiert werden? Kann man eine solche Erkrankung, wie Honorius sie hatte, eigentlich auch auslösen?«

Ymme legte erschrocken den Finger auf die Lippen. »Cornelius«, flüsterte sie entsetzt. »So etwas darf man nicht einmal denken! Aber was meinst du mit dem Hinweis auf Innozenz? Auch der Erzbischof hat schon von ihm gesprochen!«

»Der Erzbischof dachte nur an die Überhöhung, die Innozenz und Gregor für sich selbst in Anspruch nehmen«, sagte Cornelius grimmig. »Muss ein Familienerbe sein. Ich rede davon, dass Hugo von Ostia ein erbberechtigter Neffe von Innozenz ist. Innozenz hatte Hugos Familie die Grafschaft von Sora zum Lehen gegeben, die er als Sicherheit für die ihm zustehende Vergütung der Vormundschaft über Friedrich überantwortet bekommen hatte. Kaum war Friedrich volljährig, bezahlte er und verlangte dafür die Grafschaft zurück, die ja seine war. Aber für den Verlust dieser Grafschaft, die ihm eben nicht gehörte, hasst Hugo von Ostia Friedrich bis auf den heutigen Tag. Bei allen diesen Händeln von Kirchenfürsten und weltlichem Adel geht es vor allem um die eigene Macht und persönliches Besitztum.«

»Deswegen war der Kaiser wie versteinert«, erkannte Ymme. »Aber woher weißt du das alles?«

Cornelius lächelte trübe. »Mein Herz, in Foggia wird nicht nur Schach gespielt. Und weil der Kaiser mich nicht mehr so oft benötigte, hatte ich umso mehr Zeit, mit Leuten zu schwatzen.«

»Seltsam, dass er dich überhaupt mitgenommen hat!«

»Ich konnte nie eine handfeste Begründung dafür finden«, sagte Cornelius zustimmend. »Aber ich habe es auf meine Weise genutzt. Ich war zum Beispiel des Öfteren in der Sarazenenstadt Lucera, um meine Arabischkenntnisse zu erweitern. Wenn jemand Arabisch spricht, akzeptieren sie einen sofort, vor allem, wenn man sich während der Gebetszeiten unauffällig verhält.

»Das hört sich ja so an, als ob Friedrich auf deine Künste als Troubadour kaum Wert gelegt hat?«

Cornelius zuckte gleichmütig mit den Schultern. »Wenn ich ihm deswegen an den Hof gefolgt wäre, wäre ich mir völlig überflüssig vorgekommen. Aber ...«

Dieses Mal verschloss Ymme mit dem Finger seine Lippen. Er hatte es nicht am eigenen Leibe zu spüren bekommen, wie gefährlich dieser intrigante Hof war. Die Anwesenheit des Kaisers milderte nur die sichtbaren Auswirkungen. Und sie wusste ja, dass und für wen er Erkundigungen einzog.

Hinter der Mauerkrone wurden in diesem Augenblick die geistlichen Würdenträger sichtbar, die den Erzbischof begleitet hatten.

Cornelius entzog sich Ymmes Hand, die seine Lippen liebkoste. »Sieh nach oben. Die Priester haben offenbar auch das Bedürfnis, die Entwicklung zu diskutieren. Möglicherweise macht sich sogar der Erzbischof Sorgen. Bis jetzt gilt er als Anhänger des Kaisers. Aber was ist, wenn der neue Papst ihn zwingt, sich zwischen Kaiser und Kurie zu entscheiden?«

»Ich glaube, er ist zu klug, um sich in eine solche Zwangslage zu begeben«, meinte Ymme. Alles in allem war sie zu dem Schluss gekommen, dass der Erzbischof sie wegen des Beichtvaters eher hatte warnen als ihr drohen wollen. Er hatte sich durch die spitzfindigen Einwürfe des Notars nicht provozieren lassen. Aber sie war gewarnt.

Sie hatte sich vorbereitet.

Man hatte Ymme und Cornelius am Wasserbecken bemerkt. Ein junger Mann in der Kleidung eines Novizen lief die Treppe herab und schoss auf sie zu. »Ich bin ganz untröstlich«, schnaufte er, als er sie erreicht hatte, »dass ich mir erlaube, ein vertrautes Gespräch zwischen dem

Cavaliere und der Dama zu unterbrechen, jedoch wünscht seine Eminenz, ein, zwei Worte mit Euch zu wechseln. Ich weiß ...«

»Es ist gut«, unterbrach Cornelius seine Entschuldigungen, »wir kommen.«

Berard von Castacca lächelte ihnen wohlwollend entgegen. Die Schar schwarz gewandeter Männer wich auseinander wie ein sich öffnender Fächer, als sie herantraten.

»Ich bedauere sehr«, entschuldigte der Erzbischof sich für einen Palermer recht knapp, um auf sein Anliegen zu kommen, während Ymme und Cornelius noch seinen Ring küssten. »Ich hoffe, meine Ansprache ist nicht zu schnell erfolgt, um in allen ihren Konsequenzen für Euch verständlich gewesen zu sein.«

Ymme sah ihn verwundert an.

»Uns ist die Verwandtschaft zwischen den Heiligen Vätern Innozenz und Gregor bekannt«, antwortete Cornelius beherrscht, womit eigentlich alles gesagt war.

Der Erzbischof nahm es mit knappem Nicken zur Kenntnis. »Was die Beichte angeht ... Es wäre möglicherweise günstig ...«

»Oh, was das betrifft, Eminenz«, sagte Ymme beherzt, »ich habe inzwischen begriffen, dass Ihr Euch wegen der besonderen Lage Sorgen macht, in der sich die sizilianischen Geistlichen gegenüber ihrem König und Rom befinden. Unser Beichtvater ist Pater Thaddäus Spinola vom Orden der Zisterzienser. Wir können bei ihm in deutscher Sprache beichten, deswegen ...«

»Ich verstehe«, sagte der Erzbischof. »Schön. Wir werden sehen, was die Zukunft bringt. Der Herr sei mit Euch.« Sie waren entlassen.

»Was sollte das denn?«, fragte Ymme am Fuß der Treppe. Die Geistlichen waren schon außer Sicht, offensichtlich eilten sie in den erzbischöflichen Palast zurück. »Sieht auch er eine Gefahr voraus? Aber welche?«

»Ich weiß es nicht«, antwortete Cornelius abwesend. »Hast du mir nicht erzählt, dass der Notar Girolamo Naso versuchte, den Erzbischof gegen dich aufzuhetzen? Jetzt war er wieder mitten unter den Priestern. Teufel auch, ich glaube, er verwechselt ständig sein Amt mit dem eines Priesters. Und warum jagt ihn der Erzbischof nicht davon?«

»Immerhin weiß er jetzt, welchen Beichtvater wir haben und wird endlich Ruhe geben.« Ausnahmsweise war Ymme sehr mit sich zufrieden.

Ymme war gerade dabei, Biancas Wadenwickel zu erneuern, als der Kaiser die Gemächer seiner Frau betrat. Sie wollte sich sofort zurückziehen, aber er bedeutete ihr, weiterzumachen. Die Hände auf dem Rücken verschränkt, sah er ihr zu.

»Ist es gefährlich?«, fragte er besorgt.

»Ich denke nicht, Eure Erhabenheit«, antwortete Ymme. »Bianca hat schon mehr überstanden. Sie ist nicht nur ein schönes, sondern auch ein robustes Mädchen.«

»Ja, nicht wahr?« Friedrich lächelte versonnen. »Hat sie schon Zähne?«

Ymme musste lachen. »Aber sicher, Eure Erhabenheit! Sie ist doch schon fast acht Monate alt.« Obwohl der Kaiser von seinen anderen Töchtern nie Notiz genommen hatte, schien er Bianca zärtlich zu lieben. Vielleicht lag es daran, dass sie ihm mit ihrem kantigen Gesichtchen, das einen festen Willen bekundete, so sehr ähnelte. Im Übrigen waren ihre Augen braun und ihre Haut dunkler; trotzdem schien sie eher die Tochter des Kaisers als seiner Ehefrau zu sein.

»Es klingt, als ob Ihr Prinzessinnen das gleiche zutraut wie Prinzen, Dama?«

»Mindestens!«, antwortete Ymme bedenkenlos und ließ Bianca den Finger, den diese fest umklammerte.

»So, so. Glaubt Ihr, sie würde mich zurückweisen?« Friedrich reckte den Hals und ähnelte irgendwie einem Uhu auf der Stange, der nicht genau weiß, ob die Maus vor ihm essbar ist. Bianca schien nichts gegen Mäuse und Uhus zu haben.

»Nein«, sagte Ymme. »Nur zu.« Oh je, dachte sie mit verspäteter Einsicht, so redet man nicht mit Kaisern.

Aber er hatte nur Augen für sein Töchterchen. Er kitzelte Bianca vorsichtig unter dem Kinn, und sie krähte vergnügt trotz ihrer heißen, roten Wangen. Es gefiel ihnen beiden. Friedrich sah verblüfft zu Ymme hinüber, und sie nickte. Da seht Ihr, hätte sie beinahe gesagt.

»So kommt Ihr auch einmal in meine Gemächer, Friedrich?«, fragte Jolanthes eifersüchtige Stimme aus dem Hintergrund. »Zu der ungeliebten Ehefrau oder zu der unnützen Tochter?«

Friedrich drehte sich abrupt um. »Oh, seid Ihr da, Jolanthe? Ich wähnte Euch im Garten. Alles andere betrachte ich als ungesagt.«

Jolanthe löste sich von dem Vorhang, hinter dem sie gestanden hatte, möglicherweise schon, als sich Ymme noch mit Bianca allein glaubte. »Dazu bin ich wohl verurteilt. Und im Gegensatz zur Dama traut Ihr Prinzessinnen keineswegs das Gleiche zu wie Prinzen. Dafür bin ich der lebende Beweis! Ich bin die gekrönte Königin von Jerusalem, und Ihr seid niemals auf die Idee verfallen, mich in Eure das Heilige Land betreffenden Pläne einzubeziehen.«

Der Kaiser betrachtete seine junge Ehefrau, die sich so überraschend in seine Geschäfte einzumischen versuchte, mit Abneigung. »Ihr versteht nichts vom Regieren, Jolanthe. Auch Euer Vater war ein mieser Regent, wie das ganze Abendland gesehen hat. Es ist ihm nicht gelungen, Jerusalem zurückzuerobern. Seid dankbar, dass der Papst Euren Vater unter seinen Schutz genommen hat, obwohl dazu wahrlich kein Grund bestand. Im Übrigen kümmere ich mich jetzt um Jerusalem. Ihr braucht also keine Sorge zu haben.«

Jolanthe wurde dunkelrot vor Zorn. »Ihr habt mich nur geheiratet, um Jerusalem in die Hand zu bekommen«, zischte sie.

»Und Ihr mich, um Kaiserin zu werden«, antwortete Friedrich, der sich wieder gefangen hatte. »So ist das Leben. Einer hilft dem anderen.«

»Ich wurde nicht gefragt«, sagte Jolanthe gehässig.

»Aber Ihr habt Recht. Jetzt bin ich volljährig und will Königin von Sizilien sein und Kaiserin des Reiches.«

Friedrich maß sie mit abschätzigen Blicken. Es war erkennbar, dass er seine ungewandte Frau, die nach der Geburt von Bianca deutlich an Umfang zugenommen hatte und im Übrigen mehr denn je einer Muselmanin aus den östlichen Teilen des Sultanats ähnelte, nicht in der Rolle der Kaiserin sah. Fast empfand Ymme Mitleid mit ihr.

»Nach der Geburt meines Sohnes sprechen wir darüber«, schlug der Kaiser vor. »Bis dahin habt Ihr den Umgang mit den Großen dieser Welt vielleicht erlernt.«

Jolanthe brodelte vor Wut. »Indem Ihr mich hier im Palast einsperrt? Lasst mich an der Gesellschaft der Könige und Päpste teilhaben.«

Friedrich verzog das Gesicht. Die Diskussion wurde ihm lästig. »Wir werden in den nächsten Monaten nichts dergleichen haben, Jolanthe. Wir bereiten den Kreuzzug vor.«

»Den Kreuzzug?« Jolanthe starrte ihn mit offenem Mund an. »Ich dachte, Ihr hättet ihn aufgegeben, während Ihr Euch in Foggia der Jagd und den Künsten hingegeben habt. Und jetzt, wo wir einen neuen Heiligen Vater haben, solltet Ihr erst ihn um Rat bitten ...«

»Ganz im Gegenteil, meine Liebe«, unterbrach sie der Kaiser barsch. »Ganz im Gegenteil. Seitdem Gregor Papst ist, betreiben wir die Vorbereitungen des Kreuzzuges mit größerem Nachdruck denn je. Er ist von anderem Format als Honorius. Wir werden uns von ihm nicht vorwerfen lassen, wir hätten unsere Verpflichtungen nicht erfüllt, und wir werden ihn keinesfalls um einen Rat fragen, den wir nicht benötigen.« Er machte kehrt und rauschte so schnell hinaus, dass der Kammerjunge die Tür um ein Haar nicht schnell genug aufbekommen hätte.

Ymme sah ihm verstohlen nach. Seine Worte hatten bestätigt, dass er in Gregor einen härteren Gegner als in Honorius sah, der es möglicherweise darauf anlegen würde, den kaiserlichen Kreuzzug zu verhindern. Der Kaiser wusste um die Gefahr. Jolanthe würde es nicht schaffen, ihm den Kreuzzug auszureden, so wie sie es dem Mönch gegenüber versprochen hatte. Dann fiel ihr Blick auf Jolanthe.

Deren geballte Faust zitterte, während sie ihrem Ehemann blicklos nachstarrte. Tränen der Wut standen in ihren Augen. »Ich hasse dich«, flüsterte sie. »Oh, wie ich dich hasse!«

Auf dem Weg zu ihrer Wohnung wurde Ymme von einem sarazenischen Wächter abgefangen, den sie noch nie gesehen hatte. Er vollführte den traditionellen Gruß. »Der Qawm des Hennaverkäufers Ibn Abdûn im Darb der Roten Farben ersucht um deine Hilfe, Hakima«, flüsterte er. »Es sind nur zwei Frauen und zwei junge Söhne ... Sie wissen nicht, was sie machen sollen.«

Ymme betrachtete ihn verwundert. Allein die Botschaft war merkwürdig. »Sind sie krank?«, erkundigte sie sich.

»Ja, sehr.« Der Wächter sah sich aufgeschreckt um und lauschte Schritten, die durch den Flur hallten, ohne dass jemand zu sehen war. »Ich muss gehen. Frage Constanza, Hakima. Sie weiß, wo das ist. Und beeile dich. Bitte!«

Na, gut. Ymme beschloss, der Familie zu helfen. Mit Verwunderung nahm sie allerdings zur Kenntnis, dass Constanza sie ungewöhnlich respektlos und fast abweisend anstarrte, bevor sie sich achselzuckend entschloss, Ymmes Korb zu holen.

Ymme schüttelte den Kopf und begann zu überlegen, was sie möglicherweise noch benötigen könnte. Wenig später verließen sie den Palast. Es war später Nachmittag und nicht außergewöhnlich heiß.

»Was ist eigentlich mit dem Clan?«, fragte Ymme, als sie im Schatten der Häuser den Palasthügel abwärts wanderten. »Du verhältst dich ziemlich sonderbar, seit ich von ihnen gesprochen habe.«

»Ja«, sagte Constanza zögernd, »sie sind Berber, Dama. Wir Araber mögen sie nicht. Am besten wären sie bei ihren Leuten in Kerkent geblieben. In Eurer Sprache Girgenti. Da gibt es viele Berber. Wo Araber und Berber an einem Ort leben, gibt es Streit.«

»Ah so«, murmelte Ymme erstaunt. Gerade, als sie eine weitere Frage stellen wollte, rief aus nächster Nähe ein Muezzin zum Nachmittagsgebet. Im ehemaligen Stadtteil der Sklaven gab es noch viele Minarette, im Gegensatz zu Palermo, wo offensichtlich nicht nur die große Freitagsmoschee, sondern auch die meisten kleineren abgerissen worden waren.

Während Constanza sich wie viele andere Passanten nach Mekka wandte, wandte Ymme sich einer Hauswand zu und betete still. In der Ferne rief ein Händler seine Ware aus.

»Ist dieser Clan vielleicht deshalb so klein, weil nur ein einziger Mann mit seinen Frauen in Palermo eingewandert ist?«, fragte sie, als Constanza wieder aufgesprungen war.

»Nein, das kann die Ursache nicht sein«, antwortete Constanza überzeugt. »Vielleicht sind die Männer auf Reisen.«

Aber Ymme vermutete im Darb der Roten Farben, der aus nur sieben Haustüren zu ebener Erde hinter einem in den Angeln schief hängenden Tor bestand, noch bevor sie die Wohnung des Hennaherstellers betreten hatte, dass möglicherweise eher ein Todesfall der Grund für die Abwesenheit von Männern war. In der Mitte des Hofes lagen die Scherben von Tonkrügen, die als Zeichen der Trauer zerschlagen worden waren.

Die Türöffnung war mit einem Vorhang aus Schnüren verhängt, an denen leise klappernde Fruchtkapseln hingen, und Ymme konnte erkennen, dass eine in Weiß gekleidete Frau neben einer Bettstatt saß. Die Wohnung bestand aus diesem einzigen Raum.

»Du bleibst in der Tür stehen, Constanza«, befahl Ymme und schritt über die Schwelle.

Die Frau strich sich ihre gelösten Haare aus den verweinten Augen und sah auf. Sie erkannte Ymme sofort. »Danke, dass du gekommen bist, Hakima«, schluchzte sie mit einem seltsam schleppenden Klang in der Stimme. »Ich weiß mir keinen Rat. Vor kurzem haben wir die Totenfeier für meinen Ehemann ausgerichtet, jetzt liegt mein Sohn auf den Tod, und ich habe keinen männlichen Beistand.«

Ymme trat näher, an einer ebenfalls weiß gekleideten Gestalt vorbei, die an der Wand kauerte und ein zweites Kind an der Brust wiegte. Der Junge im Bett hatte einen hochroten Kopf und dampfte vor Hitze. »Wie lange war sein Vater krank?«, erkundigte sie sich behutsam.

»Gar nicht. Er wurde auf der Straße von einem herabfallenden Gerüst erschlagen.«

»Und bei der Totenfeier waren alle Nachbarn anwesend?«

»Ja, aber nur die aus diesem Darb«, gab die Frau mit kläglicher Miene zu. »Wir haben hier nicht sehr viele Freunde ...«

»Sind denn auch Nachbarn erkrankt? Haben sie möglicherweise das Essen nicht vertragen?«

Die Hausfrau schüttelte tieftraurig den Kopf. »Außer meinem älteren Sohn niemand. Von dem Fremden wissen wir es nicht. Er kam als letzter Gast zur Leichenfeier. Er hat wohl nicht bemerkt, dass wir ..., dass wir Berber sind, obwohl er die 'imama meines Ehemannes ja deutlich hätte sehen müssen. Vielleicht hatte er besondere Gründe, uns nicht vor den Kopf zu stoßen ...« Ihr Worte verloren sich hinter den Händen, die sie vor das Gesicht geschlagen hatte.

Ymme kniete neben dem Lager nieder. Der Junge atmete schwer. So vorsichtig es ging, drehte sie seinen Kopf zum Licht. Sein Schmerzensschrei war nur ein mühsames Krächzen.

»Er hat Angst ...«, murmelte seine Mutter.

Ymme nickte und schaffte es, dem Jungen in den Mund zu sehen. Trotz des gedämpften Lichtes erkannte sie, dass sein Zäpfchen hochrot war. »Geh in den Hof, Constanza«, sagte sie leise, »und komm ja nicht zurück!«

Ihre Stimme ließ die Frau aufmerksam werden. »Was ist es? Wird er sterben?«

Ymme wiegte den Kopf. »Ich weiß es nicht. Ich fürchte, er hat Masern oder Pocken. Beide Krankheiten können tödlich enden.«

»Vor drei Jahren war am Hof des Imberadour ein gelehrter Mann aus Spanien zu Gast. Viele Kinder in der Saqâliba waren damals erkrankt, meine beiden auch. Der Hakim hat gesagt, es wären Masern, und behauptet, wer davongekommen wäre, würde sie nie mehr bekommen.«

Das mochte stimmen, davon wusste Ymme nichts, aber dann war die Prognose umso schlimmer, dann blieben nur die noch gefährlicheren Pocken. »Ich möchte mir deinen jüngeren Sohn auch ansehen«, sagte sie ausweichend.

Er war weniger heiß und atmete ohne Mühe. Als sie sein Hemd anhob, fand sie eine kleine Pustel am Bauch. Ymme seufzte. »Es sind Pocken.«

»Dann werden sie sterben.« Die Frau des Hauses begann zu weinen.

Ymme umfasste ihre Schultern und drückte sie sanft. Als das Schluchzen leiser geworden war, sagte sie: »Ob ein Pockenkranker überlebt, hängt auch von der richtigen Pflege ab. Ihr werdet euch beide Tag und Nacht abwechseln. Hauptsache, ihr erkrankt nicht auch noch.«

Die Frau trocknete ihre Tränen und sah Ymme scheu an. »Meine Schwester und ich waren als Kinder an den Pocken erkrankt. Wir wurden damals gesund und werden es wieder schaffen.«

Ymme nickte zerstreut und begann ihnen Anweisungen für die Krankenpflege zu geben. »Geht so wenig aus wie möglich«, schloss sie, »und lasst niemanden herein.«

»Das haben wir auch vorher nicht getan. Und jetzt haben wir unsere Pflichten gegenüber dem Toten zu erfüllen.«

Ymme stand zögernd auf und sah sich scheu im Raum um. Begütert war diese Familie ganz sicher nicht. »Was war mit diesem Fremden?«, fragte sie direkt.

Die Schwester der Hausfrau forderte sie mit einem Wink auf, ihr in den Hof zu folgen. »Mein Name ist Kahina«, stellte sie sich vor. »Wir kannten den fremden Gast nicht. Mir war er unangenehm. Er spähte umher, als ob er unser kleines Haus auskundschaften wollte. Aber die Höflichkeit gebietet, alle Arten von Trauer zu akzeptieren, mögen sie uns auch unbekannt sein.«

»Sprach er wie einer, der in Palermo geboren ist?« Eigentlich wusste Ymme selbst nicht, worauf sie hinauswollte. Aber sie hoffte, noch mehr zu erfahren, indem sie das Gespräch in Gang hielt.

Kahina sah sie überrascht an. »Darüber habe ich mir keine Gedanken gemacht«, gestand sie. »Wir leben noch nicht so lange hier, verstehst du? Wir sprechen anders.«

Ja, das hatte selbst Ymme bemerkt.

»Aber etwas anderes finde ich jetzt sonderbar. Er benahm sich nicht wie ein Muslim.«

Ymme hob die Augenbrauen. Ein Mann, der kein Muslim ist, besucht Menschen bei einer muslimischen Trauerfeier, die er nicht kennt.

»Ja«, fuhr Kahina fort, augenscheinlich froh, über anderes als die alltäglichen Sorgen sprechen zu können, »er hat den anderen Männern verstohlen abgeguckt, was sie machten, und sprach wenig. Es war, als ob er nicht auffallen wollte, er hielt sich meistens bei den Kindern auf. Während einer Trauerfeier macht man sich darüber keine Gedanken. Jeder ist anders, und vielleicht hatte er einfach nur Hunger. Allah nährt jeden, und wie er es macht, liegt bei Ihm.«

»Wie sah der Mann aus?«, erkundigte Ymme sich.

»Nicht anders als andere Menschen. Glatte dunkle Haare, dunkle Augen und vielleicht etwas hellere Haut. Aber nicht wie du, Hakima!«

Ymme lächelte flüchtig und nahm die Hände der jungen Frau. »Ich wünsche euch alles Gute«, sagte sie warmherzig. »Ich komme morgen wieder, um nach den Jungen zu sehen. Lebe wohl.«

»Cornelius«, sagte Ymme nach einer schlaflosen Nacht, »diese Pocken beunruhigen mich. Ich weiß nicht, warum.«

»Sie müssen sich nicht ausbreiten. Ich habe das oft genug im Heiligen Land erlebt.«

»Ja, sicherlich«, sagte Ymme zögernd, »aber erst war die Rede davon, dass der Kaiser einen seiner Versuche durchgeführt hat und die Folge davon eine Pockenepidemie sei – obwohl mir völlig unklar ist, wie er das angestellt haben sollte –, und jetzt treten sie hier wirklich auf. Kann das Zufall sein? Zumal die Umstände ganz seltsam sind.«

»Und die wären?«

»Die Leute leben für sich allein, weil sie Berber sind. Und da sollen sie plötzlich Pocken bekommen? Ich habe immer nur davon gehört, dass Pilger oder Soldaten sie aus fremden Ländern einschleppen. In Kastilien war es auch so ...«

»Ein Hennaverkäufer kommt zwangsläufig mit Lieferanten und Kunden zusammen. Vielleicht hat er sich die Pocken bei ihnen geholt.«

Ymmes Gedanken gingen zurück in die Vergangenheit, wo sie am Maristan von Toledo schon einmal geglaubt hatte, dem Geheimnis der Pocken ganz dicht auf den Fersen zu sein. »Weißt du, was du gerade gesagt hast? Pocken – als wären sie wie Läuse, die man sich bei unsauberen Leuten holen und weitergeben kann ... Wie winzige Läuse. Noch kleiner. Unsichtbar ...« Ihre Stimme verlor sich angesichts der Unmöglichkeit, sich etwas Unsichtbares vorzustellen.

»Dama!«

»Was ist, Angelina?« Ymme war ungehalten, weil sie sich bei ihren Gedankengängen gestört fühlte.

»Constanza verweigert die Arbeit«, antwortete Angelina mürrisch.

»Das tut sie nie!«, widersprach Ymme verblüfft.

»Manche Personen werden einfach überschätzt. Überzeugt Euch selbst«, versetzte Angelina schnippisch, warf den Kopf zurück, wie sie es immer tat, wenn sie sich über Ymmes Meinung hinwegsetzen wollte, und ging ihrer Wege.

»Dass sie ihre Streitigkeiten stets über mich austragen müssen«, murmelte Ymme verärgert und folgte ihr in den anderen Raum.

Constanza lag rücklings auf den Fliesen. Ihr Kopf war so hochrot, dass Ymme sofort ahnte, was los war. Pocken.

»Cornelius, komm bitte und hilf«, rief sie seufzend. Immer etwas Neues, bevor alte Probleme erledigt waren! Musste das denn sein?

Er erkannte auch ohne Erklärung, was geschehen war, nahm Constanza auf den Arm – er hatte im Morgenland so oft mit Pocken zu tun gehabt, dass er keine Angst davor hatte. »Wohin mit ihr?«

»Im Palast können wir sie nicht lassen«, überlegte Ymme laut. »Die Gefahr wäre viel zu groß, vor allem für Bianca. Aber es muss in der Nähe sein, damit ich sie pflegen kann.«

»Erinnerst du dich an den Verschlag, den Bruder Jacopo erwähnte?«, fragte Cornelius. »Ich weiß, wo er ist. Er steht leer.«

Ymme hob sich auf die Zehenspitzen und küsste ihn auf die stoppelige Wange. »Also auf, dorthin. Wohl der Frau, die einen tapferen Ritter ihr eigen nennen kann, der sich sowohl im Kampfes- als auch im Turniergelände auskennt!«

»Ja«, sagte Cornelius und blickte dem jungen Mädchen mitleidig ins Gesicht, »aber ein Turnierspaß wird es nicht werden. Meistens sind es die Kinder, die sterben.«

»So habe ich es nicht gemeint, das weißt du wohl«, versetzte Ymme. »Ich war vielmehr erleichtert zu wissen, dass du alle diese Dinge im Auge behältst, die uns vielleicht einmal nützlich sein werden. Seitdem ich mit meinen unbedachten Worten dem Justitiar zu verstehen gab, wer den Mord an Moro angeordnet haben könnte, meine ich manchmal schon die Schlinge zu spüren, die wir beide um den Hals haben.«

»Der Kaiser selbst hat dich beschützt, er wird es auch weiter tun. Komm, lass uns jetzt gehen.«

Ymme nickte und warf ein leichtes Tuch über Constanza, das ihr Gesicht für andere verhüllte.

Sie durchquerten den Garten, ohne jemandem zu begegnen. Zu Ymmes Verwunderung stellte sich das, was der Mönch verächtlich als Verschlag bezeichnet hatte, als ein arabischer Lustpavillon heraus, der in einem Hain von wild wuchernden Granatapfelbäumen versteckt war. Wunderschön! Und wäre sie nicht so besorgt wegen Constanza gewesen, wäre sie von dieser unerwarteten Entdeckung begeistert gewesen.

Am Nachmittag betrat Ymme ein Trauerhaus, in dem sich die Trauer verdoppelt hatte. Der ältere der beiden Jungen war gestorben. Die Mutter war in ihrem Schmerz so versteinert, dass sie, alle Bräuche missachtend, die Klageweiber abgewiesen hatte. Nachdem sie ihren Sohn eigenhändig gewaschen und bekleidet hatte, hatte sie zwei Träger angemietet und war inzwischen mit der Leiche ihres Sohnes auf dem Weg zum Friedhof.

»Wir Frauen der Amarzigh fühlen uns freier als die Araberinnen«, bekannte Kahina entschuldigend und bekümmert. »Meine Schwester kann niemand aufhalten, wenn sie sich etwas vorgenommen hat.«

Gegenüber Ymme hätte es keiner Entschuldigung bedurft. Aber sie verstand, dass Kahina glaubte erklären zu müssen, warum sich ihre Schwester anders verhielt, als es unter Musliminnen üblich war.

Was den anderen Jungen anging, war Ymme zuversichtlich. Die Pocken hatten sich inzwischen über sein ganzes Gesicht ausgebreitet, waren jedoch nicht in die Gehörgänge vorgedrungen und auch nicht auf die Hornhaut der Augen – zudem war er nicht übermäßig heiß, als ob die Kraft der Erkrankung mit dem vollständigen Ausbrechen der Pusteln auf der Haut geschwächt worden wäre. »Wenn Allah sich etwas vorgenommen hat, führt er es auch aus. Es sieht aus, als ob der junge Mann es schafft«, sagte sie zuversichtlich.«

Kahina warf ihr einen dankbaren Blick zu.

»Wie viele Kinder waren eigentlich bei der Trauerfeier für ihren Vater anwesend?«, fragte Ymme.

»Spielt das eine Rolle?« Kahina machte zwar ein ungläubiges Gesicht, aber sie versuchte sich zu erinnern und zählte dabei an den Fingern ab. »Unsere beiden und dann die drei Mädchen aus der Nachbarschaft«, sagte sie schließlich.

»Aber die Mädchen haben sich gewiss bei ihren Müttern aufgehalten und nicht bei euren Jungen?«

»Ja, wo denkst du hin, Hakima! Niemand hätte ihnen erlaubt, bei den Jungen zu sitzen.«

»Und die Mädchen sind gesund?«

Kahina nickte.

»Der Fremde hielt sich also meistens bei euren Jungen auf?«, fragte Ymme, ohne sich anmerken zu lassen, dass dies ihre wichtigste Frage war. Gottlob schien die Tante des Patienten viel Geduld zu besitzen. Oder unter Einsamkeit zu leiden.

Kahina streichelte zärtlich die Wange des Kleinen und lächelte ihm zu, was ihm ein Seufzen entlockte. »Ja, er saß zwischen den beiden. Unser Kleiner hier beklagte sich anschließend, dass der Mann Disteln oder Kaktusstacheln an seiner Kleidung gehabt hatte, denn er hatte sich an ihm gestochen. Wahrscheinlich kam der Gast vom Land, obwohl sein Gesicht mehr nach einem Zolleintreiber aussah. Wenn du verstehst, was ich meine. Habgierig.«

Ymme nickte und schluckte ihre Aufregung hinunter. Diese Auskunft war wichtig, sie spürte es genau, obwohl sie noch nicht ahnte, was sie zu bedeuten hatte. Sie legte Kahima ihre Hand kurz zum Trost und als Dank auf die Schulter und verließ leise das Haus.

Nach ihrer Rückkehr in den Palast schaute Ymme als Erstes im Lustpavillon vorbei, in dem Cornelius an Constanzas Lager wachte. Ihr Zustand war unverändert ernst, ihr Herz raste im Fieber.

Cornelius erneuerte geschickt die kalten Wadenwickel. Natürlich musste er dabei Constanzas Beine bewegen, was ihr jedoch keine zusätzlichen Beschwerden verursachte. Wenigstens das sprach für einen günstigen Ausgang. Im Übrigen verlief Constanzas Erkrankung nicht ganz typisch; die Schnelligkeit, mit der sie ausgebrochen war, erschien Ymme merkwürdig. Zudem hatte die Kranke zuerst Bläschen hinter den Ohren gehabt, was ebenfalls nicht normal war.

Als Cornelius Constanza wieder mit einer leichten Decke zugedeckt hatte, griff er in sein Wams und holte ein Stück Papier heraus. »Komm mit, ich zeige dir, was ich unter dem Bettzeug gefunden habe. Bin gespannt, was du dazu sagst.«

Ymme folgte ihm neugierig an einen Fensterbogen, der Licht und Wind, aber keine Sonne hereinließ.

Cornelius las vor: »An den ehrenwerten Bruder. Die Ereignisse überstürzen sich. Deine sofortige Anwesenheit ist erforderlich. Sei nach dem Abendgebet in der Gasse der Flötenspielerinnen gegenüber dem Leuchtturm. Der Bruder zur rechten Hand.«

»Barmherziger Gott!«, stieß Ymme aus. »Was soll das wohl bedeuten? Es klingt nach einer geheimen Bruderschaft.«

»Die Franziskaner sind auch eine Bruderschaft«, gab Cornelius zu bedenken. »Als die Kurie noch nicht entschieden hatte, ob sie Ketzer sind oder nicht, hat sicher mancher seine Zugehörigkeit geheim gehalten. Und immerhin hat hier Jacopo gewohnt, bis er wie vom Erdboden verschluckt war.«

»Abendgebet klingt aber mehr nach Muslimen.« Ymmes Blick wanderte zu Constanza hinüber.

»Du hast Recht«, stellte Cornelius fest, »die Einzige, die uns hierbei helfen kann, ist Constanza. Aus irgendeinem Grund habe ich das Gefühl, dass die Botschaft auch für uns von Bedeutung ist.«

15.
Die Gasse der Flötenspielerinnen

Zu Ymmes maßloser Verblüffung blieb es bei diesen drei Pockenfällen – wie auf einer winzigen Insel mit drei Einwohnern. Nach einigen Tagen sprang der kleine Berberjunge schon wieder umher, Constanza war allerdings noch zu schwach, um aufzustehen.

Cornelius, der sie bewachte und betreute, wie er es vor Jahren im Krankendienst der Johanniterritter gelernt hatte, spielte gegen sich selbst Schach, als Ymme zu ihrer täglichen Visite kam. Er sprang auf und küsste sie. »Warum werden wir eigentlich nicht krank?«

»Ich weiß es auch nicht«, sagte Ymme. »Ich habe noch nie gehört, dass ein Mensch, der schon einmal Pocken hatte, sie ein zweites Mal bekommen hätte. Es ist eines der Geheimnisse dieser Welt – vielleicht ist es auch nur ein Irrtum, eine Hoffnung. Du hast schon Pocken gehabt. Ich aber nicht. Zum Glück bin ich mit dir verheiratet ...«

Er grinste wie ein verliebter Jüngling. »Zu viel der Ehre. Gegen Pocken wurden Ritter noch nie eingesetzt. Vielleicht hast du nicht gemerkt, dass du sie schon hattest.«

Ymme sah ihn seltsam berührt an, aber er nahm es nicht wahr, weil er mit den Gedanken schon wieder bei seinem Spiel war. Gleich würde er *asch-Schah mat* rufen, wie sie aus Erfahrung wusste. Während sie sich schweigend zu Constanza setzte, deren blaue Augen ihr aufmerksam folgten, überlegte Ymme, ob Cornelius Recht haben konnte. Wann war sie selbst pockenkrank gewesen, ohne es zu bemerken? Konnte das sein? Es war ein faszinierender Gedanke, weil er so logisch war.

Constanza war hellwach, mit der gleichen Neugier im Blick, wie vor ihrer Erkrankung.

»Kannst du mir das Papier mit der Botschaft geben?«, fragte Ymme. »Ich glaube, Constanza fängt an, sich zu langweilen.« Bedachtsam las sie ihr den Text vor.

»Das Rätsel ist doch einfach zu lösen«, sagte Constanza ein wenig enttäuscht. »Der Leuchtturm ist das Minarett. Wenn es dunkel ist, zündet der Muezzin eine Laterne an, die er an einer Stange aufhängt, bevor er zum Gebet ruft.«

»Natürlich!« Cornelius sah vom Schachbrett auf und tippte sich an die Stirn. »Also doch eine sarazenische Bruderschaft? Aber irgendwie passt das nicht.«

»Araber würden nie eine Zusammenkunft in einer Kirche abhalten, wenn eine Moschee vorhanden ist«, widersprach Constanza. »Selbst Berber nicht. Gegenüber der Moschee in der Gasse der Flötenspielerinnen steht eine ziemlich alte Kirche, deren Namen ich nicht kenne. Sie ist ganz verfallen. Das muss der Ort sein. Er befindet sich unterhalb der Mauer dicht beim Viertel der Juden.«

Cornelius runzelte grübelnd die Stirn.

»Die Flötenspielerinnen sind Zigeuner«, ergänzte Constanza eifrig. »Sie hausen auch noch da, wo andere sich vor Dschinn und dem Satan fürchten.«

»Mit anderen Worten, der Ort der Zusammenkunft ist Niemandsland. Die Botschaft muss keineswegs dem Mönch Jacopo gegolten haben. Ich werde mich dort umsehen.«

Cornelius schien beängstigend entschlossen. »Denk an deinen ersten Versuch, eine geheime Zusammenkunft zu belauschen«, versetzte Ymme ärgerlich. »Irgendwann werden sie ungeduldig mit dir werden.«

»Es sind doch nicht die gleichen Leute, damals und heute«, widersprach Cornelius. »Beunruhige dich nicht!«

»Soll ich mitgehen, Cavaliere?«

Constanzas Stimme klang so tatendurstig, dass Ymme und Cornelius in Lachen ausbrachen. »So weit bist du noch nicht«, sagte Ymme milde. »Sei dankbar, wenn du schon den Vogelkäfig erreichst.«

Als hätte sie verstanden, dass von ihr die Rede war, stimmte Constanzas Nachtigall, der man die Augen ausgestochen hatte, damit sie schöner sang, ein Lied an. Cornelius warf den Schah mit Schwung vom Brett, hängte sein langes Messer an den Gürtel und verließ wortlos den Pavillon.

»Komm, lass uns erproben, wie weit du es schaffst«, schlug Ymme vor. »Hier ist es heute so stickig.«

»Es ist nicht stickiger als sonst«, widersprach Constanza und sprang forsch auf den gefliesten Boden. »Ich glaube, Ihr habt Angst um den Cavaliere.«

»Ja, das stimmt«, gab Ymme zu und reichte Constanza den Arm, den sie nach den ersten Schritten annahm.

Sie wanderten gemächlich zu einer Steinbank am Rand des Hains, die fast gänzlich von den Ästen und Luftwurzeln eines Feigenbaumes umhüllt war. Die Gärtner kamen bis hierher nicht, seitdem der Kaiser immer öfter in seinem neuen Palast in Foggia weilte. Gedämpft durch die Bäume, war das Wiehern von Pferden zu hören, und auf den gepflegten Teil des Gartens mit den Wasserbassins hatten sie von hier gute Sicht.

»Hast du jemals etwas Sicheres in Erfahrung gebracht über den Tod deiner Schwester?« fragte Ymme behutsam, als sie es sich bequem gemacht hatten.

Constanza schüttelte den Kopf. »Es war Moro. Er war auch der Vater des Kindes. Aber niemand wagt darüber zu sprechen, denn wenn sie erfährt, dass alle wussten, dass er kein richtiger Eunuch ist, sind sie in Gefahr. Alle haben Angst vor *ihr*«, flüsterte sie, während über ihnen die Blätter in einer Brise säuselten.

»Vor Jolanthe?«

Constanza nickte heftig, einen Finger über den Lippen. »Sie haben Angst, es könnte ihnen so ergehen wie dem Kammerknaben, der vergiftet wurde, erinnert Ihr Euch, Dama?«

»Der schwarze Junge, dessen Sterben Jolanthe so viel Aufmerksamkeit schenkte. Ich wunderte mich damals sehr über sie ...«

»Es heißt, sie hätte ein Gift an ihm ausprobiert. Aber er starb nicht schnell genug, um sie zufrieden zu stellen.«

Jäh begriff Ymme, dass Jolanthe vermutlich die Giftmischerin Pellagra zu sich bestellt hatte, um mehr Gift oder ein anderes Gift von ihr zu kaufen. »Für wen braucht sie denn Gifte?«

Constanza grub ihre weißen Zähne ganz fest in ihre Oberlippe und betrachtete den steinigen gelben Boden unter ihren nackten Füßen, der von der Sonne ausgedörrt war.

Für ihre Feinde. Natürlich. Und zumindest eine Person kannte Ymme, die Jolanthe als Feindin ansah: sie selbst. Von Anfang an hatte sie Ymme als Hebamme abgelehnt. Vermutlich hatte Jolanthe inzwischen eine zufrieden stellende Dosierung gefunden. »Es wird kühl hier draußen«, sagte sie mit rauer Stimme. »Lass uns wieder hineingehen, damit du dich nicht erkältest.«

Das Gemäuer gegenüber der Moschee war kaum mehr als Kirche zu erkennen. Das, was einmal die Krypta gewesen war, öffnete sich zur Hälfte zum abendlichen Himmel und ließ genügend Licht herein, dass Cornelius die Ruine untersuchen konnte. Ein Rosenbusch, der vom darüber liegenden Klostergarten den Weg nach unten gefunden haben musste, rankte an einer noch stehenden Wand nach oben und verströmte einen intensiven süßen Duft.

Unter dem erhaltenen Teil des Fußbodens waren die Steinquader der Krypta nur wenig verwittert und gut gefugt. Der Schutt war nur stellenweise fortgeräumt worden. Es war kaum vorstellbar, dass hier geheime Versammlungen stattfinden sollten. Fußgänger konnten von der Gasse sogar hereinblicken. Cornelius stützte sich auf eine uralte Grabplatte und starrte nach oben.

Sie gab nach. Instinktiv warf er sich zur Seite. Die Platte schwang auf und rastete mit leisem Knacken ein. Dahinter war eine schwarze Öffnung.

Stufe für Stufe stieg er vorsichtig nach unten, bald konnte er kaum noch etwas erkennen. Ein kühler Luftzug strich über sein schweißnasses Gesicht. Nur seine eigenen Schritte waren zu hören.

Beiderseits fühlte er Felswände, bis seine Hände plötzlich ins Leere stießen. Offenbar hatte er einen größeren Raum betreten. Er wandte sich nach rechts, um an der Wand zu bleiben, und ertastete nach kurzer Zeit ein Bord mit einem Kerzenstumpf und anderen Gegenständen.

Ein Knirschen warnte ihn. Als er sich umdrehte, blendete ihn das helle Licht einer Laterne, dahinter zeichnete sich eine Gestalt ab, die er nicht erkennen konnte. Er zog sein Messer und warf sich zur Seite.

Stockschläge, gezielt und genau, trafen ihn wie ein Hagelschauer, bis seine beiden Arme gelähmt waren. Das Messer rutschte ihm aus der Hand. Er war benommen, als er herumgerissen und ihm die Hände auf dem Rücken gefesselt wurden. Dann warf der Angreifer ihn zu Boden und verschnürte ihm die Beine.

Ein stechender Schmerz über der Augenbraue holte Cornelius nach einer Weile aus der Betäubung. Überrascht stellte er fest, dass er allein im Stockdunklen war.

Er quälte sich auf die Füße. Er musste hinauskommen, bevor der Mann zurückkehrte! Ruckartig sprang er vorwärts; stellenweise schien der Felsenboden mit Ziegelsteinen eingeebnet worden zu sein. Gerade war er auf die Wand gestoßen, als der Lichtschein ihn warnte. Zu spät.

Er drückte sich an die Wand. Während der Lichtkegel nach ihm suchte, spannte er den Nacken an und senkte den Kopf wie ein Bulle, der auf den Feind losgehen will.

Eine schwarz behandschuhte Hand erschien in seinem Blickfeld. »Dreh dich um«, flüsterte jemand.

Überrascht blickte Cornelius auf. Er sah nur zwei hellbraune Augen zwischen den Schlitzen einer schwarzen Maske, die den ganzen Kopf umschloss wie die Kapuze eines Henkers. Ihn schauderte. Sollte das sein Ende sein?

»Dreh dich um!« Die Stimme klang eindringlich.

Dann fühlte Cornelius, wie der Mann die Fessel an seinen Händen zu lösen begann. »Schneid durch!«, sagte er mit aufkeimender Hoffnung.

»Nein«, murmelte der Kapuzenmann wortkarg.

Cornelius' Hoffnung schwand dahin. Nur einer von seinen Feinden, der sich den Strick für die nächste Gelegenheit aufsparen wollte. Die Laterne stand auf dem Boden. Als seine Hände frei waren, erwog er einen Moment, ob er versuchen sollte, den Mann niederzuschlagen.

»Cavaliere, setz dich!«

Irritiert ließ Cornelius sich zu Boden sinken, damit der Maskierte seine Beine von der Fessel befreien konnte. Schließlich warf der Mann die Stricke in die Mitte des Raums, half Cornelius aufzustehen und griff nach der Laterne. »Komm!«

Als sie in der Ruine angelangt waren und sich der große Stein hinter ihnen schloss, begann Cornelius allmählich an seine wundersame Befreiung zu glauben.

Der Unbekannte winkte Cornelius, ihm zu folgen; mehrmals bedeutete er ihm, im Schatten der Häuser zu bleiben, während Stimmen sich näherten. Als der Palast oberhalb der inneren Stadtmauer in Sicht kam, war er plötzlich wie vom Erdboden verschluckt. Cornelius konnte sich nicht einmal mehr bedanken.

Ymme war beunruhigt, als Cornelius so lange ausblieb. Außerdem hatte sie bei ihrer Rückkehr in den Palast zum ersten Mal seit langer Zeit Pellagra wiedergesehen. Jolanthe musste sich ihrer Position inzwischen sehr sicher sein. Während der Kaiser sich für ein paar Tage in den Bergen zur Jagd aufhielt, spielte es offenbar keine Rolle mehr, dass die Giftmischerin von Palastwachen und Spitzeln erkannt werden konnte.

Oder sollte es eine andere Erklärung geben? Die Giftmischerinnen stellten auch Liebestränke her. War es möglich, dass Jolanthe Pellagra deswegen zu sich bestellt hatte? Ymme hatte läuten hören, dass der Kaiser jetzt abends oft in den Gemächern seiner Ehefrau zu finden war, allerdings war auch von häufigen Streitereien die Rede gewesen. Ihr einziges gemeinsames Interesse schien es zu sein, einen Sohn zu zeugen.

Echte Liebestränke gab es nicht. Aber schließlich konnte Pellagra, genau wie Ymme, beruhigende Tees mischen. Oder benötigte Jolanthe etwa noch mehr Gift?

Laute Stimmen ließen Ymme aufschrecken. »Was ist denn mit dir passiert?«, rief sie in heller Aufregung, als Cornelius hereintaumelte.

»Ich will mich erst einmal waschen«, brummelte er mürrisch. »Schlimm genug, dass Angelina mich so gesehen hat. Wer weiß, welche Gerüchte sie in die Welt setzt!«

»Vermutlich ist das nicht nötig«, sagte Ymme. »Wenn man bedenkt, dass wir sowieso immer unter der Aufsicht von Spitzeln stehen ...«

»Das stimmt«, sagte Cornelius nachdenklich, während er sein schmutziges Wams auszog und Wasser aus dem Krug in das blau geflieste Waschbecken goss. »Jemand muss mir gefolgt sein, aber das war kein Spitzel des Kaisers. Ich glaube eher an einen Helfer, der mir regelrecht nachgeschickt wurde. Und meine Befreiung hat er so getarnt, als ob ich selber die Knoten gelöst hätte. Offenbar will er seine Existenz nicht verraten wissen.«

»Befreiung!« rief Ymme aufgebracht. »Warst du in Gefahr?«

»Nein, ich glaube nicht«, antwortete Cornelius und schrubbte sich ungestüm die aufgeschürfte Haut an den Handgelenken. »Das sind einfach die Risiken eines Kundschafters. Das Risiko von Sizilien. Sizilien funktioniert anders als Lübeck.«

Ymme nickte still. Das hatte sie auch schon festgestellt.

»Bei uns zu Hause gibt es Bürger, Ritter und den Klerus. Und wenn der König kommt, ein höfisches Leben mit

Turnieren und allgemeinem Frohsinn; man kann auch sagen, eine öffentliche Fresserei und Sauferei aller Schichten an langen Bänken, Tanz, Musik und Trinkerei. Hier aber«, sagte Cornelius und starrte nachdenklich an die blau gemusterte Wand, »lebt der König für sich allein, meistens. Er hat ein paar Vertraute, aber ein höfisches Leben gibt es nicht, und seine Ehefrau hat keinen Anteil an seinem Leben. Seine Spitzel überwachen die königlichen Beamten und das einfache Volk. Und das Volk besteht aus mehreren Völkern mit unterschiedlichen Religionen, Sprachen und Gebräuchen, die nebeneinander herleben. Würde mich nicht wundern, wenn sie anfingen einander totzuschlagen. Sie werden nicht immer einen so starken Herrscher wie Friedrich haben, der sie mit Gewalt zusammenhält.«

»Amen«, sagte Ymme. »Das klang wie eine Abschiedsrede.«

»Nein«, sagte Cornelius. »Aber es wird König Waldemar interessieren zu erfahren, dass Sizilien dem Kaiser mehr Schwierigkeiten macht als das ganze übrige Reich. Bei einigem Glück entgeht der Däne in Zukunft vielleicht der Aufmerksamkeit des deutschen Kaisers. Friedrich lässt derzeit verschiedene Gesetze vorbereiten, um das Königreich endgültig zu ordnen, sobald er aus dem Heiligen Land zurückgekehrt ist, habe ich gehört.«

»Er fragte mich gelegentlich um meine Meinung zum Abfall ...« Ymme war immer noch verblüfft über seinen Wortschwall, mit dem Cornelius sich offenbar von den Erlebnissen einer gefährlichen Mission befreite.

»Es wird dich freuen, dass deine Warnungen auf fruchtbaren Boden gefallen sind. Er hat gerade bekannt machen lassen, dass Abfall in Zukunft nicht mehr innerhalb der Städte und Dörfer entsorgt werden darf.«

»Wie kommst du eigentlich plötzlich auf solche Dinge?« fragte Ymme beunruhigt. »Nur, weil du aussiehst, als ob du selber beinahe zu Abfall geworden wärst?«

»Ich frage mich, ob es der Kaiser selbst ist, der mich beschützen lässt«, gab Cornelius zu. »Da hat er etwas Nachsicht verdient, dachte ich. Und jetzt würde ich mich über Wein, Käse und Oliven freuen. Das habe ich mir verdient.«

»Verdient? Was hast du denn herausgefunden?«

»Die Berechtigung von Abfallgesetzen«, antwortete Cornelius und kam mit strahlendem Lächeln und ausgestreckten Armen auf Ymme zu. »Stell dir vor, in der Krypta verströmte eine Kletterrose ihren Duft. In Lübeck hätte dort ekelhaft stinkender Abfall gelegen, und die Ratten hätten an meinen Zehen herumgekaut.«

Eine Woche nachdem der Kaiser aus den Bergen zurückgekehrt war, erging an Teile des Hofstaates ein erneuter Abmarschbefehl.

»Wir gehen an die Ostküste, um die neu gebauten Schiffe zu inspizieren«, berichtete Cornelius. »Nicht dass ich wüsste, warum ausgerechnet ich den Kaiser begleiten muss – aber es ist so.«

»Wie lange bleibt ihr?«, fragte Ymme.

»Das weiß ich nicht, aber der Kaiser kehrt auf jeden Fall hierher zurück.«

»Noch ist Jolanthe nicht in anderen Umständen, glaube ich ...«

»Eben.«

Schon am nächsten Tag brach der Kaiser mit einem kleinen Teil seines üblichen Hofstaates auf, zu dem auch einige Falkner und die gesamte geliebte sarazenische Leibwache gehörte. Sie waren erst wenige Stunden fort, als sich das Gerücht im Palast verbreitete, dass Johann von Brienne, der Vater der Königin, eingetroffen sei.

Merkwürdig, dass er sich nicht angekündigt hatte. Der Kaiser hätte für den ersten Besuch seines Schwiegervaters in Palermo gewiss seine Abreise um zwei Tage verschoben. Es sei denn, der Normanne war gekommen, weil er von der Abwesenheit Friedrichs erfahren hatte. Oder war er sogar benachrichtigt worden?

Jedenfalls war Ymme ziemlich neugierig, als sie zu Jolanthes Gemächern eilte, zu denen sie befohlen worden war. Johann von Brienne stand am Fenster, als sie eintrat. Sie musterte unbefangen den korpulenten, nicht besonders großen Mann mit einem Gesicht, das von Ausschweifungen gezeichnet war. Er nahm sie nicht zur Kenntnis.

Jolanthe nutzte eine kleine Pause in seinem Monolog. »Dama Iume, bringt uns Bianca«, befahl sie. »Mein Vater möchte sich selbst davon überzeugen, dass sie eine kleine de Brienne ist.«

Gottlob hatte Jolanthe allmählich aufgegeben zu behaupten, Bianca sei nicht ihre Tochter. Ymme erhob sich aus ihrer knienden Stellung und lauschte dem Gast aus Rom, während sie sich im Schneckentempo rückwärts bewegte.

»Übrigens«, näselte er missvergnügt, »Bruder Jacopo, der mich begleitet, streift durch den Garten auf der Suche nach etwas, das er hier vergessen hat. Man hat ihn zuerst aus dem luftigen kleinen Sommerpalast und anschließend auch aus dem Königspalast vertrieben, obwohl er krank war – wie du vielleicht nicht weißt –, weil die grässlichen kleinen Valets deines Ehemannes ja allen verfügbaren Raum beanspruchen. Lustknaben, sagt man in Rom. Was starrt Ihr mich so an, Weib? Ist es hier unbekannt, was man seiner Herrschaft schuldet?«

Ymme gab sich einen Ruck, sank nochmals entschuldigend zu Boden und wollte sich entfernen.

»Stimmt das, Dama?«, fragte Jolanthe erzürnt, und zu ihrem Vater erklärend: »Sie hat den Mönch gepflegt. Es ist ihr Handwerk. Wenn jemand Bruder Jacopo unehrerbietig behandelt hat, trägt sie die Verantwortung.«

»Eure Erhabenheit hatte dafür gesorgt, dass ich zu der Zeit im Kerker eingesperrt war«, erklärte Ymme. »Der Mönch war bereits genesen, als er sich entschloss, in den Pavillon umzuziehen, statt auf Wanderschaft zu gehen.«

»Du hast deine Hebamme einsperren lassen?«, rief Jean de Brienne bewundernd. »In dir steckt ja doch die Entschlossenheit deiner Vorfahren. Wer weiß, womöglich entschließe ich mich eines Tages, dir die Bürde der Regentschaft von Jerusalem zu übertragen.«

Jolanthes braunes Gesicht wurde noch dunkler. Während sie Luft holte, um ihrem Vater die Meinung zu sagen, schlich Ymme auf Zehenspitzen davon, um Bianca zu holen.

Als sie mit dem kleinen Mädchen auf dem Arm zurückkehrte, hatten die Gemüter sich beruhigt. »Dam ...«, stammelte Bianca zögernd, als sie ihre Mutter sah.

Armes Kind, dachte Ymme und drückte Bianca zärtlich, darf nicht Mutter sagen.

Jolanthe musterte ihre Tochter gleichgültig, während Johann von Brienne sich entzückt auf die breiten Oberschenkel klatschte. »Genauso hast du auch ausgesehen«, schwärmte er.

Das war eine erstaunliche Feststellung, fand Ymme. Bianca war ihrem Vater wie aus dem Gesicht geschnitten; ihrer Mutter ähnelte sie nur so weit, wie auch Schaf und Ziege einander ähneln, weil sie miteinander weiden.

»Setz sie auf mein Knie, Weib!«

Ymme blickte sich um, aber er meinte tatsächlich sie. Jolanthe lächelte spöttisch, während Ymme das Kind rittlings auf seinen fetten Oberschenkel setzte.

Er stieß sein Bein mit dem Hacken ab. Bianca, die unvermittelt in die Höhe geworfen wurde, verzog weinerlich ihr Gesicht. »Ein echtes Jerusalemer Geschöpf. Reiten mag sie nicht«, stellte er gleichgültig fest, um dann unvermittelt das Thema zu wechseln.

»Dein verdammter Ehemann hat sich in den Kopf gesetzt, diesen Kreuzzug durchzuführen. Du musst ihn unter allen Umständen daran hindern! Schon Honorius war dieser Meinung, aber er war, ehrlich gesagt, ein Schwächling. Gregor ist aus anderem Holz geschnitzt.«

»Aber wie soll ich das denn machen?«, entgegnete Jolanthe hitzig. »Er hört doch nicht auf mich. Die Meinungen von Frauen sind ihm grundsätzlich gleichgültig.«

Nein, nicht immer, dachte Ymme, während sie sich bemühte, gleichsam unsichtbar zu sein. Solange Johann von Brienne sie für eine Art Sklavin hielt, würde er sie nicht beachten. Und sofern er seine Tochter reizte, würde diese an nichts anderes als an ihre Wut denken.

»Ich habe dem Heiligen Vater geschworen, dass es dir gelingen wird, deinen Mann aufzuhalten. Ich habe deinen Einfluss auf ihn in leuchtenden Farben geschildert. Also sieh zu, dass du es schaffst. Wie, ist mir gleichgültig.«

»Stimmt es, dass der Heilige Vater versäumt hat, die Pilger zur rechten Zeit aufzurufen?«, erkundigte sich Jolanthe neugierig. »Ich hörte Federico darüber schimpfen.«

Johann von Brienne lachte und kniff seiner Enkelin in die Wange. »Versäumt ist wohl nicht der richtige Ausdruck. Es hat viel Planung gekostet, die Kreuzzugspredigten so zu organisieren, dass so wenig Gläubige wie möglich ihnen Folge leisten werden. Dem Herrn sei Dank, dass so viele deutsche Länder von geistlichen Reichsfürsten regiert werden. Mit ihnen gibt es keine Probleme. Sie alle stehen auf der Seite der Kurie und werden keine Pilger schicken. Aber in den Ländern der weltlichen Reichsfürsten war es keine einfache Sache, die Leute aufzurufen und sie gleichzeitig von der Teilnahme abzuhalten. Na ja, der Dominikanerorden hat kluge und redegewandte Mitglieder ...«

Jolanthe, die während der langen Rede ihres Vaters begonnen hatte, selbstvergessen in Tanzschritten über die Fliesen zu tänzeln, blieb plötzlich stehen. »Schlau, Vater«, sagte sie staunend. »Habt Ihr es geplant?«

»Gregor und ich.« Jean de Brienne sonnte sich eine Weile in der stummen Bewunderung seiner Tochter. Dann fiel ihm etwas ein. Er griff an seine Brust. »Das wissen wir beide. Für die Welt gilt etwas anderes. Ich habe hier ein Schreiben des Heiligen Vaters an den Kaiser, in dem er ihn aufs Schärfste auffordert, nun endlich sein Kreuzzugsversprechen einzulösen. Friedrich wird es als Drohung lesen, und so ist es auch gemeint.«

Jolanthe lächelte entzückt. »Ich verstehe, Vater. Und ich glaube, dass Euer Versprechen gegenüber dem Heiligen Vater vielleicht doch nicht so voreilig war, wie ich anfänglich dachte. Mir ist schon etwas eingefallen.«

»Das wäre?«

»Ich kenne da eine Kräuterfrau«, sagte Jolanthe und betrachtete versonnen ihre flach ausgestreckten Hände, »die unendlich viele Kniffe für alle möglichen Gelegenheiten kennt. Seht meine Fingernägel an. Sie sind noch nie so gleichmäßig gewölbt gewesen wie jetzt, mit vollkommenen rosafarbenen Halbmonden. Das bekommt die beste ManikĂĽresklavin nicht hin. Nur das Pulver der Pellagra!«

Ymme stockte der Atem.

»Und mit Pulver willst du den Kaiser von einem Kreuzzug abhalten?« Jean de Brienne stimmte ein gequältes Lachen an, das abrupt abbrach, während sein Blick von Jolanthe zu Bianca wanderte. »Was zum Teufel erlaubt dieses Kind sich?«, brüllte er, packte Bianca mit festem Griff bei den Oberarmen und riss sie in die Höhe.

Bianca begann erschrocken zu schreien, und Ymme nahm sie dem rabiaten Großvater schnell ab, bevor er sie womöglich fallen ließ. Ein dunkler Fleck zeichnete sich auf seinem Oberschenkel ab, und Ymme spürte, dass Bianca im Takt ihrer Schluchzer pischerte wie ein verängstigtes Hündchen.

Sie wisperte Bianca tröstende Worte ins Ohr, während sie sich rückwärts zur Tür bewegte. Jolanthe sah sie finster an, als würde ihr erst jetzt bewusst, dass Ymme zur unerwünschten Zeugin einer vertraulichen Unterhaltung geworden war. Aber nach einem knappen Seitenblick auf ihren Vater, der sich verärgert mit seinem Beinkleid beschäftigte, beschloss sie offensichtlich, ihr eigenes Versäumnis stillschweigend zu übergehen.

Draußen atmete Ymme auf. Sie presste das kleine Mädchen fest an sich. Bianca beruhigte sich sofort, lehnte ihren Kopf an Ymmes Schulter und schloss die Augen. Gedankenverloren wanderte Ymme zum Kinderzimmer zurück.

Zufällig fiel ihr Blick in den Garten, wo sie den Mönch Jacopo sah. Ymme war inzwischen davon überzeugt, dass er die im Pavillon vergessene Botschaft suchte. Bei genauerem Hinsehen entdeckte sie, dass er mit Girolamo Naso sprach.

Sie hatte nicht gewusst, dass die beiden sich kannten. Zu dem hochnäsigen undurchsichtigen Notar passte es nicht, dass er mit einem der in Palermo verabscheuten Franziskaner freundschaftlich verkehrte. Möglicherweise hatte er aber auch nur Wege gefunden, selbst einen armen Mönch zu erpressen.

»Was tut sich in der Kurie, Bruder Jacopo?«, verlangte Girolamo Naso zu wissen. »Jetzt nur das Wichtigste und das in Kürze. Du bist schon mindestens zwei Wochen in der Stadt, ohne mich davon zu unterrichten. Du wirst mir heute Abend am üblichen Ort ausführlich Bericht erstatten!«

»Es ging nicht früher«, verteidigte sich Jacopo, der unverkennbar ein schlechtes Gewissen hatte, um sofort in schwärmerischem Ton auszurufen: »Der Herr sei gepriesen, dass er uns den Heiligen Vater Gregor beschert hat! Gregor ist von der gleichen Frömmigkeit beseelt wie unser Ordensstifter Franz.«

»Das Wichtigste«, schnarrte Naso.

Jacopo zuckte zusammen. »Der Heilige Vater ist derzeit damit befasst, einen Rundbrief an die Christenheit zu verfassen, in dem er die Sünden des Kaisers aufzählt.«

»Zum Beispiel?«

»Ich weiß nur, dass der Kaiser die jungfräuliche Geburt der Mutter Christi geleugnet und töricht genannt hat ... Die Bischöfe der Welt werden den Brief an ihre Herrscher weitergeben. Er wird sie überzeugen, dass der Kaiser der Antichrist ist, den Joachim von Fiore vorhergesagt hat ...« Der Mönch schlug andächtig das Kreuz über seiner schäbigen Kutte.

Girolamo Naso lächelte zufrieden. Diese Information stammte von ihm selbst und war somit sehr geeignet, unauffällig die Wahrheitsliebe des Mönchs zu überprüfen. Er bekam des Öfteren Gelegenheit, dem Kaiser im Kreise seiner Berater Schriftstücke vorzulegen, und stets erwies es sich, dass die Herren ihn dank seines kurzen Wuchses für beschränkt wie ein Kind hielten. Anfangs hatte es ihn gekränkt, wenn sie über seinen Kopf hinweg sprachen, aber er hatte schnell die Vorteile erkannt, die sich daraus ergaben.

Plötzlich merkte er, dass Jacopo ihn wie ein ängstliches Kalb anstierte.

»Was noch?«, fragte Naso irritiert. »Stottern deine Gedanken? Beeile dich gefälligst, man kann mich hier beobachten wie eine Schmeißfliege auf der Makkaronipastete.« Sein Blick wanderte an den durchbrochenen Fensteröffnungen des Palastes entlang. Eine Bewegung erregte seine Aufmerksamkeit. Ein Gesicht mit sehr heller Haut. Von oben beobachtete ihn jemand.

»Ja, ja, Consiliarius. Ich überlege ja schon. Der Vater der Königin, Jean de Brienne, wird die päpstlichen Schlüsselsoldaten gegen das Königreich Sizilien führen, wenn es nicht gelingen sollte, Kaiser Friedrich von seinem gotteslästerlichen Kreuzzug abzuhalten.«

Naso konnte sich gerade noch davor zurückhalten, durch die Zähne zu pfeifen. Das war eine Neuigkeit, die seinen Verdacht, dass oben am Fenster die Deutsche stand, für einen Augenblick verdrängte. Der verweichlichte Normanne war bisher nicht durch militärische Erfolge bekannt geworden, eher im Gegenteil, denn in Akkon hatte er sich nur dank der Kreuzritter gehalten. Er lachte leise.

»Consiliarius?«

Der Notar sah den Mönch kalt an. Johann von Brienne hatte sich bei Gregor in eine Position gebracht, die er ihm nicht zugetraut hatte. Befehlshaber der päpstlichen Truppen! Möglicherweise würde er umdisponieren müssen. Bisher hatte er den Kontakt mit dem Mann gemieden, er war ihm nicht verlässlich genug erschienen. »Bis heute Abend also. Bring den Meister der Nadel mit«, befahl er und ging seiner Wege.

Zwei Tage später erreichte das Gerücht den Palast, dass erneut ein Pockenfall aufgetreten sei. »Hoffentlich kommen die nicht hierher«, sagte Ymme zu Constanza, während sie beide über die Stadt blickten, die in der Nachmittagshitze wie gelähmt war. Das Meer gleißte in der Sonne.

»Ich könnte mich mal umhören«, bot Constanza an. »Mich werden die Pocken nicht erwischen, wo ich sie doch gerade erst hatte.«

Ymme sah sie an, während sie überlegte, ob sie das verlockende Angebot annehmen sollte. Sie selbst wagte nicht, Bianca ein zweites Mal der Gefahr auszusetzen. Es war tollkühn von ihr gewesen, zu den Berbern zu gehen ... Und Constanza hatte es ausbaden müssen. »Lieber nicht ...«

Constanza kicherte. »So wie Ihr das sagt, Dama, weiß ich genau, dass Ihr am liebsten sagen würdet: Lauf sofort los, Constanza! Frag die Leute aus, bis sie um Gnade betteln. Und zwar folgende Fragen ...«

»Oh, Constanza!« Ymme legte die Hand um den Nacken ihrer Helferin und schüttelte sie liebevoll. »Bin ich wirklich so schlimm?«

»Das seid Ihr«, bestätigte Constanza. »Soll ich?«

Ymme nickte.

Als es dämmerte, begegnete Ymme Constanza im Gang. Sie musste den ganzen Weg aus der Stadt zum Palast hinauf gerannt sein, ihr Atem flog. Aber ihre Augen funkelten, als hätte sie große Neuigkeiten.

»Nun erhole dich erst einmal«, sagte Ymme und zog Constanza zu einer kühlen gefliesten Wandbank.

Constanza nickte und sprudelte sofort los. »Erinnert Ihr Euch an den Darb der Roten Farben, Hakima Iume?«

»Natürlich. Sind wieder Berber betroffen?« Schließlich ging die Pockenerkrankung manchmal seltsame Wege.

»Nein, Araber. Aber es ist wieder eine Familie, in der es zuvor einen Trauerfall gab!«, platzte Constanza heraus. »Die Großmutter des Toten hat gespürt, dass unter den Trauergästen ein Dschinn war. Zwei Freitagsgebete sind seither vergangen, aber sie hat sich noch immer gefürchtet.«

Ein böser Geist. Bei den Berbern war bei der Totenfeier ein auffälliger Mann gewesen. »Hat sie erwähnt, ob einer der Gäste kein Muslim war?«

»Nein, das konnte sie nicht merken. Es ist eine große Familie, und die Frauen sitzen nicht mit den Männern zusammen.«

Ja, das stimmte natürlich. Ymme kaute an ihrer Unterlippe.

»Und mit ihrer Furcht hat sie ja Recht gehabt, wie man sieht«, fuhr Constanza fort. »Erst der Todesfall, dann die Pocken.«

»Wer ist eigentlich erkrankt?«

»Der älteste Sohn des Toten. Er hat zehn Jahreswechsel erlebt.«

»Jetzt möchte ich wirklich wissen, ob der Dschinn sich bei den Jungen aufgehalten hat«, sagte Ymme unwillkürlich, um ihre Bemerkung dann selbst etwas eigenartig zu finden.

»Ich wusste gar nicht, dass Ihr auch an Dschinn glaubt, Hakima.«

Wieder war Ymme ein Stückchen in der Achtung von Constanza gestiegen, aber sie hatte nicht das Herz, ihrer Helferin auseinander zu setzen, dass sie es ganz anders gemeint hatte. Was sie eigentlich gemeint hatte, war ihr selbst nicht klar.

»Aber Ihr habt Recht, der Dschinn war bei den Jungen«, sagte Constanza.

Ymme schüttelte unwillig den Kopf und erhob sich, um zu ihrer Wohnung zurückzugehen. Die Pocken waren von einem Geheimnis umgeben, aber je mehr sie darüber erfuhr, desto aussichtsloser schien es, das Rätsel zu lösen. »Merkwürdig«, murmelte sie und wunderte sich über Constanza, die mit aufgerissenen Augen auf die Wohnungstür starrte. Bevor Ymme sie aufhalten konnte, lief sie schluchzend davon.

Vor der Tür lag ein Hundekopf inmitten einer Lache von geronnenem Blut. Wie damals, dachte Ymme mitleidig. Kein Wunder, dass Constanza fortgerannt war. Während sie sich zögernd näherte, öffnete Angelina von innen die Tür.

»Was hat das zu bedeuten?«, fragte Ymme ratlos, während Angelina mit gerümpfter Nase die Bescherung betrachtete. Über den Tod von Constanzas Schwester und ihrem Neugeborenen war die Zeit hinweggegangen, abgesehen davon, dass die Angst vor Jolanthe allen den Mund verschloss. Niemand außer ihr interessierte sich noch dafür.

»Jemand droht Euch mit dem Tod, Dama«, antwortete Angelina mürrisch und nicht im Geringsten erschrocken. »Es geht um Omertá, aber das versteht Ihr nicht.«

16.
Flucht

Girolamo kam sich besonders winzig vor, als die derben behaarten Hände der Nonne ihn packten und auf den Tisch stellten. Er starrte ihr in die azurblauen Augen und hätte vor Wut am liebsten an einer der blonden Haarsträhnen gezogen, die unter dem schwarzen Schleier hervorkrochen, während sie ihn in seiner Nacktheit ausgiebig musterte.

Mit der ganzen Kraft seiner fünf Jahre begann er im gleichen Augenblick normannische Frauen zu hassen, als sie mit ihrer Hand seinen damals noch wenig behaarten Schädel umklammerte und begann, ihn herumzudrehen. Wohl oder übel musste sein Körper ihrer Hand folgen, bis er mit dem Rücken zu ihr stand. Es raschelte, als sie missbilligend den Kopf schüttelte. Dann drückte sie auf seinen empfindlichen Buckel. Er wagte nicht, um sich zu schlagen, obwohl es wehtat. Er hatte bereits gelernt, dass Protest fürchterliche Bestrafung nach sich zog.

»Auswüchse am Körper hast du ja reichlich, mein Lieber. Sei froh, wenn wir dich Girolamo Naso rufen. Man könnte dich genauso gut nach deinem gewaltigen Glied oder dem Gewächs auf deinem Rücken benennen. Mach uns keine Schwierigkeiten, Girolamo Naso, dann darfst du im Waisenhaus bleiben.«

Girolamo machte nie Schwierigkeiten. Er überstand die Zeit als Zögling bei Nonnen, dann bei Mönchen, bewies gute Geistesgaben und konnte schließlich mit Hilfe eines finanzstarken geistlichen Gönners in Bologna die Juristerei studieren. Danach ersuchte er im Einvernehmen mit dem Mann, der inzwischen zum Erzbischof und Kardinal aufgestiegen war, am kaiserlichen Hof um eine Anstellung.

Alle Liebe, die er seiner eigenen Mutter hätte geben wollen, übertrug er auf die Mutter Kirche. Gelegentlich, wenn er zufällig auf den Erzbischof von Palermo traf, schien ihm dieser Mann die einzige saure Frucht in einem Hain von süßen Orangen zu sein.

»Du müsstest die kaiserliche Galeere gesehen haben«, schwärmte Cornelius, als er sich nach seiner Rückkehr im kaiserlichen Gefolge am späten Abend endlich hatte zurückziehen dürfen und mit Ymme zusammen einen Krug Wein leerte. »Die *Halbe Welt* heißt sie, und so sieht sie auch aus. Sie wird dreihundert Mann Besatzung haben.«

»Und mir droht jemand mit dem Tod. Ich hoffe, du hegst nicht am Ende den Wunsch, den Kaiser auf den Kreuzzug zu begleiten«, klagte Ymme. Über ihren Körper lief eine Gänsehaut.

Cornelius schüttelte den Kopf und sah sie forschend an. »Ich glaube nicht, obwohl ich dort einige Freunde aus früheren Zeiten wiedersehen würde. Die Pilger sammeln sich schon in Brindisi, Tausende sind es bereits. Wer droht dir?«

»Ich weiß es eben nicht. Aber vor unserer Wohnungstür lag ein Hundekopf. Die letzte Warnung vor dem Tod. Aber warum? Bisher ist nichts passiert. Vielleicht messen Sizilianerinnen einer solchen Sache zu viel Gewicht zu.« Übergangslos kehrte sie zu Cornelius' Reisebericht zurück. »Wo kommen die Pilger denn her? Die Kirchenfürsten Deutschlands schicken doch niemanden.«

Cornelius umschloss Ymmes Rechte mit seinen Händen. »Berichte noch einmal ausführlich, was Jolanthes Vater über sein Gespräch mit dem damaligen Kardinal Hugo erzählte. Ich fürchte, als Papst wird Hugo nicht zögern, unverzüglich alles umzusetzen, was er mit Jean de Brienne plante.«

Seine Hände waren sonnverbrannt und kräftig. Ach, es war gut, dass er wieder da war. Am Ende war der Hundekopf nur ein Scherz, ein etwas grober vielleicht ... Ymme verschränkte ihre Finger mit seinen. »Johann von Brienne brüstete sich, wie der Kardinal und er die Dominikaner instruiert haben, Kreuzzugpredigten zu halten, die die Interessierten abschrecken sollten. Sämtliche Kirchenfürsten haben sich bereits verpflichtet, keine Pilger zu senden. Offiziell war er jedoch hier, um einen Drohbrief des Papstes zu überbringen, in dem dieser den Kaiser ultimativ auffordert, endlich den Kreuzzug zu beginnen.«

»Welch ein Betrug an der Christenheit ...«, seufzte Cornelius, entzog sich ihrer Hand und leerte sein Glas in einem Zug. Dann starrte er auf die Tischplatte.

»Glaubst du, der Kaiser würde mir morgen eine Audienz gewähren?«, fragte Ymme. »Er muss erfahren, was sein Schwiegervater treibt ...«

Cornelius schüttelte den Kopf. »Ausgeschlossen. In seinen Arbeitsräumen haben derzeit nur seine ständigen Räte und die Bischöfe von Sizilien Zutritt. Außerdem würde dir niemand glauben.«

»Bist du dir da so sicher?«, entgegnete Ymme. »Bei seinen zahllosen Spitzeln müssten ihm längst Gerüchte über die Machenschaften seines Schwiegervaters zu Ohren gekommen sein.«

»Aber niemand spricht es offen aus. Wenn du es tust, hast du dein Leben vermutlich verwirkt. Vielleicht glaubt er dir sogar, du hast eine seltsame Wirkung auf ihn. Aber meinst du allen Ernstes, die ehrenwerten Herren des Ordens der Justitia würden es sich gefallen lassen, dass eine Fremde dem Kaiser mehr erzählt als sie selbst? Vielleicht haben sie dir deswegen den Hund vor die Tür gelegt. Ymme, kein Kaiser ist es wert, dass du für ihn stirbst.«

»Ritter halten es doch für normal, für ihren Herrn zu sterben. Und Friedrich ist es nun mal«, wandte Ymme einigermaßen verblüfft ein.

»Aber du bist kein Ritter, und ich liebe dich«, sagte Cornelius entschieden. Er sprang auf und zog Ymme mit sich in ihren Schlafraum. Bevor sich ihre Sinne in Leidenschaft verloren, nahm Ymme sich fest vor, den Kaiser zu warnen, auch gegen Cornelius' Rat.

Cornelius hatte Recht. Der Erzbischof von Palermo war fast ständig im Palast zu sehen, meist umgeben von drei oder vier Priestern, die mit wichtigen Mienen Botschaften zum erzbischöflichen Palast beförderten und mit Dokumenten zurückkehrten.

Völlig ausgeschlossen, dass Ymme hoffen durfte, eine Audienz zu erhalten. Während Cornelius sich aufmachte, um nach Jacopo zu suchen, ging Ymme am Vormittag zu Bianca. Das Kind hatte wenig Zuspruch und tat ihr Leid. Jolanthe war eine höchst uninteressierte Mutter, jedenfalls gegenüber einem Kind, das zu ihren dynastischen Ansprüchen nichts beitragen konnte.

Das Zimmer, in dem Bianca schlief, war noch abgedunkelt, aber der Kammerknabe, der stehend an ihrem Bett wachen sollte, war nicht zu sehen. Ymme schlich auf Zehenspitzen heran, während sie beschloss, Musca tüchtig den Kopf zu waschen. Er galt sonst als zuverlässig, und ihre Art war es nicht, jemanden anzuzeigen, der einmal einen Fehler machte.

Ein Klirren, das sie unbeabsichtigt mit ihrem Fuß verursachte, ließ Bianca in die Höhe fahren. Mit weit aufgerissenen Augen und die Händchen in Abwehr nach vorne gestreckt, saß sie auf ihren zerwühlten Bettlaken, ohne Ymme überhaupt wahrzunehmen, und brüllte aus Leibeskräften.

»Bianca, Herzchen. Was ist denn?«, fragte Ymme erschrocken, nahm sie in die Arme und setzte sich mit ihr auf das Bett.

»Schwarzer Mann!«, kreischte Bianca und kniff die Augen fest zusammen.

»Sch, sch«, machte Ymme. Ganz allmählich beruhigte Bianca sich. Als sie richtig zu sich gekommen war, schmiegte sie sich an Ymme und begann zu weinen.

Noch immer kam keine der jungen Frauen, die für Bianca zu sorgen hatten. Mit wachsendem Zorn sah Ymme sich um. Und entdeckte dabei den Zipfel einer bestickten Brokatweste, wie die Kammerknaben sie trugen, zwischen Bett und Fensterwand.

Musca. Er lag mit dem Gesicht auf dem Teppich, auf dem kahl geschorenen Schädel eine schreckliche Schwellung, aus der Blut sickerte.

Mit Bianca auf dem Arm eilte Ymme hinaus und befahl dem vor der Tür wachenden Sarazenen, Hilfe zu holen, einschließlich eines Notars. In diesem Raum war ein Verbrechen geschehen. Eines, das ihrer Meinung nach einer offiziellen Untersuchung durch die Comestabuli bedurfte.

Ymme übergab Bianca an die Mädchen, die begannen mit ihr zu scherzen und ihr vorzusingen. Erleichtert sah Ymme, wie das Kind das schreckliche Erlebnis, das es zweifellos in der Nacht gehabt hatte, abschüttelte und schon wieder lachen konnte.

Unauffällig nahm sie den Gegenstand an sich, der klirrend über die Fliesen gerutscht und neben dem Bett gelandet war. Dann kümmerte sie sich um Musca.

Der Junge war mit einem schweren Gegenstand niedergeschlagen worden. Er rührte sich noch immer nicht, als Ymme seinen Schädel vorsichtig abtastete.

Gleich darauf traf Constanza mit dem Verbandszeug ein, und hinter ihr erschien der Notar Naso. Ymme hörte kaum, wie er näselnd die Frauen befragte, während sie mit Constanzas Hilfe die Kopfwunde des Jungen wusch und verband.

Als Musca auf einem Feldbett abtransportiert werden sollte, versperrte Naso mit ausgebreiteten Armen die Tür. »Hier kommt keiner hinaus, der mit der Angelegenheit zu tun hat«, sagte er hitzig.

»Sieht der Orden der Justitia schon wieder einen Anlass, an Selbstverstümmelung oder ähnlichen Unsinn zu glauben?«, gab Ymme zurück, nicht weniger erregt. »Der Junge braucht Ruhe, nicht die bohrenden Fragen eines

Notars! Ihr seht wohl selber, dass er nicht bei Bewusstsein ist, Notaio.«

Naso trat dicht an Ymme heran, warf den Kopf in den Nacken und starrte ihr ganz gegen seine Gewohnheit in die Augen. »Dama«, zischte er böse, »in diesem Fall gelten meine Befehle. Der Junge bleibt hier! Es hat eine Untersuchung stattzufinden!«

»Gut. Dann entfernt Euch bitte und setzt Eure Befragung woanders fort. Sowohl Ihre Erhabenheit Bianca als auch Musca brauchen Ruhe. Ich sagte es bereits.« Ymme begegnete seinem drohenden Blick mit solcher Entschlossenheit, dass es ihr gelang, ihn zu verunsichern. »Sollten sich bei Bianca spätere Folgen bemerkbar machen, werde ich Seiner Erhabenheit, dem Kaiser, die Umstände ausführlich schildern«, fügte sie hinzu.

Mörderische Wut brannte in Nasos Augen, als er sich abwandte und Biancas Raum verließ. Ymme sah ihm mit zwiespältigen Gefühlen nach. Sie hatte ein Scharmützel gewonnen, aber keinen Sieg davongetragen.

Erst als Ymme abends mit Cornelius allein war, wagte sie den Gegenstand hervorzuholen, den sie neben Biancas Bett gefunden hatte. Es war ein Pfriem mit einem blank polierten Griff aus Olivenholz. Cornelius unterbrach sein einsames Schachspiel und musterte ihn mit hochgezogenen Augenbrauen. »Was macht ein solch gewöhnliches Werkzeug in einem Kinderzimmer?«

»So gewöhnlich ist es nicht«, meinte Ymme. »Die Nadel ist feiner als eine normale Nähnadel. Ich glaube, nicht einmal die Stickerinnen der seidenen Altardecken benutzen so feine. Aber der Griff würde auch einem Sattler oder Segelmacher gut in der Hand liegen.«

Cornelius nahm den Pfriem an sich und prüfte seine Schärfe. Im schräg einfallenden Kerzenlicht betrachtete er nachdenklich den feinen Riss auf seinem Daumennagel. »Was auch immer es ist, vermutlich wollte der Täter es benutzen. So etwas nimmt man nicht versehentlich mit, um es dann zu verlieren.«

»Und dabei wurde er gestört. Entweder durch Musca, oder durch einen dritten, nachdem er den Jungen schon niedergeschlagen hatte.« Ymme blickte mit geweiteten Augen ins Leere, während in ihrem Kopf das Bild des Mönches Leonardo auftauchte, der sich über den mit dem Tod ringenden Deutschordensmeister Hermann von Salza beugte.

»Woran denkst du, Ymme, Liebling?«

»Cornelius, wenn man dieses Ding in das Herz eines Menschen stäche, würde kaum Blut fließen. Aber es wäre tödlich. Bianca ...«

»Bianca ist in Gefahr«, murmelte Cornelius. »Aber warum? Sie ist keine Thronfolgerin. Sie steht niemandem im Wege.«

»Bianca sprach von einem schwarzen Mann. Sie hatte Todesangst. Es sieht so aus, als wäre ein Schwarzer in der Nacht an ihrem Bett gewesen.«

»Schwarze Hautfarbe oder schwarze Kleidung?«, überlegte Cornelius.

»Das wird schwierig herauszubekommen sein. Sie spricht noch nicht viel. Cornelius, wir müssen zum Kaiser gehen und ihn warnen. Es ist jetzt noch dringender.«

»Sofort?«

Ymme versteckte den Pfriem unter ihren Instrumenten im Korb und band ein Tuch um den Kopf. »Was sonst? Jolanthe hat nicht das geringste Interesse an Bianca. Komm, begleite mich.«

Vor dem Eingang zu den privaten Gemächern des Kaisers wachten zwei Eunuchen. Er sei nicht anwesend. Sprechen könne man ihn ohnehin nicht um diese späte Stunde.

»Und wenn es eine Angelegenheit von Leben oder Tod ist?«, forschte Ymme beharrlich.

Auch dann nicht.

»Und Jolanthe?«, schlug Ymme leise an Cornelius vor.

Cornelius lächelte ein wenig. »Ich schätze, er ist bei ihr. Darum.« Er sprach Deutsch und vermied Namen, und Ymme begriff jäh.

»Gut, wenn es denn so sein soll«, sagte sie grimmig und trat den Rückweg an.

Der Sarazene, der vor Biancas Gemach wachte, grinste schief, als Ymme sich vor der Tür niederließ. Cornelius blieb am Fenster stehen, sein Messer für aller Augen sichtbar am Gürtel. Ymme lächelte ihm in Gedanken zu. Sie hatte ihm nichts erklärt. Es war nicht nötig.

»Wer hatte gestern hier Wache?«, erkundigte sich Cornelius beiläufig und wiederholte seine Frage auf Arabisch, als er keine Antwort bekam. »Wer ist derzeit oberster Palastwächter?«

»Aitmisch«, antwortete der Sarazene mürrisch.

Ymme wechselte einen Blick mit Cornelius. Der Mann, der kaltblütig einen Kammerknaben umgebracht hatte, konnte auch hier seine Hände im Spiel haben. Zum Beispiel, indem er dafür sorgte, dass Biancas Raum gelegentlich unbewacht blieb. Ihm selbst traute sie die Phantasie nicht zu, mit einer solch seltsamen Waffe wie einem Pfriem zu Werke zu gehen. Und mit Sicherheit war er zu brutal, um einen Mord nicht zu vollenden, wenn er dazu entschlossen war.

Später hörten sie, wie der Sarazene seine Wachablösung in einer Mischung aus drohendem Grummeln und peinlicher Berührtheit unterrichtete. Aber ohne Befehl des Kaisers konnte man eine Dama und einen Cavaliere des Hofstaates nicht einfach von dort entfernen, wo sie sich aufzuhalten beliebten.

Am frühen Morgen aber machte das sonderbare Verhalten der beiden Deutschen die Runde im Palast.

Am Vormittag wurden der Cavaliere Cornelius und die Dama Iume von einem Kammerherrn des Kaisers in aller Form ersucht, sich sofort in seinen Gemächern einzufinden.

»Siehst du«, flüsterte Ymme triumphierend, »auf diese Weise erhält man am schnellsten Zutritt zu ihm. Ungewöhnliches Benehmen interessiert.«

Cornelius äußerte sich nicht. Erstmals seit langem zog er das Kettenhemd über und begleitete Ymme als deutscher Ritter. Ihr wurde ganz seltsam zumute. Waren sie vielleicht zu weit gegangen? Aber letztendlich hatten sie wahrscheinlich Bianca das Leben gerettet, und nur das zählte.

Der Kaiser war nicht allein. In seinem Besprechungszimmer befanden sich mehrere Herren, von denen Ymme der Erzbischof und der Justitiar della Vigna bekannt waren. Und natürlich Hermann von Salza, den sie erst zum zweiten Mal nach ihrer Einführung am Hof von Palermo wiedersah. Mit kühlem Lächeln nahm er ihre Anwesenheit knapp zur Kenntnis.

Auf dem Tisch in der Mitte des Raums standen Karaffen und Pokale sowie Schüsseln mit Eis und Obst, was auf eine stundenlange Besprechung hindeutete.

»Was hat Eure nächtliche Aufführung zu bedeuten, Dama?«, fragte der Kaiser knapp, den Ymme bis dahin gar nicht bemerkt hatte.

Sie sank zu Boden. »Biancas Leben ist in Gefahr, Eure Erhabenheit. Der Anschlag, der den Kammerknaben Musca fast das Leben kostete, galt vermutlich ihr. Es schien uns sicherer, sie selbst zu bewachen ...«

»Es gibt an meinem Hof Menschen, denen Ihr nicht traut, Dama? Wollt Ihr mir das zu verstehen geben?«

»Der Hof seiner Erhabenheit Federico ist der bestbewachte der Welt, Dama«, warf della Vigna ein. Sein tiefblauer Seidenmantel raschelte, während er auf den Zehen auf und ab wippte und dabei die hölzerne Kassettendecke betrachtete.

Ymme sah stumm zu ihm hinüber. Mit Widerspruch von seiner Seite war zu rechnen gewesen.

»Fürchtet Ihr nicht, Euch lächerlich zu machen?«, fuhr der Jurist mit satter Zufriedenheit fort. »Ein Palastwächter steht ständig vor der Tür der kleinen Erhabenheit.«

»Fürchten würde ich nur, dass ein Mensch zu Tode kommt, weil ich wider besseres Wissen nicht eingegriffen habe«, erwiderte Ymme. »Habt Ihr Euch vergewissert, dass Bianca ständig bewacht wird? Bestimmt nicht! Außer mir und Cavaliere Cornelius scheinen sich alle der Verantwortung für sie zu entziehen. Auch uns kommt es unwahrscheinlich vor, dass an einem Hof voller Bewacher und Spitzel niemand davon etwas wissen will, dass die Tochter des Kaisers umgebracht werden sollte.«

»Dama!«, zischte Nicola della Vigna.

Der Kaiser winkte ab. »Beruhigt Euch, Giudice. Die Kälte der nördlichen Länder macht die Menschen unfähig zur geschliffenen Rede. In ihrer Grobheit erfassen sie auch die Feinheiten des südlichen Lebens nicht. Es scheint, dass Euch vieles hier missfällt, Dama.«

Ymme hörte ungläubig zu. Damit, dass ausgerechnet er sie nicht ernst nehmen könnte, hatte sie nicht gerechnet. »Es mag ja ein Ausdruck des feinen südlichen Lebens sein, dass Eure Ehefrau hinter Eurem Rücken Botschaften mit der Kurie austauscht«, entgegnete sie bebend vor Zorn, »in Lübeck würde man es als das benennen, was es ist: Verrat, Eure Erhabenheit!«

Die Mienen sämtlicher Räte und Würdenträger am Tisch wurden noch ausdrucksloser als zuvor.

»Was immer meine Ehefrau tut, geschieht mit meinem Wissen«, sagte der Kaiser trügerisch sanft. »Es steht Euch nicht zu, etwas anderes anzunehmen!«

»Einer der Franziskanermönche – Bruder Jacopo ist sein Name – ist der Bote zwischen dem Heiligen Vater Gregor und Ihrer Erhabenheit Jolanthe«, fuhr Ymme fort, ohne die Warnung zu beachten, »aber in besonders wichtigen Fällen kommt ihr Vater, Jean de Brienne, persönlich.«

Der Kaiser wechselte einen Blick mit dem Erzbischof. Der Justitiar drehte sich um und winkte einen der Kammerknaben zu sich. Nachdem er die ins Ohr geflüsterten Anweisungen entgegengenommen hatte, verließ er im Laufschritt den Raum.

Berard von Castacca erhob sich und wanderte mit auf dem Rücken gefalteten Händen um den Tisch. »Dama, Ihr redet fürchterlich törichte Dinge. Aber Narren und Frauen stehen unter dem besonderen Schutz des Herrn, und Seine Erhabenheit ist ein gläubiger Verteidiger des Christentums. Ihr solltet trotzdem seine Großmut nicht weiter beanspruchen. Übt Euch in Bescheidenheit und ersucht darum, Euch zurückziehen zu dürfen, bevor es zu spät ist.«

Es steigerte Ymmes Erbitterung, dass der Erzbischof sie ermahnte wie ein Kind. »Auf wessen Seite steht Ihr eigentlich, Eminenz? Bei der Kurie, die den Kreuzzug des Kaisers verhindern will? Oder bei den Gläubigen, die Jerusalem für das Christentum zurückerobern wollen?«

Der Erzbischof lächelte ironisch. »Seid nicht Ihr in Wahrheit ebenfalls gegen die Eroberung Jerusalems, Dama? Die Muslime finden durchaus Euer Wohlwollen, wie ich weiß, selbst Muhammad, den die römische Kirche als Betrüger ansieht ...«

Eine Falle. Es war eine Falle, das konnte Ymme trotz ihrer Wut erkennen und tiefe Angst erfüllte sie. Zugleich erinnerte sie sich Wort für Wort an die Warnung des Kaisers. Er hatte *außerhalb der Palastmauern* gesagt. »Die Muslime glauben an den gleichen Gott wie wir«, bekannte sie standhaft. »Kann der Verkünder dieses Gottes ein Betrüger sein?«

»Diese Seele ist verloren, Eure Erhabenheit«, sagte Berard von Castacca und zog sich bis zu den Fenstern zurück.

Der Kaiser nickte, fast bedauernd. »Giudice!«

»Ich habe schon alles veranlasst, Eure Erhabenheit.« Die kriecherische Unterwürfigkeit des Justitiars wurde Ymme immer mehr zuwider. Warum verließ ein Kaiser sich eigentlich auf solche Kreaturen?

In diesem Augenblick huschte Girolamo Naso zur Tür herein, gefolgt von dem barfüßigen Aitmisch. Naso schwenkte in der hocherhobenen Rechten ein kleines schwarzes Büchlein, sein Blick war fest auf seinen Vorgesetzten gerichtet.

Ihr kleines schwarzes Büchlein. Die Furcht drehte ihr fast den Magen um. Aber Ymme spürte Cornelius' tröstliche Wärme hinter sich. Er wollte nicht, dass sie zu Kreuze kroch.

»Girolamo Naso ist derjenige, den ich mit der Überwachung der Dama beauftragt habe, Eure Erhabenheit«, erläuterte Nicola della Vigna in selbstzufriedenem Ton. »Er ist mit ihren Gewohnheiten vom ersten Tag ihrer Ankunft an vertraut.«

Das hatte Ymme nicht gewusst. Dann fiel ihr Constanza ein! Hoffentlich wurde sie nicht in diesem Augenblick in ein Verlies geschleppt.

»Fasst Eure Anklagen zusammen, Notaio!«

Der Notar lächelte unangenehm. Er brauchte das Büchlein nicht zu Rate zu ziehen. »Dama Iume ist der Giftmischerei überführt worden. Angeklagt wurde sie von dem Eunuchen Moro, der einige Zeit später erstochen aufgefunden wurde. Dieser Fall konnte nicht geklärt werden, aber alles spricht dafür, dass die Dama den Mord in Auftrag gegeben hat. Eine weitere Zeugin ist Pellagra, Kräuterfrau in der Saqâlibah, die beschwören kann, dass sie gezwungen wurde, Gifte in den Palast zu liefern. Für deren heimliches Kommen und Gehen im nächtlichen Palast gibt es ebenfalls Zeugen.«

Die Anklage war nicht zu widerlegen.

»Der Dama war bekannt, dass das Todesurteil über ihr schwebte. Die Eintragungen in ihr Anklagebüchlein wurden pünktlich und korrekt ausgeführt.«

Girolamo Naso hatte wirklich an alles gedacht. Aber er war immer noch nicht am Ende seiner Ausführungen angelangt.

»All diese Vorkommnisse sind noch nachvollziehbar und auch in Sizilien nicht ungewöhnlich«, fuhr Naso mit vor Genugtuung triefender Stimme fort, »aber das zweite Verbrechen der Dama ist für jeden Sizilianer undenkbar.«

Was, um Gottes willen, jetzt noch?

»Sie wurde bereits in Toledo aus der Kirche ausgestoßen, weil sie mit mozarabischen und katharischen Häretikern paktierte. Seitdem hat sie keine Reue gezeigt und ist nie wieder in die Gemeinschaft der Christen zurückgekehrt. Bezeugen kann dies der Mönch Jacopo, der es von seinem Ordensbruder Leonardo erfahren hat. Bruder Leonardo ist der Franziskaner, der sich im Auftrag des Heiligen Vaters Honorius im Gefolge des Deutschordensmeisters Hermann von Salza nach Lübeck zu den Verhandlungen um König Waldemar begab.«

Cornelius stützte Ymme, deren Knie nachgaben.

»Die Messen hat sie besucht, um nicht aufzufallen. Wir haben keinen Geistlichen gefunden, bei dem sie jemals gebeichtet hätte. Ihr angeblicher Beichtvater, dessen Namen sie am Tag, als der Tod des Heiligen Vaters Honorius verkündet wurde, mit Thaddäus Spinola angab, war damals schon ein halbes Jahr tot«, berichtete Girolamo Naso zufrieden. »Zweifellos hatte sie ihn ausgesucht, weil er jung war und sich bester Gesundheit erfreute. Er wurde Opfer eines Anschlags.«

Ymmes Herz raste.

»Während die Dama sich also aus gutem Grund von allem fern hielt, was das Leben einer ehrbaren christlichen Frau ausmacht, wurde sie des Öfteren in muslimischen Kreisen beobachtet. Und man kann mit Fug und Recht sagen, dass sie sich in der Sommerresidenz Seiner Erhabenheit mit besonderer Wollust den arabischen Sitten hingab, als sei sie es gewohnt. Der Verwalter schlachtete ihr zu Ehren sogar zwei Schafe, nebenbei gesagt«, endete Girolamo Naso seinen ausführlichen Bericht.

Es blieb eine Weile still. Wollust? Ymme wusste beim besten Willen nicht, was er meinte. Aber immerhin war die Anwesenheit der ehrenwerten Spione in der Zisa eine Erklärung für die Vorbehalte des Verwalters, vielleicht war es sogar eine Warnung gewesen.

»Zuweilen bemerkt man über dem Bestreben, die Welt in Ordnung zu bringen, die Gefahr im eigenen Haus nicht«, bemerkte der Erzbischof bekümmert. »Lasst das Kind Bianca zu mir bringen, Eure Erhabenheit. Ich werde mit ihm zusammen beten und es von den Sünden zu reinigen versuchen, mit denen es in letzter Zeit in Berührung gekommen sein könnte.«

Der Kaiser nickte ihm zu und wandte sich an della Vigna. Unverkennbar war ihm im Augenblick Biancas Seelenheil nicht so wichtig. »Welche Strafe steht auf Hochverrat bei gleichzeitiger erwiesener Ketzerei?«

Der Justitiar verbeugte sich. »Alle Spielarten und Sekten von Patarenern werden mit der Verbrennung bei lebendigem Leibe bestraft, Eure Erhabenheit. So ist es in den Gesetzen festgelegt.«

Aitmisch stand so plötzlich neben Ymme, dass sie zusammenfuhr. Blutgeruch schien von ihm auszugehen.

»Für mich gilt dasselbe wie für meine Frau«, sagte Cornelius in die Stille hinein, fiel auf ein Knie und beugte den Nacken.

»So sei es denn, wenn der Prozess nichts anderes ergibt«, schloss der Kaiser knapp und verließ mit raschen Schritten den Raum.

Flüsternd berieten Cornelius und Ymme, was sie auf ihre Flucht mitnehmen würden. Sie waren nicht sofort eingesperrt, sondern in ihre Wohnung gebracht worden. Wahrscheinlich hatten sie es der überaus korrekten Verwaltung des kaiserlichen Hofes zu verdanken, nach der die Anklageschrift verfasst sein musste, bevor die Angeschuldigten ins Verlies geworfen werden durften. Zumindest, während der Kaiser sich am Hof aufhielt. Die Anklageschrift zu erstellen, würde vermutlich höchstens einen Tag dauern, vielleicht nicht einmal das.

Cornelius zog Ymme dicht an sich heran. »Dieser Gang im Rattengewölbe, von dem ich dir erzählt habe«, raunte er ihr ins Ohr, »endet außerhalb der Palastmauer in der Uferböschung des Kemonia. Es ist der einzige Weg, den wir nehmen können. Ich bin sicher, dass alle Ausgänge des Palastes scharf bewacht werden.«

Ymme nickte beklommen. In Gedanken ging sie die Instrumente durch, die sie mitnehmen musste. Möglicherweise würde von ihrem Handwerkszeug eines Tages ihr Leben abhängen. Sofern ihnen die Flucht überhaupt gelang.

Zu ihrer Erleichterung gingen Angelina und Stella ihnen aus dem Weg. Niemand konnte von ihnen erwarten, dass sie ihrer in Ungnade gefallenen Herrschaft die Treue bewahrten. Mit Constanza war es anders, aber merkwürdigerweise ließ auch sie sich nicht blicken. Ymme, die sie wie eine Tochter lieb gewonnen hatte, tat es Leid, sich von ihr nicht verabschieden zu können.

Innerlich angespannt und vollständig bekleidet, legte Ymme sich auf ihr Bett. Cornelius blieb auf und kramte in seinen Sachen.

Ymme wunderte sich, dass nichts geschah, um im letzten Augenblick noch ihren Plan zu durchkreuzen. Lange vor Morgengrauen schlichen sie aus ihrer Wohnung. Ymme war im Palast so oft nachts unterwegs gewesen, dass sie wusste, wo die Wachen standen und wann sie abgelöst wurden. Ungesehen gelangten sie nach unten.

Als er die Tür des Gewölbekellers hinter sich geschlossen hatte, wagte Cornelius Licht zu schlagen. »Vielleicht nicht den schlimmsten, aber den gefährlichsten Teil des Fluchtweges haben wir bewältigt«, sagte er dankbar.

Ymme antwortete nicht. Ihr Blick wurde wie magisch von der Stelle angezogen, an der Moros Leichnam gelegen hatte. Dort, wo aus dem Halsstumpf des Kammerknaben das Blut herausgeschossen war und sich auf dem Boden verteilt hatte, war der Lehm schwarz.

»Ich bin so weit. Komm jetzt, Ymme«, mahnte Cornelius, nahm seinen Packsack auf und leuchtete ihnen mit dem Kienspan den Weg zum Anfang des Ganges.

Er war niedrig, sogar Ymme musste den Kopf einziehen. Ihre Atemgeräusche brachen sich an den Wänden und waren viel lauter zu hören als in einem gewöhnlichen Raum.

Plötzlich blieb Cornelius stehen. »Großer Gott, sie haben den Gang zugemauert«, stammelte er betroffen.

Alles ist aus, dachte Ymme verzweifelt, während sie neben dem Brunnenschacht saß und Cornelius scharren und hacken hörte, der hartnäckig versuchte, die Mauer zu durchbrechen. Unerwarteterweise hatten die Maurer sie mehrere Schichten tief gemacht, und ein Schwert war wahrlich nicht das richtige Werkzeug, um die Steine herauszulösen.

Wenn sie wenigstens hätten in den Garten gelangen können! Ymme war sich sicher, dass sie den Zugang zum unterirdischen Weg nach San Giovanni degli Eremiti gefunden hätte ...

»Hör auf, Cornelius!«, zischte sie, den Blick wachsam auf die Tür zum Gewölbe gerichtet, aber es war zu spät. Die Tür schwang langsam auf.

Sie sah nichts als Schwärze. »Cornelius!«, schrie sie gellend vor Angst.

Cornelius schoss aus dem Gang heraus, den neu entzündeten Kienspan in der Hand. Im flackernden Licht erkannte Ymme eine Gestalt, die von der Kapuze bis zu den Schuhen in schwarzes Tuch gehüllt war.

Der Eindringling machte keine Anstalten, sich zu wehren, als Cornelius mit gezücktem Schwert zwischen ihn und Ymme sprang. »*Wer den Kreuzen dient und durch sie die Rechtleitung wünscht, ist ein Esel mit einer Brandmarke auf der Nasenspitze*«, brummte er verächtlich.

Cornelius senkte verdutzt das Schwert. »Meint Ihr mich?«

»Nein. Die. Komm jetzt, Cavaliere. Es wird Zeit. Die ersten Vögel rühren sich schon.« Ymme und Cornelius sahen verwundert, wie er sich den Umhang von den Schultern zog und begann, ihn zu einem Päckchen zusammenzurollen. Seine Kleidung war unauffällig wie die eines beliebigen Seemannes im Hafen von Palermo.

Ymme wagte sich nicht zu rühren. Er sah trotzdem aus wie ein Henker.

Aber Cornelius steckte das Schwert in die Scheide und holte seinen Sack, während der Fremde sich das Bündel um den Hals hängte. »Wir müssen ein wenig klettern. Richtet euch darauf ein.«

Endlich löste sich Ymme aus ihrer Erstarrung und erhob sich mit zitternden Knien.

»Erst die Hakima, dann der Cavaliere«, befahl der Mann und schwang ein Bein über den Brunnenrand. »Licht brauchen wir jetzt nicht. Wirf den Span ins Wasser.«

Während er in der Tiefe verschwand, dachte Ymme schaudernd an das Wasser, über dem sie gleich schweben würde. Festgehalten von Cornelius, fand ihr Fuß gleichwohl eine Sprosse, die sich sehr stabil anfühlte.

Schritt für Schritt gelangte sie tiefer in den Brunnenschacht, bis sich die Hände ihres Führers um ihre Leibesmitte legten und sie behutsam in eine Öffnung in der Wand gezogen wurde.

Sie tappten hinter ihrem Führer her. Unendlich lange Zeit schien Ymme vergangen, als der Mann plötzlich verschwunden war und frische Luft um ihre Nase strich. Nach dem nächsten Schritt stand sie auf einem steinigen Abhang oberhalb eines Baches.

»Ich glaube, der Cavaliere weiß, wo wir uns befinden«, murmelte ihr Führer gedämpft. »Von hier aus müsst ihr ohne mich weiterkommen. Meine Aufgabe ist beendet.«

»Ja«, sagte Cornelius dankbar. »Es ist das Ende des Ganges, der vermauert wurde. Wir befinden uns am Ufer des Kemonia.«

»Den Schacht kennen sie nicht. Leb wohl, Cavaliere, leb wohl, Hakima. Möge der Herr, der Gott und Allah ist, euch auf eurem Weg beschützen. Möge er euch immer genügend Wasser schenken.«

»Wir danken ...«, setzte Cornelius an und betrachtete verdutzt die gefüllten Lederschläuche, die er plötzlich in den Armen hielt.

Aber der maskierte Mann ließ sich nicht aufhalten. Das Plätschern der ins Wasser rutschenden Kiesel war das letzte Geräusch, das sie von ihm hörten.

In ihrer Nähe kündete Bellen den aufdämmernden Morgen an. Nach und nach antworteten die Hunde in den entfernteren Stadtteilen.

»Komm«, flüsterte Cornelius, »wir müssen uns beeilen.«

Durch hohe Schilfstengel und über angeschwemmten Sand traten sie ihre Flucht in Richtung auf die Berge an, die Palermo umgaben. Die Bergspitze des Monte Grifone war schon in den goldenen Schein der Morgensonne getaucht.

Teil IV

Rebellendörfer

17.
In den Bergen

»Wir müssen dort oben hin, wo die Feuer brennen«, sagte Cornelius keuchend und half Ymme aus dem steinigen Flussbett, das sie erst oberhalb der Stadt zu verlassen wagten, wo sie in den Schutz der Zitrushaine eintauchen konnten.

Inzwischen war die Sonne über den Bergen aufgegangen, aber ihre Strahlen hatten weder die Conca d'oro noch die Bergsenken erreicht, und die Luft war so kühl, wie man es an einem Augustmorgen erwarten konnte. Inmitten der Bäume ragte die Zisa empor, und Ymme wäre jetzt für ihr Leben gerne dort gewesen. »Warum halten sie Feuer in Gang?«, fragte sie, während sie still Abschied von der Zisa nahm.

»Die Rebellen zünden sie als Zeichen des Widerstandes gegen die Männer des Ordens der Gerechtigkeit an«, erklärte Cornelius. »Die meisten Rebellen sollen Sarazenen sein. Gegen den Kaiser haben sie nichts, aber gegen seine Beamten. Je weiter weg vom Hof, desto bestechlicher und willkürlicher werden die Richter, und in den sarazenischen Dörfern können sie sich die schlimmsten Übergriffe leisten, weil Friedrich nicht so besonders gut auf die Araber zu sprechen ist. Wenn die sich beschweren, nennt er es Unfrieden stiften.«

»Woher weißt du das alles?«, staunte Ymme und wich einem alten Mann auf einem Esel aus, der in der Mitte des ausgehöhlten Weges auf sie zukam, ohne Notiz von ihnen zu nehmen.

»Von den Sarazenen, die nach Lucera umgesiedelt wurden. Sie gehorchten, als die Befehle zum Aufbruch ergingen, aber in den Bergen gibt es noch genügend ihrer Glaubensgenossen, die sich weigerten. Wenn die Truppen des Kaisers gerade nichts Besseres vorhaben, nehmen sie sich das nächste sarazenische Dorf vor, um es zu unterwerfen.«

»Dann können wir ja hoffen, dass die Aufständischen uns weiterhelfen«, meinte Ymme erleichtert, »uns zumindest nicht verraten.«

Cornelius zuckte die Schultern und zog Ymme energisch vom Weg herunter.

Sie duckte sich unter die niedrigen Äste eines Zitronenbaums und sah einer Gruppe von Kindern nach, die auf Ziegen hinter dem Mann herritt. »Von einem Mann hätte ich nichts anderes erwartet«, schimpfte sie erbost, »aber die Kinder müssten einen Gast, der schwer an seinem Gepäck trägt, ja nun nicht gerade von der Straße schubsen.«

»Du irrst dich. Wir sind keine Gäste«, versetzte Cornelius mit düsterer Miene. »Hier sind wir Fremde. Und von Fremden haben die Bewohner der Insel fast nur Schlimmes erfahren.«

Der Pfad machte einen scharfen Knick in eine Schlucht, so dass die Stadt außer Sicht geriet. Ymme sank auf einen weißen Steinbrocken, der zwischen den Pinien hindurch vom Berg heruntergerollt war, und zog den Stöpsel vom Schlauch. »Es ist elend heiß«, sagte sie kläglich, nachdem sie getrunken hatte. »Glaubst du, dass sie uns verfolgen?«

»Vielleicht nicht. Es ist der schwierigste Weg in die Berge. Es gibt bessere. Außerdem wäre es in den Augen der Verfolger logischer, dass wir versuchen mit dem Schiff nach Rom oder Spanien zu fliehen. Oder auf dem Landweg nach Osten. Sie werden erst in dieser Richtung alles durchkämmen, denke ich.«

»Müssen wir heute noch weit?«

Cornelius musterte argwöhnisch die Straße, die sie gekommen waren, dann sah er in die andere Richtung. Er zeigte auf eine Gruppe von Olivenbäumen. »Dort muss ein Dorf sein. Ich glaube, für den ersten Tag ist es genug. Wir werden uns an das Marschieren gewöhnen.«

Hitze schien sogar dem Boden zu entströmen, als sie sich zwischen niedrigen beschnittenen Olivenbäumen, die von ihnen unbekannten Bäumen mit langen Schoten abgelöst wurden, dem Weiler näherten. Pinien und Steineichen an den Felsabhängen spendeten den Hütten am Fuß des Berges etwas Schatten. Ymme war so ermattet, dass sie sich neben einem aus Stein gehauenen Becken, in das vom Berghang herab durch ein Rohr Wasser plätscherte, auf die Erde fallen ließ.

Cornelius nahm schweigend neben ihr Platz, sein Schwert griffbereit neben sich. Er mischte im Becher ein wenig Wein aus seiner uralten Pilgerflasche mit dem Rest des Wassers aus dem Lederbeutel und spülte ihn dann aus.

Ymme sah sich um. Manche Hütten waren halb verfallen, wurden aber noch bewohnt, wie der Abfall vor ihren Türen bewies. Ein Hund döste in der Sonne, zwei kleine schwarze Schweine durchpflügten den Abfall. Auf der Straße zeigte sich kein Mensch, und kaum ein Laut war zu hören, selbst die Vögel schliefen in der Mittagshitze.

Bis eine alte Frau in umfangreichen schwarzen Röcken die Gasse herabgewackelt kam, einen Bottich in den krummen knochigen Fingern. Ymme und Cornelius schien sie nicht zu bemerken, als sie den Eimer unter das Rohr im Wasserbecken stellte.

»Sie hat schwere Gicht«, stellte Ymme mitleidig fest.

»Du meinst, ich soll ihr helfen.« Cornelius mühte sich stöhnend auf die Füße.

Als er den inzwischen gefüllten Bottich aus dem Becken heben wollte, begann die Frau zu kreischen. Der Hund knurrte, die Schweine jagten quiekend davon, und quer über den Platz rannte ein Mann mit hocherhobenem Knüppel herbei.

Cornelius hob beide Hände und trat einen Schritt zurück, um die Frau zu beruhigen.

»Vorsicht, Cornelius«, rief Ymme.

Er schaffte es gerade noch, dem Knüppel durch einen Sprung zur Seite zu entgehen. »Tut mir Leid!«, rief er in Volgare, »ich wollte diese Frau nicht erschrecken. Es ist nichts passiert!«

Der Dörfler holte ein zweites Mal aus. Unter seiner niedrigen Stirn sah Ymme zwei bösartige Augen. Möglicherweise hatte er Cornelius' gute Absicht nur verkehrt verstanden. Sie sprang auf, um zu vermitteln.

Mitten im Ausholen zum nächsten Schlag traf er sie. Betroffen wich sie zurück, als der Bauer sie annahm wie ein Keiler den Hund. Cornelius gelang es endlich, sein Schwert aufzuheben und dem Mann Einhalt zu gebieten.

Der spuckte ihm vor die Füße und bedachte anschließend die Frau mit einer längeren Beschimpfung. Daraufhin machte sie kehrt und schlurfte ohne den Eimer den Weg zurück, den sie gekommen war.

Als Ymme sich umsah, war der Mann verschwunden. »Ich habe ihn nicht verstanden«, sagte sie halb verblüfft, halb erleichtert.

»Ich auch nicht. Er sprach Griechisch, glaube ich. Offenbar sind wir hier in einem griechischen Dorf.«

Sie nahmen ihre Packsäcke auf und gingen langsam weiter die Dorfstraße entlang. Alle Häuser waren verschlossen wie Festungen, selbst die Kirchentür.

Cornelius drehte sich um, um den Weg ins Tal zu betrachten. »Zurück können wir nicht, über die Berge auch nicht. Wir müssen in diese Richtung weiter.«

»Oh nein!«, rief Ymme. »Ich kann nicht mehr.«

»Hier gibt uns kein Mensch ein Quartier. Und ob es einen Fóndaco in diesem Dorf gibt, bezweifle ich. Wir werden unter den Pinien schlafen müssen.«

Ymme schauderte zusammen. »Wir sind so gar nicht mit den Schlangen und Skorpionen vertraut ...«

»Hier oben gibt es wohl keine. Und allmählich werden wir den Umgang mit ihnen erlernen«, sagte Cornelius.

Ymme gab sich geschlagen. Die Pinien dufteten immerhin gut. Sie waren besser als das offene Land mit seinen Giftschlangen.

Entgegen ihrer Erwartung gabelte sich die Straße, und dort fanden sie eine Herberge mit der typischen Steinbank neben der Pforte; Fóndachi sahen wohl überall in der arabischen Welt gleich aus, selbst wenn das Dorf von Griechen bewohnt war.

Der Pförtner öffnete erst nach einer Weile auf ihr Klopfen, ließ sie mürrisch ein und schob die Tür mit dem Fuß zu, während er sie, die Arme auf die Hüften gestemmt, ausgiebig musterte. »Kaufleute seid ihr nicht«, sagte er endlich misstrauisch in Volgare.

»Ist dies ein Hinderungsgrund?«, fragte Cornelius.

»Nein. Vorausgesetzt, ihr zahlt das Lagergeld für die Ware. Darin sind eingeschlossen die Kosten für Bett, Licht und Holz. Der Esel geht extra.«

»Aber wir haben keine Ware«, wandte Cornelius ein. »Und keinen Esel.«

Der Mann betrachtete ihn ausdruckslos. Mit dem Daumen deutete er auf seine Brust, deren schwarze Haare aus der Weste hervorlugten. »Ich bin der Fundicario dieses Fondaco. Ich sage dir, du bezahlst die Fondacatsgebühr für zwei Personen und das Heu für den Esel ...« Sein selbstgefälliger Ton nahm unversehens eine sanfte Färbung an. »Seid ihr auf der Flucht?«

»Es geht dich zwar nichts an«, erwiderte Cornelius, »aber meine Frau beabsichtigt, ihren Verwandten Luca Filangieri auf seinen Besitzungen in Caltabellotta zu besuchen.«

Seine Miene wandelte sich blitzschnell. »Ich hoffe, die Filangieri gehen mit den Sarazenen so um wie die Morra mit uns Griechen«, schimpfte er in gehässigem Ton. »Ihr solltet durch die Berge nicht ohne Führer gehen. Ich werde dir einen besorgen. Er bringt euch für wenig Geld bis zur Klosterruine unterhalb der Burg von Caltabellotta.«

»Lass uns morgen darüber reden«, winkte Cornelius

uninteressiert ab. »Jetzt benötigen wir Ruhe, Schatten und einen großen Kübel Wasser. Für den Esel.«

Der Mann zupfte unschlüssig an den schwarzen Haaren auf seiner Brust und betrachtete Cornelius erneut aus lauernden Augen.

»Wie heißt du?«, fragte Cornelius scharf.

»Turi Pirrone.«

Cornelius wandte sich plötzlich an Ymme, streichelte ihr die Wange und sagte auf Französisch: »Ich bin sicher, dass Luca Filangieri Mittel und Wege finden wird festzustellen, ob Turi Pirrone ein Rebell ist. Die Anklage durch den Orden der Justitia wird dann nicht lange auf sich warten lassen.«

Soweit ihm die Worte verständlich waren, mussten sie Turi Pirrone überzeugt haben. Er knurrte böse, aber mit einer Kopfbewegung forderte er sie auf, ihm zu folgen. Er zeigte auf die morsche Stiege eines Nebengebäudes und verschwand wieder.

»Woher wusstest du, dass der Name Filangieri ihm etwas sagt?«, wunderte sich Ymme, nachdem sie sich in dem großen Raum über dem Stall auf einer harten, knirschenden Matratze, durch die Halme piksten, eingerichtet hatte.

Cornelius grinste. »Nicht immer erhält ein im Hintergrund klimpernder Troubadour seinen Lohn in Form von Geld. Ich habe in der Nähe des Kaisers auch viel über die Familien gelernt, die im Königreich wichtig sind.«

»Der Mann ist mir unangenehm. Er beißt, wenn man ihm den Rücken zukehrt, fürchte ich.« Ymme ließ sich auf den Rücken sinken. Es war unerträglich heiß, obwohl die Fensterläden zugezogen waren.

»Aber nur in die Waden«, sagte Cornelius beruhigend. »Schließlich versucht er, Geschäfte zu machen. Und morgen früh sind wir auf und davon. Schlaf du nur. Ich gehe jetzt das besorgen, wofür wir teuer bezahlen müssen. Vor allem das Heu für unseren Esel.«

Ymme nickte schläfrig.

Als Ymme viel später erwachte, brannte ein flackerndes Licht in einer Tonschale neben ihr, und Cornelius saß an der Fensteröffnung und schaute in den Hof. Die Läden waren zurückgeschlagen, und eine Brise strich ins Zimmer.

Als er hörte, dass sie sich rührte, drehte er sich um. »Besonders entgegenkommend ist hier wirklich niemand. Ich konnte nur eine Melone und Fenchel erstehen. Hier ziehen sie hauptsächlich Mannabäume, aber nicht aus Überzeugung. Friedrich hat den Anbau empfohlen, und seine Aufkäufer kaufen die gesamte Ernte. Das ernährt wenigstens einige Tagelöhner mit ihren Familien, wenn auch mehr schlecht als recht.«

»Von wem weißt du das denn? Ich dachte, sie sind hier so schweigsam«, sagte Ymme belustigt. Nur zu gern war sie bereit, sich auf Unwichtiges einzulassen, um ihre Furcht zu verdrängen.

»Von dem Händler, der mir die Melone verkaufte. Er liegt im Streit mit dem Herbergsverwalter und warnte mich vor dessen Tücke.«

»Und?« So wie Ymme Cornelius kannte, konnte das nicht alles sein.

»Zwei Franziskaner sind hier gewesen«, sagte Cornelius mit einem Seufzer. »Sie behaupten, dass es in diesem Herbst Manna im Überfluss geben wird und die Aufkäufer des Kaisers die Preise vom Vorjahr nicht mehr bezahlen werden. Möglicherweise würde Manna nur noch dort aufgekauft, wo die Pflege der Bäume in arabischer Hand liegt. Griechisches Manna verliert zu schnell die heilende Wirkung ...«

»Das kann nicht wahr sein!«

»Aber sie hatten Erfolg. Am gleichen Abend hat die Jugend des Dorfes ein besonders großes Feuer angezündet.«

»Und den Sarazenen werden sie erzählen, dass arabisches Manna nichts taugt, oder?«

»Vermutlich«, sagte Cornelius düster. »Ich frage mich, ob die Spitzel dem Kaiser überhaupt berichten, in welchem Ausmaß die Mönche Sizilien mit üblen Gerüchten überziehen.«

»Was kann er schon gegen Gerüchte unternehmen?« Ymme schüttelte fassungslos den Kopf.

»Die Mönche einsperren und aburteilen. Wenn schon Katharer Hochverrat begehen, indem sie sich gegen Rom auflehnen, dann doch Mönche umso mehr, die gezielt den Ruf des Kaisers untergraben.«

»Ob der Kaiser den Mut hat, es auf solche Weise mit Rom aufzunehmen? Er ist kein Roger II., von dem mir der Kräuterhändler so vorschwärmte, als ob er unter ihm schon gelebt hätte. Roger scherte sich nicht um die verschiedentlichen Exkommunikationen, die der Papst über ihn verhängte. Aber die Zeiten sind jetzt andere. Und Roger war Normanne und vermutlich König Waldemar ähnlich, was man von Friedrich ganz bestimmt nicht behaupten kann.«

»Sage nur, die Staufer hätten keinen Mut! Er hat ihn. Er wird es mit der ganzen Welt aufnehmen, wenn es sein muss«, behauptete Cornelius fest und goss den Becher voll mit dem Rest ihres Weines. Vorsichtig balancierend trug er ihn zu Ymme hinüber, die mit dem Gemüse beschäftigt war. »Derzeit wäre ich allerdings erleichtert, wenn sich seine Tatkraft nicht gegen uns richtete. Was machst du uns?«

»Einen Salat aus Fenchel und Zwiebeln. Salz und einen Rest altes Brot haben wir noch. Aber ab morgen wirst du Kaninchen fangen müssen.«

»Köstlich.« Cornelius lachte, als hätte er keine Sorgen. Doch dann wurden seine Augen schmal, und er horchte in den Hof hinaus. »Da kommt jemand.«

»Warum nicht? Wir werden in einer Herberge nicht die einzigen Gäste sein«, sagte Ymme nüchtern und begann umgehend, ihr Gepäck einzusammeln, das über den Raum mit seinen acht Matratzen verstreut war. Sie saß wieder auf ihrem dreibeinigen Hocker und schnitt Zwiebeln, als die Tür aufgestoßen wurde.

»Hier sind sie, Bajulo.« Turi Pirrone sah über die Schulter eines Mannes, dessen zugeknöpftes Hemd unter der bestickten Weste deutlich erkennen ließ, dass er einen höheren Rang als der Magazinverwalter bekleidete.

Ob der kurzbeinige Neuankömmling einer von des Kaisers reisenden Juristen war? Ymme betrachtete ihn mit Argwohn.

»Wer seid Ihr?«, fragte der Mann herrisch.

»Cavaliere Rainier de Normande und Bianca Filangieri, meine Frau«, antwortete Cornelius prompt.

»Die Filangieri behaupten aber, dass sie aus der Bretagne stammen.«

»Genau«, sagte Cornelius entgegenkommend. »Der Herr hat es gefügt, dass ich dort meine Frau kennen gelernt habe. Die Normandie und die Bretagne liegen dichter beisammen als Rom und Neapel. Wir sind auf dem Weg zu den Gütern der Filangieri in Caltabellotta. Der ehrenwerte Turi Pirrone erwähnte, dass er uns möglicherweise einen Führer besorgen könnte. Ich bin sicher, dass wir unterwegs schon auf Lucas berittene Garde stoßen werden, die uns entgegenkommen sollte.«

Der Bajulo warf Pirrone einen verdrossenen Blick zu. »Und ich bin sicher, dass Turi zu viel versprochen hat. Ich wüsste keinen im Dorf, der Lust hat, sich mit Sarazenen anzulegen.«

»Wie schade«, sagte Cornelius höflich. »Ich danke Turi Pirrone für den guten Willen.«

»Zieht mit Gott, wenn Ihr alle Gebühren entrichtet habt. Die Inanspruchnahme eines Bajulo zu Schlichtungszwecken beträgt einen halben Tarí oder zehn Grana.« Er hielt Cornelius die offene Hand hin.

Ymme wollte widersprechen. Aber Cornelius öffnete seinen Beutel, ohne zu feilschen, obwohl sie sich die vielen Gebühren nicht leisten konnten. Noch weniger konnten sie es sich allerdings leisten, eingesperrt zu werden.

»Bitte quittiert mir die Entrichtung der Gebühr, Bajulo«, verlangte Cornelius.

Die Miene des Dorfvorstehers war steinern. »Ich lasse sie Euch nachher vorbeibringen, Cavaliere.«

»Der Bote kann dann auch das Geld mitnehmen.« Cornelius zog gleichmütig die Bänder wieder zu und verwahrte den Beutel an seiner Brust. »Noch eins, Bajulo. Ich bin sicher, Ihr erwerbt Euch das Wohlwollen des Kaisers, wenn Ihr seinem Justitiar die Mitteilung macht, dass Franziskanermönche durch die Dörfer ziehen, um Unruhe zu schüren.«

Der Ortsvorsteher zog die Schultern hoch und senkte seine schweren Augendeckel über die Pupillen. »Die Bürger unseres Dorfes sind gute Christen, die dem Patriarchen von Konstantinopel folgen«, sagte er. »Was gehen uns die Mönche des römischen Bischofs an? Dagegen werde ich dem Justitiar gerne Mitteilung davon machen, dass ein Cavaliere des Kaisers sich von den aufständischen Sarazenen helfen lässt.«

Am Morgen wurden sie beim Zusammenpacken ihres Gepäcks durch das Klirren von Metall auf Metall sowie von Geschrei und unbstimmbarem Lärm auf der Gasse gestört. Cornelius rannte mit einem Fluch auf den Lippen zum Fenster, überzeugt davon, dass der Orstvorsteher sie verraten hatte und ein Kontingent des Kaisers im Hof stand.

Aber als er den Holzladen vorsichtig aufdrückte, sah er auf zwei rote Teufel hinunter, die im Hof wütend mit Ketten auf alles eindroschen, was sich ihnen zum Lärmmachen bot. »Tribut!«, heulten sie ein ums andere Mal. Eine schmächtige Gestalt neben ihnen, safrangelb von Kopf bis Fuß, mit mächtigen weißen Hauern im Maskenmund, schwenkte drohend Pfeil und Bogen.

»Der Tod!«, flüsterte Ymme und sah zutiefst erschrocken, dass der Herbergsvater ihre Aufmerksamkeit auf das Fenster lenkte, in dem sie standen.

»Beeilen wir uns«, befahl Cornelius knapp. »Vielleicht entwischen wir ihnen.«

Als sie im Hof ankamen, traf gerade eine vierte Gestalt ein, die ihnen fordernd einen Korb hinhielt. Cornelius sah hinein und zog sofort seinen Beutel. Eine der teuflischen Ketten traf schmerzhaft seine Waden, bis er ausreichend Tribut entrichtet hatte.

Es ging gar nicht um sie. Es war ein Fest. Immer mehr Teufel liefen vor der Herberge durch die Straße, später folgte ein Bulle am Strick, der kaum gebändigt werden konnte.

Sie machten sich in entgegengesetzter Richtung auf den Weg und waren dankbar, als sie das Dorf hinter sich gelassen hatten. »Ich glaube jetzt nicht mehr, dass es einfach sein wird, durch das Binnenland zu fliehen«, sagte Ymme bedrückt.

Noch vor Mittag erreichten sie den höchsten Punkt der Straße. Die schroffen Berge lagen hinter ihnen, vor ihnen öffnete sich welliges Hügelland, und im Tal floss ein von Schilf gesäumtes Gewässer. An den Fuß eines Berges schmiegte sich eine Stadt. Ymme hätte sie am liebsten umgangen. Aber Cornelius hatte Recht: Sie brauchten Nahrungsmittel und Ratschläge, wie sie am günstigsten das Hochland durchqueren konnten.

Diese Stadt unterschied sich grundlegend von dem griechischen Dorf. Sie war von einer Mauer umgeben, über die ein Minarett emporragte, und die Weite des Tals erlaubte es den Bewohnern, in ihrer Umgebung kleine von Kaktuspflanzen umgebene Gärten und Felder zu bewirtschaften. Olivenhaine wurden von Feldern mit Melonen und Weinstöcken abgelöst.

»Dies muss Lato sein, die Stadt, in der noch viele Sarazenen leben. Auch der muslimische Emir hat hier seinen Sitz«, sagte Cornelius erfreut. »Hoffentlich laufen sie nicht schreiend davon, wenn sie dein blondes Haar sehen.«

Ymme warf ihm einen verdrießlichen Blick zu und stopfte sämtliche Haarsträhnen so tief es ging unter das Kopftuch.

Das Stadttor war weit geöffnet und nicht bewacht. Die Luft flimmerte vor Hitze, und die Straßen waren menschenleer. Ein kleiner Junge schoss aus einer Tür heraus, starrte entsetzt auf Ymmes Gesicht, brüllte Dschinn und kehrte wieder um. Die Tür schlug schmetternd hinter ihm zu.

»Sagte ich ja.« Aber Cornelius war nicht sonderlich beunruhigt.

Kurze Zeit später wurde die Tür vorsichtig aufgezogen, und ein Männerkopf mit flachem Turban zeigte sich.

»Nehârek sa'îd«, sagte Cornelius höflich und verbeugte sich wie bei Hofe.

Mechanisch antwortete der Sarazene mit dem Selâm-Gruß, während sein Blick an Cornelius hinauf- und herunterwanderte.

»Leb tausend Jahre«, wünschte dieser. »Würdest du uns wohl sagen, ob es hier einen öffentlichen Brunnen gibt, an dem Reisende ihren Durst stillen können?«

»Gott ist groß. Gott schenkt Leben und Wasser. Tretet ein und trinkt. Und entschuldigt mein ungebührliches Verhalten. Ungewöhnliche Umstände machen heute dieses Haus zu einem Ameisenhaufen, in dem die Frauen durcheinander laufen und nicht wissen, was zu tun ist.«

»Ich verstehe«, erwiderte Cornelius teilnahmsvoll und schritt auf die einladend geöffnete grün gestrichene Tür zu.

»Ach, warum hat dieser kleingläubige römische Imam nur den Maristan von Palermo zerstören müssen!«, klagte der Mann, während Ymme müde, aber erleichtert den Hof betrat, der von mehreren Gebäuden umschlossen war.

Das Hospital der Moschee von Palermo, die der neuen Kathedrale hatten weichen müssen! Ymmes Lebensgeister kehrten schlagartig zurück. »Der Prophet spricht«, sagte sie: »*Für jede Krankheit gibt es ein Heilmittel, manche kennen es, manche nicht – nur für den Tod gibt es keine Kur.* Kann ich möglicherweise behilflich sein? In Toledo war ich Umm Iume, Hakima und Hebamme am Maristan.«

Der Araber starrte sie ungläubig an. Es dauerte eine Weile, bis er seine Fassung wiederfand. »Eine gelehrte Hebamme, um meinen ersten Sohn zur Welt zu bringen«, stammelte er mit nassen Augen. »Dich hat Allah gesandt. Komm, komm schnell!«

Ymme erweckte zuerst Staunen bei den Frauen des Hauses und den Nachbarinnen, die sich in dem hinteren Raum versammelt hatten, um bei der Geburt Beistand zu leisten.

Der Hausherr winkte eine ältere Frau mit rundem Gesicht und Doppelkinn zu sich, vielleicht seine Mutter, um ihr ins Ohr zu flüstern.

»Friede sei mit dir«, grüßte diese schließlich, nicht ganz überzeugt. »Mögest du Kinder haben.«

Ymme dankte, viel zu knapp, wie sie wusste, und trat resolut an die niedrige Bettstatt, auf der eine ermattete und verängstigte junge Frau lag. Es war nicht zu verkennen, dass sich nicht besonders saubere Hände an ihr zu schaffen gemacht hatten. Aber sie war gut ernährt wie eine Gans vor Martini.

Als Erstes sorgte Ymme mit dürftigen Brocken in arabischer Sprache für Ruhe; der Respekt, den Hebammen üblicherweise bei Arabern genießen, half ihr dabei. Nach und nach ließen die Frauen sich an den Wänden nieder und wurden still. Plötzlich klatschte die ältere Frau in die Hände und deutete auf zwei verständig aussehende jüngere Frauen, die mit verlegenem Lächeln aufsprangen und sich Ymme als Helferinnen zur Verfügung stellten.

Ymme bat um frisches Wasser und saubere Tücher, und es gelang ihr sogar, die Angst aus den Augen der Erstgebärenden zu vertreiben. Danach ging die Geburt eines kleinen, aber wohlgeformten Jungen mit schwarzem Haarschopf schneller vonstatten, als sogar Ymme erwartet hatte.

Kaum war der Erbe gewaschen und in ein leichtes Kleidchen gehüllt worden, stand der Vater in der Tür, um ihn als Erster entgegenzunehmen. Er schenkte Ymme ein strahlendes Lächeln, bevor er mit seinem Sohn zu den Männern verschwand.

Ymme untersuchte die Nachgeburt und stellte fest, dass sie nicht vollständig war. Darüber hinaus blutete die junge Mutter stark und hatte sich bisher kaum erholt. Sie benötigte Wein.

Die Frauen schüttelten störrisch die Köpfe. Schließlich gab Ymme auf und lief hinaus, um Cornelius zu suchen. Er stand im Innenhof und sah zu, wie ein älterer Mann die Muskulatur eines Schafes prüfte, das zwei junge Burschen festhielten.

»Cornelius, ich brauche Wein, um Mutterkorn darin aufzulösen«, erklärte sie ungeduldig. »Die junge Frau könnte sonst verbluten. Sag ihnen, dass dieser Wein eine Medizin ist. Ich brauche ihn unbedingt!«

Cornelius übersetzte. Der Alte hörte ihm mit gekrauster Stirn zu, während er dem Schaf unter den gelupften Fettschwanz spähte, und bellte dann einige Befehle hinaus.

»Der Vater des Hausherrn«, erklärte Cornelius leise.

Es erwies sich, dass es überhaupt kein Problem war, den Wein zu beschaffen. Während Ymme darauf wartete, dass die Medizin zu wirken begann, hatte sie Muße, sich umzusehen. Der Säugling war inzwischen in die Wiege gelegt worden; neben ihm stand ein Tonbehälter, in dem ein Feuer glomm, und am Fußende der Wiege lagen das Brot für ein langes Leben, der Zucker, der das Kind mild werden lassen sollte, und die Goldstücke, die das Glück lachen machen würden.

Plötzlich krümmte sich die junge Frau und schrie auf.

Die Frauen im Raum verstummten.

Und dann kam die letzte Wehe, die den Rest der Nachgeburt hinausbeförderte. Das Blut hörte auf zu fließen. Während Ymme der Mutter des Hausherrn Platz machte, die mit einer Waschschüssel herantrat, klatschten die Zuschauerinnen in die Hände und trillerten mit den Zungen, was offenbar den Anfang eines turbulenten Festes darstellte, mit dem der neugeborene Erbe gefeiert werden sollte.

Es ging bereits auf den Mittag zu, als das Haus am nächsten Tag erwachte. Ymme und Cornelius hatten wie die anderen Gäste auf Matten geschlafen. Noch lag der Weihrauchduft im Raum, und Ymme trat auf knirschende Kürbiskerne, als sie sich den Weg zur Wöchnerin bahnte.

Sie war ansprechbar, wurde sogleich von einem jüngeren Mädchen gekämmt und bekam danach zur Stärkung eine Suppe aus Weizenmehl mit Hammelfett und Traubenmus vorgesetzt.

Cornelius' Gesicht erschien im Türspalt zum Wöchnerinnenzimmer. Er winkte Ymme, hinauszukommen. »Draußen ist ein Mann, der sich bereit erklärt hat, uns auf sicheren Wegen nach Castellamare zu führen, das einen verkehrsreichen Hafen hat«, berichtete er leise. »Ich glaube, wir sollten das Angebot annehmen.«

»Kann man ihm denn trauen?«

»Ich weiß es nicht. Unser Gastgeber kennt ihn nicht. Außerdem meint er, man könne in diesen gefährlichen Zeiten überhaupt niemandem trauen außer den eigenen Verwandten.«

»Und wozu rät er?«

»Er wiegt den Kopf und will keinen Rat geben. Er ist übrigens der Bajulo und sagt, dass niemand sonst uns führen kann. Alle Männer der Stadt werden für die Ernte benötigt.«

»Ist es nicht seltsam, dass in dieser Gegend, die so abweisend gegenüber Fremden ist, plötzlich einer daherkommt, der uns helfen will?«, fragte Ymme misstrauisch.

»Ja, es ist seltsam. Aber wir haben keine Wahl. Wir finden allein nicht über die Berge, sofern wir Schleichwege benutzen wollen, hat man mir erklärt. Die Straßen werden für uns unsicherer mit jedem Tag, an dem die Comestabuli sicherer werden, dass wir weder die Küstenstraße genommen noch ein Schiff gefunden haben. Und die Ritter des Kaisers tauchen ohnehin so plötzlich auf wie ein Gewitterguss im Winter, sagt unser Bajulo.«

»Ja, dann ... Ich mache mich fertig.«

Ymme packte hastig zusammen und verabschiedete sich von den Frauen. Beim Anblick des Mannes, mit dem Cornelius sich im Hof unterhielt, überfielen sie heftige Zweifel, ob sie die richtige Entscheidung getroffen hatten, sich ihm anzuvertrauen. Zweifellos war er ein Schafhirte, er trug Fellkleidung und Fellschuhe und über der Schulter eine Steinschleuder. Aber vom ersten Augenblick an hatte Ymme das Gefühl, dass etwas mit ihm nicht stimmte.

Sie wurde abgelenkt durch den Bajulo, der immer noch voller Stolz auf sie zukam und sich vor ihr verbeugte. »Die

Frauen meines Hauses haben euch Wegzehrung eingepackt, die einige Tage ausreicht. Dein Ehemann trägt eine Empfehlung an meinen Oheim in Al Madarig bei sich; er wird euch ein Schiff verschaffen. Bei ihm lasst auch den Esel, den ich euch mitgebe.«

Ymme war zu überwältigt, um sofort Worte zu finden. »Ich danke dir von Herzen für alles«, sagte sie schließlich.

Der junge Vater schüttelte den Kopf. »Danke Allah. Es ist mir eine Ehre, dass die Hebamme, die die Frau unseres Imberadour entbunden hat, mir meinen Erstgeborenen brachte. Lebe wohl Hakima Iume.«

Einen Augenblick später befanden sie sich schon auf einem steinigen Nebenweg, der am Fuß des Berges aus der Stadt hinausführte.

Weit über ihnen kreisten Raubvögel. Cornelius führte den Esel am geflochtenen Zügel, während er sich lebhaft mit Andrea Giambono unterhielt. Dieser sprach fließend Arabisch und Volgare, wie er Cornelius unbefangen erzählte. Überhaupt war er ungewöhnlich gesprächig.

Alles zusammen verstärkte Ymmes Bedenken, die still hinter den Männern herwanderte. Das Beherrschen einer zweiten Sprache passte nicht so recht zu einem Schäfer des sizilianischen Hochlandes.

Die heiße Mittagszeit verbrachten sie im Schatten des Berges, aber da Andrea nicht von ihrer Seite wich, konnte Ymme Cornelius nicht nach seiner Meinung fragen. Stattdessen ließ sie sich von Andrea zeigen, wie man die Kaktusfrüchte schälte, ohne sich die Hände an den feinen Stacheln zu stechen. Er hatte Recht, die Früchte löschten den Durst besser als Wasser.

Als sie spätabends Halt machten, war Ymme todmüde. Es bestand kein Zweifel mehr, dass Andrea die Gegend kannte, als er die dichten Zweige eines Busches beiseite bog und sich dahinter eine Höhle öffnete.

»Wir sind hier sicher«, sagte Andrea bestimmt. »Wir können sogar Feuer machen, was in den nächsten Nächten nicht der Fall sein wird.«

Dankbar ließ sich Ymme auf den steinigen Boden sinken, der noch warm war von der Sonne, die längst untergegangen war. Obwohl, schreckte sie noch einmal auf, wenn er die Höhle kennt, kennen auch andere sie. Aber sie war derartig erschöpft, dass es ihr fast gleichgültig war.

Andrea hatte die Wanderung nichts ausgemacht. Mit geschlossenen Augen sog er die Luft ein, die eine Brise ihm zutrug, und behauptete anschließend, ein geschickter Koch zu sein. Sie würden Zeugen eines wahren Wunderwerkes von Mahlzeit werden. »Ich muss einige Kräuter holen«, sagte er, nachdem er den Kessel mit Wasser aufgesetzt hatte, und verschwand mit großen Schritten bergab.

»Traust du ihm?« fragte Ymme leise.

»Ich glaube, ja«, antwortete Cornelius und legte ein dürres Hölzchen nach. »Ein einfacher Schäfer ist er zwar nicht, er hat mehrere Jahre in Palermo gelebt und sogar in Rom. Aber welchen Sinn sollte es schon haben, uns durch die Wildnis zu führen, statt gleich nach der Justiz zu rufen?«

»In Rom«, wiederholte Ymme voll Bedenken. »Sollten wir nicht lieber abwechselnd wachen?«

Cornelius schüttelte den Kopf. »Wir würden uns nur zermürben. Wenn er merkt, dass immer einer von uns Wache hält, könnte er uns so viele Tage durch die Berge führen, bis wir vor Übermüdung gleichzeitig in Schlaf fallen, und uns dann überfallen. Es hat einfach keinen Sinn.«

»Hast du dem Bajulo erzählt, dass ich Jolanthe entbunden habe?«

»Nein«, sagte Cornelius überrascht.

Rollendes Geröll zeigte an, dass Andrea zurückkehrte. Als er sich neben das Feuer setzte, legte er Büschel von Kräutern auf den Boden. »Nun, bin ich ehrlich oder nicht?«

Ymme fühlte sich ertappt. Dumm war der Mann nicht. »Welche Kräuter findet man hier oben?«, erkundigte sie sich ausweichend.

»Alles, was man zu einem schmackhaften Sugo braucht«, sagte Andrea, ohne sich an ihrem Misstrauen zu stören. »Abgesehen von dem, was unser Esel in seinem Packsack trägt, natürlich. Fenchel, wilde Zwiebeln, Salbei, Thymian.«

Die Pasta mit Melanzane und dem würzigen Sugo war köstlich. Den Schluss der Mahlzeit bildete ein goldgelber Käse. »Frischer Cacciocavallo!«, sagte Andrea anerkennend. »Ihr müsst euch großer Wertschätzung beim Bajulo von Lato erfreuen. Diesen Stutenkäse gibt es nur jetzt, und sie müssen ihn weit weg von hier im Tal von Mazara kaufen. Sie selber haben keine Pferde.«

Seine Bemerkung erfüllte Ymme mit freudigem Stolz. Gerade als sie sich dafür bedanken wollte, löste sich aus der Glut, in der Andrea stocherte, um das Feuer in Gang zu halten, ein glühendes Bröckchen. Vom Wind getragen, landete es in seiner Hand, die von Olivenöl und Käse fettig war. Plötzlich stand die ganze Hand in Flammen. Fluchend schüttete er Wasser aus einer Holzflasche darüber, mit dem Erfolg, dass das Feuer in seinen Ärmel hineinkroch.

Ymme schlang ihr Kopftuch um seinen Unterarm und versuchte die Flammen zu ersticken.

»Ist mir noch nie passiert«, maulte Andrea und überließ Ymme nur widerwillig die Hand, als sie nachsehen wollte, wie groß der Schaden war.

An den Fingern begannen sich Brandblasen zu wölben, und der erhitzte Käsewürfel, der jetzt verkohlt im Gras lag, hatte ein wie von einem Strohhalm ausgestanztes Loch in die Hand gebrannt, in dem rohes Fleisch sichtbar geworden war.

Ymme entfernte vorsichtig einen schwarzen Hautfetzen vom Rand des Loches. »So etwas darf man nicht unterschätzen, Andrea, ich werde dich behandeln. Könntest du eine weitere Zwiebel besorgen?«

»Jederzeit«, sagte Andrea und sprang auf, offenbar froh, ihrer Aufmerksamkeit zu entkommen.

Er bemerkte seinen Irrtum erst, als Ymme die rötliche Zwiebel in dicke Scheiben schnitt, die saftigsten auf die

Brandwunde packte und die ganze Hand mit einem Streifen Leinen umwickelte. »Das ist doch nicht nötig«, murrte er, blankes Entsetzen in den Augen.

»Doch, das ist es. Ich weiß, dass es jetzt höllisch schmerzt«, fuhr Ymme fort. »Aber ich habe noch nie etwas davon gehalten, Wunden mit Öl auszubrennen, von fettem Käse gar nicht zu reden. Mehrfach habe ich erlebt, dass sich anschließend das Bein, oder was immer es war, als jauchiger Klumpen davonmachte. Und anschließend verabschiedete sich die Seele des Behandelten.«

»Ich werde mir die Zwiebelbehandlung merken«, murmelte Andrea beeindruckt, wenn auch jetzt etwas blasser als vorher. »Für meine Seele habe ich noch Verwendung, so Gott will.«

Cornelius goss ihm einen ganzen Becher Wein ein, der sich zu ihrer Freude ebenfalls bei der Wegzehrung der Sarazenen gefunden hatte.

Andrea hatte am nächsten Morgen nur geringfügige Schmerzen und kein Fieber. Ymme erneuerte trotzdem den Zwiebelverband, bevor sie ihr Lager abbrachen.

Hier oben am Berg war die Luft am Morgen frisch und kühl, und sie sah dem Tag zuversichtlich entgegen.

Aber Andrea schien vorsichtiger zu werden, je weiter sie im Tal vorankamen, wo sie den Fluss überqueren mussten, der zu dieser Jahreszeit zwar kaum noch Wasser führte, aber weite schilfbestandene, unübersichtliche Flächen zurückgelassen hatte.

»Sprecht nur, wenn es unbedingt nötig ist«, flüsterte er, als sie eine kurze Pause einlegten. »Hier streifen Banden umher, die nichts dagegen haben, sich begüterter Leute anzunehmen, die ohne Leibwache reisen.«

Ymme wechselte einen Blick mit Cornelius. Die Gefahr drohte offenbar nicht von Andrea. »Wir sind doch nur arme Wanderer«, gab sie leise zurück. »Oder würde uns jemand wegen eines Schwertes und eines Esels erschlagen?«

Andrea lächelte in sich hinein, bevor er sich zu einer Antwort entschloss. »Nein, Esel können sie sich in den

Dörfern beschaffen, so viele sie wollen. Und ein Schwert ist keine brauchbare Waffe für Banditen. Du bist es, die möglicherweise ein lohnendes Objekt darstellt.«

Voll Abscheu wandte sich Ymme von ihm ab. Schon sein eigenartiges Lächeln war ihr nicht geheuer gewesen. Und nun gab er ihr zu verstehen, dass sie ein besonderer Leckerbissen sei. Erweckte sie Begierde, weil sie blond war und die Frauen in den Dörfern eher schwarzhaarig? Plötzlich erwachte wieder ihr ganzer Argwohn gegen den Mann, der sich ihnen förmlich aufgedrängt hatte.

Andrea gab mit einem Nicken das Zeichen zum Aufbruch. Kurz danach überquerten sie eine verfallende steinerne Brücke, unter der Weiden und Schilf wuchsen. Auf der anderen Seite des Flussbettes stand ein Mann und füllte Ledersäcke an einer Röhre mit Wasser. Neben ihm trat ein Esel hin und her, dessen hölzerner Sattel schon mit Krügen bepackt war. Ymme spürte das Misstrauen zwischen Andrea und dem Bauern, der machte, dass er davonkam.

Andrea verlor keinen Augenblick seine argwöhnische Wachsamkeit, während er und Cornelius die Schläuche füllten. Als sie endlich fertig waren und weitergingen, lockerte Cornelius sein Schwert.

Dabei wirkte die Gegend so friedlich. Es war kaum zu glauben, dass sie sich zwischen den weiten Feldern, auf denen noch die Weizenstoppeln standen, vor Räubern fürchten sollten. Gelegentlich sahen sie sogar Hütten und irgendwo in der Ferne eine Schafherde, deren Hirte im Schatten eines Baumes saß.

Sie stiegen immer höher. Vor ihnen lag eine Art Pass zwischen zwei niedrigen, baumbestandenen Bergkuppen, und zur rechten Hand waren erneut die schroffen Berge zu sehen, die auch Palermo vom Hinterland trennten. Dahinter musste Castellamare liegen. Dankbar blickte Ymme über Andreas Schulter nach vorn.

Doch ihre Dankbarkeit verflog jäh, als an den Hängen der beiden Hügel ein struppiger Männerkopf nach dem anderen aus dem Gras auftauchte. Sie wurden erwartet.

18.
Der Rais von Corleone

Sie waren sieben, abgesehen von ihrem Anführer, und die abgerissensten Männer, mit denen Ymme es jemals zu tun gehabt hatte. Ihre erste Regung war, die Flucht zu versuchen. Ein Blick auf Andrea belehrte sie, dass es sinnlos war: Er hatte den Zügel des Esels losgelassen und zeigte mit hängenden Armen seine leeren Hände.

Der Esel begann zu grasen. Der Anführer erhob sich und bahnte sich zwischen Sträuchern mit blauen Beeren und gelb blühenden Blumen den Weg zu ihnen herab. Als er vor ihnen auf dem Pfad stand, sah Ymme, dass er bestimmt einen Kopf kleiner war als Cornelius, und krumme Beine und schwarzes Haar hatte. Er nahm sich Zeit, abwechselnd Cornelius und Ymme zu betrachten, bedachte den Ritter mit einem erheiterten Grinsen und schlenderte dann, den Daumen in seinen breiten Gürtel gehakt, näher.

Wie Ymme schon geahnt hatte, interessierte er sich nur noch für sie. Sie konnte den Blick nicht von seinem Messer abwenden, das mindestens so furchterregend war wie sein narbiges Gesicht.

»Gott schenke dir Leben, Hakima zweier Länder, und auch dir, Cavaliere und Sänger des Imberadour.«

Stumm vor Schreck hörte Ymme seine Worte. Er wusste, wer sie waren!

»Auch dir schenke er Leben, Rais«, erwiderte Cornelius genau so höflich. »Ich nehme an, ich darf dich Rais nennen?«

»Genau so. Ich sehe, du weißt dich zu benehmen, Cavaliere, und das habe ich auch nicht anders erwartet. Ich möchte euch einladen, für eine Weile meine Gäste zu sein. Ich residiere gegenwärtig dort.« Seine umfassende Geste konnte die Berge meinen oder ein Haus, das jenseits des Passes lag und noch nicht zu sehen war.

»Leider haben wir keine Zeit, unsere Reise zu unterbrechen«, entgegnete Cornelius, »aber wir danken dir.«

Leiser Spott malte sich auf dem braunen Gesicht des Anführers, während er sich abwandte und einen Grashalm aus dem felsigen Boden zog. »Erkläre es ihm, Andrea«, sagte er schließlich und begann auf dem Halm zu kauen.

Das war der Beweis. Andrea hatte sie verraten und regelrecht in die Falle geführt. Ymme warf ihm einen zornigen Blick zu. Kein Wunder, dass er sich nicht vor den Männern fürchtete. Er gehörte zu der Bande.

Andrea zuckte gleichmütig die Schultern. »Euch bleibt keine Wahl, Cavaliere. Es verhält vielmehr so, dass du als Ritter des Kaisers, aber vor allem die Dama als Hebamme der Königin, einen hohen Wert für Leute darstellen, die selber nichts besitzen. Sie werden euch gefangen halten ...«

»... bis ihr für Kost und Logis gezahlt habt, Dama, Cavaliere«, ergänzte der Rais.

»Kost und Logis sind nicht nötig«, sagte Cornelius rasch. »Wir haben hundert Tarí bei uns. Nehmt sie und lasst uns unseren Weg fortsetzen.«

Gelächter erhob sich unter den Männern, die Volgare verstanden. Sogar Andrea schmunzelte.

Der Rais schüttelte nachsichtig den Kopf. »Du verstehst immer noch nicht, worum es geht, Cavaliere. Der Imberadour wird zahlen. Er wird dankbar sein, euch zurückzubekommen, und mit Allahs Hilfe wird er erkennen, dass ihr ihm tausend Augustalen wert seid.«

Mutter Gottes, dachte Ymme entsetzt.

»Du kennst unsere Sitten nicht«, fuhr der Anführer fort, »deshalb verzeihe ich dir dein beleidigendes Angebot. Für den Meuchelmord an einem Sarazenen wie mir oder an einem Juden muss eine Dorfschaft fünfzig Augustalen Buße an den Imberadour zahlen, für einen Christen das Doppelte. Du verstehst, dass hundert Tarí eine Beleidigung sind? Für mich und für dich. Vergessen wir, was du gesagt hast.«

Als hätte der Rais sich jetzt ausreichend Mühe gegeben, ihnen die Aussichtslosigkeit ihrer Situation vor Augen zu führen, wandte er sich an seine Männer, schickte zwei von ihnen mit Gesten ins Gelände und stieß dann einen lang gezogenen Pfiff aus.

Auf dem Weg, den sie gekommen waren, waren rasche Fußtritte zu hören. Zwei weitere Männer kamen herbei. Man hatte sie offenbar von allen Seiten beobachtet, während sie in die Falle gegangen waren.

»Er hat uns diesen Räubern regelrecht auf die Schlachtbank gelegt«, sagte Ymme voll Erbitterung auf Deutsch zu Cornelius. »Ich wusste doch, dass man sich vor Männern in Acht nehmen muss, die schon mal in Rom waren.«

»Hakima!«, fuhr der Rais scharf dazwischen und wandte sich um. »Wir sind höfliche Männer. Ein Sarazene würde weder einer römischen Nonne noch einer muslimischen Hebamme oder meinetwegen auch einer christlichen Hakima jemals Gewalt antun. Aber dafür erwarten wir auch Höflichkeit von dir. Sprich in einer der Sprachen, die wir verstehen!«

»Ja«, antwortete Ymme kleinlaut. Dann begriff sie erst richtig, was er gesagt hatte. Sie hatte Andrea ganz falsch verstanden. Ihre Erleichterung war grenzenlos.

Cornelius steckte endlich sein Schwert in die Scheide. Ymme lächelte ihn zuversichtlich an. Er hätte ihre Ehre mit seinem Leben verteidigt. Alle Männer waren mit Steinschleudern ausgerüstet und mit Messern, mit denen sie wahrscheinlich vorzüglich umgehen konnten.

Der Rais rief Andrea mit einer Kopfbewegung zu sich und begann leise auf ihn einzureden. Nebeneinander machten sie sich auf den Weg über den Pass, während der Mann hinter Cornelius ihn mit einem Stoß zum Gehen aufgeforderte.

Auf der Höhe angekommen, erkannte Ymme mit einem Blick ihr Ziel. Der Rais der Banditen hatte tatsächlich eine Residenz, eine alte normannische Burg.

Die Außenmauern des Kastells waren großteils in sich zusammengestürzt, und das Dach fehlte. Über dem großen Saal stand der leuchtend blaue Himmel, aber die Mauern spendeten Schatten. Viele bunte Teppiche lagen vor dem Kamin in einer dicken Schicht aufeinander. Während die Männer sich dort lärmend sammelten, wurde Cornelius und Ymme eine Nische zugewiesen, die durch Flechtwände aus Stroh abgeteilt war.

Ein langer Tisch, geeignet für jeden größeren Mönchsorden, war aus Deckenbalken gezimmert und in der Nische aufgestellt worden. Ymme ließ sich dankbar auf einen Stuhl fallen, während sich im Eingang einer der Männer mit gekreuzten Beinen niederließ.

Der Bewachung würden sie also nicht entgehen, aber es war Ymme gleichgültig. Sie fühlte sich sehr müde und hatte schrecklichen Durst, aber niemand trachtete ihnen nach dem Leben, und für den Augenblick war das genug.

Obendrein kam gerade ein kleiner Kerl mit krummen Beinen herein, auf einem kupfernen Tablett einen Krug und Becher balancierend, die er auf dem Tisch abstellte. Das Getränk stellte sich als verdünnter Wein heraus, in dem Zitronenscheiben schwammen.

»Vermutlich ist es in den Verliesen des Imberadour ungemütlicher als hier«, stellte Cornelius fest, während er einschenkte.

»Ich kann es dir bestätigen.« Ymme war insgeheim verletzt, dass er ihre Gefangenschaft und die Erniedrigung, die ihr widerfahren war, vergessen zu haben schien. »Hätten wir Andrea nur nicht getraut!«

»Dann wären wir auch hier. Vielleicht hat er uns gar nicht verraten. In diesem Land voller Spitzel gibt es wahrscheinlich etliche Menschen, die im Auge behalten, was sich auf den Straßen tut – schon aus Notwehr. Vermutlich liegt der Fehler bei mir. Ich habe die Berichte aus dem Landesinneren, die mir gelegentlich zu Ohren kamen, nicht ernst genommen. Für mich war alles, was mit Rom zu tun hat, wichtiger.«

»Quäl dich nicht«, sagte Ymme, schnell versöhnt. Außer ihm kannte sie keinen Mann, der sich für seine Handlungen entschuldigen würde. »Niemand konnte das voraussehen. Ich bin davon überzeugt, dass Allah in seinem Hoheitsgebiet auch uns schützen wird. Ich vermute sogar, dass er sich gerade um das Essen kümmert. Eben kam mir ein Rüchlein von Zwiebeln und Schmorfleisch in die Nase.«

Cornelius lachte herzhaft und hob seinen Becher. »Ich bin ein glücklicher Ehemann. Ich habe eine Frau, die mit beiden Beinen auf der Erde steht. Auf dein Wohl, Ymme.«

Als es in der Ruine dunkelte, servierte einer der Banditen eine herrlich duftende Pastete, die mit Kaninchenfleisch und Käse gefüllt und mit scharfem Pfeffer gewürzt war. Heißhungrig machten sie sich darüber her.

»Es will mir scheinen, dass es Schlimmeres als eine solche Entführung gibt«, bemerkte Cornelius zufrieden.

Am nächsten Tag saß der Rais bei Cornelius und Ymme am Tisch und trank mit ihnen Wein. »Andrea und einer meiner Männer sind auf dem Weg zum Palast in Palermo«, berichtete er. »Einige Tage wird es dauern ...«

»Wir haben keinen Wert für den König«, meinte Cornelius gleichmütig. »Wir sind aus seinem Dienst ausgeschieden. Warum sollte er bezahlen? Wir interessieren ihn nicht mehr.«

Der Rais schlürfte mit Behagen den Wein, während er Cornelius über den Becherrand zweifelnd ansah. »Der Imberadour kann es sich nicht leisten, dass die Gerüchte der braunen Mönche um die Neuigkeit über die abgeschnittenen Fingerglieder seiner ehemals hochgeschätzten fränkischen Hakima ergänzt werden.«

Ymmes Hand bebte. »Würdet ihr das wirklich tun?«

»Ohren, Finger, bei Männern auch ..., na ja, du verstehst schon.« Der Rais zuckte mit den Schultern. »Keine Frage. So geschieht es immer, wenn die andere Seite keine Zusammenarbeit will, den Nutzen des Freikaufs der Gäste bestreitet oder übertrieben feilscht ... Wir werden sehen.«

Sie hatte es ja geahnt. Cornelius nahm diesen erzwungenen Aufenthalt zu sehr auf die leichte Schulter. Ymme stürzte den Rest ihres Weines herunter und spürte sofort, wie ihr die Hitze zu Kopf stieg. Aber ohne sich Mut anzutrinken, brachte sie es nicht über ihre Lippen. »Wir sind nicht freiwillig gegangen«, bekannte sie. »Wir haben uns mit dem Imberadour überworfen und mussten fliehen. Deine Unterhändler wird er abweisen und ihnen seine Comestabuli nachschicken.«

Der Rais warf den Kopf zurück und brach in Gelächter aus. »Wie kann man sich mit einem Kaiser überwerfen? Einem Sultan wird der Kopf eines widerspenstigen Mannes vor die Füße gelegt, bevor der Widerspruch auch nur dessen Lippen erreicht. Aber der Imberadour hat jetzt mit euch den kleinen Ärger. Recht geschieht ihm.«

»Deine Bande wird in Gefahr geraten, aufgerieben zu werden, wenn die Spitzel deinen Männern folgen.« Aber auch Cornelius hatte keinen Erfolg.

»Keine Sorge. Den Umgang mit solchen Leuten lernen unsere Jungen, sobald sie die Wiege verlassen«, prahlte der Rais. »Wenn sie das Geld haben, wird der Ort festgelegt, an dem ihr übergeben werden sollt, und dann ist für mich die Sache erledigt. Hier läuft alles nach bestimmten Regeln, wenn beide Seiten ehrlich sind.«

»Ich finde es auch ungemein angenehm, wenn bei Erpressungen beide Seiten ehrlich sind«, schnaubte Ymme. »Ich hatte schon einmal mit einer unehrlichen Erpressung zu tun!«

Der Rais musterte sie feindlich, stieß seinen Becher mit der Handkante um, so dass der Wein über Ymme spritzte, und verließ wortlos die Gefangenennische.

»Deinen Mann hätte er für eine solche Beleidigung umgebracht«, sagte der Wächter auf dem Boden mit rauer Stimme. Es war immer der Gleiche, und bisher hatte er noch nie ein Wort von sich gegeben.

Ymme schaute erschrocken zu ihm hinunter.

»Wenn du auf dem Weg Ärger machst«, drohte der Sarazene in der Kleidung eines Ziegenhirten, »endet dein Leben, bevor wir Palermo erreichen. Du bist hier wie ein Ei auf dem Feuer; ich sehe es schon geknackt, geplatzt und zerflossen!«

Andrea, der neben dem finsteren, verschlossenen Mann einherwanderte, nickte einverständlich. »Ich weiß. Du bist ja der Hüter von Bergziegen und -hühnern. Aber ich mache dir keinen Ärger. Ich bin dem Cavaliere verpflichtet, er hat Anspruch auf mein Leben.« Der überraschte Blick des Banditen traf ihn.

»Du bist sein Mawla? Du kennst ihn schon lange?«

»Einige Zeit«, gab Andrea zu. »Sein Freigelassener bin ich nicht; die Christen des Nordens halten keine Sklaven, sie treiben mit ihnen nur Handel, wie jeder gute Muslim. Klient trifft es eher; aber die Bedeutung ist die gleiche wie bei euch: Ich gehöre zu seinem Clan. Wenn ich nicht für seine Freilassung sorge, bin ich ebenfalls ein toter Mann.«

Der Sarazene warf den Kopf zurück und beschleunigte das Tempo. Sein Misstrauen gegen Andrea war zwar nicht verschwunden, aber es hatte sich verringert. Am Abend hatte er nichts dagegen, dass Andrea allein auf Kaninchenfang ging, und das Essen ließ er sich mit gutem Appetit schmecken, obwohl es kein Kaninchen, sondern Rebhuhn gab.

»Wie wäre es«, schlug Andrea vor, als sie zwei Tage später Palermo erreichten, »wenn wir uns für kurze Zeit trennen würden? Ich stoße zu dir, sobald ich meinen Mann aufgetrieben habe, der die Nachricht in den Palast bringen wird. Du wirst verstehen, dass ich nicht in die Räume des Imberadour spazieren kann, als wäre ich sein Wesir.«

»Meinetwegen«, stimmte der Sarazene zu. »Gott verhilft seiner Religion zum Sieg durch wen er will.«

»Eben.«

»Wir sind wie zwei Finger an einer Hand«, drohte er noch.

»Genau.« Andrea nickte bekräftigend und zeigte dem Mann die Weinschenke.

»Bist du von Sinnen? Ich bin Muslim!« Nachdem er seinem Glauben mit Entrüstung Genüge getan hatte, machte sich der Ziegenhirte unverzüglich mit seinem schaukelnden Gang auf den Weg in die Taverne, aus der der Lärm der Betrunkenen herausscholl.

Andrea sah ihm grinsend nach. Der Sarazene hatte seine Version geschluckt. Dann tauchte er im Gewirr der Gassen des Suq unter. Ein möglicher Verfolger würde festgestellt haben, dass er schneller verschwinden konnte als Nebel im Schirokko.

Das Essen war jeden Tag anders und immer ganz vorzüglich zubereitet. Aber der Rais setzte sich nicht mehr zu ihnen. Hinaus durften sie auch nicht, und die Zeit wäre ihnen lang geworden, wenn nicht Cornelius ein Schachbrett aufgetrieben hätte.

Mitten in einer Partie kamen die Unterhändler zurück. Cornelius und Ymme wurden bald geholt und vor den Rais geführt.

Der wühlte mit der Hand noch in dem Lederbeutel, der offenbar das Gold enthielt. »Eintausend und achthundert Augustalen. Nicht eben großzügig, aber akzeptabel«, meinte er achselzuckend. Dann heftete er seine Augen auf Ymme. »Der Kaiser hat bezahlt, Dama, will euch aber nicht zurückhaben. Warum? Will er seine Comestabuli zu Übungszwecken in unser Gebiet schicken, um euch zu jagen? Oder stimmt eure ganze Geschichte nicht, und ihr seid gar nicht auf der Flucht? Was aber dann?«

»Sie haben sich in Lato auf sehr geschickte Art eingeführt«, bemerkte einer. »Der Ortsvorsteher hat sie wie Verwandte aufgenommen und ausgerüstet.«

»Spione ganz neuer Art!«

»Der Imberadour ist zwar Sizilianer, aber ist ihm eine solch bemerkenswerte List wirklich zuzutrauen?« Der Rais fixierte an seiner krummen Nase entlang abwechselnd Cornelius und Ymme.

Sie holte tief Luft. Hoffentlich kam er nicht auf die Idee, sie einfach weiter gefangen zu halten. Oder anderswohin zu verkaufen. Nach Rom an den Hof des Papstes, zum Beispiel.

Der Rais wog den Beutel in seiner Hand. »Ihr seid frei und könnt gehen, wohin ihr wollt. Aber ihr werdet unsere Augen wie Nadeln auf euren Rücken spüren, und wenn ihr ein Pfeifsignal hört, werdet ihr wissen, dass wir in der Nähe sind. Die Gespielin des Imberadour, die sich für die Königin von Jerusalem hält, soll Interesse an euch haben, wie ich erfahren habe. Ihr Vater, dieses selbstgefällige Weinfaß, das den Boden des Imams von Rom küsst, auch. Es gibt jede Menge Interessenten. Und wir finden euch, wenn wir euch brauchen.«

Andrea erwähnte die Lösegeldverhandlung mit keinem einzigen Wort, als sie am nächsten Tag ihre Wanderung fortsetzten. Er schien zu wissen, dass sie ihn verdächtigt hatten, mit den Banditen gemeinsame Sache zu machen, und das ließ sich nicht so einfach aus der Welt schaffen.

Dabei brannte Ymme darauf zu erfahren, wie er den Kaiser zum Zahlen des Lösegeldes hatte bewegen können. Und warum hatte der Kaiser, der seine Gefangenen zurückgekauft hatte, nicht ihre Auslieferung verlangt? War er gar froh, sie auf diese Weise los zu sein und sich und ihnen den Prozess zu ersparen? Vorsichtig gingen ihre Blicke immer wieder zu Andrea hinüber, aber er verhielt sich ihr gegenüber so ablehnend, dass sie aufgab.

»Wir müssen uns jetzt nur noch vor den Spitzeln des Imberadour in Acht nehmen«, belehrte Andrea Cornelius später. »Bis alle Männer Bescheid wissen, dass die Angelegenheit für den Kaiser erledigt ist, wird es Wochen dauern. Die Drohung des Rais, dass er euch jederzeit wieder gefangen nehmen kann, bedeutet hingegen einen gewissen Schutz vor anderen Banden. Die wissen, dass ihr dem Rais von Corleone zusteht, und sofern sie nicht beabsichtigen, sich mit ihm anzulegen, werden sie uns in Ruhe lassen.«

Die eine Aussicht fand Ymme so beunruhigend wie die andere. Sie biss die Zähne zusammen und wünschte, sie hätte Flügel, um nach Al Madarig zu fliegen. Sie war mittlerweile des Marschierens in der Sonnenglut müde. Die hohen Berge schienen so unendlich weit weg. Aber an ihnen mussten sie vorbei, um nach Al Madarig zu gelangen, was Andrea mit *Die Stufen* übersetzte, während die Hafenstadt bei den Normannen Castellamare hieß.

Flügel bekam Ymme zwar nicht, aber zwei Tage später ein Maultier. Kurz nachdem sie von der mittäglichen Rast aufgebrochen waren, entdeckten sie vor sich einen Mann mit einem Maultier, der ihnen den Pfad versperrte, als hätte er sie erwartet.

Dieses Mal näherte Andrea sich dem Bauern bedenkenlos. Sie wechselten blumige, wortreiche Grüße in arabischer Sprache, denen Ymme nicht folgen konnte. Dann wandte sich Andrea an sie. »Seine Frau benötigt Hilfe. Er bittet dich zu kommen. Die Stadt heißt Segesta; ihr Hafen ist Al Madarig, und es bedeutet für euch nur einen kleinen Umweg.«

»Eine Geburt?«, mutmaßte Ymme.

»Nein, keine Geburt. Eine Verletzung. Sie verblutet, fürchtet er. Sein Maultier ist kräftig und wird euch beide tragen. Der Cavaliere und ich kommen nach, so schnell es geht.«

Ymme betrachtete den Mann zweifelnd. Schwarze Haare fielen ihm in die niedrige Stirn und hingen vor den Ohren, wo sie noch länger waren, und rasiert war er auch nicht. Aber das alles war kein ausreichender Grund, ihm ihre Hilfe zu versagen. Cornelius reichte ihr bereits den Sack mit Medikamenten und Instrumenten.

Das Gesicht des Sarazenen war so maskenhaft starr, dass Ymme ihm nicht einmal Erleichterung anmerken konnte. Er bestieg sein Maultier, hob sie mit einem kräftigen Griff hinter sich und trabte an.

Als sie zwei Stadttore passiert hatten und es immer noch aufwärts ging, begriff Ymme, dass Segesta eine große Stadt sein musste. Sehen konnte sie nichts, es war inzwischen stockdunkel. Sie hörte Zikaden und roch Pinien. Das Maultier wurde immer langsamer. Während sie überlegte, ob sie absteigen sollte, um das ermattete Tier zu entlasten, bog sein Besitzer in ein Grundstück auf ebener Fläche ein. Eine Fackel beleuchtete eine Öffnung zwischen Mauern aus gelbem Bruchstein.

Ymme erstarrte, als sie sah, dass der Frau die Nase abgeschnitten worden war. Zwei junge Mädchen bemühten sich um die wimmernde und stöhnende Verletzte, hielten ihre Hände und sprachen auf sie ein. Die am Boden liegenden Tücher zeigten das Ausmaß des Blutbades.

Der Ehemann schnauzte Anweisungen, worauf sich die Augen der Mädchen gehorsam auf Ymme richteten. Mit Gesten erreichte sie, dass die Tücher fortgeräumt wurden, während sie sich nach Wasser umsah. Die Zisterne war eine in den Felsboden gegrabene Höhlung, in der das Wasser zwar kühl, aber nicht besonders sauber blieb. Ymme streute Kreuzkümmel und Sennesblätter hinein.

Nachdem sie das Gesicht der Frau abgewaschen hatte, sickerte weiterhin Blut aus der Wunde. Isländisch Moos wäre das geeignete Mittel zum Tamponieren gewesen, aber ihre Vorräte waren erschöpft.

Die ältere Schwester kochte die Beinwellwurzel nach Ymmes Anweisung, während die jüngere weiße Leinenstreifen aus einem weißen Gewand riss, das offenbar für Trauerfälle bereitlag. Schließlich brachte Ymme noch den Hausherrn an die Arbeit. Sie deutete auf das Strohgeflecht, das offenbar in allen Häusern des Binnenlandes vorhanden war, um Nischen abzuteilen. Der Bauer brachte ihr einen Korb, in dem sich der Weizenvorrat befand, gleich daneben lagen mehrere Bunde Strohhalme zum Flechten.

Erleichtert wählte Ymme mehrere dicke Röhren aus. Während sie sie mit dem Skalpell in die richtige Länge schnitt, wusste sie, dass sie am liebsten die Behandlung abgelehnt hätte. Nichts an dieser Ausgangssituation hätte das Einverständnis von al-Walid in Toledo gefunden. Aber er hätte auch gesagt, dass ein Arzt helfen muss, selbst wenn keine Hoffnung auf Heilung besteht.

Endlich waren die Vorbereitungen beendet, der Beinwellsud fertig, die Wundfläche mit Wasser und einem Schuss Wein ein letztes Mal gereinigt. Jetzt begann der schwierigere Teil der Behandlung.

Glücklicherweise lasen ihr die Mädchen von den Augen ab, was sie benötigte. Sie stützten die Verletzte hoch, sie hielten die Röhrchen zum Atmen in der richtigen Position, und sie halfen beim Anlegen des Verbandes, den Ymme zwischen Augen und Oberlippe und über den Hinterkopf führte.

Als die Hausfrau schließlich auf ihrer Matratze lag, den Oberkörper hochgestützt auf einem abgepolsterten Sattel, war Ymme mit sich ganz zufrieden. Mehr konnte sie unter den gegebenen Umständen nicht tun. Sie strich ihren beiden Helferinnen über die Wangen, erhielt als Dank ein vorsichtiges Lächeln und ging nach draußen, um sich nach Heilpflanzen umzusehen.

Zu ihrer Überraschung waren Cornelius und Andrea bereits eingetroffen. Der Esel war abgesattelt und kaute, an der Mauer angebunden, in einem Futtersack.

»Alles in Ordnung?«, fragte Cornelius, als sie in seinem Arm lag, ungeachtet der Tatsache, dass Andrea verlegen grinste.

»Soweit ja. Natürlich konnte ich ihr keine neue Nase verschaffen wie al-Walid. Er nannte es die Methode des Antyllos, und sie war sehr schwierig und erforderte viele Vorbereitungen und Helfer und Nachsorge«, sprudelte Ymme hervor. »Ich hätte es gerne versucht. Er sagte, man begegnet als Arzt einem geeigneten Patienten nur zwei oder drei Mal im Leben.«

»Ja, doch, ja, Ymme«, sagte Cornelius sanft. »Beruhige dich.«

Der Sarazene, der zu ihnen trat, stellte Andrea einige Fragen.

»Er will wissen, ob sie es überstehen wird«, übersetzte Andrea. »Und ob sie ihm noch Söhne gebären kann. Sonst wird er sich eine andere Frau nehmen müssen.«

»Jetzt soll er sich erst einmal um diese Ehefrau kümmern«, sagte Ymme empört. »Ich benötige Ringelblumen. Zwei solche Futtersäcke voll, wie der Esel ihn vor der Nase hat.«

Der Hausherr machte sich gemächlich auf den Weg.

»Wer die Alte wegen der Neuen verlässt, dem wird's schlecht ergehen«, brummte Andrea finster hinter ihm her.

»Wer hat die Frau denn so bestraft?«, wandte sich Ymme an ihn. »Der Ehemann etwa selber?«

»Nein, der Qâdi der Stadt.«

Ymme war verblüfft. »Ich dachte, der Orden der Gerechtigkeit des Kaisers ist dafür zuständig ...«

»Sarazenen, Griechen und Juden haben ihre eigene Rechtsprechung«, erläuterte Andrea. »Die Justitiare kümmern sich nur um das öffentliche Recht, nicht um das private. Diebstähle und dergleichen werden nach altem Brauch abgeurteilt.«

»Das muss aber ein uralter Brauch sein, ein ganz barbarischer«, versetzte Ymme böse. »In Toledo habe ich es zwar gesehen, aber dort war es nicht rechtens, eher eine Art Rache oder Mahnung ...«

»So ist es auch hier«, sagte Andrea ruhig. »Eine Mahnung an die ganze Familie, ihre Nasen nicht in Dinge zu stecken, die sie nichts angehen.«

»Meint er damit vielleicht auch uns?« Ymme sah zu Cornelius hinüber und sprach Deutsch. Aber sie hatte das böse Gefühl, dass Andrea sie genau verstanden hatte. Sie konnte nicht verhindern, dass ihr Misstrauen gegen ihn aufs Neue erwachte.

In der Stadt, die groß und wichtig genug war, um einen Qâdi zu haben, gab es auch einen Fóndaco, in dem sie am frühen Morgen Quartier bezogen. Der Segestaner, dessen

Hütte zu klein war, um Gäste aufzunehmen, brachte sie selbst hin.

Die Herberge befand sich unterhalb der oberen Stadtmauer und machte im Morgenlicht einen freundlichen Eindruck. Der Eingang war von einem großen Feigenbaum beschattet, und in Kübeln auf der niedrigen Umfassungsmauer wuchsen Geranien und Ringelblumen. Jedenfalls die Stängel und einige niedrige Blüten, die dem nächtlichen Räuber entgangen waren. Ymme lächelte in sich hinein.

Während Cornelius und Andrea sofort in die obere Stadt zurückkehrten, um das öffentliche Bad aufzusuchen, wusch Ymme sich mit dem Zisternenwasser im unteren Raum, der auch einen Ofen enthielt, und machte es sich dann auf dem Bett im Schlafraum bequem.

Sie brauchte hier keine Angst zu haben. Die Banditen hatten keinen Einfluss in dieser Stadt, und die Truppen des Kaisers befanden sich irgendwo im Hinterland. Eine Brise wehte die Düfte von Nadelbäumen ins Zimmer. Sie waren so einschläfernd, dass Ymme die Augen zufielen.

Ymme konnte den Beginn der Badezeit für Frauen am späten Nachmittag kaum erwarten. Cornelius beschrieb ihr den Weg.

Die Moschee und der Hammâm befanden sich auf der oberen Terrasse neben dem Kastell. Als die Kuppeln schon in Sichtweite waren, erklang in einem Hof die Totenklage für einen Verstorbenen. Hoffentlich wurde das Bad nicht wegen der Totenfeier geschlossen! Sie beschleunigte ihre Schritte.

Sie hatte Glück. Außer ihr strebten noch andere Frauen dem Bad zu. Beim Händler am Eingang, der ihr verschiedene Seifen und Enthaarungsmittel anbot, erstand sie ein Pulver aus Judendorn.

Geschrubbt und erfrischt verließ sie geraume Zeit später das Bad, als gerade der Trauerzug vorüberkam. Da sie auf der obersten Stufe stehen geblieben war, konnte sie den Leichnam eines Jungen auf der Bahre liegen sehen.

Der Vater gab sich seinem Schmerz laut hin, zwei Männer stützten ihn.

Unwillkürlich fühlte sich Ymme an die Pocken von Palermo erinnert. Nicht auszudenken, wenn diese Krankheit auch in die Berge käme! Mit Anteilnahme ließ sie die Trauernden an sich vorüberziehen, bis ein ungewöhnlicher Lärm vom Ende des Zuges sie ablenkte.

Hinter den letzten Frauen wanderte ein Mann her, der mit wedelnden Armen und abgehacktem Gekreisch die Trauer störte, und anfänglich dachte Ymme, es handele sich um einen Geisteskranken.

»Lobet den Herrn!«, schrie er, völlig außer sich. »Aber nicht den der Hebräer und auch nicht den der satanischen Sekte des Muhammad! Unseren Herrn Jesus Christus lobet! Verflucht sei der König, der Götzenanbeter in seinem Land duldet!«

Der Franziskanermönch Jacopo!

Ymme beobachtete entsetzt, wie er die trauernden Frauen mit seinen langen Armen vor sich herscheuchte. Einem Mann Widerstand zu leisten, war nicht ihre Art; sie drängten sich wie die Hühner zusammen, um ihm zu entgehen.

Endlich entschloss sich ein unbeteiligter Eseltreiber, der eine Ladung Feuerholz nach Hause brachte, den Mönch zum Schweigen zu bringen. Sein Stock traf ihn zwischen den Schulterblättern.

Jacopo fuhr herum, schüttelte den Kopf wie ein betäubter Stier und hielt seinen Gegner mit ausgestrecktem Arm von sich ab, während er sich zum Eingang des Bades umdrehte, wo Ymme stand. Sein ungläubiger Blick wanderte die Stufen herauf, bis er ihr mit offenem Mund ins Gesicht starrte.

Ihr Fehler. Aber es war zu spät.

Jacopo ließ den Bauern los und richtete seinen knochigen Zeigefinger auf Ymme. Sie hörte nicht, was er murmelte, aber es waren gewiss Verwünschungen, die nicht einmal endeten, als der Eseltreiber ihn am Kragen packte und unsanft in eine Seitengasse beförderte.

Der Fundicario hatte seinen Gästen Wein besorgt. Cornelius und Andrea zechten unter Gelächter im Schatten des Feigenbaums und waren beide nicht mehr nüchtern, als Ymme zurückkehrte. Vibrierend vor Aufregung setzte sie sich zu ihnen.

»Was ich immer noch nicht verstehe, Andrea, wie ist es dir gelungen, uns freizukaufen?« Cornelius lallte ein wenig und klatschte mit der flachen Hand auf den Tisch, um seinen Worten Nachdruck zu verleihen. Ymme war nicht ganz sicher, ob er die Trunkenheit vorgab oder nicht. Jedenfalls ließ er Andrea nicht aus den Augen.

Aber wie die meisten Sizilianer, die sie kannten, hatte Andrea seine Miene gut in der Gewalt. »Ja, Cavaliere, das ist oft so«, bestätigte er bereitwillig. »Wer begreift schon Sizilien? Mal hat man Glück, mal nicht. Danke Allah und dem Herrn und nimm es hin!«

Ymme schnaubte grimmig. Andrea ließ sich mit oder ohne Wein nicht übertölpeln.

»Aber das ist keine Erklärung!«, murrte Cornelius unwirsch.

»Ihr Leute aus dem Norden wollt immer alles erklärt haben«, meinte Andrea träge und zwinkerte mehrmals überrascht, als habe er jetzt erst entdeckt, dass Ymme zurückgekommen war. »Sizilien lässt sich nicht erklären, und das ist gut so.«

»Der Mönch Jacopo ist in der Stadt«, warf sie nervös ein.

Andrea starrte sie ausdruckslos an. »Jacopo«, wiederholte er. »Der ist kein Sizilianer. Bei dem wäre es gefährlich, sich auf sein Glück zu verlassen.«

Viel später, als Cornelius schon neben ihr schnarchte, fiel Ymme erst auf, dass Andrea Jacopo offensichtlich kannte. Sie hatten nie über den Mönch gesprochen, man konnte ihn nicht beschuldigen, etwas verschwiegen zu haben.

Und trotzdem war es beunruhigend festzustellen, dass der Mann so viele Geheimnisse hatte.

19. Al Madarig

Am nächsten Morgen, als sie schon unterwegs waren, fragte Ymme geradeheraus, woher Andrea Jacopo kannte. Es ließ ihr einfach keine Ruhe.

Andrea beförderte einen Kalksteinbrocken mit dem Fuß von der Straße und schwieg eine ganze Weile. »Ich kenne ihn nicht«, behauptete er schließlich.

Ymme verschlug es wieder einmal die Sprache. Es war so offensichtlich gewesen. Sie sandte Cornelius einen Hilfe suchenden Blick. Der zuckte verlegen die Schultern.

»Allah weiß, warum er uns Männern den Wein verbietet«, fügte Andrea sanft hinzu.

Er wollte nicht darüber sprechen. Da war nichts zu machen. Sie sah sich noch einmal um. Hinter ihnen blieben ein Tempel und ein Theater aus einer fernen Zeit zurück und eine wehrhafte kleine Stadt, die jederzeit auf einen Angriff der königlichen Truppen gefasst war.

»Da unten sieht man schon das Meer«, meinte Andrea versöhnlich. »Dann seid ihr am Ziel. Jedenfalls fast.«

»Woher wusste der Mann in Segesta, dass wir kommen?«, setzte Ymme ihre Befragung hartnäckig fort.

»Oh, das ist leicht erklärt«, sagte Andrea. »Es gibt hier noch einige Familien, die nach alter Sitte Brieftauben halten. Aber sie nimmt ab, je mehr Muslime Sizilien verlassen.«

»Ach so«, antwortete Ymme lahm. Ihr Argwohn gegen Andrea zerplatzte wie eine Seifenblase. Auch seine Behauptung, Jacopo nicht zu kennen, mochte stimmen. Vermutlich hatte er nur von ihm gehört. Sie hob das Gesicht, um die leichte Brise zu spüren, die ihr in einer schmalen Schlucht entgegenkam. »Der Duft von Pinien und Meer«, flüsterte sie mit geschlossenen Augen.

Al Madarig war eine Ansammlung von weißen, würfelförmigen Häusern über einer Bucht mit bleiernem Wasser. Auf einer Landzunge stand ein Turm, ihm gegenüber lag eine Steinmole, dazwischen weißer Sand, auf den einige kleine Ruderboote gezogen waren. Kein Mensch war zu sehen, und nach hier oben an den Rand des Dorfes, das von Kiefern und Olivenbäumen gesäumt war, drang kein Laut.

»Ist das der Hafen? Wo sind die Schiffe?«, forschte Cornelius beunruhigt.

»Der Oheim des Rais wird es wissen«, sagte Andrea und zog den Esel hinter sich her in eine Gasse, die steil bergab führte. Mit dem untrüglichen Gespür des Schäfers fand er schnell ihr Ziel, ein ansehnliches Haus an der Bucht.

Der Hof verriet Zeichen eines hastigen Aufbruchs. Versiegelte Krüge, Warenballen und andere Gepäckstücke waren offensichtlich im letzten Augenblick zurückgelassen worden, dazwischen lagen umgefallene Blumenkübel. Ein alter Mann in arabischer Kleidung kam ihnen, auf einen Stock gestützt, mit würdevoller Miene entgegen.

Nach der wortreichen Begrüßung ging er in Volgare über. »Wir haben euch erwartet«, sagte er, »weil wir euch nicht mehr warnen konnten. Die Truppen des Imberadour werden in den nächsten Stunden hier eintreffen. Die meisten Einwohner sind geflohen, und es besteht kein Zweifel, dass der Name Al Madarig ausgelöscht werden wird, wenn nicht sogar der gesamte Ort.«

Ymme starrte ihn betroffen an. Alle Hoffnungen vergebens!

»Ihr müsst auf der Stelle zurück in die Berge«, fuhr der Araber fort und zog ein versiegeltes Schreiben aus seinem Gewand, das er Andrea übergab. »Wendet euch nach Trápani. Dort besteht keine Gefahr, und der Ort hat einen großen Hafen. Die Botschaft ist an meinen jüngeren Bruder gerichtet, zu dem ich auch meine Familie geschickt habe.«

Jetzt zurück müssen zwischen die sonnendurchglühten Felsen? »Und du selber?«, stammelte Ymme.

»Mein Schicksal liegt in Allahs Händen.« Der alte Mann entbot einen Abschiedsgruß, drehte sich um und humpelte in das Haus zurück.

Von den Truppen war weit und breit noch nichts zu sehen, als sie am oberen Ende von Al Madarig ankamen. Ymme, die vom schnellen Tempo noch ganz atemlos war, wandte sich zurück, um einen letzten Blick auf den Ort zu werfen. Ein vergessenes Huhn flatterte über die Gasse. Der ganze Anblick stimmte sie traurig.

Unbehelligt erreichten sie den Fuß der Berge und die Straße nach Trápani. Felsen, Pinien, eine Schlucht. Und Hitze. Ymme versuchte, an das kühle Lübeck zu denken.

Am zweiten Tag sahen sie endlich die Salzfelder, die Andrea unterwegs angekündigt hatte, wie glitzernd weiße Tupfen am Horizont und rechts davon ein dunkles Mauerband, hinter dem Turmspitzen in den Himmel stachen.

»Jetzt sind wir vor den Rais und den Banden des Binnenlandes sicher, Hakima«, meinte Andrea tröstend.

Ymme nickte vage. Schließlich konnten sie genauso gut Friedrichs Männern in die Hände fallen. Sie hatte sich noch nicht entschlossen, wem sie den Vorzug geben sollte. Die Gefangenschaft unter freiem Himmel bei bester Verköstigung war angenehmer gewesen als das Verlies im Palast umgeben von unbekannten Meuchelmördern. Aber der Verlust von Fingern ...? Ganz zu schweigen von anderem. Glücklicherweise war Cornelius ahnungslos, dass sie ihn bereits verstümmelt vor sich sah.

Anscheinend rüstete man sich auch hier für kommende Kämpfe, jedenfalls wurde fieberhaft an den Mauern gebaut. Aber niemand hinderte sie daran, die Stadt durch ein düsteres, schmales Tor zu betreten, nicht weit vom Meer, das an dieser Stelle eine sichelförmige Bucht bildete.

Ihnen schlug eine Wolke von fauligem Gestank entgegen, der vom Fisch- und Fleischmarkt kam. Andrea richtete sich nach dem Sonnenstand und führte sie fort vom Gestank auf die andere Seite der Halbinsel.

Trápani war unübersichtlich wie ein Spinnennetz für eine Fliege, fand Ymme. Ein buntes Gemisch von Menschen bevölkerte die Straßen, in dem nicht einmal sie zwischen Sarazenen, Berbern und Juden in traditionellen Kleidern auffallen würden.

Am Hafen erkundigte sich Andrea bei einem umherwandernden Wasserverkäufer nach dem Kaufmann und Salzhändler Ibn Gubayr. Ohne im Einschenken der Becher, die in seinem Gürtel steckten, innezuhalten, rief der Mann einen kleinen Jungen herbei.

Dieser führte sie in wenigen Augenblicken zum Pförtner eines Anwesens, das aus verschachtelten Häusern rings um einen schattigen Innenhof bestand. Während die Männer in den Besucherraum zum Hausherrn gebracht wurden, sank Ymme müde neben ein muschelförmiges Wasserbecken und ließ ihre Finger von einem Rinnsal benetzen, das in eine steinerne Rinne rieselte und den mit runden Steinen gepflasterten Hof angenehm kühlte.

Nach einer Weile holte eine Dienerin Ymme ab und brachte sie in ein Haus im hinteren Teil des Anwesens. Dort blieb sie sich, auf bunten Kissen, selbst überlassen.

Sie hatte viel Zeit, den Stimmen der Kinder zu lauschen, die im Nachbarraum unterrichtet wurden. Eine strenge Stimme sprach in arabischer Sprache vor, die Kinder wiederholten alles und übersetzten es danach ins Lateinische.

Endlich kam die Dienerin zurück und führte Ymme zu den Männern, was sich, ihrem Gesichtsausdruck nach zu urteilen, in diesem Hause offensichtlich für Frauen nicht gehörte. Ymme bekam Tee in einer winzigen Tasse; während sie ihn in kleinen Schlucken genoss, wurde sie von dem arabischen Hausherrn verstohlen gemustert.

In seinem Schoß lag der Brief seines Neffen aus Lato. »Ihr benötigt ein Schiff, um nach Afrika oder al-Andalus weiterzureisen, sagt der Cavaliere.« Er sprach ein gut verständliches Volgare.

Da er Ymme immer noch ansah, nickte sie.

»Ich habe ihm schon erklärt, dass es in diesen Zeiten, in denen der Imberadour den Druck auf die Muslime verstärkt, immer schwieriger wird, Verräter und verlässliche Menschen auseinander zu halten.«

»Wir sind keine Verräter«, entgegnete Ymme hitzig, »wir wurden für bestimmte Zeit an den Hof des Königs von Sizilien verpflichtet und sind jetzt dankbar, sein Gebiet so schnell wie möglich verlassen zu können.«

»Ich verstehe das. Es geht vielen Sarazenen ebenso. Ich meinte nicht euch, sondern die Fischer und Kapitäne der kleinen Tartanen, der Küstenboote. Sie arbeiten für den, der am meisten bezahlt ...«

»Du meinst also, ehrenwerter Ibn Gubayr, dass wir überhaupt kein Schiff finden werden, das uns zuverlässig von hier fortbringt?«, erkundigte sich Cornelius bestürzt.

»Das meinte ich nicht.« Der Araber trank mit kleinen Schlucken seinen Pfefferminztee aus, in sich gekehrt und nachdenklich. »Nein, ich schlage vor, dass ihr wartet, bis die Feluke angekommen ist, für deren Rais ich meine Hand ins Feuer legen würde. Er befördert meine Waren schon viele Jahre lang. Oran, Cartagena, Trápani, Alexandria – das ist seine Route. Ich erwarte ihn mit jedem Tag, dieses Mal besonders ungeduldig. Er wird euch gerne als Passagiere aufnehmen. Seine Fracht ist im Übrigen nicht besonders attraktiv, er fährt mit kastilischen Kupfergefäßen, die in Indien repariert wurden, zurück nach al-Andalus.«

Cornelius runzelte die Augenbrauen. »Ich weiß, es geht mich nichts an. Aber die Reparatur von Kupfergefäßen erscheint mir nicht Gewinn bringend genug, um die weite Fahrt zu rechtfertigen.«

Der Sarazene lächelte plötzlich. »Du hast Recht, Cavaliere. Dein Einwand spricht sowohl für dein gutes Urteilsvermögen wie für deine eklatante Unvernunft gegenüber einem Mann, den du nicht kennst. Du bist offen wie ein Normanne, was häufig unklug ist. Aber auch ich will offen sein. Der Gewinn liegt ausnahmsweise nicht bei der Ware, sondern in der Geschwindigkeit, mit der ich ein Heilmittel weit aus dem Osten erhalten werde, das ich dringend benötige. Das Kupfer ist nur Ballast; mein Rais wäre auch leer gefahren.«

Ymme rührte sich, um die Aufmerksamkeit des Hausherrn auf sich zu lenken.

»Als Hakima interessierst du dich vermutlich dafür«, sagte er bereitwillig. »Es handelt sich um ein Mittel gegen Pocken. Vielmehr um ein Mittel, durch das die Pocken fern gehalten werden. Es ist unfehlbar. Ich brauche es für meine unmündigen Kinder. Sie sind so vielversprechend ... Und jedes Kind ist anders, ich wäre todunglücklich, wenn ich eines verlöre.«

Über Ymmes Gesicht flog ein Lächeln. »Sie hatten gerade Unterricht. In lateinischer Sprache ...«

Der Hausherr lächelte stolz zurück. »Ich plane, meinem Sohn eine Stellung am Hof des Imberadour zu verschaffen. Federico ist der einzige Herrscher der westlichen Welt, an dessen Hof die Männer nach ihren Fähigkeiten aufsteigen können, er ist wie ein guter Sultan.«

»Hattest du gerade gesagt, dass die Pocken fern gehalten werden?«, fragte Ymme unvermittelt. »Ar-Razi kennt kein solches Mittel!«

»Ich merke, dass es stimmt, was mein Neffe im Überschwang schrieb«, lobte der Hausherr höflich. »Ar-Razi weilt schon eine Weile im Paradies, Allah sei Lob und Preis.«

»Der Gesandte spricht: *Erwirb Wissen; denn es um Gottes willen zu erwerben, ist eine gute Tat, es zu erlernen, eine Lobpreisung Gottes, es zu suchen, heiliger Krieg* ...« Ymme ließ das Zitat aus dem Koran unvollendet, dessen kastilische Übertragung von Don Zag in Toledo sie jetzt aus dem Stegreif in Volgare übersetzen musste. Oh, warum hatte sie nur schon so viel vergessen! Oder war es die Aufregung?

Der Salzhändler lauschte gebannt, eine Wange in die Hand gestützt. Als Ymme abbrach, schlug er die Augen wieder auf. »Die Worte des Gesandten sind in jeder Sprache gut und richtig, obwohl es sie außer in Arabisch eigentlich nicht geben dürfte. Ich höre heraus, dass du gerne die Anwendung des fremden Mittels sehen würdest ...«

Ymme nickte.

»Die Gefahr vergrößert sich mit jedem Tag, den ihr hier verweilt. Für euch und für mich. Auch hier spinnen die Spione des Imberadour ihre Fäden.«

Ymme sank enttäuscht in die Kissen zurück. Wenn es stimmte: Wie viel Gutes könnte ein solches Mittel in der Welt bewirken!

»Aber was bedeutet schon ein Tag Gefahr, verglichen mit einem gesunden Erben, zu dem du dem Sohn meines Bruders verholfen hast! Du wirst dabei sein.« Der Hausherr klatschte nach seiner Entscheidung in die Hände, die Besprechung war zu Ende.

Zwei junge Mädchen brachten große kupferne Tabletts herein, auf denen verschiedene Speisen in Schüsseln angeordnet waren. Dass in dieser Runde auch Ymme eingeladen war, zeigte ihr endgültig, dass ihr Gastgeber kein gewöhnlicher Mann sein konnte.

Andrea formte den Getreidebrei mit den Fingern so geübt zu kleinen Bällchen, dass Ymme heimlich bei ihm abguckte. Wieder einmal fragte sie sich, wer er eigentlich war. Vielleicht würde er das Geheimnis jetzt lüften, wo sie ihr Ziel endlich erreicht hatten. Die Bällchen aus Couscous wurden in eine scharfe schwarze Sauce getunkt, und dazu gab es einen Fisch, der Ymme unbekannt war. Es schmeckte hervorragend, und sie gab sich dem Genuß erstmals seit Wochen ganz und gar sorglos hin.

Schon am nächsten Tag wagten sie sich in die Stadt hinein. Nicht, dass der geliehene Schleier Ymmes blaue Augen hätte verbergen können, aber sie fühlte sich mit ihm sicherer. Tatendurstig schritt sie hinter Cornelius her, der mit der Tunika eines Dieners ausreichend unkenntlich gemacht worden war, um nicht sofort einem Spion des Kaisers aufzufallen.

Sie hatten beide keine Lust, im Anwesen des Kaufmanns auf sein Schiff zu warten, dazu waren sie viel zu neugierig, und außerdem fühlten sie sich gegenwärtig sicher. Andrea hatte Ibn Gubayr bestätigt, dass sie sich in fremder Umgebung zu benehmen wüssten.

Der Hafen brodelte von Geschäftigkeit. Am lang gestreckten Kai lagen unzählige kleinere Küstenschiffe und Fischerboote. Gemächlich ließen sie sich mit der Menge treiben, sahen im Schatten der Palmen zu, wie Kürbiskerne auf dem Boden zum Trocknen ausgebreitet und gewendet wurden, und beobachteten später unter der schattenlosen Sonne das Entladen von Korallen und großen Thunfischen.

Schließlich hatten sie Durst und Hunger und steuerten auf einen fliegenden Händler zu. Der abgeschnittene Kopf eines Schwertfisches, dessen armlange Säge in die Höhe ragte, versprach schon von weitem Fischgerichte.

Während Ymme zwei umgedrehte Körbe zum Sitzen in Beschlag nahm, ließ Cornelius sich am Stand des Fischbräters ein paar Seeigel aufschlagen, deutete auf etwas, das für sie nicht erkennbar war, ließ sich anderes nur erklären und trug schließlich vorsichtig zwei handtellergroße Muschelschalen zu ihr herüber, in denen die Speisen appetitlich angerichtet waren.

»Das sind gefüllte Tintenfische«, erklärte Cornelius, »und diese rötlichen Gebilde das Einzige, was man von Seeigeln essen kann. Das andere werfen sie fort, weil es bitter schmeckt.«

Ymme probierte. »Ungewohnt. Ungewohnt gut. Die Tintenfische scheinen sich mit Kräutern zu mästen.«

»Du kannst ihn ja selbst fragen. Er ist sehr stolz auf seine Gerichte und erklärt sie gerne, glaube ich.«

»Und die Seeigel, werden die immer roh verzehrt?«

»Senk deinen Kopf«, raunte Cornelius. »Ich dachte immer, Franziskaner ernährten sich ausschließlich von Almosen. Aber anscheinend nehmen sie sogar Speisen zu sich.«

Verstohlen beobachtete Ymme die beiden Mönche, die aus dem Schatten der Palmen heranschlurften, die hungrigen Blicke unverwandt auf den Röster gerichtet. Glücklicherweise war Jacopo nicht dabei.

»Zwei Scheiben Thunfisch, im Namen des Herrn«, verlangte der eine. »Aber frisch! Ist er frisch?«

Die Mönche standen jetzt mit dem Rücken zu Ymme. Gespannt beobachtete sie die Szene. Offensichtlich fühlte der Fischverkäufer sich beleidigt, wollte es sich aber mit seiner Kundschaft nicht verderben. Er presste die Lippen zusammen und warf die fingerdicken roten Scheiben auf den Rost.

»He, du Götzenanbeter! Ob der Fisch frisch ist, will ich wissen!«

Der Fischhändler war offenbar entschlossen, über die Ware hinaus weder Freundlichkeit noch Auskunft zu liefern. Er hatte ja so Recht. Ymme wechselte einen belustigten Blick mit Cornelius.

Bis der zweite Mönch um den fahrbaren Grill herumging und den Röster am Ärmel packte. »Hast du keine Manieren, Kerl?«, zischte er.

»Er will ihn offenbar provozieren«, flüsterte Cornelius.

Ymme nickte erschrocken. »Hoffentlich kommt es nicht zu einer Schlägerei.«

»Die Mönche verlassen sich darauf, dass normalerweise niemand sie anzurühren wagt«, sagte Cornelius mit wachsender Sorge.

Normalerweise. Aber hier waren die Fischer und Hafenarbeiter in der Überzahl und hatten keinen besonderen Grund, Ehrfurcht vor Mönchskutten zu zeigen. Die Mönche hatten eine Abreibung durchaus verdient, fand Ymme, während ein Duft nach Holzkohle und Meer an ihr vorüberzog und der Franziskaner angeekelt die Nase rümpfte und sich demonstrativ abwandte.

Der Araber schob mit stoischer Miene die fremde Hand von seinem Ärmel und wendete in aller Ruhe die Thunfischscheiben.

Der Mönch lächelte in sich hinein und kehrte zu seinem Mitbruder zurück, während der Röster die Fische vom Rost löste, sie auf eine Unterlage aus frischen grünen Blättern bettete und den Mönchen hinschob. »Ein Viertel Dirham für beide«, verlangte er.

»Habt ihr euch immer noch nicht an die Münzen eurer neuen Herren gewöhnt? Euer letzter Sultan – er schmore in der Hölle – muss doch schon ein paar Jahrhunderte tot sein.«

Sein Bruder im Herrn grinste beifällig und biss in das Fischfleisch. »Egal, wir bezahlen sowieso nichts«, bemerkte er mit vollem Mund.

»Was?«, stieß der Röster gepresst hervor, die zusammengekniffenen Augen starr auf den frechen Mann gerichtet. Mit seiner hölzernen Zange zerquetschte er eine gebräunte Thunfischscheibe, ohne es zu bemerken.

»Es ist so«, bestätigte der Mönch. »Kaiser Friedrich hat verfügt, dass christliche Mönche im ganzen Römischen Reich Deutscher Nation und in beiden Sizilien um Christi Willen verpflegt werden sollen. Das gilt auch für euch Brüder des Satans.«

»Komm jetzt, Frater Christophorus«, mahnte der andere und schleckte sich zum Abschluss der Mahlzeit die Finger. »Schließlich haben wir unsere Aufgaben im Herrn zu erledigen.«

Verfolgt von den hasserfüllten Blicken des Sarazenen, schlenderten die Mönche davon. Als sie vom Staub und Lärm eines Stadttores, an dem gebaut wurde, verschluckt worden waren, packte der Araber seinen Stand zusammen.

»Das glaube ich nicht«, meinte Ymme empört. »Der Kaiser wird doch nicht seine geliebten Sizilianer auf diese Weise gegen sich aufbringen! Hungrige Mönche würden die Insel ja wie die Heuschrecken kahl fressen! Vor allem die Franziskaner.«

»Sie hetzen. So wie du dich über die Mönche geärgert hast, soll sich der brave Röster über den Kaiser ärgern. Die Bewohner sind geduldig, aber eine Verärgerung kommt zur anderen.«

Als sie ihrem Gastgeber bei der Abendmahlzeit von dem Vorfall berichteten, nickte dieser ernst. »Ich weiß. Die Geschichte hat sich in der muslimischen Gemeinde in Windeseile herumgesprochen. Aus Protest gegen die Verfügung des Imberadour bleibt morgen der Basar geschlossen.«

Die Kugel aus Couscous zerfiel zwischen Cornelius' unruhigen Fingern. »Verehrter Ibn Gubayr!«, beschwor er ihn eindringlich. »Es kann nicht stimmen! Der Imberadour liebt den römischen Imam nicht und nichts, was aus Rom kommt. Die Mönche lügen, um euch Muslime gegen den König von Sizilien aufzuhetzen. Jetzt erst wird mir klar, welch schlauer Handstreich das war. Mit zwei Scheiben Thunfisch zetteln sie beinahe einen Aufstand an.«

Der Kaufmann schüttelte ergeben den Kopf. »Einen Aufstand wird es nicht geben. Wir hier in der Stadt sind friedliche Leute. Wir zeigen unseren Unwillen nur durch Gesten. Aber aufhalten lässt sich der Protest meiner Glaubensbrüder nun nicht mehr. Und kannst du deinen Verdacht beweisen?«

»Nein, das kann ich natürlich nicht«, gab Cornelius zu. »Ich kann nur voraussagen, was geschehen wird. Die Spione werden dem Imberadour melden, dass sich jetzt auch die Muslime von Trápani geschlossen gegen ihn wenden. Sie werden ihren Bericht aufbauschen, um sich wichtig zu machen. Das weiß Federico wahrscheinlich auch, weil er schließlich seinen Orden der Gerechtigkeit kennt, aber trotzdem wird er nicht umhin können, euch zu bestrafen.«

Ibn Gubayr nickte schwermütig. »Man wird einige Männer zu Rädelsführern erklären, sie aufhängen und ihre Familien nach Lucera deportieren. Womöglich werden sich die Dinge so schlimm für uns Muslime entwickeln wie unter den beiden Normannen namens Wilhelm, die die christlichen Sizilianer ohne nennenswerten Grund in den Bösen und den Guten unterscheiden. Beide Könige regierten auf gute muselmanische Art, und sie waren nicht schlechter und nicht besser als die meisten Sultane. Die Massaker an uns haben ihre normannischen und sizilianischen Seigneurs, aufgestachelt von den römischen Priestern, begangen. Darauf müssen wir uns jetzt wieder gefasst machen.«

Ymme senkte den Blick. Ohne zu wissen warum, fühlte sie sich schuldig.

»Haben deine Glaubensbrüder den gleichen Weitblick wie du, Ibn Gubayr?«, fragte Cornelius.

»Ohne Einzelheiten zu kennen, empfinden sie das Gleiche wie ich. Der Dichter spricht«, ergänzte der Kaufmann und schloss die Augen:

»Ich denke an Sizilien, und der Schmerz darüber weckt
in der Seele die Erinnerung.
Ein Ort jugendlichen Übermuts, jetzt verlassen, einst
aber belebt von der Blüte edler Geister.«

Ymme fühlte sich unversehens in den Palast von Palermo zurückversetzt, während Cornelius ein Gesicht machte, als hätte er in eine äußerst saure Zitrone gebissen.

Ibn Gubayr lächelte milde. »Wie ich sehe, rufen die Zeilen die unterschiedlichsten Gefühle bei euch hervor. Es ehrt mich, dass ihr arabische Lyrik kennt, aber ich werde euch künftig nicht mehr damit in Konflikte stürzen.« Er machte eine kleine Pause. »Ich wollte mit den Zeilen des Dichters auch nur sagen, dass der beste Garkoch von Trápani, dessen Speisen kennen zu lernen ihr heute das Glück hattet, in dieser Nacht mit seiner ganzen Familie die Stadt verlassen wird. Er kehrt Sizilien für immer den Rücken.«

Ymme wurde immer beklommener zumute. »So schlimm ist Federico?«, murmelte sie.

»Nein, nicht Federico«, widersprach Ibn Gubayr warmherzig. »Das müsst ihr nicht glauben. Federico hat Gutes für uns Muslime bewirkt, indem er uns aus der finanziellen Hörigkeit der Kirche von Rom befreit hat; unter seinem Kronrecht geht es gerechter zu. Auch die Juden sind mit ihm ganz zufrieden: Federico vergibt das Judenregal nicht mehr, jedenfalls nicht an die römische Kirche.«

»Ich hörte einmal Andeutungen darüber«, warf Cornelius ein. »Der Erzbischof von Palermo erwähnte, dass der neue Papst gerade darüber sehr erzürnt ist, weil er jeden Dinar für seinen luxuriösen Haushalt benötigt. Mit Federicos Verfügung verlor er Kopfzins, Geburtssteuer und Hochzeitssteuer.«

»Die Federico aus verständlichen Gründen gerne selbst einzieht«, ergänzte der Kaufmann. »Um auf die christlichen Herrscher von Sizilien zurückzukommen: Jeder Einzelne, der hier geboren wurde oder längere Zeit gelebt hat, wusste die Annehmlichkeiten des muselmanischen Lebens zu schätzen, auch Federico. Nein, es sind die Umstände, die sich wandeln. Deswegen betrachten wir Muslime die Veränderung als schlecht. Und haben wir nicht Recht?«

»Nein, das glaube ich nicht! Die Umstände wandeln sich nicht von allein, Ibn Gubayr! Der Wandel hat Namen. Er heißt: Hugo von Ostia, der als Gregor IX. das Sultanat Rom über die ganze Welt ausdehnen möchte; Jean de Brienne, sein Kriegsminister; der Orden der Templer, Gregors Leibwache; Franziskaner und Dominikaner, die in viele Ohren flüstern und Stimmungen schüren; und viele andere, deren Namen dir wahrscheinlich nichts sagen ...«

»Aber wenn ich dich richtig verstehe, sind diese Männer und Orden nicht nur unsere, sondern auch deine Feinde, Cavaliere?«

»Das ist so«, bestätigte Cornelius mit einem Seufzer. »Und vor allem die des Imberadour.«

»Nach dem Koran ist es unsere Pflicht, unserem rechtmäßigen Herrscher treu zur Seite zu stehen«, sagte Ibn Gubayr. »Wir befinden uns in einem großen Zwiespalt.«

»Eben. Und daran ist nur Rom schuld. Deswegen sorgt der Papst dafür, dass ihr euch mit eurem Herrscher entzweit.«

»Ich glaube dir, ich glaube dir«, murmelte der Kaufmann. »Ich bitte euch, mich jetzt zu verlassen. Ich muss nachdenken.«

Selbst die Garköche waren am nächsten Tag nicht auf den Straßen. Überhaupt herrschte eine gespannte Ruhe, die auch Ymme und Cornelius spürten, als sie sich zum Hafen begaben, um das von einer Brieftaube angekündigte Handelsschiff ihres Gastgebers einlaufen zu sehen. Andrea begleitete sie, ein letztes Mal, wie er sagte. Damit endete die Verpflichtung, die er sich selbst auferlegt hatte, und er würde seiner Wege gehen.

Und immer noch hatte er nicht gesagt, warum er ganz freiwillig die Gefahren mit ihnen geteilt hatte. Aber Ymme brachte die Frage nicht über die Lippen.

Andrea beobachtete zufrieden, wie die Feluke sich leicht und lautlos in den knapp bemessenen Platz an den Kai schmiegte. Er, der Hirte, war einige Jahre auch zur See gefahren, er konnte besser als Cornelius beurteilen, ob der Rais sein Handwerk verstand. »Man kann ihm vertrauen«, meinte er lakonisch.

»Wir danken für deine Hilfe«, sagte Ymme. »Wärst du nicht gewesen, hätten wir Trápani wohl kaum erreicht ...«

»Ich verabschiede mich jetzt von euch«, erwiderte Andrea, ohne darauf einzugehen.

»Du bist nicht der Mann, der du zu sein vorgibst, Andrea.« Ymme blieb hartnäckig. »Hinter der Geschichte, die du erzählt hast, steckt noch eine, die du nicht erzählt hast ...«

»Sie ist unwichtig. In diesem Leben werden wir uns nicht mehr wiedersehen.«

»Und wo im Jenseits?« forschte Ymme. »Vielleicht bist du ja im Paradies mit einer Huri ...«

»Wenn Allah will ...«, antwortete Andrea lächelnd, bahnte sich seinen Weg durch die eintreffenden Lastenträger und tauchte in einem Stadttor unter.

»Es tut mir Leid, ihn zu verlieren«, sagte Ymme betrübt. »Erst Constanza, dann er ...«

»Jetzt aber, Hakima Iume«, verkündete Cornelius feierlich, »fängt ein neuer Abschnitt deines Lebens an. Sieh nach vorn.«

»Dort sehe ich so etwas wie einen Seeräuber«, stellte Ymme verblüfft fest. »Kann er der Rais sein, auf den der Kaufmann so große Stücke hält?«

»Warum nicht? Nicht die Kleidung macht den Mann. Man braucht nur einmal an gewisse Kardinäle zu denken, die den Prunk besonders lieben und besonders große Schurken sind.«

Der Mann, den sie für den Kapitän hielten, trug eine ausgebleichte weite Hose, ein gestreiftes Leinenhemd und eine helle runde Mütze. Hinter ihm trippelte mit kurzen Schritten eine seltsame Gestalt her, mit einem Strohhut groß wie ein Wagenrad. Sie hielt in den Armen einen schwarzen Kasten, der eine Kostbarkeit zu beinhalten schien.

Die beiden schlugen den Weg zum Haus des Kaufmanns ein. Ymme hatte keinen Zweifel, dass sich in dem Kasten das erwartete Heilmittel befand.

Der Überbringer des Heilmittels hatte eine so gelbe Haut, wie es nicht einmal bei Gelbsucht vorkam. Ymme starrte ihn während der gegenseitigen Vorstellung fasziniert an. Er sprach so viel Arabisch, dass er sich mit Ibn Gubayr verständigen konnte und auch Cornelius einiges verstand. Und er war keineswegs ein einfacher Bote, er war Arzt.

»Sie nennen die Pocken Himmelsblüten«, übersetzte Cornelius leise für Ymme, während der Mann aus dem Land des Sonnenaufgangs mit feierlicher Miene ein eindrucksvolles Siegel erbrach, das einen Silberdraht verschloss, mit dem der glänzend schwarze Kasten verschnürt war.

Ibn Gubayr prüfte es genau, legte es fort und warf als Erster einen Blick in den Kasten, der in vier Abteilungen geteilt und mit Seide ausgeschlagen war.

Ymme sah ein Röhrchen aus Metall, ein skalpellartiges Messer und gebleichte Baumwollläppchen, auf die sie sich überhaupt keinen Reim machen konnte. Der vierten Abteilung entnahm der Arzt endlich behutsam ein daumendickes Bambusrohr, das mit einem Korken verstöpselt war.

»Das Medikament«, erklärte er feierlich.

Selbst Ibn Gubayr nickte ein wenig ungeduldig.

»Es sind deine Kinder. Es ist dein Vorrecht, die Methode zu wählen«, sagte der Arzt. »Die Methode des Stopfens, die des Einblasens, die des Ritzens.« Seine Worte wurden von anschaulichen Gesten begleitet.

Der Kaufmann sah Ymme ratlos an.

»Er soll uns die Unterschiede erklären«, bat Ymme.

Der gelbhäutige Gast lauschte der Bitte mit Verwunderung, offenbar vor allem, weil sie von Ymme ausging. Aber er war ein geduldiger, höflicher Mann. »Dieses«, sagte er und zeigte auf das Bambusgefäß, »enthält das Pulver von Himmelsblüten. Ich kann es nach der traditionellen Methode der Ärzte aus der Shang-Dynastie auf ein Baumwoll-Läppchen geben und einen halben Tag in ein Nasenloch deines Sohnes einlegen. Oder ich blase das Pulver mit Hilfe des Rohrs in die Nase ein.«

»Und dann?«, fragte Ymme atemlos vor Spannung. »Was passiert dann?«

Der Arzt verbeugte sich in ihre Richtung, bevor er antwortete. »Der Sohn wird sich einige Tage nicht sehr wohl fühlen. Man soll ihn im abgedunkelten Zimmer schlafen lassen und nicht zum Unterricht zwingen.«

»Und dann?«

Der Arzt verbeugte sich wieder. »Dann darf er seine Übungen wieder aufnehmen.«

»Und Pocken bekommt er nicht?« Ymme hatte erhebliche Zweifel, ob der Mann überhaupt glaubwürdig war.

»In der Regel nicht. Es kann sein, dass er ein oder zwei Pusteln entwickelt, die schnell abheilen. Die Ärzte der erhabenen Kaiser unseres Reiches haben von alters her ihre Töchter mit dieser Methode behandeln lassen, damit sie ohne Narben im Gesicht verheiratet werden konnten.«

»Das ist ja unglaublich!«, stammelte Ymme.

»Ich mache keine so weiten Wege, um eine törichte Behandlung durchzuführen«, versetzte der Arzt ernst.

»Nein, gewiss nicht«, beeilte sich Ymme verlegen zu versichern. »Ich meinte es nicht so. Ich ... Wir wissen hier nichts von dieser Methode.«

»Natürlich nicht. Wie könntet ihr auch? Aber das alte Volk der Chinesen besitzt Weisheiten, von denen ihr nicht einmal träumt.«

»Ar-Razi ...«, hob Ymme an, weil sie auf ihn nichts kommen ließ.

Aber der Arzt schnitt ihr mit einer Handbewegung das Wort ab. »Die Kameltreiber sind kein altes Volk! Und wir sind nur bereit, unsere Weisheiten mit ihnen zu teilen, weil wir wissen, dass die Himmelsblüten uns über die Handelsstraßen immer wieder erreichen. Uns wäre es sehr recht, wenn die Menschen in den uns umgebenden Ländern endlich anfangen würden, sie zu bekämpfen! Jedoch sind dort die Sitten in unseren Augen sehr seltsam, um nicht zu sagen, verantwortungslos: Himmelsblüten, die Menschen töten, dulden sie, und Ratten, die Menschen ernähren könnten, erschlagen sie und werfen sie in die Abfallgrube.«

Ymme war stumm vor Staunen über diese nüchterne Beurteilung. In die gleiche Richtung waren ihre eigenen Gedanken zuweilen gewandert, ohne dass sie jemals gewagt hatte, sie zu Ende zu denken.

»Allah vergebe mir meinen Unglauben«, rief der Kaufmann verzweifelt aus. »Ich möchte es trotzdem versuchen!«

Ymme atmete tief durch und sah ihn forschend an. Es hatte etwas mit dem Glauben zu tun, dass Christen und Muslime die Pocken hinnahmen, das erkannte sie jetzt. Aber es gab Völker, die eine andere Religion hatten, und dort war es selbstverständlich, die Krankheit abzuwehren, statt über sie zu klagen und halbherzige Versuche zu machen, die Folgen zu mildern. Das wirklich Merkwürdige war, dass sie anscheinend damit Erfolg hatten.

»Wann wirst du anfangen?«, fragte Ibn Gubayr.

»Halt!«, rief Ymme. »Die dritte Methode! Er hat sie nicht erklärt.«

Der Arzt, der erstaunlich jung war, wenn man bedachte, welch altehrwürdige Behandlung er durchführte, verlor ein wenig seine Selbstsicherheit, als der Kaufmann die Frage übersetzt hatte. »Es handelt sich um eine sehr junge Variante«, sagte er verlegen. »Diejenigen, die sie anwenden, ritzen die Haut am Oberarm oder am Oberschenkel ein, bis einige Blutstropfen austreten, dann reiben sie den Staub der Blattern hinein.«

»Und der Erfolg ist derselbe, nehme ich an. Aber du liebst die Methode des Ritzens nicht. Warum nicht?«

»Ich könnte dir viele Ärzte aus vergangenen Zeiten nennen«, antwortete der Mann ruhig, »die die zwei ersten Methoden mit gutem Erfolg angewandt haben, aber nur wenige, die über das Ritzen berichten. Diese stammen allesamt aus jüngeren Dynastien. Allerdings beteuern auch diese Ärzte, dass die von ihnen Behandelten ihr ganzes Leben gegen Himmelsblüten gefeit waren.«

Ibn Gubayr wählte mit Bedacht für beide Kinder die Methode des Einblasens, weil, wie er sagte, die Belästigung hierbei am kürzesten währte.

Zum ersten Mal sah Ymme das bräunliche, etwas körnige Pulver, als der Arzt es in eine polierte Kokosnussschale schüttete. Für beide Kinder teilte er die gleiche Menge ab, obwohl der Sohn sechs und die Tochter vier Jahre zählten; die größte Menge blieb im Bambusgefäß.

»Gibst du allen, die du behandelst die gleiche Menge Pulver?«, erkundigte sich Ymme wissbegierig.

»Nein«, antwortete der Arzt bereitwillig. »Aber Mädchen haben weniger Verstand. Sie wird es hinausniesen, deshalb messe ich von vornherein so viel ab, dass das, was übrig bleibt, ausreicht.«

Die Behandlung war erstaunlich einfach. Entgegen der Erwartung des Arztes nieste der Junge das Pulver wieder hinaus, und es musste ein zweites Mal verabreicht werden. Das Mädchen, das nach ihm drankam und zugeschaut hatte, war schlauer; es wackelte mit dem Näschen so lange, bis der Niesreiz vorüber war.

»Das Unwohlsein wird erst morgen einsetzen. Lasst beide Kinder heute Abend leicht speisen und deckt sie zum Schlafen nicht zu warm zu.«

Damit war die Sache erledigt. Der Arzt putzte das Röhrchen mit einem Tuch sauber, legte es auf die Seide und schloss das Kästchen. Zu Ymmes Verwunderung übergab er es dem Araber. »Es gehört dir, ehrenwerter Ibn Gubayr«, sagte er. »Du hast es bezahlt.«

»Deine Ehrlichkeit ehrt dich«, erwiderte Ibn Gubayr gerührt. »Allein ich wüsste nicht, was ich damit anfangen sollte.«

Aber ich, dachte Ymme, von heftiger Begehrlichkeit ergriffen, die sie nicht zu äußern wagte. »Dürfte ich heute Nacht bei deinen Kindern wachen?«, fragte sie stattdessen. »Ich würde gerne sehen, was sich entwickelt.«

Der fremde Arzt lächelte überlegen, verbeugte sich und zog sich zurück.

»Das wäre mir sehr recht«, erwiderte der Hausherr dankbar. »Wenn du etwas benötigst, wende dich an die Amme der beiden.«

Am Nachmittag des nächsten Tages bekamen beide Kinder Fieber, aber nur leicht und nicht besorgniserregend. Die Amme kam mit einem riesigen Tablett, gefüllt mit rosa und grünem Mandelkonfekt, hockte sich vor die Schlafmatte des Jungen und schob ihrem Liebling Stück für Stück in den Mund.

Die kleine Tochter verweigerte jegliches Essen, selbst so etwas Verlockendes wie Konfekt. Ymme setzte sich zu ihr, streichelte ihre Wange und sang ihr ein Schlaflied vor. Mit weit aufgerissenen Augen hörte die Kleine der ungewohnten Melodie zu, bis sie mit einem Lächeln einschlief, ihr Händchen in Ymmes geschmiegt.

Aber ihre Hände waren zu heiß und die Wangen zu rot.

Ymme bat einen der Diener, den Arzt zu holen. Sie war sich nicht sicher, ob diese Erkrankung wirklich noch im

Rahmen dessen blieb, was er als Folge der Behandlung beschrieben hatte. Besorgt kehrte sie wieder zu dem Mädchen zurück. Diese Hitze in einem Kinderkörper, in dem die Pocken wüteten, hatte sie schon einmal erlebt, und die Heftigkeit des Fiebers machte ihr Angst.

»Die Tochter hat jetzt Himmelsblüten«, bemerkte die unterkühlte Stimme des Arztes, den Ymme gar nicht hatte kommen hören, hinter ihr. »Das kommt vor.«

»Und was machst du dagegen?«, flüsterte Ymme aufgeregt.

Er zog die Schultern hoch und verließ den Raum.

Ymme starrte ihm ungläubig hinterher. Nichts, hatte seine Geste geheißen. Es kam vor, und es interessierte ihn nicht. Sie war auf sich selbst gestellt.

Sie war entschlossen zu tun, was möglich war. Diese süße Kleine durfte nicht unter ihren Händen sterben! Es dauerte nicht lange, bis sie beisammen hatte, was sie benötigte. Sogar Eis ließ sich in diesem begüterten Haus besorgen. Als sie die Waden des Kindes mit einer dicken Packung versehen hatte, kam der Vater.

Ibn Gubayr hatte gerötete Augen. »Er hat mir berichtet, dass mein kleines Herzchen einer der seltenen Fälle ist, bei dem die Pocken ausbrechen. Sie wird sterben, sagt er ...«

Ymme sah ihn erbittert an. »Ich glaube, seine Erklärung ist falsch. Er hat ihr zu viel Pulver gegeben, weil er erwartete, dass sie niesen würde. Das hat sie aber nicht.«

Der Kaufmann schnäuzte sich die Nase. »Ich verstehe nicht, was du meinst.«

»Ich stelle es mir vor wie eine Art Gift«, sagte Ymme tastend. Noch hatte sie ihre Überlegungen der letzten Stunden nicht zum Abschluss gebracht. Aber das, was der Arzt berichtet hatte, zusammen mit Ar-Razis Beschreibung und ihren eigenen Beobachtungen in Kastilien hatten in ihr einen Sturm von Gedanken ausgelöst. »Ein Mensch, der von einer Wespe gestochen wurde, wird nicht krank, von zehn Stichen möglicherweise, wenn er schon geschwächt ist; und wenn sich ein ganzes Wespenvolk auf ihn stürzt, stirbt er gewiss.«

»Und sie hat zu viel von dem Gift bekommen?«

»Ja«, sagte Ymme fest. »Ich kann deine Tochter nur noch dabei unterstützen, stark gegen das Gift zu sein. Ein anderer Arzt, der schon lange tot ist, Soran hieß er, wird helfen ...«

Der Kaufmann schlug die Hände vor das Gesicht. »Oh, ihr, die ihr glaubt, nehmt nicht die Juden und Christen zu Freunden«, jammerte er, bevor er mit einem Schluchzen abbrach und das Zimmer verließ.

Ymme war der Koranspruch bekannt, aber sie verstand nicht, was Ibn Gubayr damit hatte sagen wollen. Der gelbe Arzt war kein Jude. Waren sie jetzt selbst in Gefahr, weil sie Christen waren? Vielleicht meinte der Kaufmann einfach, dass ein Muslim sich von Andersgläubigen nicht helfen lassen sollte. Die Lübecker Pfeffersäcke würden ihm sofort beipflichten.

Beunruhigt lauschte sie dem Lärm im Haus, der anschwoll und wieder abebbte. Als es ruhig geworden war, schlüpfte Cornelius ins Zimmer. Ymme sah ihn fragend an.

»Ibn Gubayr hat den Mann hinauswerfen lassen«, erzählte er flüsternd. »Die Gastfreundschaft ist ihm heilig, deshalb darf der Arzt sein Leben behalten. Was ist passiert?«

»Er hat dem Mädchen aus Unachtsamkeit zu viel von dem Pulver gegeben«, erklärte Ymme. Inzwischen hatte sie Klarheit gewonnen. Eigentlich war es ganz einfach. »Er hat sie nicht gefeit, sondern sie wird die Pocken bekommen. Glaubst du, dass es in diesem Haus ein Instrument gibt, auf dem du spielen könntest?«

Cornelius lachte leise. »Glaubst du wirklich, ein Kaufmann, in dessen sizilianischem Haus es Eis gibt, hätte keine Laute? Ich habe drei gesehen.«

»Dann hole eine. Du wirst singen und spielen, und ich werde das Eis wechseln, bis Ibn Gubayrs Tochter die Pocken überstanden hat.«

Als zwei Tage später die Pocken durchbrachen, verschwand das Fieber. Ibn Gubayr war außer sich vor

Glück, als Ymme es ihm mitteilte. Er bestimmte sofort, dass die Genesung seiner Tochter mit einem Festmahl gefeiert werden sollte, um so mehr, als die wenigen Pusteln auf dem Rücken sie nicht entstellen würden.

Ymme und Cornelius wanderten während der Vorbereitungen ein letztes Mal durch den Basar. Am nächsten Morgen würden sie Sizilien verlassen. »Die Mutter der Kinder ist gestorben«, wusste Cornelius zu erzählen, »und Ibn Gubayr hat nie eine andere heiraten wollen. Deshalb hängt er so sehr an seinen Kindern.«

»Hmm«, murmelte Ymme.

»Was ist?« Cornelius musterte sie besorgt. »Du bist so still. Wirst du jetzt auch krank werden? Es ist doch alles in Ordnung. Sogar die Händler haben wieder geöffnet.«

»Ja.« Ymme blieb einsilbig.

»Komm«, sagte Cornelius aufmunternd und strebte auf das schmale Torhaus des Judenviertels zu, »wir kaufen dir den schönen Seidenschal, der dir so gut gefiel.«

»Er war so schrecklich teuer.« Trotzdem war Ymme nicht bei der Sache.

»Aber auch etwas Besonderes. Der Seidenweber ist in Trápani anscheinend der letzte seiner Zunft ... Alle anderen sind schon dem Ruf des Kaisers auf das Festland gefolgt, hat er jedenfalls behauptet.«

»Cornelius«, setzte Ymme an und hielt ihn am Ärmel fest. Der Strom der einkaufenden Menschen, arabischen Wasserverkäufer, altgläubigen Juden und beladenen Esel teilte sich und flutete an ihnen vorbei. Sie achtete nicht darauf, wem sie im Weg standen. »Hör mal zu. Man kann Feuer legen, und man kann es löschen. Nasen werden abgeschlagen, und ein guter Arzt kann sie ersetzen. Man kann Pocken verhindern, und man kann sie hervorrufen, wie wir gesehen haben. Wenn der Arzt versehentlich noch mehr Staub von Pockenpusteln verwendet hätte, wären mehr Pocken entstanden, und Ibn Gubayrs Tochter wäre gestorben wie der kleine Junge in Palermo.«

»Wie konnte er nur so unachtsam sein!«

Ymme beachtete Cornelius' Einwurf nicht. »Wenn jetzt aber einer vorhätte, einen Menschen nicht zu feien, sondern ihn an Pocken erkranken zu lassen – vielleicht weil er sein Feind ist –, könnte er doch genau so vorgehen ...«

»Ymme, man merkt doch, wenn einem Staub ins Gesicht geblasen wird!«

»Nicht, wenn es nachts geschieht. Oder ...« Ymme sah Cornelius eindringlich ins Gesicht, »wenn man die Haut ritzt. Oder hineinsticht, zum Beispiel mit einem Werkzeug, das aussieht wie eine besonders scharf angespitzte Ahle.«

»Du meinst, dass Bianca ...?«

»Ja.« Ymme nickte nachdrücklich. »Jetzt, da ich diese Methode des Feiens kennen gelernt habe, drängt sich mir der Gedanke förmlich auf. Der Junge, der die Pocken überstand, erzählte von Stichen, die er gespürt hatte, aber sie dachten an Kaktusstacheln ... Die Umstände, unter denen die Familie des Hennaverkäufers an Pocken erkrankte, waren mir schon damals sonderbar erschienen, weißt du noch?«

»Ymme, willst du allen Ernstes behaupten, dass jemand an irgendwelchen Kindern erprobt haben könnte, welche Menge an Pustelstaub er für Bianca benötigt?«

»Das weiß ich nicht. Auch der Gedanke hat etwas für sich. Auf jeden Fall aber die Methode. Vielleicht hatte der Täter sie nur beschrieben bekommen. Ein Arzt ist er auf keinen Fall.«

»Das ist eine abscheuliche Vorstellung.« Cornelius schüttelte sich.

»Und dazu passt das Gerücht, dass der Kaiser ein Experiment mit Pocken durchgeführt hätte«, ergänzte Ymme schaudernd. »Sie könnten womöglich eine Pockenepidemie auslösen wollen und sie dem Kaiser in die Schuhe schieben. Und außerdem seine Familie auslöschen.«

»Ich glaube dir«, sagte Cornelius und nahm Ymme bei der Hand, um sie mit sich fortzuziehen, den gleichen Weg, den sie gekommen waren. »Ob der Kaiser dir glaubt, werden wir feststellen. Wir müssen zurück nach Palermo.«

Es wäre einer Beleidigung gleichgekommen, vor dem Festmahl abzureisen, aber sie entschlossen sich, Ibn Gubayr vor dem Mahl aufzusuchen.

Der Kaufmann hatte ein umfangreiches Rechengerät vor sich und addierte Zahlenkolonnen, die er den Unterlagen entnahm, als sie eintraten. »Man muss auf das Schlimmste gefasst sein«, sagte er mit einem abgrundtiefen Seufzer, während er seinen Blick von den Papyri löste.

»Ich würde gerne den Versuch wagen, dem Imberadour zu erklären, was vorgefallen ist«, bot Cornelius an.

»Ihr wollt außer Landes. Ihr seid auf der Flucht. Allah hat euch bis hierher geholfen. Strapaziert sein Wohlwollen nicht, Cavaliere!«

Cornelius lächelte verlegen. »Meine Frau Ymme hat gerade die Entdeckung gemacht, dass Federicos Tochter Bianca auf eine ganz ungewöhnliche Weise Gefahr droht. Jemand hat versucht, ihr das anzutun, was dem fremden Arzt versehentlich beinahe mit deiner Tochter passiert wäre.«

Die Augen des Kaufmanns weiteten sich vor Staunen. »Ich erkenne die Möglichkeiten«, sagte er nachdenklich. »Aber die Gefahr für euch?«

»Ymme ist Hakima«, entgegnete Cornelius. »Damit leben wir schon viele Jahre. Es war nicht immer gefahrlos, wie du dir denken kannst. Mit ihrem Wissen befindet sie sich oft jenseits der Grenzen dessen, was unsere Landsleute verstehen können. In Lübeck ist sie, obwohl dort zu Hause und anerkannt, die Frau, die bei ungläubigen Muslimen und Juden gelernt hat, was niemand so richtig billigt ...«

»Ich war nicht undankbar gegenüber dem Chinesen«, versetzte der Kaufmann mit einem Anflug von Mürrischkeit, wegen des versteckten Vorwurfs, den er aus Cornelius' Bemerkung herausgehört hatte. »Ich habe den Mann auf ein Schiff setzen lassen, das ihn nach Alexandria bringt.«

Ymme lächelte erleichtert. Sie hatte sich schon gefragt, ob ihre Anschuldigung gegen den Arzt zu weit gegangen war. Schließlich war das Kind ja gesund geworden; möglicherweise hatte es nur heftiger reagiert als der Bruder.

»Der Kaiser ist ebenfalls nicht undankbar«, sagte Cornelius beharrlich. »Ich werde versuchen, ihm klar zu machen, dass es kein Hochverrat ist, stolz auf seine Fischrezepte zu sein. Dagegen fallen die Lügen der Mönche nach den Maßstäben des Imberadour eindeutig unter Hochverrat.«

»Versuche es«, erwiderte Ibn Gubayr, plötzlich entschlossen. »Deine Hakima setzt ihren Kopf durch, wie ich festgestellt habe, und da du sie liebst, bist du ihr vermutlich ähnlich. Wenn es dir gelingt, das Strafgericht von der muslimischen Gemeinde abzuwenden, wird dich unser Dank auch in Palermo erreichen.«

Cornelius schüttelte den Kopf. »Wir haben für deine Hilfe zu danken. Ich wäre ausgesprochen froh, wenn ich dir außer Worten etwas zurückgeben könnte.«

»*Wenn Allah einen Plan hat ...*«

»*... dann führt er ihn auch aus*«, ergänzte Ymme. »Vielleicht hat alles so kommen sollen. Wenn wir nicht in deinem Hause zu Gast gewesen wären, hätte ich nie erfahren, woher Bianca Gefahr droht. Das Band zwischen euch und dem Imberadour ist vielleicht fester, als ihr glaubt.«

»Du weißt auch mit Worten Hoffnung zu geben, Hakima«, sagte Ibn Gubayr und erhob sich. »Für dich habe ich ein Abschiedsgeschenk.«

Spät am Abend, als das Festmahl vorüber war, betrachtete Ymme immer wieder mit leuchtenden Augen den Lackkasten mit dem kostbarsten Medikament der Welt.

20.
Kampf den Himmelsblüten!

Drei Tage später konnten sie schon im Hafen von Palermo feststellen, dass etwas Ungewöhnliches vor sich ging. Die *Halbe Welt* war im runden Teil des Hafenbeckens so nahe wie möglich an die Pier verholt worden, und ein steter Strom kleiner Boote schaffte Ausrüstungsgegenstände an Bord. Die kaiserliche Galeere lag bereit zum Auslaufen nach Brindisi, wo das Kreuzfahrerheer auf das Ausschiffen wartete, es konnte jetzt jeden Tag der Befehl ergehen. Dies alles erfuhren Cornelius und Ymme, noch bevor sie den Hafen verlassen hatten, und auch, dass der Kaiser an diesem Tag die letzte Audienz für die Bevölkerung halten würde.

Um dem dichter werdenden Verkehr durch die Porta dei Patitelli zu entgehen, wich Cornelius auf die Porta dei Trabocchetti aus. »Wir kommen vielleicht gerade noch rechtzeitig. Auf eine so günstige Gelegenheit, in den Palast zu gelangen, haben wir gar nicht hoffen dürfen«, sagte er über die Schulter gewandt.

Ymme konnte mit seinem schnellen Schritt kaum mithalten. Beklommen legte sie den Kopf in den Nacken und betrachtete das Fallgitter im Tor, das noch an alte kriegerische Zeiten erinnerte. Sie wünschte sich, dass es kein schlechtes Omen sein möge.

Inmitten von Palermern stiegen sie die breite Treppe zum Audienzsaal nach oben, an diesem außergewöhnlichen Tag kaum durch die Palastwache kontrolliert.

Ymme und Cornelius reihten sich neben einander in die Schlange der Bittsteller ein, rückten Schritt für Schritt vor, hörten aus der Ferne, aber dann immer näher freundliches Murmeln oder auch strenge, ermahnende Worte. Endlich waren sie an der Reihe. Cornelius warf sich zur Proskynase auf den Boden, Ymme hinter sich, die es nicht lassen konnte, wieder einmal nach oben zu schielen.

Der Kaiser hatte sie schon erkannt. Seine Augenbrauen hoben sich, und auf seinem Gesicht malte sich Verärgerung. »Ihr wagt es, zurückzukommen?«

Cornelius erhob sich und sank in ritterlicher Kniebeuge vor seinem Kaiser nieder. »Wir sind Eurer Erhabenheit zu Dank verpflichtet wegen des Lösegeldes, mit dem wir aus der Hand von Banditen befreit wurden«, erklärte er in deutscher Sprache. »Wir sahen uns genötigt, unsere Flucht abzubrechen, um Euch vor einer Gefahr zu warnen, die ihrer kleinen Erhabenheit Bianca droht.«

Der Kaiser sah ihn eine Weile stumm an.

Jetzt entscheidet sich unser Schicksal, dachte Cornelius. Als Friedrich sich zur Seite wandte, wo der Befehlshaber der Palastwache stand, schien es besiegelt. Aber dann beugte sich stattdessen Hermann von Salza zum Kaiser hinunter und antwortete mit einem Kopfschütteln auf eine Frage, die Cornelius nicht hören konnte.

»Der Hof hat kein Lösegeld für Euch bezahlt, es sind auch keine Verhandlungen bekannt«, sagte der Kaiser erzürnt, ebenfalls auf Deutsch. »Was ist das für eine Gefahr, von der Ihr sprecht, Cavaliere?«

»Wir haben bei den Sarazenen von Trápani gesehen, dass man Menschen mit Pocken absichtlich krank machen kann. Ein solcher Anschlag wurde bereits einmal auf ihre Erhabenheit Bianca verübt. Wir erkannten damals nicht, dass es ein Versuch war, ihr die Krankheit zuzufügen!«

»Ein Anschlag«, murmelte der Kaiser erschüttert. »Warum weiß ich das nicht?«

»Wir versuchten, es Eurer Erhabenheit mitzuteilen«, antwortete Cornelius. »Es endete damit, dass wir beide der Ketzerei angeklagt wurden und hingerichtet werden sollten.«

»Wer dem Propheten ausgerechnet in Gegenwart eines Erzbischofs huldigt, muss so enden! Eure Dama war gewarnt.«

»Es war nicht außerhalb der Palastmauern!« Ymme hob den Kopf und senkte ihn rasch wieder, als Cornelius sie wütend anblitzte. Sie hatte fest versprochen, sich zurückzuhalten.

»Und jetzt seid Ihr zurückgekommen, weil Ihr einen Beweis gefunden habt«, meinte Friedrich nachdenklich, ohne Ymme Beachtung zu schenken. »Das ehrt Euch, Cavaliere, zumal Ihr weiterhin unter der Anklage der Ketzerei steht. Und mit den Sarazenen von Trápani werde ich jetzt endgültig aufräumen. Sie waren bislang friedlich, aber der geschlossene Widerstand vor wenigen Tagen war ihr erster Schritt nach Lucera.«

»Bitte, Eure Erhabenheit«, rief Ymme, die es nicht mehr aushalten konnte, »die Sarazenen von Trápani sind Eure treuesten Untertanen. Sie wurden von den Franziskanern in ganz tückischer Weise provoziert. Es ging nur um ein Thunfischgericht, das die Mönche kostenlos beanspruchten.«

»Die Muslime haben den Basar geschlossen. Das ist Auflehnung und Hochverrat.«

»Die Mönche verbreiten in ganz Sizilien die übelsten Gerüchte«, erwiderte Ymme aufgebracht, »in Trápani ging es gegen die Ehre Eurer Erhabenheit, und wenn jemand verdient, wegen Hochverrats bestraft zu werden, dann die Franziskaner!«

»Hermann von Salza?«

»Wir sind einigen Dingen nachgegangen, die die Dama vor ihrer Flucht äußerte«, antwortete der Deutschordensherr, seine Worte diplomatisch abwägend. »Es scheint, dass die Mitglieder dieses Mönchsordens dem Heiligen Vater von den Augen ablesen, was er am liebsten über Eure Erhabenheit hören möchte.«

»Also übelste Behauptungen.«

Von Salza neigte sein Haupt zustimmend.

»Wenn das so ist, bestrafen wir die aufständischen Trápaner mit der Lieferung eines großen Thunfisches an den Königshof von Palermo«, ordnete der Kaiser an.

Cornelius lächelte in sich hinein und beugte den Nacken noch tiefer.

»Cavaliere, alles Übrige möchte ich nicht hier während der Audienz besprechen«, fuhr der Kaiser fort, »in Volgare kann ich Euch außerdem besser aufs Rapier spießen. Nur eines noch: Bezieht Eure alten Räume. Ich vermute, dass meine Frau guter Hoffnung ist. Die Dama soll sich um sie kümmern. Das wird ihre Strafe für die Flucht sein. Eure Strafe: Ihr werdet hier in Palermo bleiben, wenn wir uns anschicken, das Heilige Land zurückzuerobern.«

»Er hat es uns leicht gemacht«, sagte Ymme dankbar, während sie die altbekannten Gänge entlangeilten, und ein wenig freute sie sich sogar, zurück zu sein.

»Ich verstehe nicht, wer das Lösegeld bezahlt hat«, grübelte Cornelius laut.

»Andrea weiß es, da könnte ich mit dir wetten!« Und dann schloss Ymme Constanza in die Arme, die ihr mit einem Stapel frisch gewaschener Wäsche entgegenkam und sie um ein Haar fallen gelassen hätte. »Alles in Ordnung?«, erkundigte sie sich.

»Alles, Dama! Ihr könnt gleich wieder einziehen. Hermann von Salza hat befohlen, dass Eure Räume nicht angerührt werden, ich weiß nicht, wieso. Angelina, die Schnippische, und Stella, die Stille, sind auch noch da. Der lange Ritter hat uns aus seiner Tasche bezahlt.«

»Hermann von Salza«, sagte Ymme überrascht. »Haben sie denn erwartet, uns einfangen zu können?«

»Vielleicht gehofft. Niemand wird mehr mit der Gemahlin fertig. Sie ist ein Biest. Und dann wird Euch noch etwas interessieren: Es gibt wieder Pocken.«

Ymme wechselte mit Cornelius einen hastigen Blick. »Geht es Bianca gut?« erkundigte sie sich.

»Oh ja. Sie hat jetzt ihren eigenen Eunuchen, und der tut, was sie will. Aber er verteidigt sie auch wie ein Gepard sein Junges.«

»Dann ist er ja ein echter Glücksfall, und ich kann mich den Pocken zuwenden, bevor Ihre Erhabenheit mich beansprucht«, überlegte Ymme. »Führst du uns hin, Constanza?«

Constanza nickte mit funkelnden Augen. »Alle haben Angst. Sie behaupten, dass es bei diesen Pocken nicht mit rechten Dingen zugeht.«

Sehr nachdenklich betrat Ymme ihre Wohnung. Angelina verzog bei ihrem Anblick keine Miene. Aber es dauerte nicht lange, bis ein erfrischender Salat aus roten und hellen Orangen, angereichert mit Oliven, Zwiebeln und Sardellen, auf dem Tisch stand. Constanza durfte die Reste naschen. Von der Feindseligkeit, die bislang zwischen ihr und den Dienerinnen geherrscht hatte, war nichts mehr zu spüren.

»Und warum meinen die Leute, dass es bei den Pocken nicht mit rechten Dingen zugeht?« fragte Ymme, als sie sich einige Zeit später auf den Weg in die Stadt machten.

»Weil sie immer bei den Händlern der Basare ausbrechen, und meistens am Tag nach dem christlichen Feiertag. Bisher sind alle Märkte außer dem Markt der Ölhändler an der Moschee von Ibn Siqlâb betroffen. Jedes Mal trifft es den angesehensten Händler. Alle fragen sich, warum Allah gerade sie straft und ob die Ölhändler frommer sind als andere Gläubige. Nur deshalb hat bislang niemand gewagt, seinen Laden zu schließen ...«

»Aber wenn es einen Ölhändler trifft, werden sie es tun?«, erkundigte sich Ymme voller Sorge.

»Ich denke, schon«, meinte Constanza. »Was ist daran so Besonderes?«

»In dieser Situation wird seine Erhabenheit es als Auflehnung der Muslime gegen ihn erachten. Jetzt, wenige Wochen vor Beginn des Kreuzzuges, wird er kurzen Prozess machen ...«

»Aber was haben die Muslime von Palermo mit dem Kreuzzug zu tun?«, fragte Constanza trotzig. »Es ist ihr gutes Recht, den Basar zu schließen. Sie halten es seit Jahrhunderten so.«

»Natürlich ist es ihr Recht«, versuchte Ymme sie zu beruhigen. »Es ist nur fürchterlich unklug. Cornelius, wir müssen zum Markt der Ölhändler!«

»Aber da sind die Pocken doch gerade nicht!«, wandte Constanza voller Unverständnis ein.

»Eben! Vielleicht lassen sie sich verhindern.«

»Ihr versündigt Euch. Wie könnte man Pocken verhindern, wenn es Allahs Wille ist, dass sie ausbrechen?«, murmelte Constanza, schlug aber gehorsam den Weg zur Porta dell' Aquila direkt unterhalb des Palastes ein.

Der Markt der Ölhändler begann gleich hinter der Brücke über den Kemonia. Das Flussbett, durch das sie in die Berge geflohen waren, war so trocken wie damals. Ymme versuchte, die beklemmende Erinnerung an die Wochen in den Bergen abzuschütteln, als ihr ein Maultierkarren auffiel, der mit Kräuterbündeln behängt war. In einem ganz ähnlichen Gefährt war sie vor vielen Jahren aus Lübeck geflohen. Damit hatte ihre Lehrzeit begonnen, in deren Verlauf es sie bis nach Toledo verschlagen hatte.

Am Seitenpfosten des Karrens hing eine Mesusa. Der Mann war Jude. Kurz entschlossen drängte Ymme sich zu ihm durch. Vielleicht kannte er Mosse Haluca.

Als sie ihm ins Gesicht sah, war schlagartig alles wieder gegenwärtig, die Angst von damals, das Entsetzen, als sie ihren adeligen Verfolger vermeintlich erschlagen hatte, und die Tapferkeit des Kräuterhändlers, der ihr half, obwohl er sich möglicherweise in größerer Gefahr befand als sie. Er hatte sich kaum verändert.

»Mosse Haluca«, stammelte Ymme. »Seid Ihr es wirklich?«

»Ich bin es selbst«, erwiderte der kleine Mann und lüpfte seinen spitzen Lederhut. »Mehr als Ihr, Ymme von Lübeck, scheint mir. Gelobt sei Er.«

»Gelobt sei Er«, ergänzte Ymme, wie sie es von ihm gelernt hatte, und zog den Schleier beiseite. »Meine Reisekleidung. Wir sind gerade erst nach Palermo zurückgekehrt. In diesem Teil der Welt ist sie nur vernünftig. Geht es Euch gut?«

Der Kräuterhändler wiegte den Kopf. »Geht es gut? Geht es nicht gut? Wem geht es schon gut? Und ist es überhaupt wichtig? In Psalm 119 heißt es: *Ich habe gesehen, dass alles ein Ende hat, aber dein Gebot bleibt bestehen.*«

»Wir müssen die Brücke frei machen, ehrwürdiger Mosse Haluca«, warf Cornelius ein.

Die Augen des Mannes mit dem faltigen Greisengesicht wanderten lebhaft zwischen Cornelius und Ymme hin und her. Ersichtlich versuchte er sich ein Bild von ihrem Verhältnis zueinander zu machen.

»Frau Johanna Cornela bat den Ritter, mich auf meiner Reise nach Toledo zu beschützen. So habe ich Cornelius von Fischbach kennen gelernt ...«, erklärte Ymme.

Mosse nickte verständnisvoll und lächelte traurig. »Frau Cornela war eine gute, eine gerechte Frau. Sie weilt nicht mehr unter uns. Aber Gerechtigkeit errettet vom Tode.«

Ymme sandte ihrer Lehrmeisterin in Frankfurt ein stummes Gebet nach. »Und Ihr handelt immer noch mit Kräutern, ehrwürdiger Mosse Haluca?«

»Nein, damit ist es vorbei. Ich bin auf dem Weg nach Djerba zu Verwandten, wo ich mein Leben beschließen werde. Meine Familie in Mainz gibt es nicht mehr, und das Leben in Deutschland wird für einen Juden täglich unsicherer. Die Kirchenfürsten regieren mit noch härterer Hand, seitdem Erzbischof Engelbert von Köln von seinen aufgebrachten Untertanen erschlagen wurde.«

»Ich habe gehört, dass der Kaiser ihnen in allem freie Hand gibt«, sagte Cornelius fragend.

Die Aufmerksamkeit des Juden konzentrierte sich auf ihn. »So ist es, Ritter von Fischbach. Es ist deshalb für Menschen meines Glaubens sehr viel sicherer, in Friedrichs Königreich zu leben als in seinem Kaiserreich. Lebt wohl.«

Womöglich galt das auch für Menschen, deren römischer Glaube schwer erschüttert war, dachte Ymme und sah Mosse Haluca davonziehen, noch kleiner als sie ihn in Erinnerung hatte, aber wie früher mit einem festen Ziel vor Augen.

Am Tag nach dem Freitagsgebet ging es auf dem Ölmarkt turbulent zu, als hätte jedermann sein Öl aufgebraucht, und Ymme und Cornelius blieben in ihrer sarazenischen Reisekleidung völlig unbeachtet.

Die Sonne stieg höher, es wurde heiß, und Ymme betrachtete immer lustloser die Gefäße mit Olivenöl, Nussöl, Sonnenblumenöl, Fischöl und Rosenöl, stöpselte sie auf und zu, schnupperte, wischte Myriaden von Fliegen aus ihrem Gesicht und rümpfte die Nase zum Zeichen der Ablehnung, damit der Händler Ruhe gab.

Nie wieder Öl in diesem Leben. Was hätte sie jetzt für einen kalten Wintertag in Lübeck gegeben! Ohne Öl, aber mit Schmalzgebackenem.

Sie wusste auch nicht, auf was genau sie wartete. Aber wenn es stimmte, dass die Erkrankungen montags ausbrachen, war es gut möglich, dass die Pockenstecher am Samstag tätig wurden.

»Sie streiten, als gäbe es den Schirokko, dabei ist es die falsche Jahreszeit. In diesen Tagen sind alle gereizt!« Der Händler lauschte mit hocherhobenem Kinn dem Lärm, der aus einer Seitengasse zu kommen schien.

Ymme nutzte die Gelegenheit, während seine Aufmerksamkeit abgelenkt war, zu danken und weiterzuschlendern.

Ohne es eigentlich zu wollen, geriet sie mitten unter die Neugierigen, die sich um die Streithähne versammelten. Ein Handwerker mit einem Werkzeugkasten in der Hand stand mit vorgerecktem Hals vor einem Gewölbe, in dem der würdige Händler auf Teppichen thronte, die verschiedenartigsten Gefäße in Reichweite seiner Arme. Derzeit aber stützte er sich auf seine gekreuzten Beine; aus vollem Hals gab er die Beschimpfungen des Kunden zurück.

Der Wortwechsel der beiden Palermer verlief so schnell, dass Ymme nicht folgen konnte. »Worum geht's?«, fragte sie Constanza leise ins Ohr.

»Das Olivenöl, das der Mann vor zwei Tagen gekauft hat, war ranzig. Seine Frau hat es auf die Straße geschüttet und ihm Vorwürfe gemacht. Er will jetzt Ersatz.«

Ymme lächelte. Wenn man es genau betrachtete, war ein sarazenischer Haushalt in Palermo nicht so anders als ein christlicher in Lübeck.

»Der Händler«, flüsterte Constanza weiter, »bestreitet alles. Er sagte dem Mann ins Gesicht, dass er zu geizig war, um eine bessere Qualität zu bezahlen.«

Der Streit eskalierte. Gerade, als Ymme sich mit Cornelius verständigen wollte, dass es Zeit sei zu gehen, schmetterte der Handwerker seinen Kasten zu Boden. Aus den Werkzeugen, die dabei heraussprangen, fischte er, wie es schien, willkürlich ein Gerät heraus und stach damit schnell und unvermittelt auf die Hände des Ölhändlers ein, bevor dieser überhaupt reagieren konnte.

Voll Entsetzen schrie Ymme auf und begann sich durch die Zuschauer hindurchzukämpfen. »Abwaschen!«, brüllte sie dem Händler zu, der ihr verständnislos entgegenblickte.

Wahllos ergriff Ymme ein Gefäß mit Öl, goss den gelben Strom abwechselnd über die blutigen Stichstellen auf beiden Händen des Mannes und versuchte, die Spuren abzuwischen.

»Die Welt ist aus den Fugen«, klagte der im Schreck erstarrte Händler, als Ymmes Schleier zur Seite wehte und er ihr Gesicht sah. »Dschinn am hellen Tag!«

»Schluss jetzt, du bist verhaftet!«, sagte eine barsche Stimme hinter Ymme.

Der Händler fasste sich. »Ja, nimm die lästige Kröte mit«, sagte er geschmeidig. »Vergessen wir den Vorfall. Sie hat keinen Schaden angerichtet.«

Hinter Ymme stand der Marktaufseher, die Hände in die Seiten gestemmt. Er legte eine seiner Pranken besitzergreifend auf ihre Schulter, rief dem Händler noch ein *Allah sei mit dir* zu und führte sie fort.

Ymme blickte sich suchend um. Cornelius und Constanza waren verschwunden. Wie übrigens auch der Urheber des Streits. »Ich habe nichts getan, ehrwürdiger Muhtasib«, beteuerte sie rasch, »ein Dschinn bin ich nicht.«

Seine Augen weiteten sich vor Überraschung. »Schon lange hat mich keiner so genannt. Du weißt, was ein Muhtasib ist?«

Und wie, dachte Ymme und nickte mit einem Kloß im Hals. Ihre Begegnung mit dem Platzmeister des Toledaner Marktes hatte in einem wahrhaft furchterregenden Gefängnis geendet.

Die Hand des Marktaufsehers, die ihren Oberarm wie ein schmiedeeiserner Ring umklammert hatte, lockerte ihren Griff. Mit einer gewissen Erleichterung bemerkte Ymme die Palastmauern. Zum städtischen Gefängnis hätte er einen anderen Weg genommen. Wohin wollte er mit ihr?

An der Brücke ließ er sie los. »Du bist die Hakima des Imberadour, richtig?«, fragte er.

Ymme nickte beklommen.

»Verschwinde!«, bellte er zum Vergnügen der Umstehenden, die wahrscheinlich nur eine eingeschüchterte Frau wahrnahmen, die wie eine lästige Bettlerin vom Markt gejagt wurde. »Und misch dich in Zukunft nicht in Dinge ein, die dich nichts angehen!« Er drehte sich um und tauchte mit langen Schritten im Gewühl der Käufer und Händler unter.

»Ich habe nichts ausrichten können«, sagte Cornelius bedauernd und stand am anderen Ende der Brücke plötzlich neben ihr. »Dieser Mann kennt sich im Suq besser aus als ich. Und du?«

Ymme hatte sich noch nicht ganz von ihrem Schrecken erholt. »Der Marktaufseher hat mich verhaftet, als hätte ich den Ärger gemacht«, berichtete sie zitternd, »aber dann erkannte er mich und ließ mich laufen. Aber nicht, ohne mir zu drohen ...«

»Es war unvorsichtig von dir, das stimmt.«

»Aber ich habe doch den Pfriem gesehen«, versetzte Ymme ärgerlich. »Er sah aus wie der andere.«

»Vielleicht sind beide ganz gewöhnliche Pfrieme von gewöhnlichen Handwerkern. Wo ist eigentlich Constanza?«

»Ich weiß es nicht!« Ymme fand, sie hätte allen Grund erzürnt zu sein. Aber Cornelius machte keineswegs einen reuigen Eindruck. »Ihr wart plötzlich alle beide fort. Und ich allein. Ich könnte schon im Gefängnis der Khâlisah sitzen, und du wüsstest nicht einmal, wo du mich suchen müsstest.«

»Mag sein. Aber was wolltest du mit deiner tollkühnen Aktion erreichen? Wenn der Ölhändler gesund bleibt, ist gar nichts bewiesen. Du kannst dich geirrt haben, und der Handwerker war harmlos. Oder du hattest Recht und hast das Pockenpulver mit Öl unwirksam gemacht. Das Einzige, was du wirklich wissen wolltest, nämlich ob die Leute mit dem Pfriem Pocken übertragen können, wirst du jetzt nie erfahren.«

»Ich bin doch nicht der Kaiser, der Experimente mit Menschen macht, Cornelius! Ich bin seine Hakima!«

»Seine Hakima!«, schnaubte Cornelius. »Ach so! Dann sollte man ihm solche Untersuchungen überlassen, Ymme. Verstehst du nicht, dass du dich in Gefahr bringst und dass ich Angst um dich habe?«

Schweigsam wanderten sie an der Palastmauer entlang, die die Tierställe von der Vorstadt trennte. Eine der Pforten, die sonst immer verschlossen waren, ließ sich öffnen. Ymme erkannte an Cornelius' hochgezogenen Augenbrauen, dass er verwundert war. Aber er sagte nichts.

Im Garten setzte sie sich auf eine Steinbank. Cornelius hielt Abstand. Ymme stieß einen unhörbaren Seufzer aus. Im Augenblick war wohl nichts geeignet, um ihn zu versöhnen.

Constanza erwartete sie im Gang vor ihrer Wohnung. »Ich bin dem braunen Mönch gefolgt«, flüsterte sie ihnen zu.

»Welcher Mönch? War da ein Franziskaner?« Ymme hatte keinen gesehen.

Cornelius schüttelte ebenfalls erstaunt den Kopf.

»Diese Kerle erkenne ich von weitem«, sagte Constanza zufrieden. »Als er sah, dass der geprellte Ölkäufer auf den Verkäufer einstach, machte er sich davon. Warum? Diese Mönche sind neugieriger als die Spitzel des Imberadour. Und trotzdem lief er wie ein Wiesel fort. Und jetzt ratet einmal, wohin.«

»Oh, Constanza, wie sollen wir das denn raten?«, fragte Ymme lächelnd und legte ihre Hand auf den Nacken des jungen Mädchens.

»In die Gasse der Flötenspielerinnen«, berichtete Constanza triumphierend. »Er verschwand im Gemäuer der alten Kirche, die einmal Madonna della Ziz hieß, wie ich inzwischen erfahren habe. Mit Ziz ist die Blume Palermo gemeint.«

»Dort, wo auch Jacopo hinbestellt wurde. Aber es ist nicht der Treffpunkt der Franziskaner ... Das ist ja interessant.«

»Aber sei vorsichtig«, sagte Ymme hastig, die ganz genau wusste, dass Cornelius sich so bald wie möglich auf den Weg machen würde. Ihre kleine Unstimmigkeit war vergessen. Jetzt hatte sie um ihn Angst. »Das war doch dort, wo dich der Unbekannte befreit hat. Ich möchte mitgehen.«

»Einer kann sich dort mit Glück noch verbergen, zwei auf keinen Fall. Abgesehen von meinem Unbekannten. Vielleicht ist er ja wieder dort ...«

Am nächsten Morgen kam Cornelius jedoch nicht dazu, sein Vorhaben zu verwirklichen. Der Kaiser war so erzürnt über die Schließung des Basars der Ölhändler, dass er ein Ausgehverbot verhängte. Bald, nachdem sich dies im Palast herumgesprochen hatte, kam ein Bote, der Ymme zum Kaiser befahl. »Ihr dürft sie begleiten, Cavaliere«, gestattete der kleine Junge gnädig.

Auf dem großen Tisch im kaiserlichen Arbeitsraum lagen Stapel von Dokumenten. Boten kamen und gingen, während Ymme und Cornelius bescheiden warteten. Schließlich wandte der Kaiser sich ihnen mit ungnädiger Miene zu. »Wäre ich ein abergläubischer Mensch«, fuhr er sie an, »würde ich behaupten, dass Ihr mir Unglück bringt. Kaum seid Ihr hier angekommen, brechen die Pocken aus. Obendrein zwingen mich bestimmte Ereignisse in Brindisi, meine Abreise noch mehr zu beschleunigen. Meine Frau wird gleich hier sein.«

Ymme sank statt einer Antwort zu Boden. Offenbar mussten sie dankbar sein, wenn der Ausbruch der Pocken nicht ihnen angelastet wurde. Warum aber Jolanthe bei diesem Gespräch anwesend sein sollte, verstand sie schon gar nicht. Wahrscheinlich war alles der plötzlichen Eile zuzuschreiben.

Jolanthe rauschte herein, ohne Notiz von ihnen zu nehmen.

Der Kaiser sparte sich sogar die Zeit für eine förmliche Begrüßung. »Eure Hebamme ist wieder da«, sagte er. »Vertragt Euch mit ihr, sie ist die beste, die Ihr habt.«

Die Gemahlin schnaubte durch die Nase.

»Damit alles ganz klar ist«, fuhr er fort: »Während meiner Abwesenheit wünsche ich unter keinen Umständen weitere Zwischenfälle, die die Dama und den Cavaliere betreffen. Die Regelung ihres besonderen Verhältnisses zur Kirche hat bis zu meiner Rückkehr zu warten; die Angelegenheit ist mit dem Erzbischof abgesprochen.«

Jolanthe setzte eine äußerst eigensinnige Miene auf und öffnete den Mund zu einer heftigen Erwiderung.

Immer noch hatte sie nicht gelernt, sich zu beherrschen. Die Würdenträger des Reichs wirkten peinlich berührt, aber der Kaiser unterband ihren Ausbruch mit einem entschiedenen Kopfschütteln. »Die Dinge sind wie sie sind. Wir alle müssen uns manchmal fügen, auch wenn es uns nicht gefällt. Besonders in Zeiten der Pocken. Ich nehme an, Ihr wisst, dass sie in Palermo ausgebrochen sind? Am liebsten würde ich Euch von hier fortnehmen, aber Apulien ist zu nahe an Rom, deshalb könnt Ihr dort nicht bleiben. Und Jerusalem kommt nicht in Frage …«

Er wanderte nachdenklich zum Fenster hinüber, offenbar ohne von Jolanthe eine Antwort oder eine Meinung zu erwarten. Ymme wechselte einen verstohlenen Blick mit Cornelius.

»Was meint Ihr, Dama, ist Bianca jetzt in größerer Gefahr als vorher? Wie kann ich sie schützen? Sie Tag und Nacht von Palasteunuchen abschirmen lassen? Oder sie zusammen mit ihrer Mutter in der Zisa verstecken?«

»Nicht in der Zisa!«, unterbrach Jolanthe ihn mit schriller Stimme. »Ich kann sie nicht ausstehen! Sie ist ein Hort der Ungläubigen!«

»Und warum sind die Pocken unter den Ölhändlern ausgebrochen? Die ehrenwerten Männer des Ordens der Gerechtigkeit sind zum Schluss gekommen, dass die Pocken einem beabsichtigten Aufruhr unter den Muslimen dienen.«

Ymme sah den Kaiser schreckerfüllt an.

Aber er wandte sich bereits einem neuen Problem zu. »Man müsste einen Pockenkranken in eine Zelle mit gesunden Häftlingen legen und untersuchen, was geschieht. Werden sie krank oder nicht? Man hört so oft, dass ein ganzer Stadtteil betroffen ist, wenn die Pocken erst einmal ausgebrochen sind. Genau wie bei den gefährlichen Durchfällen des Sommers. Aber ganz anders als bei der Müdigkeit des Herzens, die mit Blaulippigkeit einhergeht. Und wenn solche Gefangenen wirklich an Pocken erkranken würden, warum? Haltet Ihr es für möglich, Hakima?«

»Bestimmt!«, rief Ymme, sprang auf und wischte sich kurz die Knie sauber. »Ich bin ganz sicher, sie würden erkranken!« Einen winzigen Augenblick war sie versucht, von der Feiung zu sprechen, aber sie ließ es ohne bestimmten Grund bleiben. »Deshalb glaube ich auch, dass die Pocken absichtlich unter die Ölhändler getragen wurden!«

Der Kaiser fuhr herum und musterte sie eindringlich. »Durch wen?«

Cornelius machte Ymme durch eine Bewegung darauf aufmerksam, dass sie sich auf gefährliches Gebiet begab. Aber zurück konnte sie nicht mehr. »Durch die Franziskanermönche, vermute ich«, antwortete sie standhaft.

»Ausgeschlossen, Ihr versündigt Euch, Dama!«, rief Jolanthe schrill vor Erregung. »Es ist unglaublich, Federico, welche Anschuldigungen diese ketzerische Person gegen die heiligen Männer Roms ausspeit! Und ausgerechnet ihr wollt Ihr Euren ungeborenen Sohn anvertrauen? Von meiner Person will ich gar nicht reden, für mich habt Ihr ja noch nie einen Funken Interesse aufgebracht! Ihr seid abscheulich, Ihr seid wirklich der Antichrist!«

Während Jolanthe vor Wut mit dem Fuß aufstampfte, betrachtete der Kaiser sie mit einer Kälte, die offenbar nicht neu war, die zu zeigen er sich aber jetzt nicht mehr scheute. Ymmes Magen verkrampfte sich. Wäre sie doch nur nicht zum Anlass für diesen heftigen Streit in der kaiserlichen Familie geworden!

»Woher habt Ihr das Wort, Jolanthe?«

Jolanthes Miene verriet Unbehagen. Schließlich überwand sie ihre Unsicherheit und zuckte mit den Achseln. »Man spricht so in den Straßen von Palermo.«

»Nein«, widersprach der Kaiser scharf, »das tut man nicht. Dagegen sprich man so an der Kurie von Rom, und ich vermute, dass Eure Kenntnisse direkt von dort stammen!«

»Dass eine Tochter ihrem Vater mitteilt, dass sie in Hoffnung ist, ist wohl das Mindeste, was ein Ehemann seiner Ehefrau gestatten müsste«, begehrte Jolanthe mit glühenden Wangen auf. »Und dass der Vater gratuliert und Neuigkeiten aus der heiligen Stadt übermittelt, auch.«

Anders als früher, war sie kein Kind mehr, das sich durch eine strenge Miene und Tadel einschüchtern ließ, stellte Ymme überrascht fest.

»Die Tochter müsste nur penibel darauf achten, dass sie die Grenze zur Konspiration mit den Feinden des Reiches nicht überschreitet«, erwiderte der Kaiser bedächtig. »Wenn ich das erführe ...«

»Was dann?«, fiel ihm Jolanthe heftig ins Wort. »Im Übrigen habt Ihr gerade zugegeben, ein Feind Roms zu sein, der Feind der Heiligen Mutter Kirche, der Feind auch unseres Herrn Jesus Christus.«

»Die Weltpolitik ist für Euch ein Buch mit sieben Siegeln, Jolanthe.« Der Kaiser schien endgültig seine Langmut verloren zu haben; sein Tonfall hatte sich geändert. »Mein Feind aus persönlichen Gründen ist der ehemalige Nutznießer meines Landes bei Ostia, der Mann, der sich heute Gregor der Neunte nennt. Mein Feind ist nicht die Heilige Römische Kirche; wie sie kämpfe ich gegen die Ungläubigen und werde aus ebendiesem Grund das Heilige Jerusalem den Händen der Ungläubigen entreißen.«

Jolanthe stieß ein gequältes Lachen aus. »Ich glaube eher, es geht Euch nur darum, eine Stadt in Besitz zu nehmen, die Ihr schon lange unbedingt haben wolltet. Leider ging Euer Plan, Jerusalem einfach durch die Heirat mit mir in die Hand zu bekommen, nicht auf. An Euren Kampf gegen die Ungläubigen glaubt im Abendland kein Mensch.«

Der Kaiser lächelte verächtlich. »Nachdem Gregor den Königen und Bischöfen seine persönliche Meinung über mich hat verkünden lassen. Die Nachwelt wird zu einem anderen Schluss kommen. Verlasst mich jetzt bitte, damit wir unsere Vorbereitungen für den Kreuzzug abschließen können. Ihr auch, Dama, Cavaliere.«

Noch bevor sie sich rückwärts zur Tür zurückgezogen hatten, war der Kaiser bereits mit anderen Dingen beschäftigt. Ein Notar stand aufmerksam neben ihm und tauchte die Feder ein, während der Kaiser zum Diktat ansetzte. »Der Ölhändler soll unverzüglich wegen Aufruhrs gehängt werden«, verfügte er als Erstes. »Die Strafe ist in allen Stadtteilen Palermos bekannt zu machen. Und wenn die Muslime wagen sollten, weitere Märkte zu schließen, sollen sämtliche Rädelsführer aufgegriffen und hingerichtet werden.«

Ymme vergaß vor Schreck zu atmen. Aber es entging ihr nicht, dass der Kaiser diese Verfügung erließ, bevor seine Frau den Raum verlassen hatte. Sie musste es ebenfalls gehört haben.

Teil V

Die Bruderschaft der Pockenstecher

21.

Der Stecher

Im Gewirr, das die Abreise des riesigen kaiserlichen Trosses hervorrief, stahlen sich Ymme und Cornelius aus dem Palast. An einem Tag wie diesem, an dem der Erzbischof im Morgengrauen eine feierliche Messe gelesen und die Kreuzfahrer gesegnet hatte, war am späten Vormittag die ganze Stadt auf den Beinen.

Sämtliche Bewohner Palermos schienen sich zur Cala und zu den Stränden begeben zu haben, selbst das jüdische Viertel war wie leer gefegt, und auch die Gasse der Flötenspielerinnen.

Ymmes Herz klopfte heftig, aber nichts hatte sie dazu bewegen können, im Palast zu bleiben, trotz Cornelius' Verärgerung, die immer noch anhielt, als sie die Ruine der Madonna della Ziz schon vor sich liegen sahen.

»Der Kaiser hat dir bestimmt geglaubt, dass die Mönche bei allen Übeln ihre Hand im Spiel haben«, raunte er Ymme zu. »Vermutlich hat er verfügt, dass ich hier bleiben muss, damit ich dich beschützen kann. Es war keine Rede davon, dass du mich beschützen sollst.«

»Sollte ich denn allein im Palast bleiben, wo jetzt vielleicht schon die Franziskaner ein und aus gehen?«, fragte Ymme unschuldig.

Cornelius schüttelte missmutig den Kopf. »Komm schnell, ich glaube die Luft ist rein«, murmelte er und überquerte zügig die Gasse, um in die Krypta einzutauchen und Ymme hinunterzuhelfen.

Nichts schien sich seit seinem ersten Besuch verändert zu haben. Der Schutt lag wie vorher, und die Grabplatte schwang auf, als er auf eine ihrer Seitenkanten Druck ausübte.

Ymme beobachtete die Gasse, aber dort war niemand zu sehen. Dann forderte Cornelius sie auf, ihm zu folgen, schob die Tür zu und zündete eine der mitgebrachten Fackeln an.

Staunend sah Ymme sich um. Hinter einem kurzen Gang öffnete sich eine Art Höhle, die in Schwärze versank, weil der Lichtschein das hintere Ende des Raums nicht erreichte. Vor der Wand befand sich eine Art Altar, ein großer Steinblock, auf dem zwei Kerzen standen.

»Den habe ich beim ersten Mal nicht gesehen«, stellte Cornelius in gewöhnlicher Lautstärke fest.

Ymme folgte ihm zum Steinblock.

Cornelius bückte sich und schaute dahinter. »Schade«, sagte er, »nur Seitenwände und eine Deckplatte. Ich hatte schon gehofft, er könne ein Geheimnis in sich bergen, irgendetwas, woraus hervorgeht, warum sich die Mönche hier treffen.«

»Eine Botschaft?« Ymme entdeckte nur ein Bord an der Wand, auf dem ein Bündel Kerzen lag. Langsam ging sie hinter Cornelius her, der begonnen hatte, die Wand abzuschreiten, und mit seiner Fackel von oben bis unten große Bögen beschrieb.

Stellenweise wurde der nasse Felsboden von Ziegelsteinen abgelöst. Schließlich erreichten sie wieder den Altar, ohne etwas Bemerkenswertes gesehen zu haben. Das Gewölbe war nicht aufregender als eine Badestube, ziemlich kühl und feucht. Ymme rieb sich frierend die Oberarme, während sie darüber nachdachte, was sie jetzt noch unternehmen konnten, um dem Geheimnis der Männer auf die Spur zu kommen, die diesen Raum als Versammlungsort nutzten.

Plötzlich warf Cornelius seine Fackel zu Boden und rollte sie in einer Pfütze, bis sie erlosch. Ehe sie sich's versah, fühlte Ymme sich von seiner Hand gepackt und hinter den Altar geschoben. Mit Mühe fand er selbst dort noch Platz.

»Was ist?«, wisperte Ymme ihm ins Ohr. Cornelius' Finger legte sich über ihre Lippen.

Im flackernden Licht einer Kerze erkannte Ymme durch einen Spalt zwischen dem Deckstein und der aufrecht stehenden Frontplatte drei vermummte Gestalten, eine davon klein wie ein Kind. Sie trugen spitze schwarze Kapuzen, die lediglich schmale Schlitze für die Augen hatten. Ymmes Herz begann zu hämmern. Sie hatte mit Mönchen gerechnet. Von solchen Leuten, die sichtlich einer geheimen Bruderschaft angehörten, hatten sie keine Gnade zu erwarten, wenn sie entdeckt wurden.

Sie wich unwillkürlich zurück, als der Spalt sich verdunkelte. Dann hörte sie über ihren Köpfen Geräusche wie das Rascheln von Pergament. Unerwartet begann eine Stimme einen lateinischen Text herunterzuleiern.

Ymme suchte nach Cornelius' Hand und malte mit dem Finger ein Strichmännchen in die Innenfläche, dessen wichtigstes Merkmal ein riesiger Buckel war. Girolamo Naso. Sie fühlte Cornelius nicken.

Irgendwie ging es um Blattern, *variola*, ausgerechnet darum, aber sie verstand nicht viel.

Nasos abfallende Tonhöhe signalisierte, dass er am Ende des Textes, den er offenbar vorgelesen hatte, angekommen war. »So«, sagte er abschließend, »steht es in den Dokumenten des Domitian geschrieben. Die Römer haben gute Erfahrung mit dieser Methode gemacht; gegen Ende der Regierungszeit dieses Kaisers gab es in Rom mehrere gut bezahlte Stecherbanden, die auf Bestellung arbeiteten. Ein Klient, der ein Amt oder eine Begünstigung erstrebte, brauchte schließlich nur noch zu drohen, dass er eine dieser Banden in seinen Dienst nehmen würde. Wenn das Opfer der Erpressung nicht sofort nachgab, durfte es bestimmen, wer in der Familie zuerst an Blattern sterben sollte. Pocken auf Bestellung!« Naso kicherte leise.

Geradezu erstarrt vor Bestürzung und Empörung, hörte Ymme zu.

»Ich werde euch die Methode jetzt erklären, damit keine Zweifel bestehen, was ihr zu tun habt«, fuhr Naso schließlich fort.

Über ihren Köpfen wurden Gegenstände hin und her gerückt.

»Für jeden eine Nadel und ein Töpfchen mit Pustelinhalt«, erklärte der Notar in sachlichem Ton. »Seid sparsam damit, das Pulver ist kostbarer als der größte Diamant des Antichrist. Der Spezialist, der es herstellt, versichert, dass es bei richtiger Anwendung nach einem oder zwei Tagen wirkt. Preisgünstiger ist ein Pulver, das erst nach einer Woche oder länger Pocken auslöst, das haben wir am Anfang erprobt ...« Er machte eine Pause, bevor er in feierlichem Ton fortfuhr. »Die Probe liegt nun hinter uns. Jetzt geht es ums Ganze, und ihr seid als Rächer ausersehen. Tunkt die Nadel um zwei Haaresbreiten ein, kurz bevor ihr stechen wollt.«

»Was passiert, wenn ich mich versehentlich selbst steche?«, erkundigte sich eine tiefere Stimme, die Ymme nicht kannte, ebenso wenig wie den Klang seiner Sprache, die sich von der eines Palermers unterschied. »Etwa im Gedränge.«

»Wo du stechen wirst, herrscht kein Gedränge«, antwortete Naso nach kurzem Zögern.

Wo denn, dachte Ymme. Wo denn? Sag schon!

»Wenn es aber doch passiert, sei ohne Sorge. Das Paradies wartet auf dich. Der Herr im Himmel wird seine Soldaten, die im Heiligen Krieg für ihn gestorben sind, in seine Arme schließen.«

Ohne genau zu wissen, warum, fühlte Ymme sich durch diese Antwort noch stärker beunruhigt, und möglicherweise entsprach sie auch nicht den Vorstellungen des maskierten Mannes, aber weitere Fragen äußerte er nicht. Vielleicht war alles Weitere schon vorher besprochen worden, denn zu Ymmes Enttäuschung war die Zusammenkunft damit beendet.

»Gott ist groß«, murmelte Naso, danach erlosch das Licht, und die Männer verließen lautlos die Höhle.

»Eine ganze Bande also«, flüsterte Ymme, zutiefst aufgewühlt. »Die Stecherbande, geführt von einem Notar der königlichen Kanzlei!«

»Das Merkwürdigste an dieser Angelegenheit«, sagte Cornelius nach einer Weile, »ist, dass ein Muslim genauso gesprochen haben würde wie dieser Notar. Die Männer waren auf keinen Fall Mönche.«

Ymme starrte immer noch betroffen in die Dunkelheit, die sie seit dem Aufbruch der Männer umgab. »Irgendwie ist jetzt alles anders, als wir dachten«, erkannte sie beklommen. »Waren unsere ganzen Überlegungen falsch?«

»Der Mann, der uns bei der Flucht aus dem Palast half, trug die gleiche Art Kapuze«, sinnierte Cornelius, während er aus ihrem Versteck hinauskroch. »Auch er schien eher ein Muslim zu sein.«

»Ich glaube es nicht«, beharrte Ymme eigensinnig und reichte Cornelius die Hand, um sich emporhelfen zu lassen. »Es macht einfach keinen Sinn.«

Cornelius murrte etwas Unverständliches und begann Licht zu schlagen. Als seine Fackel aufloderte, erkannten sie, dass nichts in der Höhle verändert worden war, alles lag wie vorher an seinem Platz.

»Schade«, bemerkte Ymme, »ich hatte so gehofft, dass Naso das Dokument von Domitian liegen lassen würde. Es wäre so viel einfacher gewesen.«

»Einfacher als was?«, erkundigte sich Cornelius, während er die Tür vorsichtig aufzog.

»Als es zu suchen. Du bist dir hoffentlich im Klaren darüber, dass wir dieses Dokument finden müssen. Vielleicht erfahren wir dann auch, für wen die Bande arbeitet.«

»Ymme, mein Herz, das Leben mit dir war noch nie langweilig«, sagte Cornelius anerkennend und schlüpfte ins Freie.

Die Straße der Flötenspielerinnen lag so verlassen wie zuvor, selbst in den ärmlichen Verschlägen der Zigeunerinnen zeigte sich niemand, als sie auf dem Weg zum Stadttor an ihnen vorbeikamen. In ihrem Rücken erhob sich in der Ferne ein unbestimmbares Geräusch.

»Ich nehme an, die Menge jubelt den Kreuzfahrern zu«, mutmaßte Cornelius, »auf jeden Fall dem König. Ich stelle immer wieder fest, dass die Palermer ihn lieben. Vermutlich hat inzwischen jede Familie ihre eigenen Erinnerungen, wie Federico als Waisenkind bei ihnen mit Pasta durchgefüttert wurde.«

»Aber das stimmt doch gar nicht.«

»Natürlich nicht, aber was macht das schon? Kaiser Friedrich ist ihr Held, schon fast so berühmt wie Roland, der für Kaiser Karl im Kampf fiel.«

»Wollen wir nicht auch zum Hafen gehen?«, fragte Ymme, erfüllt von leiser Sehnsucht. Was hätte sie darum gegeben, wenn sie hätten mitfahren dürfen. Erst einmal Sizilien entkommen und dann nach Norden! »Ich habe die kaiserliche Galeere noch nie unter Segeln gesehen.«

»Na gut«, stimmte Cornelius zu und machte auf der Stelle kehrt.

Als Ymme wieder an seiner Seite war, sah sie, dass er mit gerunzelter Stirn nach vorne spähte. »Was ist?«, fragte sie beunruhigt.

»Ich sah gerade jemanden«, antwortete Cornelius bedächtig, »der mir bekannt vorkam.«

»Wir kennen inzwischen viele Leute, Cornelius.« Ymme lachte erleichtert. »Ich dachte schon, es wäre etwas Ernstes.«

»Jemand, der nach uns Ausschau hält und dann verschwindet, als ob er ertappt worden wäre, ist etwas Ernstes.« Cornelius zuckte resignierend die Schultern. »Der Kaiser lässt uns also immer noch überwachen. Das gefällt mir gar nicht.«

Ymme lauschte dem wachsenden Lärm, der aus der Hafengegend zu ihnen drang. Als sie die Khâlisah erreicht hatten, wo die prächtigen Gebäude der früheren Sultane Platz für Gärten und niedrige Pavillons gelassen hatten, konnte sie hinter der Mauer schon Masten sehen. Große Schiffe, auf denen man nach Lübeck segeln könnte. Ihre

Sehnsucht nach Lübeck wuchs täglich. Gerade wollte sie Cornelius davon erzählen, da deutete er mit dem Kinn zum Gefängnis hinüber, um sie auf die arabisch gekleideten Palermer aufmerksam zu machen, die sich vor dem verschlossenen Tor drängten.

Die meisten waren Männer, aber es waren auch Frauen dabei, die schrien, weinten und sich an die Brust schlugen.

»Vermutlich wird der Ölhändler gerade gehängt«, sagte Cornelius mitleidig. »Die Justiz nutzt aus, dass alle Welt am Hafen ist und den Kaiser verabschiedet.«

»Es ist eine ungerechte Strafe!«, versetzte Ymme böse. »Ich glaube, er hat sie nur verhängt, um seiner Frau zu beweisen, wie unnachsichtig er gegen Hochverräter und Ketzer vorgeht ...«

»Wer böswillig ist, könnte sogar behaupten, dass der Ölhändler an unserer Stelle sterben muss.«

Ymme sah ihn betroffen an. Das schien ihr doch etwas zu weit zu gehen. Aber mittlerweile hatte sie gelernt, wie unklug es war, den Kaiser gegenüber Cornelius zu verteidigen. In diesem Augenblick wurden sie beide ohnehin abgelenkt, weil mehrere Männer, die eine schlaffe weibliche Gestalt trugen, sich durch die Menge drängten und sie auf die Gasse betteten.

»Ich müsste nach der Frau schauen«, sagte Ymme zögernd.

»Lieber nicht«, riet Cornelius und hielt sie zurück. »Als normannisch aussehende Frau bist du dort jetzt alles andere als erwünscht.«

Plötzlich ertönte ein Wutschrei, und ein ausgestreckter Arm deutete auf Ymme. Sämtliche Araber drehten sich nach ihnen um.

Cornelius packte Ymme beim Arm und lief los. »Sie haben dich erkannt. Und dir geben sie die Schuld! Schnell!«

Er schlug die Richtung zum Hafen ein. Während Ymme versuchte, mit ihm Schritt zu halten, schoss ihr der Gedanke durch den Kopf, dass sie mit Constanza auf demselben Weg entkommen war. Durch das Tor an den Strand, dann am Hafen entlang. Durch zwei Vorstädte. Der unterirdische Gang, der zum Palast führte, war weit weg.

»Wir müssen in der Menge untertauchen, die den Kaiser verabschiedet«, keuchte Cornelius und sah sich im Laufen um. »Keine andere Möglichkeit. Drei sind hinter uns her.«

Die Schritte der Verfolger hallten in der engen Schlucht der Gasse immer lauter. Vor ihnen schimmerte zwischen den Feigenbäumen der Ausschnitt des Griechischen Tores hindurch. Aber für Ymme war es unerreichbar.

Plötzlich packte jemand ihren Arm und zog sie heftig in einen stockdunklen Gang. Vor Entsetzen wagte sie sich nicht zu rühren. Von Cornelius war sie bereits auf der Straße getrennt worden. »Mir nach«, flüsterte eine Stimme.

»Schnell«, drängte Cornelius, und sie fühlte erleichtert seine Hand auf der Schulter, während er sie vorwärts schob. Trotz ihrer weichen Knie gehorchte sie.

Allmählich gewöhnte sich Ymme an die Dunkelheit, so dass sie den Mann vor sich sehen konnte. Er zog sie wortlos mit sich, sie stolperte zuweilen über seine Hacken und stieß mit dem Kinn gegen seine Schulter. Da erst bemerkte sie, dass sein Kopf von einer schwarzen Kapuze verhüllt war.

Am Ende des Ganges erreichten sie einen verwilderten Garten; ein Blick zurück belehrte Ymme, dass sie durch einen der alten Paläste geflohen waren. Vor sich erkannte sie die Kuppeln eines Bades, an dessen Mauern der Maskierte bereits entlanglief. Außer streunenden Hunden begegneten sie auf einem gewundenen Trampelpfad, der zwischen Ruinen hindurchführte, niemandem.

»Das alte Bàb al fatùb wird nur noch selten benutzt«, murmelte der Unbekannte zur Erklärung.

Ymme wechselte einen Blick mit Cornelius, der die Schultern hochzog und den Kopf schüttelte. Hier war er auch noch nicht gewesen.

Jenseits des alten Tores, von dem der Mann gesprochen hatte, befanden sie sich plötzlich am Kemonia, wo auf beiden Seiten des Flussbettes in einem ungeordneten Durcheinander von Hütten und in den Boden gegrabenen Höhlen zwielichtiges Volk hauste. Männer, die ihren Begleiter mit der Kapuze bemerkten, schlugen einen anderen Weg ein, um nicht in seine Nähe zu kommen. Nur kleine Kinder starrten ihn unverhohlen neugierig an.

Wer mag er nur sein, dachte Ymme und musterte ihn. Seine Gestalt unterschied ihn in nichts von tausend anderen. Unverkennbar war aber, dass er einen gewissen Schrecken verbreitete. Seine Kapuze musste für die Bewohner eine bestimmte Bedeutung haben.

»Ihr findet euren Weg zum Palast jetzt allein«, raunte der Mann mit heiserer Stimme und blieb stehen. »Zur Mauer und durch die Porta Giudaica, dann steht ihr vor San Cataldo.«

Mit beiden Händen ergriff Ymme die seine und schüttelte sie. »Wir danken Euch von Herzen«, sagte sie.

Die schwarze Kapuze nickte und entzog ihr seine Hand. Wie ein Schatten verschwand er durch das Tor zurück in die Kalsa.

»Er hat seine Stimme verstellt, damit wir ihn nicht erkennen sollten«, bemerkte Cornelius mit einem Seufzer. »Möglicherweise sind wir ihm also schon begegnet oder werden ihm begegnen.«

Ymme begann zu lachen, ohne wirklich erheitert zu sein. »Es war Andrea.«

»Woher weißt du das?«, fragte Cornelius betroffen. Er reichte ihr die Hand, um ihr über die Steine im fast trockenen Flussbett zu helfen.

»Ich habe die Narbe in seiner Hand gefühlt«, erklärte Ymme und wich einem dösenden Hund aus. »Die Narben, die ich hinterlasse, kenne ich.«

»Ich weiß.«

»Oh nein«, sagte Ymme reumütig, weil sie nicht alte Wunden aufreißen wollte, »du weißt, dass ich es so nicht meinte.«

Cornelius hauchte ihr einen Kuss auf die Nasenspitze. »Das erklärt einiges. Dann war es Andrea, der uns beobachtete und plötzlich verschwand. Als wir jetzt unerwarteterweise in Not gerieten, sah er sich gezwungen, uns zu retten, auch ohne Handschuhe. Beim ersten Mal hatte er Handschuhe an.«

»Bei welchem ersten Mal?« Jetzt war es an Ymme, verblüfft zu sein.

»Als er mich aus der Höhle der Madonna della Ziz befreite. Es muss Andrea gewesen sein. Er hatte Schwierigkeiten mit den Knoten, wollte aber weder die Handschuhe ausziehen noch das Tau durchschneiden. Er war auch derjenige, der uns aus dem Palast hinausbrachte. Es ist möglich, dass er im Auftrag eines anderen handelt, vielleicht sogar eines hochrangigen Mannes bei Hof ...«

»Aber nicht des Kaisers«, erinnerte sich Ymme. »Der wusste nichts von dem Lösegeld. Wie beruhigend, dass wir einen heimlichen Helfer haben.«

»Ein Zustand, in dem wir nicht andauernd auf heimliche Helfer angewiesen wären, wäre mir allerdings bedeutend lieber«, schloss Cornelius knapp und bahnte sich durch schlafende Hunde und stinkende Abfälle den Weg zum Stadttor.

Am nächsten Morgen wartete Ymme vergebens darauf, von Jolanthe gerufen zu werden. Daraufhin beschloss sie, Cornelius in die Stadt zu begleiten.

Die Jubelstimmung vom Vortag war wie weggeblasen, und es waren weniger Menschen unterwegs als sonst. Der Suq-el-attarin war geschlossen. Bedrückt wanderten sie die Straße hinunter. Erst am Hafen war es belebter; Fischer teerten und flickten wie üblich ihre Netze, die an den Hauswänden aufgespannt waren, und die Boote wurden, wie sonst auch, lärmend entladen.

»Da ist ein Röster«, sagte Cornelius und ließ Ymme im lichten Schatten einer Tamariske stehen.

Er brauchte lange, um außer gegrilltem Schwertfisch auch Auskünfte zu bekommen. Ymme sah ihn mit Händen und Füßen gegen die unwillige Miene des Garkochs anreden.

Als Cornelius zurückkehrte, war er sehr nachdenklich. Abwesend drückte er Ymme den Spieß in die Hand. »Sie sind wegen der Pocken besorgt und sehr schweigsam. Im Qasr, in der Galca, in der Albergaria, im Harat as-Saqâlibah und in der Khâlisah sind inzwischen Pockenfälle aufgetreten, die meisten sind erst seit heute früh bekannt. Der Mann hat mir schließlich die Stadtteile aufgezählt, weil ich nicht nachgab, und in der Hoffnung, dass ich sie sowieso nicht behalten kann, benutzte er die alten Namen. Die Pocken sind jetzt praktisch überall.«

»Das sind aber nicht die Stecher von gestern gewesen«, befand Ymme entschieden, »damit muss die Bande schon früher angefangen haben.«

»Genauer gesagt, in der vorigen Woche. Da haben nämlich auch die Gerüchte eingesetzt, dass der Kaiser in Wahrheit wegen der Pocken aus Palermo flieht. Dass er seine Stadt in Stich lässt ...«

Ymme sah von ihrem Spieß auf. »Und von wem wurden die in Umlauf gesetzt?«

Cornelius grinste trübe. »Von Mönchen, wie üblich.«

»Sie sind es also doch«, stellte Ymme fest. »Auch wenn wir die Zusammenhänge zwischen den Maskierten und den Mönchen nicht genau kennen: die Stecherbande ist von Rom gesteuert, ich bin ganz sicher.«

»Die Gerüchte jedenfalls sind bösartig«, ergänzte Cornelius. »Der Kaiser soll seine junge, schwangere Ehefrau zurückgelassen haben, weil sie bereits erkrankt ist. Hilflos und ohne Schutz, lässt er sie im Palast sterben, zusammen mit ihrer ebenfalls erkrankten Tochter Bianca ...«

Ymme verschlug es die Sprache. Schwertfischbrocken fielen von ihrem Spieß.

»Ich habe mich bemüht, ihm zu versichern, dass Jolanthe putzmunter ist und Bianca auch. Dass wir es genau wissen, weil du Biancas Ärztin bist.«

»Du lieber Himmel«, rief Ymme besorgt, »aber wenn es nun stimmt!«

Cornelius zuckte die Schultern. »Geglaubt hat er mir jedenfalls nicht. Und du willst auf der Stelle zurück in den

Palast, wenn ich richtig vermute. Lass mich erst aufessen!«

Ymme warf ihren Spieß fort und wartete ungeduldig, dass Cornelius fertig wurde.

»Pst! Dama!«

Ymmes Blick wanderte verstohlen zu den Palmen, die den Palast von den nächststehenden Häusern trennten. Hinter einem der flaschenförmigen Stämme sah sie Constanza aufgeregt winken.

Noch waren die Palastwächter nicht aufmerksam geworden. Ymme wechselte einen verwunderten Blick mit Cornelius. Als hätten sie etwas vergessen, stiegen sie die Treppe wieder hinunter und warteten unterhalb der Mauer auf Constanza, wo sie vom Palasteingang aus nicht gesehen werden konnten.

Ihre Helferin eilte mit geschürztem Gewand von der anderen Seite heran, über eine sonst nicht benutzte Treppe innerhalb der Mauer. »Im Palast geht etwas Merkwürdiges vor, Dama«, flüsterte sie aufgeregt. »Ich bin von einem verrückten Mann mit einem spitzen Gerät angefallen worden. Er stach von hinten auf mich ein, aber als die faulen Kerle von Wachen endlich herbeigeschlendert waren, war er über alle Berge. Allah beschütze uns vor solchen Männern! Sie taugen nur als Eunuchen!«

»Hat er auch noch andere gestochen, Constanza? Zeig mir bitte den Stich.«

»Hier?«, fragte das Mädchen und errötete. »Das geht nicht, Dama.«

Ymme verstand und lächelte. »Ach so. Und andere Opfer?«

»Vom Stechen habe ich nichts gehört, Dama. Aber in der Küche hat man den Fremden erwischt. Sie haben ihn hinausbefördert.«

»Und laufen gelassen?«

»Ja. Er war harmlos, haben sie behauptet«, berichtete Constanza. »Ich hätte ihn angezeigt. Im Viertel der Saqâlibah halten sie den Mann nämlich nicht für harmlos. Da soll er auch schon gewesen sein. Es ist ein Genuese, und wie die sind, weiß man ja.«

Jetzt wird es gefährlich, dachte Ymme. Das Ziel der Bande war tatsächlich der Palast. »Hast du gehört, wie es Bianca geht?«

»Bianca?« Constanza brach in Gelächter aus. »Die treibt ihren Eunuchen im Galopp durch die Palastgänge. Jemand hat ihr eine kleine Peitsche geschenkt, und sie weiß sie zu gebrauchen.«

»Wie gut«, meinte Ymme und stieß einen Seufzer der Erleichterung aus. Also doch nur Gerüchte. »Aber ich muss unbedingt mit Ihrer Erhabenheit sprechen, um sie zu warnen. Der Stecher wird nicht aufgeben.«

»Und warum hast du uns hier abgefangen?«, mischte Cornelius sich ins Gespräch.

Constanzas Gesicht verdüsterte sich. »Ihre Gemeinheit Jolanthe hat befohlen, dass ich ab sofort nicht mehr in Eurem Dienst stehe. Jetzt, da der Hochmeister abgereist ist, traut sie sich. Ich muss nun in der Küche die Essensreste zusammenkratzen und sie den Schweinen vorwerfen.«

»Schweine?«, vergewisserte sich Cornelius erstaunt.

»Sie. Vor allem sie. Sie ist ein Schwein«, ereiferte sich Constanza, die in ihrer Wut gar nicht genau zuhörte. »Eine rachsüchtige, eifersüchtige Sau.«

»Ganz ruhig, Constanza«, sagte Cornelius. »Ich wusste nicht, dass es im Palast Schweine gibt. Ich habe noch nie welche gesehen.«

»Langbeinige, eklige, schwarze Schweine, die jetzt bei den Vogelvolieren herumwühlen! Ihre Gemeinheit kündigte an, dass in Zukunft häufig braune Mönche zu Gast sein würden, und angeblich brauchen sie Schweinswürste, um sich wohl zu fühlen. Ich glaube aber nicht, dass Jolanthe sich auch nur einen Deut darum schert, was die Kuttenträger brauchen. In Wahrheit wendet sie jede Tücke an, die ihr einfällt, um uns Muslime aus dem Palast zu vertreiben.« Constanza ballte erbittert die Fäuste.

»Gegen Jolanthes Befehle ist nichts zu machen«, murmelte Ymme mitleidig. Hermann von Salza befand sich auf Kreuzfahrt, wie alle, deren Hilfe man vielleicht hätte anrufen können. Naso, der der Kanzlei vorstand, würde sich wieder einmal der Gemahlin fügen. Sie seufzte und drückte Constanza fest an sich.

Sie hatten das Portal noch nicht erreicht, als Geschrei den sonst so stillen Palastgarten erfüllte. Constanza, die noch in Sichtweite war, kehrte zu Ymme zurück und schloss sich ihnen unauffällig wie eine junge Katze an.

Ein Palastwächter und ein Stallknecht bogen um die Ecke, einen abgerissenen Mann zwischen sich, der sich mit aller Kraft wehrte und schreiend zu entkommen suchte.

»Das ist er«, meinte Constanza entzückt.

»Lasst mich los!«, brüllte er in Panik.

Wie herbeigezaubert, stand plötzlich Girolamo Naso auf den Stufen zum Portal und schaute wie ein Feldherr von oben auf die Szene herab. Der Gefangene schien auf der Stelle beruhigt, als er ihn bemerkte.

»Meister Naso!«, rief der Stallknecht mit heller aufgeregter Stimme und brachte es fertig, sich tief zu verbeugen, ohne den Gefangenen loszulassen. »Entschuldigt den ungebührlichen Lärm vor Euren Räumen! Dieser Mann machte sich am Pferd Ihrer Erhabenheit zu schaffen.«

»Und?«, fragte Naso streng.

»Es trug eine winzige Wunde davon. Aber geblutet hat es kaum ...« Die Stimme des jungen Mannes ging noch mehr in die Höhe. Es war unüberhörbar, dass er ein schlechtes Gewissen hatte.

»Ein Versehen«, behauptete der Gefangene mit sonorer Stimme. »Ich bin gestolpert.«

Ymme stieß Cornelius an, aber er hatte auch schon bemerkt, dass sie den Maskierten aus der Höhle vor sich hatten. An ihm war nichts Besonderes, abgesehen davon, dass er ziemlich groß war. Er hatte Glück, dass sich kein ranghöherer Jurist im Palast befand, und er es nur mit Naso zu tun hatte.

Der Stecher schien sich dessen bewusst zu sein. Er grinste spöttisch über den Stallknecht, der einen Kopf kleiner war als er selbst und mit aller Macht seinen Arm umklammerte, als müsse er einen Löwen bändigen. Den Befehlshaber der Wache, der hinter dem Notar auftauchte, nahm er nur interessiert zur Kenntnis.

»Ich erwarte Eure Befehle, Notaio«, meldete Aitmisch respektvoll.

Ymme kroch ein ungutes Gefühl über den Rücken.

»Er hatte ein seltsames Werkzeug bei sich. Sollte man nicht eine Untersuchung anstellen, Meister Naso«, schlug der Stallknecht eifrig vor.

»Wer bist du eigentlich?«, fragte Naso mit abgrundtiefer Verachtung, wieselte die Treppe hinab und drückte dem Burschen behende seinen dürren Zeigefinger auf einen Nasenflügel, was diesen zwang, den Kopf abzuwenden.

Der Knecht gab einen überraschten Schmerzenslaut von sich. Als er freigekommen war, spiegelte sich in seinem Gesicht die Hoffnung, dass alles nur ein Irrtum war. »Ihr wisst es doch, Meister Naso«, stammelte er, »ich bin der Sohn Eures Nachbarn, dem Ihr oft und oft von Euren wichtigen Untersuchungen schwieriger Fälle berichtet habt. Deswegen dachte ich ...«

Der Stecher grinste über die Einfalt des Burschen.

»Deine Arbeit beschränkt sich darauf, für die Pferde zu sorgen«, sagte Naso kühl. »Für dein Versäumnis wirst du bestraft werden.«

»Recht so, Meister Naso«, warf der Stecher zufrieden ein. »Und jetzt schafft mir diese schrille Grille vom Hals, sie beleidigt mein Ohr.«

Nasos Aufmerksamkeit wandte sich wieder dem Gefangenen zu. Einen Augenblick sah er ihn nachdenklich an.

Aitmisch hörte auf, gelangweilt mit der Daumenkuppe über die Schneide seines krummen Säbels zu fahren, und hob erwartungsvoll die buschigen Augenbrauen.

»Der Eindringling wird wegen des Attentats auf das Pferd Ihrer Erhabenheit als Hochverräter mit dem Tod durch Hängen bestraft. Vorher reißt ihm die Zunge heraus wegen Störung des Palastfriedens.«

Einen Moment herrschte Stille vor dem Palast, dann bäumte sich der Gefangene auf. »Bruder Naso«, brüllte er mit sich überschlagender Stimme, »das kann Euer Ernst ...«

Ymme fuhr herum, drückte Constanzas Kopf an ihren Busen und hielt ihr die Ohren zu, während hinter ihrem Rücken das Gebrüll in ein ersticktes Röcheln überging. Sie sah, wie alle Farbe aus Cornelius' Gesicht wich, der die Szene vor der Treppe im Auge behielt.

»Stopft dem Kerl die Zunge zurück ins Maul und dann schleift ihn an den Füßen zu irgendeinem Baum und hängt ihn auf«, ordnete der Notar so sachlich an, als ob es um das Beseitigen eines Rattenkadavers ginge.

»Am Feigenbaum der Liebenden, Notaio«, bestätigte Aitmisch mit hörbarem Grinsen.

Zitternd sah Ymme über ihre Schulter zurück. Beim Anblick des Stechers, der sich grunzend auf dem Boden wälzte, über ihm mit gespreizten Beinen Aitmisch, dessen Hände ebenso blutverschmiert waren wie das Gesicht des Stechers, drehte sich ihr der Magen um. Sie konzentrierte sich darauf, nicht die Fassung zu verlieren.

Allmählich versiegten die unmenschlichen Geräusche.

Nur die Blätter der Bäume säuselten, während das Tau beschafft wurde, und einzelne Schmeißfliegen, dic ihr Opfer gefunden hatten, brummten. Selbst die Sarazenen, die schließlich das Tau um die Beine des Stechers schlangen, verständigten sich nur flüsternd. Als sie unter Aitmischs wachsamen Augen den Körper über den Plattenweg davonzogen, war der Notar längst im Palast verschwunden.

Gerade als Ymme ihre Knie wieder unter Kontrolle hatte, huschte eine schwarz vermummte Frau mit krummem Rücken hinter einem Palmenstamm hervor, hockte sich vor die Blutlache und rührte mit dem Zeigefinger darin herum. Hochbeglückt begann sie, mit spitzen Fingern Brocken von Blut und Staub auf ein Feigenblatt zu häufeln.

Der unausrottbare Glaube an Zauberkräfte, in Sizilien besonders blutrünstig! Ymme seufzte leise und schob Constanza vor sich her zum Eingang, der im Augenblick nicht bewacht war.

Das Mädchen war am wenigsten mitgenommen. »Merkwürdig, dass der Notaio den Mann auf einmal so hart bestraft hat«, wunderte sie sich.

»Was meinst du?«, fragte Cornelius.

»Er ist doch der Genuese, der mich gestochen hat. Aus der Küche hat Meister Naso ihn nur hinauswerfen lassen. Wo es aber um das Pferd Ihrer Gemeinheit geht, verliert er gleich sein Leben«, erklärte Constanza munter.

Um das Pferd war es wohl weniger gegangen. Naso hatte befürchtet, dass der Stecher reden würde. Es war so widerwärtig, dass Ymme es Constanza ganz bestimmt nicht erklären würde. »Du darfst nie wieder Ihre Gemeinheit sagen, auch nicht, wenn du glaubst, mit uns allein zu sein«, flüsterte sie stattdessen Constanza ins Ohr. »Du hast ja selbst gesehen, wie schnell jemand zu Tode befördert wird.«

»Was war vor dem Palast los?«, herrschte Jolanthe Ymme an, als ob sie für den Lärm verantwortlich sei.

Zu Ymmes Erleichterung hatte Jolanthe sie zu sich befohlen und ihr damit die Bitte um eine Audienz erspart. In der Wohnung angekommen, hatte Ymme nämlich festgestellt, dass auch Angelina und Stella verschwunden waren, mit allen ihren persönlichen Besitztümern.

»Ein Mann drang unbefugt in die Ställe ein«, berichtete Ymme widerwillig. »Notaio Naso hat den Mann wegen Hochverrats auf der Stelle hängen lassen. Eure Erhabenheit, meine beiden Dienerinnen ...«

Jolanthe, die während Ymmes Erklärung ihre Fingernägel bedächtig auf Länge und Schärfe überprüft hatte, ließ ihre Hand wie eine krallenbewehrte Tatze vorschnellen.

Ymme brachte ihr Gesicht in Sicherheit.

»Diese Pocken«, sagte Jolanthe, eiskalt lächelnd, »breiten sich offenbar aus. Jetzt, da ich wieder in Umständen bin, muss ich mich besonders schützen.«

»Ihr seid sicher, Eure Erhabenheit?«, fragte Ymme erfreut und erhob sich aus der knienden Stellung, in der sie sich ihrer Meinung nach ausreichend lange befunden hatte.

»Euch, Dama, geht das nicht das Geringste an«, entgegnete Jolanthe hochmütig. »Außerdem stehen Euch Zweifel an dem, was ich sage, nicht zu.«

»Nein, Eure Erhabenheit«, murmelte Ymme und zog sich zwei Schritte zurück.

»Im Gegensatz zu meinem Ehemann pflege ich mich nicht mit Ungläubigen und Ketzern zu umgeben. Als allerletztes würde mir einfallen, mein ungeborenes Kind, das den Odem des Heiligen Geistes in sich trägt, in die Hand einer Exkommunizierten zu geben.«

Du Schlange, dachte Ymme grimmig, während sie sich zwang, der Königin ihre ungeteilte Aufmerksamkeit zu widmen. Sie verstand zunehmend weniger, warum sie überhaupt gerufen worden war.

»Man hat mir berichtet, dass Ihr Euch einige Kenntnisse über Pocken erworben habt, Dama, ob durch Zauberei oder durch Vermittlung der Ungläubigen, will ich hier nicht näher untersuchen.«

Das war dreist, fand Ymme und neigte dankend den Kopf, wie es von ihr erwartet wurde.

»Was muss ich also tun, um den Pocken zu entgehen?«

Ymme holte tief Luft. Jetzt keine Fehler machen! Möglicherweise würde Jolanthe gnädig sein und ihr Angelina und Stella zurückschicken, um sie für einen guten Rat zu belohnen. »Das beste Mittel ist immer die Flucht vor der Krankheit, Eure Erhabenheit. Sich auf keinen Fall dort aufhalten, wo die Menschen schon Pocken haben könnten, noch ohne es zu wissen: auf Märkten, in Basaren, zum Beispiel ...«

Jolanthe starrte sie mit offenem Mund an, bevor sie sich fasste. »Meint Ihr etwa hier in Palermo, Dama, wo die kaiserliche Residenz liegt?«

»Ja, alle Stadtviertel, Eure Erhabenheit«, bestätigte Ymme.

»In die Basare gehe ich sowieso nicht, dort verkaufen sie nur Tand«, sagte Jolanthe wegwerfend. »Schmuck und Seide lasse ich mir von den Juden aus Trani kommen.«

»Das fördert die Gesundheit sehr«, stimmte Ymme zufrieden zu. »Es wäre in der Tat am besten, wenn Eure Erhabenheit sich ausschließlich im Palast und im Palastgarten aufhalten würde.«

»Und die Heilige Messe?«

An die Messe hatte sie dummerweise überhaupt nicht gedacht. Ymme fühlte sich ertappt und sank erneut auf ein Knie, während sie nachdachte. Konnte man die Ehefrau des Königs unter den Augen des himmlischen Herrn im Palast abschirmen lassen, als ob man an Seinen Schutz nicht glaubte? Leider musste es sein. »Die Vorsichtsmaßnahmen betreffen auch den Besuch der Messe in der Kathedrale«, sagte sie teilnahmsvoll.

Jolanthe starrte sie mit vorgerecktem Hals ohne zu blinzeln an und nickte mehrmals nachdrücklich. »Das ist es also«, zischte sie. »Beim Kreuz unseres Herrn auf Golgatha! Jetzt bin ich Euch auf die Schliche gekommen, wie Ihr Euch mit Satans Hilfe als Versucher betätigt! Der Heilige Vater in Rom hat ja so Recht, wenn er die medizinischen Künste der Ungläubigen als Teufelswerk ablehnt. Diese Ketzerei wird ein Nachspiel haben, das schwöre ich Euch, Dama!«

»Seine Eminenz würde bestimmt bereit sein, für Euch allein in der Palastkapelle die Messe zu halten, Eure Erhabenheit«, versuchte Ymme zu retten, was zu retten war, obwohl sie nicht aus ganzem Herzen an ein solches Entgegenkommen des Erzbischofs glaubte.

Aber Jolanthe war nicht zu besänftigen, sie schnippte herrisch mit den Fingern. Der wachhabende Eunuch riss Ymme unsanft in die Höhe und zerrte sie aus dem Gemach. Nur nicht zu Aitmisch, dachte Ymme in Panik und wehrte sich mit aller Macht.

22.
Die Verschwörer

Girolamo Naso beobachtete die Königin einen Augenblick, während er in seinen zierlichen Stiefelchen langsam über die Türschwelle trippelte. Sie stand am Fenster, die Zähne in die Unterlippe gegraben, und betrachtete Palermo, als hätte sie persönlich es erobert. Aber sie wollte natürlich mehr, sie wollte die Anerkennung als Kaiserin.

Als verzogenes, unnützes Weibsbild war sie aus Akkon gekommen, aber das war lange her. Seither hatte sie sich ihre eigene Hausmacht aus intriganten Bediensteten geformt und war gefährlich geworden wie eine Kreuzotter.

Mit einem stillen Seufzer ließ Naso sich auf die Knie sinken und begann zu kriechen, bescheiden und unsichtbar wie ein sizilianischer Pipistrello in der Dämmerung.

»Ist es nicht ein wenig umständlich, mit Dokumenten im Arm zu kriechen, Naso? Ihr seid doch wohl keine Schildkröte?«

Jolanthe lachte herzhaft, und der Notar sah bestürzt zu ihr auf. Nie konnte er unterscheiden, ob sie einfach gut gelaunt war oder ihn auslachte. Doch er gestattete sich im Moment keine Hassgefühle und lächelte gezwungen, während er sich an ihrem Gebetspult in die Höhe zog.

»Eure Erhabenheit«, begann Naso leise und lud die Rollen auf der kupfernen Platte des Tischchens ab, das der Eunuch eilends herbeigeschafft hatte.

»Schön, schön«, sagte Jolanthe und musterte die Rollen neugierig. »Habt Ihr alles beisammen, was mein Vater wünscht?«

Der Notar legte seine krummen Finger um eine besonders dicke Rolle. »Dies ist die Wichtigste. Sie enthält die Pläne sämtlicher Kastelle und Burgen aus normannischer Zeit mit allen ihren Verteidigungsanlagen. Damit hält Euer Vater die Insel Sizilien so gut wie in der Hand.«

»Die Insel«, wiederholte Jolanthe naserümpfend. »Was soll das heißen? Mein Vater wird von Rom aus das wenigstens einigermaßen zivilisierte Sizilien auf dem Festland erobern! Glaubt Ihr, mein Ehemann hielte sich ohne Grund lieber dort auf? Wo ist der Plan von Foggia?«

Naso verbeugte sich tief. »Ich weiß, ich weiß, Eure Erhabenheit. Doch die Pläne von Foggia sind nie nach Palermo gekommen, sondern gleich in der kaiserlichen Kanzlei archiviert worden. Wir bewahren hier nur noch die Pläne aus normannischer Zeit auf, wie ich schon sagte.«

Jolanthe schäumte vor Wut. »Der Heilige Vater und der meinige verlassen sich auf mich, und Euch sollte es eine Ehre sein, Naso! Stattdessen ...«

»Es tut mir Leid«, flüsterte Naso.

»Hebt Eure Gefühle für später auf!«, herrschte Jolanthe ihn an. »Jetzt schreibt Ihr umgehend eine Mitteilung an meinen Vater Jean de Brienne. Einziger Inhalt: alle anderen Pläne befinden sich in Foggia! Bestimmt hat er dort jemanden, der in seinem Dienst steht. Dann sucht Ihr den Mönch auf und schickt ihn unverzüglich nach Rom. Es darf keine Zeit mehr vertan werden! Die Schlüsselsoldaten werden sich in Marsch setzen, sobald das letzte Schiff des Kaisers aus Brindisi ausgelaufen ist. Man kann vom Befehlshaber der Schlüsselsoldaten nicht verlangen, dass er die Mauern von Foggia umkreist, weil er die Pläne nicht rechtzeitig in die Hand bekommen hat. Was denkt Ihr Euch eigentlich dabei!«

»Sehr wohl, Eure Erhabenheit«, murmelte Naso unterwürfig. »Ich gebe jedoch zu bedenken, dass der Mönch Jacopo keine persönlich adressierten Briefe mit sich führen sollte. Er wurde wegen seines ausgezeichneten Gedächtnisses als Bote ausgewählt ...«

»Mir gleich, weswegen er ausgewählt wurde! Macht es, wie ich befehle!« Jolanthe gelang es nur mit Mühe, die Beherrschung nicht zu verlieren. »Wenn Ihr Euch nun endlich bewegen würdet!«, zischte sie.

Naso verneigte sich resignierend und nahm behände die Dokumente wieder an sich. Mit der Nase fast über dem Teppich erreichte er rückwärtsgehend die Tür.

Draußen hämmerte er sich mit der Faust gegen die Stirn, bis er seinen übermächtigen Zorn so weit gezügelt hatte, dass er in die Kanzlei zurückkehren konnte.

Ymme stand am Fenster ihrer Wohnung und versuchte den Weg in die Berge auszumachen, auf dem sie vor einigen Wochen geflohen waren. Das war in der heißesten Jahreszeit gewesen, und sie hatten es gemeistert. Immer öfter kamen ihr Zweifel, ob es klug gewesen war, freiwillig zurückzukehren. Vor allem als der Palastwächter sie aus Jolanthes Gemach gezerrt hatte, war ihr klar geworden, wie schutzlos sie in Wahrheit waren. Der Kaiser war fort, und Jolanthe kümmerte sich nicht im Geringsten um seine Befehle. Wenn ihr einfiele, Aitmisch auf sie und Cornelius loszulassen, wären sie im nächsten Augenblick tot.

»Sieh mal«, sagte Ymme zu Cornelius. »Girolamo Naso rennt durch den Garten, als sei der Leibhaftige hinter ihm her.«

»Könnte ich mir ohne weiteres vorstellen«, stimmte Cornelius zu und erhob sich vom Bett. »Hoffentlich bekommt er ihn.« Er stellte sich zu Ymme ans Fenster und legte den Arm um ihre Taille.

Der Notar drückte einen der Körbe an sich, wie man sie zum Einkaufen benutzte, aber er ging nicht auf dem Weg, sondern huschte von einer Palme zur anderen, die den Weg bis zum ersten Teich säumten.

»Gesehen werden möchte unser Notaio nicht«, stellte Cornelius belustigt fest. »Aber Granatäpfel wird er trotzdem nicht stehlen wollen. Ich schlage vor, wir machen ebenfalls einen kleinen Spaziergang im Garten.«

Warum nicht? Sie kamen gerade noch rechtzeitig, um den Notar in Richtung auf das bergseitige Tor verschwinden zu sehen, das der Tross beim Umzug des Haushalts in die Zisa benutzt hatte.

Cornelius hakte Ymme unter, machte kehrt und wanderte mit ihr in bemerkenswerter Geschwindigkeit zur Treppe zurück und dann um den Palast herum zum vorderen Eingang. Ymme spürte, dass er sich unter den Augen der Wachen zwingen musste, ruhig zu wirken.

Endlich befanden sie sich am Fuß der Mauer, wo sie vom Palast aus nicht gesehen werden konnten. Cornelius hielt Ymme zurück und spähte um die Ecke.

»Was machen wir hier?«, erkundigte sie sich.

»Ein Mann, dessen Welt die Kanzlei ist, spaziert auch mit einem Korb nicht am Spätnachmittag in die Orangenhaine von Palermo«, antwortete Cornelius grinsend. »Wetten, dass er gleich hier vorbeikommt?«

Das Jagdfieber hatte ihn gepackt. Aber meistens hatte er Recht.

Nach einer Weile trippelte der Notar heran. Es fiel ihnen nicht schwer, ihm in einigem Abstand zu folgen. Auf dem Platz vor der Kathedrale, der im gleißenden Sonnenlicht lag, wurde er von einer bettelnden Frau angesprochen, die er ungeduldig beiseite schob. Bald darauf, in gehöriger Entfernung zum Palast, wechselte er die Straßenseite und tauchte in die engen Gassen ein, die zum Suq führten.

»Er wirkt nervös, irgendwie überdreht«, sagte Ymme leise, während sie den Mann beobachteten, wie er auf Zehenspitzen in eine Marktstraße hineinspähte, die sich nach der Mittagspause gerade zu beleben begann. »Wenn er mir mit dem kleinen schwarzen Büchlein droht, tut er ungeheuer souverän. Ich vermute, jetzt hat er Angst.«

»Es ist nicht zu übersehen, dass er nach jemandem sucht«, merkte Cornelius an.

Auf dem Platz vor den beiden Kirchen der Griechen von Palermo hätten sie ihn beinahe im Marktgewühl aus den

Augen verloren. Plötzlich aber sprang der Notar auf die erhöhte Fläche zwischen San Cataldo und der dell' Ammiraglio und zerrte einen dort sitzenden Mönch mit festem Griff an der braunen Kapuze in die Höhe.

Der Franziskaner hörte ihm mit verdattertem Gesichtsausdruck zu. Kurz danach klapperte er die Treppe herab und machte sich in Richtung zur Porta dei Patitelli, die zum Hafen führte, davon, während der Notar einen anderen Weg einschlug. Jetzt zeigte er wieder das würdige Verhalten, wie es seinem Amt entsprach, und allein aufgrund seines hocherhobenen Kinns und seiner verächtlichen Miene, machten ihm die einkaufenden Palermer Platz.

»Vermutlich hat er den Mönch als Boten zu jemandem geschickt, den er irgendwo treffen will«, meinte Cornelius nachdenklich. »Das ist ja interessant ...«

»Es ist ganz schön unverschämt von den Mönchen«, sagte Ymme, »vor den Kirchen der Byzantiner herumzulungern. Gerüchte und Beunruhigung, das sind ihre Aufträge. Und findest du es nicht auch bemerkenswert, dass Naso sowohl mit den Maskierten als auch mit den Bettelmönchen in Verbindung steht? Möglicherweise ...«

Cornelius unterbrach sie. »Du solltest in den Palast zurückgehen«, sagte er hastig. »Ich glaube, ich kenne den Ort, an dem sie sich treffen wollen. Wenn ich mich beeile, bin ich vor ihnen in Sant' Antonio Abate. Wenn ich mich irre, habe ich eben Pech gehabt.«

Ymme schüttelte unnachgiebig den Kopf.

Durch die halbrunde Fensteröffnung drang der Ruf des Muezzins zum Nachmittagsgebet nur gedämpft herein.

»Wo wurdest du eigentlich niedergeschlagen?«, erkundigte Ymme sich.

Cornelius zeigte auf das Ende des Kirchenschiffs, wo die Trümmer der dritten Kuppel einen unübersichtlichen Haufen bildeten. »Die Mönche haben mich wohl für einen neugierigen Seemann gehalten«, meinte er.

Ymme lachte leise und betrachtete eine zerbröselnde Zeile in arabischer Schrift. Wieder verging einige Zeit. Sie wollte gerade eine Bemerkung darüber machen, dass sie an diesem staubigen, sonnendurchglühten Ort lange genug gewartet hatten, um sicher zu sein, dass es der falsche war. Da hörte sie Stimmen.

Cornelius, der am Rande einer zwischen der Kuppel und dem Kirchenraum eingezogenen Decke lag und nach unten spähte, gab heftig Zeichen mit der Hand. Ymme kroch vorsichtig zu ihm hin. Man konnte nicht wissen, ob der Bretterboden unter ihnen nicht plötzlich nachgab. Wahrscheinlich war er ohnehin nur eingezogen worden, um die Gläubigen einer vergangenen Zeit vor herabstürzenden Mosaiksteinen oder Mörtelbrocken zu schützen.

Gerade unter ihnen war Naso im Begriff, seinen Korb auszupacken, er häufte Schriftrollen auf einen wackeligen, verstaubten Tisch. Neben ihm stand Bruder Jacopo und hinter beiden einer der Verschwörer in schwarzer Kapuze, Mantel und Handschuhen.

Sehr merkwürdig, dass nur er maskiert war. Oder musste seine Identität vor Jacopo geheim bleiben, weil dieser ihn nicht kennen sollte? Wahrscheinlich eher das. Auf jeden Fall hatten sie den endgültigen Beweis, dass Naso mit beiden Bruderschaften zu tun hatte, und das versetzte Ymme in Höchstspannung.

»Aus Gründen, die ich nicht näher erläutern werde«, begann Naso hochmütig, »eilt es. Spute dich, mit diesen Plänen nach Rom zu gelangen, Bruder Jacopo, und lass dir nicht einfallen, irgendwo länger Rast einzulegen. Mit Hilfe einer kleinen Unpässlichkeit, etwa.«

Es war ihm also nicht entgangen. Ymme presste die Lippen aufeinander, um nicht zu lachen.

»Damit du verstehst, wie ernst die Lage ist, habe ich einen der schwarzen Brüder herbefohlen. Bisher hast du lediglich Botschaften vom Bruder zur rechten Hand erhalten. Die Bruderschaft ist, wie du weißt, entschlossen, Palermo der Hand des Antichrist zu entreißen. Wer sich in diesem Kampf als unzuverlässig erweist, wird ausgelöscht.«

Nasos in gleichmütigem Plauderton vorgetragene Drohung wurde unterstrichen durch den schwarzen Bruder,

der eine Schnur zwischen den Händen zu wirbeln begann.

Das sirrende Geräusch ließ Bruder Jacopo um die eigene Achse schnurren, und es dauerte eine ganze Weile, bis er imstande war, sich zu bekreuzigen. »Ich war immer zuverlässig«, brachte er mit heiserer Stimme hervor.

Der Notar war mit der Wirkung offenbar zufrieden, da er sich ohne Umschweife wieder den Rollen zuwandte. Der schwarze Bruder versteckte die Henkerschlinge im Ärmel und stand so unbeweglich hinter ihnen wie zuvor.

»Bruder Jacopo, du wirst«, befahl Girolamo Naso, »den Befehlshaber der Schlüsselsoldaten aufsuchen, ihm diese Dokumente übergeben und Folgendes mitteilen: Ich, Girolamo Naso, oberster Notar der königlichen Kanzlei zu Palermo, lasse dem König von Jerusalem, Jean de Brienne, meine untertänigsten Grüße übermitteln und versichere ihn meiner ewigen Treue zum Heiligen Vater in Rom, zur Kurie und zu allem, was dem Sieg der Christenheit dient. Wiederhole es, Bruder Jacopo.«

Gehorsam sprach der Mönch den Text fehlerfrei nach. Er hatte wirklich ein gutes Gedächtnis, fand Ymme.

Der Notar nickte und fuhr fort: »In diesem Sinne habe ich, Girolamo Naso, in sorgfältigster Arbeit alles zusammengetragen, was zum Zwecke der raschen Einnahme der Kastelle der Insel Sizilien notwendig zu wissen ist. Die Beschriftung der sarazenischen Baumeister ist ihm möglicherweise unverständlich; wo es notwendig ist, habe ich übersetzt und außerdem bei jeder Zeichnung die Größe der ständigen Besatzung angegeben. Ich küsse Jean de Brienne die Hand in Dankbarkeit und erlaube mir hinzuzufügen, dass es mein sehnlichster Wunsch wäre, nach der Eroberung Siziliens die ehemalig kaiserliche Kanzlei in Foggia zu übernehmen, um dem Heiligen Vater in Rom näher zu sein.«

Ymme war zutiefst empört über Nasos Verrat. Man musste sofort etwas unternehmen, um ihn aufzuhalten. Sie packte Cornelius am Arm.

Ein Klumpen Mörtel, verbacken mit Stroh und Spinnweben, löste sich vom Rand des Zwischenbodens und segelte nach unten. Ymme biss sich vor Schreck auf die Unterlippe. Als der Brocken auf dem Mosaikboden gelandet war, ließ sie ihren Blick vorsichtig umherschweifen.

Der Notar und der Mönch waren in die Rollen vertieft und hatten nichts bemerkt. Aber dem maskierten Bruder blickte sie geradewegs in die aufmerksamen hellbraunen Pupillen.

Ymme erstarrte. Gleich würden sie beide durch seine Henkerschlinge sterben. Erfüllt von tiefer Hoffnungslosigkeit schloss Ymme die Augen und wartete wie betäubt auf den Alarmruf. Oder würde der Mörder lautlos auf der Leiter nach oben kommen?

Beinahe hätte sie aufgeschrien, als Cornelius ihre schweißnasse Hand umklammerte. Sein Finger deutete nach unten.

Die Verschwörer hatten die Durchsicht der Rollen abgeschlossen. Der Notar rollte den letzten Plan raschelnd zusammen und verschnürte ihn mit einem Lederbändchen. Der schwarze Bruder wartete, wie vorher, mit gesenktem Kopf still im Hintergrund. Als die Männer schweigend und leise das Kirchenschiff verlassen hatten, konnte Ymme die Tränen der Erleichterung nicht mehr zurückhalten.

»Andrea?«, fragte Ymme ungläubig, als sie sich wieder gefasst hatte. »Er kann es nicht gewesen sein. Andrea weiß, dass wir keine Parteigänger des Papstes sind, auch wenn wir unsere Differenzen mit dem Kaiser hatten. Er hätte Alarm geschlagen ..., Alarm schlagen müssen.«

»Er hat dich erkannt«, beharrte Cornelius. »Er vertiefte sich lange genug in deine wunderschönen blauen Augen, um zu erkennen, wem sie gehören. Sie sind ihm ja nicht fremd. Andrea ist außerdem der einzige schwarze Bruder, der uns bisher schon beschützt hat.«

Ein unglaublicher Gedanke schoss Ymme durch den Kopf. »Glaubst du, dass er möglicherweise ...«

Cornelius nickte. »Ich glaube es. Der Mann unterwandert die Bruderschaft. Das ist die einzige Erklärung, die einen Sinn ergibt. Er muss in irgendjemandes Diensten stehen, der dem Kaiser treu ist. Und dieser jemand muss auch das Lösegeld für uns gezahlt haben.«

Ymme lächelte verloren. »Ein hübscher Gedanke. Ich wünschte, wir wüssten, wo Andrea zu finden ist, damit wir uns bei ihm bedanken können.«

»Nein, Ymme«, sagte Cornelius kopfschüttelnd, »nun bist du zu naiv. Wir befinden uns mitten in einem Kampf, der mit brutalen Mitteln zwischen dem weltlichen Herrscher und dem geistlichen Führer des Abendlandes ausgetragen wird. Dass jemand nebenher uns am Schopf aus dem Sumpf zieht, ist ehrenwert, aber letzten Endes nur Nebensache. Vielleicht hat der Auftraggeber schon längst vergessen, was er Andrea aufgetragen hat.«

»Das glaube ich nicht«, erwiderte Ymme heftig. »Dazu haben sie viel zu viel Mühe mit uns.«

»Das stimmt allerdings«, gab Cornelius verstimmt zu und half Ymme auf.

»Ich gebe ja zu, dass es meine Schuld war«, bekannte Ymme versöhnlich, als sie Augenblicke später bei beginnender Dunkelheit auf die Gasse traten.

»Ja, ja«, murmelte Cornelius.

»Was ist jetzt? Ich habe mich entschuldigt, Cornelius!«

»Ich habe es gehört. Ymme, ich muss so schnell wie möglich zum Kaiser. Der Notar Naso ist der wichtigste Mann im Palast, sein Gehirn gewissermaßen, wenn der Kaiser abwesend ist. Und Aitmisch hat er sich gekauft oder auf andere Weise gefügig gemacht. Die beiden haben den Palast in der Hand, die Wache wird ihn nicht verteidigen.«

Ymme nickte. Außer ihnen stand niemand im Palast auf Friedrichs Seite.

»Naso ist jetzt offen als Handlanger von Jean de Brienne hervorgetreten. Der Kaiser muss erfahren, dass Gregor den Palast von Palermo hinter seinem Rücken schon erobert hat. Das Fehlen der Archivdokumente ist der untrügliche Beweis für Nasos Verrat.« Cornelius blieb stehen und fasste Ymme bei den Händen, um ihr in die Augen zu sehen. »Du musst ein paar Tage ohne mich auskommen.«

»Ja, natürlich«, stimmte sie zögernd zu. »Wie abscheulich, dies alles! Der Heilige Vater, der in aller Welt von den Gläubigen Geld sammeln lässt, unterstützt damit nicht die Pilger, sondern bezahlt eine Armee, die Sizilien erobern soll. Und dafür nutzt er die Abwesenheit des Kaisers, der mit einem zu kleinen Heer in das Heilige Land zieht, weil Rom verhindert hat, dass ausreichend Pilger dem Aufruf zum Kreuzzug folgen ... Die Summe aus Innozenz und Gregor ist so atemberaubend schrecklich, finde ich, dass man sich auf der Stelle für einen anderen Glauben entscheiden möchte.«

»Nur gut, dass hier niemand Plattdeutsch versteht«, sagte Cornelius lächelnd und küsste ihr die Hände.

»Die Sprache von Ketzern wird überall verstanden.«

Ymme schnellte herum. Vor ihr stand Bruder Leonardo.

Der Mönch suhlte sich in der Genugtuung, sie beide hier überrascht zu haben. »Mein ist die Rache, spricht der Herr«, verkündete er mit unverkennbarer Vorfreude.

»Zweifellos«, stimmte Cornelius höflich zu, »obwohl ich mir den Herrn nicht rachsüchtig vorstellen kann. Eher schon einen Sizilianer. Seid auch Ihr Sizilianer, Bruder?«

Leonardo beachtete ihn nicht, er hatte nur Augen für Ymme.

»Er meint immer sich selber, Cornelius«, bestätigte Ymme und schüttelte den Gedanken an den schaurigen Tod des Genuesers ab. »Wenn er etwas vorhat, das die Grenzen des Erlaubten überschreitet, schiebt er den Herrn im Himmel vor.«

Leonardo trat so dicht an Ymme heran, dass sie seine heftigen Atemstöße auf ihrer Stirn spüren konnte. Sie schenkte ihm ein strahlendes Lächeln. Widersetzlichkeit schien auf ihn wie Öl im Feuer zu wirken, er loderte vor Zorn.

»Im Interregnum des Antichrist«, zischte er, »ist der Vater ein zorniger, unbarmherziger Gott! Seine Sense wütet nicht nur unter den Ketzern, sondern sogar unter den Guten und Gläubigen, die sich auf der falschen Seite befinden!«

»Aber Ihr befindet Euch zweifellos auf der richtigen Seite«, sagte Cornelius sarkastisch.

»Leg dich nicht mit ihm an«, warnte Ymme leise. Plötzlich empfand sie Furcht, weil der Mönch so unmittelbar wieder aufgetaucht war.

Aber Bruder Leonardo ließ sich durch Cornelius nicht reizen. Er entblößte seine Zähne zu einer wissenden Grimasse, schürzte die Kutte und trabte los. Seine Sandalen klapperten auf den Balate, und die wenigen Passanten drückten sich erstaunt an die Hausmauern, um seinen ausladenden Ellenbogen zu entgehen.

»Jetzt ist er wirklich verrückt geworden! Was, um Himmels willen, meinte er?«, fragte Ymme beunruhigt. »Diesmal ging es ihm wohl kaum darum, nur seine Rache für das Mus anzukündigen.«

»Joachim von Fiore bemüht man in der Tat eher für den Weltuntergang«, sagte Cornelius zustimmend.

Ymme schauderte es. Weltuntergang. Wusste man, ob die Anhänger des Joachim nicht doch Recht hatten? Bedrückt und in tiefem Schweigen kehrten sie zum Königspalast zurück.

Bruder Leonardo hatte früher als der Palast Kenntnis von der schlimmen Kunde gehabt, die ein Bote des Kaisers am nächsten Morgen überbrachte. Was er gemeint hatte, verstanden Ymme und Cornelius, als durch den Palast Gerüchte von einer tödlichen Erkrankung schwirrten, die fast alle Pilger dahingerafft haben sollte, die sich um den Kaiser sammelten.

Kurz nachdem Cornelius sich bei einem der Priester, die zum Stab des Kardinals gehörten, nach Einzelheiten erkundigt hatte, wurde Ymme zu ihrem Erstaunen zu Jolanthe gerufen.

In der Aufregung, die in den Gemächern Ihrer Erhabenheit herrschte, wurde Cornelius von dem an der Tür stehenden Eunuchen nicht abgewiesen. Dicht hinter Ymme sank er vor Jolanthe zu Boden, die sie mit allen Zeichen der Ungeduld erwartete.

»Unter den Pilgern ist ein schreckliches Fieber ausgebrochen«, erklärte sie mit Genugtuung. »Der Herr sendet ein deutliches Zeichen, wie unwillkommen ihm dieser unselige Kreuzzug ist, findet Ihr nicht auch, Dama?«

»Ich wusste nicht, Eure Erhabenheit, dass dem Herrn ein Kreuzzug unwillkommen ist«, antwortete Ymme aufrichtig. »Seit dem Heiligen Vater Innozenz III. haben alle Päpste dazu aufgerufen. Haben sie sich geirrt?«

»Mit Euch kann man nicht vernünftig reden, Ihr seid ja eine Ketzerin. Ich vergaß es, weil ich nicht gewohnt bin, mir Ketzer als Dienstleute aufzwingen zu lassen.« Jolanthe wandte sich ab, rauschte erregt bis zur Stufe des Badebeckens und zurück zu Ymme.

Ymme nahm schweigend hin, dass Jolanthe ihr absichtlich den spitzen Schuh ins Knie stieß, und sah mit stoischer Miene zu ihr auf, um sie nicht zu reizen. Bereits bei ihrer ersten Schwangerschaft hatte sie schon Kleinigkeiten genutzt, um noch ausgiebiger als sonst Rache zu üben.

»Ich würde Euch am liebsten hier zurücklassen, Dama«, fauchte Jolanthe, »aber dann geriete nur ich in Gefahr, nicht wahr? Dann schon besser wir beide! Außerdem seid Ihr auf diese Weise verantwortlich dafür, dass ich das Fieber nicht bekomme!«

Du lieber Himmel, dachte Ymme, der Kaiser wird doch seine schwangere Frau nicht zu den Fieberkranken rufen! Oder war er selbst zu solchen Experimenten bereit?

»Werden wir nach Brindisi reisen, Eure Erhabenheit?«, meldete Cornelius sich mit ruhiger Stimme zu Wort.

Einen Augenblick sah es so aus, als ob Jolanthe ihre Gehässigkeit jetzt über ihn ausschütten würde. Aber er war ein gut aussehender Mann. Ymme konnte genau verfolgen, wie Jolanthes Interesse an ihm plötzlich erwachte.

»Der Kaiser befiehlt mich und die Dama nach Otranto, aber Ihr dürft mich gerne begleiten, Cavaliere.«

Das war also der Grund, warum Jolanthe sie hatte rufen lassen.

»Ich werde Dokumente zu unterschreiben haben«, erwähnte Jolanthe nachdenklich genug, um Ymme aufhorchen zu lassen.

Es war selten, dass Jolanthe sich nicht in Szene setzte, aber im Augenblick schien sie ernsthaft darüber nachzudenken, was diese Anweisung zu bedeuten hatte. Offensichtlich standen sie mit dem Fieber in Zusammenhang.

»Eure Erhabenheit, hat der Bote berichtet, um welches Fieber es sich handelt?«, wagte Ymme zu fragen.

Jolanthe zuckte mit den Achseln. »Nein. Aber Tausende von Pilgern sind schon gestorben. Im Vatikan spricht man offen darüber, dass der Kaiser Brindisi als Treffpunkt gewählt hat, weil diese Gegend für ihr Fieber bekannt ist und auf diese Weise verborgen bleibt, dass er nicht genügend Schiffe hat bauen lassen.« Sie lachte leise.

Die Gehässigkeit gegen ihren eigenen Ehemann war nicht zu überhören.

»Dann habt Ihr also einen zweiten Boten aus Rom empfangen, Eure Erhabenheit?«

»Ja, gewiss«, antwortete Jolanthe, um erst hinterher zu bemerken, dass diese Antwort unklug war. Sie starrte Cornelius forschend an, aber seine harmlose, ehrliche Miene beschwichtigte offenbar ihren Argwohn. »Mein Vater erkundigt sich regelmäßig, wie es mir geht«, setzte sie hinzu.

»Wann werden wir aufbrechen, Eure Erhabenheit?«

»Wir segeln in drei Tagen, Cavaliere. Ihr werdet Euch in meiner Nähe halten. Einem christlichen Ritter ist mehr zu trauen als einem Sarazenen, mag er auch im Dienst meines Ehemannes stehen. Vielleicht sollte ich gerade darum vorsichtig sein«, murmelte Jolanthe und winkte sie mit dem Handrücken hinaus.

Ymme stand auf. Seite an Seite zogen Cornelius und sie sich zurück. Sie war dankbar, dass Jolanthe Cornelius mit auf die Reise nahm. Aber sie spürte auch einen Stich von Eifersucht. Jolanthe war zu allen Gemeinheiten fähig, vor allem auf einer langweiligen Seereise.

Dann begann sie zu überlegen, was sie für den Fall, dass Jolanthe von diesem Fieber ergriffen wurde, einpacken musste.

23.
Nusf-ed-Dunja, die *Halbe Welt*

Die Galeere des Kaisers lag schon im Hafen von Otranto, als das Schiff mit Jolanthe und ihrem Tross einlief.

Von nahem betrachtet, war die *Halbe Welt* groß wie mehrere Häuserblocks zusammen. Es war unmöglich, auf das Deck zu sehen, während die Feluke an der hohen Bordwand vorbeizog, um an der Pier anzulegen. Außer einigen Seeleuten, die beiläufig herunterspuckten, rührte sich dort oben nichts.

Dann wurde ihr Schiff vertäut und Ymme stand an der Reling bereit, aber Jolanthe ließ auf sich warten. War es wieder einmal der richtige Sitz der Kleidung, den die angeblich unfähige Teresina nicht in den Griff bekam, oder wollte Jolanthe einfach nur ihren Ehemann vor aller Welt brüskieren?

»Der Deutschordensmeister kommt«, flüsterte Cornelius ihr ins Ohr.

Ymme fand gerade noch Zeit, ihr Kleid zurechtzuzupfen, als der hohe Ordensritter schon an Bord trat, begleitet von Nicolaus von Hohenburg und einem Priester. Hermann von Salza blieb mit düsterer Miene vor ihr stehen, der Valet sank mit strahlendem Gesicht aufs Knie.

»Ich bringe keine guten Nachrichten«, verkündete der Ordensritter ernst. »Der Kaiser ist erkrankt. Ihr müsst es Ihrer Erhabenheit behutsam beibringen.«

»Hat er das Fieber, an dem die Pilger sterben?«, erkundigte Ymme sich erschrocken.

»Es sieht so aus«, antwortete von Salza abwägend. »Noch geht es ihm nicht sehr schlecht, aber das könnte sich schnell ändern. Der Landgraf von Thüringen, der Brindisi gesund verließ, ist gestern hier in Otranto gestorben. Das beste wäre, Ihre Erhabenheit Jolanthe würde alle Dokumente heute noch unterzeichnen. Für alle Fälle, gewissermaßen ...«

»Sie ist in Umständen ...«, begann Ymme zögernd. »Deshalb wäre es besser, die Dokumente herzubringen.«

Hermann von Salza runzelte die Stirn. »Ich verstehe nicht. Kann Ihre Erhabenheit nicht gehen? Oder wolltet Ihr damit sagen, dass der Kaiser ..., hm, in der Nähe seiner Frau nicht erwünscht ist?«

Ymme nickte kaum merklich.

»Warum denn nicht?«, erkundigte sich Nicolaus von Hohenburg treuherzig.

»Es gibt Krankheiten, die einen Menschen befallen, nachdem er sich in der Nähe eines anderen Kranken aufgehalten hat«, erklärte Ymme entnervt. »Es wäre daher klüger, Ihre Erhabenheit nicht in die Nähe eines Fieberkranken zu lassen.«

»Wenn dieser Mensch sich der gleichen Sünde schuldig gemacht hat wie der erste Kranke, mögt Ihr Recht haben, meine Tochter. Wir sündigen Menschen hier auf Erden vermögen jedoch nicht die Gründe unseres Herrn zu erkennen und wollen auch nicht versuchen, sie zu erforschen.«

Ymme sah den Priester, den sie bislang kaum beachtet hatte, mit einem Hauch von Erbitterung an. Ihre neu gewonnenen Erkenntnisse über die Pocken hatten ihre Einstellung zu manchen Erkrankungen grundlegend verändert, aber es war völlig sinnlos, einem Priester diese Zusammenhänge erklären zu wollen.

Der Ordensritter lächelte höflich, aber seine braunen Augen strahlten kaum Wärme aus, als er seinen Begleiter zurechtwies. »Vater, ich glaube nicht, dass es Euch zusteht, über die Sünden des Kaisers und seiner Gemahlin zu spekulieren.«

»Vor Gott sind alle gleich«, murmelte der Priester eigensinnig, aber darin erschöpfte sich sein Mut.

»Ihre Erhabenheit könnte das werdende Kind verlieren«, fuhr Ymme an den Ordensritter gewandt fort.

»Ich verstehe, wie Ihr es sehen müsst«, sagte Hermann von Salza. »Jedoch würde eine solche Verfahrensweise das Verständnis des Kaisers überfordern, zumal er derzeit völlig andere Sorgen hat. Der ganze Kreuzzug steht auf dem Spiel. Von den etwa siebzigtausend Pilgern ist mehr als die Hälfte gestorben. Ein bewaffneter Kampf ist nahezu unmöglich geworden ...«

Ymme knetete ihre Lippen zwischen den Fingern. »Ja, ich werde Ihre Erhabenheit unterrichten«, versprach sie schweren Herzens. »Wir machen uns so schnell wie möglich auf den Weg, sofern es mir gelingt, Ihrer Erhabenheit die Dringlichkeit zu erklären.«

Jolanthe erschien an Deck, kaum dass der Hochmeister auf den Kai gesprungen war, und sah ihm neugierig nach. »Welch ein abscheulicher kleiner Hafen! Man hätte einen schöneren aussuchen sollen. Was wollte er?«

Ymme unterrichtete sie davon, dass Eile geboten war und sie unverzüglich zur Galeere gebracht werden würden.

»Das Boot ist schon da«, verkündete Cornelius von der Reling her.

Jolanthe nahm die Erkrankung ihres Gemahls gleichgültig zur Kenntnis, aber das Ruderboot betrachtete sie beunruhigt. Ymme bemerkte, dass die kurzen Wellen des ständig bewegten Hafenwassers sie taumeln ließen und sie sich hilflos nach einer Stütze umsah.

»Ihr werdet mich beschützen, Cavaliere«, befahl Jolanthe mit ängstlicher Miene.

»Selbstverständlich, Eure Erhabenheit«, sagte Cornelius und sprang bereitwillig hinzu. Zu seinem Unbehagen schmiegte sie sich an ihn wie ein Fohlen an die Stute.

»Bitte, Cavaliere, Strickleitern sind mir ein Gräuel«, flüsterte sie.

»Würdet Ihr es wagen, mit mir gemeinsam abgefiert zu werden?«, erkundigte sich Cornelius nach einem prüfenden Blick über die Reling. Eigentlich war ihre Furcht lächerlich, aber es galt, diese junge Frau zügig und gefahrlos für das Kind zu ihrem Ehemann zu befördern.

Jolanthe sah ihn mit glänzenden Augen an und nickte.

Cornelius lächelte ihr ermutigend zu. Erst der Blick auf seine wütende Frau machte ihm bewusst, dass er Jolanthe auf den Leim gegangen war.

Auch der Seemann, der Cornelius – zur Sicherheit der kaiserlichen Gemahlin – mit einem Palstek um die Brust und weiteren Schlingen um die Oberschenkel verschnürte wie ein Ferkel, das zum Markt gebracht werden soll, grinste in sich hinein.

Gereizt packte Cornelius Jolanthe mit der einen Hand, stieg auf die Reling und gab den Seeleuten am anderen Tauende das Zeichen, sie hinunterzulassen. Sie drehten sich sachte in der Luft, über ihnen knarrte die Jungfer, durch die das Tau lief. Cornelius blickte nach unten: noch anderthalb Manneslängen bis zur Schaluppe.

Plötzlich ging es nicht weiter, irgendetwas hakte.

Jolanthes Lippen näherten sich seinem Ohr. »Wisst Ihr, Cavaliere, dass Euer Leben jetzt in meiner Hand liegt? Ich müsste nur laut hinausschreien, dass Ihr mich unziemlich anfasst.«

Cornelius sah ihr ins Gesicht. Ihre braunen Augen glitzerten erwartungsvoll. Sie war anscheinend naiv genug, zu hoffen, dass er um sein Leben flehen würde. »Zweifellos, Eure Erhabenheit. Und wisst Ihr, dass ich das Gleiche mit Euch tun könnte? Eine kleine Unachtsamkeit von mir, und Ihr entgleitet mir. Ihr würdet vermutlich mit dem Rücken auf der Relingleiste des Bootes aufschlagen. Eure Wirbelsäule würde mit einem Knacken brechen – Ihr wärt tot, vielleicht noch nicht sofort, aber in einigen Tagen oder Wochen. Und ganz bestimmt gelähmt ...«

Sie biss sich auf die Lippen und musterte ihn ungläubig. »Das würdet Ihr wirklich tun?«.

»Das würde ich.«

»Lasst mich sofort los!« schrie Jolanthe außer sich vor Wut und brachte es fertig, Cornelius' Lederwams mit kurzen heftigen Schlägen zu bearbeiten.

Jetzt packte er sie wirklich grob, um diese strampelnde Unvernunft nicht zu verlieren. Er war unendlich dankbar, als es den Seeleuten gelang, das Seil mit mehrmaligem Rucken wieder zum Laufen zu bringen, und der Mann in der Schaluppe Jolanthes Beine zu fassen bekam.

Ymme kletterte über die Strickleiter nach unten und nahm im Bug Platz, so weit entfernt von Jolanthe, wie es ging. Sie konnte sich nicht erklären, was Jolanthe so aufgebracht hatte. Jetzt, auf der kurzen Fahrt zur Galeere, lag nur noch ein leeres Lächeln auf ihren Lippen, und sie behandelte Cornelius, als sei er Luft.

»Was war denn los?«, flüsterte Ymme, während Jolanthe als Erste die *Halbe Welt* betrat, aber Cornelius, noch ganz atemlos von all dem Schieben und Stützen, blieb ihr die Antwort schuldig, weil das Empfangskomittee schon auf sie zu kam.

Ymme kannte keinen der Männer. An sie erging der Befehl des Kaisers, Jolanthe zu begleiten.

Kaiser Friedrich saß an einem breiten Schreibtisch und las in einer der zahllosen Pergamentrollen, die sich um eine halb volle Weinkaraffe häuften. Nachdem Ymme sich wieder hatte erheben dürfen, sah sie, dass sein Gesicht mäßig gerötet und von einem Schweißfilm bedeckt war; er nickte ihr zu, bevor er sich mit ausdruckslosem Gesicht an seine Frau wandte.

»Es geht um Verfügungen, die zu erlassen ich mich unter diesen Umständen entschlossen habe«, begann er mit etwas heiserer Stimme. »Ich hoffe, die Unannehmlichkeiten für Euch halten sich in Grenzen.«

»Unannehmlichkeiten? Ich habe auf der Fahrt Qualen gelitten«, behauptete Jolanthe.

Gottlob, dachte Ymme. Der Seegang war auszuhalten gewesen, aber immerhin bewegt genug, um Jolanthe von Cornelius fern zu halten.

»Der Preis dafür ist angemessen, denke ich«, fuhr Friedrich gleichgültig fort. »Für den Fall meines Todes verfüge ich, dass die Regentschaft von Jerusalem an Euch zurückfällt.«

»Und das Königreich Sizilien?«, fragte Jolanthe gierig.

»Geht an Heinrich über, das wisst Ihr.«

»Aber nach dem Vertrag mit dem Heiligen Stuhl darf er nicht gleichzeitig König von Sizilien und Kaiser des Reiches sein«, wandte Jolanthe entschlossen ein. »Mein Sohn muss Sizilien erhalten, und ich werde die Regentschaft bis zu seiner Volljährigkeit ausüben.«

Der Kaiser lächelte spröde.

Ymme sah in seinem Gesicht eine Mischung von Verachtung und Schmerz, die sie bestürzte.

»Gregor ist besessen von dem Gedanken, sich Sizilien einzuverleiben«, sagte Friedrich leise. »Glaubt Ihr wirklich, Jolanthe, Ihr würdet Eurem Vater, der wie ein Fettschwanz am obersten Lamm Gottes hängt, auch nur einen Tag widerstehen können? Ich fürchte, nach meinem Tod würdet Ihr als Erstes die Regentschaft über das Königreich Sizilien an ihn und damit an Gregor abtreten.«

Aus Jolanthes Gesicht wich alle Farbe und sie stolperte zu einem ungepolsterten Hocker. »Ihr seid ...«, keuchte sie, »wirklich der größte Feind des Heiligen Vaters, ein Ketzer ...« Sie schlug die Hände vor das Gesicht und schluchzte mitleiderregend.

Ymme ließ den Kaiser nicht aus den Augen. Er musste jetzt endlich von dem Verrat erfahren, aber wie?

Seine Erhabenheit hob unbewegten Gesichtes eine Glocke vom Tisch und klingelte. Ein jüngerer schwarz gekleideter Notar mit Schreibfedern und Siegellack betrat unverzüglich den Raum, als hätte er hinter der Tür gewartet.

»Unterzeichnet, Jolanthe!«, befahl Friedrich und schob ihr eine der Rollen hin.

Jolanthe wehrte sich nicht mehr. Tränenüberströmt griff sie nach der Feder und kritzelte ihre Unterschrift auf das Pergament, ohne es durchzulesen.

Die Zeit lief Ymme davon. Gleich würde Jolanthe das Schiff verlassen, und am nächsten Morgen würden sie zurücksegeln. Ihre Unruhe machte den Kaiser auf sie aufmerksam. Er sah sie an und hob die Augenbrauen.

Ymme sank zu Boden. »Eure Erhabenheit«, stammelte sie vor Aufregung. »In Palermo geht Schreckliches vor. Eine Bande von Verbrechern verbreitet absichtlich die Pocken, um die kaiserliche Familie auszulöschen. Sie breiten sich in der Stadt aus und haben den Palast bereits erreicht.«

Was den Kaiser normalerweise sofort interessiert hätte, schien ihn jetzt kaum zu berühren. »Die Künste des Morgenlandes, nehme ich an, obwohl es mir schwer fällt, überhaupt daran zu glauben«, sagte er müde.

Jetzt kam das Schwierigste. Ymme zitterte innerlich. »Nein, eben nicht«, widersprach sie. »Die Spur führt nach Rom. Der Notar Girolamo Naso gibt der Bande die Befehle. Außerdem tauscht er mündliche Botschaften mit dem Befehlshaber der Schlüsselsoldaten aus ... Die Franziskanermönche sind die Boten. Jüngst nahm einer die Pläne der Festungen von Sizilien mit nach Rom, Bruder Jacopo ...« Beim Anblick des Kaisers verließ Ymme der Mut. Seine Miene war Furcht erregend.

»Geht jetzt, Dama! Und solltet Ihr jemals wieder solche Anschuldigungen vorbringen wollen, schafft einen Beweis herbei!«

Schneller war Ymme noch nie aus einem Raum hinausgelangt. Das Gefühl der Erniedrigung ließ sie fast ersticken. Sie lehnte sich an eine Wand und versuchte Luft zu holen. Kaum nahm sie wahr, dass Jolanthe auf sie zuschoss. Erst eine gewaltige Ohrfeige brachte sie wieder zu sich.

»Ihr gehört auf der Stelle ertränkt!«, zischte Jolanthe und rauschte hinaus an Deck.

Die frische Luft, die durch die offene Tür hereinblies, tat gut. Ymmes Herzschlag beruhigte sich langsam. Trotzdem war sie dankbar, dass nach einer Weile Cornelius über das Schott stieg und hereinkam.

»Was ist geschehen?«, wollte er wissen. »Jolanthe schäumte vor Wut und hat sich auf der Stelle hinüberrudern lassen. Die Strickleiter hat sie wie ein Äffchen bewältigt.«

Jolanthe interessierte Ymme im Augenblick nicht. »Wahrscheinlich habe ich alles falsch gemacht«, bekannte sie. »Ich habe dem Kaiser von der Verschwörung erzählt, und er hat nichts davon geglaubt.«

»Hat er dich entlassen?«

»Nicht einmal das. Dann könnten wir wenigstens nach Hause und die ganze Geschichte vergessen. Was uns jetzt erwartet, ist vermutlich die Hölle.«

»Schlimmer als Sizilien im August kann es nicht werden. Und wir nehmen sie gemeinsam auf uns.« Cornelius nahm Ymme in den Arm.

»Einen Beweis hat er von mir verlangt«, murmelte Ymme in seine Achselhöhle hinein. »Ich verstehe nicht, warum. Er schließt aus, dass ich Recht habe, aber auf der anderen Seite tut er so, als ob er sich möglicherweise doch überzeugen lassen würde.«

»Eigenartig, ja. Wir werden später darüber nachdenken. Jetzt gehen wir an Deck, und ich sehe mich nach einem Boot um, das uns zurückrudert.«

Ungeduldig beobachteten sie, wie die Jolle von zwei unwilligen Seeleuten zu Wasser gelassen wurde. Zugleich mit dem Platschen des Bootes erklang hinter ihnen eine helle Stimme.

»Mein Herr, Cavaliere, Seine Erhabenheit der Kaiser, bittet die Dama unverzüglich zu sich. Die anderen Herren Ärzte sind bereits eingetroffen.«

Ymme musterte sprachlos den Eunuchen, der sich mit einem dümmlichen Lächeln vor ihr verbeugte.

»Selbstverständlich«, sagte Cornelius, der schneller als

Ymme seine Fassung wiederfand, und geleitete sie zurück zum Raum des Kaisers. Der Knabe an der Tür schien Cornelius für einen weiteren Arzt zu halten und ließ ihn ebenfalls eintreten.

Der Raum hatte sich gefüllt. Neben dem Schreibtisch standen ein Sekretär mit feuchter Schreibfeder und ein braunhäutiger Kammerknabe mit Handtüchern über dem Arm. Imposant war der korpulente Arzt, der mit andächtigem Gesicht dem Puls des Kaisers lauschte, dessen Handgelenk zwischen seinen fetten, beringten Fingern fast verschwand. Von dem zweiten Leibarzt, einem dürren, blutarmen Männchen, wusste Ymme, dass er in Bologna studiert hatte. Keiner der beiden hatte in Salerno die einzige medizinische Fakultät des Königreiches besucht.

All das hatte Ymme bereits im Palast erfahren, aber sie hatte noch nie mit den Ärzten zu tun gehabt; auch jetzt nahmen die beiden tonsurierten Gelehrten in der Soutane von ihr keine Notiz. Sie erwartete es nicht anders, denn einen größeren Gegensatz als zwischen zölibatären Klerikern, die im Abendland christliches Heilswerk gelernt hatten, und einer verheirateten Christin, die in einem Maristan bei einem Muslim Medizin studiert hatte, konnte es kaum geben.

Die Untersuchung des Kaisers war bereits in vollem Gange. Auf einem kupfernen Tablett lagen Schröpfköpfe, ein großes leeres Uringlas stand daneben. Der Kaiser hing schlaff in seinem Sessel, sein Kopf war jetzt hochrot.

»Das Fieber ist stärker als gestern, nicht wahr, Eure Erhabenheit?«

Der Kaiser murmelte eine undeutliche Antwort, um sich dann etwas besser verständlich zu erkundigen: »Was sagt Aristoteles dazu?«

»Aristoteles!«, schnaubte der leitende Leibarzt. »Man sollte ihn wieder ganz und gar verbieten! Die Pariser stützen sich auf den heiligen Kirchenvater Augustinus, Eure Erhabenheit. Mit seiner Hilfe werde ich Euren Zustand erleichtern, indem ich einige Schröpfköpfe ansetze.«

Während der Kammerknabe geschickt den Rücken seines Herrn entblößte, wusste Ymme gar nicht, wo sie hinschauen sollte vor Unsicherheit, ob ihre Anwesenheit wirklich erwünscht war. Ihr Blick fiel auf die Karaffe, die der Kaiser inzwischen geleert hatte. Außer dem leisen fernen Plätschern der Wellen und dem nahen saugenden Geräusch der Schröpfköpfe war einige Zeit nichts zu hören. Ymme dachte, der Kaiser sei eingeschlafen, bis er die Stille beendete.

»Was ist mit meiner Abreise? Kann ich fahren?«

»Ich rate zum Abbruch des Kreuzzuges, Eure Erhabenheit«, sagte der ältere Medicus, der offensichtlich die Untersuchung leitete, und verbeugte sich, obwohl der Kaiser die Augen geschlossen hielt.

»Danke, Magister Rainier. Und Ihr, Ursone?«

Das war der Arzt aus Bologna. Ymme betrachtete ihn neugierig und mit einer gewissen Sympathie, weil er sich die wahrhaftig unnütze Verbeugung ersparte. »Ich würde es für ratsam halten, zur Erholung die warmen Quellen von Pozzuoli aufzusuchen. Eure Erhabenheit könnten den Pilgern wenige Wochen später folgen.«

Friedrich nickte, und Ymme überlegte, was sie ihm empfohlen hätte.

»Hermann von Salza?«

Der Hochmeister nahm sich für die Antwort Zeit. »Um des Reiches willen«, sagte er bedächtig, »muss alles getan werden, um ihm seinen Kaiser zu erhalten. Eine Reise ist stets gefährlich für einen Kranken, also rate auch ich zu den Bädern. Eine andere Sache ist der Kreuzzug. Es wäre dringend erforderlich, dem Heiligen Vater genauestens zu erklären, warum die Abreise Seiner Erhabenheit erneut verschoben werden muss, selbst wenn es sich nur um wenige Wochen handelt.«

»Ist niemand der Meinung, ich würde sterben?«, fragte der Kaiser. Er schien schon sehr geschwächt. »Tausende sind gestorben. Dama?«

Cornelius musste Ymme erst durch einen sanften Rippenstoß darauf hinweisen, dass der Kaiser tatsächlich ihre Meinung hören wollte. »Ich glaube nicht, Eure Erhabenheit«, antwortete sie bescheiden. »Ihr befindet Euch in Eurem Königreich, Ihr müsst hundertmal hier gewesen sein, zur Jagd in den Wäldern und in Euren Städten. Ich glaube, dass Ihr genesen werdet, weil Eurem Körper nichts fremd ist, was Luft und Wasser dieser Gegend betrifft. Den Pilgern ist alles fremd.«

»Eine seltsame Ansicht«, murmelte Friedrich. »Stimmt jemand mit der Dama überein?«

Ymmes Blicke huschten zwischen den Leibärzten hin und her. Nein, natürlich nicht.

»An der medizinischen Fakultät von Paris wäre diese Ansicht als ketzerisch verurteilt worden«, verkündete Magister Rainier. »Aber da sie von einer Frau geäußert wird, spielt es keine Rolle. Es kann auch nur einer einfältigen Hausfrau einfallen, Luft oder Wasser mit Fieber in Verbindung zu bringen.«

Einem Kaiser auch, hätte Ymme beinahe laut gesagt. Aber sie biss sich auf die Lippen. Ihre Position war gerade jetzt zu schwach.

»Was ratet Ihr also, Dama?« erkundigte sich Friedrich trotzdem.

»Zu reisen, Eure Erhabenheit«, riet Ymme tapfer. »Ihr habt einige Widersacher, die zu sehr daran interessiert sind, dass der Kreuzzug nicht stattfindet. Sie würden versuchen, ihren Nutzen daraus zu ziehen.«

Hermann von Salza senkte den Kopf, offenbar, um sein Lächeln zu verbergen. Es schien Ymme zwar wohlwollend, aber ganz sicher deutete sie seine Miene falsch. Wahrscheinlich hatte er sich nur auf die Zunge gebissen.

»Nun wissen wir Bescheid, was, Marzuch?«

Der schwarze Kammerknabe kicherte zustimmend.

Der Kaiser schlug die Augen auf und zog sich in seinem Sessel hoch. »Dann ist es entschieden«, verkündete er.

Zu Ymmes Erstaunen schien er seine Schwäche überwunden zu haben.

Er lächelte in die Runde. »Ich reise auf Anraten meiner Leibärzte zu den Quellen, um mich auszukurieren; mit

Gottes Hilfe wird mich dort auch der endlich von Al-Kamil ratifizierte Vertrag erreichen. Hermann von Salza segelt mit dem ehrwürdigen Patriarchen von Jerusalem auf der *Halben Welt* ins Heilige Land, um der ganzen Welt deutlich zu machen, dass der Kreuzzug vertragsgemäß seinen Anfang genommen hat. Aber nicht, bevor er eine zuverlässige Delegation zusammengestellt hat, die dem Heiligen Vater unverzüglich berichten wird, was mich persönlich für einige Wochen zurückhält. Der Tod des einzigen Fürsten unter den Männern des Kreuzzuges sowie von vierzigtausend Pilgern müsste auch einen Gregor von der Gefährlichkeit des Fiebers überzeugen. Abschließend zu meiner Gemahlin: Ihre Erhabenheit Jolanthe begibt sich unverzüglich nach Palermo zurück, wo sie mit der zuverlässigen Unterstützung der Hebamme und Ärztin Iume de Lubica ihrer Niederkunft entgegensehen wird. Ich werde alle Befehle entsprechend ausfertigen lassen und danke allen Anwesenden für die Ratschläge.«

»Deine Kühnheit lässt wirklich nichts zu wünschen übrig«, meinte Cornelius, als sie glücklich wieder auf ihrem Schiff angelangt waren.

»Ich hatte gute Gründe für meine Einschätzung«, sagte Ymme gekränkt. »Der Kaiser ist wirklich nicht besorgniserregend krank. Er hatte eine ganze Karaffe Wein getrunken, und das vermutlich in ziemlich kurzer Zeit. Blonde Menschen bekommen davon leicht einen heißen Kopf.«

»Aber er könnte morgen sterben.«

»Ich denke nicht«, entgegnete Ymme wütend. »Man hat mir erzählt, dass dieses Fieber auch im Tal von Catania vorkommt! Glaubst du etwa, dass dessen Bewohner oder die von Brindisi besonders sündige Menschen sind? Ich nicht! Da kann der alte Zausel aus Paris sagen, was er will! Das Sumpffieber muss mit der Luft oder dem Wasser zusammenhängen. Genau darüber habe ich auch mit dem Kaiser diskutiert. Ich müsste eigentlich beleidigt sein, weil er mir unter vier Augen in Palermo glaubte und in Gegenwart seiner Ärzte nicht.«

»Vielleicht nur, um den Ruf nicht zu zerstören, dass er auf die Meinung von Frauen nichts gibt.«

Entwaffnet begann Ymme zu lachen. »Meinst du, das ist der Grund? Dann wäre er ja nur ein Mann wie alle Männer!«

»So sehe ich ihn auch, nachdem ich nun fast zwei Jahre in seiner Nähe verbracht habe«, sagte Cornelius. »Der Unterschied zwischen ihm und den meisten anderen besteht darin, dass er wenig auf bewaffnete Auseinandersetzungen gibt, weil er es für Verschwendung hält, wenn Männer sterben, die Besseres zu tun hätten. Ich habe läuten hören, dass die Verhandlungen mit dem Sultan von Ägypten über die Rückgabe von Jerusalem längst abgeschlossen wurden – nur ist der Vertrag eben noch nicht da.«

»Schrecklich, dass selbst Päpste die Gläubigen lieber in den Tod schicken, statt zu verhandeln, findest du nicht?«, fragte Ymme und verschränkte ihre Finger mit den seinen.

»Wenn man die Sache vom Standpunkt eines guten Kaufmannes betrachtet, nicht«, widersprach Cornelius. »Der Heilige Stuhl sichert sich Ablassgelder, Legate, Erträge aus Fürbitten, Spenden und Reliquienverkauf, Messen für die Erschlagenen und so weiter. So gesehen, wäre ein simpler Vertrag zwischen Rom und Ägypten das Ungünstigste, was ein Papst sich denken kann.«

»Cornelius«, flüsterte Ymme entsetzt. »Bitte hör auf. Du hast früher selber im Heiligen Land gekämpft.«

»Oh ja«, sagte Cornelius erbittert, »aber inzwischen sind mir die Augen geöffnet worden.«

Ja, sie hatten beide dazugelernt. Die Welt war ganz anders, als man meinen konnte, wenn man sein ganzes Leben in Lübeck verbrachte.

Den ganzen Morgen kamen und gingen auf der *Halben Welt* Männer, die Ausrüstungsgegenstände von Bord trugen, offenbar den persönlichen Haushalt des Kaisers, der auf eine in aller Eile zusammengestellte Transportkarawane umgeladen wurde. Als Letzter kam der Kaiser selbst, leicht auf Hermann von Salzas Schulter gestützt, während er eindringlich auf diesen einsprach.

Ymmes Augen folgten den beiden von der Reling aus. Vermutlich würde alles, was in den kommenden Wochen im Heiligen Land geschah, vom diplomatischen Geschick des Hochmeisters abhängen. Vor allem musste er die Pilger davon abhalten, in einen Taumel von Beutegier und Blutdurst zu verfallen, wie es anlässlich des letzten Kreuzzuges in Konstantinopel geschehen war.

Die in leuchtend hellgrünen Brokat gekleideten Kammerknaben halfen dem Kaiser in eine Sänfte, wonach sich das Kamel sofort erhob und der Tross sich zügig in Bewegung setzte. Das edle arabische Pferd des Kaisers wurde gesattelt hinter seiner Sänfte hergeführt, danach folgte eine dicht verhängte Sänfte, umgeben von einem Trupp der schwer bewaffneten sarazenischen Leibwache.

Die Menschenmenge, die sich am Hafen versammelt hatte, sah der Karawane bedrückt nach. So empfand auch Ymme, obwohl sie nicht daran zweifelte, dass der Kaiser sich erholen würde. Wie unschwer an der verhängten Sänfte zu erkennen war, teilte er selbst diese Meinung. Es entlockte Ymme ein Schmunzeln, und sie hätte gerne gewusst, wer die Frau war und wie sie aussah.

»Wen haben wir denn da?«, fragte Cornelius, höchst erstaunt.

Ymme folgte seinem Blick. Unter dem vorgezogenen Schutzdach einer Fischhalle entdeckte sie Andrea in der Kleidung eines Knappen. Mit gezogener Kopfbedeckung und allen Zeichen von Ehrerbietung lauschte er offenbar den Anweisungen, die von einer unsichtbaren Person an ihn ergingen. Er nickte mehrmals und nahm schließlich ein verschnürtes Päckchen an sich, das er sorgfältig im Wams verwahrte.

»Er spricht mit seinem Auftraggeber, vermute ich«, sagte Cornelius, atemlos vor Aufregung. »Mit unserem heimlichen Gönner, Nothelfer, Retter ... Für mein Leben gerne wüsste ich, wer er ist. Aber es ist zu spät, von Bord zu gehen.«

Ymme sah sich um. Das schon hochgezogene lose Segel knatterte, die Heckleine war eingeholt, und die mit vier Mann besetzte Schaluppe lag vor der gestrafften Bugleine bereit, die Feluke von der Kaimauer weg in den Wind zu rudern. Sie würden noch vor der *Halben Welt* ablegen.

Andrea küsste die Hand, die sich ihm entgegenstreckte, und wich einen Schritt zurück. An ihm vorbei trat Hermann von Salza hervor, sah sich auf dem inzwischen menschenleeren Kai um und begab sich gemessenen Schrittes zur kaiserlichen Galeere, die ihn als Gewährsmann für den Kreuzzug ins Heilige Land bringen sollte.

»Der Hochmeister selbst«, flüsterte Cornelius, wie erschlagen von dieser Erkenntnis.

Gegen den steten Westwind kam die Feluke langsamer vorwärts als auf der Hinfahrt. Jolanthe zeigte sich kein einziges Mal an Deck.

Erleichtert sah Ymme, wie sich am Nachmittag des siebten Tages die Bucht von Palermo vor ihnen öffnete. Der Königspalast wuchs langsam aus dem grünen, mit goldenen Tupfern gesprenkelten Gürtel von Palermo heraus, und an der Wasserlinie wurden die Bastionen und Kastelle erkennbar.

»Die Zisa«, sagte Ymme beglückt, während Cornelius sich verärgert nach den Palastwächtern umsah, deren harte Schritte sich so auffällig von denen der Seeleute unterschieden. Sie hätten es beide vorgezogen, den wunderschönen Anblick ungestört zu genießen.

Hinter ihnen machten die Männer Halt, und Ymme fuhr herum. Erschrocken betrachtete sie die Krummsäbel und Messer, die nur locker in den breiten Bunden steckten.

»Ihre Erhabenheit schickt Euch in den Laderaum«, sagte der eine Sarazene grob. »Also hinunter mit Euch!«

Cornelius war zu klug, um Widerstand zu leisten. Er nahm Ymme bei der Hand und setzte sich in Bewegung, bevor er nach dem Grund fragte.

Der Mann zuckte mit den Schultern. »Vielleicht will Ihre Erhabenheit Euch beim Landgang nicht sehen.«

Wenigstens wurden die Soldaten nicht handgreiflich. Ymme und Cornelius gelangten heil in einen niedrigen Raum, in dem Taubündel lagerten und es nach Teer roch. Hinter ihnen wurde die Leiter hochgezogen und oben die Luke verschalkt.

»Ich glaube«, sagte Cornelius mit einem verdrossenen Seufzer, »dass wir uns als Gefangene betrachten müssen.«

Sie hörten den üblichen Lärm, als das Schiff anlegte, die Laufplanke wurde ausgelegt, Jolanthes schrille Stimme befahl den Sänftenträgern näher zu kommen, damit sie nicht in den Unrat treten müsse, an Deck wurde aufgeklart, und danach wurde es über ihren Köpfen still.

Nach langer Zeit ließ sich jemand auf die Planken fallen und stimmte eine traurige Melodie auf einer Flöte an.

»Eine Wache«, stellte Cornelius lakonisch fest. »Wir werden anscheinend hier die Nacht verbringen. Mindestens eine. Vielleicht haben sie vor, uns irgendwo an der Küste gefangen zu halten. Alte Kastelle gibt es genug.«

Ymme fror trotz der Wärme. »Ich habe immer befürchtet, dass sie mich eines Tages mit Gift umbringen wird«, bekannte sie. »Jolanthes Angst vor den Pocken war wohl ein Schutz für einige Zeit. Jetzt scheint sie es sich anders überlegt zu haben ... Vielleicht will sie uns beide verschwinden lassen. Hast du sie beleidigt?«

»Meines Wissens nicht«, sagte Cornelius. »Ich habe nur gedroht, sie umzubringen ...«

»Oh!« Mehr brachte Ymme nicht heraus. Niedergeschlagen machte sie sich daran, die Taurolle auseinander zu zerren und zu einer einigermaßen ebenen Liegefläche auszubreiten. Daran war sie schuld. Ohne ihre Eifersucht hätte Cornelius vermutlich klüger gehandelt.

Unter ihnen gluckerte zwischen den Tauschlingen stinkendes Bilgewasser, und dort wo der Laderaum am tiefsten war, schwammen Unrat und Rattenkadaver. Eng aneinander geschmiegt, konnte in dieser Nacht keiner von ihnen schlafen.

Statt einer Morgenmahlzeit tischte Cornelius einige unangenehme Wahrheiten auf, die Ymme bis dahin nicht an sich herangelassen hatte. »Hermann von Salza ist weit weg, der Kaiser krank oder vielleicht tot, und Andrea wer weiß wo. Außerdem dürfte nach dem ausdrücklichen Befehl des Kaisers, dass du dich um Jolanthe zu kümmern hast, kein Mensch vermuten, dass ausgerechnet seine eigene Frau dem zuwider handelt.«

Ymme kaute auf ihrem Fingerknöchel. Es stimmte, und sie hatte gewaltigen Hunger.

Aber den ganzen Tag lang rührte sich an Deck nichts.

Irgendwann balancierte Cornelius über einige Ausrüstungsgegenstände zu einer Stelle, an der sich der Teer zwischen den Decksplanken eine Handbreit gelöst hatte, und spähte mit dem Kopf im Nacken nach oben. »Ich schätze, sie werden heute nicht mehr auslaufen«, meinte er nachdenklich. »Ich glaube, es fängt schon an zu dunkeln, und die meisten Leute sind immer noch an Land.«

»Aber eine Nacht mehr im Hafen von Palermo hilft uns auch nicht weiter«, sagte Ymme düster. »Andrea hat in jedem Fall unsere Spur verloren. Und wir werden verhungern ...« Gedankenverloren begann sie ein Lied aus ihrer Kindheit zu summen.

»Still«, befahl Cornelius. »Da kommt jemand.«

Kurze Hammerschläge ertönten, dann wurde das Luk aufgeschlagen. Gegen den noch hellen Abendhimmel zeichnete sich Girolamo Naso ab. Das Lied blieb Ymme im Halse stecken.

»Bei guter Laune, Dama?«, begann der Notar höflich. »Das gefällt mir.« Er machte Platz für einen Seemann mit einem Messer zwischen den Zähnen, der die Leiter herunterließ und herabzusteigen begann.

»Welchen Schurkenstreich habt Ihr jetzt wieder vor, Notar des Königs?«, fragte Cornelius anzüglich.

»Es wird«, antwortete der Notar gemächlich, während er sich ein Stäubchen vom schwarzen Ärmel schnippte, »Zeit, mit den Feinden abzurechnen. Die Kurie mit ihren großen, ich mit meinen unbedeutenden. In absehbarer Zeit werden wir mit der Säuberung Siziliens beginnen. Ihr zwei seid ein winziger Teil davon, und wir werden uns Euch mit Umsicht widmen.«

Der Seemann war unten angelangt. Er nahm das Messer aus dem Mund und beschrieb mit ihm stumm einen Bogen, der an der Leiter endete.

»Du gehst voraus, Ymme«, bestimmte Cornelius. »Ich kann dem Kerl besser ins Gesicht treten, falls er mir zu nahe kommt.«

Das Deck war leer. Am Fuß der Laufplanke warteten auf dem Kai vier schwarz gekleidete Männer des Ordens der Gerechtigkeit, die Ymme und Cornelius in ihre Mitte nahmen.

Sinibaldo Ferrara, dem nicht entging, dass Ymme ihn sofort erkannte, schenkte ihr ein wölfisches Lächeln, bevor er sich höflich vor ihr verbeugte und sehr viel knapper vor Cornelius. »Ich hoffe, die kleine Platzwunde auf Eurem Kopf ist gut verheilt, Cavaliere. Es zeugt von schlechtem Benehmen, andere zu belauschen, noch dazu Männer im Dienst der Heiligen Mutter Kirche, deshalb fiel mein Schlag möglicherweise etwas hart aus ...«

Er war es also gewesen, der Cornelius niedergestreckt hatte. Ymme schluckte trocken. Wie häufig waren sie wohl unter Beobachtung gewesen, ohne es zu ahnen! Sie spürte Ferraras Hand auf ihrer Schulter. Es gelang ihr nicht, sie abzuschütteln, obwohl er sie zutiefst anwiderte.

Sinibaldo Ferrara spitzte die Lippen und näherte sich zu Ymmes Entsetzen ihrer Wange, als ob er sie küssen wollte. »Leider habt Ihr Euch in jeder Hinsicht als unbelehrbar erwiesen, Dama«, flüsterte er. »War der Hundekopf nicht etwa Warnung genug? Was hätten wir noch tun sollen, um Euch von den Pockenerkrankungen fern zu halten? Was?«

Die Erkenntnis, dass er die blutige Arbeit für die Verschwörer erledigte, schnürte Ymme vollends den Hals zu. Sie starrte ihn entgeistert an, und er lächelte schmal, aber voller Genugtuung.

Ihre Einlieferung in das Gefängnis war ein kurzer Verwaltungsakt. Girolamo Nasos kühl anweisende Stimme ließ dem Wachhabenden keinen Zweifel, dass die Gefangennahme von höchster Stelle angeordnet war.

Während sie einen kahlen, verdreckten Gang entlang geführt wurden, konnte Ymme an nichts anderes denken als an den Brunnen im Hof, der das Röcheln der Gehängten übertönen sollte. Er hatte bei ihrem Eintreffen besonders lebhaft gesprudelt. Wahrscheinlich hatte sich hier seit des Sultans Zeiten nichts geändert.

24.
Im Gefängnis der Khâlisah

Der Teil des Gefängnisses, in dem Ymme und Cornelius inhaftiert wurden, war ein riesiger großer Saal, in dem Zellen für die Gefangenen durch Gitterstäbe abgeteilt worden waren.

Ymme sah sich unversehens zwischen verwahrloste Frauen gestoßen und landete auf dem mit schütterem Stroh bedeckten Boden, der durchdringend nach Urin stank. Hinter ihr schlug die Tür scheppernd zu, während Cornelius von den Comestabuli vorwärts getrieben wurde und aus ihrem Blickfeld verschwand.

Drüben auf der anderen Seite des Ganges brüllten die Männer, warum, wusste Ymme nicht, während die Frauen in ihrer Zelle sie schweigend und feindselig musterten.

Bis sie sich wie eine Art Urgewalt alle zugleich auf Ymme stürzten, um ihr die Kleidung vom Leib zu reißen.

Als sie endlich von ihr abließen, fand sich Ymme im zerrissenen Unterkleid an der hintersten Wand der Zelle wieder. Aus ihrer Nase schoss das Blut, das rechte Knie war nahezu unbrauchbar, und sie zitterte derart, dass sie kaum noch Gewalt über sich hatte. Sogar der Hunger war ihr vergangen.

Ymme wusste nicht, wie sie überlebt hatte, als ihre Gedanken allmählich wieder klarer wurden, aber jemand musste ihr geholfen haben, der sich vielleicht gar nicht mehr in der Zelle befand. Sie stellte nach und nach fest, dass jeden Tag neue Frauen hereingestoßen wurden, während andere verschwanden.

An den Gesprächen beteiligte sie sich kaum, was teilweise an den Sprachschwierigkeiten lag, die sie bis dahin nie so deutlich gespürt hatte. Diese Frauen sprachen in einer Mundart, die sie kaum verstehen konnte. Dann aber wurde sie angesprochen, als sie sich mit der hart erkämpften Handvoll Brei niederließ, um ihn zu verschlingen, bevor er ihr aus der Hand geschlagen wurde.

»Ihr seid hochmütig«, sagte die Frau neben ihr einigermaßen verständlich und versenkte ihren zahnlosen Oberkiefer gierig in den eigenen Brei. »Und warum auch nicht, Ihr seid ein anderes Leben gewöhnt.«

»Ich war nie hochmütig«, widersprach Ymme, »aber ich verstehe eure Sprache nicht so gut.«

»Ich habe Euch vor der Pellagra davonlaufen sehen«, plauderte ihre Nachbarin weiter, »und Recht hattet Ihr.«

»Und wer seid Ihr selbst?«, fragte Ymme verblüfft.

»Nicht nötig, mir solche Ehre zu erweisen. Ich bin schlicht und einfach Menica für Euch. Aber mein Name wird bald vergessen sein.« Für einen Augenblick sah sie auf. An ihren Mundwinkeln klebten Breibröckchen, was ihr ein groteskes Aussehen verlieh.

Ymme lächelte, weil sie plötzlich an die alte Taleke im Lübecker Hospital denken musste. Es gab keinen Unterschied zwischen den hungrigen Armen dort und hier.

Die alte Frau grinste zurück. »Mein Verbrechen ist die Giftmischerei. Die Pellagra hat mich verpfiffen.«

Das Lächeln verging Ymme.

Die Giftmischerin beugte sich zu ihr herüber. »Aber die Pellagra soll erfahren, dass nichts auf dieser Welt ungesühnt bleibt. Und Ihr werdet das Werkzeug meiner Rache sein.«

Nein, das wollte sie ganz bestimmt nicht. Aber Ymme wusste nicht, wie sie der aufdringlichen Vertraulichkeit der Alten entgehen konnte.

Die Giftmischerin, die Ymme nicht aus den Augen ließ, nickte, während ein listiger Ausdruck auf ihrem Gesicht erschien. »Ihr müsst wissen, dass wir Frauen von Palermo berühmt sind für unsere Gifte. Es war also nur recht, dass sich das Weib aus Akkon gleich nach der Ankunft in Palermo nach Giften umsah. Leider geriet sie an die Pellagra. Aber sogar, als der kleine Mohr ihr zu langsam starb, wollte sie nicht einsehen, dass sie sich an die Falsche gewandt hatte. Ich habe schon immer gesagt, dass Pellagras Ruf besser ist als ihre Mischungen. Bei mir wäre sie besser bedient worden.«

Ymme blickte voll Entsetzen auf Menica, die sich hochzufrieden die bläulichen Mundwinkel säuberte. »Ist Jolanthe denn noch im Besitz dieser Gifte?«, erkundigte sie sich zitternd.

»Bestimmt! Und teilt Nicola della Vigna mit, dass sie samt und sonders von der Pellagra stammen. Ihr steht doch gut mit ihm, oder?« Sie sah Ymme forschend an. »Der Zwerg – dieses kleine Ungeheuer, dem der Herr den Hals umdrehen möge –, vor dem nehmt Euch in Acht.«

Die Warnung kam leider zu spät. Ymme nickte vage.

»Weshalb sitzt Ihr hier?«, fragte die Giftmischerin plötzlich.

»Ich weiß es nicht«, antwortete Ymme zögernd. »Vielleicht wegen Ketzerei ...«

»Das kann nicht sein«, sagte Menica und wollte sich über Ymmes Unwissenheit vor Lachen ausschütten. »Die Ketzer werden ins Gefängnis des Erzbischofs gebracht. Die kommen auch manchmal mit dem Leben davon, wenn sie abschwören. Aus dem Gefängnis der Kalsa geht's nur mit den Füßen voraus. Nach dem Verhör, versteht sich, bei dem die Namen von Mittätern aus Euch herausgepresst werden. Aber denkt ja daran, nach Nicola della Vigna zu verlangen! Die Pellagra soll ihre gerechte Strafe bekommen!«

Das Gespräch hatte Ymme so mitgenommen, dass ihre Gedärme in Aufruhr gerieten. Sie erhob sich, um ihre Notdurft in der dafür vorgesehenen Ecke zu verrichten. Menicas stechender Blick ruhte unentwegt auf ihr, als wollte sich die Giftmischerin überzeugen, ob Ymme den Tag ihrer Rache überhaupt erleben würde.

»Verzeiht, dass ich Euch zu belästigen wage, Eminenz.« Andrea öffnete seinen Scapolare, um nach der Hand des Notars zu tasten und diese andächtig zu küssen.

»Was ist?«, fragte Girolamo Naso unwillig. »Wer hat dich vorgelassen, Kerl?«

»Da war niemand, Magistrato«, sagte Andrea mit tiefem Respekt. »Ich habe selbst hereingefunden, aufgrund der Beschreibung, die man mir gegeben hat. Ich schwöre bei der Madonna von Sankt Trinità, dass man Euch nicht behelligen wollte. Aber es war niemand da, an den man sich hätte wenden können.«

»Man, man. Wer ist man?«, knurrte Naso etwas weniger ungnädig und schielte auf das verschnürte und versiegelte Päckchen, das Andrea an seine Brust drückte. Er streckte die Hand danach aus, aber Andrea wich zurück.

»Die mündliche Botschaft soll ich zuerst ausrichten.« Andrea hielt den Kopf gesenkt und achtete darauf, in nichts an den schwarzen Bruder zu erinnern, als der er den Notar zuweilen begleitete.

»Dann sprich endlich«, versetzte Naso ungnädig.

»Es geht um die Angelegenheiten des Kaisers und unseres Königs.«

Naso lächelte mit schmalen Lippen. Wachsamkeit mischte sich in seine Neugier. »Avanti!«

»Seiner Erhabenheit liegen die Dama und der Cavaliere aus dieser Stadt im Eis mit dem unaussprechlichen Namen sehr am Herzen, weil Seine Erhabenheit von dort seine Lieblingsfalken bezieht. Das ist die mündliche Botschaft«, behauptete Andrea.

Der Zwerg schnaubte abschätzig und erkletterte den Hocker vor seinem Pult. »Man wird sehen. Außerdem ist Federico krank. Die meisten Pilger sind an dieser Krankheit gestorben.«

»Seine Ärzte sind der Meinung, dass er sich bald erholen wird, weil seinem Körper die Gegend von Brindisi nicht fremd ist. Schließlich ist er in der Nähe geboren. Das unterscheidet ihn von den Pilgern, sagen sie.«

Irgendwie schien der Notar sich zu beruhigen. Andrea wusste sich auf dem richtigen Weg. »Dem Herrn und Maria von Sankt Trinità sei Dank«, fügte er fromm hinzu.

»Du bist aus Castelvetrano?«, wollte Naso wissen.

»Das bin ich, Eminenz«, sagte Andrea mit leuchtenden Augen.

»Wie kommt einer aus Castelvetrano dazu, den Boten für den König zu machen?«

Andrea lächelte hintergründig und zuckte mit den Schultern. »Seine Erhabenheit weiß, auf wen er sich verlassen kann«, sagte er schließlich. »Und er vergisst nie, nicht einmal einen Feldhüter.«

Naso wiegte bedeutsam seinen schweren Kopf von einer Seite zur anderen. Er sah aus dem Fenster in den Garten und stellte eine, wie er glaubte, beiläufig klingende Frage, den Zeigefinger an der Nase. »Wird Seine Erhabenheit ins Heilige Land reisen?«

Darauf hatte Andrea schon gewartet. »Gewiss wird er das, Eminenz!«, rief er mit frommer Freude aus. »Die Segel seiner Tartane blähen sich bereits im Wind; im Hafen von Pozzuoli steht der Hafenmeister bereit, die Kette nach unten zu lassen. Und so Gott will, wird Seine Erhabenheit schon bald inmitten der frommen Pilger in der Grabeskirche beten. Man munkelt, dass es fertig ausgestellte Verträge zwischen dem Kaiser und dem Sultan geben soll. Jerusalem ist so gut wie in der Hand der Christenheit ...«

Nasos Kopf fuhr herum. Er starrte Andrea forschend an. Seine olivfarbene Haut war eine Spur blasser geworden. »Du weißt gut Bescheid«, murmelte er.

»Sie haben mir alles erzählt«, rief Andrea, um kleinlaut fortzufahren: »Um genau zu sein, einer der Stallknechte, Eminenz.«

»Aha. Die Botschaft, also.« Naso streckte die Hand nach dem Päckchen aus. »Weißt du, was sie enthält?«

»Nein, Eminenz«, log Andrea. Es klang aufrichtig. »Das haben sie mir wiederum nicht erzählt.«

Der Notar erbrach das Siegel der kaiserlichen Kanzlei von Foggia und öffnete das Paket mit geübten Bewegungen. Er verzog keine Miene, während er las.

Andrea ließ seine Blicke im Raum umherwandern, folgte den Regalen bis zur Decke, in denen sich die Rollen mit anhängenden Etiketten stapelten, und verweilte schließlich mit offenem Mund und in den Nacken gelegtem Kopf an der obersten Reihe.

»Es ist mir«, sagte Naso endlich, »bekannt, dass die Dama und der Cavaliere inhaftiert wurden. Es geschah auf Veranlassung Ihrer Erhabenheit Jolanthe. Es scheint sich um einen Irrtum zu handeln, für den niemand verantwortlich gemacht werden kann. Solche Dinge geschehen.«

»Gewiss, Eminenz, überall. Manchmal suche ich tagelang nach einem Wolf, bis ich bemerke, dass ich auf der falschen Talseite bin. Solche Dinge geschehen.« Andrea hörte auf, seine Fellmütze in den Händen zu drehen. »Bin ich jetzt entlassen, mit Eurer Erlaubnis?«

»Warte. Du könntest noch etwas erledigen. Geh in das Gefängnis der Kalsa und sage dem Vorsteher, er soll die Dama und den Cavaliere unverzüglich entlassen! Ich gebe dir eine Beglaubigung, dass ich dich geschickt habe. Und zeige dem Magistrato auch das Dokument des Kaisers.«

»Gefängnis der Kalsa. Beglaubigung mitnehmen. Das Dokument des Kaisers vorzeigen«, wiederholte Andrea laut, als sei er bemüht, sich seinen Auftrag einzuprägen. »Ihr könnt Euch auf mich verlassen, Eminenz.«

Der Notar warf schwungvoll einen Schriftzug auf ein Eckchen Papier und reichte es Andrea. »Meine Beglaubigung vernichtest du nach Gebrauch. Wenn du wieder einmal in Palermo bist«, sagte er, sparsam lächelnd, »komm zu mir und erzähl mir, was es Neues gibt. Ein ehrliches Gesicht aus Castelvetrano ist mir immer willkommen.«

»Es ist mir eine Ehre, Eminenz«, murmelte Andrea und küsste Girolamo Naso zum Abschied die Hand.

Bruder Jacopo, den niemand aus dem Palastgarten zu vertreiben wagte, schmiegte sich dicht an den Fuß eines Palmenstammes, als er Andrea kommen sah. Der Kerl war ihm zutiefst zuwider, seitdem er ihn als Führer der beiden Deutschen im Bergland gesehen hatte. Glücklicherweise saßen sie inzwischen im schlimmsten Gefängnis von Palermo und würden irgendwann verschwunden sein – unregistriert, namenlos und spurlos, wie so viele. Um so verwunderlicher war es, dass ihr Helfer sich im Königspalast zu schaffen machte. Jacopo schwankte, ob er erst den Notaio davon unterrichten sollte; aber dann entschloss er sich, lieber dem Burschen zu folgen.

Mit dem geübten Wanderschritt des Feldhüters und Schäfers verließ Andrea den Palastbereich. Im Gewirr der Gassen des Suq fühlte er sich wieder sicher. Es war nicht besonders schwierig gewesen, herauszufinden, in welchem Gefängnis die Dama und der Cavaliere gefangen gehalten wurden, aber es war unmöglich, sie ohne die Zustimmung des Notaio dort herauszuholen. Jetzt hatte er die nötigen Dokumente.

Gelassen wanderte er in die Khâlisah hinunter, zufrieden mit seinem diplomatischen Geschick. Er spitzte die Ohren, als er die unruhige Stimmung wahrnahm. Die Röster und ihre appetitanregenden Düfte blieben unbeachtet, während die Männer in Gruppen beisammen standen und stritten. Nicht einmal der einsetzende Regen machte dem ein Ende. Andrea mischte sich unter die nächstbeste Gruppe, um zuzuhören.

Es ging um den Kaiser. Der Heilige Vater hatte ihn exkommuniziert. Er hatte die Delegation nicht einmal vorgelassen, die erklären sollte, warum der Aufbruch des Kaisers sich ein wenig verzögert hatte. Und der Bannspruch, der längst vorbereitet war, führte alle kaiserlichen Verfehlungen auf und war so lang wie der Seidenteppich im Audienzsaal des Palastes.

Andrea holte tief Luft und begann so rasch zu gehen, wie es möglich war, ohne aufzufallen. Falls der Notar in diesem Augenblick von der neuesten Entwicklung erfuhr, würde er einen Läufer zum Gefängnis schicken, der schneller war als ein Schäfer, der unauffällig bleiben musste. Dann wären die Dama und der Cavaliere so gut wie tot, und er hätte seine Ehre verloren.

»Ich pisse auf Seine Heiligkeit!«, brüllte eine Stimme aus dem gegenüberliegenden Männerkäfig.

Ymme hörte auf, sich schlafend zu stellen, und hob ihren Kopf von den Knien. Alle Frauen redeten zugleich, was ungewöhnlich war, und kaum bemerkte die Giftmischerin, dass Ymme wach war, kam sie kriechend auf sie zu.

»Wisst Ihr schon das Neueste?«, fragte sie lauernd, um sofort fortzufahren: »Der Heilige Vater hat unseren König exkommuniziert, weil er nicht mit den anderen nach Jerusalem gesegelt ist. Der Herr stehe ihm bei!«

»Der Herr stehe ihm bei«, wiederholte Ymme tonlos. Die Feinde des Kaisers hatten es also wahr gemacht. Und bei all ihrem Misstrauen gegenüber der Kurie: Die Exkommunikation des Kaisers ausgerechnet in dem Augenblick, als er schon so gut wie auf dem Wege nach Jerusalem war, hätte sie nicht erwartet. »Wie entsetzlich!«

»Nicht wahr?«, vergewisserte sich die Giftmischerin treuherzig. »Ich bin froh, dass Ihr auf unserer Seite steht. Die meisten Deutschen sollen es mit dem Papst halten, hört man. Aber wir in Sizilien lassen uns weder von Kaisern noch von Päpsten auffressen. Wir halten treu zu unserem König.«

»Ja«, sagte Ymme abwesend, weil ihr in diesem Augenblick klar wurde, dass ihr und Cornelius' Leben jetzt keinen Pfifferling mehr wert war. Jedermann wusste, dass sie beide zur kaiserlichen Partei gehörten. Und der Kaiser hatte das Spiel verloren.

Eine Unruhe am Eingang lenkte ihren Blick dorthin. Die Essensträger konnten es noch nicht sein, und die Hinrichtungen fanden morgens statt. Ymme wunderte sich nicht wenig, als sie Andrea neben dem Befehlshaber der Wärter erkannte, einen von Nässe triefenden Umhang über dem Arm. Ohne Rücksichtnahme drängte sie sich durch die Frauen hindurch bis ans Gitter.

Andreas Blick fiel sofort auf sie. »Das wird sie wohl sein«, sagte er träge und kratzte sich die Brusthaare, die aus der Weste hervorlugten, »gelb wie ein Weizenfeld, auf dem Esel eine Menge Äpfel fallen ließen, so wurde sie beschrieben ...«

Der Wachthabende lachte höflich, indes er stirnrunzelnd abwechselnd auf ein Pergament und einen Papyros in seinen Händen blickte. Die Männer in den Käfigen, die nach Abwechslung gierten, brüllten vor Lachen. Ymme spürte die Unentschiedenheit, die den Wachmann plagte. Es dauerte Ewigkeiten, bis er beide Botschaften hinter den Gürtel steckte und seinem Untergebenen zunickte, der die Tür für sie öffnete.

Sie trat so rasch hinaus in den Zwischengang, dass sie Andrea auf die Zehen trat. »Cornelio!«, raunte er in ihr Ohr, bevor er sich in breitestem Dialekt für seine tölpelhafte Ungeschicklichkeit entschuldigte.

»Ihr müsst wissen«, schwatzte Andrea, an alle gewandt, »die Dama gehört zum Hofstaat. Es war alles ein grässliches Versehen, sagte der Notaio der königlichen Kanzlei, als er mir seinen Kummer anvertraute. Ich hoffe, Ihr werdet nicht allzu hart bestraft, Magistrato, Ihr könnt ja auch nichts dafür. Obwohl, man sagt ja: Den Letzten beißen die Hunde.«

Ymme war längst in den leeren Gang vorausgelaufen und suchte nach Cornelius. Dass Andrea ihn beim Vornamen nannte, hatte sie alarmiert, es musste etwas zu bedeuten haben. Sie spürte, dass Eile geboten war.

»Ymme!«, rief Cornelius.

Sie blieb stehen. Gottlob, er sah weniger mitgenommen aus als sie. Ungeduldig drehte sie sich um.

Vor allem Andrea blieb hier und da stehen, betrachtete neugierig die Gitter und die Fresströge, die für Schweine gemacht schienen, und machte sich vernehmlich über alles Mögliche lustig.

Selbst dem Wachhabenden wurde es zu viel. »Nun komm schon endlich, Schäfer«, befahl er barsch. »Hol dir deine Leute und verschwinde!«

»Meine Leute doch nicht, Euer Hochwohlgeboren«, widersprach Andrea beleidigt. »Ich kenne sie nicht einmal, führe nur einen Auftrag des Notaio Naso von der königlichen Kanzlei aus.«

»Ja, ja, schon gut!« Der Wachhabende schlug die Verriegelung zurück, zerrte Cornelius aus dem Käfig und stieß ihn zu Andrea. »Macht, dass ihr fortkommt!«

»Wie Ihr wollt«, murrte Andrea. »Aber ich würde mich gern noch ein bisschen umsehen. Ein Feldhüter ...«

»Schluss jetzt!« bellte der Aufseher nervös.

Beim Abendläuten ließen sie den Brunnen des Gefängnishofes und sein nervenaufreibendes Plätschern hinter sich.

»Langsam«, warnte Andrea und sah sich nach allen Seiten um, bevor er entschlossen auf die Palmen des kleinen Platzes vor dem Gefängnis zuhielt. »Gleich ist es geschafft. Bleibt dicht hinter mir!«

Ymme zog die Kapuze seines schweren Hirtenmantels über den Kopf, während sie versuchte, in die Straßen zu spähen, die auf den Platz mündeten. Aber der Regen strömte, und sie sah nicht viel. Cornelius umklammerte ihre Hand und zerrte sie vorwärts, wenn sie stolperte. »Jungfrau Maria und Allah, lasst uns entkommen«, betete sie leise.

In diesem Augenblick hörten sie entferntes Hufeklappern, das im Nu zum donnernden Hufschlag eines Pferdes wurde, auf dem ein Eilbote durch die Schluchten der Paläste heranjagte.

Jetzt war es aus! Ymme wusste instinktiv, dass der sarazenische Reiter, der in den Gefängnishof einbog, um ihretwillen unterwegs war. Aber er beachtete die kleine Gruppe von Menschen nicht.

Andrea grinste hinter ihm her und schob ohne Eile ein schweres Portal auf, in das er sie hineinließ. »Der ehrenwerte Notaio!« sagte er spöttisch. »Er dreht sich schneller als ein Wetterfähnchen.«

»Das musst du mir noch erklären, Andrea«, sagte Cornelius' ruhige Stimme neben Ymme, deren Augen sich noch nicht an die Dunkelheit gewöhnt hatten. »Was verbindet dich mit dem Notar? Und vor allem mit Hermann von Salza?«

Andrea lachte leise. »Gewiss, Cavaliere. Ihr sollt alles erfahren. Aber erst muss ich Euch in Sicherheit bringen. Geduldet Euch ein Weilchen.«

Ymme schüttelte den Kopf. Nein, sie wollte nicht mehr. Am liebsten hätte sie sich in diesen Torweg gesetzt und sich dem Schicksal überlassen. Cornelius spürte wie immer ihre Stimmung, nahm sie bei der Hand und zog sie mit sich.

Was von außen wie ein kleiner Palast ausgesehen hatte, war nur eine Fassade vor dem Rest eines Hauses gewesen. Andrea führte sie über Schutt und zwischen notdürftig aus alten Steinen errichteten Hütten durch die Khâlisah, in der jetzt viele Arme hausten. Niemand achtete auf sie, so wie auch Andrea niemanden beachtete.

Ihre Flucht endete in der Gasse der Flötenspielerinnen. Ymme hatte nicht einmal mehr die Kraft zu protestieren, als Andrea sie in den Felsenraum brachte, in dem der Altar stand, obwohl sich alles in ihr sträubte.

»Girolamo Naso ...«, sagte Cornelius zweifelnd.

»Keine Sorge, Cavaliere. Er kennt nur den vorderen Raum.«

Zu Ymmes Verblüffung ließ Andrea sie in einen zweiten Raum hinter dem ersten ein. Gott sei Dank, dachte Ymme und sank auf eine Steinbank, die aus dem Fels gehauen worden war.

Zwei Tage später war ihre Unterkunft schon einigermaßen wohnlich eingerichtet, sie hatten Licht, und Andrea hatte Nahrungsmittel herbeigeschafft.

Aber, wie lange werden wir wohl hier bleiben müssen, dachte Ymme entmutigt beim Anblick ihres dürftigen

Haushalts. Sie hütete sich jedoch, es laut zu sagen, damit Andrea sie nicht etwa für undankbar hielt.

»Du wolltest mir erzählen, was dich mit dem Deutschordensritter verbindet«, erinnerte Cornelius sanft, während er mit Andrea auf die gelungene Flucht anstieß.

»Da gibt es nicht viel zu sagen, Cavaliere. Ich stehe seit vielen Jahren in seinem Dienst. Seitdem er zu Federicos engstem Berater geworden ist, kann ich ihm zuweilen von Nutzen sein, weil ich meine Heimatinsel kenne.«

»Ja, das ist uns nicht entgangen.« Cornelius schmunzelte wegen der Untertreibung.

»Ohne dich wären wir verloren gewesen, Andrea«, ergänzte Ymme dankbar.

»Und noch seid Ihr nicht gerettet.« Andrea seufzte ein wenig, lehnte einen weiteren Becher Wein ab und stahl sich hinaus.

Am nächsten Morgen hörten sie verstohlene Stimmen im vorderen Raum. Cornelius legte einen Finger über die Lippen und löschte das Öllämpchen.

Aber niemand kam herein.

»Naso oder seine Männer waren im vorderen Raum«, berichtete Cornelius Andrea bei seinem nächsten Besuch.

Andrea zuckte die Achseln. »Das war zu erwarten«, meinte er. »Sie treffen sich dort. Aber diesen Raum kennen sie nicht, glaubt mir.«

»Und du glaubst nicht, dass jemand uns beobachtet hat?«

»Nein, eigentlich nicht. Überdies haben wir keine Wahl. Dies ist der einzige Raum in den Katakomben, in dem Ihr Euch verstecken könnt ... Sonst gibt es nur Gänge.«

Ymme sah ihn zweifelnd an. »Ich möchte am liebsten das nächstbeste Schiff nach Hause nehmen«, seufzte sie sehnsüchtig.

»Ich nicht«, sagte Cornelius fest. »Auf diese Weise will ich nicht aus dem Dienst des Kaisers scheiden. Als wir dachten, dass er uns verfolgen ließ, war es etwas anderes.

Aber jetzt denkt er, dass du dich hingebungsvoll um seine Frau kümmerst ...«

»Ich weiß, ich weiß.« Auch Ymme quälte dieser Gedanke immer wieder. »Wenn wir wenigstens hoffen könnten, dass er vor seinem Aufbruch ins Heilige Land herkommt ...«

Es folgten trostlose Wochen. Allmählich verlor Ymme das Gefühl dafür, wie viel Zeit schon verstrichen war.

Geräusche vor der Felsentür kündigten wie immer Andreas Kommen an, aber er trat ungestümer ein als sonst. Den Korb ließ er gleichgültig auf den Felsboden fallen, und im flackernden Licht war zu erkennen, dass er Neuigkeiten brachte.

»Der Kaiser ist nach Foggia gereist, und der Papst hat den Bann gegen ihn wiederholt«, platzte er heraus. »Von allen Kanzeln haben sie es verkündet. Und unser Federico hat, so wahr mir Gott helfe, einen Brief an die Fürsten der Welt geschrieben, in dem er erklärt, dass der Römer Gregor den Hass gegen ihn schürt.«

»Das ist offener Krieg zwischen dem Kaiser und dem Papst«, sagte Cornelius bewundernd.

Männer! Ymme fand die Nachricht eher bedrückend.

»Es geht noch weiter«, fuhr Andrea fort. »Der Heilige Vater hat mit der Besetzung und Einziehung des Lehens Sizilien gedroht für den Fall, dass der Kaiser trotz des Banns zum Kreuzzug aufbricht. Er nennt den Kaiser *diesen König der Pestilenz*, und Federico ihn *diesen römischen Oberpriester* ...«

Ymme sah ihn sprachlos an.

»Der Kaiser wird sich Gregor nicht unterwerfen.« Cornelius schüttelte zutiefst überzeugt den Kopf. »Das entspricht nicht seinem Verständnis vom Kaisertum. Seiner Meinung nach haben sowohl er als auch der Papst ihr Amt von Gott dem Herrn erhalten. Er billigt einem Priester höchstens die gleiche Stellung zu wie einem Kaiser, aber niemals mehr.«

»Die meisten glauben, dass sich Federico fügen muss. Der Bannspruch ist ein mächtiges Mittel, ganz gleich, gegen wen.« Andrea stieß einen tiefen Seufzer aus.

»Ich sage dir, Andrea, er wird es nicht tun! Jetzt muss Friedrich erst recht ins Heilige Land! Nur so kann er dem übrigen Abendland zeigen, dass die Befreiung Jerusalems eine Angelegenheit der ganzen Christenheit ist und nicht von den persönlichen Vorlieben eines Römers abhängt! Eins kommt hinzu: Er zwingt damit die Fürsten auf seine Seite. Wenn Friedrich das Heilige Land zurückerobert, wer würde zu behaupten wagen, es sei unrecht gewesen? Vielmehr werden sie sagen, der Herr habe ihm geholfen.«

»Das bedeutet, er muss es schaffen«, warf Ymme sorgenvoll ein. »Was aber, wenn es ihm nicht gelingt?«

»Jaa«, sagte Andrea gedankenvoll, »jetzt gebe ich dem Cavaliere doch Recht. Man munkelt nämlich, dass der Kaiser einen Reichstag einberufen will, um die deutschen Fürsten aufzufordern, noch mehr Ritter und Pilger zu entsenden ... Deshalb also.«

»Siehst du«, sagte Cornelius zufrieden. »Und dann gibt es noch den Vertrag mit den Sarazenen, auf den der Kaiser wartet? Weiß man darüber etwas?«

Andrea schüttelte den Kopf.

Wie um die Papstpartei zu unterstützen, brachen in den nächsten Wochen die Pocken erneut aus. Ymme entschloss sich, Andrea von der Bande der Pockenstecher zu erzählen.

Er hörte erstaunt zu, zweifelte aber nicht an der Möglichkeit, Pocken absichtlich zu verbreiten. »Dieser Satan!«, fluchte er. »Das war es also, was Naso in Wirklichkeit trieb! Ich wusste nur von den Gerüchten, die die Mönche verbreiten sollten.«

»Bist du nie dabei gewesen, wenn der Notar Naso die Röhrchen mit den Pocken verteilte?«, erkundigte sich Cornelius.

»Nein, Cavaliere. Ich hatte die Aufgabe, die Mönche einzuschüchtern. Es war ein Glück für die Dama, dass Sinibaldo Ferrara mit einem anderen Auftrag unterwegs war, als Naso dem Mönch Jacopo in Sant' Antonio Abate die Dokumente übergab, und sie fast heruntergepurzelt wäre.«

»Aber Andrea!«, protestierte Ymme und wurde mit einem strahlenden Lächeln bedacht.

»Normalerweise«, fuhr er fort, »wäre ich dafür nicht zugezogen worden; ganz traute Naso mir wohl nicht, und von den Blattern habe ich nie erfahren.«

»Ferrara also«, wiederholte Cornelius. »Er war in seiner Eigenschaft als Comestabulo bei unserer Verhaftung anwesend ...«

»Außer dem Genuesen, den Naso im Palast zum Schweigen brachte, gibt es einen zweiten Bruder, der sich ebenfalls als Stecher betätigt haben muss«, warf Ymme ein. »Vermutlich ist er es, der jetzt in Palermo sein Unwesen treibt. Man muss ihm das Handwerk legen!«

»Ich werde es versuchen«, versprach Andrea. »Der Genuese wurde übrigens nur so genannt, er war Palermer, obwohl er sich im Ausland einen merkwürdigen Dialekt angewöhnt hatte. Nach dem, was Ihr erzählt habt, Dama, könnte er oder Sinibaldo Ferrara ausgekundschaftet haben, wo sie diese Pocken erproben wollten. Beide kennen sich in Palermo aus. Allerdings hat Ferrara für eine solche Aufgabe die größere Erfahrung.«

»Er hätte dich nehmen sollen, Andrea«, scherzte Cornelius, »du wärst den Berbern vielleicht gar nicht aufgefallen.«

»Vielleicht nicht, Cavaliere«, gab Andrea lächelnd zu. »Vielleicht aber doch. Meine Mutter, die Araberin war, starb früh. Ich wuchs ähnlich auf wie unser Imberadour. Auf der Straße.«

»Wie viele Mitglieder hat die Bande eigentlich?«

»Ich vermute, nur sechs. Außer mir kenne ich vier mit Namen ...«, antwortete Andrea zögernd.

»Einer bleibt also, der besonders gefährlich ist, weil er uns unbekannt ist«, stellte Cornelius fest.

Andrea nickte. »Übrigens bin ich eigentlich gekommen, um Euch zu sagen, dass Ihr, wenn Ihr vorsichtig seid, jetzt nachts Luft schnappen dürft. Die meisten Comestabuli haben Respekt vor den Pocken.«

Da es zu allen Jahreszeiten bei Tag und Nacht am Hafen am belebtesten war, wagten sich Cornelius und Ymme in der nächsten Nacht dorthin. Endlich, dachte Ymme und atmete tief durch. So dicht bei der Tonnara, an deren Wand sie sich schmiegten, stank es abscheulich nach Thunfisch, aber sie empfand dennoch ein wunderbares Gefühl von Freiheit. Die Spione des Kaisers würden sich freiwillig nicht gerade in die Nähe der Fischzerlegehalle begeben, obendrein trug sie Männerkleidung und hatte ihre Haut mit Walnusssaft gefärbt. Über ihnen glitzerte der Sternenhimmel, und am liebsten wäre sie jetzt mit Cornelius einfach am Hafen entlanggeschlendert. Dass sie den Nordstern entdeckte, erschien ihr wie ein Gruß aus Lübeck.

»Sei mal still, mein Herz«, bremste Cornelius ihren geflüsterten Redeschwall. »Lass mich lauschen, ob ich etwas verstehe.« Sein Kinn wies auf eine Feluke mit arabischem Banner, die unter ihren Augen elegant und lautlos anlegte.

Das Schiff war nicht besonders groß, aber hervorragend gebaut und prächtig ausgestattet, und die disziplinierten Sarazenen, die an Land die Leinen belegten, wirkten wie Seesoldaten im Dienst eines hohen Würdenträgers.

An Deck erschien ein vornehmer Araber in Begleitung eines schwarzen Sklaven, der ein winziges Päckchen hinter ihm her trug. Er rief einem seiner Seeleute am Kai etwas zu, der mit dem Selâm-Gruß antwortete, sich suchend umsah und sich dann zur Khâlisah aufmachte.

»Er soll ausfindig machen, wo der Palast des Erzbischofs ist«, flüsterte Cornelius atemlos.

»Woran denkst du?«, wisperte Ymme, der seine Aufregung nicht entging.

»Ein Schnellschiff des Sultans mit einem vornehmen Boten, der den Erzbischof von Palermo sprechen will, kann meiner Meinung nach nur eines bedeuten«, antwortete Cornelius, schon halb aufgerichtet, »das muss der Vertrag sein, auf den der Kaiser wartet! Ich werde den Mann hinbringen!«

»Nein, nur nicht, das ist zu gefährlich«, sagte Ymme entsetzt, aber es war zu spät.

Cornelius eilte mit festen Schritten zum Kai und sprach den Araber ehrerbietig an. Einige Augenblicke später waren er und der Botschafter in Begleitung des Schwarzen und einer bewaffneten Wache schon auf dem Weg zum Cassaro-Tor.

Im Morgengrauen kam Cornelius zurück in die Unterwelt, er brachte einen Schwall feuchter Luft mit sich und war umgeben von einer Wolke fremdartiger Gerüche. Ymme war so erleichtert, dass sie ihn stumm umarmte. Sie hatte ihn bereits wieder im Gefängnis gesehen.

»Was ist denn?«, fragte er erstaunt. »Ich war zum Abendessen auf Al-Kamils Feluke.«

»Was?« Ymme war empört.

»Es gab ein ausgezeichnetes Essen«, sagte Cornelius entwaffnend. »Thunfisch- und Schwertfischrogen, Zackenbarsch, eine geminzte Sauce aus Meeraal, Couscous in Fleischbrühe ...«

»Und warum hat es so lange gedauert?«, rief Ymme. »Ich habe mir Sorgen gemacht! Ich habe mir bereits ausgemalt, dass sie dich im Schnellverfahren aufgehängt haben ...«

»Die vielen Fischarten, weißt du. Bis die erklärt waren ...« Er verstummte.

Ymme küsste ihn unter Tränen. Männer waren manchmal so rücksichtslos.

»Ich habe eine Menge erfahren. Komm, setz dich.« Cornelius zog Ymme auf die Bank hinunter. »Es handelt sich tatsächlich um den von Al-Kamil ratifizierten Vertrag. Der Erzbischof wird ihn höchstpersönlich nach Foggia bringen, weil alles andere zu unsicher wäre. Man vermutet, dass die Päpstlichen schon Wind davon bekommen haben und auf der Lauer liegen, um das Schreiben abzufangen.«

»Was hätten sie denn davon?«, fragte Ymme, denn bei genauer Betrachtung kam es ja nur darauf an, dass der Araber und der Kaiser davon wussten.

»Mit dem Vertrag in der Hand kann Friedrich der Welt nachweisen, dass er etwas erreicht hat, das den Päpsten in mehreren Kreuzzügen mit Tausenden von Toten nicht gelungen ist. Trotz des Banns war er erfolgreich, bevor er überhaupt zum Kreuzzug aufgebrochen ist.«

Ymme nickte beeindruckt.

»Aber es ist noch mehr, glaube ich«, fuhr Cornelius fort. »So wunderlich es auch klingt: Al-Kamils Unterschrift könnte die Päpste in Rom überflüssig machen. Wozu braucht die Christenheit dort einen Vertreter Christi, wenn es Jerusalem und die Grabstätte Christi hat?«

»Und das hat Federico alles ins Kalkül gezogen«, sagte Ymme beeindruckt. »Die Welt kann er bestellen; ich wünschte, es wäre mit seiner Familie ebenso.«

»Oh, was das betrifft: Der Botschafter war bereit, den Antwortschreiben der arabischen Gelehrten an den Kaiser einen kurzen Brief von mir beizufügen; Friedrich korrespondiert mit Mathematikern, Philosophen und solchen Leuten, weißt du, und Post geht ständig hin und her. Der Erzbischof bringt alles ungeprüft zum Kaiser. Ich habe dem Kaiser geschildert, dass Jolanthe jegliche Betreuung durch dich ablehnt, dass wir uns verstecken, weil sie uns nach dem Leben trachtet, dass wir aber hier bleiben, für den Fall, dass sie während der Geburt noch nach dir verlangt. Gut so?«

»Bestens«, sagte Ymme und streichelte zärtlich Cornelius' stoppelige Wange. »Ich bin froh, dass ich für dich kein Experiment bin ...«

»Wie meinst du das?«

Sie schüttelte den Kopf und zog Cornelius auf den Boden.

Als die Tage wieder wärmer wurden, hatten sie jede Hoffnung verloren, dass der Kaiser sich ihrem Problem widmen würde. Offenbar hatte der Brief ihn nicht erreicht. Cornelius begann sich jetzt aus Trotz oder Enttäuschung sogar bei Tage aus dem Versteck zu wagen, im Gegensatz zu Ymme.

Sie verbrachte stattdessen ihre Zeit damit, im vorderen Raum nach dem Dokument von Domitian zu suchen. Wo es verborgene Türen gab, konnte es auch geheime Nischen geben. Widerwillig musste Ymme eines Tages zugeben, dass es entweder keine gab, oder sie sie nicht öffnen konnte. Tief enttäuscht, hörte sie im gleichen Augenblick die nun schon vertrauten Geräusche, die anzeigten, dass Cornelius in die Krypta sprang und zur Grabplatte schlich.

Er kam gerade zur rechten Zeit, um sie aufzumuntern. Erleichtert ging Ymme ihm entgegen, bis sie im Gegenlicht eine braune Kutte erkannte.

Herab stieg Frater Leonardo, beleuchtet von einer blakenden Fackel in der Hand eines weiteren Mannes.

»Seht Ihr, Frater Leonardo, dass ich Recht hatte?«, erklang die selbstgerechte Stimme von Jacopo. »Seit vielen Wochen verstecken sie sich hier. Auf Knien danke ich dem Herrn, dass Ihr zurück seid, Bruder, und mir endlich die Last der Verantwortung von den Schultern nehmen werdet.«

Ymme schlug das Herz bis zum Hals. Sie war allein, und obendrein stand der Eingang in den geheimen Raum weit offen.

»Diesen Augenblick habe ich herbeigesehnt«, bemerkte Leonardo voller Genugtuung, ohne auf die Schmeicheleien seines Mitbruders einzugehen. »Du hast dich mit geradezu unglaublicher List seit deinem Aufenthalt in Toledo der Kirche zu entziehen verstanden und hast ihren würdigsten Dienern getrotzt. Aber der Heilige Vater Gregorius durchschaut das Ränkespiel des Satans und seiner Jünger mitsamt den ihnen angehörigen Weibern.«

»Gregor ist jetzt schon ein Heiliger«, flocht Jacopo mit ekstatisch leuchtenden Augen ein.

»Sehr richtig, Bruder Jacopo. In Gregors Namen werde ich deshalb dem Treiben der ketzerischen Hakima Iume de Lubicensis ein Ende bereiten. Ich werde dich nach Rom bringen lassen und dort wirst du als Exempel für alle Ketzer auf dem Scheiterhaufen verbrannt werden.«

»Ist dies nicht vielmehr Eure ganz persönliche Rache dafür, dass ich Eure Unfähigkeit als angeblicher Arzt erkannt habe und Ihr zudem mit dem Knoblauchmus auf der Tonsur ausgesprochen lächerlich anzusehen wart?«, erkundigte sich Ymme sarkastisch. Da ihr Schicksal unausweichlich schien, konnte sie sich nicht mehr zurückhalten.

»Was den Hochmeister der Deutschordensritter betrifft«, fuhr Leonardo fort, »so wäre der Christenheit viel Übel erspart geblieben, wenn er in Lübeck im Herrn dahingegangen wäre. Inzwischen ist auch seine Seele verloren, wie ich befürchte ... Und nun komm, Weib! Bruder Jacopo wird dich nach Rom bringen, während ich dieses Nest hier ausräuchere. Ein Ort weniger, an dem sich die Anhänger des Antichrist an christlichen Frauen fleischlich vergehen können!«

»Welchen Unsinn verbreitet Ihr jetzt schon wieder, Bruder?« Cornelius, dem Andrea über die Schulter schaute, eilte herbei und sprang mit erhobenen Fäusten zwischen die Mönche. Sie flogen gegen die Wand und rutschten beide benommen auf den Boden.

»Der Heilige Vater hat es der Christenheit in seinem jüngsten päpstlichen Schreiben mitgeteilt!«, fauchte Leonardo mit einem Rest seiner üblichen Überheblichkeit. »Der Antichrist hat sich sogar mit dem *Alten vom Berge* verschworen, um seine Gegner von den Assassinen ermorden zu lassen. Überzeugt Euch das immer noch nicht?«

»Mich überzeugt gar nichts mehr, was ein Papst von sich gibt«, sagte Cornelius und rümpfte die Nase, als der Gestank, der von den Mönchen ausging, sich allmählich in der Höhle ausbreitete. »Was Gregor schreibt, übertrifft an Schmutz und Schund allerdings alles Frühere.«

Andrea betrachtete Jacopo, der vor Angst ohnmächtig

geworden war, wohlgefällig und zog einen Strick aus der Tasche.

»Was machen wir denn mit ihnen?«, fragte Cornelius ratlos. »Wir müssen sie zum Schweigen bringen, aber ich möchte ungern jemandem die Zunge abschneiden.«

»Das wird nicht nötig sein«, sagte Andrea und gluckste in sich hinein. »Ich weiß etwas viel Besseres, aber das werde ich in Gegenwart der Dama auf keinen Fall erläutern.«

Leonardo leistete keinen Widerstand, als Andrea ihn auf den Bauch rollte und ihm die Hände auf den Rücken band. Seine Lippen bewegten sich in monotonem Gebet. Jemand, der ihn nicht durchschaute, hätte ihn für fromm gehalten, er sich selbst vermutlich auch.

Ymme nicht. Leonardo war ein selbstgerechter Fanatiker, der zu allem bereit war, was seinen Zielen diente. Mit grimmiger Miene beobachtete sie, wie Andrea den inzwischen wieder erwachten Jacopo verschnürte wie ein Schwein, das zum Markt gebracht werden soll. Jacopo machte ein Gesicht wie ein Märtyrer auf einem Altarbild.

Ymme lehnte sich mit weichen Knien an den Altar, als Andrea die Mönche endlich hinausbugsiert hatte. »Was meinte er nur mit seinem Einfall?«

»Keine Ahnung. Es schien etwas Lustiges zu sein.«

In ihrer höchsten Not besann Jolanthe sich darauf, dass sie eine Hebamme gehabt hatte, die zwar abscheulich gewesen war, aber mehr zustande gebracht hatte als das Weib aus Palermo. »Teresina, hol die Deutsche!« krächzte sie, vom vielen Schreien während der Wehen schon völlig heiser.

Teresina warf sich stumm zu Boden und eilte hinaus.

Jolanthe bemerkte, rasend vor Wut, erst nach einer Weile, dass sie völlig allein war. Sie versuchte aufzustehen. Als sie sich an den Bettpfosten klammerte, überfiel sie eine neue Wehe.

Während der Schmerz in ihr mit vorher nie dagewesener Macht tobte, hörte sie wie aus weiter Ferne Teresinas Stimme.

»Die Deutsche ist verschwunden, wahrscheinlich ist sie an den Pocken gestorben, Eure Erhabenheit, wie so viele. Aber man hat die Kräuterfrau Pellagra herbefohlen.«

Jolanthe antwortete nicht. Wie Sand in einer Uhr schien das Leben aus ihr herauszurinnen. Mit letzter Kraft sandte sie dem Kaiser ihren Fluch nach.

Zwei Tage später kam Andrea kurz vor Dunkelheit zurück, wobei er im Altarraum wie ein Hund bellte, was sich schaurig anhörte und Ymme wiederum in einen Alarmzustand versetzte.

In der Kammer brach er in brüllendes Gelächter aus, was auch nicht aufschlussreicher war, und schlug sich auf die Oberschenkel vor Vergnügen. Ymme setzte sich kopfschüttelnd.

»Der Heilige Vater ist am Gründonnerstag aus dem Petersdom geflohen«, berichtete Andrea. »Regelrecht ausgerissen ist er, als die Anhänger der Familie der Frangipani ihn beim Hochamt verbellt haben. Aber erst, nachdem er den Bann gegen unseren Federico erneuert hatte; die Frangipani sind eine vornehme Familie und wissen, was sich gehört.«

Unwillkürlich musste Ymme lächeln. Es ging also gar nicht um die Mönche.

»Und jetzt?«, fragte Cornelius wissbegierig.

»Nichts. Der Papst geifert gegen den Kaiser, und ganz Rom befindet sich in Aufruhr gegen Gregor. Unter anderem, weil man inzwischen weiß, dass er die für den Kreuzzug eingeworbenen Geldmittel zurückgehalten hat, um Söldner für den Krieg gegen Federico zu bezahlen. Ich hoffe, sie machen mit diesem Papst endlich ein Ende!« Andrea rieb sich in Vorfreude die Hände.

»Und was ist mit den Mönchen?«

Andrea machte eine wegwerfende Geste. »Die Franziskaner werden jetzt in ganz Sizilien schön stillhalten, wo ihr einziger Gönner auf der Flucht ist. Unsere beiden habe ich jemandem mitgegeben, der sie nach Cefalù bringt.«

Ymme hörte verblüfft zu. »Wolltest du sie nicht bestrafen?«

»Ich doch nicht«, sagte Andrea und rollte mit den Augen. »Dieses Gesindel mag man ja gar nicht anfassen. Ich habe ihnen nur gedroht.«

Und das sollte reichen? »Womit?«, bohrte Ymme weiter.

»Ich weiß, wie hartnäckig Ihr sein könnt, Dama«, sagte Andrea und seufzte tief. »Wollt Ihr mir wenigstens dieses eine Mal die Antwort ersparen?«

Ymme schüttelte den Kopf.

Andrea zuckte ergeben mit den Schultern. »Für den Fall, dass sie zurückkehren, habe ich versprochen, ihnen den Rais von Corleone auf den Hals zu hetzen. Jacopo weiß gut, was das bedeutet.«

»Nämlich?«

»Entmannung«, murmelte Andrea verlegen. »Selbst Banditen, die vom Kaiser gejagt werden, finden, dass die lügnerischen Franziskaner die höchste Strafe verdienen, die man ihnen antun kann.«

Für einen Moment sah Ymme wieder die beiden zechenden Männer unter dem Feigenbaum vor sich. Andrea hatte Jacopo also doch gekannt. Aber etwas anderes interessierte sie mehr. »Wieso bist du mächtig genug, dem Führer der Banditen von Corleone Befehle zu geben, Andrea?«

Andrea lächelte und schüttelte den Kopf. »Befehle kann ich nicht geben, aber Empfehlungen. Der Rais und ich hatten den gleichen Vater.«

Stumm vor Staunen sah Ymme ihn an. Sie hätte noch gern vieles wissen mögen.

Aber Cornelius wischte die Vergangenheit mit einer Handbewegung beiseite. »Dann hält uns nichts mehr in den Katakomben«, sagte er überzeugt. »Wenn die Welt derart aus den Fugen gerät, jagen uns vermutlich auch die Comestabuli nicht mehr.«

»Man darf die Rachsucht der Palermer nicht unterschätzen«, warnte Andrea. »Mit Naso ist nicht zu spaßen.

Trotzdem glaube ich auch, dass ihr herauskommen solltet.« Plötzlich wirkte er bedrückt.

»Ist etwas passiert?«, fragte Ymme.

Andrea zog die Schultern hoch. »Ich weiß nicht genau«, gab er zu, »die Pocken haben jetzt auch den Palast erreicht. Vielleicht wäre es gut ...«

»Natürlich wäre es gut«, fiel Ymme ihm ins Wort. »Ich mache mich sofort auf den Weg. Jolanthe müsste nun auch bald niederkommen, glaube ich ...«

Andrea schüttelte den Kopf. »Zu spät. Sie ist bei der Geburt gestorben. Sie haben versucht, es geheim zu halten. Aber die Schuldige ist schon hingerichtet worden, eine Giftmischerin.«

»Pellagra?«

Andrea nickte zufrieden. »Sie hätte den Tod schon wegen des Diebstahls eines großen Edelsteins aus dem königlichen Besitz verdient.«

»Und was ist mit dem Kind?«

»Ein kleiner Junge. Er lebt.«

»Und das sagst du erst jetzt!«, rief Ymme aufgebracht. »Ich muss sofort dorthin!«

25.
Das Buch Domitian

Palastwachen waren offenbar nicht mehr nötig. Oder waren sie alle krank? Ymme musterte den stillen Garten, der zu ihrer Beruhigung noch genauso gepflegt wie früher wirkte. Zitronenbäume und Narzissen verströmten einen betäubenden Duft.

Die wenigen Wachen, an denen sie vorüberkamen, salutierten überrascht. Kein schlechter Anfang, dachte Ymme und rannte beinahe in eine Frau, in der sie mit großer Mühe Teresina erkannte. Teresina stieß ein Geheul aus und sank zu Boden. Ihrem Gestammel war nur zu entnehmen, dass sich eine Katastrophe ereignet haben musste und niemand wusste, was zu tun sei.

Ymme begann zu rennen.

Immerhin war Bianca am Leben. Sie saß auf dem Boden und schlug mit Inbrunst gegen ein schepperndes Kupfertablett, unbeachtet von einem jungen Mädchen, das offensichtlich auf Bianca aufpassen sollte, stattdessen aber mit abwesendem Blick auf seine Füße starrte.

»Wo ist Biancas Eunuch?«, fragte Cornelius scharf.

»Tot«, antwortete sie teilnahmslos.

Ymme hockte sich zu Bianca. Sie schien wohlauf zu sein. »Versuche, Constanza zu finden, Cornelius!«, bat sie leise. »Mit dem Mädchen dort ist nichts anzufangen, die ist betäubt vor Furcht.«

Sie nahm Bianca auf den Arm, die sich wie früher an sie schmiegte, und ging auf die Suche nach dem Neugeborenen. Zu ihrer Überraschung fand sie ihn im Nachbarraum an der Brust einer dunkelhäutigen Amme. Die Frau spreizte ihr alle zehn Finger entgegen und bleckte die Zähne. Sie war nicht zu beruhigen.

Dann stürmte Constanza in den Raum und umarmte Ymme mitsamt Bianca. »Endlich seid Ihr da«, rief sie und zu der Amme: »Die Dama Iume ist zurückgekommen. Allah sei Lob und Preis!« Ein schneller Wortwechsel auf Arabisch folgte, den Constanza gewann. Das Misstrauen der Amme legte sich.

»Und nun berichte«, forderte Ymme endlich, während sie sich mit Bianca auf die Stufe zum Badebassin setzte.

»Ihre Gemein ..., ihre Erhabenheit ist tot«, verbesserte Constanza sich widerwillig, »und schon begraben. Einer der Priester aus dem Palast des Erzbischofs hat die Gebete gesprochen, das habe ich selbst gehört. Ich wollte sicher sein, dass es stimmt ... Danach bin ich sofort in unsere Wohnung umgezogen und habe alles in Ordnung gebracht.«

»Aber sonst geht es drunter und drüber«, ergänzte Cornelius ärgerlich. »Im Palast laufen praktisch nur noch kleine Knaben umeinander, anscheinend alle in Jolanthes Diensten, aber niemand, der so aussieht, als ob er den Befehl hätte. Aitmisch ist jedenfalls geflohen. Aber wo, zum Beispiel, ist der Notar Naso abgeblieben?«

»Ich weiß es nicht«, sagte Constanza. »Sinibaldo Ferrara, Nasos rechte Hand, ist gestorben. Vielleicht hat sich der Notaio aus Angst versteckt.«

»Seine rechte Hand«, wiederholte Ymme gedankenvoll. »Und ausgerechnet der Notaio sollte sich verstecken?«

»Ja, warum denn nicht? Die Pocken sind überall ...«

»Ich erzähle dir später alles. Jetzt müssen wir erst einmal zusehen, dass wir Bianca und den kleinen Thronfolger vor der Krankheit schützen. Sind Angelina und Stella wieder da?«, fragte Ymme weiter.

Constanza nickte und schüttelte gleichzeitig den Kopf. »Ich glaube, dass sie um die Ecke gebracht wurden. Jolanthe erfuhr, dass der Hochmeister, der mit unserem König befreundet ist, sie heimlich in seinen Dienst genommen hatte. Seine kleine Erhabenheit wurde auf den Namen Konrad getauft. Und wieso sollen wir die Kinder vor den Pocken schützen können? Das zu tun steht allein in Allahs Macht.«

»Wir werden Allah tüchtig unter die Arme greifen«, sagte Ymme gedankenverloren. »Er kann nicht alles allein regeln.«

Während Cornelius ging, um sich einen Überblick über die Zustände im Palast zu verschaffen, begann Ymme, Jolanthes Gemächer wie für eine Belagerung einzurichten.

»Constanza«, erklärte sie streng, »den Pocken entkommt man am besten durch Flucht, das ist bekannt. Wir können nicht fliehen, weil sie so gut wie überall sein können. Also werden wir ihnen den Zugang versperren, damit sie nicht hereinkommen.«

»Alles, Dama«, sagte Constanza selig, »ich tue für Euch alles, auch wenn Ihr die Pocken für eine Art Feind zu halten scheint, der durch die Tür hereinspaziert.«

»Genau das sind sie auch«, meinte Ymme und wanderte geschäftig von Vorhang zu Vorhang, um zu überprüfen, ob sich dahinter womöglich Türen befanden.

Jolanthe hatte vier große Gemächer bewohnt, von denen Ymme zu ihren Lebzeiten nur zwei zu sehen bekommen hatte. Der Prunk der anderen beiden Räume ließ ebenfalls nichts zu wünschen übrig. Besonders prächtig war der Letzte, der sich in einem Turm befand, wie aufgrund der Fensteröffnungen an drei Seiten zu erkennen war.

Dieser Raum eignete sich am besten für die Kinder und die Amme, bestimmte Ymme in Gedanken; keiner musste hier durchgehen, denn alle anderen würden die vorderen Räume bewohnen.

Dann entdeckte sie eine schmale Tür, die in der blau gefliesten Wand so gut wie unsichtbar gewesen wäre, wenn sie nicht einen Spalt offen gestanden hätte. Vorsichtig zog Ymme sie auf und blickte auf die obersten Stufen einer Wendeltreppe, die nach unten führte.

Sie würden später untersuchen, wo sie hinführte. Jetzt genügte es erst einmal, das Pförtchen mit einer Truhe zu verstellen. Sie setzte Bianca ab. Ymme war ganz zufrieden, mit dem, was sie vorgefunden hatte. Wasser gab es im Brünnchen des ersten Raumes, nur das Essen mussten sie sich aus der Küche beschaffen.

»Ist eigentlich noch jemand in der Küche am Leben?«, erkundigte sie sich bei Constanza, die ihr wie ein Gänseküken überallhin folgte.

»Ein alte Frau, die keine Angst vor den Pocken hat. Sie behauptet, sie hätte sie mehrmals kommen und gehen sehen.«

»Kann sie kochen?«

»Warum sollte sie nicht kochen können?«, fragte Constanza verblüfft. »Ihre Hände sind in Ordnung, nur die Beine wollen nicht mehr.«

»Dann ist sie die richtige für uns«, stellte Ymme erheitert fest. »Jetzt können wir uns in Ruhe anhören, was Cornelius zu berichten hat. Ich glaube, da kommt er.«

Sie fanden Cornelius im vordersten Raum, wo er gerade einen gefüllten Ziegenschlauch zum Kühlen in das Wasserbecken legte. Er lächelte Ymme entgegen. »Eine Frau in der Küche schenkte ihn mir. Ein guter Wein vom Ätna. Sie wusste schon, dass wir wieder hier sind.«

»Und sonst?«

Cornelius' Miene verdüsterte sich. »Sonst ist die Lage weniger gut. Mehr als zwei Hand voll Menschen mit Verstand sind mir nicht begegnet. Einige haben mit sich selbst zu tun, weil sie krank sind, andere sind zu verängstigt, um Rede und Antwort zu stehen. Einer schrie mir zu, das Zeitalter des Vaters sei jetzt zu Ende, ich solle darum beten, dass das Interregnum des Antichrist kurz sein möge, statt nutzlos im Palast herumzustreifen. Die Weissagungen des Joachim von Fiore finden offenbar immer mehr Gehör ...«

»Hast du den Notar gefunden?«

»Er ist spurlos verschwunden. Die Kanzlei ist tadellos in Ordnung, als ob Naso mit der Abreise des Kaisers ins Heilige Land pünktlich den Einmarsch der Truppen von Jean de Brienne erwartete.«

»Oh«, sagte Ymme bedauernd, »wir werden dem Kaiser den Beweis für die Existenz der Pockenstecherbande nicht erbringen können, wenn deren Kopf verschwunden ist. Schade. Ich möchte ihm den nicht schuldig bleiben.«

»Ich verstehe dich. Aber je mehr Zeit verstreicht, desto weniger Bedeutung hat es eigentlich.«

»Wenn er nur endlich käme!« Ymme sah sich plötzlich befremdet in dem Raum um, der die Lieblingsfrau eines Sultans zu beherbergen schien. Was taten sie eigentlich noch hier? Sie gehörten nicht hierher. Sie hätten gehen können und im Hafen gewiss schnell ein Schiff gefunden.

Aber die Pflicht hielt sie fest. Sie blickte nach unten, wo sich gerade das Händchen der Pflicht, die Bianca hieß, in ihre eigene Hand schlich.

Andrea, der nach einer Inspektion des Gartens zu ihnen gefunden hatte, stieg mit einer blakenden Fackel die Wendeltreppe hinunter, hinter ihm Cornelius und Ymme. Es waren so viele Stufen, dass Ymme die Orientierung verlor. Weitere Türen in andere Stockwerke hatten sie bisher nicht entdeckt.

»Heiliger Sankt Hieronymus, steh mir bei«, sagte Andrea, dessen Stimme ganz verändert klang.

Ymme stieg drei weitere Stufen abwärts, blieb hinter Cornelius stehen und sah ihm über die Schulter.

Die Treppe mündete in einen lichtlosen Raum, der nur von Andreas Fackel erleuchtet wurde. Der Lichtschein huschte unruhig über Girolamo Nasos kleinen gekrümmten Körper, der auf einer kargen Pritsche lag. Er war tot.

Zwei Fliegen saßen an den Nasenlöchern des Notars. Von Verwesung war noch nichts zu riechen, die Luft war nicht einmal besonders abgestanden. Es musste einen Ausgang geben. Oder einen Luftschacht.

Zu dem gleichen Schluss wie Ymme war Andrea gekommen. Er suchte die Wände mit der Fackel ab und fand bald eine Tür, die sich zu einem Kanzleiraum öffnete. Er war wesentlich kleiner, als die öffentlich zugänglichen. Ein Regal, das von Ymmes Standort zu sehen war, enthielt sauber geschichtete Rollen, jede ordentlich verschnürt und mit einem beschrifteten Etikett versehen.

Darunter saß Bruder Leonardo, den Kopf an das Regal gelehnt. Er sah aus, als ob er schliefe, aber Ymme wusste, dass er tot war. Seine Hand umklammerte eine Rolle, deren Pergament brüchig, gebräunt und fleckig war.

»Ganz einfach, irgendwie logisch«, befand Cornelius. »Früher hat einer der Normannenkönige die Raumflucht da oben bewohnt. Vermutlich sind den ganzen Tag die Notare mit Dokumenten und Abrechnungen rauf und runter gerannt.«

Ymme versuchte, Bruder Leonardo die Rolle zu entwinden, die dieser auch im Tod nicht loslassen wollte. Behutsam rollte sie das Dokument auf dem Pult des Kanzleiraums auseinander. Verwundert starrte sie auf den Text, dessen Schrift und inhaltlicher Aufbau aus einer anderen Zeit stammten.

»Das Buch Domitian«, sagte sie überwältigt. »Das Buch, aus dem Naso vorgelesen hat. Das Buch, nach dem ich wochenlang in der Madonna della Ziz gesucht habe. Bruder Leonardo ist der sechste der Bande. Wahrscheinlich ist sogar er derjenige, der den Text aus Rom mitgebracht hat.« Sie zeigte Cornelius das Siegel.

Nach wenigen Tagen hatten Ymme und Cornelius sich an ihre neue Verantwortung gewöhnt. Die Gemächer der verstorbenen Königin wurden von einem Sarazenen bewacht, der die beiden Kinder und die Amme nicht hinauslassen durfte.

Eines Vormittags rannte Andrea keuchend die Palasttreppe hinauf. »Sie kommen!«, rief er. »Unser König kommt!«

Kurze Zeit später eilte der Kaiser durch den Gang. Hermann von Salza folgte ihm mit wehendem Mantel. Ymme und Cornelius sanken auf die Fliesen und erwarteten ihn.

»Dama Jolanthe ist tot?«, fragte der Kaiser. »Diese Nachricht erreichte uns aus dem erzbischöflichen Palast. Warum? Warum nicht aus dem königlichen Palast?«

Ymme fiel es schwer zu antworten. »Es ist wahr«, antwortete sie beklommen. »Ihre Erhabenheit weigerte sich, mich zu ihrer Niederkunft hinzuzuziehen. Nach ihrem Tod sind wir sofort aus den Katakomben herausgekommen, um uns um die Kinder zu kümmern, Bianca und Konrad. Sie sind wohlauf.«

»Konrad. Mein Sohn? Er ist wohlauf? Die Nachricht des Priesters war etwas unverständlich ...«

»Konrad, Euer Sohn, Erhabenheit, gedeiht prächtig. Die Amme ist gesund und hat mehr Milch, als er benötigt. Und von diesem Teil des Palastes haben wir die Pocken fern gehalten.«

»Man hat mich unterwegs unterrichtet«, sagte der Kaiser. »Ich muss gestehen, ich habe der Erkrankung nie viel Bedeutung beigemessen. Es gab sie einfach. Aber nachdem ich sehe, was sie aus meinem Palast gemacht hat ...«

»Darf ich etwas sagen, Eure Erhabenheit?«, fragte Ymme entschlossen.

»Ja, und steht auf, Dama, Cavaliere. Ich hörte einmal, dass kalte Fliesen für die Gesundheit schädlich sein können.«

Ymme musste lächeln. Immer konnte der Kaiser gleichzeitig an viele verschiedene Dinge denken. »Nicht die Pocken, sondern eine Bande von Pockenstechern hat dieses Durcheinander im Palast verursacht. Wir haben Euch davon bereits berichtet. Und jetzt haben wir den Beweis gefunden.«

Der Kaiser blickte ungläubig drein. Cornelius zog das Buch Domitian aus dem Wams und entrollte es. Gegen jedes Protokoll drängten die Begleiter des Kaisers sich um ihn, um ihm über die Schulter zu sehen.

Ymme blieb vor Federico stehen. »Naso Girolamo war der Kopf der Bande. Den Comestabulo Sinibaldo Ferrara hat er ausgeschickt, um Menschen auszuspionieren, die sie pockenkrank machen konnten, und Frater Leonardo war derjenige, der die Methoden ausgearbeitet haben dürfte. »Der Notaio bekam seine Befehle direkt aus dem Vatikan. Die Anweisungen, wie die Stecher mit den Pocken umzugehen haben, stammen aus dem römischen Reich. Aber an der Schriftrolle des Kaisers Domitian hängt das Siegel von Papst Gregor IX.«

»Dass dieser Priester sich nicht scheut, seinen persönlichen Kampf gegen mich auch gegen meine Kinder zu führen, wollte ich lange nicht glauben«, murmelte der Kaiser. »Der Herr sei Jolanthe gnädig.«

Er wusste, dass Jolanthe an dem Komplott beteiligt gewesen war. Es war nicht nötig, ihn daran zu erinnern.

»Nun möchte ich Konrad sehen!« Er ging mit raschen Schritten voraus, und Ymme fand sich plötzlich an der Seite des Hochmeisters wieder.

Er verbeugte sich vor ihr und zog zum ersten Mal seit sie ihn kannte, ihre Hand an seinen Mund, um sie ritterlich zu küssen.

»Wir haben Euch zu danken«, sagte sie, nicht ohne Reue zu empfinden, weil sie ihn falsch beurteilt hatte. »Für Andrea, für das Lösegeld, für unzählige Hilfen, ohne die wir in Sizilien nicht überlebt hätten.«

»Zuweilen habt Ihr mir überraschende Probleme bereitet«, gab Hermann von Salza zu. »Nicola della Vigna sah nichts Ungewöhnliches darin, den Mord an Moro auf seine Weise zu erklären, aber ich dachte mir schon, dass Ihr Euch damit nicht zufrieden geben würdet.«

Es gab Ymme einen Ruck. »Euch war bekannt, dass Ihre Erhabenheit den Befehl zum Mord gab?«

»Sagen wir so, Dama. Seine Erhabenheit musste sichergehen, dass seine Gattin ihm und dem Reich aufgrund ihrer Verwandtschaft mit dem Befehlshaber der Schlüsselsoldaten keinen Schaden zufügte. Deshalb hat er sie überwachen lassen ...«

»Und nun lasst mich raten, Herr! Die Überwachung wurde ausgerechnet Notaio Naso anvertraut, der der wirkliche Verräter war, und er hat die Informationen vermutlich zum eigenen Nutzen verwendet. Verhielt es sich so?«

»Leider ja. Aufmerksam wurde ich erst, als ich am Tag Eurer Anklage begriff, dass in seinen Berichten Bruder Jacopo nie vorgekommen war, obwohl Ihr Euer Augenmerk besonders auf ihn gelegt hattet. Und dann erwähnte Naso, dass Frater Leonardo der Delegation nach Lübeck im Auftrag des Papstes gefolgt war. So erklärt sich auch der Mordversuch an mir, obwohl ich ihn beileibe nicht dem ehrenwerten Papst Honorius unterstellen will. Leonardo ging bestimmt eigenmächtig vor ...«

»Oder schon im Auftrag Hugos von Segni, damals noch Kardinal oder Erzbischof«, warf Ymme ein.

Der Hochmeister lächelte schmal. »Gut, dass scharfsinnige Frauen in der Kirche nichts zu sagen haben. Am Ende stünde sie inhaltsleer und ohne Glanz da.«

Äußerer Glanz ist das Einzige, das sie zusammenhält, dachte Ymme und presste die Lippen zusammen, um sich nicht auch noch dieses Ergebnis ihrer bitteren Erfahrungen der letzten Jahre entlocken zu lassen.

»Nun«, fuhr Hermann von Salza fort, als er merkte, dass sie dazu nichts sagen würde, »vermutlich wäre alles noch schlimmer gekommen, wenn Ihr beim Aussuchen Eurer Dienerinnen der Empfehlung des Valets Nicolaus von Hohenburg gefolgt wärt.«

Ymme wurde aufmerksam. »Sie gehörten auch zum Spitzelsystem? Warum wollte er uns das antun?«

»Zu Eurem Schutz«, antwortete er mit einem unechten kleinen Lachen. »Aber es kam ja nun ganz anders. Angelina und Stella sind zwei Sizilianerinnen wie es viele gibt, und sie stehen treu zu Federico. Inzwischen leben sie in ihrem Heimatdorf.«

Auch dafür hatte er gesorgt. Ymme nickte dankbar. Zugleich hatte sie den Eindruck, dass Hermann von Salza über das kaiserliche Spitzelsystem seine eigene Meinung hatte, dieses Thema aber nicht weiter vertiefen wollte.

»Aber allein, um meine Neugier wegen des Geheimnisses der Pocken zu befriedigen, war es notwendig, Euch ein wenig unter die Arme zu greifen«, fuhr der Hochmeister weniger ernsthaft fort. »Pocken haben manches mit Milzfäulnis gemein, findet Ihr nicht, Hakima?«

»Milzfäulnis.« Ymme blieb plötzlich stehen und dachte angestrengt nach. »Abgesehen davon, dass wir die wirkliche Gefahr durch die Pocken erst später bemerkten, Ihr uns aber viel früher geholfen habt ... Bitte wiederholt, was Ihr eben gesagt habt.«

»Pocken haben manches mit Milzfäulnis ...«

»Euer Pferd hatte Milzfäulnis«, unterbrach ihn Ymme respektlos. »Ihr habt von Kühen im Heiligen Land erzählt, die Milzfäulnis hatten, nicht wahr?«

»Ja.« Der hochgewachsene Mann sah lächelnd zu ihr herunter. »Warum?«

»Menschen bekommen Milzfäulnis, Kühe und Pferde auch. Ich glaube, ich weiß jetzt, warum ich die Pocken nicht bekommen habe«, sagte Ymme glücklich.

Hermann von Salza neigte sein grau gewordenes Haupt. »Ich höre.«

Ymme schüttelte den Kopf. »Ich vermute, meine Erkenntnisse fallen unter Ketzerei. Ich werde sie lieber für mich behalten.«

Der Deutschritter lachte von Herzen. »Ich erörtere Ketzereien mit unserem Kaiser als Laie mit einem Laien. Er bekämpft Ketzer mit Inbrunst – ich bekämpfe nur Ungläubige, oft nicht einmal das. Tut mir den Gefallen und klärt mich auf.«

»Eine Kuh meines Vaters hatte Pocken an der Zitze, und ich habe die Krusten aus Neugier abgelöst«, erklärte Ymme mit klopfendem Herzen. »Das ist lange her. Möglicherweise bin ich gefeit, weil ich diese Pocken berührt habe. Es gibt die Methode des Einblasens, des Stopfens und des Ritzens ... Vielleicht hatte ich eine Wunde, einen ganz kleinen Schnitt in der Haut.«

»Das verstehe ich nicht ganz. Nur so viel, dass Ihr glaubt, man könne solche Blattern wie Milzfäulnis durch den Umgang mit einem kranken Tier bekommen«, sagte Hermann von Salza. »Alles in allem scheint mir das Thema nicht in die Zuständigkeit der Kirche zu gehören.«

»Genau das!« Ymme war überglücklich, als hätte sie einen Schatz entdeckt. »Hochmeister, ich bin den Fußspuren des Kamels, das die Pocken in den Satteltaschen trug, von Kastilien bis nach Sizilien gefolgt. Ich wünschte, ich könnte es mit al-Walid, meinem Lehrer in Toledo, diskutieren!«

»Beredet es mit dem Kaiser! Er mag Kamele.«

Ymme lachte leise und blieb auf der Schwelle zum Gemach der Kinder stehen. »Ich glaube, das wäre möglich ... Aber er ist jetzt mit Konrad ausreichend beschäftigt, denke ich.«

So war es tatsächlich. Unter den ehrfürchtigen Blicken der Höflinge kitzelte der Kaiser seinen Sohn am Kinn und wiederholte versonnen den Namen, mit dem die Hebamme ihn feierlich in seinen Arm gelegt hatte: »*Qurâ ibn Fardarîk*, Konrad, Sohn des Friedrich. Schön, das gefällt mir.« Widerwillig löste er den Blick von seinem jüngsten Sohn. »Ich sehe, es geht ihm gut, Dama. Aber was ist mit den Pocken? Lassen sie sich weiterhin von den Kindern fern halten?«

Ymme biss sich vor Nervosität auf die Unterlippe, bis es schmerzte. Genau darüber hatte sie in den letzten Tagen immer wieder nachgedacht. »Dürfte ich Euch unter vier Augen sprechen, Eure Erhabenheit?«, wagte sie schließlich zu fragen.

Der Kaiser machte eine auffordernde Geste, und der Hofstaat verzog sich außer Hörweite. Kurz und knapp erläuterte ihm Ymme alles, was sie über Pocken wusste. »Ich würde es bei Konrad nicht wagen, aber bei Bianca«, schloss sie.

Friedrich ließ seine Augen so lange auf ihr ruhen, dass es ihr ganz unbehaglich wurde. »Dama«, sagte er, »Ihr habt mir mehrmals den Beweis für Eure bemerkenswerte

Urteilskraft gegeben. Ich konnte nicht gemeinsam mit Euch über meine Leibärzte lachen, obwohl ich es gerne getan hätte. Ich benötigte ihre übereinstimmende Empfehlung, mich auszukurieren, um Zeit zu gewinnen, weil ich auf den Vertrag aus Damaskus wartete. Ich musste deshalb Euer völlig richtiges Urteil in den Wind schlagen. Es entsprach dem meinigen. Die beiden Medici habe ich zum Teufel gejagt. Seit kurzem ist Michael Scottus mein Leibarzt und Astrologe. Ich vermute, ihn werdet Ihr billigen.«

Überwältigt von seinen Worten konnte Ymme nur stumm nicken.

»Auch was die Franziskaner betrifft, waren Eure Beobachtungen und Schlüsse sehr scharfsinnig; mit dem heutigen Tag werden in beiden Sizilien alle Mönche verhaftet, derer der Orden der Justitia habhaft werden kann. Frater Jacopo war der Erste, ihn haben sie schon. Wenn Ihr die Feiung für Bianca empfehlt, lege ich Euch nichts in den Weg.«

Ymme merkte, dass sie vor Verlegenheit über sein Lob tief errötet war. »Es ist trotzdem so etwas wie ein Experiment«, stammelte sie gegen ihren Willen.

»Ich kann mich nicht erinnern, etwas gegen Experimente zu haben«, erwiderte er spöttisch und fuhr fort: »Übrigens bestätigen mir meine naturkundlichen Gewährsleute in Ägypten, dass Straußeneier durch die Sonne ausgebrütet werden können. Das gleiche Prinzip werden wir jetzt auf den königlichen Domänen bei Hühnereiern anwenden. Was sagt Ihr dazu?« Er schaute sie schmunzelnd an.

»Ja, großartig, Eure Erhabenheit«, stammelte Ymme entgeistert.

»Ich bin mit Euch sehr zufrieden, Dama«, sagte er einen Augenblick später.

Er hatte es bereits einmal gesagt. Das brachte sie wieder zu sich. Ymme versuchte die Gelegenheit zu nutzen und setzte zu ihrer großen Bitte an.

Der Kaiser winkte ab und bedeutete dem Hofstaat mit einer Geste, sich wieder zu nähern. »Ich weiß, ich weiß, Ihr möchtet endlich nach Hause. Es sei Euch gewährt. Unter einer kleinen Bedingung. Bleibt bei den Kindern, bis ihr eigener Hofstaat und eine Leibwache aus Foggia eingetroffen sind, um sie abzuholen. Bis dahin wird auch die Feiung geglückt sein, nehme ich an. Die Kinder werden in Zukunft bei mir in Apulien leben und erzogen werden. Ich werde noch heute alle Anordnungen treffen, bevor wir die Anker lichten, um ins Heilige Land zu reisen, aber zwei, drei Wochen wird es dauern.«

Ymme nickte überwältigt.

»Diese Zeit werdet Ihr außerdem nutzen«, fuhr der Kaiser fort, »um dem Palast des Erzbischofs einen Besuch abzustatten. Berard von Castacca wird Euch und den Cavaliere vom Kirchenbann befreien, ich habe alles mit ihm abgesprochen. Nach dem besonderen Recht der sizilischen Könige hätte ich es gerne persönlich gemacht, aber zur Zeit unterliege ich dem Bann ja selbst ...«

Cornelius fiel vor dem Kaiser auf ein Knie. »Wir danken Eurer Erhabenheit«, sagte er bewegt.

Der Kaiser schmunzelte. »Was Euch betrifft, Cavaliere, grüßt mir König Waldemar und berichtet ihm wortgetreu, was Ihr gehört und erlebt habt, beschreibt ihm insbesondere meine Kastelle und neu erbauten Schiffe. Ich habe Euch ausgiebig Gelegenheit gegeben, sie kennen zu lernen. Er soll wissen, wie stark ich bin.«

Er hatte tatsächlich besondere Gründe gehabt, Cornelius mitzunehmen. Ymme hatte nie an die Bösartigkeit des Kaisers geglaubt, und es war alles andere als Gedankenlosigkeit gewesen ...

»Die Treue eines Deutschen wird vermutlich nicht erschüttert durch die Änderung der Machtverhältnisse, jedenfalls nicht durch die Tatsache, dass Ihr längst mein Untertan seid, Cavaliere. Ich kann es Euch nicht verdenken, schließlich galt Eure Treue zuerst ihm ...«

Cornelius verfärbte sich ein wenig, aber er widersprach nicht.

»Es muss Euch schwer gefallen sein, Euch vom bewunderten Schwarzen Ritter in einen verspotteten oder zumindest belächelten Spion zu verwandeln.«

Ymme wechselte einen stummen Blick mit Cornelius, den der Kaiser wohlwollend zur Kenntnis nahm, um erst dann fortzufahren.

»Ich weiß selber, wie hart es ist, mit einem grundverkehrten Urteil der Menschen leben zu müssen, ohne sich dagegen wehren zu können. Ich hoffe, Euer Urteil über mich ist nicht allzu schlecht ausgefallen. Ich hoffe außerdem immer noch, Waldemar im Heiligen Land mit einer größeren Schar dänischer Ritter anzutreffen. Übrigens war es ein Vergnügen, mit Euch Schach zu spielen. Ich habe Euch von Anfang an in nichts unterschätzt ...«

»Das war mir stets ein gewisser Trost«, sagte Cornelius rau und beugte sich noch tiefer, bis der Kaiser und der Hofstaat das Gemach der Kinder verlassen hatten.

Als der Palast wieder still geworden war, wanderten sie Hand in Hand zum Fenster und blickten auf die Stadt, die sich unter ihnen ausbreitete. »Hast du wirklich gewusst, dass er deine Absichten durchschaut?«, fragte Ymme.

»Mehr geahnt als gewusst. Ich glaube, wenn er nicht Kaiser wäre, hätten wir Freunde sein können.«

Ymme nickte. »Schade, dass sein glühendster Verehrer nicht hier war. Ich hätte mich gern von ihm verabschiedet und erfahren, wie es ihm in der Kanzlei geht ...«

»Nicolaus von Hohenburg? Oh, ich habe mich nach ihm erkundigt«, sagte Cornelius. »Der Kaiser hat ihn zum Studium der Juristerei nach Neapel beordert. Er ist so vielversprechend, dass er möglicherweise Aussicht hat, einmal zum Justitiar des Reiches berufen zu werden.«

»Unser Kaufmann in Trápani wusste, dass ein tüchtiger Mann am Hof des Kaisers ungeachtet seiner Herkunft etwas aus sich machen kann, weißt du noch?«, fragte Ymme versonnen. »Nicht einmal sein lahmes Bein wird man Nicolaus im Kaiserpalast als teuflisches Merkmal vorwerfen. Wer weiß, wann die Lübecker Pfeffersäcke so viel Vernunft annehmen? Dass eine neue Zeit angebrochen ist, werden sie wohl noch viele Jahre nicht merken.« Sie beugte sich vor und blickte nach unten.

Zwischen den Palmen erhob sich gerade die Staubwolke um die sarazenische Leibwache, die im Schatten unterhalb der Mauer gewartet hatte und jetzt im verhaltenen Galopp heransprengte, um sich um den Kaiser zu sammeln. »Allah schütze unseren Imberadour!«, brüllten die Männer und schwenkten ihre Säbel.

Der Kaiser dankte mit einer Geste, dann ritt er in scharfem Tempo an.

»Ein Glück«, sagte Cornelius heiter, »dass der Kaiser die Sarazenen an seiner Seite hat. Da kann der Heilige Vater so viele Bannflüche schleudern, wie er will, darüber lachen sie nur ...«

Während die weiß gekleideten Sarazenen die Kathedrale passierten, dachte Ymme darüber nach, wie widersinnig dieser Kreuzzug in jeder Hinsicht war. Nach einiger Zeit nahm sie wahr, was Cornelius summte: »*Der Hahn ist tot...*« Auf einmal merkte sie auf. Diesen Text hatte er noch nie gesungen.

»Il gallo è morto, il gallo è morto,
il gallo è morto, il gallo è morto.
Non cantarà più, non cantarà pìu.
Coccodi e coccodà ...

Vielleicht wäre es vernünftiger, wir blieben in Sizilien, um uns zu überzeugen, dass der Hahn wirklich tot ist?«, fragte Cornelius.

Ymme seufzte leise; es war eine schwere Entscheidung, und sie hatte auch schon darüber nachgedacht. Die Gefahr für Sizilien war zum Greifen nah. Nur wenn alles gut ging, würde gegen den Widerstand der Kurie der Vertrag des Kaisers mit dem Sultan Frieden zwischen Christen und Muslimen bringen. Aber wenn er es schaffte ... »Mosse Halucas Bericht klang nicht besonders einladend, nach Deutschland zurückzugehen ...«

»Foggia ist schön, und Lucera ist nicht weit ...«

Sie konnten sich mit der Entscheidung Zeit lassen. Die Finger ineinander verschränkt, beobachteten sie, wie die

Sonne hinter dem Vorgebirge unterging. Sie tauchte die Segel der *Halben Welt*, deren Bug bereits zum Hafenausgang gerichtet war, in einen goldenen Schein, und das Licht über der Bucht verlieh Palermo einen strahlenden Glanz, der allen Befürchtungen zum Trotz auf die friedliche Zukunft der ganzen Welt hoffen ließ.

Nachwort

Der Roman ist frei erfunden, basiert jedoch auf Ereignissen, die stattgefunden haben, insbesondere im Hinblick auf den geradezu tückischen Kampf, den die römische Kirche um den Besitz von Sizilien gegen den Stauferkaiser führte.

Historisch sind folgende Personen – mit von mir mehr oder weniger frei erfundenen Charakteren, wobei ich mich insbesondere bei Jolanthe von Brienne entschuldigen muss: Friedrich II., die Päpste Honorius III. und Gregor IX., Jolanthe (auch Yolande oder Isabella genannt) von Brienne, Johann von Brienne, Hermann von Salza, Berard von Castacca.

Der Stadtplan von Palermo entspricht der normannischen Zeit, wiewohl es einige Unsicherheiten bezüglich der arabischen und sizilianischen Stadtteilnamen gibt; von mir erfundene Gebäude sind gesondert aufgeführt.

Die medizinischen Details sind korrekt; die Araber haben während ihrer Herrschaft in Europa die Nasenplastik nach Italien eingeführt, wo diese über Jahrhunderte tradiert wurde. Die Impfung gegen die Pocken wurde bereits im 2. Jahrtausend v. Chr. in China erfunden (in Europa gilt der englische Arzt Jenner als Initiator der Verimpfung der harmloseren Kuhpocken, obwohl vierzig Jahre vor ihm der holsteinische Schullehrer Plett diese Methode anwandte), und auch der Krieg mit biologischen Waffen wurde schon früher praktiziert: Stecherbanden, die Feinde mit Pocken (weniger wahrscheinlich mit Pest, wie Seneca überliefert) infizierten, gab es im Römischen Reich der Kaiser Domitian (90 n. Chr.) und Commodus (189 n. Chr.).

Der Hass der genannten Päpste gegen die Staufer regte mich dazu an, eine Stecherbande als Werkzeug ihres Kampfes zu verwenden, obwohl erst Innozenz IV., Nachfolger Gregors IX., an Friedrich II. den ersten bekannt gewordenen Mordversuch eines Papstes an einem Kaiser unternehmen ließ. Historisch belegt ist jedoch die geradezu verbissene Tätigkeit der Franziskaner als Agitatoren im Dienst Gregors IX. gegen Friedrich II.

Das gut funktionierende Überwachungssystem Friedrichs, zu dem die ehrenwerten Männer, boni viri, gehörten, war bereits in normannischer Zeit eingeführt worden. Auch in den arabischen Staaten arbeiteten Agenten, »Augen«, für die Sultane.

Kari Köster-Lösche

Personenverzeichnis

Hauptpersonen in Lübeck:	
Ymme von Fischbach	Ärztin und Hebamme
Cornelius von Fischbach	Ritter, Ehemann von Ymme
Hermann von Salza	Hochmeister der Deutschordensritter
Nicolaus von Hohenburg	Edelknappe des Kaisers
Bruder Leonardo	Franziskanermönch
Nebenpersonen in Lübeck:	
Taleke	arme Hospitalsinsassin
Hindrik	Helfer im Hospital
Ermgard	Helferin im Hospital
Graf von Schwerin	Vasall des Kaisers
Volrad Emeken	Kaufmann, Ymmes Bruder
Hauptpersonen in Sizilien:	
Constanza	Ymmes Helferin
Girolamo Naso	Notar der königlichen Kanzlei
Andrea Giambono	undurchsichtiger Sizilianer
Jolanthe de Brienne	Ehefrau Friedrichs II., Tochter von Jean de Brienne

Federico	Kaiser Friedrich II. des Heiligen Römischen Reichs Deutscher Nation, in Personalunion König der beiden Sizilien

Nebenpersonen in Sizilien:

Berard von Castacca	Erzbischof von Palermo
Jean de Brienne	Vater von Jolanthe, abgesetzter Regent von Jerusalem
Ibn Gubayr	Kaufmann in Trápani
Nicola della Vigna	Justitiar des Großhofes
Bianca	Tochter von Jolanthe und Federico
Bruder Jacopo	Franziskanermönch
Moro Lo Nigro	Jolanthes Eunuch
Angelina	Ymmes Dienerin
Stella	Ymmes Dienerin
Teresina	Jolanthes Dienerin
Aitmisch	Mameluk, Führer der Palastwache
Marzuch	Kammerknabe Friedrichs II.
Musca	Kammerknabe im Palast
Sinibaldo Ferrara	Comestabulo
Pellagra	Giftmischerin
Menica	Giftmischerin
Ibn al-Hallâl	Essigmacher
Kahina	Berberin
Turi Pirrone	Fundicario eines Fondaco (Herberge)
Rais von Corleone	Anführer von Banditen in den Bergen
Magister Rainier	Leibarzt des Kaisers
Magister Ursone	Leibarzt des Kaisers
Mosse Haluca	jüdischer Kaufmann

Worterklärungen

Al-Andalus:	Andalusien
Allâhu akbar:	Gott ist groß
Amarzigh:	Bezeichnung der Berber in ihrer eigenen Sprache
An-nâsir an-nasranyya:	Verteidiger des Christentums
Asch-schah mat:	Schachmatt
Attuppateddi:	sehr kleine Nudeln
Augustalen:	von Friedrich II. eingeführte Goldmünze von 20,5 Karat
Al-Azizah:	die Herrliche; Sommerpalast in Palermo, heute: Zisa
Baille:	Bezeichnung des Regenten von Jerusalem
Balate:	traditionelle Pflastersteine in Palermo
Bajulo:	Ortsvorsteher, Kastellan
Boni viri:	ehrenhafte Männer; Bezeichnung für die Begleiter – Christen oder Muslime – der reisenden Juristen, während der arabischen Verwaltung von Sizilien; unter Friedrich II. Teil des Ordens der Gerechtigkeit
Cacciocavallo:	ursprünglich Stutenkäse
Cala:	Hafen von Palermo
Capo:	Anführer

Conca d'oro:	der goldene Gürtel der Orangen- und Zitronenhaine um Palermo
Comestabulo:	Inhaber der unteren Polizeigewalt
Couscous:	Hartweizengries
Curia:	Staatsrat von Sizilien unter Friedrich II.
Darb:	arabischer Baustil; 8–10 Häuser in einer Sackgasse, die nachts mit einem Tor verschlossen ist
Dirham:	arabische Münze
Dschândâr:	Leibwächter
Dschanib:	Feldadjutant; als Amtsbezeichnung unter Roger II. von Sizilien noch gebräuchlich
Dschinn:	böser Geist
Feluke:	Küstenschiff
Fondaco:	staatliches Lagerhaus mit Herberge für die Kaufleute
Fundicarius:	Magazinverwalter
Grana:	Gebrauchsmünze, 1/20 Tarí
Hadschib:	Kämmerer; unter Roger II. noch gebräuchlich
Hakim/Hakima:	gelehrter Arzt/Ärztin
Hammâm:	öffentliche Badeanstalt
Huri:	Jungfrauen im islamischen Paradies
'imama:	traditionelle Kopfbedeckung der Berber
Imberadour:	Bezeichnung Friedrichs II. durch den arabischen Bevölkerungsteil
Jah'nat al-Ard:	irdisches Paradies, Park mit Lustschlössern über dem alten Palermo, zu dem auch die Zisa gehörte
Al-Khâlisah:	die Erwählte; heute Stadtteil Kalsa von Palermo
Liber animalium:	Das Buch der Tiere
Logothet:	Vorleser der Ansprachen Friedrichs an das Volk
Madrasa:	Schule

Magister doanae:	Zollbeamter
Magistrato:	Beamter
Mafia:	arabisch: Ort der Zuflucht; Ehrenwerte Gesellschaft, s. auch boni viri; seit 10. Jahrhundert Begriff im Sizilianischen
Maristan:	Hospital
Maulà:	arabisch: Plural mawali, Klient, Freigelassener, der Höriger des ehemaligen Herrn blieb
Melanzane:	italienisch und österreichisch für Auberginen; auch Eierfrucht, weil Auberginen ursprünglich nicht größer als Hühnereier waren
Mesusa:	Pfostenzeichen an Toren und Haustüren jüdischer Gemeinden
Mushrabiyya:	hölzerner Schirm, der Sonnenstrahlen und Blicke abhält
Mushriq:	Götzenanbeter
Muthasib:	Marktaufseher
Nehârek sa'îd:	dein Tag werde glücklich
Obotriten:	slawischer Volksstamm
Omertá:	Verbergen, aber auch Aufrichtigkeit innerhalb der Sippe, Respekt, Ehre
Orden der Gerechtigkeit:	Beamtenschaft unter Friedrich II.; keine Kleriker
Pipistrello:	Fledermaus
Proskynase:	Geste der Unterwerfung durch ausgestrecktes Liegen vor dem Thron des Kaisers, aus dem Byzantinischen übernommen
Qâdi:	Richter
Qasr:	oberes Viertel von Palermo; Italienisch: cassaro
Qawm:	Clan
Rais:	Führer, auch Schiffsführer
Rîbat:	Spelunke

Salma:	Flächenmaß, gleichzeitig Mengeneinheit für Getreide
Salsabil:	Paradiesbrunnen
Scapolare:	dicker gewebter Hirtenmantel mit Kapuze
Schrangen:	mittelalterliche Verkaufstische
Sectio rationis:	die Sektion von Leichen war im christlichen Europa verboten. Man las statt dessen über Anatomie.
Seigneur:	landbesitzender Adeliger
Sharbat:	schneegekühltes süßes Getränk, in Sizilien von den Arabern eingeführt
Silâhî:	Knappe
Spiedini:	Spießchen
Sugo:	warme, gehaltvolle Soße
Suq:	permanenter Markt
Suq-el-attarin:	Kräuter- und Gewürzmarkt; heutiger Name in Palermo Lattarini
Svantevit:	Gott der Slawen
Tarí:	Gebrauchsmünze aus 16 Karat Gold (1 Unze = 30 Tarí; 1 Tarí = 20 Grana)
Tartane:	Küstensegler
Tonnara:	Gebäude zum Verarbeiten des Thunfischs sowie das gesamte System des Thunfischfangs, in Sizilien von den Arabern eingeführt
Umm:	Mutter
Valet:	Edelknappe des Kaisers
Variola:	Pocken
Volgare:	Sprache des Volkes
Zisa:	Sommerpalast der Normannen in Palermo
Ziz:	Blume

Quellen zur Geschichte

Unter den vielen Werken zur Geschichte, die notwendig waren, um diesen Roman zu schreiben, können nur einige wenige beispielhaft angeführt werden. Besonders möchte ich erwähnen:

Abulafia, D.: *Herrscher zwischen den Kulturen,* Gütersloh 1992

Crespi, G.: *Die Araber in Europa,* Stuttgart und Zürich 1992

Finley, M., Mack Smith, D., Duggan, C.: *Geschichte Siziliens und der Sizilianer,* München 1989

Kantorowicz, E.: *Kaiser Friedrich der Zweite,* Berlin 1928

Köster-Lösche, K.: *Die großen Seuchen. Von der Pest bis Aids,* Frankfurt und Leipzig 1995

Natoli, L.: *Der Bastard von Palermo. Der Roman der Beati Paoli,* Berlin 2000

Nette, H.: *Friedrich II. von Hohenstaufen,* Reinbek 1975

N.N.: *Saline e salinari,* Marsala 1990

Peri, I.: *Uomini città e campagne in Sicilia dall' XI al XIII secolo,* Bari 1990

Pupella, E.: *Die Sizilianische Küche,* Florenz 1999

Wahl, R.: *Wandler der Welt. Friedrich II., der sizilische Staufer,* München 1949

Die zitierten Gedichte von Ibn Hamdîs, 'Abd ar-Rahmân von Butera sowie 'Abd ar-Rahmân al-Iltrabânischî entstammen dem o. a. Werk von G. Crespi.
Die italienischsprachigen Bücher wurden im Hinblick auf den Roman von meinem Mann Karl-Heinz Lösche übersetzt, dem ich an dieser Stelle herzlich dafür danken möchte.